叢書・ウニベルシタス　689

セルバンテス

ジャン・カナヴァジオ
円子千代 訳

法政大学出版局

Jean Canavaggio
CERVANTÈS

This book is published by arrangement
with la Librairie Arthème Fayard, Paris
through le Bureau des Copyrights Français, Tokyo.

目次

第七章　一つの生から別の生へ　一六一四―一六一六　† 391

付　録

前書き

この著作の第二版は、セルバンテス生誕記念四五〇年と一致する。この機会に、セルバンテス研究のきわめて有意義な諸貢献を参照して、初版の文章を改訂補足した。それによって、これまで不明だった一つの人生のいくつかのエピソードが浮び上ってきた。すなわち、セルバンテスがアルジェから帰国して宮廷に接触したときに宮廷で行われていた激しい派閥争い。彼の私生児イサベルの出生をめぐる謎。ある人びとの説によれば、さまざまな経済取引において、積極的に介入したらしい、彼と実業界との関係。彼の最後の文学的企図は、ビザンチン趣味の『ペルシーレスとシヒスムンダの苦難』で完結し、最近この作品の新しい読み方が提案されていること、などである。さらに、この一〇年間のきわめて重要な労作を取り入れて、参考文献も改訂した。

ジャン・カナヴァジオ　一九九七年八月

プロローグ

「ここにご覧になる男は、『ガラテーア』と『ドン・キホーテ』の著者である……彼は多年軍人だった。それから五年間俘虜だったが、この間に堪え忍ぶということを体得した。レパントの海戦で銃弾を受けて左手を失った。たしかにその傷痕は醜いが、しかしなんといっても過去の世紀が目撃したことのない、銘記すべき誇り高い千載一遇の機会において受けた傷なのだから、当人はこれを美しいものと思っている……」

死の三年前、『模範小説集』の序文のなかにセルバンテスが挿入した四フレーズのこの文章のなかで、彼は、あれほど多くの先人たちにつづいて、こんどはわれわれ自身が辿るべき道筋を示している。この過去の回想のなかで、セルバンテスはわずか二、三の苦難の時期だけを取り上げていて、彼自身の生涯の物語を素描するにもいたっていない。彼は、聴罪師のために身の上を綴ったアビラのテレサでもなければ、一五〇年後に文学的自伝というジャンルを創始したルソーでもない。しかし彼は、自画像への銘として、力強いタッチで、今日もなお集団的記憶のなかに彼を識別するいくつかのイメージを定着させている。すなわち、レパントの戦士、アルジェの虜囚、『ドン・キホーテ』の著者である。これらのイメージは不可分であって、いまなおわれわれが解明できない一つの絆で結合されている。兵士は、作家自身の手で、無名の闇から明るみへ導き出された。しかし、剣からペンへ、軍隊から文学への移行は一挙に遂行されたのではない。この経緯をどのように説明できるだろうか。部分的には状況の結果であるとしても、この移行は、一人の男、その本心がわれわれには絶対の謎である一人の男の選択を表わしていることにかわりはない。

後世が聖別した版画の彼方に一つの人生の糸を再発見すること、それがこの二世紀以上も前からこの謎に直面したすべての人びとの重要な課題だった。ある恒常的な関心がかれらを導いた。すなわち、セルバンテスの継起的諸段階において、長年看過されてきた一つのゆっくりした進展を再構築することである。一八世紀に最初の伝記作家たちによって開始され、現代にいたるまで多くの碩学によって引き継がれてきた、公的または私的な古文書の体系的な探究のおかげで、セルバンテスの生涯の標識をなす諸事件についての重要な資料を少しずつ蒐めることができた。彼の誕生、戦役、捕虜生活、家族間の事件、アンダルシアにおける任務、バリャドリード滞在、彼の作家経歴、同業者との関係、これらの問題については部分的にだが解明された。アストラナ・マリーンの記念碑的な伝記は、その誤謬と不十分さにもかかわらず、この労作の豊かさについての十分に正確な観念をわれわれにあたえる。

しかしまだなんと多くの闇が残っていることだろう！　われわれはまだこの作家の少年時代、青年期について、なにも、もしくは、ほとんどなにも知らないといえるだろう。アンダルシアでの任務の終りと、彼の最終的なマドリード定住とのあいだで、われわれは幾度も、数カ月、いや、数年にわたって、彼の足跡を見失う。彼の決定の潜在的動機の大半はまったく不明である。ここでいう決定とは、たとえばイタリアへの出発、ドン・ホアン・デ・アウストリアのガレー船への参加、二〇歳も年少の娘との結婚、同棲三年間ののちに起った夫婦生活の放棄、二〇年近い沈黙ののちの文学への復帰などである。彼の文書のかなりの量が失われてしまった。あとから人びとが彼に帰した文書の信憑性はうすい。われわれが保有していて、彼の栄光となった文書については、われわれはその起源について簡略な情報しかもっていない。われわれが入手できた肉筆の原稿は、公正証書、請求明細書、二、三の書簡につきる。最後に、彼の肖像と推定されるものは、本書の表紙を飾る肖像も含めて、信頼に価しないのである。

この不安定な土台の上に、無数の伝説が開花した所以《ゆえん》はよくわかる——セルバンテスのさまざまな恋愛、セビーリャで、また他の場所で繰り返された入牢、権力者との関係、謎にみちた贋作『ドン・キホーテ』の著者アベリャネーダとの苦い確執、これらは、真と偽とを切り離すのがきわめて困難な事項に属する。この種の捏造はひとを苛立たせるか、もしくは微笑をさそう。これらの一部は赦されてもいいだろう。こういう作り話は、情報の空隙を是が非でも埋めたいという願望の反映であるだけではなく、とりわけ、より深い憧憬の表現なのだから。それは、事件の緯糸の彼方に、幻想的な成果の偽造も怖れずに、これらの事件を生きた一人の人物の個性を発見したいという願望の表われなのである。この憧憬はまた、現在のものでもある。ただしその憧憬が着想させる手法は、根拠のない推測の堆積よりも厳密であると同時に、事件の具体性だけに集中する警察の捜査法よりも豊かであることをめざしている。この手法は、結局、作品のなかに、人間像ではないとしても、少なくともその人間を解明できるすべてを探究するために、セルバンテスのテクストに帰るのである。

こうして一世紀以上、一群の注釈者が、あらゆる探究のなかでもとりわけデリケートな探究をつづけた。しかし探究が精緻になればなるほどその対象はより巧妙に逃避しようとする。それには二つの理由がある。第一に、この作家が自分について語る話は、必然的により韜晦的になる。彼が自分の虚構の視点からわれわれに示す情報——『ドン・キホーテ』のなかに書き込まれた「捕虜の話」のように——は、彼が機会があるたびに否認する「偽＝語り手」にたえず自分の権限を委託しているだけに、いっそう採用しがたい。テクストに関して、彼が実名で自己表現をしてアイデンティティを保証しているもの——献辞、序文、『パルナッソ山への旅』——については、その資料的興味の価値よりも、セルバンテスがそこで自己演出する遣り方の方が重要である。それらは、いわば、その真正さの確認が不要な、芸術家の肖像にばらまかれた断片なのである。

さらに、詩、ロマン、ノベラ、戯曲、幕間劇は、独自な宇宙を構成し、その宇宙は、それを創造した人物の欲望と夢を体現しているとしても、彼の個人的冒険から逸脱していることはさけがたい。分析の道具が研ぎすまされ、アプローチの角度が倍加するにつれて、セルバンテスのテクストはその筆者についてわれわれに多くの思いがけないアウトラインを提供する。しかしその筆者は、もはやわれわれにとって、かつて著述業に身を投じ、それ以後その作品が新しい感覚で豊潤化された一人の捉えがたい人物の分身以上のものではない。われわれの視線はもはや、ドン・キホーテの奇行を嘲笑し、むしろ『ガラテーア』や『模範小説集《ヌヴェル》』や『ペルシーレス』に好意を寄せた一七世紀の読者の視線ではない。われわれはいまでも彼の短篇を嘆賞はするが、それは当然一七世紀人の偏愛の対象と同一ではない。われわれは、その起源においてなんの衒《てら》いもない笑劇《ファルス》にすぎなかった幕間劇に魅惑される。最後に、われわれは、当初滑稽な叙事詩にすぎなかった作品のなかに、近代小説のなかでも最初の、かつ、もっとも偉大な小説を発見したのである。

おそらくセルバンテス自身予想もしなかったこの変遷のなかで捉えられたこの作家は、歳月の流れとともに、崇拝者たちによって変貌をとげてきたのであろう。各世代が前代から託された彼の肖像に加筆し、訂正し、再構成を重ねつづけたからである。先人たちよりも慎重になったわれわれは、かれらが精製したさまざまなステレオタイプに疑念を抱いている。しかし同時に、それらに置き換えたきわめて暫定的なイメージにもなかば以上は満足していない。『ドン・キホーテ』の作者は、われわれが想像するイメージをつねに超えているからである。彼は既成の価値に対して敏感に反発し、あらゆる順応主義を蔑視する。しかし彼の慎重さと不協和との起源をどこに見出せばいいのであろう。奉仕に報われることの少なかった元戦士の幻滅のなかにであろうか。同様に推定されている、回心したユダヤ人の子孫という少数派社会階級への帰属のなかにであろうか。さらに、彼における、首尾一貫しないさまざまな照応が、よりオーソドックスな行動と交互に入れ代わるのが事実であるとするならば、彼のこの矛盾の法則をどこに見出したらいいのであろうか。人びとは、多年、確認し熟慮された諸行動の領域にとどまってきた。すこし以前から、かれらは、セルバンテスのフィクションがわれわれに提示する象徴的な諸形象を解明するために、非合理性の深みにまで沈潜することを試みている。さまざまな推測が提起されたが、それらによって、レパントの海戦による左腕喪失という一つの意図的理想化の再検討が促され、かつ、今日ではすでにすたれた聖者伝説の行き過ぎが指摘されている。しかし資料不足のために、それらの推測の拠点である「精神分析的＝伝記」の資料は奇妙に概略的にとどまっている。その資料は、最近人びとが主張し始めたように、おそらくマゾヒスト的諸傾向、さらには、潜在的な同性愛を暴露している。しかしまた、この資料は、その簡潔さによって創設者の台本のすべての扇形的拡大を許容する。執拗な隠喩に身を委ねるひとには、臨床医好みの陰気な幻想の寄せ集めに迎合したくなければ、慎重さが必要である。

セルバンテスを解釈する——これは向う見ずの冒険、身を引き裂かれる冒険、われわれがその間接的な把握しかしていない一つの変転する生活と、四〇〇年前にその生を生きた人物の作品とのあいだで二つに引き裂かれる冒険である。今日すでに消えてしまった一人の男から、その作品はそれ自身の生を生きるために、いまではするりと身をかわそうとする。しかしセルバンテスについて語ること、もしくは、ポール・ヴェーヌが言うように、彼を「よりよく語ること」――これが、われわれがわれわれの野心に合わせて、自らに三つの目標を課すことによってあえて選択した危険である。

第一に、必要なあらゆる厳密さをもって、彼について知られている事実を明らかにする――伝説的なものを、確実なもの、真実らしいものと区別する。たとえば公認されている意見であっても、セルバンテスがセビーリャのイエズス会の生徒であったこと、サント＝マリ＝ド・ラ・メールの沖合で捕虜になったこと、マテオ・バスケス宛ての書簡が重要な資料であること、『ドン・キホーテ』が牢獄の麦藁の上で書かれたこと、サンドバル枢機卿への手紙――周知のように偽造である――が死の予感にみちていること、以上の事項は、今日ではもはや認めることができない。一つの決定的な物語《レシ》が、セルバンテスの実際の体験を構成する諸経験と諸行動を不可欠なものと確認する。たとえその実体験が外側から捉えられたにすぎないとしても。

第二に、素人の眼には黄金の世紀を体現し、要約していると映る一人の作家を、彼の境遇と時代のなかに置き直すことが必要である。一流の諸研究のおかげで、今日われわれは初期三代のハプスブルク家統治下のスペインについて、より鮮明でよりニュアンスに富むヴィジョンをもっている。英雄的なある冒険の無名の役者、ついで疑惑と危機の時代の明晰な証人として、セルバンテスは、彼がその歴史の曲り角で観察した国家、しかし最後までそれとの連帯を感じていた国家の通訳者というヴィジョンである。この証言は、人びとが推測できたであろうように、生《なま》の資料ではない。それは空想的世界に由来する証言であるが、そこに現実世界の粉飾された反映しか見ないのは愚かなことであろう。ドン・キホーテとサンチョは、ある意味で、かれらを創造した人物であるが、かれらはまたスペインでもあるのだ。究極的には、かれらはわれわれ自身の一部なのである。しかしかれらは、まず自律的な作中人物である。たとえ心理解剖家のメスのもとでは、かれらはそのみせかけの生を剝ぎ取られて紙上の存在にすぎないことが露見するとしても。

最後に、可能な限りセルバンテスに接近せねばならない。全力で彼の謎の解明に努めることによってではなく、セルバンテス生存中の意図にかかわりなく、われわれが解明しようとしている一つの運命になった一つの存在の動きを追求することによってである。この道程は単純ではない。一つの人生を描くことは、それを構築することでもある。死者を蘇らせることは、死者を永遠に決定することである。われわれが近づこうとしている作家は、彼の近親者たちの知っていた人物にも、彼が自ら彫刻した肖像の「希代の創作者」にも、彼の死後彼が呼び起し、その研究への着手が残されている、試練に耐える超人という神話の連続にも適合しない。われわれが捉えうるのは、それぞれが部分的な真実をもっているこれらの仮面の奥に、彼の分身たちの背後に隠れている秘密の話者とわれわれが考えている、失われた人物のプロフィールである。かくも現在的な不在者であり、彼独自の声を、われわれが幾千もの声のなかからいつでも聞き取ることのできる話者である。われわれが倦むことなく素描を繰り返し、のちに他の人びとが訂正することができるであろう推定的なプロフィールは、なによりもまず作家セルバンテスのプロフィールであろうとする。願わくは、彼の生涯のこの物語《レシ》が、われわれの心にそれを読みたいという意欲をめざめさせるか、もしくはかき立てることができますように。

第一章　世界への目覚め　一五四七―一五六九

「おれのばあさまが言っとったように、世の中には家柄は二つしかねえ、物持ちとそうじゃねえのと。」

『ドン・キホーテ』後篇二〇章

世紀の曲り角で

マドリード近郊が観光客の好奇心に供する芸術的な主要都市の圏内で、アルカラ・デ・エナレスはいささか貧相である。たしかに、この町は他のライヴァル都市に比べて資産に乏しい。それに、他の都市のように特異な景観ももっていない。トレドのように、町を岩の上に隔離して、来訪者を感嘆させるタホ川の迂曲もない。セゴビアのように、雪を冠った山頂と黄褐色のカスティーリャ台地の広がりとの対照を際立たせて、その上に迫る山脈もない。バラハスとその空港〔マドリード空港〕を過ぎてサラゴッサへ東進する急ぎ足の旅行者は、歴史的な町の周辺に着いたことに気付きもしない。アルカラとプエルタ・デル・ソル〔マドリードの広場、全国里程標がある〕を隔てて眼に映る三〇キロの風景は、最近までまだ新《ヌエバ》カスティーリャの葡萄園と麦畠だった。今日ではその風景は、四方へ、いくつかの裸形の小山が地平線を遮る高原台地《メセタ》の最初の支脈へと、触手をのばしている首都の広大さを示している。

旅行者は、タホ川の支流、その名が岸辺に趣きを添えている草原、いまでも牛が草をはむあの草原を想起させるエナレス川を見捨てて、それと平行して走る高速道路から立ち去らなければならない。こうしてはじめて彼は、眠り込んでいる町の思いがけない顔を発見できるだろう。プリニウスとトラヤヌス帝の古代ローマのコンプルトゥム市〔現アルカラ・デ・エナレス〕の名残りはまったく、もしくは、ほとんど残っていない。侵略者であるイスラム教徒によって河岸に建てられた中世の砦アル＝カラー・ナールの痕跡ももはやない。しかしシスネーロス枢機卿が一五〇八年、この地に創立したコンプルテンセ大学〔のちにマドリードに移転、現マドリード大学〕のスペイン初期ルネサンス建築様式のみごとなファサードは、いまなお栄光の時代を証言している。それは、サラマンカ大学と学生への魅力を競い、最初の多国語訳聖書の出版によって聖別された、あのユマニスムの温床を目撃した時代である。遠く過ぎ去った時代であり、静かな通りに沿って宮殿や修道院の上に広がる沈黙は、フェリーペ二世治下のマドリード興隆がエナレス河畔の町にもたらした復旧不能の没落を物語っている。

旧ユダヤ人街区の中心部、ミセリコルディア病院の背後に位置する家、一本のいちじくが風趣を添えている中庭《パティオ》、上階へ通じる急な階段、ルネサンス様式の家具を備え、しみの見えるいくつかの個室をもつその家には、気品も魅力も欠けてはいない。アルカラのなかでもっとも有名な人物、『ドン・キホーテ』の作者が生まれたのはこの家だといわれている。しかしこの舞台装置は残念ながらまやかしにすぎない。歴史家たちは長年気づかなかったのだが、セルバンテスの本当の生家は、この家の相次ぐ所有者たちによって、数世紀のあいだに変形させられたのである。ルイス・アストラナ・マリーンの研究のおかげで一九四一年に生家と確認されたこの家は、解体業者のつるはしを打ち込まれてきたのである。そしてその地所に、あらゆる点で一六世紀の建築規格に適合してはいるが、その快適さの点では、大作家の質素な元の生家と同じとはいえない家が再建されたのである。

それゆえわれわれは、セルバンテスがどのような屋根の下で生まれたかを、けっして知ることができないだろう。だが少なくとも、彼の出生地として異論の余地なくアルカラを指定することはできる。いまはもう、この新しいホメーロスの郷里である栄光をスペインの一〇もの小都市が競い合った時代ではない。一八世紀半ばに幼いミゲルの洗礼証書が発見されて以来、考証学の進歩がこれらの伝説を払拭した。それは、われわれの主人公の誕生の日付けではないが、洗礼式の日付けをわれわれに知らせる、価値の高い幸運な発見であった。サンタ・マリア・ラ・マヨール教会において、一五四七年一〇月九日に洗礼されたセルバンテスは、ミゲル聖人の日、九月二九日に生まれたのであろうか。むしろ、その一週間あとで生まれて、ただちに教会内に運び込まれたのではなかろうか。きわめて高い幼児死亡率のせいで新生児の洗礼延期が許されなかったあの時代の慣習を考慮して、われわれはすすんで後者を信じたいと思う。

一五四七年は銘記すべき年であり、この年、フランスではフランソワ一世が、イギリスではヘンリ八世が逝去した。かれらはハプスブルク帝国にとって恐るべき二人の敵、第一級の君主であり、その死は、カール五世がその権勢の頂点をきわめた時点で到来した。三〇年来ガン在住のカルロスは、カスティーリャ、アラゴン、ナポリ、シチリア、オランダ、フランシュ＝コンテ、ボヘミア、オーストリアを統治していたが、継承と婚姻という結合作用によって王杖のもとに併合されたこれら多数の領地の統合者になろうとは思っていなかった。近代国家の創設者の一人としての名声が確立されていながら、多くの点で旧体制の継承者を自認する大帝の構想のなかには、諸国統合によってヨーロッパを創造することは入っていなかったのである。継承した各領土の独自性と伝統とを尊重するカール五世は、西欧キリスト教の中心にあって、選挙により獲得された神聖ローマ帝国の権威があたえるカリスマ的な役割を果すことを望んでいた。しかし彼は、その称号が先の時代に意味した政治的覇権の要求はしなかった。それでもやはりこの象徴的な優越性はきびしい反発を受けることになるであろう。その異議申し立ては、短期的には、自国に有利な昔日の均衡の再現を切望し、かつ各君主の死がいずれ不安定な未来をもたらすことになる隣接諸国によってなされた。より長期的には、同一の価値観、同一の信仰の上に立つ完全な賛同を基底とする帝国の上に重くのしかかる二つの脅威、すなわち、トルコと宗教改革とによるものである。

この二つの脅威のうち、トルコが体現する脅威の方がより劇的といえるであろう。オスマン・トルコ帝国は、東地中海のほとんど絶対的な覇者であり、マルタ島という防壁によって守られているもう一つの池、あのスペインという湖を虎視眈眈とうかがっていた。トルコがそれを占拠するためのみの切り札の一つは、明らかに北アフリカの海賊艦隊の支援である。その艦隊は、六年前のカール皇帝のアルジェ遠征の失敗によって自信を強化していた。人びとは少なくともその危険は避けたいと願っていた。網目のようなスペインの要塞、オランからラ・ゴレータまでのマグレブ沿岸一帯にスペイン人が固めた要塞が維持される限り、かつ、バーバリー〔旧北アフリカ〕の海賊たちが、不確実な海戦の成果よりは掠奪による直接的な利益の方を好んでいる限り、危険は回避したかったのである。もう一つの宗教改革という脅威は、エラスムスの天才のかげに隠れるとき、より潜行的にみえる。エラスムスの思想は当時宮廷で熱狂的な賛同者をもっていた。この思想が、公然とルターの異端思想の様相を帯びると、これは深刻な不安を世間に広め、皇帝はその蔓延の抑止に努めた。一五四七年四月のミュールベルクにおけるドイツ・プロテスタント諸侯に対する最初の勝利はスペイン世論の喝采を浴びた。しかしこの勝利は、その後長期にわたった精神的闘争のプレリュードにすぎない。すなわち、それ以降全面的に自己革新に専念したカトリック教会が繰り広げた闘争である。教会はついに、トレントにおける有名な公会議の審議を開始するにいたるが、この会議は二十余年の長きにわたってつづくのである。

アルカラはどうして、歳月とともに大帝国の有力な要素となった国家の知的な首都であることを、誇りと思わないのであろうか。統治の初期には、この国家の主役は、ブルゴーニュ公国の遺産の花形、カール皇帝の誕生を目撃し、かつ資本主義の大いなる冒険に最初にかかわったネーデルラント〔オランダ、ベルギー、

〔北フランスの一部〕の手におちたと信じることもありえたであろう。しかし一五三〇年以降、あらゆる情勢がカスティーリャを北部地方支配へ導いた。それは、中央台地の周囲に北のカンブリアと南のアンダルシアを併合する地続きの領土である。人口統計学が隆盛をきわめ、その発展は世紀半ばまで維持された。活気ある農業と広域輸出を行う繊維産業を基盤とする順調な経済。カトリック諸王が精練し、コムネロスの反乱（一五一九—二一）〔市民の反王権蜂起〕の試練に耐えた堅牢な諸制度——カスティーリャ諸都市のこの蜂起は、かれらが、若い皇帝が採用したフランドル人官僚の専横を弾劾し、かれら自身の既得権に執着したことに起因する。最後に、比類ない当時の地理的状況がある。カスティーリャは、地中海側ではアラゴン——広い意味でバルセローナ、バレンシア、バレアレス諸島を含むアラゴン連合国に隣接する。また、イタリア、とりわけミラノ、ナポリ、シチリアを睥睨する。大西洋側では、半世紀前に発見された新大陸、しだいに航路も定まり、領地を制圧し、入植期に入ったばかりの広大なアメリカ大陸をのぞむ。征服者《コンキスタドール》の世代は、一五四七年のエルナン・コルテスの死とともに終り、ポトシー銀山〔現ボリビア南部〕の組織的な開発が始まっている。

　この類い稀な運命を、カスティーリャは本心から選び取ったのであろうか。コムネロスの反乱がそれをもたらしたとしても、この国は叛徒とともにその野心を抑制したかったのではないであろうか。おそらくカスティーリャは、一流国になるために地図を活用したであろう。しかし、最初は諸般の状況によってカスティーリャは神聖ローマ帝国の総体と合体したとしても、この国は自ら大帝国の一部となることを意図しはしなかったのである。この地方は、七世紀のあいだ西欧キリスト教の進路の一つにすぎなかった。ヨーロッパの他の国々の関心とは縁のない「国土回復《レコンキスタ》」に全力で取り組んでいたこの国は、多くの点で、ピレネーの彼方の諸国とよりは、多年隷従してきたイスラム教国の方により近かった。しだいに領土を奪回し、一五世紀に国を二分した内乱も超克したが、それでもやはりカスティーリャは、中世末期の独創的な一つの見本を、緊張と紛争にもかかわらず、ユダヤ人、モーロ人、キリスト教徒が、各自の相違点を相互の補完要素として尊重しつつ、独自の共存を創設して、多元的なスペインを体現したのである。そしていまアラゴン王太子フェルナンドとカスティーリャ王女イサベルの結婚によって成立し、ついで一四七九年カトリック両王の即位によって確認されたアラゴンの併合は、カスティーリャ王国に新しい地平を開いた。そして一三年後、コロンブスがアメリカを発見した年、かつての侵略者の最後の堡塁グラナダを奪回して侵略者にとどめをさした。さらに三〇年が過ぎ、カルロス一世のカスティーリャ国王即位、ついで彼のカール五世としての神聖ローマ皇帝選出、そして新世界制覇が、こんどはこの国を世界のすみずみまで拡張した。まだ若い国にとっては破格的な躍進である。カスティーリャは、中世的な過去から唐突に引き離され、本来の半島的性格を奪われ、近代誕生の主役を課せられたのである。

この衝撃をたじろがずに受けとめるためには、カスティーリャの最強の切り札、領土の資源、息子たちの情熱と剛勇、インディアス〔中・南米〕の奥から引き出した金と銀という切り札を示すだけでは足りなかった。それに加えて、カスティーリャは、賭金と力量とをしっかり見定めながら、半島を堅持してゆかねばならなかった。この途方もない事業をこれから運営していくのは、やっと一人立ちしたばかりの国であり、事業の水先案内人は脆弱なネーデルラントやアラゴンで、これらはたちまち消耗しそうであった。もしカール五世が、要望された努力の代わりに、カスティーリャ国王であることを選んでいたならば、この国はもっと気楽にその大任に耐えることができたであろう。しかしカール大帝は、その皇位四〇年の大半を重臣たちのそばで過ごし、イベリア半島での滞在は短かった。この不在は悪影響を及ぼしたし、一方、レコンキスタ終焉で成就したキリスト王国スペインの勝利は、共同体の均衡を破壊した。聖職者、貴族、平民に分割されていた旧制度《アンシャン・レジーム》社会、金銭が各階級内部に亀裂を導入したあの旧社会のなかに、多数派階層である同根のキリスト教徒たちのなかに新しい分配路線が確立し、ユダヤ教徒であれイスラム教徒であれ、あらゆる種類の異教徒の排除が始まった。これ以後異教徒にとって不信の時代が始まる。

この一六世紀半ばには、イベリア半島内陸にとどまった三〇万のイスラム教徒はまだ猶予されていた。曖昧な法令が、純粋な形式での改宗を条件に、かれらの言語、習慣、風俗の保存を許容したので、かれらは、グラナダにおけるように、家族や部族の連絡網を維持したり、あるいはバレンシアにおけるように、かれらの直接の宗主を支持したりすることができた。皇帝は、同和政策の狂信的な改宗強制を憎んでいたので、かれらに暗黙の保護を約束した。彼は、同化を拒む民衆には制裁を加えながらも、この約束を彼の統治の終りまで守りつづけるだろう。

ユダヤ教徒の場合はより複雑である。先祖の信仰への忠誠のために、イサベル女王の命令で亡命を強いられたユダヤ人は、地中海沿岸に移住した。セファラド、すなわち「地中海沿岸に住むユダヤ人」がその子孫である。同化という演技を選んだ改宗者たちは国内にとどまった。神学者、法曹家、金融業者、医師、中世期にこの国が必要とした業務を果してきたこれらの人びとは、この国のエリートであることを誇りにしていた。君主の信頼や貴族との婚姻がかれらにあたえた特権を誇り、かれらの大半は確信をもってカトリックに改宗した。かれらの民族の兄弟たちが追放されているときに、かれらの多数は数世代にわたる良きキリスト教徒であった。幾人かの枢機卿は、最初の異端審問長官やトレドの首座大司教を筆頭にして、かれら本来の身元からの脱却を果したのである。こういう成功は、往年の家父長制社会の仕組みには含まれていなかっただけいっそう容認し難いものであり、その成功を嫉むすべての人びとの羨望、さらには、憎悪をかき立てるのに十分であった。

こうしてユダヤ教徒を襲った弾圧は、やがて改宗者《コンベルソ》へものしかかることになる。改宗者の出自たる民族と、その先祖自身が磔刑に処したキリストへの合一とが、改宗者のいかがわしさを倍加する。かくて汚染《マンチャ》、すなわち根源的汚点という固定観念が古来のキリスト教徒のあいだに蔓延する。かれらは、「この奇妙なスペインという国はユダヤ化され、マラーノス〔改宗を装うスペインとポルトガルのユダヤ人〕に侵されている」と思い込みがちな近隣諸国に向って、自分たちが汚染されていないことを誇り、その純血を宣言する。こうして密告が公認の制度となり、聖職者も、貴族も、いかなる高級官僚もこれを免れることができなくなった。みずからの疑わしいアイデンティティを再発見したいという狂おしいまでの願望に駆り立てられて、スペインの大規模な自己検証がこうして浮上してくる。ただし、地球的規模の冒険の躍進のかげで、この自己検証はまだ潜行的であった。しかしそれは、フェリーペ二世の統治とともに出現するであろう。それは一五四七年以後、正確にいえば、トレド大聖堂の司教座聖堂参事会が血の純粋性の最初の法令を可決した年以後のことである。この法令は改宗者に対して聖職者への門戸を閉ざした。この措置の主唱者は何者であろう。それは枢機卿になった一介の百姓で、その名は「小石」を意味するギハーロだったが、これをラテン語化してセシーリオと名乗った。その出自によってあらゆる汚染から守られていたこの人物は、この差別的処置の採択を強引に成立させた。国王が、ついでローマが、この差別的措置に反対して、その波及を抑止する戦いを試みたが無駄であった。この措置はほどなく全土に普及したのである。一五四七年から、宗教裁判所によってその企図が支持され——一五四七年はまた不穏文書の最初の発禁処分の年でもある——、一般民衆の賛同に自信をえたスペインは、ピエール・ショーニュが正当にも

「拒絶のスペイン」と呼んだ国家、これまでの地下潜伏的国家から、公的な大国に生まれ変わるのだが、奇しくもその年にセルバンテス誕生の年なのである。

先祖

一方には古来のキリスト教徒が、他方には新しいキリスト教徒がいる。この二つの集団《カースト》のどちらに『ドン・キホーテ』の作者を入れるべきであろうか。このような問題提起は、専門家たちを周期的にかき立てる情熱的な論戦への参加志願にほかならない。大抵の場合、一方のもしくは他方の仮説に依拠して行われる立論は、セルバンテスのテクストの傾向的な講読にもとづいている。セルバンテスにスペインの多数派の代表を認める人びとは、セルバンテスが、アルジェからの帰国に際して慎重に作成した身元証明書のなかで、古来のキリスト教徒（クリスチアーノ・ビエホ）とみなされていた事実だけを重視する。かれらは「犬の対話」、『ドン・キホーテ』、『ペルシーレス』の反・モリスコ〔レコンキスタ後カトリックに改宗したモーロ人〕的な非難を、また数篇の捕虜生活を描く芝居のなかのユダヤ人が体現する滑稽な状況を、証拠の書類として援用する。かれらの論敵は、バーバリーの牢獄から救われたこの男、彼の奉仕に当然報いるべきであった人びとによってたえず拒絶されるこの男は、彼がその純血の確証をいちども提示しなかったと反駁する。純血は単純な噂によってしか保証されない。ユダヤ人やモリスコに対して放たれる言葉の激しさは、言外にほのめかす皮肉ほど強烈に感じられないし、それらの言葉は、まして《ア・フォルティオリ》、中心的行動と矛盾する幕間劇のなかで沸き上る哄笑を強調している。こうして「驚異の人形劇」が空想的なスペクタクル、「汚点のない」人びと専用の（と称する）見世物に招かれて、喝采する有力な農民たちをわれわれに示すのである。そして農民は、自分がなにもわからないと思われたり、隣人たちから不純の疑惑を受けないように、ただちにその見世物に喝采するのである。

セルバンテスは、定着した価値観の擁護者になりたいと思ったのであろうか。反対に、彼の時代の流儀に同意しなかったのであろうか。彼の選択がいずれだったにせよ、彼があるカーストに所属していたことが彼の選択を決定したと主張することは、粗雑な決定論の罠に陥ることになる。忘れないでおこう、彼の場合には、教条主義者はけっして芸術家に優先することはなく、彼の作品の危険な力は、一目で推測できそうな作品の企図を超越している。黄金世紀のもっとも有名な作家、スペインの世界的天才のシンボルでさえある彼がコンベルソであったと知ることは、彼の出自を秘匿するように強い、彼の精神的世界の様相は、おそらくかくかくしかじかだったろうという推定を可能にするかもしれないが、彼の創造の鍵はけっしてあたえてくれないであろう。

セルバンテスの先祖についての十分な解明の代わりに、長いあいだ少しずつ集められた資料が、『ドン・キホーテ』の著者へ寄せられてきた空想的な系図に結着をつけることを可能にした。かつて人びとが主張したこととはちがって、セルバンテスはレオンの古代の王の子孫ではない。また、イサベルとフェルナンドの時代の傑出した貴族、ホアン・デ・セルバンテス枢機卿の縁者であったふしもみえない。イベリア半島に広く流布している彼の姓は、おそらくガリシアに由来する。しかし彼の先祖が定住したのはおそらくアンダルシアである。彼の父方の曾祖父ルイ・ディアス・デ・セルバンテスは、一四三〇年ごろ生まれた。カトリック両王の時代におけるコルドバのラシャ製造業者であった彼は、その妻カタリーナ・デ・カブレーラとともにその地で裕福に暮した。彼の祖父ホアン・デ・セルバンテスは、この商業都市から脱出できるであろう。彼は曲折した経歴ののち、弁護士になることに成功する。一四七〇年ごろ生まれた彼は、サラマンカで法学を学び、三〇歳代でコルドバの医師の娘レオノール・デ・トーレブランカと結婚し、四児をもうけた。彼はつぎに王室代理官《コレヒドール》補佐役に任じられ、二〇年間さまざまな役場で中心的権力の代行官僚となる。アルカラで伯父たちの一人の補佐役に任命され、その地で一五〇九年に、彼の次男、ミゲルの未来の父をもうけるが、この年はシスネーロス卿が大学を創設した年でもある。三年後、この「有徳の貴族学士」は、ふたたびコルドバへ赴き、彼の父の商売を清算したのち、トレドへ向った。

二つの意味深い経験が彼の経歴のつづきにしるされる。一五二三年、彼はクエンカにおいて、彼の恣意的な行為を非難する市民たちと確執をもつにいたる。一五二七年、グアダラハラで、親王ディエゴ・ウルタド・デ・メンドーサ公爵の参議になる。この親王は、若いころ、マリア・マルドナードという名の魅力的な平民女性に恋をした。一五三〇年に彼は、二〇〇万マラベディスという大金を持参金としてあたえてから彼女とひそかに結婚した。一年後、彼の魂は天に召された。この親王の相談役かつ共犯者であったホアン・デ・セルバンテスは、そのとき、継母が父公爵の財産の五分の一を相続することを発見した王子たちの激怒を真っ向から浴びることになった。彼はとりわけ、庶子のドン・マルティン・デ・メンドーサと対立した。この王子の母親はジプシーで、彼は司教代理の職についていたが、学士自身の娘マリアの恋人になっていて、彼女に豊かな持参金を約束していたのである。マリアと同時に唐突に解雇されたホアン・デ・セルバンテスは裁判所に公訴した。相手はただちに反撃に出た。ホアンはバリャドリードで拘留されるが、この牢獄にはのちに彼の息子のロドリーゴ、また孫のミゲル自身も拘置されることになるであろう。拘留中の学士は、彼に対する告発の誤りの証明に成功し、勝訴した。マリア・デ・セルバンテスは、彼女の前恋人から正当な賠償を受け、マルティナという娘を産む。以後、彼女はマリア・デ・メンドーサと呼ばれるのである。

一五三二年、学士はアルカラに帰郷し、そこで豪勢な五年間を過ごす。彼は、ラ・イマーヘン通りの家を所有し、ラ・カルソネラと呼ばれるごく近くの別の家の入手にも成功する。彼はその新居で贅沢な生活を送る。二〇年後にもなお人びとは、数匹の馬、召使いたち、彼の華美な衣裳を覚えていた。さらに彼が最高の社交界に出入りしていたことも噂した。しかし彼はやがて巡歴生活に戻った。オカーニャ、マドリード、プラセンシアと移住をつづける。このたえまない転居は、たしかに彼の職務と関連しているが、同時に、夫婦間の増大する不和の証しでもある。かれらの別居は一五八三年から始まる。ドニャ・レオノールは二人の息子とともにアルカラにとどまり、彼女が金銭的困難の増大に直面している一方で、ホアン・デ・セルバンテスはコルドバへ帰り、その地で宗教裁判所の弁護士になる。彼はまた、バエナ、カブラ、オスーナにしばらく滞在し、ときには大貴族に奉仕している。ついで彼は最終的に生国に帰還し、そこで裕福な暮しを楽しみ、尊敬されながら没した。われわれが保有する公正証書は、彼の内面生活についてはほとんどなにも教えてくれない。少なくともそれが垣間見せるのは、快適な住居、一人の女中＝愛人、白人と黒人の一群の奴隷、報酬の良い仕事（これは同業者たちとさまざまな葛藤を招いたらしい）などである。

外科医の父親

セルバンテスの祖父はたしかに特異な人物である。買収で告発されたのは、おそらく冤罪《えんざい》であったろうが、実際、権力者には甘く弱者には厳しかった。ミゲルがそのヒロインの一人に、裁判所付属吏についての幻滅を語らせたとき、彼はおそらく祖父を思い出していたのであろう。いずれにしても、セルバンテスは彼のおかげでニテレス川のほとりで生まれることになった。というのは、彼の父ロドリーゴ、つまり学士の次男がアルカラにとどまり、定住したからである。このつつましい人物については、ほとんどなにもわからない。彼は少年時代から耳が遠くて、一五四〇年ごろ若死にした兄のホアンのような社交性にも乏しく、父についてコルドバへ発ち、有利な結婚をしてカブラに定住した末子のアンドレスのような能力ももっていなかった。しかし彼は、セルバンテス一家が離散する前にシスネーロスの町で幅をきかせていたころ、恵まれた歳月のなかで成功を経験した。彼は、ヴィオラと乗馬の愛好家で、上流社会の人びとが好んで勝負を競うコンクールや騎馬ゲームに出場したのである。残念ながらこの幸福な時期は一五四二年ごろに終った。それは、彼が旧カスティーリャの出身で、のちにマドリードに近いアルガンダに定住した地方地主の一族の娘、レオノール・デ・コルティナスと結婚した年である。父の出立、母の財政的困難、長兄の死、こういう新しい状況が、彼に家計を担うという重責を負わせた。難聴のせいで、学士の父のような華麗な経歴を追うことができなかった彼は、メーディコ・スルハーノ、つまり外科医になることに決めた。これは当時評価の低い職業だった。なぜなら、ヒポクラテスの技術がまだ揺籃期にあり、ときには床屋も兼ねる外科医は、この時期単純な技師にすぎなかったからである。

ロドリーゴは母方の祖父、トーレブランカ医師の職を引き継いだことになるのであろうか。祖父自身は高名な開業医の名家の出だったのである。医学的階層の最下位に属する彼のつつましい位置は、彼にこの有名な先祖について黙秘することを選ばせたと推測させる。彼の結婚がどのような状況下で行われたのかは、まったく不明である。レオノールの両親が娘の選択をあまり歓迎しなかったことはほぼたしかであろう。この時代には珍しく、彼女は読み書きを習得していた。そして多分彼女は、逆境にあって発揮せねばならない性格の強さを早くから確立していたらしい。両親は彼女のためにもっと良縁を期待していたのであろう。現に、かれらはどの孫の洗礼にも立ち会っていない。この暗黙の否認は、学士の無関心と呼応する。ロドリーゴから結婚の意志を知らされた彼は、息子の手紙に返事も出さなかった。だから、この時期に生まれたロドリーゴの三人の息子が誰もホアンという名をもたないのも驚くには当たらないのである。

結婚の一年後に生まれ、幼児のまま死んだアンドレスのつぎに、二人の娘、アンドレア（一五四四）とルイサ（一五四六）、つぎに二人の息子、ミゲル（一五四七）とロドリーゴ（一五五〇）が六年間に相ついで生まれて、家族の輪が広がりつつあった。母親の援助の増大にたよるかけだしの医者にとって、これは重荷だった。それに、有名な同業者の多い町での競争はきびしかったし、この町には、「犬の対話」が教えてくれるように、医学生が二〇〇〇名を数えていた。

「つまりこうだ、とベルガンサは言うだろう、この二千人のお医者さんが、治療すべき患者を手に入れるか（それこそ大変な災厄で不祥事だがね）、さもなければ、かれらが飢えて死ななくちゃならないか、のどちらかだ。」

（『模範小説集』会田由訳）

飢え死にしないために、ロドリーゴのような新米医師は、どんなつまらない仕事にもあまんじ、すべての来訪者を客として受け入れねばならない。小学生の喧嘩、工事現場の事故、やくざの乱闘などが、よかれあしかれ、沢山の骨折の手当て、傷の縫合、おまけに大量の瀉血を彼に供した。しかし結局、大家族の扶養にはこれだけではなおかなり不足だった。たしかに、われわれの外科医は、ときには学生の下宿やいかがわしい宿屋　そこが彼の武勲の通例の舞台だったが——から逃れて、秘密の厳守をのぞみ、そのくせ財布のひもの固い、どこかの高貴な患者の世話をすることもあった。しかし上流社会へのこういう出入りはしばしばトラブルをひき起した。コゴルード侯爵の息子の一人の手当てをしていたとき、ある偶発事件が患者を死亡させたようにみえた。青年の父がロドリーゴの無能をとがめ、謝礼金を拒んだので、ロドリーゴは裁判所へ告発を試みたが、成功しなかった。これ以上の裁判続行を断念し、職業上の困難によって意気阻喪した医師は、家族同伴の離郷を考え始めた。

末子の誕生が彼の決意を促進した。一五五一年一月一〇日、ロドリーゴの父ホアン・デ・セルバンテスは娘のマリア・デ・メンドーサにイマーヘン通りの家の売却を委託した。マリア（彼女の娘マルティナは少し前に、トレド大司教館の書記長、ディエゴ・ディアス・デ・タラベラと結婚していた）は、彼女の恋人の司教代理が彼女に許諾した贈与財産を巧みに管理することができた。おそらく彼女はこの取引をロドリーゴと協同して行ったのであろう。この少し後に、彼女は一家の落伍者である弟と別れ、同時にその家族と運命を分ち合うことをやめた。二カ月後に、セルバンテス一家はそろってアルカラを捨ててバリャドリードへ向い、一つの過去を抹消した。荷物とともにかれらの乗り込んだ貸馬車は、一週間以上もかかって四〇里の悪路を走りつづけ、家族は毎晩安宿の無愛想なあしらいにあまんじなければならなかった。ついに四月のはじめごろ、一行はピスエルガ川の岸辺に辿りつくが、ここは宮廷のすぐそばだった。この宮廷では三年前から不在のカール五世の代わりに、彼の娘、摂政ドニャ・マリアとその夫マクシミリアンとが宮廷を代表していた。

二度と帰るつもりのないこの旅行は、学者たちが指摘したように、衝動的に行われたのであろうか。

ロドリーゴは、ドン・キホーテさながらに、より良い世界を求めて、これという当てもなく出発したのであろうか。そういう推測は、商売に挫折した外科医の辛苦と、不正を糺そうとする騎士の幻想とを混同することになるであろう。要するに、バリャドリードはラ・マンチャとはまったく異なる世界であった。そこは、三万五〇〇〇人の住民を抱え、旧カスティーリャのなかでもっとも繁栄した都会の一つであった。それは、司法院や審議会の控え室において、告訴したり、懇願したり、対策を練ったりするすべての人びとの関心の的の地であった。ミゲルの父にとって、この新しい滞在は、より広汎でより富裕な患者の予測を意味していたし、すなわち、困難からの回避の希望を意味していたのである。

実際には、アルカラ脱出は、その後一五年にわたる彷徨の開始であり、ロドリーゴはやがて半島中を経巡って、最後にマドリードに定住することになる。一五年間の間断のない移動は、ホアン・デ・セルバンテスの三〇年間の遍歴をわれわれに思い出させる一方で、『ドン・キホーテ』の作者自身の一五年間のアンダルシア彷徨を予告するものでもある。これらの放浪を正当化するために、生活苦に迫られた変転と言うひともいるであろう。しかし三世代にわたって引き継がれたこの放浪生活は、身を以てそれを体験したかれらにのしかかる別の圧力を考えさせる。最初のホアンは、訴訟狂で、妻の縁でアンダルシアの医者一族の親類であった。次世代のロドリーゴは、移転をつづける外科医であり、農民の娘との結婚は、一族から身分を貶しめるものと受け取られた。最後にミゲルは、戦功に報いられることなく、収税吏になり、反抗的な債務者を追って、町や村を走りまわらねばならない。三つの職業、三つの彷徨、三つの運命は、一六世紀スペインにおける新キリスト教徒の立場から見て、コンベルソ集団への同一のひそかな帰属を示すようにみえる。しかし、セルバンテスの作成した一五の証言は彼の純血を主張しているし、他方われわれは依然として彼の汚染《マンチャ》の決定的な証拠をもっていない。ロドリーゴは、バリャドリードに着いたとき、イスラエルの罪を負ってはいなかった。彼はその事業において、すすんで父にたよう、「有徳の学士様」の名は彼にとって信用の保証であった。数カ月後、彼は裁判所において小貴族《イダルゴ》の称号を請求する。しかしこのようにして身分を取り戻そうとする者は、その後逆境から逃れられない不幸な男になるほかはないのである。

バリャドリードでの蹉跌

八カ月もあれば、ロドリーゴが幻想から醒めるのに十分だった。しかし彼は、いったん落ち込んだ罠から脱出するのに二年近くかかった。はじめから易々と成功が手に入ると信じ込んでいたこの無分別な夢想家にとって、この試練は手ひどいものであったにちがいない。彼はその居住地からの成功を信じていたのである。ロドリーゴは到着するとすぐに、サンクティ・スピリトゥス通りの姉のマリアが借りてくれた広大な屋敷の一階に居を構えた。彼は患者の殺到を確信して、補佐助手を一人採用し、その上従僕も一人雇った。

無分別な出費だったろうか。実のところ、この町が彼にみせた光景は彼の希望をふくらませるものであった。およそ四万人の住民を抱え、なお発展中のバリャドリードは、まだその発展をこなしきれないでいた。当時のクロニスタはこの町を広い野営地のようなものに好んでたとえている。かれらは、この町のしばしば多湿の風土を歎き、事務所や公共広場の粗略な設備をからかい、サン・パブロ通りのまんなかでころげまわる豚の群れについて描写している。しかしこの地のいくつかの教会は精巧なファサードをもち、プラサ・マヨールを囲む諸公邸は、すでに観光客の驚嘆の的であった。豪華な商店と熟練した宝石細工のために有名になった商店街には、人通りがたえまなく、貴族、商人、学生、奉公人、聖職者、乞食、奴隷など、あらゆる種類の、壁の間を押しあいへしあいして進む人びとの休みない波動が、この通りを活気づけていた。あるオランダ人旅行者の愉快な連禱が、この怪しげな町が来訪者にあたえたにちがいない印象をみごとに要約している、――この町はたっぷりと提供してくれる、ピカロス、プタス、プレイトス、ポルボス、ピエドラス、プエルコス、ペーロス、ピオホス、プルゴス（悪漢、淫売婦、訴訟、塵埃、石塊《いしくれ》、豚、犬、虱《しらみ》、蚤）などを。――要するにこれは、近代バビロンの混乱状態であるが、同時に、日雇い労働者までがスペイン中で最高の給料を支払われていた、事実上の首都の輝きでもあった。

ロドリーゴは過度の楽観によって過ちを犯したのであろうか。彼は、すでに豪邸を構えている同業者たちへの挑戦に成功できると思ったのであろうか。彼は、人びとに好印象をあたえるために、姉の経済的支援をあてにして、贅沢な出費を繰り返したのであろうか。その姉自身も豪勢な暮しをしていたにちがいない。ともかく事実は以下のようである、一一月に彼は、グレゴリオ・ロマーノという名の債権者に返金するために四万マラベディスを借りねばならなかった。この借金は、人目をはばからない高利の貸付けであり、金貸しペドロ・ガルシアとロドリーゴの姉マリア・デ・メンドーサとのなんらかの共謀をうかがわせる条件で契約されている。翌年の聖ヨハネの日に定められた期日が来たとき、借り手の返済不能が明らかになった。彼はもう家賃を払うことさえできなかった。ロドリーゴは、一五五二年七月二日に投獄され、二日後には自分の財産が差し押さえられたことを知った。われわれの入手した供託物件目録を信じるならば、これはまことにささやかな物件である――若干の家具と壁掛け、櫃《ひつ》一箇、シーツ一式、ごくわずかな衣服、一振りの剣、ヴィオラ一張、手術手引書二冊、文法書一冊。なんの隠匿もなかったとすれば、外科医の貧窮はこれらの物件が十分に証明している。ロドリーゴの母、ドニャ・レオノール・デ・トーレブランカは、差し押さえ資産のうち自分名義に書き換えられるものはすべて救出しようとした。彼女は家族とともに一階を放棄し、マリアの住む階に移転した。彼女の嫁はその階で、七月二二日に、第五子、マグダレーナと名付けられた娘を出産した。その間、ロドリーゴは独房の奥から反撃に転じた。彼が自分の名誉を守るために作成した証拠によって、彼の父と彼自身は、平民にはあたえられないような名誉ある職業をもっていることが明らかにされた。なお、二代前からのセルバンテス家の周知のイダルギーア（郷士の身分）は、王令による公的登録認可によって保証されたものではない、という事実が残っている。ロドリーゴは、姉のマリアがわれわれに残した証言のなかで自分の年齢を実際より若く偽証したのと同じように、自分を貴族にしたてたのであろうか。注目すべきことは、外科医が要請した証人はすべて、アルカラとグアダラハラにおける繁栄の時代について陳述したが、父方の祖父が始祖となったコルドバからはいかなる証言も提出されなかったことである。ミゲルの父は、先祖のラシャ商人という職業を明示するのを嫌ったのであろうか。彼のコルドバの先祖についての黙秘、彼自身の職業の公表の拒絶は仄暗い影を投げかけて、歴史家を困惑させる。

いずれにしても、彼がつぎつぎに打つ手は裁判所の側からの妨訴抗弁に直面する。実際、彼の債権者たちは、かれらの債権を取り戻さないかぎり、なにひとつ納得しない。ロドリーゴは、一一月七日に保釈されたが、依然として支払い不能のために、一〇日後に再入牢する。同年一二月、ついで翌年一月に、もう一往復があった。この不幸な男が最終的に牢獄を去るのには二月まで待たねばならない。さらに、借金清算に必要な資金を集めるために、サンクティ・スピリトゥス通りの家の家具売却が必要になった。

いま彼に残された仕事は、幻滅と失意しか体験できなかったこの町に別れを告げることだけである。一五五三年の春、彼はふたたび貸馬車にわずかな荷を積み込む。二人の女性レオノールとマリア、五人の子供とともに、彼はピスエルガ河岸を去り、アルカラに戻ったらしい。六歳まぢかのミゲルにはこの苦渋にみちた滞在の記憶が残っていただろうか。彼の作品のなかには、それに関する手掛りはなにもない。しかし半世紀のちに、このフェリーペ三世の束の間の首都にミゲルが居住したとき、きっと往年の滞在が彼の記憶に蘇ったことであろう。彼は父親とは違って、この地で成功を享受する。しかし彼も父同様に、この地で牢獄の湿った寝藁を体験することになる。

外科医がそのとき実際に生地に帰郷したとしても、そこにはひと夏しかとどまらなかった。その間、彼はおそらく姪のマルティナとその夫の書記によって提供された一軒の仮住いをみつけ、またできるかぎり、不安定な財政状況の再建を試みた。ロドリーゴは当時再開業をめざしたのであろうか。ふたたび姉マリアの援助を受けたのだろうか。レオノールが、コルティナ家がアルガンダに所有していた麦畠の収入の彼女の分け前を入手することを、彼は待っていたのであろうか。ただ一つだけ確かな事実は、秋になるとすぐ彼がふたたび旅立ったこと、ただし今度はコルドバへの旅立ちであったことである。彼が父親に自分の計画を予告していたとは思われない。学士が一五年前から息子の家族といかに接触が少なかったかは、よく知られている。それでも、新たな門出にはそれなりの意味があった。それは、王国の中心が北から南へ下降する、まさにその時期に行われた。その地ではセビーリャが体験中の驚異的発展がグアダルキビール川流域の平原すべてに広がっていた。他方、ブルゴスとバリャドリードは、その毛織物とラシャとが紡織産業の不況にさらされていた。ロドリーゴは彼なりに、自分の放浪を介して、この景気交代の大きなうねりを実感したのである。それは、時が来れば、彼の晩年の遍歴が確認することになるうねりである。

源泉への遍歴

アンダルシアをめざすこの旅立ちは、セルバンテス研究者たちに感動的な数ページを綴らせる。アルカラからコルドバへ向う旅人は、トレドを抜けるとラ・マンチャの大平原に踏み入る。往時の馬車は、六、七の停泊地を経てこの平原を通過せねばならなかった。一〇月の空の下に広がる枯野の風景――彼の主人公がやがてロシナンテの歩みに身を委ねて駆けめぐる風景、主人公の想像力をかき立てる風車、彼の狂気が城と思いこませる旅籠、これらを発見したミゲルの感動をどうして喚起せずにいられようか。後年あの傑作を産出したにちがいない精神的衝撃のこのきわめてロマンティックな祝祭は、『ドン・キホーテ』の成立起源についてわれわれが知っているすべてを否定するだけではない。それはセルバンテスが実際に家族とともにこの道を辿ったことを前提とする。ところが、それは未確認の事項なのである。数世紀にわたって人びとは、彼の少年時代、青年期について、実際にはなにひとつ知らなかった。一五六七年、つまり彼がマドリードに定住する年まで、彼の痕跡は不明であった。アストラナ・マリーンのおかげで、ロドリーゴのコルドバ滞在が発見された。この滞在は、彼のコルドバ到着の数日後、一五五三年一〇月三〇日の文書によって確認されている。しかし外科医は家族といっしょに来たのであろうか。その主張を保証する手掛りはなにもない。以前の失敗に懲りたロドリーゴは、妻子を姉と姪の保護に委ねてアルカラに残し、母一人を伴っての運試しを選んだことは十分にありうる。この数年間に、レオノール・デ・コルティナスが数人の子を連れて、エナレス川の岸辺を数回訪れたことは証明されている。

まだきわめて幼いミゲルはそのなかにいなかったのであろうか。そう考えてもおかしくはない。

学士とその息子との再会がどのようであったか、知りたいものである。レオノール・デ・トーレブランカ（彼女はやがてコルドバで他界する）も旅して来ていたとしても、家政婦のゆきとどいた世話を受けていたホアン・デ・セルバンテスは、長い間別れていた妻との再会を喜ぶことはほとんどなかったであろう。一つの家庭内詳報が老弁護士のおぞましいエゴイスムを推測させる。ロドリーゴは、アンダルシア到着直後に、亜麻と木綿の布数オーヌを分割払いで購入する。それは、これまで言われてきたように、彼がもうシャツも持っていなかったからであろうか。いずれにしても、彼はこの買い物に必要な金を借りなければならなかった。彼が借金地獄の循環に再転落したことは、彼の父が、彼が当然期待していた歓迎をすぐには彼にあたえなかった事実をよく示している。

おそらく当初の冷遇は、少しずつより親しい関係へ変っていったのであろう。ホアン・デ・セルバンテスの心のなかで、最後には血族の愛情の方が勝ったらしい。その証拠に、一五五四年ごろ外科医の末子が誕生し、こんどはその子が祖父と同じホアンと命名された。しかしこの末子が生まれたのがコルドバかアルカラなのかについては不明である。学士はおそらく息子を援助して、グアダルキビール川に近いサン・ニコラ・デ・ラ・アヘルキーアの庶民的な区域に居住させたらしい。彼は多分、ロドリーゴが、当然のことだが、患者を求めていたら、しかるべき筋に息子を推薦したであろう。異端審問所の「常連」――すなわち密告者になったミゲルの父は、友人の医師の命令に従って、検邪聖省〔異端審問専門の教皇庁の部局〕の獄舎で、彼の才能を発揮したのであろう。彼はまた慈善病院の寄属医にもなったであろう。願わくは、彼が庇護者の期待にかない、患者の要請に応えられたであろうことを。そして成功が彼の心の傷を癒してくれたことを。セネカの誕生を目撃し、その有名なモスクがいまもなお、この町がかつてイスラム教・スペインの首都だったことを想起させるコルドバは、その栄光の過去を誇り、活気あふれるセビーリャから直接影響されるには、あまりにも遠くに位置していた。この町の住民のマラガ、グラナダ、新世界への集団移住は、フェリーペ二世治下に確認されることになる沈滞を啓示する。それでも当時としては、たかだか人口四万人を抱えたこの町は、カスティーリャとアンダルシアを結ぶ基本線上の重要な宿駅であった。その地方的商業はいまなお繁栄していたし、かつて名工を輩出した皮細工の職人たちは、カリフ〔イスラム教主〕の時代の偉大な「コルドバ皮細工師《コルドウアニエ》」にふさわしい継承者であった。

そういうわけで、この町はいまだに活況を呈していて、それでロドリーゴは、この町、雨の多い初冬、グアダルキビール川の二度にわたる凄まじい増水に急襲されたこの町で、ふたたび開業したのである。前の失敗がよい経験になり、父の援助で力づけられたロドリーゴは、大学都市アルカラやバリャドリードで幅をきかせていた優秀な同業者との競争をもう怖れない。彼は先祖の出生の地で数年を過ごすであろう。十分想像できることだが、その数年は彼がやっと辿りついた平穏な歳月であり、外科医はやっと自分のなわばりを見つけ出して家族を呼び寄せることができたのである。少なくともこの仮定にもとづいて、ミゲルのアンダルシア滞在の推測が成立する。ミゲルはその町で三つの決定的な発見をした。すなわち、学校、演劇、ピカレスク小説である。

まず、読み書きを学ぶ年齢、六歳の少年にふさわしい学校から始めよう。ミゲルは最初の基礎授業をセルバンテス家の親族、アロンソ・デ・ビエラスのカスティーリャ地区にある「アカデミア」（私塾）で受けたらしい。彼は学習に熱心な子供だったであろうか。彼の読書への情熱はわれわれにそう思わせる。それにしても、彼はどもりに悩んでいたにちがいない。この癖は、彼自身の告白によれば、彼を終生苦しめたものであった。ついで彼はイエズス会の生徒になったらしい。イエズス会は老練な教育者集団で、エリート青年を膝下に集めることに腐心していた。ミゲルはかれらのサンタ・カタリーナ学院に通ったのであろう。この学院は二年間の一時的設営のあとで、コルドバのもっとも美しい宮殿の一つに移転したかもしれない。この時期に彼は文法と修辞学の手ほどきを受けたのであろうか。ラテン語作家たちの翻訳を練習したのであろうか。多くの問題が解答を見出せないままである。ベルガンサが「犬の対話」のなかで披瀝するセビーリャ・イエズス会修道士への賛辞から、人びとは、ミゲルはコルドバのかれらの同僚の授業を受けたにちがいない、と推理した。これはせいぜい詭弁にすぎないが、これについては、ロドリーゴのセビーリャ滞在を考察するときに再検討することにしよう。いまは、彼の息子が小学生として平凡な知識を身につけたと言うにとどめておこう。

つぎに演劇だが、セルバンテスの打ち明け話を信じるならば、彼は早くから演劇への興味を抱いていた。ここで言う演劇とは、スペイン演劇が国家的な存在ではなく、常設劇場がまだ生まれていなかった時期に、娯楽を求める世代に提供された見世物のことである。アンダルシアの上流社会の閉鎖的な環境のなかで、人びとは晴れの日にはサンタ・カタリーナで善良な神父たちが上演し、かれらの生徒たちが町の有力者や両親の前で演技する寓意的戯曲に喝采しなければならなかった。これらの教訓的な芝居は、カスティーリャ語をふんだんに織り込んだ生彩に富むラテン語で書かれていて、人びとに美徳と悪徳とにとらえられた「人間」を見せた。ある人びとの言うところでは、これらの芝居が若いミゲルの精神に強く働きかけたろうと思われる。しかしつつましい外科医の息子がこういう芝居に列席したことを証明するものはなにもないし、彼自身どこでもそれらの上演について語ってはいない。

よりありそうなことは、彼がそのころ人形劇と出会ったことであり、セバスティアン・エーという操り人形師が以前からスペインで評判であった。のちに、「ガラスの学士」のなかで、彼はこれらの「浮浪の徒」のことを思い出すであろう。かれらはときにはつぎのようなことをした。

「全部の、いやほとんど大部分の旧約・新約の聖書に現われる人形を、いっしょくたに袋のなかにつめこんだり、その袋に腰をおろして、居酒屋だの一膳飯屋だので食ったり飲んだりすることさえある。」

なぜ、ドン・キホーテが傀儡師ペドロ親方の舞台に飛び上り、生きているような人形たちをこなごなに打ち砕いたのかは、ドン・キホーテの狂乱の根底にひそむ、かつての少年セルバンテスの心をとらえた人形劇の魅惑に照明を当てないかぎり、理解できないであろう。それにしても、セルバンテスが晩年にその才能を賞揚した偉大なロペ・デ・ルエダの旅芝居を、彼はどこかの宿の中庭で見る機会をもったのであろうか。ルエダの一五五六年のコルドバ滞在の証拠はあるにしても、彼の賛美者セルバンテスの言葉は、その出会いがもっと後年であったことを暗示している。この出会いについてはあとで再検討することにしよう。

漂泊、犯罪、売春などの混然とした淀みのなかで、あらゆる種類の浮浪者や乞食が行き交うスペイン社会の吹き溜りについては、それがセルバンテスの作品のなかで大きな位置を占めているために、ときには、のちにピカレスクと呼称されるものとの彼の最初の接触をコルドバ時代と推定する人びともいる。当時いわゆる「ピカロ」は、まだ文学的な高位に到達してはいなかった。より正確に言えば、ピカロを指す表現は、当時限定的な意味しかもっていなかった。ほとんど担ぎ人夫や皿洗いに適用されるだけであった。それでもやはりこの言葉の彼方に、神学者や法学者の注意をひく現象の意識化を認めざるをえない。すなわち、理論上は合法的な物乞い、大道生活が意味する広義の現象、そしてその増大がその後世間の不安を駆り立てることになる現象である。神学者たちの論争は、一つのマージナルな世界、それが存在していた薄暗がりから突如引き出されたはみ出し者の世界を前面に押し出した。

　こういう寄生的な階層はつねに存在していた。しかし一六世紀半ばの都会的なスペインにおいては、この階層はこうして思いがけないレリーフと重みをもったのである。文学的「ピカロ」の先祖である『ラサリーリョ・デ・トルメスの冒険』の背景のなかにそれが見出されること、それこそ、一つの新しい結合の、そして精神傾向《メンタリティ》の変化の最初の徴候である。セビーリャとカスティーリャ間の必然的な宿駅であるコルドバは、きわめて早くからピカレスクの名所のなかでも際立っていた。今日、観光客は当然足を止めるべきサン・ニコラス教会に近いプラサ・デル・ポトロは、黄金世紀にはあらゆる種類の乞食たちの集合地であった。セルバンテスは「身分のよいおさんどん」のなかで、この広場を修業を志すピカロの初心者に推薦している。彼自身少年期のはじめに、教師があたえた自由時間にここへ通ったのであろうか。かりに彼がこの場所にあえて立ち寄っていたとしても、彼に下品な早熟性をむりやり押しつけるのはやめにしよう。フェリーペ二世の治世末期に、『ドン・キホーテ』の作者は、彼のアンダルシア遍歴の際にたびたびコルドバ近辺を通っている。だから、地方のならず者たちとの彼の交流は、むしろ壮年期に行われたのであろう。

　ロドリーゴに戻ろう。彼は新生活に適応したようにみえたが、突然たてつづけに二つの家族の不幸に襲われた。一五五六年三月一一日、学士セルバンテスが八〇歳以上という、当時としては異例の長寿で他界した。その一年後に、こんどはその妻レオノール・デ・トーレブランカが彼女の息子の家で死亡した。その少し前に、彼女は「ダーク・ブラウンの奴隷」を売っている。死を目前にして、彼女は往年の裕福さを再発見したあとで、また逆境に落ちたのであろうか。かれらのそれぞれの遺言を読むと、いずれにせよこの夫婦が仲直りをしなかったことがうかがえる。この二つの喪は、外科医にとって、新しい悲運のはじまりとなる。七年という長期間、彼の足跡は見失われる。彼はまたヌエバ・カスティーリャへ向って再出発したのであろうか。その地で、おそらくエナレス川の岸辺に残されていた家族と再会したのであろうか。そして昔の暮しに戻ったのであろうか。むしろ、カブラ在住の彼の弟アンドレスと合流するために、グラナダ方面へ南下したと推測する人びともいる。彼のこのセッサ公爵領滞在は一五六四年においてしか確認されていない。これ以前、われわれがなにも知らないあの暗い期間中に、公爵はこの地に滞在したのであろうか。彼はミゲルを伴って行ったのであろうか。数人の伝記作家がつぎの二つの証拠を提示して、そのように推論している。その一つはまず、セッサ公爵、未来のシチリア副王がのちにレパントの戦士にあたえることになる保護は、ある人びとによれば、このはるか遠い時期に結ばれた関係に起因する保護である。もう一つは、シエラ・ネバダ山脈の最初の支脈にしがみついているこの要塞都市にある印象的な深淵に対して、セルバンテスの作品が反復して示す関心である。ここでも慎重さが必要である。カブラの深淵――ドン・キホーテが降りて行くモンテシーノスの洞窟のモデルと推定されるが――は、正確に言えば観光名所ではなかった。それはむしろ、ロマンセ作者によって普及した民俗学的題材であり、これを想起することは、必ずしも現地探索の回想を想定させはしなかったのである。公爵に関しては、一五五八年から一五六〇年にかけてミラノ総督であったこの人物は、自分の領地での短い滞在中に、かつてその祖父を雇っていたその青年に関心をもつ暇も、研究者たちが主張するように、青年に彼の図書室への立ち入りを許可する理由もほとんどなかったはずである。それゆえ、セルバンテスを主人公とするアンダルシア牧人劇の魅力的な幻想は断念する方がよいであろう。

この未来の作家とその父親の人生における七年間の空白は、逆説的だが、重大な事件と時期を等しくしている。ホアン・デ・セルバンテス死亡の同年に、カール五世が病気と心労で疲弊して、四〇年以上の在位期間に終止符をうった。誰もが驚いたのだが、彼はエストレマドゥーラの中心にある閑静なユステ修道院に隠棲し、二年後にそこで死去した。彼の息子フェリーペ二世は、父の領土より分散度の少ない、しかしほとんど同じくらい広大な領域を遺贈された。その北端はネーデルラントまで及んだが、本拠地は地中海であった。カスティーリャ王国はイタリアと植民地の支配によって増大し、すでに地中海での優位を強化していた。カール五世皇帝は、一五五四年に、皇位継承を望むフェリーペをヘンリ八世の王女、カトリックのメアリ・テューダと結婚させたとき、これとは別な分割方式を夢想していたのである。このようにして、イギリス、スペイン、イタリア、アメリカの領地が、より均衡のとれた総体の三部を形成しえたはずであった。舅の死の三カ月後の子供のないメアリの死亡、彼女の妹、プロテスタントのエリザベスの即位がこの華麗な計画を仮借なく打ち砕き、ヨーロッパの運命に別な行程を刻むことになった。一五六〇年以後、フェリーペ二世は格式ばらずにマドリードに宮廷の本拠地を定めることによって、カスティーリャの重要な使命を確認した。同年、カトー＝カンブレジ条約に従って、彼はフランスのアンリ二世の王女エリザベート・ド・ヴァロア〔スペイン王妃としてはイサベル・デ・バロア〕を三番目の妻として迎えた。一五六三年、エル・エスコリアル〔修道院、教会、王宮からなる大建造物〕の建築が始まる。王は、ここから彼の信仰と法律とを世界に発信することを試みるであろう。その一方で、これ以降彼の権力はイベリア半島の中心に根をおろしたのである。

当然のことながら、事件にいあわせていなかったロドリーゴ・デ・セルバンテスは、一五六四年一〇月三〇日になってやっと小さなドラマに登場する。背景は変っていた。彼はいまセビーリャにいる。われわれの保有する資料によれば、学士の息子はこの地で数カ月前から貸家を管理している。彼はこの仕事を町の裕福な教区、サン・サルバドルでつとめているとしても、彼の住居はより庶民的な界隈、サン・ミゲルにある。二つの疑問がすぐ思い浮ぶであろう。まず、この転職はどのようにして決められたのか。おそらくカブラの住居から放浪生活を送る外科医の利益を案じていた弟のアンドレスの提案によったのであろう。アンドレスは書類に記載されている不動産の所有者であったから、彼が兄を庇護したことは十分に考えられる。つぎの疑問は、このときロドリーゴは誰を同伴したのか、である。疑いもなく、彼の長女のアンドレアである。彼女についてはのちに再述しよう。しかし妻レオノールはどうであろうか。そして五人の他の子供たちは？　コルドバについてと同様、われわれに答えてくれる決定的な証言はない。それゆえ、われわれはいくつかの情報を突き合わせて、ミゲルのただ推測にもとづく最初のセビーリャ体験を考えざるをえない、それは彼の人生と作品にきわめて深い刻印を残す長期滞在の二〇年前のことである。

　ロドリーゴが、多くの挫折のあとで、セビーリャでの運試しを選んだ事情はよく理解できる。彼は、富と貧困を併合する都市、詐欺師が群れ、競争の激しい都市のなかで、成功へのなんの保証ももっていなかった。しかしこの町は、発展中の主要都市が提供しうるあらゆる切り札をもっていた。肥沃な周辺地域、グアダルキビール川への通路、インディアス交易などを同時に享受して、このアンダルシアの首都は、イベリア半島の諸都市のなかで、もっとも活気にみち、もっとも繁栄する都市になっていた。一〇〇万近い永続的居住者に加えて、流動的な住人のたえまない流入を抱えるこの都市は、観光客を驚嘆させる活況を呈していた。クロニスタによれば、建築物は再開発中であり、不動産取引の理想郷であった。しかしながら元外科医は、新しい職業に嫌気がさしたのか、自分の無能さを実感したのか、弟への奉仕をあまり長くはつづけなかった。

ミゲルは一八歳で、まさに発見、興味、感動の領域が広がる年齢であった。彼がコルドバのイエズス会の生徒であったとする伝記作家たちは、ドン・ペドロ・ポンス界隈、すなわちセビーリャ学院の名簿に彼の名の記載を認めたがっている。かれらは、ミゲルがほぼ正規の修学を終えたことを認めたいあまりに、彼の到着の日付けを、一五六二年に繰り上げる配慮を行い、彼の従弟、アンドレスの息子ホアンを彼の級友とした。こうしてかれらは、将来フェリーペ二世の秘書となり、『ドン・キホーテ』の作者と後年再会することになるマテオ・バスケスを、ミゲルの学友に仕立てることができた。そしてかれらはミゲルの教師にアセベド神父をあてがったが、この神父の戯曲は、彼が以前コルドバで創作した戯曲と同様に、セビーリャの貴顕紳士の前で学生たちによって上演された。幾人かの善意の研究者は、われわれがその草稿を保有しているこれらの芝居の構想のなかに、セルバンテスの演劇的着想の母胎を見出そうとした。この神父の「美徳と悪徳の戦い」にみちた数々の寓話はとりわけ、『ヌマンシア』の作者がのちにその創案者であったことを誇ることになる「道徳的人物たち《フィグラス・モラーレス》」を予告しているのであろう。それだけではない、悲劇『怒れるルシフェール』Lucifer furens の役者たちのあいだで語られる神秘的な「ミゲル」に、かれらは外科医の息子が認められると主張する。かれらによれば、こういうクリスチャン・ネームは当時セビーリャではほとんど広まってはいなかったのだから。貴重な想像力のなんという浪費であろうか。

この美しい建築は、この上なくもろい基盤の上に建っている。すなわち、「犬の対話」の有名な一節、セビーリャの商人に仕えるベルガンサが、イエズス会の神父によって商人の子供たちにふんだんに注がれる教育を回想する一節である。この教育法に対する魂が震撼するばかりの称賛は、長いあいだ本心からのものと考えられてきたが、おそらく実は、修道会の世俗的妥協に対する仮借ない告発の裏返しにすぎないのではなかろうか。少なくともそのように、最近のある評釈者はあの賛辞を解釈しているが、それは、宗門を同じくする一人、フェリーペ二世時代のもっとも明晰なイエズス会士、偉大な歴史家であるマリアーナによって提訴された告発を参照しての立論である。過褒にせよ弾劾にせよ、一体誰が、このテクストが著者の直接体験を反映していると断言できるであろうか。セルバンテスが放浪する父に連れだっていたと仮定しても、サン・ミゲルの一教区民がその六人の子供の一人を、地元のエリートの通う学校のベンチに送り込んだということは想像しにくい。文学や芸術がつねに栄養をあたえられていた「セビーリャ・アテネ学院」においては、より庶民的な施設が不足してはいなかった。外科医の息子はそういうところで、コルドバもしくはアルカラで始められた勉学を再開する――どのような中断のあとだったかはわからないが――ことができたのである。

いずれにしても、彼の演劇嗜好の始まりはこのころである。「私はごく若いころから芝居が好きだった」と、彼はのちに語っている。そして死の直前につぎのように明言する。

「私は、注目すべき役者でありかつ卓越した精神の主である偉大なロペ・デ・ルエダの演技を見たことを思い出す。彼はセビーリャ出身で、一時は金箔師であった。彼は牧歌において出色の詩人であった。彼の前にも後にも、この領域で彼の右に出る者は一人もいない。私は当時ごく若くて彼の詩句の品格の高さをきちんと判断できなかった。しかし熟年に達した今日もなお私が覚えている彼の詩句によって、私がいま言ったことは正しいと確信できるのである。」

セルバンテスはすぐれた記憶力の持ち主だった。彼自身のある戯曲のなかで、彼が暗記している詩句を引用するにとどまらず、おおまかな舞台背景を描写し、きわめて正確にそれがどんな牧歌であったかを伝えている。しかし彼の心に刻まれたもっとも強烈な印象は、ルエダが演じた幕間狂言《セネト》によるものである。ルエダは彼の幕間劇で、当時流行だった笑劇の四つのキャラクター、黒人女、ならず者、お人好し、バスク人を、甲乙つけがたい巧みさで体現し、躍如と演じてみせた。

カスティーリャ演劇の開祖の一人であるこの役者の歴史的重要性については、適当な時機に検証することにしよう。目下注記すべきことは、ロドリーゴ・デ・セルバンテスは、彼が弟の利益に奉仕していたまさにそのころ、ロペ・デ・ルエダの隣人であったことである。当時おそらくロドリーゴは、少しあとになってマドリードで活躍するルエダ一座の一人と友情で結ばれることもありえたであろう。外科医と同じく、ルエダはサン・ミゲル教区民であり、一五六四年七月一八日にその地で娘ホアナ・ルイサに洗礼を受けさせている。そこで当然、一七歳の観客の感動の日付けをその年に設定する誘惑にかられる。しかし、と問う人もあろう、もし当時セルバンテスがアンダルシアに居なかったとしたら――その場合は、その一、二年前、マドリードもしくはアルカラで、彼がルエダの舞台を見たことは大いにありうるであろう。役者の巡業暦よりもさらに断片的なわれわれの知識では、これ以上の正確さを求めることはできない。

コドリーゴの滞在期間中の王式に確認された唯一のエピソードでは、子供たちの最年長の娘アンドレアが主役である。国務会議行政官の息子、セビーリャ司教総代理の甥であるニコラス・デ・オバンドという紳士が、当時二〇歳の花の盛りの娘に心を惹かれた。われわれの入手した公正証書によれば、彼は娘に結婚の約束までしたらしい。これほどの名門の伊達男の立場からみればごく自然な成り行きで、この約束は果されなかった。オバンドは軽々に婚約し、ついでこの不釣合な縁組を破棄したのであろうか。アンドレアの方では、彼女の最後の抵抗にうち克つために技巧をこらした男の誓言を信じてしまったのであろうか。彼女はむしろ恋人の美しい言葉に欺かれることなく、すすんで彼の好意を受け入れたのではなかろうか。たしかなことは、彼女は経済的補償金を——少なくとも最初は——当時の習慣として彼女に請求権のある補償金を受け取ったことである。コンスタンサ・デ・オバンドという娘の誕生が彼女の申し立ての正当さを折よく立証した。

これらの資料を読むと、われわれはもっと知りたいという喝きにかられる。金銭問題は——瑣末なことだから——さておいて、この恋愛事件の真相はどうだったのだろう。ロドリーゴと家族はこの事件をどのように受けとめたのだろうか。ミゲルはこれをどう感じたろうか。人びとの推定では、ミゲルは姉を介してオバンドと面識があった。こうして彼とマテオ・バスケスとの友情が生まれた、マテオは当時オバンドの伯父、司教総代理の（お気に入りの、と言われる）秘書だったのだから。マリア・デ・メンドーサとそのジプシーの情人のあとで、アンドレアはこの非合法的恋愛のチェーンに新しい輪を一つ加えたのであり、このチェーンは、セルバンテスの生涯につぎつぎと並ぶことになる。『ドン・キホーテ』の作者については、あとで述べるように、彼もまたこの伝統に背きはしないであろう。この女の世界

——伯母、姉妹、姪と私生児の娘——については、ある奇妙な照明が明らかにするだろうし、その照明のなかで女の世界はセルバンテスの人生の終りまで作用しつづけるのである。当時の風俗についてわれわれの知るところによれば、少なくとも彼と同じ境遇においては、彼女らの情事は彼にとって恥辱の同義語ではなかったと考えられる。しかし彼のヒロインのあらゆる名のなかで、彼が特に好んだのはコンスタンサという名であった。

誘惑された処女に対する寛容さと比べると、スペインの世論は不実な女性、とりわけその相手が彼女より身分の低い場合にはより厳しかった。一五六五年一月一〇日、セビーリャのすべての人びとがサン・フランシスコ広場で、不貞な妻とその白黒混血の愛人とが、名誉を傷つけられた宿屋の主人である夫自身によって処刑されるのに立ち会った。セルバンテスはその恐るべき情景を覚えていて、『ペルシーレス』のある章でその場面を再現しているが、彼がこの事件の目撃者であったと結論を下すことはできない。ほぼそのころ、ロドリーゴはアルカラに帰郷している。そこでおそらく彼は、三カ月前に彼が一つの権限を託したレオノールと再会したであろう。三月一一日に、彼は娘ルイサが第三会《コンセプション》のカルメル会修道院に入るとき、彼女の修道の誓いに立ち会っている。彼女はやがて、聖女テレサのイメージを再現するためのこの真の「神の地の小さな片隅」のルイサ・デ・ベレンという名の院長になる。四月一〇日、外科医の存在はふたたびコルドバで実証される。ミゲルは父といっしょだったのであろうか。そう主張する学者もいる。すなわち、大聖堂のコーラスにかこまれて埋葬されたルエダの墓への暗示が、三月末に死亡した役者の葬儀にミゲルが参列していたことを推測させる、というのである。

セビーリャに戻ったロドリーゴは、ふたたび債務訴訟に巻き込まれる。彼の留守中にロドリーゴ・デ・チャベスという名の債権者が、ロドリーゴの資産の差し押さえを請求していた。運命の皮肉と言うべきか、外科医が救いを求める相手は娘アンドレアなのである。彼女は差し押さえられた資産は彼女個人の所有物であると主張して、裁判官に反駁し、訴訟の延引に成功した。このような機転、裁判の駆け引き上手は二二歳の若い娘においては驚くべきものである。これらの才能は、われわれが彼女をあつかましい誘惑者の愚かな犠牲者とみなすことを妨げる。いずれにせよ、この新しい災難は、このアンダルシアの首都をこれを最後に立ち退く決意を彼女の父に促したに相違ない。彼は義母のドニャ・エルビラ・デ・コルティナスの急死によってアルカラに呼び戻されたのだが、数カ月後には、より温かなもてなしを期待する滞在のために、家族とともにこの地を旅立つ。彼が選んだ町は、フェリーペ二世の新しい都である。彼は一五六六年の秋、マドリードに落ち着いた。

マドリードの歳月

ロドリーゴが新しく住みついたこの町は——おそらく前年の晩春であろう——まだその急激な変化から立ち直っていなかった。六年前からカスティーリャ王国の中心になりながら、この町はまだそのつつましい起源の痕跡をとどめていた。かつてキリスト教スペインの前哨的要塞都市であったマドリードは、カトリック両王が一時的にこの地に高等裁判所を設置した前世紀末に、最初の飛躍をとげた。カール五世の治世下で、より活動的かつより人口の多いトレドとバリャドリードに圧倒されたとき、この町は実はその地理的位置に発展を依存せねばならなかった。というのは、フェリーペ二世はこの位置からもっとも容易にエル・エスコリアルの造営を監視できたからである。こうして、あの壮麗な修道院の建設がつづけられた一五年間、スペイン帝国はマンサナレス川のほとりの王宮に支配されたのである。これは、ごく一時的な聖別であったとしても、一時的逡巡のあとで、あの慎重な王の後継者たちがその聖別を確定するであろう。

それでもマドリードは、その新しい運命を堂々と引き受けるために大きな努力を払わなければならなかった。その三万五〇〇〇の住民は、この町はセビーリャに遠く及ばないと見ていた。ここにはセビーリャの殷賑《いんしん》も豪華さもなかったからである。しかし二〇年前の人口一万八〇〇〇人に比べれば、急速な人口増大を示していた。旧アルカサル〔城塞〕への君主と王宮の定着、それに伴う審議会と役所の移転は、多数の宮廷人、官吏、そしてほとんどつねに大勢の奉公人をひきつれた陳情者たちの到来を招いた。陳情者にとっては宿泊所をみつけるのは一苦労であった。大物の山師からちんぴら泥棒にいたるまで、大量の寄食者の殺到は、治安担当官たちに切迫した問題を提起した。めざましい発展に応じるのに必要な材木を得るために、町を囲む森林は伐採しつくされた。今日では森の名残りはもうカサ・デ・カンポだけであり、その緑の樫の木立ちは広大なカスティーリャの台地の単調さを一瞬やわらげる。大急ぎで集められた材木は、中世の城壁内に残された空地の上の新開地の建築素材になった。道路に面する側では屋根の傾斜を大きくして階数を隠し、中庭側では傾斜をゆるめた狡猾な家《カサ・ア・ラ・マリシア》が大量生産された。こうして家主たちは官僚的な王の無数の官吏たちに部屋を貸すことを免れえたのである。マドリードはこの粗略な都市計画の痕跡を長くとどめていた。たとえば、網目のような小路、汚い下町、マンサナレス川の細い水流などは、いつも人びとの誹謗の的になった。

当時、この町には一四教区があった。セルバンテス一家が選び住んだのはどの教区であったろう。ロドリーゴは「マドリードに居住した」としか語っていないので、その教区はわからない。セルバンテス家の存在の最初の手掛りは、一五六六年一二月二日の公正証書である。それは、ドニャ・エルビラ・デ・

コルティナスの相続決定の際、レオノールに対して彼女の夫が許諾する新しい権限についての文書である。二週間後、レオノールにこの相続書記載のアルカンダにある葡萄畑を七万マラベディスで売却している。これほどすみやかな遺産の処分は、外科医の経済的困窮を雄弁に語るものである。ロドリーゴは、無能とまでは言わないにしても、昔の職業を再開する気力もなく、自分に適した生計を模索していたらしい。ペドロ・サンチェス・デ・コルドバなる人物へ彼が貸した八〇〇ドゥカードは、コルティナス家の遺産の有益な副業運営を窺わせる。他の公正証書も、ピッロ・ボッキとフランチェスコ・ムサッキという二人のイタリア商人とロドリーゴの共同金融業経営を証明している。その後、その前歴と職業が注目に価する三番目の協力者の氏名も記載されている。それはアロンソ・ヘティーノ・デ・グスマンなる人物で、かつてロペ・デ・ルエダ一座の音楽家かつ舞踊家であり、セビーリャに一時的滞在ののち、彼もマドリードへ辿りついたのである。彼はこの新興首都の公認の祭典や興行のオーガナイザーで、役者たちの通例の運命に比べれば、羨望されてしかるべき境遇を享受していたにちがいない。若干の資料によれば、ロドリーゴはこの三人の男を同宿させていたらしい。彼は兄のために行った不動産の管理というセビーリャでの経験を活用していたのであろうか。むしろ彼は一軒の下宿屋の経営者であったと思うべきではなかろうか。われわれはこの件については推測の域を出ることができない。

唯一確実なことがある。ニコラス・デ・オバンドがアンドレアの人生から立ち去ったことである。オバンドもマドリードに来たのだが、不運に見舞われることになった。彼の父が急死し、家族は破産した。彼は数年後に、カスティーリャの宗教裁判所長官かつ大審問官、エスピノーサ枢機卿付の侍従になる。アンドレア自身は、彼女の父と親交のあったイタリア人たちのなかに新しいパトロンを見出した。一五六九年七月九日、ジェノヴァの貴族で商人のフランチェスコ・ロカデーロが、ロドリーゴとその娘の心遣いに感謝して、莫大な額の贈与をアンドレアにあたえている。公正証書は、この富裕な商人が負った傷と膿瘍に対してほどこされた手厚い手当てについて記述している。同証書はまた、やさしい介護人への気前のよい贈り物を明記している。布製品多数、すなわち、衣類、クッション、じゅうたん。燭台と錫製食器。椅子と文机。要するに、室内を安楽で快適に整備するのに必要なあらゆる品々、それに加えて、金貨三〇〇エスクードのプレゼントであった。興味深い詳細を述べるとすれば、この贈り物の目的はアンドレアが立派に結婚できるようにということであった。気前のいいロカデーロはただちにイタリアへ戻っていく。しかしロドリーゴと彼の家族は、かなりの期間生活費がみたされて、きっとかれらの近くでのロカデーロの滞在について感動的な思い出を抱いたことであろう。当時二〇歳だったミゲルは、この裏取引を理解していたのだろうか。

他方、父の家でのヘティーノ・デ・グスマンとの出会いは、ミゲルの個人的な生活に重要な影響をあたえた。それはきわめて正確に、彼の文学的デビューの日付けを示している。一五六七年一〇月に、フェリーペ二世とイサベル・デ・バロアの次女カタリーナ・ミカエラ王女の誕生が華やかに祝われようとしていた。ところで、この好機に直面した祝典監督はほかならぬヘティーノである。彼の指示によって建立されたいくつかの凱旋門の上に、多くの大メダルが取り付けられたが、各メダルは詩篇で飾られていた。これらの詩作のなかのひときわ目立つ場所にミゲルのソネットがあった。

「主がこれまで一人の人間にあたえたもうたあらゆる才能を
その一身に集められた女王陛下よ……」

この詩の肉筆原稿は、これまで、パリ国立図書館のスペイン語手稿コレクションのなかに保管されていると思われていた。しかし実はそれは、前世紀半ば偶然に発見されたコピーにすぎない。率直に言って、このソネットは早熟な天才の傑作とは言いがたい。これはいわば請負仕事で、未熟な作品であり、有名なドン・カルロス王太子へ、彼の侍従ペドロ・ライネスが献じた未発表の詩篇から着想をえた偶成的《ド・シルコンスタンス》な詩篇である。やがてセルバンテスが親しくなる、すでに評価の定まった作家ライネスへのこの頌《オマージュ》は、当時の風習にふさわしかった。とりわけこの「頌」は、未来の『ドン・キホーテ』の作者が、少し前から首都の文学サロン《セナークル》に出入りしていたことを教えてくれる。ライネスのほかにも、彼がセナークルで付き合った人びとのうちの幾人かは、すでにセルバンテスに対して共感を示していた。それは、ロペス・マルドナード、ガルベス・デ・モンタルボなどだが、かれらの名前は、のちに捕虜生活から帰国して、彼が詩神に身を献げる決意をするとき、彼自身の名と結びついて想起されるであろう。彼はまた、そのころ開かれたばかりの二つの常設劇場——コラール・デ・ラ・クルスとコラール・デ・ラ・パチェカ——へ芝居を見に通ったことであろう。目下のところは、彼は自分の詩が金文字で彫られ、観衆の一時的な好奇心に呈示されるのを見ていた。おそらく彼はより持続的な成功に憧れたであろう。彼の願いを実現する機会がまもなく訪れようとしていた。

詩四篇

フェリーペ二世は彼の善良で忠実な臣下たちが若い王女に献じた韻文詩の頌を手にしたのだろうか。いずれにせよ、王がかけだし詩人の詩に注目したとは思われない。別の心労が彼の心を占めていた。それは、危機的な時代の緊張と難問とが彼の心にひき起したもので、内面的悲劇の苦悩にみちた試練がさらにそれを研ぎ澄ました。

まことの信仰の擁護者を自負する君主の目には、いかに瑣末なものにせよすべての偏向は、君主政体への毀損、内奥に多くの社会的落伍者と教義逸脱者を抱え込むスペイン王国への攻撃と映った。一五五八年の、バリャドリードとセビーリャにおけるプロテスタント秘密結社の発覚は、まず直接的弾圧をひき起し、やがてトレドの首座大司教カーランサの異端者告発にまで及んだ。この弾圧は、おそらくセルバンテスもあちこちで目撃したであろう焚書《アウトダフェ》（ときには火刑）を周期的に施行して、ヨーロッパ中に危険思想を蔓延させ、フランスに葛藤を伝染する悪しき流れをせき止めたいという王の意志によって行われ、王に自信をあたえもした。一五五八年と一五五九年の禁令は、前君主の治世下で、大審問官バルデスが公表した三つの禁書目録を引き継ぎ、補足するものであった。これによって人びとは、いささか早計に、当時のスペインは外国の思想を排除していると結論した。それは、フェリーペ二世の他の領地との交流断絶はけっしてなかった事実を忘れた結論である。なかでも、イタリアとフランドルはこれまで以上に文化の二大源泉となっていた。とりわけアントワープは、その傑出した印刷業者たちによって、スペインの書物の普及の中心地の一つになった。一五六八年に君主令によって、人文主義者アリアス・モンターノがアルカラの多言語訳聖書の改訂増刷版を制作したのは、この地においてなのである。

シスネーロスの出版から六〇年後のアリアス・モンターノのこの事業は、カルヴァン主義者によるアントワープ大聖堂冒瀆に対する反駁という重責を荷ない、ネーデルラントに宗教改革支持の風潮が広まり始めたまさにその時点で出現した。この出版事業は、知識人の新しい十字軍の象徴であり、同時期に叛徒ユグノーに対して投じられた武力の十字軍に呼応するものである。歴史は、ネーデルラント総督マルガレーテ・デ・パルマ〔カール五世の庶子〕の一五六五年の平和的な功績〔貴族間の仲裁契約〕を忘れてしまった。かつて彼女の時宜をえた提案がカトリック南部諸州の鎮静化に貢献したのだが、今では彼女の名は、彼女がブリュッセルへ派遣したアルバ公爵の残忍な弾圧しか想起させない。有名なアルバ公爵は、一五五六年から酸鼻をきわめる弾圧〔処刑者一万八〇〇〇名に上る〕を行い、そのなかには、ゲーテの戯曲で知られたエグモント伯爵とその甥ホールス伯爵も含まれている。この弾圧はとりあえず鎮圧に成功はしたが、このスペインの干渉はやがて公爵の予想を越えた規模に達し、反抗は燎原の火のように広がることになる。戦争が長びき拡大する。各陣営は、ヨーロッパにおける力の均衡を再検討し、競って同盟者を求める。セルバンテスがのちにその惨憺たる結果を嘆くにいたるこのフランドルの膿瘍は、一六世紀の末まで、大帝国の脇腹で化膿しつづけるであろう。

一五五六年の即位以降、フェリーペ二世は、宗教的正統性と血の純粋性とが今後公的に結合されることを明示するのに腐心してきた。九年前にトレドで採択された差別的な身分規定の批准につづいて、コンベルソに対する抑圧的な処遇の普及が行われた。それ以後、外見だけはキリスト教徒を装い、内心ではイスラム教徒でありつづけるモリスコの存在が国王の心にかき立てた不安は容易に理解できる。王は手始めに、アンダルシアの重要なモリスコ共同体を教会に帰服させる決定を下す。かれらの伝統への執着がなによりも王の気がかりだったからである。一五六六年、グラナダのモリスコたちは、その言語の放棄、習慣の廃絶、祭式と信仰心の勤めの否認を実行するように促された。しかしエスピノーサ枢機卿が督励したこの性急な同化政策は、期待されたような成果を挙げなかった。モリスコたちは、自分らが包囲されている敵意を感じ、反抗心をかき立てられていただけに、いっそうこの政策に苛立ったのである。絹産業の危機に直面し、バーバリー海賊との共犯の咎《とが》で世論に告発され、仮借ない財産没収の憂目にあったモリスコは、直接行動に訴える決意を固めた。一五六八年のクリスマスの夜、かれらはグラナダ占拠を試みた。これは失敗に終ったが、かれらの反抗心は心の片隅にかたくなに残った。三年にわたる苛酷な内乱がアルプハーラス山岳地帯を無残に荒廃させた。この反乱を終結させるためには、王の異母弟ドン・ホアン・デ・アウストリアが作戦を指揮せねばならなかった。ドン・ホアンが兄への手紙のなかで、悲痛な言葉で詳述するアンダルシア共同体の解散が事件の終焉である。それでもモリスコの問題は、三〇年後にふたたびイベリア半島広域に突発するであろう。そのときセルバンテスは、異様な激しさで、われわれにこの問題の重大さを語るであろう。

　しかしグラナダ内乱が勃発する前に、すでにマドリードにおける噂が、こんどは王の私生活を直撃するドラマを流布していた。一五六八年一月一五日、フェリーペ二世は、彼がこれから下す決断に対する神助を乞う祈りを全教会を挙げて捧げさせた。一月一八日、側近数名を従え、王は王位継承者、王太子ドン・カルロスが眠っている寝室に忍び入る。これ以後ドン・カルロスの獄舎と化すこの部屋のなかで、彼は息子に容赦のない幽閉を平然と通告する。この恐るべき決定は、精神の均衡を失ってついには激しく父と対立するに到った王太子の行動、またフランドルの叛徒と組んでの王に対する陰謀の容疑をかけられた行動に起因している。このみせしめの刑罰と、その六カ月後の王太子の死は、ロマン派の人びとの想像力をかき立てた。ドン・カルロスのプロテスタントへの同情、彼の継母イサベル・デ・バロアとの道ならぬ恋、父の命令による彼の毒殺、これらはのちにシラーとヴェルディが潤色する諸伝説のうちのいくつかのエピソードである。王その人は、アブラハムの諦念をもってこの試練を甘受する。彼は妹に書いている。「予は主にわが肉と血の犠牲を捧げ、他のあらゆる人間的考察よりも主への忠勤と世界の至福を選ぶことにしたのだ。」

セルバンテスが王子の悲劇的な最期を知ったことは想像に難くない。おそらく彼の友人で、侍従＝詩人であるペドロ・ライネスを介してであったろう。王太子の拘留の手書きの証書はライネスのものだとされている。当時セルバンテスがこれをどう思ったかはわからないが、同年一〇月、一児を死産して、二三歳の若さで逝去した王妃の死に際して彼の感情は推定できる。フェリーペ二世の悲嘆は全宮廷を震撼させた。マドリード市民の悲しみもそれにおとらず深かった。

「戦争の災禍から
われらのスペインの大地が解放されたときに
この世でもっとも美しい一輪の花が
突然飛び去って
天国に移植されてしまった。」

弔歌の形式で書かれ、あの事件を想起させるこの不器用な詩句は、ミゲルのペンによるものである。この詩は、首都に設置された最初の印刷所によって、翌年の秋に出版される葬儀に関する公式の追悼文書収録の四詩篇からの抜粋である。追悼文書の編者ホアン・ロペス・デ・オヨスは、この好機に彼の「愛弟子」ミゲルにその四篇の詩作を命じた。

ロペス・デ・オヨスは、スケールは大きくないが尊敬すべき人文学者であり、のちに有名になった生徒のおかげで、碩学たちの好奇心を刺戟した人物である。彼の文書に刻まれている慎重なエラスムス的人文主義のおかげで、また祭式の順守に欠けていたとしても、厳しい服従に耐えつつ内心の慈愛を強調するキリスト教への偏愛のおかげで、研究者たちの関心をひきつけている。これらの原理は、すでに述べたように、セルバンテスの作品のなかに再発見される。彼のきわめて聖パウロ的な感受性をおびた神聖な恩寵についての暗示のなかに、多かれ少なかれ旧弊な形式主義の表現に包まれた彼の批判のなかに、あらゆる不寛容に対する彼の非難のなかに、あのオランダ人のスペインの弟子たちが全面的に敗北した時期に、「エラスムスの最後の光芒」が煌くのを学者たちは認めた。かつて偉大な思想家たちが支持したこの命題は、『ドン・キホーテ』の作者において、公的イデオロギーとの不一致を示唆するすべての局面で首尾一貫して記入されている。おそらくこの命題は、表現を和らげるほど価値を増すであろう。しばしばロッテルダムの思想家の特権とみなされている内的な信仰は、アビラのテレサが証言するように、スペインに刻印されたフランシスコ会の伝統的不変性の一つである。のちに姉の一人が入会するカルメル修道会にセルバンテスがその影響を受けなかったかどうか、誰が知りえようか。彼の留保と黙秘のどれだけを、宗教的「観念」の厳密な領域に属するものに、悟性の活動を免れるすべてのものに、帰することができようか。最後に、この世を去ってまもなく五世紀になる人物、その内的な自我をわれわれに明かすつもりがなく、つねに虚構のかげに逃れてきた人物の、霊的な心底をどのようにして把握できるだろうか。これらの問題に一つの決定的な解答を下すことは、われわれを回復不能な誤謬に陥らせることになるであろう。

歴史家にとって、ロペス・デ・オヨスの経歴は、彼の知的な影響力の深さに比べれば、わかりやすい。彼は、マドリードのサン・アンドレス教区の助任司祭であり、一五六八年一月二五日に、大学入試の予備校的役割の「エストゥディオ・デ・ビリャ」(町立学校)の校長に、競争試験によって選出任命された。この町立高校は、一世紀前にカトリック両王の庇護の許に創立され、それ以後さまざまな運命をたどった。イエズス会士たちは、この学校をかれらの施設の付属館にする意図をもって来訪して脅かし、学校は一時教育を中断した。その後ある不明の仲介者の労によって授業が再開された。オヨスは、アルカラの教授たちの審査委員会によって選出され、エスピノーサ枢機卿の支援によってのみならず、彼の個人的な識見のおかげで、同輩たちとの競合に勝って抜擢され、二月から教育を開始していた。ミゲルはどのようにして彼の生徒になったのであろうか。すでに述べた報告書における、ミゲルについての愛にみちた記述だけでは、ミゲルのエストゥディオ入学のいきさつも、彼の正確な身分もわからない。ミゲルは別な場所でこの文法学者の授業を受けていたのかもしれない。彼自身すでに通学年齢を過ぎていたにもかかわらず、年少の同級生と学業を共にしていたのかもしれない。あるいはむしろ、彼の既得教育と満二〇歳という年齢のために、彼は教師の助手の役を十分果せたのではないだろうか。彼が実際にオヨスの講義を受けたとしても、その修学はせいぜい一年足らずであったろう。というのは、実は彼の四詩篇が出版される前に、彼はもうマドリードを立ち去っているからである。しかしこの四カ月は、人文主義者オヨスが未来の作家に注目し、高く評価するのに十分であったと言えよう。他のいかなる理由にもまして、この先見の明がオヨスの名を後世に残したのである。

　王妃の早世がセルバンテスを創作に駆り立てたあの詩篇についてはどう言ったらいいだろう。あれはたしかに、当時普及していた韻律と詩節の例証である。すなわち一篇のソネット形式の碑銘詩《エピタフ》、一篇のコプラ・カスティリャーナ（二〇行バラード）、四篇のレドンディリャス（四行詩）と一篇の哀歌《エレジー》。当時の読者たちは、おそらくロペス・デ・オヨス同様、この「優雅なスタイル」と「繊細な概念」の花づな模様の詩篇を賛美したであろう。それはとりわけ、ルネサンスのスペイン大詩人ガルシラーソの崇拝者、公衆の試練に直面する新米詩人セルバンテスの挑戦であった。彼は友人や同僚からはげまされただろうか。ミゲルが捕虜生活から帰国したとき、かれらのうちの一人は、「失われていた詩人たちがスペインに返された」とソネットで宣言し、雄弁をもって彼の帰国を祝福した。ミゲルのあの最初の詩作があたえた未来への希望を、彼自身ただちに確認したにせよ、そうでなかったにせよ、『ドン・キホーテ』の作者が自分の使命に再会するのは、不在と試練の一五年後のことである。

謎めいた出発

一五六八年一〇月、ミゲル・デ・セルバンテスは王妃の薨去を悼むエレジーを推敲していた。一五六九年一二月、葬儀の報告書が公刊された三カ月後に、ロペス・デ・オヨスの弟子はローマに定住している。その間なにが起ったのだろうか。結局は平穏と言いうる生活をなぜ断念したのか。実現しかかっていた諸計画をなぜ放棄したのか。いずれにせよ、われわれがその日付けも、理由も知らない、予想外の出発が行われたのである。

前世紀にシマンカス古文書館で発見された驚くべき資料、そしてセルバンテス研究者たちが長いあいだ秘匿しようとした資料以外には、なんの手掛りもない。一五六九年九月一五日、警吏ホアン・デ・メディーナの署名付きの国王の令状が、さるアントニオ・デ・シグーラとかいう男を決闘で傷つけた廉《かど》で告発された一人の学生の投獄を命じている。犠牲者は何者だったのか。農民出身の、おそらくは無学の、石工の親方であり、のちに王室の建築責任者になっているが、彼の負傷がこの昇進に有利に作用したかどうかはわからない。犯人はセビーリャに逃亡し、欠席裁判で、公衆の面前での、右手切断と一〇年間の国外追放の判決が下りた。彼の名はミゲル・デ・セルバンテスである。

われわれは、判決前に逐電したこの剣士を前にした文豪崇拝者たちの困惑をよく理解できる。そしてこれが単なる同名異人である可能性を証明するために提起されたさまざまな議論を推測できる。セルバンテスは、いったんローマに着くと、まもなくアックワヴィーヴァ枢機卿に仕えることになる。このような前歴をもちながら、彼はいかにしてこの地位を獲得できたろうか。彼自身の根まわしの最後に、いかにして彼はセッサ公爵とドン・ホアン・デ・アウストリアから推薦されたのだろうか。捕虜生活から帰還してから、いかにしてフェリーペ二世の許に再就職できたのであろうか。こういう反論に対して、より楽観的な学者たちはつぎのように答える、誰かの保護によってではないにしても、距離と時間が多くの障害を十分に取り除き、かつての罪人の失われた名誉を回復したにちがいない。われわれの現在の知識では、シグーラ事件とその後の経緯とは、ミゲルのイタリア行きとそれにつづく進路変向にあたえうる唯一の説明である。この説明によって、彼の伝記のなかの若干の曖昧さが解明されるであろう。たとえば彼がローマに着いてから、細心に作成した詳細な身分証明書では、彼が「真正のキリスト教徒」であることを強調しているが、規則に反して彼の法律上の状況に関しては一言も言及されていないという事実。同様に、セルバンテスは、真実に反して、彼の職歴について、一五六八年以降二度にわたり兵役についたと明言している事実。ドン・ホアンとセッサ公爵の推薦に関しては、彼がいったんスペインに帰国したとき、特赦の恩恵を受けられるように彼にあたえられたのであろう。この帰国は一五八〇年にやっと実現したが、おそらく時効が成立していたのであろう、なぜなら一〇年間の国外追放はその時点で満たされていたからである。それともごく単純に、シグーラが彼の敵を赦していたのかもしれない。

この簡潔な資料以降、伝記作家たちの想像力が大いに発揮された。ある人びとは『パルナッソ山への旅』の詩句を引用した、そこでは若気の過ちをそれとなく喚起し、そのせいで作家の人生の流れが変えられたにちがいない、という推測がなされている。他の人びとは、シグーラ事件を戯曲「剛毅なスペイン人」と『ペルシーレス』とのなかの類似するエピソードと比較している。とりわけサアベドラという、セルバンテスが後になって採用する姓の一兵士を描くエピソードが重視されるが、この兵士も決闘で一人の男を傷つけたのちイタリアへの逃亡を余儀なくされたのであった。判決の異例の厳しさを説明するために、ある人びとは決闘が王宮の柱廊の下で行われたのではないか、と推測した。逃亡の道程を再現するために、ロマンやノベラに散在する描写を指摘し、緊急事態における自伝的価値を充当する人びともいる。『ドン・キホーテ』の作者は、インディアス行きの乗船を試みたあとで、セビーリャを去り、反動的なモリスコたちの守るグラナダ近辺の通行を避けながら、バレンシアへ向ったのではなかろうか。ついでバルセローナまで北上し、海上からジェノヴァに到り、それから永遠の都ローマへと南下したのであろう。他の人びとは、彼はむしろ陸路を辿り、彼の主人公ペルシーレスとシヒスムンダにならって、ラングドックとプロヴァンスを経てイタリアへ到ったと考える。

こういう豊かなディテールは、われわれを説得するよりも楽しませてくれる。あのような事件がもはや彼の生涯に二度と起らなかったとしても、外科医の息子——レパントの海戦で左腕の自由を失う青年自身——が、実際に自分の右腕を切断される危険を冒してシグーラに剣をふるった事実は認めるとしよう。さらに、彼が裁判の執行から逃亡したことも認めよう。ケベードとカルデロンは、彼とは異なる境遇の出自だとしても、のちに同様の災難に遭遇するであろう。しかし彼の謎の部分は過去に残しておこう。ちょうどわれわれが二人のホアンと二人のロドリーゴがいたことをすでに知っているように、おそらくいつの日か誰かが二人のミゲル・デ・セルバンテスが存在したことを発見するであろう。

第二章　歴史との遭遇　一五六九—一五八〇

『私の窮乏が私を戦争へ導く……』

『ドン・キホーテ』後篇二四章

陛下へのご奉公

そこでいまやセルバンテスは、祖国からも家族からも遠く離れたテベレ河畔に立つ。時あたかもキリスト教紀元一五六九年が終ろうとしていた。皇帝や高位聖職者たちのローマで彼はなにをしていたのか。一五年後『ガラテーア』の献辞に彼が挿入する告白を信じるとすれば、彼はアックワヴィーヴァ卿の侍僕《カメリエ》になっていた。卿は二三歳の若いイタリア貴族で、まもなく枢機卿の緋の衣を授けられることになる。アックワヴィーヴァは先年、ドン・カルロスの逝去に際し、ピオ五世の弔意を国王に表明するためにマドリードへ赴いた。おそらくエスピノーサの取り巻きを介して、彼がわれわれの主人公と識り合い、一五六八年一二月、イタリア帰国の際セルバンテスを従臣として伴ったのだろうと想像した人びともいる。しかしこの仮説は、ミゲルの滞在についてわかっている事実と符合しない。ミゲルがシグーラ事件と関係がなかったとしても、かつ彼が自由意志でスペインを離れたとしても、なぜ彼が純血の証明を父に確保させるのに翌年の一二月まで待たねばならなかったかがわからない。実際、彼のローマ到着後、おそらく彼の遠戚者ガスパール・デ・セルバンテス・イ・ガエテの推薦によって、高位聖職者に仕えることができたのは、一五六九年の一二月であったろう。彼はそのとき身元証明書を求められ、彼は現在われわれが保有する資料を作成しなければならなかったのである。

それゆえ、一五六九年一二月二二日、ロドリーゴ・デ・セルバンテスは、マドリードのテニエンテ・

デ・コレヒドール（治安判事補）ドゥアルテ・デ・アクーニャの前で、ミゲルは私生児ではないこと、彼の先祖のなかにはモーロ人もユダヤ人も回宗者《コンベルソ》も、また検邪聖省による異端から教会への復帰者もいないことを証明した。これは、ある歴史家が指摘するように、当時のスペインにおいて、現在の身分証明書の役割を果していたあらゆる「純血性」証明書のなかにおける古典的な書式である。三人の証人が外科医の主張の裏付けに同意した。かれらの名前はすでに知られている。最初の証人はアロンソ・ヘティーノ・デ・グスマンであるが、彼は元役者で、その後マドリードの祭典のオーガナイザーとなり、当時裁判所属吏として、首都で執行官をつとめていた。もしミゲルがシグーラ傷害の当人ならば、ヘティーノの証言は奇妙というほかはない。彼自身の言によれば、八年以上前からセルバンテス家と親交が篤かったヘティーノは、自分の職業的義務より友情を優先させたのであろうか。彼は、逃亡中の有罪者の名誉の保証人となって儀礼的な証言をすることを承認したのであろうか。実のところ執行官は、今日われわれがミゲルの犯罪記録とよぶようなものの証言は行わず、ロドリーゴの申請書の内容を確認するだけにとどめている。他の二人の証人は、ピッロ・ボッキとフランチェスコ・ムサッキといい、われわれがすでに外科医の周囲でみかけたイタリア人事業家である。ボッキ家がローマの銀行家で、かれらの推薦はローマに上陸したマドリードの青年にとって有益でありえただけ、この資料が示すこの二人の証人の人物像は説得力がある。

ミゲルはこれらの手続きを平穏に実行したのだろうか。「犬の対話」のなかで、彼はシピオンに地上の君主たちについてかなり辛辣な科目《せりふ》を言わせている。シピオンは言う、天上の君主とちがって、地上の君主は、相手の家系を丹念に点検し、当人の能力を検討し、顔色を調べ着衣までも確認したあとでしか、従僕一人の採用も行わない、と。しかしミゲルが当時置かれていた状況のなかでは、選り好みなどはほとんど不可能だった。おそらく彼は、一五七〇年二月ごろ証書類を入手するとすぐ就職したのであろう。彼は、同年五月の主人の枢機卿への昇進をまっ先に喜んだ人びとの一人であったろう。しかし彼は枢機卿の許に長くはとどまらなかったらしい。若い卿に失望したのだろうか。アックワヴィーヴァについてわれわれのもつイメージは、むしろその反対を推測させる。それでは彼は新生活に不満だったのであろうか。彼の任務についてわれわれが知りうるかぎり、この推測の方が妥当だと思われる。人びとの想像とはちがって、大家の侍僕《カメリエ》は秘書でも、まして主人の相談役でもない。カメリエとはまず召使いである。より正確に言えば、その語源が示唆し、当時の提要《マニュエル》が明示するように、主人の部屋付きの侍僕である。たいていは卑賤な仕事にたずさわりながら、セルバンテスがときおり枢機卿の内輪の集会に招かれたこともありうるであろう。先に述べた献辞は、アックワヴィーヴァとその友人アスカニオ・コロンナの会話に立ち会っている彼の姿を示している。『ガラテーア』はのちにこのコロンナに献げられる。しかしこういう好遇がかえって彼の立場を曖昧にして、そのため彼は暮しにくくなったにちがいない。こうして彼が誇りえたはずの過去への言及の短さが理解される。侍僕生活の束縛の苦労はまた、彼の作中人物たちの覚醒した科目をも説明する。ガラスの学士は断言する、「宮廷生活は僕にはむかない。僕は誇りが高くてへつらうのが苦手だから。」そしてドン・キホーテは、心からの自由の賛歌を声高に表明する叫びで結論する、「天以外の手から一切れのパンをあたえられて感謝を強制されることなしに、天みずからパンをあたえられた者は幸いなるかな！」

　こうしてセルバンテスはローマの豪邸を去り、別な仕事、つまり軍歴に参入しようとする。ドン・キホーテが出会う小姓の言葉を信じるなら、おそらく彼は、アックワヴィーヴァ邸での滞在が最良の跳躍台になることを希望したのであろう。「なぜなら、貴族の奉公人はしばしば旗手や隊長になれるから。」

残念ながらわれわれは、彼が軍歴へ踏み込む決意をした状況についてなにも知らない。実際、われわれの手許にある資料は矛盾だらけである。フェリーペ二世の軍隊の一五七二年より前の俸給名簿には、セルバンテスの名は記載されていない。その一方で、一つはアルジェでの捕虜生活期間の記録に、もう一つは解放の際に作成された血統純血の調査書に、未来の作家が一五六八年から兵士になったらしいことが示唆されている。ところが、その年の彼の仕事について判明しているかぎりでは、彼はまだ軍服を着ているはずがない。この件については、セルバンテスと彼の父が軍役期間を広げたにちがいない。シグーラ事件の隠蔽のためか、より単純に、かれらの請願書に重みをつけるためだったのかもしれない。当時この手の行為は日常的であった。われわれがまもなく出会うレオノール・デ・コルティナスは、この方面ではさらにしたたかであった。

　こういう状況のなかでは、彼の実際の軍役開始の日付けは二年おくらせるべきであろうか。一五七八年の調査の証人の一人、マテオ・サンティステバンは、レパント海戦において、ミゲルが一年前から有名なグアダラハラの隊長、ディエゴ・デ・ウルビーナの指揮下で働いていたことをミゲル自身に認めさせている。そしてこの隊長は『ドン・キホーテ』のなかの小話《レシ》に記述されている。だからミゲルの入隊は、一五七〇年八月もしくは九月のことであろう。問題は、そのころウルビーナ隊はまだグラナダでモリスコたちと戦っていて、イタリアに到着するのはやっと一年後だということである。それゆえ、セルバンテスはまずナポリで別な部隊、ドン・アルバロ・デ・サンデ隊（当時この隊は多数の餓死者を出した）に入隊したのであろう。ある人びとの推測では、おそらくドン・アルバロはアルカラの繁栄期、三五年前に、ロドリーゴと知り合ったらしい。この推測に対する重要な反論はつぎのようである、ドン・アルバロ（彼とミゲルの出会いを証明するものはなにもない）は、かつてゴンサロ・デ・コルドバが創設し、ロクロワ〔フランス北西部アルデンヌ県、ここでコンデ公がスペイン軍を撃破した〕戦までは、泣く子も黙るスペイン兵と呼ばれた有名な歩兵連隊《テルシオス》の一つ、ニリ[illegible]ト新兵隊の司令官であった。この部隊の精鋭が、かれらのように高貴な槍の扱いも知らず、ありふれた火縄銃で十分満足するような青二才を仲間に受け入れたとは考えにくい。

要するに、この時期にはまだ、翌年の神聖同盟誕生がひき起す戦闘準備態勢にはなっていなかったのである。一五六四—六五年のオランとマルタの包囲戦の失敗のあと、トルコ人はすべての大規模な海上作戦を中断した。スレイマン大帝の継承者セリム二世の即位とともに、トルコ人は目標を変更し、より近づきやすい獲物、東地中海のヴェネツィアの領土に目を向けた。一五七〇年七月、かれらはヴェネツィア本部からもっとも遠く、もっとも守りにくいキプロス島に上陸した。しかしオスマン帝国の海上交通を妨げるキリスト教徒海賊の巣窟へのこの侵攻は、最初はセレニッシマ（ヴェネツィア共和国）側の引き延ばし作戦をひき起したにすぎなかった。イスラム教徒の前進に激怒した教皇ピオ五世〔熱狂的十字軍精神の権化〕はヴェネツィアに、キリスト教諸国連盟の先陣となるよう促した。しかしヴェネツィアは敵と妥協する道を選んだ。トルコは、三四年間の平和のあとで、ヴェネツィアの主要な交易国でありつづけた。この国は資源に乏しく、人的資源はさらに少なくて、行動拠点がアドリア海から小アジアまで過度の延長線上にあるという不利を背負い、黒海周辺地区の小麦〔トルコからの輸入〕と東洋のスパイスに依存していて、その主要な利益を維持するために、ともかくもトルコとの友好隣国関係の安定に固執していたのである。

しかしながら九月以降、トルコ軍のキプロス侵攻の成功の大きさが、ヴェネツィア人にもスルタンの平和維持志向への疑惑をかき立てた。この反トルコ連盟の思想は、スペインと聖座《サン・シエージュ》〔ローマ教皇庁〕との完璧な形式をととのえた協定によって明確化された。グラナダにおけるモリスコとの戦闘から解放され、ネーデルラントにおけるアルバ公の勝利によって安堵し、聖職者たちの財政的支援によって自信をえたフェリーペ二世は、ただちにこの協定の原則を承認した。そして適当な時機にその目標を拡大することも覚悟していた。しかし直接脅かされていたヴェネツィアは、自分たちの諸条件を強制しようとした。交渉は長びき、季節は有効な反撃の組織を整えるにはすでにおそすぎる時期に達した。準備不足で、良き司令官を欠いたまま、あわただしくキプロス島救援に派遣された艦隊は、ロードス島への陽動作戦の試みに失敗したあと、引き返したのである。キプロス島の最後の砦ファマゴスタが、トルコ人の攻撃に雄々しく抵抗している一方で、教皇の承認をえた条約による計画がやっと具体化するのには来春を待たねばならなかった。一五七一年五月二〇日、敵との数々の折衝の挫折に直面したヴェネツィアは、神聖同盟の憲章に同意した。ヴェネツィアは、同盟諸国と三年間の攻守条約に署名し、諸国とともに連合艦《アルマ》隊《ダ》の臨戦態勢の整備開始を決定し、その総指揮はドン・ホアン・デ・アウストリアに委任した。数日後、グランベーレ枢機卿がナポリ副王に任命されたが、それはこの新提督にイタリア内スペイン領土のあらゆる物資を提供するためであった。

結論を言ってしまおう。たとえセルバンテスが、最初の調査の証人の一人が言うように、以前さまざまな機会にレパントで戦ったと断言しているとしても、この人づての断言は特殊な目的をもってなされたのだから、これを慎重に受け取らねばならない。一五七〇年夏の危機が、セルバンテスの戦闘的使命感をかき立て、あるいは、人びとが主張したように、それがキプロスの悲劇的な戦闘に彼を突入させた、ということはほとんどありえないと思われる。トルコ軍によるニコシア占領を描く「寛大な愛人」(El amante liberal) がわれわれに提供するきわめて自由な喚起力によっても、セルバンテスが戦場にいたと推測することはできない。他方で、翌春の諸事件はカトリック・ヨーロッパにかなり重大な影響をあたえた。イタリアでは、真の民衆的熱狂をひき起し、総動員が決定され、各都市は割り当てられた徴集兵を派遣する約束をした。スペインでは、多数の兵士がドン・ホアン・デ・アウストリアの麾下に馳せ参じた。そのなかの目につく人物は、ペドロ・ライネスとロペス・マルドナードだが、この両人は、われわれがすでにマドリードでセルバンテスと同じセナークルに出入りするのを見た人物である。他の作家たち、レイ・デ・アルティエダ、クリストーバル・デ・ビルエースも同じ行動をとったが、かれらはのちにセルバンテスの友人になるであろう。より興味深いのは、ミゲルの弟ロドリーゴも一五七一年七月に、ディエゴ・デ・ウルビーナの軍勢とともにイタリアに上陸していることである。二人の兄弟はこのウルビーナの指揮下でレパント戦に参加することになる。当然、ミゲルが七月に弟とナポリで出会ったことが想像される。そして弟の影響を受けて、彼と同じ「オウム《パパガヨス》」と呼ばれたスペイン兵特有のけばけばしい制服を着たのであろう。たしかに気高い決意ではあるが、それは栄光への憧憬と同時に必要にかられての決意だったろうと推測される。捕虜の父親がよく回想するように、郷士《イダルゴ》が三つの経歴しか選択できなかった時代においては驚くに当たらない。三つの経歴とは、iglesia o mar o casareal、すなわち修道会入門、インディアス移住、もしくは王への奉公である。

ミゲルがロドリーゴに出会う前に、一八カ月以上ローマで過ごしたことは大いにありうる。彼が『パルナッソ山への旅』のなかで情熱的に語っているナポリ長期滞在は、レパント戦のあとでしかありえない。たしかにわれわれは、彼がアックワヴィーヴァ邸を去ってからどうなったかを知りたい。当時の彼の仕事はなんだったのだろう。生活費をまかなうためにどんな援助を見出したのだろう。多くの疑問が未解答のまま残されている。セルバンテスのフィクションの間接的な証言は、たしかにわれわれにイタリアのさまざまな印象を伝えてくれるが、それについては後刻検討することにしたい。しかしそれらの証言は、元＝カメリエの日常生活についてはなにも、ほとんどなにも教えてくれない。われわれのもつ唯一の標識は、地中海に突発した事件であり、まさにそのとき『ドン・キホーテ』の作者はフェリーペ二世の戦士となり、偉大な歴史の舞台裏にすべりこんだのである。それ以後、彼の軍隊の戦友の運命同様、彼も神聖同盟と命運を共にする。だからいまは、われわれの視線を神聖同盟の方へ向けねばならない。

レパントの戦士

五月二五日以後同盟の総司令官となったドン・ホアン・デ・アウストリアは七月二〇日にスペインを出港した。ジェノヴァに寄港したのち、一五七一年八月八日にナポリに着いた。彼の総司令官就任は、六日後壮麗な儀式によって祝われた。セルバンテスは群衆にまぎれてその儀式を目撃したにちがいない。八月二三日、スペイン艦隊はメッシーナへ向って出航した。ジャン・アンドレア・ドーリア〔ジェノヴァ人、スペイン傭兵隊長〕とアルバロ・デ・バサンの艦隊がその先陣をつとめていた。スペイン艦隊はメッシーナで、ローマとヴェネツィアの徴集兵、それぞれ、セバスティアーノ・ヴェニエロ〔コルフ島総督〕とマルコ・アントニオ・コロンナ麾下の戦士たちと合流する。後者はのちにセルバンテスが『ガラテーア』を献呈するアスカニオ・コロンナの父親である。連合艦隊がトルコとの会戦に出陣する前の壮麗な閲艦式を行う刻《とき》が来た。

それは、大シチリア港に集合した印象的な連合艦隊である。ガレー軍船二〇八隻、小型快速船《フラガータ》五七隻、総計三〇〇隻以上である。艦上には八万余の人間、船乗り、漕ぎ手、戦闘員、補充兵らがおり、そのなかの二万六〇〇〇人が戦士である。しかし全艦が完全な状態にあったわけではない。スペイン人は一〇年前からたえず行われた再艤装のおかげで自信に満ちていたが、ヴェネツィア人は先ごろの敗戦の痛手からガレー軍船の配列が雑然としていた。いくつかは蒙った損傷のせいで、他のものは造船所から出て来たばかりだったせいである。状況をさらに悪化させたのは、その兵士が外人傭兵で質が上等とは言えないことであった。ドン・ホアンは、その破れ目をふさぎ、このちぐはぐな寄せ集め艦隊を均質な一体に仕立てるのに全精力を傾けねばならなかった。彼は、スペイン人にヴェネツィア艦隊を強化し、傭兵たちを百戦練磨の戦士にきたえあげに行くよう命じた。ここに一つの運命の皮肉がある。ドン・ホアンの部下の一人、ドン・ペドロ・ポルトカレーロは、間接的にセルバンテス家と関わっている。彼が自分の義務を果す心構えをしているとき、マドリードにとどまっている彼の二人の息子、アロンソとペドロはミゲルの二人の姉妹と長期にわたる関係をつづけていた。その二人とは、オバンドとロカデーロとの交際から経験豊かになったアンドレアと、一七歳の春だというのにすでに姉と同じ道を辿るかにみえる末娘のマグダレーナである。既婚者のアロンソは、公証人の前で八月と九月につづけて二つの贈与を承諾した。この贈与は二年前ロカデーロの示した鷹揚さを思い出させる——ただしその支払いはのちに紛争の原因となる。そしてアロンソは、富裕なイタリア人らしくもなく、しかるべき時に自分の誓約から逃避してしまう。

ディエゴ・デ・ウルビーナは部下とともにガレー船マルケサ（侯爵夫人）号に乗り込んでいたが、ヴェネツィア人を援助する仲間に参加した。マルケサ号は、他のガレー船同様快速艦で、敵船への接舷用に設計されていたためにほっそりとした形で、長さは四〇メートル以上だが、幅は五メートル以下である。これらの船が五〇隻あれば、十分に現代の航空母艦の滑走路に適合するだろうと指摘したひともいる。この狭い甲板上に、船首と船尾に二つの櫓を乗せ、二本のマストと二枚の大きな帆を張り、左右の舷には狭い空間に三〇から四〇本の櫂《かい》が並び、船中には四〇〇人以上の人びとが混雑と衛生の面で嘆かわしい状態で詰め込まれていた。漕ぎ手二〇〇人の大部分は敵の奴隷か漕刑囚であった。三〇人ほどの水夫が運航と管理に当たっていた。最後に二〇〇人近い兵士がいたが、そのなかにはのちに『ドン・キホーテ』を書くことになる一人の新米火縄銃兵もいた。この新兵の目に映る光景が彼の想像力を強く刺戟したことはたしかである。彼は漕ぎ手たちの姿を一生覚えているだろう。のちにドン・キホーテとサンチョは、「ベンチに鎖で固定され、水夫の呼子に耳をすまし、水夫の鞭にさらされている」漕刑囚たちをバルセローナの港で見ることになる。

やっとすべてが整ったとき、神聖同盟の艦隊は、折あしく九月初旬の嵐に見舞われて港に釘づけにされた。艦隊はやっと九月一六日にメッシーナを出港する。夏の間アドリア海の港湾で略奪をつづけ、いまペロポネソスの淀泊地で力を盛り返そうとしているオスマントルコ軍との会戦の決意を固めたドン・ホアンは主戦力をイオニア海諸島へと向ける。九月二六日、彼はオスマン艦隊の急襲をやっとのことで追い払った「難攻不落」のコルフ島に投錨した。一〇月六日の午前にコリント湾に入港し、レパント海峡を展望した。セルバンテスは彼のガレー船が、かつてホメーロスの歌った神秘的な岸辺に近づくのを見た。彼はイオニア諸島の北にアクロセラウニアン山脈の堂々たる山塊を眺めた。コルフ島を去るとき彼はイタカ島も見たであろう。しかしオデュッセウスの冒険を夢想して、バイロンやラマルティーヌ風のロマン派的ポーズをとっているセルバンテスを想像するのは控えよう。彼は高熱を発してふるえながら、医務室代わりに使われている中甲板で、蚤虱のたかる粗末なベッドに横たわっていた。コルフ島寄港後、船酔いとマラリアが彼をうちのめしていたのである。

連合軍総司令部は、ファマゴスタ陥落とその際トルコ人の犯した大虐殺の報告を受け取った。その間、連合艦隊の見張り番が、トルコ艦隊総司令官アリ・パシャの率いる敵艦隊がレパント海峡の奥一二マイルの地点にひそんでいることを発見した。それにつづく作戦については意見が対立した。単純な力の誇示にこだわるドン・ホアンは、アンドレア・ドーリアの主張に反対して、敵艦隊攻撃を決定した。同じころトルコ軍提督アリ・パシャは隠れ家から出ることを決めた。一〇月七日の日曜日早暁、サン・マルコの祝日に、二つの艦隊は遭遇した。戦闘体形をととのえて両艦隊はたがいにゆっくり前進した。軍旗は風にはためき、武器と鎧の胸甲はきらめき、フルートとシンバルと太鼓の合奏がけたたましく鳴りひびいた。小型快速船の甲板上で最後の視察を行いながら、総司令官は部下たちを激励し、勝利をえたときには囚人放免を行うと約束した。それから旗艦ガレー船に戻り、ピオ五世から贈られた大軍旗の前に乗員全員とともにぬかずいて祝福を受けた。正午に最初の砲音が交わされて戦闘開始が告げられた。トルコ艦隊の右翼は、海峡の深さの知識を利して、ヴェネツィア軍の左側を迂回し、かれらを湾のなかへ追い込もうとする。重いガレアッツア〔大砲つき大型ガレー船〕の砲弾の威力に支えられて、キリスト教徒たちの英雄的な抵抗がこの敵の作戦の効果を制限することができた。逆に海の真中では、ドーリア艦隊がアルジェ地方総督ウルジュ＝アリーと激突し、傑出した船乗りウルジュ＝アリーは大胆な攻撃をしかけてマルタ騎士団の旗印を奪った。しかしこの攻撃は味方にかなりの損害をあたえはしたが反撃された。同盟艦隊の左翼にあってもっとも苛酷な衝撃を受け、それでも最高の奮闘をしたのはヴェネツィアのガレー船であった。そのなかにラ・マルケサ号があり、その船上にセルバンテスがいた。

　われわれが病床においてきたあの火縄銃士はその後どのように行動したのであろうか。彼の戦友の証言は明快である。彼は高熱にもかかわらず戦闘開始の前に甲板に現れた。そして艦長や友人が、彼は病気で戦える状態でないのだから床につくようにとすすめたのに対して、彼は叫んだ。

「中甲板に避難してわが身の健康をいたわるよりは、神と王のために戦って死ぬ方がよい（……）こうして彼は艦長が命じた大型ボート《ランチ》において勇敢な兵士として戦った（……）」

船首に位置するランチは、接近戦においてとりわけ危険にさらされた戦場になる。セルバンテスの勇気には疑いの余地はない。中央の神聖同盟戦闘艦隊が風を利して攻勢に転じたときも、彼は持ち場を離脱しなかった。ドン・ホアンのガレー船は舳先《へさき》の衝角を取り払い、より直線的で有効な砲弾発射を可能にすると、敵陣に突入した。それ以後陣形を整えた総体的戦術はすべて不可能になった。戦闘はいまや三時間にわたる六万人の兵士の大がかりな肉弾戦と化した。一人の目撃者によれば、「この時点で戦闘は血まみれの恐るべき様相を呈した。海も砲火も一体と化していた。」相次ぐ壮絶な撃突の刻《とき》をきざみながら、ドン・ホアンのガレー船はかろうじてトルコ兵の攻撃から逃れた――この攻撃を受けていたら、この船は恐るべき殺戮の場となったであろう。

われわれの主人公はなんらかの接舷攻撃に参加したのであろうか。彼は、ドン・キホーテが語るあの兵士、二尺の空間に立ち、襲撃中の船首からいまにも海中へとびこもうとしているあの兵士の不安を感じたのであろうか。あの兵士には敵を避けるのに、血で赤く染まった海への死のダイヴィング以外の手は残されていなかった。ラ・マルケサ号の損害――艦長自身も含めて四〇名の死者、一二〇名以上の負傷者――から判断してみると、この船はトルコの反復攻撃にむしろよく耐えたようにみえる。セルバンテスが、のちに栄光の美しい肩書きとみなす三発の銃弾を受けたのはこのときである。最初の二発は彼の胸をうった、と戦友の一人がのちに述べている。三発目の銃弾が左手を傷つけた。彼はのちに語るだろう、この傷は醜くみえるかもしれないが、しかし、

「彼は美しいと思う、なぜなら彼はこの傷を過去の諸世紀が見てきた、そして未来の世紀がけっして見ることをのぞみえないようなもっとも記念すべきかつもっとも高貴な機会に受けたからである。なおかつ祝福された記憶に鮮やかな、かの雄将カール大帝のご子息の勝ち誇る指揮のもとで戦いながら受けた傷なのである。」

そして彼は晩年にいっそう誇らしげに語っている。

「仮に誰かが今日私のために一つの奇跡を起してやろうと提案するとしても、私はあの驚異的な事件に参加せずに、私の傷も癒えた状態にあることよりは、あの事件に参加する方を選ぶだろう。」

こうして、スペイン歩兵隊の優勢のおかげで、戦況が神聖同盟への有利に傾きかかったまさにそのときに、マンコ・デ・レパント（レパント戦の隻腕《せきわん》兵）が生まれたのである。石弓の矢で傷つき、捕虜によって斧で首を斬られたアリ・パシャの死は戦況の転回点を記したようにみえる。激戦のさなかに、ウルジュ・アリーのバーバリー海賊ガレー船が敗走に転じ、ついでトルコ船内の一万のキリスト教徒漕刑奴隷の蜂起がオスマントルコの敗戦に拍車をかけた。午後四時、敗れた敵は潰滅した。勝者は掠奪にとりかかった。それは夜までつづいた。戦果はオスマン艦隊にとって苛酷なものであった。一一〇隻の船が破壊されるか流失した。一三〇隻が拿捕《だほ》され、一万五〇〇〇人近い奴隷が解放された。しかし同盟軍の側でも、勝利の代償は少なくなかった。一万二〇〇〇人が戦死し、また負傷の結果死亡した。戦死者のなかにセルバンテスが含まれなかったのは、われわれにとって幸運であった。

戦勝の報せは西欧全土に歓喜の爆発をひき起した。とりわけあらゆる芸術家、詩人が「この海戦」の謳歌をのぞんだ。セルバンテスがアルジェからの帰国後、この海戦に着想をえて書いた戯曲は失われてしまった。しかし海戦の最中にウルジュ・アリーによって斬首されるルイ・ペレス・デ・ビエドマの短い物語《レシ》は、『ドン・キホーテ』のもっとも美しいページの一つである。この物語は、勝利の輝かしい思い出を虜囚の苦い思い出とないまぜて、レパント海戦がしばしばかき立てた冷やかな雄弁で語られる諸作品に比べて、際立って印象的である。口伝の伝統の文脈とは異なる文脈に支えられ、逸話のすべてがあの事件をただちに取り巻いた伝説の雰囲気《オーラ》を伝えている。今日でもなお人びとは、ピオ五世の神秘的な予感を覚えている——彼は対話を中断して、両艦隊が対決したまさにその瞬間に、軍神に祈りを捧げたのであった。かれらはまたしばしば福音書の一節を引用し、それによってドン・ホアンを讃える、Fuit homomissus a Deo, cui nomen erat Joannes（神から送られてきた方がいらした、その方の名前はホアン）。人びとはまた、これと対照的に、フェリーペ二世の姿も想起する、彼は万聖節のミサのさなかに勝利を知らされ、テ・デウム〔賛美歌〕にいたるまで顔色一つ変えなかったという。しかしヴォルテールの影響で、これらの逸話はまもなく笑い話の種となる。一九世紀の歴史家たちは、むしろあの「奇跡的事件」の惨めな後日談に注目した。トルコ軍をダーダネルス海峡まで追跡しようというドン・ホアンの希望をふみにじってただちにヴェネツィアに帰還したヴェニエロ将軍。いったんは無に帰したが翌年から開始された前艦隊に比肩する新オスマン海軍の態勢強化。フェリーペ二世の異母弟の試みた二度の海上遠征の失敗。ヴェネツィア共和国のみによって締結された講和条約。大山鳴動して鼠一匹というところであろうか。しかし「捕虜」の意見はそれとはちがう。彼にとっては、一五七一年一〇月のあの栄光の日に、一つの重大な目的が達成されたのである。

「あの日、と彼はわれわれに言った、それはキリスト教国にとってきわめて幸運な日でした（……）世界中のすべての国民が、トルコ海軍の無敵を信じこまされていたことの誤りに目覚めたのです。あの日（……）オスマン帝国のおごりは粉砕されたのです……」

これはそのままフェルナン・ブローデルの意見でもある。彼の労作はこの問題の用語を刷新した。神聖同盟はこれを創設し、六カ月後に死亡した教皇より生きのびることができなかったしても、オスマン帝国の海軍が壊滅しなかったにしても、レパントの海戦で無敵のトルコ軍という神話そのものが粉砕されたのだ、と彼は評価している。これ以後、スペインのガレー船は大胆になり、コルフ島、マルタ島、メッシーナの大砲に安全保障を記す代わりに、いたるところの海上に出没した。海上作戦の劇場において、トルコの覇権拡張主義は歩みをとめ、主導権はキリスト教ヨーロッパに戻ったのであった。

それにしても、このヨーロッパはその優勢を活用できず、オスマン海軍消滅に呼応するかのように、ヨーロッパ艦隊自身も姿を消してしまうにいたるのである。やがて地中海から海戦が消え、地中海が大きな歴史から消え去る日がくるであろう。しかし差し当たっては、西欧はその十字軍の最後の夢を生きたのである。その夢をセルバンテスも分ちもった。そしてその夢から醒めるのもすぐであろう。

勝利の結果

一〇月七日の夕方、マラケサ号の甲板で息をふきかえした主人公は、まだこの事件から教訓を引き出せる状態ではなかった。ふたたび高熱に冒され、外科医の応急処置を受ける一人の負傷兵にすぎず、戦死者の数をふやすことになるのではないかと自問していた。弟につきそわれたセルバンテスは、勝ち誇る艦隊がコルフへ帰港するのを見ていた。戦利品の分割ののち、ヴェネツィアのガレー船はアドリア海をめざして北へ別れて行った。ドン・ホアン・デ・アウストリアは彼の艦隊の主力とともに本拠地へ帰航した。一〇月三一日、最後の秋の嵐をしのいだあとで、総司令官はメッシーナで望み通りの歓待を受けた。同じ日、ミゲルは不幸な戦友たちとともにこの町の病院に入院した。

その病院が近代の病院と共通するのは呼称だけという粗末さで、ミゲルはさびしい入院生活のなかで少しずつ負傷から回復していった。彼の恢復期は数カ月に及び、その間ドン・ホアンは兄の指令に従って、シチリアに冬期宿営地を設置し、春の再来を待ちわびていた。人びとは、『ドン・キホーテ』の作者が夢想に、読書に、詩作に耽っていたろうと、好んで想像したがる。しかしそのためには、彼が当面していた劣悪な衛生環境、彼に課された雑居状態、彼の苦痛が猶予してくれた痛みの軽減期間などが、彼にそういう余暇を残してくれることが必要であったろう。人びとはまた、彼の病床の傍らにレパントの負傷兵を見舞いに訪れた総司令官の姿を思い描きたがる。彼は「ドン・ホアン閣下」から褒詞を受けるのにふさわしかったであろうか。最初の調査の証人の一人によれば、ドン・ホアンはセルバンテスの勇猛な行動を知らされて、彼の俸給を四ドゥカード増額したと語ったらしい。それともセルバンテスは、閣下の数語の慰撫にあずかっただけかもしれない。ただ一つだけ確かなことがある。一五七二年一月から三月にかけての間に、彼は戦友たちと同様に、介護手当金として三度、二〇ドゥカードの援助金を受領している。

四月二四日に退院するときには、セルバンテスはもう胸にまで達した二発の銃弾の痛みに苦しんではいなかったらしい。しかし彼の左手は使用不能になっていた。それでも彼は兵役に復帰した。おそらく彼はそのときsoldado aventajado（精鋭兵）に昇進し、三ドゥカードの月給を給付されていたのであろう。またおそらく、そのころカラブリアに設営されていたディエゴ・デ・ウルビーナの連隊に、冬の終りまで合流していたのであろう。この配属変更は、新たな戦闘に備える長期にわたる作戦会議の記録に記載されている。しかしまもなく彼は、ドン・ロペ・デ・フィゲロアの第三部隊《テルシオ》の新しい指揮官ドン・マヌエル・ポンセ・デ・レオン麾下に転属する。五月一日、六七歳の教皇ピオ五世の死去によって、神聖同盟はその主要な鼓吹者を喪失した。新教皇グレゴリオ一三世が前任者の仕事の継承を表明しても無駄なことで、係争中の連合諸国はもはやピオ五世の如く強力な調停役をもちえなかったのである。さらにこの手詰り情勢はフェリーペ二世の逡巡によって悪化した。フランドル地方の謀反の激化やバーバリー海賊の勢力拡大に悩まされていたこの慎重な王は、トルコ軍に兵士の温存をゆるしかねない不確実な攻撃をしかけることを嫌った。総司令官ドン・ホアンは、イタリア人の支持をえて、あらゆる反対者の説得につとめた。一五七二年七月七日、一四〇隻のガレー船からなる強力な連合軍先発隊が、マルコ・アントニオ・コロンナの指揮のもとにメッシーナを出港した。セルバンテスはコロンナの艦隊に乗り組んだ兵士のなかにいた。八月二日、ドン・ホアンは、アルバ大公の暴徒鎮圧によって自信をえた彼の異母兄、フェリーペ二世から戦闘再開の権限をあたえられた。しかし一週間後に彼が六五隻のガレー船を率いてコルフに着いたとき、彼の部下の将軍は彼の到着を待ち切れずに南下したあとであった。マルコ・アントニオは敵が繰り返す急襲に悩まされて、迎撃戦に出発したのだった。彼はペロポネソス半島の東南でウルジュ・アリーと遭遇した。しかし敵の巧妙な操舵に翻弄されて敵への接触に成功せず、空しく基港に折り返さなければならなかった。

　九月一日になってやっと、遂に合意をえた二つの連合艦隊が半島の西南、モドンへ舳先《へさき》を向けた。だがドン・ホアンの戦略の実現にはすでにおそすぎた。その戦略とは、ナヴァリーノ湾で上陸し、そこに退却しているトルコ軍を海陸両面から挟撃して降伏を余儀なくさせるという案であった。この計画の挫折の理由を理解するために、ふたたび「捕虜」の言葉に耳を傾けてみよう。

「私は翌年、つまり一五七二年にナヴァリーノで、「三灯台」と呼ばれた旗艦で櫂を漕いでいました。私はわが軍がその地でトルコの全艦隊を港のなかで捕える機会を逸した事実の証人です。というのは、トルコ人たちはあの港のなかで襲撃されることはまぬがれられないと思って、攻撃されるのを待たずに、いち早く陸地伝いに逃走しようと、衣服と上履き、あるいは靴を調えていたからで、わが軍に対してかれらはひどくおびえていたのです。しかし天意はそれと異なり、わが軍を指揮する総司令官の責任でも不覚でもなく、キリスト教世界の罪障のせいであって、われわれを罰する刑吏をつねに身辺に残しておくのが神意だったからでした。事実は、エル・ウチャリーはナヴァリーノの近くにあるモドン島に逃れて、兵士を上陸させてから、港口を要塞化し、ドン・ホアンさまが退去されるまでじっとしていたのでした。」

（『ドン・キホーテ』前篇三九章）

この敵陣営からもたらされた架空の証言によって、『ドン・キホーテ』の作者は、あの惨めな事件に対する彼の感情をわれわれに伝えることができた。一五九〇年の回想録のなかで、彼は自分の兵役体験を想起しているが、レパント海戦の翌年のナヴァリーノ滞在の記入にとどめている。しかし、虚構の衣をまといながら、あの遠征が立案され実行された拙劣なやり方について、神意を思慮深く援用して故意に表現を和らげながら、鋭く批判している。

一〇月七日、レパント海戦の一周念記念日に、秋の豪雨のためにキリスト教艦隊はこの不愉快な海岸を去り、ザンテ島に退去せねばならなかった。ただ一人、アルバロ・デ・バサンが彼の「ラ・ロバ（海の狼）」と呼ばれたガレー船で海賊「赤ひげ《バルバロッサ》」の孫が指揮する船艦「ラ・プレサ」を奪取して、名誉を守ったのである。ルイ・ペレス・デ・ビエドマはこの冒険家の死について印象的な物語を残した。

「バルバロッサの孫はきわめて残忍で捕虜を虐待していたので、漕刑囚たちはガレー船『狼』がかれらを捕えようと近づくのを見ると、全員がいっせいに櫂を放棄した。そして船尾楼でもっと速く漕げと叫んでいた艦長を捕え、彼を漕刑席の間を、また船首から船尾までひきずりまわし、何度もかみついたので、マストに辿りつく前に彼の魂は地獄へと旅立ったのである……」

幾人かの研究者のように、この報告から、セルバンテスがこの事件に加担したと結論するのはやめておこう。しかし、のちにあの挫折した海戦の冷徹な審判者となる彼が、これらの数週間に、この海戦のさまざまな展開の注意深い観察者であったことは断言できるだろう。

一〇月二九日、コロンナのガレー艦隊は艦隊本部を見捨ててチヴィタヴェッキアに引き揚げる一方で、ドン・ホアン公はメッシーナへ折り返した。さらにそこから公はナポリへ北上し、スペイン王の命令に従ってここで越冬する。彼が、一五七三年二月一一日、ついで三月六日に、二通の手形給付で三〇エスクードをセルバンテスにあたえたのはこのナポリおいてである。彼はナヴァリーノにおけるセルバンテスの殊勲に報いたかったのであろうか。それにはミゲルが上陸作戦に参加したかどうか確かめねばなるまい。やっと癒着したばかりの傷のために、彼は銃をかまえたり、レパントにおけるように第一線に出ることはできなかった。二通の手形は、むしろ俸給の延滞金、フェリーペ二世の軍事経理局では通例だった遅滞金加算の俸給だったのではないかと思われる。活動不能のこの数カ月間に彼が過ごした生活は依然として謎のままである。

春の再来とともに、ミゲルは素早く平穏な暮しから脱出する。連合軍は四月一五日からコルフ島に集結し、今度こそ敵軍壊滅の祈願をこめて海戦準備にとりかかった。ところが、この日付けより数週間前に、ヴェネツィアはスルタンとひそかに単独講和条約を結び、トルコにキプロス島を譲渡していた。ヴェネツィアは四月四日にこの条約を公表したので、同盟軍は大いに憤慨した。「捕虜」が正当に判断するように、この講和は同盟軍の要求によりもむしろ敵方の要求に応じるものであった。スペインの歴史家たちによって裏切りの刻印を押されたこの急転回は、ヴェネツィア共和国が三年前から認めていた重い犠牲によって、その商業的利害の深刻さによって、最後に、かつてピオ五世の号令一下参加してしまったこの戦闘の決着のおぼつかなさによって説明されるであろう。

結局、この離脱はフェリーペ二世だけを満足させた。王は自分のガレー船艦隊が毎年イタリアの基地から遠く離れたコルフに集結し、ヴェネツィアの前線を守るだけの目的で、危険を冒して出港するのを苦々しく思っていたのである。王の本来の関心はトルコ艦隊にではなく、スペインやイタリア沿岸での掠奪を倍加し、北アフリカの監獄に捕虜たちをつめこんでいるバーバリー海賊船に向けられていた。キリスト教徒の捕虜たちは「アルジェに涙をそそいでいる」と当時のクロニカが報じている。しかし、定期的な海賊掃討作戦の成功は稀であった。とりわけそれは高くついた。なぜならこの作戦は永続的な艦隊を必要として、その維持費は年に四〇〇万ドゥカード以上かかったからである。艦船がより高速になるために、より多くの漕刑囚の徴募は日々に困難さを増すことが確認された。解決策はただ一つである。

海賊船の出発基点である巣窟を奪い、敵の頭目を処罰することである。ではどの巣窟をねらうべきか。アルバロ・デ・バサンにとって、かつてのカール五世にとってと同様に、(セルバンテスにとってには遅きに失したが) 目標は明白で、アルジェにほかならない。ドン・ホアンはチュニスという別の標的をねらっていた。国王は結局この立場から連合を承諾した。君主の心のなかでは、三年以上前にウルジュ・アリーによって失脚させられた忠実な臣下ムレイ・ハミッダの復権をはかるという限定的な作戦が問題であった。そうすれば、一五三五年以降占拠されているラ・ゴレータの要塞は守られる、そして機が熟せば決定的なアルジェ攻撃が容易になる、という目算であった。これに対して、ドン・ホアンはまったく別の夢を抱いていた。マルタとシチリアに近いマグレブの側面に一つの王国を設立する。それによって、彼の異母兄がかたくなに拒んでいる。「殿下《アルテス》」の称号を得て、ついにこの王家の非嫡出子が以前から渇望していた王冠を戴くことができると彼は考えていたのである。しかしそれは慎重王フェリーペの計画にはまったく含まれていない夢であった。

総司令官が国王を説得するのには三カ月の論争が必要だった。この作戦に必要な一七〇隻の艦船と二万人の兵員を集めるのにはさらに三カ月が必要になる。スペインのガレー船はメッシーナを出港し、パレルモとトラパーニの二つの寄港地を経て、ようやくチュニジアの海岸を見晴らす地点に到着した。一五七三年一〇月八日、レパントの二回目の記念日に、ドン・ホアンは全軍に上陸を命じた。住民たちの逃散したチュニスへの入城、イスラム教徒をムレイ・モハメッドと命名し、総督任命、ビセルタ占領などは、結局一週間足らずのうちに実行された。一〇月二四日、フェリーペ二世の異母弟はシチリアへと帰航する。しかし王令に反いて要塞の解体は行わず、その防備を強化し、ラ・ゴレータをドン・ペドロ・ポルトカレーロに託した。ところでこの人物の二人の息子はいまだにセルバンテスの姉妹との関係をつづけていた。

ミゲルは例外的に一度だけ不運からの脱却を試みた。城塞の守備隊とともにその地にとどまる代わりに、彼はドン・ロペ・デ・フィゲロアの兵士に加わって乗船した。おそらく彼はサルデーニャで冬の一部を過ごすことを望んだのであろう。その地には彼の所属する第三部隊が設営していたからである。しかし彼の名が二度も国庫登録簿に見られるのはナポリにおいてなのである。一五七四年二月〜三月に、彼はその善良かつ忠実な奉公に対して六〇エスクードを二分割で受領している。彼は五月に、ナポリとシチリアの艦隊とともにジェノヴァへ赴いたらしい。チュニス王の称号を賜るために奔走していたドン・ホアンは、イタリア北部におけるフランス軍の策動を打破すべく、フェリーペ二世によってロンバルディアへ派遣された。その間、トルコ軍は報復戦に備えていた。七月一一日二四〇隻のトルコ艦隊が、四万の海兵を積んで、ウルジュ・アリーとシナン・パシャの指揮のもとにチュニス前方に出現した。これは西洋地中海においてトルコ王朝が行う最後の大海戦になるであろう。数量で劣るいくつかの要衝守備隊は降伏した。九月一三日、ついにチュニスも落城した。危急を知らされたドン・ホアンは、ただちにグランベーレに救援要請を行ったが拒絶された。重大な財政危機に取り組んでいたスペイン王には、救援隊を送る余裕がなかったのである。ドン・ホアンは大急ぎでスペッツィアを出港、八月七日にナポリへの艦隊呼集を行う。しかし後のガレー艦隊は出航してまもなく二つの嵐に遭遇し、シチリア島のトラパーニ港に釘付けにされた。その地で彼は敗北を知り、あとはもうパレルモに引き返すほかはなく、一〇月一六日にその地に上陸した。セルバンテスはこの悲惨な作戦に参加していた。おそらく彼は、その帰途で、七月末における弱冠二六歳のアックワヴィーヴァ枢機卿のローマでの他界を知ったであろう。

彼の一五九〇年の回想録には、彼が体験した諸事件についての簡潔な記述がある。彼の記録の要点はこうである――私はナヴァリーノのあとでチュニスとラ・ゴレータに行った。『ドン・キホーテ』の挿話「捕虜」はこの手記よりもはるかに雄弁に語っている。彼はその物語のなかで、一五七三年一〇月の遠征と翌年八月の突発的な破局との間に生じた事件を語るにとどまらない。彼はその際こうむった重大な損害への嗟嘆を添えて、スペインの要塞の破滅に二篇のソネットを捧げている。彼は、ラ・ゴレータ砦の守備兵たちの悲劇的な運命を語る。とりわけドン・ペドロ・ポルトカレーロ――ドン・ホアンによれば「凡庸な兵士」だが――について、トルコ人に捕えられ、コンスタンティノープルへ移送の途上悲嘆のあまり死亡する悲劇の勇士について語る。捕虜は最後に、この拙劣きわまる戦略から教訓を引き出す。彼は言う、あの城塞は、たとえ支援されなくても、もちこたえられたはずだ、と言う人びともいる。

「しかし他の人びとの意見でもあり、まっ先に私自身もそう思うのですが、あの悪の温床のはびこる土地を破壊されるにまかせ、かつまた常勝のカール五世による攻略の追憶を維持しつづける目的でだけ、そしてその追憶を不変のものにするのには、城砦の石塊《いしくれ》の支えが必要であるかのように、益することなく濫費される莫大な国費を吸いとる海綿、紙魚《しみ》なるものを崩れるにまかせることで、天はスペインに対して特別の恩寵を下しおかれたということなのです。」

明らかなことだが、セルバンテスは過失責任者の名前を具体的に引用はしなかった。しかし総括的判断のとき、または不可欠な高い見識を以て、作戦上あまり重要でない拠点を放棄することを、そして、それがいかに苦痛にみちていようとも、ユートピア的で無益な支配を清算することを彼は肯定する。フェリーペ二世の行動はここで問題視されていないし、学者たちが何と言おうとも、この国王はセルバンテスと同じように考えていた。あの災厄の真の責任者はドン・ホアンだった。ミゲルが上司の思い出につねに忠実であったとしても、彼の崇拝は盲目的ではなく、彼は必要な時にはドン・ホアンの過失を指摘することができたのである。

セルバンテスはその秋の初めから終りまでシチリアで過ごした。一五四七年一一月一五日、彼は依然としてパレルモに滞在していて、その地で二五エスクードの新たな俸給支給を受けている。この記録は貴重である。なぜならこの給付命令は彼の「精鋭兵《ソルダード・アベンタハード》」の資格にはじめて言及しているし、その命令書にはセッサ公がサインしているからである。ホアン・デ・セルバンテスとその息子アンドレスの昔の保護者だったこのカブラの領主は、実際一五七二年春以降、総司令官ドン・ホアンの補佐役だった。補佐役であると同時に、彼は必要ならば公の激情を鎮める役も果した。おそらく彼はひそかに公を監視する任務を負っていたのであろう。冬が再来し、ミゲルが依然としてフィゲロア麾下にいてパレルモを去りナポリへ到り、その地で弟ロドリーゴと再会している間、ドン・ホアンは国王にチュニスの戦況報告をするためにマドリードへ戻った。ドン・ホアンは翌年六月までイタリアへは帰らないだろう。イタリアへ向う彼の肩書は、渇望しつづけていた栄誉ある大公の称号ではなく、大将《リユートナン・ジエネラル》という肩書にとどまっている。その夏にはスペイン・ガレー艦隊のトルコ征伐の再開はなかった。セルバンテスにとっては、彼が兵士生活を去り、かつて体験したことのない苛酷な試練——捕虜生活——に直面する時が近づいている。ナポリを去るとき、彼はその存在が彼の作品に沁み込んでいるイタリアの豊かな光景を、少なくとも胸底に抱きしめて行くだろう。その光景を明らかにする時が来たようだ。

イタリアの印象

イタリアがセルバンテスに深い印象をあたえたのは、第一に彼がこの国を訪れた時代そのもののせいである。この点に関しては彼は特例ではない。ヴェネツィア、サルデーニャ、教皇庁領をのぞいて、イタリア全土はスペイン領土であり、貴族と裁判官、海陸兵、聖職者と学生、乞食と浮浪者たちが、バルセローナから、バレンシアから、カルタヘーナから、輝かしい文明に魅惑され、カスティーリャにはない暮しぶりにひきよせられ、占領者に提供される安逸な生活に誘われて、多くのスペイン人が一世紀にわたってイタリアに流入した。しかしセルバンテスがスペイン人のなかでも際立っているのは、そのイタリア体験の多様さにおいてである。彼がローマ到着後すぐに遭遇した有為転変、さらに彼が参加した諸戦闘が彼に課した幾度もの往来と相次ぐ宿営地のあたえた大規模な多様性である。この分散的、断片的駐留からは、彼の軍務服役状態についてはなにもわからない。そこで彼の創作の間接的な証言に頼らざるをえない。とりわけ『パルナッソ山への旅』はつねに伝記研究者たちの関心をひいていた。このふざけた、空想的大冒険は、詩人をマドリードの茅屋から引き出してアポロンの聖域へと導き、読者の心に作品から放射される実体験の印象を刻み込む。この詩劇が描くジェノヴァからメッシーナへの風景が喚起するものは、かなり暗示的である。しかし『パルナッソ山への旅』は自伝の香りをもつ精神的遺言ではあるが、航海日誌ではない。

より豊かで変化に富む覚書きで、人びとが好んで引用するのは、『ガラテーア』、『模範小説集』、『ペルシーレス』であるが、これらも分析に際して慎重でなければならない。レパントの勇士の遍歴と年老いた作家が提示する事件の小説化との間には、ときには四〇年近い間隔があるだけではない。さらに、文学的な影響と慣例の重み、小説の筋立ての部分、作中人物の視点、その視点がもたらす歪曲もあるのだ。筆者は「体験談」の愛好家ではなく、ボッカッチョや中篇小説の鋭敏な読者なのである。「無分別な物好き男」はフィレンツェを背景とする。「コルネリアおばさん」の恋愛はボローニャで展開し、「寛大な恋人」はトラパーニで執筆され、「血筋の力」の主人公はナポリに位置する。「ガラスの学士」の装飾の一つ、イタリア都会の描写では、好奇心いっぱいの旅への好みがそのまま表現されてはいない。当時の修辞の規範に則って、しばしばさわりを描く。こうして、ジェノヴァ描写においては、トマース・ロダーハは「驚嘆すべき美しさ」を讃え、家並みが「金のなかのダイヤモンドのように岩に嵌め込まれているようだ」と賛嘆する。同様にフィレンツェは、「その恵まれた地理的条件同様、その清潔さ、壮麗な建造物、清流、快適な街並みによって」彼を魅了した。これらは巧みに美化された回想だが、その象徴的任務はつねに透明で、これらの回想が一連の舞台装置をなしているというよりは、むしろ、読者に一連の標識《アンブレーム》を提供している。

とはいえ、この様式化されたイタリアを形成している筆遣いをトポスの集積とみなすことは、このイタリアへの侮辱になるであろう。イタリアがこれほどしばしば中篇小説の背景に登場するのは、この地がとりわけアヴァンチュール、作中人物たちが痛切に回想する以前に、ミゲル自身が独自の情熱を以て冒険《アヴァンチュール》を体験した場所だからである。だからこそ、あれほどわれわれに身近な感動の戦慄をあたえる数ページが生まれたのである。牧歌の慣例に従っている『ガラテーア』においてさえ、われわれはティムブリオとともに、「観賞用の庭園や、白亜の館、太陽の炎にうたれまともに見つめることができないほど眩しい光を反射している尖塔などに満たされた」リグリア州リヴィエラを目の当たりにする賛嘆を実感することができる。しかも、作者の声がもっともよく聞きとれるのは、ガラスの学士に向って、近衛歩兵隊長が軍隊生活の魅力を自慢して、大まかに描写して聞かせる美しい風景画のなかにおいてである。

「彼は軍隊生活を謳歌した、ついでナポリの市街の美しさを、パレルモの歓楽を、ミラノの豊かさを、ロンバルディアの饗宴を、それから方々の宿屋のすばらしいごちそうを、じつに生き生きと描いてみせた。また、『さあ仕度しろ《アコンチャ》、亭主《パトロン》、こっちへ来い《パーセ・アカ》、ごろつきめ《マニゴルド》、さあ、マカテーラとポラストリとマカロニを持って来い』といった暮しぶりをいとも楽しげに、きわめて正確に彼に話してきかせた。それから軍人の自由な生活とイタリアの放恣な生活を口をきわめて称賛した……」

新兵募集中の老練な隊長の勧誘目的の饒舌だろうか。そうかもしれない、しかし彼の能弁の背後に、依然として放浪をつづけていたセルバンテスの郷愁が感じとれるではないか。彼が、「スペインの旅籠や居酒屋の狭さと不便さ」にそこで出会ったとしても、彼の耳にはやはりダンテの名文の変奏が鳴り響いていたし、その口はイタリア料理の味とイタリア・ワインの香りをこよなく楽しんでいたのである。

「トレビアーノ酒の芳醇、モンテフィヤスコン酒の貴重さ、アスペリーノ酒の強烈さ、ギリシア産のカンディアとソーマの二種のめでたさ、五園酒《シンコ・ビーニャス》のすばらしさ、グワルナーチャ酒の淑女のごとき甘さ柔らかさ、チュントラ酒の素朴さ……」

つまり、洗練された文明へのノスタルジー、しかしまた、この文明の魅力を評価できる外国人には、その魅力の無限の音階を提供するイタリアふう甘い生活《ドルチェ・ヴィータ》へのノスタルジーでもある。

二つの強力な時間がこの滞在を支配している。まずローマ到着の刻である。永遠の都の壮麗な光景は、『ペルシーレス』のなかに挿入されたもっとも美しいソネットを巡礼者たちに着想させるだろう。この時間はまた、ガラスの学士、トマース・ロダーハの心に終始冷静な感嘆をよび起す。

「その地の数ある聖堂に詣で、聖者の遺物を拝し、この都の広大なことに驚嘆した。そうして、あたかも爪を見てライオンの獰猛さと大きさを推測するように、砕けた大理石、半身や全身の彫像、崩れたアーチ、壊滅した共同浴場、壮大な廻廊、広大な円形劇場、つねに両岸に満々たる水をたたえる名高く神々しい河流（……）お互いに眺めあっているような数々の橋、そしてアッピア街道、フラミニア街道、ジューリア街道、その他多数の街道、名前を聞くだけでも世界のすべての都市の街道を威圧するほど高名な街道の存在。」

すでにデュ・ベレー〔一六世紀フランス詩人、『ローマ古跡』（一五五八）〕がローマ古代文明に注いだ視線が想起されるが、ロダーハがこの皇帝たちの都から教皇たちの都へふり向くとき、その視線は控え目な皮肉の色調を帯びる。

「彼は枢機卿学院の権勢、教皇の尊厳、住民や外国人の賑やかさと雑多な有様にも目をひかれた。彼はあらゆるものを目撃し、注視し、そしてすべてを正しく理解した。それから七つの教会につぎつぎに詣で、ある聴悔司祭に懺悔をすませ、教皇のおみ足に口づけをして、すっかり Agnus Dei（神の仔羊）の祈禱と数珠三昧にふけった……」

トマースの口をかりてこの切先を突きつけるのは、狂信的実践に対決するエラスムスの弟子としてであろうか。おそらくより単純に、ヴァティカンの策謀の思い出をいまだに忘れられないアックワヴィーヴァ枢機卿の元カメリエとしてであろう。

しかしミゲルの心にもっとも深く刻まれたのは、彼が「一年余にわたって」ナポリで生きた総体験であるのは確かである。「海辺に位置する」、「城と塔を戴く」スペイン領イタリアのこの首都について、ロダーハは簡明直截に語る、「それを見たすべての人が語るところでは、ヨーロッパ中で、いや世界中で最高の都市」だと。この熱狂は、イタリア全都市のなかで、セルバンテスが最高のもてなしを受けたのがナポリであったことを考えれば、理解しやすいことである。彼はこの地で神聖同盟の誕生がかき立てた興奮を実感した。彼はまたここで、二つの戦闘の合間に介在した冬の数カ月の平和を楽しむことができた。彼は十中八九、酒場と娼家通い以外の慰みによって、駐屯生活の因襲を破ることさえできたようだ。そうでなければ、『パルナッソ山への旅』における駐屯生活の憂鬱な回想や、半世紀後にナポリ副王に任命されたレーモス伯爵が、かねてからの約束に反してセルバンテスをナポリに伴わなかったときの彼の深い落胆を理解できないであろう。

さらにすすんで、彼が苦い思い出を残したらしい不幸な恋の時期を明らかにせねばなるまい。『ガラテーア』の羊飼いの一人ラウーソの暗示的な言葉については、その背後に作家が隠れているらしいと言われている。学者たちは、ラウーソの苦悩にみちた詩節において回想される神秘的なシレーナという女性の裏切りを推測する。この二人の愛から一人の男児が生まれたことまでも推定されている。この子は、『パルナッソ山への旅』のなかで、ミゲルがナポリでみた夢のなかに立ち現れ、彼が感動を以てその子を認めるあの青年である。

「このとき、身を隠しながら、
プロモントリオという名の友人が私に近づいた。
とても若い青年ながらすでに丈高い兵士だった。
私は自分が本当にナポリにいることに気付き、
私の驚きは高まった……
友人は私をやさしく腕に抱き、
そうしながら我が眼が信じられないと言った、
彼は私を父と呼び、私は彼を息子と呼んだ、こうして真実は明らかになったのだ……」

しかしわれわれの詩人が、この奇妙な名前（この名前の存在はナポリで実証されているらしい）をもつ私生児の存在を晩年に明らかにしたとは思われないし、この人物はむしろ文学的ジョークであろう。ラウーソの語る悲壮な詩句について特に連想されるのは、ルネサンスの詩人たちが個人的逸話とその抒情的解釈のはざまで、つねに創作的模倣のフィルターを介在させた、という事実である。セルバンテスは、ナポリ滞在中、おそらく彼の仲間の通弊である娼家通いは避けたらしい。しかしシレーナの裏切られた恋人がほかならぬ詩人の自画像だということはありうるし、捕虜生活から帰国したとき彼はその自画像をわれわれに見せようと思ったらしい。

教養の源泉において

セルバンテスがわれわれの夢想に提示するイタリアは、結局直接的体験の成果である。それはまた、虚構の人物たちが言葉の力によって動きまわる空想の世界でもある。従って、「生」と「文学」との合流点において、このイタリアは折々、三〇〇年間にわたってイタリア半島が体験したスペインの支配によって高まった緊張を反映している。この緊張はたえず現前していた。レパント海戦の前夜においてさえ、この記憶は消えていなかった。カール五世の軍隊はローマで二度の掠奪を行ったが、教皇パウロ四世はこの軍隊をユダヤ人と擬装改宗者《マラーノス》の群衆とみなしていた。ミゲルの友人ガルベス・デ・モンタルボは少し後になって、ローマ人の敵意についての愚痴をもらす。彼は言う、「やつらは騾馬曳きみたいだ。われわれに罵詈讒謗《ばりざんぼう》のリフレインを浴びせて暇つぶしをするんだ。」同じ敵意が『ペルシーレス』のローマにおけるイタリア人とスペイン人の交流のなかに窺われる。

　事あるごとに金を捲き上げようとするカスティーリャの役人やカタルーニャの商人たちは、戦線移動の際に民家への寄食をつねにする皇帝陛下の兵士たちと同じくらい憎まれていた。『ペルシーレス』の主人公の一人の指摘で明らかになるように、ルッカのような自由都市によるスペイン人歓待はたしかに例外であった。「その理由は、ここではスペイン兵は命令する代わりに頼んだからである。かれらは一日以上はけして滞留せず、傲岸といわれるその本性を表わすいとまもなかったのだ。」この時期以降、反＝スペイン的感情は、マタモーロス隊長というグロテスクな人物を介して芝居で表現される。この反感はのちに、ジェノヴァ、フィレンツェ、とりわけナポリにおいて、ハプスブルク家の支配の終焉にいたるまで、幾度か起った流血の叛乱のなかで桁外れの暴力によって顕示されるだろう。

これらの無遠慮な掠奪者たちとは対照的に、セルバンテスは高貴な伝統、人文主義の原典から霊感を得るためにイタリア様式をルネサンスの初期から導入した作家、芸術家たちの体現する伝統に接触することができた。それは、たとえばカスティーリャ演劇の父と仰がれるホアン・デ・エンシーナであり、『牧歌《エグローグ》』の詩人ガルシラーソ・デ・ラ・ベーガであり、彼の情熱的な抒情的格調は牧歌の伝承を変貌させた。トレース・ナアーロは、その芝居にローマ風俗の辛辣なユーモアを加味した。『ドン・キホーテ』の作者はこれらの手本に忠実に従った。この例を除けば、彼がイタリアで職業作家としての生活をしたことはなかった。彼がトスカナ語を学んでそれを駆使する実力を身につけたのは、専ら日常的必要性のためであった。彼はこの言語をときおり話のなかで使用する。かの才智あふれる郷士《イダルゴ》は、折あるごとにトスカナ語の繊細さについての注釈を加える。彼がイタリア文学の傑作を発見したのは学者としてであり、彼は「誰かが道に投げすてた紙切れの端から端まで」楽しんで読むほどの情熱を傾けたのである。彼はいつこの読書の渇きをいやすことができたのだろう。少なくとも二度の機会があった。第一はローマで、アックワヴィーヴァ枢機卿の館でのいくらかの余暇の時間。第二にナポリで、友人ライネスがいくつかのセナークルに彼を紹介したとき。

それで、結局彼は何を読んだのか。あるいはむしろ読書から何を得たのか。着想にとむ豊かな作品の最良のものを読み、その読書の刻印はときにはセルバンテス自身の著作のなかに見出される。しかし彼は模倣するよりも克服することを望んだ。抒情詩人たち、誰にもましてペトラルカ。セルバンテスはペトラルカの原典に学んだが、その一方ガルシラーソのペトラルカ風の詩からも学んだ。さらになお、騎士道物語の長詩篇とその冒険の世界——ボイアルドの『恋するオルランド』、アリオストの『狂えるオルランド』――彼はこれらの傑作の各特性を明晰に認識した。とりわけ『狂えるオルランド』は、その幻想とユーモアがセルバンテスの溺愛をかき立てた。ボッカッチョの『デカメロン』と、その作中人物と状況のとてつもない多様性。『模範的小説集』の著者がその技法をそのまま適用しなかったとしても、彼はその教訓を心にとどめた。自分の独創性を犠牲にすることなくこの手本の手法をみごとに転調したので、彼の同時代人は彼を『スペインのボッカッチョ』と呼ぶことになる。古代以来テオクリトスやウェルギリウスによって聖別された牧歌は、サンナザーロ〔ヤーコポ。一四五五―一五三〇〕の『アルカディア』によって一六世紀に移植され、タッソーの『アミンタ』によって完成の頂点に到達する。これら先人の足跡を辿って、その一〇年後にセルバンテスは『ガラテーア』の牧歌を着想したのであって、幾度か主張されたように、サルディニア島での仮説的な数カ月の滞在中に観察したその島の羊飼いの理想化によって構想したのではない。

セルバンテスの原文に痕跡をとどめるレミニサンスの単純な図表によって、このリストの無限の延長も可能であろう。もちろん、目下検討中の時期をはみ出すような財産目録にも従うとすれば、他の多くの名前が出現するだろうが、それを列挙するのは無益である。ともかくレオーネ・エブレオ〔ポルトガル人、一五、六世紀〕の名を書きとめておこう。彼の『愛の対話』Dialoghi d’amore（一五三五）は成功作で、『ガラテーア』の生成に注目すべき役割を果したことは、かなりの直接的借用例が実証している。行き過ぎは避けながらアリストテレスの『詩学』注釈者たちにも言及しておこう。カステルヴェトロ〔一六世紀イタリア人、『詩学』翻案者〕の寓話の本当らしさと詩《ポエジー》の目的とに関する考察は、セルバンテスをその美学の形成と職業作家的錬磨において指導したであろう。しかし肝要なことは彼がこの遺産を同化したやり方である。われわれの亡き同僚ピエール・ゲノンが正当に指摘したように、彼は「学者が貪欲に知識をかき集める」ようにではなく、のちに「テクストの歓び」と呼ばれる明敏な自覚をもってそれを同化した。その証拠に、ドン・キホーテが翻訳について語る言葉がある。彼は翻訳を尊重するが、原書の方がより好ましいと告白し、彼の言葉に耳をすます人へ語りかける。

「一つの言語を別の言語に翻訳することは、あらゆる言語の女王、ギリシア語とラテン語の場合は別として、フランドルの綴織りを裏から見るようなものです。さまざまな姿が見えるが、糸が多すぎてそれがはっきりしない。表側の無地と彩りがわからないのです。」

教養ある読者のこの見解は、セルバンテスがつねに抱いていた願望、書物の狭い枠からの脱出という願いと完全に一致する。われわれはすでに彼が若いころからこの願望を表明するのを見て来た。それは、彼の演劇への情熱、イタリア時代に自分の心を満足させるものを求める情熱を介して表明された。たとえば、セネカの悲劇に影響されたドルチェ〔一六世紀イタリアの人文主義者〕やジラルディ・チンツィオ〔一六世紀イタリアの作家〕などの学識豊かな悲劇——ミゲルは『ヌマンシア』を書くに際してその技法を学んでいる。またコメディア・デッラルテは当時まだデビュー期だったが、それでもすでにその主要な役柄は組織されていて、そのラッチ（舞台を盛り上げるための滑稽なマイム）は、セルバンテスの幕間劇を豊かにしている。最後に、方言を活用する農民ファルスがあり、セルバンテスはシエナの近辺でこれに興じたらしい。なかでも「油断のない番人」は、時の試練を経た台本の一つを発展させたものである。彼のスペクタクル好みはロペ・デ・ルエダの時代に目覚めたとしても、彼の演劇的使命を開花させ、捕虜生活からの帰還後自分の運試しを決意させたのは、イタリアの手本であることはきわめて確実である。

セルバンテスは通過する都市の芸術的至宝にも同様な関心を抱いたろうか。明らかに建造物に魅惑された彼は、宮殿に飾られた沚絵に見惚れなかったろうか。伝記作者たちはときおり、システィナ礼拝堂の円天井の下から『天地創造』や『最後の審判』を見上げるセルバンテスを思い描いている。『ペルシーレス』の巡礼者たちも、ローマに着くとすぐ、「敬虔なラファエロ・ディ・ウルビーノや神聖なミケランジェロ」の絵画を見に行く。われわれがとりわけ知りたいのは、彼が読書、映像、回想を蓄積するにとどめたのか、あるいは余暇を利用してふたたび筆を取ったのか、ということである。ロペス・デ・オヨスの指導のもとに、彼の第一歩は抒情詩人として作詩することであった。彼が愛した手本——ペトラルカ、ベンボ、ガルシラーソ、エレーラ——の声望、ナポリ・アカデミアの論戦、二人の有名な詩人ライネスとフィゲロア〔フランシスコ、スペイン人、一六、七世紀〕の激励などが、たしかに彼にこの道を粘り強く歩みつづけさせた。『ガラテーア』に挿入される多くの詩篇——とりわけシレーナ関連詩篇——は、イタリア時代以後に書かれたにちがいない。しかしセルバンテスの年譜についてのわれわれの知識不足のために、その年月を確定することはできない。それに、このようなミューズへの献身は、ミゲルにとってより重要な各地占領時代、皇帝陛下への奉公の合間にむさぼった暇つぶしにすぎなかった。ところで、一五七五年初頭、恒例の軍隊準備作業を伴うことなしにまた春がめぐってきた。ドン・ホアン公は、精確な指示も計面もないまま、六月にスペインから戻った。無為を強制され、日常的繰り返しに押し込められたセルバンテスは心に冒険心がよみがえるのを感じた。運命はふたたび、彼の期待よりはるか彼方への冒険で彼の期待に応えようとしていた。

武器との訣別

セルバンテスがイタリアでいつ休暇をとることをきめたのかは、わからない。その代わり、彼の決意を誘発したいくつかの動機についてある予測をもつことが可能である。彼は精鋭兵として、レパントの海戦で受けた三つの負傷、三回のトルコ遠征、四年間の軍役に対して十分な報奨を受けたとは認めることができなかった。新たな会戦の予測が薄らぎだしたいま、彼は上官たちに何を期待できるだろう。彼は、異国での駐屯生活、守備隊の狭いサークルを除けば、無関心と敵意にしか出合わない期待外れの生活にうんざりしていた。われわれは、トマース・ロダーハが検討を重ねつつ描写する兵士の宿営生活の幻滅的情景のなかに、ミゲルの失望をいささか感じとることができる。

「主計官の権力のつよいこと、二、三の隊長の不愉快な性格、宿所徴用士官の苦労、会計係の多忙と計算の面倒さ、住民たちの不平、宿泊証の払い戻し、新募兵たちの横着さ、同宿者たちの喧嘩口論、必要以上の軍用行李の請求、最後に彼自身いやで仕方のない以上のことを、ほとんど否応なしに忍ばねばならないこと。」

これらの明らかな不満は、恥知らずの野卑な軍人たちの光景をみつめるベルガンサの不満と共通する。「われわれは通過する宿営地で必ずと言っていいほど傲慢な犯罪をおかす、そしてこのことはいつでも結局は指揮官への住民の怨嗟を招くにいたるのだが、じつは彼のせいではないのである。」ベルガンサがこの事実から引き出す教訓は、われわれの主人公が共有したにちがいない幻滅を明示することになる。

「どんなに努力しても試みても無駄なことで、誰もこれらの悪を正すことはできない。なぜなら、戦争のすべての、もしくはほとんどすべてのことだ、戦争の後にとげとげしさ、苛酷さ、そして不都合をひきずっているのだから。」

この時期のセルバンテスは『ドン・キホーテ』のあのページでのようには歌えない。

「金がないから　従軍するんだ
金さえあれば　行きはしないさ」

彼はセッサ公爵から数ドゥカードを賜ったにもかかわらず、いつでも一文なしだった。しかし彼はもう少なくともトルコと戦うために戦場に行くことはできなかった。一五七五年六月末、厳格さのために所期の成果を挙げられないアルバ公爵と交代するために、ドン・ホアンがフランドル地方へ出発するという噂が流れ始めていた。ミゲルは彼の指揮下で出発することを考えたろうか。北方の霧の呼び声よりも、郷里の呼び声の方が彼には切実だったように思われる。実際、彼が家族から受け取る報せはしだいに気がかりなものになっていた。少なくとも二年前から、彼の両親はふたたび金銭問題に悩まされていた。おそらく二人のイタリア人、ボッキとムサッキは元理髪師とは別のパートナーを探していたのだろう。ロカデーロの気前のよい贈与については、大分前から跡方もなく消滅していた。ふたたび高利貸しの亡霊がセルバンテス家につきまとい始めていた。マドリードの古着屋宛ての一五七〇年のセルバンテス夫妻の署名入りの債務証書がそれを実証している。一方でアンドレアとマグダレーナは、ラ・ゴレータの不幸な総督ポルトカレーロの息子、アロンソとペドロたちと依然として情事をつづけていた。ただしかれらの関係はしだいに悪化していた。父親の遺産を相続したばかりのアロンソは、約束を果すどころかいっそう逃げ腰になっていた。一五七五年五月七日を最初の日付けとする一連の公正証書が伝えるところでは、二人の兄弟は総額一〇〇〇ドゥカードの支払い、支払猶予願いとそれに対する承諾を、そして二姉妹が提出した支払い請求を明示している。請求は無駄に終った。一五七六年に妻と死別したアロンソはその翌年、アンドレアへの約束を果すこともなく、高貴な貴族の娘と再婚した。アンドレアの提出した最後の上訴も失敗に終った。

その後ミゲルは、艦隊が海戦に出航することはもうないと見定め、スペインへの帰国を決心する。彼はドン・ホアンとセッサ公爵から軍功を讃える二通の推薦状を受け取る。これは何を目的にしていたのだろうか。マドリード帰還後隊長のポストを要請するためだったろうか。彼の友人のカスタニェーダは、一五八〇年の証言でそういう意向を主張している。そして、セルバンテスはイタリア派遣の目的で軍が編成中の中隊の一つを自分に委せてもらうことを希望していた、と付言している。しかし隻腕の彼が、アックワヴィーヴァ枢機卿に仕えていたころと同様に、素朴な夢想をつづけて、一〇年に及ぶ軍籍功労のない兵士にはめったにあたえられない昇進を期待できただろうか。彼がナポリを発つとき持参していた推薦状は失われてしまった。しかしセッサ公が三年後にレオノール・デ・コルティナスに手渡す証明書の記述によってその内容を推測することができる。ところでカスタニェーダよりも責任逃れ的態度の公爵は、左手を負傷した彼の被保護者が、スペインに帰国してドン・ホアン殿下に軍功への報酬を請求する（a pedir se le hiziesse merced）ことを願い出たことだけを記述している。レオノールはより言葉少なく、息子に純粋で単純な休暇をあたえてほしい、と願い出ている。負傷によって身体傷害者になったミゲルは、もう市民的職務を求めてはいなかったのだろうか。たとえば、学士の祖父または叔父アンドレスにならって、王室代理官《コレヒドール》の任務を請求するというような。一五年後には、彼はインディアス枢機会議にそういう請願書を提出している。またより単純に——彼のシグーラとの決闘と一五六八年の欠席裁判を事実と認めるなら——おそらくこの七年の流謫、彼の勇敢な行動、上官たちの満足を陳述して、公訴棄却の優遇措置にあずかることを望んだであろう。

それでもわれわれの精鋭兵は、九月初旬にナポリでガレー船「太陽号」に乗船した。それは、ガスパル・ペドロ・デ・ビジェナ麾下の四隻の艦船から成る小艦隊で、ドン・サンチョ・デ・レイバの命令によってバルセローナへの出航を準備中であった。一夏かかって建造されたこれらの艦船の配属が、ドン・ホアン・デ・アウストリアとナポリ副王モンデハル侯爵のあいだで紛争のたねとなったせいで出港が遅延していたのである。ミゲルとともに、弟のロドリーゴとかれらの数人の友人、数名の注目すべき人びとが乗船していた。セルバンテスがこれから迎えるのは不便な航海であり、ガラスの学士が海上で体験した、「二六時中南京虫が猛威をふるい、漕刑囚がものを盗み、水夫たちはことごとに腹を立て、鼠の群れが跳梁し、激浪に悩まされる、このいわば海に浮ぶ家」でのひどい航海に似ていた。とりわけこの航海は劇的なものになる。数日後嵐がガレー船を吹き散らした。そのうちの三隻は無事良い港に辿りつくことができた。しかし最後のガレー船「太陽号」はバーバリーの海賊に襲撃され、乗員は捕虜としてアルジェへ連行された。

学者たちによれば、セルバンテスの小説が提示するいささか誇張された物語をも加えた多くの証言にもとづいて、小艦隊は二度の嵐に遭遇した。最初の嵐は艦隊にコルシカ島方面へと針路を変更させた。二度目の嵐はトゥーロンの周辺で船を散乱させた。別の説によれば、ただ一度の嵐が獅子湾に巻き起ったという。セルバンテスのガレー船は他の船から引き離され、一隻だけでコルシカ島方向へ吹き流された。いずれにせよ、この二つの仮説のなかで、「太陽号」はフランス海岸に沿って他の船との合流につとめていたらしい。そのとき、九月二六日、「三人のマリア」——換言すればサント・マリ・ド・ラ・メールの沖合で海賊船に襲われたらしい。

事件についてのこういう解釈がきわめて広汎に信じられてきた。しかし今日ではこれはもはや認められない。この説は、資料を急いで読んだ結果のちぐはぐなデータに、純粋にロマネスクなディテールを混合している。この問題についてもっともすぐれた学者の一人、ホアン・バウティスタ・アバリェ＝アルセは、扱いうる資料を厳密に分析し、数年間に太陽号が行ったいろいろな航海を人びとが混同してきた事実を指摘した。この研究から主要な三点が浮き上る。第一に、セルバンテスは、この二世紀間人びとが信じてきたように、九月二〇日にナポリを出港したのではなく、同月の六日か七日に出発したのである。第二に、九月一八日に、秋が間近いころの習慣で、イタリアとプロヴァンスの海岸に沿って航海していた小艦隊が、嵐によってポール・ド・ブー沖合で散りぢりになったのである。最後に、事実二六日に行われた拿捕は、サント・マリ近辺ではなく、より南方のカダケース、もしくはパラモースから遠からぬカタルーニャ海岸の沖合でのことである。したがって不幸な乗船者たちの絶望は、ほとんど旅の終りに近づいていただけいっそう大きかったのである。

誰がこのめざましい早技を実行したのだろう。その名が示すように、アルバニアの背教者、アルナウテ・マミーと呼ばれる男が三隻のガレー船を率いて行ったのである。もう一人のギリシア出身の背教者がその補佐役でダリ・マミーと呼ばれていた。彼については少し後にまた言及するだろう。スペイン人たちは降伏を拒否して数時間攻撃者に抵抗した。その多くは戦死し、そのなかには船長も含まれている。

衆寡敵せず、ついに生存者は手足を縛られ、バーバリーの船に移された。その作業がほぼ終了したころ、水平線上にキリスト教国の小艦隊が出現し、海賊たちは掠奪は諦めて、捕虜をつれて大急ぎで逃走した。三日後にアルナウテ・マミーのガレー船はアルジェの見えるところへ着いた。

「私が囚われの身となって
あれほどひどい風評の彼の地、
その奥に多くの海賊をかくし、もてなし、保護するあの地を見たとき、
私はもうこれ以上涙をこらえられなかった……」

サアベドラはこのように「アルジェの生活」で語っている。この到着、『ドン・キホーテ』の作者はこれをその後記憶に刻みつけて保ちつづけるだろう。しかしこれが彼の唯一の捕虜生活の回想ではない。唯一どころではないのである。

アルジェの牢獄

九月のこの日、鎖につながれた仲間と下船した二八歳の捕虜が感じていたのは、さまざまに引き裂かれた感情であった。さっきまで戦っていた海賊に捕われたという絶望に、待ち受ける試練を前にした不安がまじった。しかしまた意外な光景を目にする驚きもあった。海賊の巣窟としか考えていなかった場所で、彼は一五万人の住民をもつ都市、パレルモやローマより人口が多く、その活気はナポリを想起さ

せる大都会を見出したのである。まもなく彼は冷徹な観察者として、当時の証言が一致して強調する繁栄の多くの特徴を見出すであろう。灯台をもち活気にあふれる港、埠頭と倉庫。家屋や地域の巧みな建設計画を内蔵する網目のような小道を介して、さまざまな市場の間のたえまない往来。多くのイスラム寺院、公衆浴場、人目につかない中庭《パティオ》が泉水のかすかなささやきをたてている宮殿。町を守る城壁の外には海に面した、あるいは海に向って張り出す丘に沿って並ぶ沢山の庭園。要するに、五〇年後にこの町を絶頂に導く発展のあらゆる徴候があった。

アルジェはこの発展を、なによりも戦争の補足的形態である掠奪から得ていた。しかしまたその起源が時間の闇のなかに消えてしまった古代の、かつ広く普及した産業にも負っている。マグレブの私掠船は熟達したテクニシャン、かつ戦術家であって、産業を完璧の域にまで高めた。活気に満ちてリオルナやマルタから出動するキリスト教徒の私掠船は、その域にまで達することはけっしてできなかった。セルバンテスの時代には約三〇隻のアルジェのガレー船は、敏捷で、操縦し易く、手入れがゆきとどいていて、経済の先鋒であった。毎年キリスト教徒の船舶を一〇〇隻単位で掠奪し、スペインやイタリアの沿岸から幾千人もの捕虜を連れ帰り、奴隷貿易と掠奪品売買で町全体を豊かにした。かれらの帰港はいつでも群衆の歓喜の機会になった。ある実地証人の語るように、「人びとはひたすら飲み、食べ、楽しんだ。」われわれはミゲルと彼の仲間たちが奴隷市場へ連行されるとき、かれらが沸き立つ歓喜にさらされた姿を容易に想像することができる。捕虜たちは偶然買い手になった者によって丹念に調べられ、せり市で高値をつけた者に売られる。われわれの主人公はおそらくこの屈辱は免れたであろう。それは彼が、アルナウテ・マミーの補佐役ダリ・マミー、通称エル・コホ、つまり「びっこ」の所有になったと思われるからである。この特権は、ミゲルの所持品のなかから発見された推薦状の最高級の署名のせいである。不運なことに、海賊は彼を重要人物だと思いこんで、その身代金として総額五〇〇エスクード金貨という大金を要求することになる。

　セルバンテスのアルジェ滞在についてわれわれの手許に届いた最初の情報はこのようなものであった。五年間の滞在中の概略と重要な事件についてわれわれはかなり知っている。それは、一五七八年と一五八〇年との二度の調査の際集められた陳述のおかげである。また、ミゲルと弟の身代金を集めるために、家族の行ったさまざまな奔走についてわれわれが保有する証拠のおかげでもある。最後に、一六一二年に出版された『アルジェの地誌と通史』(Topographía e hiotoria general de Argel) の証言のおかげでもある。この本の著者はディエゴ・デ・アエード修道士となっているが、今日ではこの筆者はセルバンテスの捕虜仲間の一人、アントニオ・デ・ソーサ博士だとみなされている。この本はバーバリーの町についての情報がじつに豊富である上に、彼がその勇気を讃えるキリスト教徒たちのなかでも、セルバンテスについてとりわけ際立った記述を行っている。残る作業はミゲルの友人たちの多くの直接的または間接的な証言で、これは慎重に扱わねばならない。というのはそれらの証言は、ミゲルの敵が彼の名誉毀損をはかった言葉を反駁するために、彼に依頼された友人たちが提出した証言だからである。アエードの証言は、この町とその海賊たちへの彼の糾弾と分ち難く関連していて、その本来の目的は、スペインの世論をその無関心からめざめさせ、捕虜の買い戻し作業を刺戟することであった。

　さらに一歩進めよう。これらの資料はいかに貴重であろうとも、われわれにとってきわめて重要なことについてほとんど口を閉ざしている。すなわち、セルバンテスが試練のなかで体験した暮しぶり。彼がイスラム教徒やキリスト教徒たちと結んだ交流。自国の文明とは異質な文明に注いだ彼の視線などについてである。そこでわれわれは、この資料を補足するために、彼の捕虜生活の文学的投影に助力を求めたくなる。喚起的表題をもつ二つの芝居、「アルジェの生活」と「アルジェの牢獄」——そして『ドン・キホーテ』に挿入された「捕虜」の物語、これについてはわれわれはすでにその重要さを指摘した。これらの翻案はきわめて自由であるが、それでもやはり掛け替えのないものである。これらが内包する創作慣習と作り話の部分の背後に、例外的な冒険の多くの断片をわれわれに再構築してくれるし、さらにまた、それを体験した本人の個人的な感情をも伝えてくれる。「捕虜」の言葉に耳を傾けてみよう。

「私はトルコ人たちが浴場《バーニョ》と呼んでいる牢獄に収容されていました。そこにはキリスト教徒の捕虜のすべてが、国王の奴隷から、個人所有の奴隷、さらに『倉庫奴隷《デル・アルマセン》』と呼ばれている、いわば役所扱いの捕虜にいたるまで、いっしょくたに収容されていました。この『アルマセン』は市に所属して土木工事などに従事していました。こういう捕虜が自由を得るのはとても難しいのです。というのは共有の奴隷できまった主人がないものですから、たとえ身代金を手にしても、身請けについて交渉する相手がいないからです。こういう浴《バー》場《ニョ》へ、さっき言ったように、ある市民たちはよくかれらの捕虜をつれて来ますが、なかでも身請けの話のついた捕虜が多いのです。それは身代金が届くまで、そこでなら捕虜も楽だし、逃亡の怖れもないからです。国王の捕虜たちも身請けの話がついたら、ほかの奴隷仲間といっしょに労役に出ることはありません。出るとしたら身代金がおくれた場合だけです。そのときは、身代金請求の手紙をもっとせっせと書かせるために、他の仲間同様労働させたり、薪を取りに行かせるのですが、これはなまやさしい労役ではありません。

　ところで私も身請け話のある捕虜の一人でした。大尉だったことがわかってしまったので、微力だし財産もないことをいくら言いたてても主人を説得できずに、身代金待ちの紳士方の仲間へむりやり入れられてしまいました。わたしは逃亡をふせぐためというよりも、身請けのしるしのために鎖をつけられ、こうしてあの浴場《バーニョ》で、同様のしるしをつけられた他の大勢の紳士やお偉方と毎日を過ごしていました。ところで飢えや衣服の不足に苦しむことは、時々というよりも、むしろほとんどしょっちゅうのことでしたが、それでも何がいちばん苦しかったかといえば、わたしの主人のキリスト教徒に対する無類の残忍な仕打ちを、たえず見聞きすることでした。彼は毎日誰かを絞首刑にかけたり、串刺しにしたり、耳をそいだりしたのです。しかもそれが、ほんの些細な理由で、いや、理由などなしにそうしていたので、トルコ人たちでさえ、彼はただああやりたいからあんなことをするのだ、全人類の殺戮者という生まれながらの性質からだと認めていたほどでした。」

（『ドン・キホーテ』前篇四〇章）

すべての捕虜がこのような虐待と拷問を受けていたのだろうか。疑いもなく相違点を明らかにしなければならない。私掠船の歴史家たちが確認したように、もっとも危険にさらされていたのは身分の低い人びとで、一般に家僕に雇われたり、農業労働者、土木作業や武器工場の労働者になっていた。かれらのなかでもっとも頑健な者たちが、たしかにもっとも気の毒な人びとだった。夏期にはガレー船の漕刑に配置され、越冬期には陸上で荷揚げ人足とか日雇い人足にかり出された。航海術の専門的労働者たち——武器製造工、鋳造工、大工、技師、塡隙工《かしめ》などの運命はより好ましいものだった。バーバリー人にとって不可欠なかれらは市場でひっぱりだこだった。その代わり、その能力のためにかれらは身請けの希望をまったく持つことができなかった。こうしてかれらはキリスト教をすてて背教者への道を辿ることになった。青年と若い娘はもちろん特別扱いをされた。快楽の道具に使われたあと、主人にそそのかされて回教を信仰するようになり、たいていはいつでも悲惨な同胞たちから軽蔑されていた。「捕虜」

が指摘するように、お偉方もしくはそうみなされた人びともいた。かれらは身代金用の捕虜として、以上のような強制をすべて免除されていた。その代わりかれらは投機的売買の対象になった。その交渉は別な所有者たちの間、またはトルコ人と買い戻し人――主にスペインとイタリアからかれらの解放の交渉にきた三位一体修道会士とメルセス会修道士だったが――との間で行われた。

したがってミゲルは、捕虜生活の最初の数ヵ月間は比較的のんびりした生活を送っていた。夕暮から明け方まで浴場に収監されたが、日中は身体障害を口実にして、町のなかを往復したり、町のなかでこれまで習慣も風俗も知らなかったいろいろな人と接触する許可をもらった。事実、彼の作中人物のロマネスクな冒険は、鋭敏な観察が窺われる構成と雰囲気のなかで展開している。これらの冒険の背景をなすのは私掠船と奴隷制の儀式だけにとどまらない。それらと同様に彼がわれわれに正確に伝えるのは、すべての行政組織の歯車である。スルタンから派遣されたパシャ（地方代官）のまわりにはその審議会ディヴァンがパシャを補佐している。さらにわれわれはオドハク（近衛兵）と「ライス（首長たち）」のタイファ（徒党）」（私掠船組合）を垣間見ることもできる。それらはアルジェで現実的権力を争っていた二つの封建的組織である。

とりわけセルバンテスが、けっして専門的報告書や風俗画に陥ることなく軽い筆致で明らかにしているのは、この町のいわば「ノアの箱舟」にふさわしく、きわめて開放的な社会の機能である。すなわち極端に分化した社会だが、その差異は職業や富裕さにもとづくよりも宗教的または民族的所属集団に依っているようにみえる社会である。ピラミッドの頂点にはトルコ人たちがいて、アルジェの行政的かつ軍事的枠組みを形成している。かれらと並んで私掠船団がいるが、それは地中海のあらゆる港から来て、「ほとんどすべてのキリスト教国家を代表している。」序列の最下級に大量の捕虜がいる。アエードの概算では、黒人奴隷を別にして、一六世紀末にはその数二万五千人に達している。その中間にあらゆる等級の集団が存在するが、なかでも際立っていたのは、この世界の中心を占める怪しげで雑多なモリスコの職人、背教徒の小商人、キリスト教徒の商人、カビリア〔アルジェリア高地地方〕の日雇い労働者、きわめて奇矯なユダヤ人移民団である。これらの共同体は互いの間で複雑な関係を保ち、セルバンテスの小説は常套的約束ごとの背後に、善悪二元論ぬきのそれらのヴィジョンをわれわれに提供している。個人の間で敵対関係が激化することもあった。行動や情事のさなかにモーロ人とキリスト教徒が互いに口汚なく罵り合うこともあった。「アルジェの牢獄」の道化役「香部屋係のトリスタン」は、彼を嘲笑するモーロ人の子供たちを容赦なく罵る。また彼が興にのって苛《いじ》めるユダヤ人への冷笑も仮借ない。しかし主人とその奴隷との恋愛、捕虜と美しいソライダ（背教徒アヒ・モラートの娘）との相思相愛は、文学的な成果を越えていて、異端審問のスペインがまったく知らなかったものだが、これらはこの共同体の平和な共存を窺わせもする。

したがってセルバンテスは、怒りっぽい主人の犠牲もしくは好色な欲情のなぶりものにされている同胞の運命を哀れみながら、彼の同時代人の論戦的文書がつねにわれわれになじませているイスラム世界の戯画的な歪曲よりもはるかにニュアンスに富むこの世界のイメージを示している。彼をコーランの信奉者と思うのはやめよう。彼の証人たちはみなつぎのような彼の姿を見ている。

「彼は良きキリスト教徒として生き、ひたすら神のよき名を讃え、告解し、聖体を拝受した。ときにはモーロ人や背教徒と付き合うことがあったとしても、彼はつねに神聖なカトリックの信仰を守りつづけた。モーロ人や背教徒にならないようにと、彼が励まし説得した人びとの数はじつに多数に上る。」

おそらくそのとおりであったろう。しかしモーロ人や背教徒との交流から、ミゲルは偏見を克服し、安易な信条を放棄することを学んだ。彼は著作のなかで、弱さからかまたは無気力からキリスト教を放棄する人びとを激しく非難し、対照的に、自分の信念に忠実な殉教者たちのヒロイズムを称揚している。バレンシアの司祭ミゲル・デ・アランダはおそらくこのようにして彼の眼前で石打ちの刑を受け、火刑に処せられたのであろう。しかし彼は同時に、自分の奴隷に宗教的変節を強制する回教徒は稀であることを知ってもいる。大半の回教徒は法律の定めによって、新しい転向者を解放しなければならないのを嫌って、「たっぷりと棒たたきをしてキリスト教徒をキリスト教のなかに」押し戻してしまうのである。セルバンテスがイスラム教に対して抱く好奇心については、彼が使用するアラブの用語と表現の豊かさのなかに窺うことができる。たとえば回教徒の挨拶、イスラムの祈禱時報係のモスクの尖塔からの祈禱の呼びかけ、モロッコのスルタン、アブド＝エル＝マレクの婚礼の儀式などがそれである。トルコ人が捕虜に示す相対的な寛容さに対する公平な賛辞にも彼の好奇心がみられる。「アルジェの牢獄」のなかではつぎのように語られている。

「これらの信仰を失った犬たちは
諸君もごらんの通り、いっそう
われわれの宗教を強固にする。
そしてわれわれに
たとえひそひそ声であろうとも
ミサを唱える自由をあたえるのだ。」

セルバンテスは、フェリーペ三世のスペインがモリスコたちを大量かつ徹底的に追放する日に、この寛容さを思い出すにちがいない。この点に関してもまたアルジェ体験は彼にとって貴重なものだったと言えるであろう。

捕虜の苦難

セルバンテスの小説がわれわれに示すイスラムのイメージがわれわれを魅惑するのは、それが芸術的推敲の後、年月を経て、澄明化されたせいである。しかし行動の火中、あるいはむしろ無為のなかで、セルバンテスは自分の周囲を公平な観察者として冷静に見る気分にはなれなかったろう。捕虜になったことから生じた絶望が過ぎ去ると、彼は仲間の多くと同様に、なるべく早くアルジェとその苦い歓楽から立ち去りたいというちずな願いを抱くようになった。おそらく彼はまず家族に手紙を出したであろう。しかし身代金の額から考えて、かれらが必要な金額を集めることを期待できたろうか。そのとき彼が抱いた感情は、彼が『ドン・キホーテ』の「捕虜」に言わせているのと同じであったろう。

「わたしは自由になる希望だけは捨てたことはなかったので、アルジェに着くと、これほど心から望んでいることをなしとげる別の方法を探そうと思いました。思案したことや実行してみたことが、思いどおりの結果を生まないようなときでも、すぐに駄目だと思わないで、たとえそれがきわめてもろいものでも、心を支えてくれるならと別の希望を練りあげたのでした。」

もう一人の自分《アルテル・エゴ》とまったく同様に、セルバンテスは計画の困難と危険にもかかわらず脱走することだけを考えるようになる。一五七六年一月以降の冬のさなかのある日、のちに彼に有利な証言をすることになる数名の仲間といっしょに、最初の試みを決定した。この季節に船を沖へ出すことは狂気の沙汰であった。そこで彼はもっとも近い要塞をめざした。アルジェの西ほぼ四〇〇キロメートルの地点である。

「彼は一人のモーロ人に陸道でオランまで他のキリスト教徒たちといっしょに連れて行ってくれとたのんだ。このモーロ人はかれらをアルジェの外へ連れ出しはしたが、いくつかの宿駅を経たのち、かれらを見棄てた。その結果彼はアルジェへ折り返し、牢獄へ戻らなければならなかった。以後、彼は前にもまして虐待され、棒たたきの刑を受け、鎖につながれた。」

この処置がいかに苛酷だったとしても、ふつう再逮捕された逃亡者にあたえられる運命に比べればはるかに軽いものだった。脱走者に加えられる残忍な刑罰を知るためにはアエード神父の記述を読まねばならない。セルバンテスは、ドン・ホアン・デ・アウストリアの被保護者の身代金を期待する彼の主人によって手加減されたにちがいない。彼の二人の脱走仲間、カスタニェーダとアントン・マルコも重刑を免除された。かれらはより有利に切り抜けることにさえ成功した。なぜならかれらは三月から身代金の支払いを始め、やがてスペインへ出発したからである。多分かれらを介して、ミゲルとロドリーゴは現状を両親に知らせたのであろう。春が再来すると、外科医は実際に、われわれがその痕跡を知っている最初の奔走にとりかかった。一五七六年四月についで翌年二月にも二度にわたってコルドバのペドロ・サンチェス学士に一〇年前から貸している八〇〇ドゥカード金貨の返却を求めたが失敗に終った。

四月にもまた彼は、所有資産を売却しているが、それによってどれほどの収益を得たかは不明である。その少しあとで、彼はカスティーリャ参事会に、ついで国務会議に助成金を申請したが、却下されてしまった。一五七六年一一月九日、今日では紛失してしまった純血証明書で補強された新たな請願書を提出したが、彼が懇願した財政的援助は再度拒絶された。こんどは母親のレオノールが十字軍評議会へ打診した。おそらく彼女の保証人、つねに変ることなきヘティーノ・グスマンの入れ知恵で敬虔な嘘を行使して、彼女は寡婦をよそおった。この作戦は成功し、一二月一六日に二人の息子の身代金として六〇ドゥカードの条件付き貸与が承認された。

その間に、メルセス修道会の三人の聖職者が、修道会から捕虜たちを身請けするようにという指示を受けた。準備を終えた三人の修道士、ホルヘ・デ・オリバール師、ホルヘ・デ・オンガイ師、ヘロニモ・アンティチ師はアルジェへと出発し、一五七七年四月二〇日「大金とあらゆる種類の商品をもって」アルジェに到着した。かれらは外科医夫妻から十分な金額を受け取ってきたろうか。そうでないことは確かである。なぜならかれらが到着したとき、ダリ・マミーはミゲルの身代金を五〇〇ドゥカードに値上げしたからである。ミゲルはそのとき彼の名誉となるべき決意をした。年長者の特権を放棄して、弟を優先的に身請けするように修道士たちを説得したのである。弟はその主人のパシャから三〇〇ドゥカードと評価されていた。ミゲルは帰国の希望を完全に諦めたのであろうか。いや、事実はその逆である。彼の決意は確固たるものであり、ロドリーゴの解放は彼の目的達成の布石になるはずであった。

こうしてミゲルは弟のために身を引くと同時に、ひそかにきわめて精密な計画を練っていた。ロドリーゴはスペインに着くとただちに、大胆な水夫たちの一人に接触する役を引き受けていた。水夫たちは一隻のフリゲート艦に乗って、夜バーバリーの海岸で待つキリスト教徒たちを、あらゆる危険を覚悟の上で迎えに行き、かれらをバレンシアかマジョルカ島へ連れ帰るという手はずである。たしかに危険ではあるが日常的に行われ、しばしば大成功をおさめた企画である。しかしまず水夫たちの協力と実行に必要な資金を獲得しなければならなかった。この目的のためにロドリーゴは、最近同様に解放されたばかりの二人のマルタの騎士、ドン・アントニオ・デ・トレドとドン・フランシスコ・デ・バレンシアが彼にあたえた推薦状の力をかりて、地方の権力者たちの支援を確保する必要があった。五月初旬にセルバンテスは彼の計画を実行に移した。彼の主人ダリ・マミーの不在を利用して、彼は一四人の仲間全員、「当時アルジェでもっとも重要なキリスト教徒の捕虜」を町の外へ連れ出した。そしてアルジェ東方三マイルに位置する看守長《アルカイド》ハッサンの奥庭にある洞窟にかくまった。ホアンという名のナバール人の奴隷である庭師の協力をえて、一四人の捕虜はミゲルから食糧をあたえられ励まされつつ、救いの船を待って隠れ家で五カ月を過ごした。果しなく感じられた五カ月であったが、信じ難いことにトルコ人はかれらの失踪に気づかなかったらしい！

なぜこれほど長く待たなければならなかったのか。じつはごく単純な理由で、この工作の中心人物ロドリーゴ・デ・セルバンテスが帰路につく前にひと夏待機しなければならなかったからである。一五七七年七月、彼の旧主人ラバダン・パシャが任期満了してコンスタンティノープルへ帰国するために、アルジェを去ることになった。代わりに地方長官ウルジュ・アリー——例の男、がその寵臣のなかから別の男を選んで任命した。ルイ・ペレス・デ・ビエドマがその男の姿を想起してわれわれに伝えている。彼は言う、その男は、

「ウチャリーがかつて囚人にしたヴェネツィア人改宗者だった。彼はキリスト教徒の船の少年水夫だったが、

ウチャリーは彼が大変気に入り、稚児の一人にした。この男はこれまでに例をみない残忍な改宗者でハッサン゠アガーと呼ばれた。彼はきわめて富裕になり、アルジェの王に任命された。」

アエード神父もまたこの人物の容姿に触れ、つぎのように語っている。

「長身で細身、輝く冷酷そうな大きな眼、長く先のとがった鼻、薄い唇、わずかな頬ひげ、栗色がかった髪、黄色に近い短気そうな顔色。これらすべてが彼の性格の悪さを表わしていた。」

職務につくとすぐに、ハッサンはすでに身請けのすんだ捕虜全員を再逮捕して身代金を倍額にすると宣言した。フランシスコ・デ・バレンシアとアントニオ・デ・トレドは、あやうく彼の手を逃れた少数の人びとのなかに含まれていた。三人の買い戻し人の一人、修道士ホルへ・デ・オリバールは、新長官が八月二四日に一〇六人の捕虜の最初の輸送船が出航するのを認可する代償として、自分が人質にならねばならなかった。ロドリーゴはこの船の一員であった。彼はスペインに着くや否や行動を開始した。四週間をかけてマジョルカ島で一隻のフリゲート艦が武装された。この船はビアナという名の元捕虜の指揮の下に、ミゲルとその仲間たちを迎えに出発した。ミゲルたちは九月二八日に船を待っていた。しかし約束の日に船は来なかった。マジョルカ人たちが上陸は危険すぎると判断したか、敵に発見されて錨を揚げざるをえなかったかであるらしい。あるいはかれらも捕えられてしまったのかもしれない。とにかく脱走者たちが信頼していた人びとの一人、メリーリャの改宗者、エル・ドラドール（金箔師）とあだ名された男は、怖気づいて、ハッサンにすべてを打ち明けに行った。三〇日の朝トルコ人に洞窟を急襲された不幸な男たちはなんの抵抗もできなかった。重要な証言によれば、まさにそのとき、ミゲルはすばらしい勇気を発揮した。彼はただちに自分一人に責任があると名乗り出たのである。彼の言うところでは、彼の仲間は彼の勧告と指示に従ったにすぎなかった。彼がパシャの前に出頭したとき、侮辱と死刑の脅迫にもかかわらず、彼はこの態度を堅持した。こうして彼は、彼の仲間ばかりではなく、人質として残っていて看守たちが共犯者として告発していた修道士ホルへ・デ・オリバールをも無罪にすることに成功した。

しかしその代償はどのようなものであったろう。この事件はただ一人の犠牲者しかださなかった。不幸な庭師は一〇月三日に絞首刑を執行され、はなはだしい苦痛のなかで死ぬことになった。セルバンテスは今度もまた最高刑は免れたものの、手錠をかけられ、王の牢獄に五カ月収容された。ヴェネツィアの改宗者のこのような寛容さは人びとを驚かせた。あらゆる証言が彼を残酷な男と語り、セルバンテスの小説でも、連れ戻された不運な脱走者たちに対する彼の苔刑、栲問、責め苦が述べられている。実際、彼の犠牲者たちは一般に哀れな卑劣漢だったのに対して、セルバンテスは、すでに述べた理由によって、例外的な捕虜とみなされた。おそらくハッサン自身も、セルバンテスの決断力と冷静沈着な態度に感動したのであろう。それがアエードの示唆することであり、「アルジェの生活」のなかで、パシャがスペイン人捕虜たちの不屈の信義と勇気に寄せる賛辞から考えられることである。

不屈といえば、ミゲルはまさに不屈だった。というのは五カ月後の一五七八年三月に、彼はふたたび挑戦するのである。

「彼が投獄されている間に、彼はオラン長官ドン・マルティン・デ・コルドバ侯爵、および彼が友人、知人とみなしていた他の貴族たちに宛てた手紙を、ひそかに一人のモーロ人にもたせてオランへ行かせた。そして、王の牢獄に収容されている彼と三人の重要な貴族を救出するために、一人もしくは数名のスパイと信頼できる人びとを、上記のモーロ人の案内でアルジェの自分のもとへ急派してほしいとたのんだ。」

またしてもセルバンテスは苦い挫折を経験することになる。

「例のモーロ人はオラン市の入り口で他のモーロ人たちに尋問され、所持していた手紙をみつけて疑いをもったモーロ人たちは、例のモーロ人を捕えてアルジェのハッサン・パシャのもとへ連行した。パシャは手紙を受けとり、そこにミゲル・デ・セルバンテスの署名を見出すと、例のモーロ人を串刺しの刑に処したが、彼は雄々しくも一言ももらさずに息絶えた。ミゲル・デ・セルバンテスに関しては、パシャは彼に二〇〇〇回の棒たたきの刑を行うように命じた。」

二〇〇〇回の棒たたき？ それだけで仮借ない死刑以外のなにものでもない！ しかし証人の一人は付言する、「それが実行されなかったとすれば、それは何人《なんぴと》かが有効に介入したからである。」(si no le dieron, fue porque hubo buenos terceros.) こうして三度びセルバンテスの首はつながった。もちろん人びとはこれらの介入についてもっと詳細に知りたいと思うであろう。この件について、捕虜の「大尉」は驚くほど慎重に、われわれの不審のエコーをひびかせるにとどめている。仲間の一人の功績を回想しながら彼は言う、「スペインの兵士で、サアベドラ某という者が、何年にもわたって当地の人びとの記憶に残るようなことを、しかもそれはすべて自由を得るためにやってのけました」、そして彼は確認する。

「ハッサン・アガーは棒でなぐったり、なぐるように命じたり、口汚くののしったりしたことは一度もありませんでした。そしてこの捕虜はいろんなことを試みましたが、そのたびにわれわれはみな彼が串刺しにされないかと怖れ、彼自身も一度ならずそれを怖れたのです。」

ミゲルはどのような支援を受けることができたのであろう。海軍長官となったダリ・マミーが高価な奴隷を犠牲にするのを望まず、ハッサンに働きかけたのではないか、と暗示する人びともいる。また別の人びとは、アヒ・モラートの娘が「捕虜」に恋したように、彼に恋をしたであろうなにやら神秘的なモーロ人の女性を考えた。実を言うと、アルジェの生活の現実的諸条件はこのような牧歌誕生にはふさわしくない。回教徒の女性と連れだっている現場をおさえられたキリスト教徒の奴隷には、イスラムへの改宗を承知しないかぎり、確実な死が約束されていた。もう一つの仮説の方が説得力があるように思われる、外交問題と結びついた介入の仮説である。アヒ・モラート——ハッジ・ムラッド——なる人物のロマネスクであるとともに感動的なイメージは、セルバンテスの小説がわれわれに伝えているが、彼は事実マグレブの首都における重要人物であることが判明している。ダルマチア海岸のラグーサ生まれのこのスラボニア人改宗者は、その富裕さで聞えていた。しかし彼はまたその声望をハッジ（メッカ巡礼者）という称号にも、また彼がその外交団の護衛者であったトルコ皇帝から受けている信用にも負っていたのである。セルバンテスが小説のヒロインにしたてる彼の娘は、最初の結婚でモロッコのスルタン、アブド＝エル＝マレクと結ばれたが、この男は廷臣の陰謀によってアルジェに追放され、一五七六年に王座を奪回した。しかし二年後に、アルカセルキビール戦でポルトガルのセバスティアン王を破りはしたが自分は戦死してしまった。夫の死によって寡婦《やもめ》になったアヒの娘は、一五八〇年にハッサン・

パシャと再婚した。

アヒ・モラートはアルジェで正確にはどのような役割を果していたのであろうか。トルコ皇帝の密使である。彼は二度にわたり、つまり一五七三年三月と一五七七年八月に、ひそかにスペインとの最初の和平交渉を行った。たしかに曖昧な交渉ではあったが、一五七九―八一年のスペイン＝トルコ休戦という大成果を挙げた。これはコンスタンティノープル会談の前奏であった。スペインの文献は、さまざまな仲介者を通じてフェリーペ二世への慎重な接触を記述している。仲介者は、バレンシアの商人たち、セルバンテスも識り合った身請け人ロドリーゴ・デ・アルセ師、一五七七年の脱走計画にロドリーゴが誘いこんだバレンシア副王、そしてわれわれが、一五七八年三月の失敗に帰した計画に加担したのをすでに知っている、ドン・マルティン・デ・コルドバなどである。これらの資料のなかには、ドン・ホアン・デ・アウストリアがヴェネツィア州政府を入手するという言葉を含む一つの同盟案もある。この提案の影響力を過大評価するのはやめておこう。あのレパントの勝利者は、異母兄によってネーデルラントに派遣され、一五七八年一〇月一日にチブスに感染して、若くしてナミュールで死ぬことになるのだから。

「救援はこないよ、脱走できないよ、
ドン・ホアンはこないんだ、
ここで死ぬんだよ。」

そのころモーロ人の子供たちはこんなふうな皮肉なリフレインを捕虜たちに聞かせていた。この歌はアルジェのエスペラント語とも言うべき、スペイン語混合のフランス語から成っていた。そう、たしかに、アヒ・モラートの申し入れにはハッタリの部分もあった。しかしそれは、現実のもしくは仮想された高貴な知人たちのために、不屈のセルバンテスが非公式な情報提供者を演じて、護衛官と親交をむすんだことを否定するものではない。そこからハッサンが二度もセルバンテスに恩赦をあたえたことが理解されるかもしれない。

その間に、外科医夫婦は奔走を再開していた。一五七八年三月、息子が三度目の脱走に失敗したちょうどそのころ、幸いにも一命をとりとめたセニョール・ロドリーゴは、カスティーリャ国務会議に、われわれがすでにその内容を利用した調査書を添えて、新たな援助金請願を提出した。この請願はなんの成果ももたらさなかったらしい。ミゲルの姉妹たちが、両親の努力に彼女ら自身も協力したかどうか知りたいものである。一二年後に元捕虜は、インディアス枢機会議への請願書のなかで、彼の二人の姉妹が兄弟たちの身代金として自分たちの持参金を犠牲にしたことを主張している。これは、立場を有利にするための作為的な美しい申請書かもしれないが、慎重に受けとめる必要がある。マグダレーナに関しては、彼女がこれまで経験しなかったような経済的困難に陥っていた。後出するフェルナンド・デ・ロデーニャ某、ついで、ホアン・ペレス・デ・アルセガという名のバスク人貴族が、一五七八年と一五八〇年の間に、彼女に実行を伴わない約束をした。同時にアンドレアは、彼女が後見人になった彼女の娘コンスタンサを育てながら、仕立て業に専念していた。彼女は妹よりも慎重に、かつより駆け引きにたけて、仕事をしていたらしい。当時の彼女の暮しぶりがそれを実証している。とりわけ彼女の払う家賃は、彼女の両親の家賃の五倍も高かった。たぶん彼女が、メルセス修道会士の仲介によって、一五七八年六月にバレンシアの商人エルナンド・トーレスに、共同企画への二姉妹の分担金として、一〇〇ドゥカードの大半を拠出したのであろう。しかし、そのときアルジェへ赴いて捕虜の一群の身代金を交渉するはずだったトーレスは、その使命を果すことができなかった。

　過去においてと同様に、もっとも活動的だったのは、こんども捕虜の母親であった。必要な資金を集めるために、彼女は投機的な商業に参加する。一五七八年七月、彼女はバレンシア王国産の八〇〇〇ドゥカードの商品をアルジェに輸出する許可を軍法会議に申請した。その申請の基盤として、彼女はセッサ公爵の証明書を提出した。一一月には国王からより少額——二〇〇〇ドゥカードの認可を、「ミゲル・デ・セルバンテスの身代金目的で」受けとった。彼女はこの計画を実行したろうか。実際には、こういう状況下で彼女が必要とする保証人をみつけられなかったらしい。レオノールはこの日付けには、前年十字軍評議会が彼女に貸与した六〇ドゥカードをまだ返していなかった。定められた猶予期限が過ぎると、評議会は彼女に全額返還を要求した。一五七九年三月、彼女はいまだに借金返済をすますことができず、彼女と保証人のヘティーノ・デ・グスマンは財産差し押さえに脅かされることになる。彼女は支払期日の延期を得るのに大変な苦労をした。

　ミゲルはこれらの苦境を知っていたであろうか。彼は自分が永久に身請けされないだろうという結論に達していたのであろうか。彼の精神状態がどのようなものであったにせよ、アルジェで四年目の冬を生きる以外に直接的な解決はなかった。春の再来とともに別な希望が生まれてくるが、別な試練もまた彼を待ち受けている。それはおそらくもっとも厳しい試練である。

自由の代償

のちにアエード神父は語っている、「ミゲル・デ・セルバンテスの人生と功績について、ひとは一つの独立した物語を作ることができるであろう。」われわれは不幸にも、一五七八年三月から一五七九年九月までの一八カ月が流れ去る間、彼についてほとんどなにも知ることができない。この期間についてわれわれの手許にある唯一の手掛りは、いまなお人質として拘束されていたホルヘ・デ・オリバール師が解放されるために、一五七八年一〇月にハッサンに提出された請願書である。この文書の下方に、他の人びとの署名の間に、セルバンテスの署名が見出される。この事実から、彼が捕虜たちの間で確乎とした声望を享受する一方で、回教徒当局側の彼への信頼も無事もとのままであったと結論しなければならないであろう。パシャが彼に課した監獄の管理法規もかなり早急に緩和されたとき、その信頼はおそらく高まったと思われる。

さらに一歩をすすめて、セルバンテスのなかに、迷いも動揺もかつて抱いたことのない鋼鉄の魂を見なければならないだろうか。彼を聖化する伝記作者たちは、彼の仲間たちの証言を過剰評価して、すすんでこの伝説を広めた。しかし、彼の勇気ある行動にいっそうの価値をあたえる矛盾する諸感情にとらわれ、ときには意気消沈している彼の姿を想像することは、彼の功績を減じはしないであろう。おそらく彼はしばしば、「アルジェの牢獄」の場面に登場させるキリスト教徒たちの感情を共有したであろう。かれらは町の城壁の上から水平線を眺めて、失われた祖国へのノスタルジーを歌うのである。

「そなたを手に入れるのはなんと高くつくことだろう、おお、甘美なるスペインよ！」

また、彼が秘密の情報提供者の役割を果していたイスラムの権力者たちが、彼に自分たちの仲間になることを勧め、こういう場合にしばしば起ったように、イスラムへの改宗によってあたえられる輝かしい経歴の展望を彼に示唆したことはたしかであろう。彼の作品のなかに出現する多くの改宗者たち、彼が改宗者たちに割り当てている役割、彼が提示する微妙に異なるイメージなどは、彼が明らかな好奇心に駆られていただけではなく、二つの文明の接点で失われた多数の子供たちのドラマを、心の奥深いところで繰り返し思い出していたことを示している。兵士サアベドラが、トルコ人になるように誘われた一人の仲間を説得する「アルジェの生活」の長い場面を再読してみれば、二人の人物の交わす論争のなかに、われわれは一人の人間の内心の真の葛藤の投影を凝視する批評家の明敏な考察を容易に見てとることができる。この文脈のなかに、彼のモーロ人や改宗者たちとの交流、彼のカトリック信仰の感動的な防衛を置いてみれば、新しい光で照明されたセルバンテスは、われわれにとってより身近な、より人間的な、要するに、より真実な人物になる。

どのようにして彼は、誘惑にも絶望にも負けず、それらを克服できたのであろうか。おそらく、あの長い年月のあいだ、友情と詩と祈りとに支えられたのであろう。彼の解放後に、彼に好意的な証言をする人びとの一人は、仲間たちのなかの、とりわけエリートたちとの彼の持続的な関係について語っている――それは、司祭、司法官、宗教家、貴族、士官、その他、王陛下の臣下たちである。もう一人の人物、既述したように、今日幾人かの人びとが『地誌』（Topographía）の真の著者だと認めているソーサ博士（おそらくアエード神父が自分の資料の一部を負っている人物でもある）は、上記の証言を十分に

確認しているが、彼によればミゲルは、

「しばしばわれらの主と、その永福なる聖母ともっとも神聖な聖体の秘跡とを讃える詩を書くことに、また同様に、神聖な主題について敬虔の念にあふれる他のいくつかの作品を書くことに専念していた。その上、彼はそれらの作品のうちのいくつかについて、私と個人的に語り、私がそれらを検討できるように私の手許へ送ってよこした。」

これらの言葉は、多くの推測を生じさせた。『ドン・キホーテ』の作者は、この時期から聖母マリアを讃える捕虜たちのコーラスの回想で終結する「アルジェの生活」にとりかかっていたのであろうか。彼は『ガラテーア』を、あるいは少なくとも、物語のなかに挿入されるいくつかの詩篇を書き始めていたのであろうか。この二つの可能性は否定できない。その代わり、有名な『マテオ・バスケス宛ての書簡詩』が真正であるというソーサ博士の断言から結論を下すことはできないであろう。世論によれば、フェリーペ二世の秘書官宛ての、アルジェ討伐を勧めるこの熱烈な弁論は、一九世紀に発見された。これはおそらくいろいろな断章と断片をつぎ合せた偽作にすぎず、その上、その断片のなかには、「アルジェの生活」においてサアベドラがバーバリーのこの都市を占領するようにとスペイン国王に懇願して国王に呼びかける長科白《ながぜりふ》の一節が含まれている。もっとも真実らしいのは、セルバンテスが以前からの試作に沿って抒情詩の霊感をはぐくみつづけていたことである。そのことは、彼のアルジェでの創作のなかでわれわれが所持するいくつかの残存物が実証している。すなわち、彼の捕虜仲間のイタリア人法学者バルトロメオ・ルッフィーノ・ディ・キャムベリに彼が献じた、そして一五七六年から書いていたらしい二篇のソネットである。そして三年後に、一五七九年春にトルコ人に捕えられたシチリアの人文学者アントニオ・ヴェネツィアーノに彼が献じている数篇の八行詩《オクタバス》である。

これらのエリートたちとの交友は、おそらく彼がもっとも必要としていた励ましをあたえたにちがいない。ミゲルがヴェネツィアーノに一五七九年一一月六日付けの一通の書簡体献呈文を添えた詩を贈ったときは、彼がまたもや辛い試練の数週間を生きた直後であった。彼はその書簡のなかで語っている、私が一瞬抱いた希望がこれらの詩句を完成するのを妨げました、と。それはひとを惑わす希望にすぎず、その消滅はよりよい日を待つ辛抱を彼に強いたのであった。はっきり言えば、彼は四度目の脱走を試み、こんども失敗の憂目を見たのである。彼が九月中に練りあげた計画は、二年前に彼が弟と協力して着想した計画のヴァリアントであった。今回は現地で一二の漕ぎ手用ベンチを備えたフリゲート艦を艤装し、「アルジェのキリスト教徒の捕虜のなかの最高級の花」である六〇人の乗員をのせてスペインに辿りつく、という計画であった。二人の重要人物がこの企てに参加した。出資者として、オノフレ・エクサルケという名のバレンシア商人、この人物についてわかっているのは、彼が船の入手に一三〇〇ドゥブロン金貨を投入したことである。つぎに実際の購入者として、学士ヒロンと呼ばれるグラナダ出身のアンダルシア人、アブデルラマーンという名で改宗者となった人物で、キリスト教会の胸に戻りたいと主張していた。一〇月初旬、出発の準備がすべて整ったとき、フィレンツェ出身のもう一人の改宗者カイバーンなる男がハッサンにすべてを告げに行った。彼の供述は、この裏切りの張本人、ホアン・ブランコ・パス博士によってただちに確認された。エストレマドゥーラでユダヤ＝モリスコの両親から生まれたこのドミニコ会修道士は、居住指定令に違背した逃亡者で、純粋な嫉妬から、あるいは脱走仲間に加えられなかった恨みから、このように行動したらしい。この密告の褒賞として、彼は一エスクード金貨と油一壺を受け取った。

憤慨したオノフレは、セルバンテスに、自分の金で彼を身請けし、出航間際の船で彼をスペインへ送り出すと申し出た。しかしミゲルは、われわれがよく知っているいつもの勇気をもってこの申し出を拒絶する。パシャによって不当な刑罰を受けている一人の無実の人間を救うために、彼はこの事件の全責任を引き受ける決意をしたのである。彼は潜み隠れていた馴染《なじ》みの家を出て、両手を縛られ、首に縄をかけられた姿でハッサンの前へ出頭した。パシャはこんどもまたミゲルの命は助けたが、その前に絞首刑の恐怖をちらつかせた。国王の例の宮殿に拘置されたミゲルはそこに五カ月とどめられた。興味深い事柄が一つある。ダリ・マミーがアルジェに戻ったとき、ハッサンはマミーから彼の奴隷を私掠船の定額、金貨五〇〇エスクードで買いとっている。

前記の脱走計画についてわれわれに伝えられている物語は、いつものようにきわめて簡潔である。証人たちの一人の言うことを信じるなら、セルバンテスの助命は、パシャの友人、通称マルトラピーリョ（ラガムッフィン）こと、ムルシア人海賊モラト・ライスのおかげである。同時に、順調に国王の義父になりかかっていたアヒ・モラートの介入も考慮すべきかもしれない。われわれには問題提起しかできない。最近提起されているもう一つの説明は、ミゲルが彼に近づくすべての人びとに及ぼす魅惑にハッサンが負けたのではないか、という推測である。ハッサンは前述したように同性愛的性向をもっている。それゆえの彼の寛大さであり、またそれゆえに自分の金でミゲルを買いとった事実がある。そして六カ月後にはミゲルの身代金は倍加された。この魅力は相互的だったのではないか。そのことを明確に主張することはできないとしても、幾人かの人びとは、ミゲルが捕虜生活の終結時に告発の対象になったと証言している。告発の内容については不明だが、セルバンテスはある品行審問で回答しなければならなかった。同時にかれらは、この経験から霊感を得た戯曲において同性愛が帯びる重要性を強調している。かれらの考察によれば、「アルジェの牢獄」のなかで、カーディ〔イスラム教国の裁判官〕の口説きをはねつけたために死刑に処せられる英雄的なフランシスキートは、「アルジェの生活」のなかで菓子と美しい衣裳の誘惑に負けて主人に身を委ねる若いホアニーコの裏返しのイメージである。かれらは、セルバンテスの創作におけるアンドレスという名の反復をも指摘する。この名は改宗前のハッサンの名である（この名がセルバンテスの伯父と姉の名でもあることを思い出しておこう）。この名への執着のなかに「貞潔と慎重さ」で知られた人間の秘められた傾向、きわめて強い反発を装うほどに抑圧された傾向のしるしを見なければならないのであろうか。少なくともそれが、セルバンテスの「エロス」の精緻な分析者たちが示唆することである。われわれはセルバンテスの愛情のデリケートな領域を考察するとき、この点についてもう一度語るであろう。いまは、アエード神父が描く、黄ばんだ顔色のパシャの肖像を信用するならば、セルバンテスはパシャの肉体的魅力に惹かれたというよりも、誹謗者たちでさえ認めざるをえなかったカリスマ性に惹かれたのであろう、という可能性の確認にとどめておこう。

　これらの事件がアルジェで展開しているのと同じころ、レオノール・デ・コルティナスは、四年間つづいた戦いに彼女の最後の力をふりしぼっていた。一五七九年三月、彼女は十字軍評議会から、三年前に借りた六〇ドゥカードの返済期限の新たな延期をかちとった。同年七月三一日、この危急に際してふたたび寡婦《やもめ》になりすまして、三位一体修道会の総長ホアン・ヒル師に、「三三歳、左手に障害をもちブロンドの頬ひげのある」彼女の息子ミゲルの身代金として三〇〇ドゥカードを渡した。それが、彼女自身と家族が集めることができたすべてであった。三位一体修道会はこの金額に、翌年の春に実行する使命のためにかれらが貯えた援助金の総額から天引きした四五ドゥカードを加えた。

一五八〇年五月二九日、ホアン・ヒル師は、同修道会の一人、アントン・デ・ラ・ベリャを伴ってアルジェに行った。彼が見出した町は、五〇〇〇人を超す飢餓者によって衰微し、恐ろしい越冬から辛うじて立ち直りかかっていた。この町はまた、独断的行為を倍加するパシャの治世のために疲弊しきっていた。その上、バダホスやカディスにおけるスペイン人部隊の結集の報に不安を抱き、この町への無敵《アル》艦隊《マダ》の派遣——誤報だったのだが——におびえていた。二人の修道士は上陸するとただちにハッサンとの折衝に着手した。しかし交渉は進捗しなかった、当時私掠船の活動の最中で主力艦船が出航中だったからである。八月に二人の身請人は約一〇〇〇人の買い戻しに成功したが、セルバンテスはそのなかに含まれていなかった。任期が終りに近づいていたハッサンがそのときホアン・ヒル師に、彼の奴隷のなかで選り抜きの人物たちを身請けする提案をした。かれら一人につき五〇〇エスクードと定め、例外としてヘロニモ・デ・パラフォクス某には一〇〇〇エスクードの値をつけた。このような高額の支払いは不可能だったので三位一体会は指定額のミゲルの身請けを決定した。修道会がまだ自由裁量できる二八〇エスクードに、一般基金から天引きした二二〇エスクードを補塡したのである。一五八〇年九月一九日、パシャがトルコへの船出の準備をして、奴隷たちがすでにガレー船のベンチにつながれているそのときに、ホアン・ヒルがスペイン・エスクード金貨で身代金の総額を支払った。ついにセルバンテスは自由になった。彼は主人とともに出航するのを間一髪で免れた。コンスタンティノープルへ行っていればおそらく永遠に帰国できなかったであろう。

彼の歓喜がどんなであったかは容易に想像できる。「ルイ・ペレス・デ・ビエドマは語るだろう、私の考えでは、失われた自由を回復する喜びにまさるものはない、と。」しかしアルジェを去る前に、セルバンテスには決着をつけるべき敵がいた。彼は、ブランコ・デ・パスが彼に対して喚起した中傷活動に直面しなければならなかった。「この中傷家、誹謗者、悪癖にとりつかれた男」がミゲルについて言いふらした内容をわれわれは知らない。ミゲルはハッサンへの追従の廉で、もしくはアニ・モラートとの妥協の廉で咎められたのであろうか。われわれが持っている証言はただ「不品行で醜悪な事柄」とだけ述べている。ブランコ・デ・パスは宗教裁判所の委員を自称していたので、危惧は深刻だった。だからこそミゲルが、もう一人の解放奴隷、彼の友人のディエゴ・デ・ベナビデスの家に身をよせて、悪意にみちた噂をきっぱり断ち切ることを望んだ理由はすぐ理解できる。彼は一〇月一〇日から審査会のための手筈を整えたが、この会のおかげでわれわれは彼の捕虜生活に関するもっとも明確な資料を得られたのである。ホアン・ヒル師、およびアルジェ駐在の教皇庁付公証人ペドロ・デ・リベラの前で、ベナビデスとソーサ博士を含む一二人の証人たちは審査会における原告の「捕虜生活、その生き方と習慣」についての陳述を確認しようとしていた。かれらはこの機会に、実は自称委員にすぎず、司祭にふさわしからぬ原告の非難には根拠がないことを証明するであろう。一四日後の一〇月二四日、セルバンテスは、他の五人の身請けされた仲間とともに、アントン・フランセス親方《マエス》所有の船に乗る。そして二七日には、スペインの海岸を見晴らす地点にいる。彼の捕虜生活は五年一カ月つづいたのであった。

その結末は「アルジェの生活」の結末にきわめて近い。あの戯曲の舞台の上の捕虜たちのコーラスは、ミゲル同様、救出者ホアン・ヒル師の間近な到着を知らされる。ミゲル同様、コーラスは聖母マリアへの熱烈な感謝の祈りを捧げる。それに対して、「捕虜」の冒険は、「アルジェの牢獄」のミゲルに相応する人物ドン・ロペの冒険と同様に、自分が直面したさまざまな苦難を、距離を置いて熟視する作家の能力を明示している。捕虜もドン・ロペもエル・ドラドールやカイバーンよりも誠実な改宗者の協力によって海上逃走を果し、こうしてミゲルが空しく数度試みた脱出に成功する。しかし、本当にしめくくりの言葉を口にするのは、『ペルシーレス』の二人の放浪学生である。元捕虜になりすました二人の偽者がバーバリー人のもとでの苦難の捏造話で、カスティーリャのある村の百姓たちをだましていた。本当のアルジェの生存者である村長によって正体を暴かれた二人は、事実を詳しく教えられ、おかげでかれらは以後その詳細を加えた説得力のある身上話をつくりあげるのに成功する。この皮肉な結末は、セルバンテスが晩年には、どれほど完全に昔の夢から醒めていたかを示している。しかし彼がアルジェの体験から得た教訓を否認することはけっしてない。その教訓は彼に新しい地平を開いてみせたばかりではない。それは、逆境に陥ったとき、他の人びとに対しても自分自身に対しても、彼の真価を表わす手掛りになったのである。この教訓は、レパントの海戦につづいて、彼の個人的運命を鍛え上げた鍛冶場なのである。

第三章　不確かな恋愛　一五八〇―一五八七

「悩める精神がやすらう休息の時間というものがある。」

『模範小説集』序文

帰国後の幻滅

「かれらの前に、あんなに望み、恋いこがれた祖国が現れた。かれらの心にふたたび歓喜が沸き上った。かれらの精神はまったく新しい喜び、人間が一生のうちに感じうるもっとも大きな喜びの一つがあふれ出た。長い捕虜生活のあとで無事に祖国に帰ってきたのだ。」

「寛大な愛人」のなかで、リカルドとその仲間たちがキプロス島とトルコ人から逃れて、ついにシチリアを見たときに、セルバンテスがかれらにあたえる感情はこのようなものである。彼自身が抱いた感情もまたこのようなものだったにちがいない。一五八〇年一〇月二七日早暁、アリカンテの北方、水平線上にレバンテの海岸が現れるのを見たときの感情である。ミゲルと仲間の一同はデニアに上陸し、三日後にバレンシア市内に入る。かれらはそこで、解放された捕虜たちに伝統的にあたえられる熱狂的な歓迎を受けた。聖三位一体の修道院で、人びとはかれらが必要としていた介護と休養をかれらにあたえた。それから万聖節には、「イギリスに咲くスペインの花」(La española inglesa) のなかで描写されている感謝祭のために大聖堂までの行列祈禱式に参加した。

そのときから、セルバンテスにとって、一カ月以上の待機が始まる。これは彼の二人の友人が一二月九日にマドリードで陳述した証言によるものである。おそらくセルバンテスは、彼の身請けに際して家族に貸与された借金の返済を可能にするために、カスティーリャ国務会議の援助金を得る助力をしてもらう目的で、彼に有利な証言をしてくれるように、誰かの仲介で友人たちにたのんだのであろう。少なくとも一週間前に彼の父が着手した裏工作は、このような目的をもっていた。おそらくまた彼は、カスティーリャに帰る前に、もう一〇年以上を経たシグーラ事件で煩わされないように、わが身の保全をはかりたかったのであろう。いずれにせよ、セルバンテスは、その期間を利用して「一一月が四月の装いをする」バレンシアの魅力を楽しむことができた。そして『ペルシーレス』のなかで、「その景観の見事さ、市民たちの優秀さ、楽しい郊外……ご婦人方の美しさ、その卓越した魅力的な言葉」というこの町への熱狂的な称賛をわれわれに残してくれた。ある学者たちによれば、彼はこの地でバレンシアの詩人たちと交流し、『ガラテーア』のなかで彼らに敬意を表している。またこの町に滞在中、ロペ・デ・ルエダの脚本の出版者、ティモネダの仕事場に通ったらしい。「アルジェの牢獄」のなかにはこの元気な老人、本屋＝作家、三年後には老衰で他界するこの人物への暗示がみられる。

一二月半ばに、一二年間の不在のあとで、ようやく彼はマドリードに現れ、家族は歓喜して抱き合った。まさに感動的な再会であったろう、しかしその反面、積み重なる幻滅の影をひきずる再会でもあった。難聴に閉じこめられ、老齢と借金を担い、専念できる仕事をもたない元外科医のメランコリー。逆境と戦い、高くつく嘘のでっち上げに疲れたレオノール。姉妹たちの度重なる失意。最後にこれらの苦難は家庭のなかに持続的で陰鬱な雰囲気を醸成していた。三年前に捕虜生活から戻った若いロドリーゴが、なぜ兄の帰国を待ちもせずに、軍務継続を選んでアルバ公爵指揮下のフランドルへ出征したかは、よく理解できるであろう。アンドレアはおそらく氏名不詳のパトロンと同棲していたらしい。マグダレーナはというと、依然としてアナ・デ・アウストリア姫の書記、ホアン・ペレス・デ・アルセガとの関係を保ち、いまではドニャ・マグダレーナ・ピメンテル・デ・ソトマヨールと名乗っていた。カール五世の時代からスペインでは、敬称「ドン」への偏執が普及していた。セルバンテスはいささかのユーモアをこめて、憂い顔の騎士にこの「ドン」をあたえた。インフレーションが蔓延し、富が築かれたかと思うとたちまち崩壊するこの国のなかで、貴族に支配される社会のはみ出し者たちは、このようにして外見的な威厳を身につけていた。

ミゲルは帰国するとすぐ、カスティーリャ国務会議に、五年前に彼が提出できなかった請願を、こんどは二つの新しい証言を添えて、提出した。われわれの手許には会議の返答はないが、否定的なものであったにちがいない。当時、スペインは多方面の戦闘に明け暮れていて、十分な報酬を得られない元兵士の失業者たちが首都の路上にあふれていた。それはまさに、「油断のない番人」の幕間劇が巧みに描くぼろ服の兵士の姿であった。不幸は重なり、セルバンテスは、かつてバーバリーの牢番たちにあれほど強烈な印象をあたえた保護者に、もはやたよることができなくなっていた。一年前に、ドン・ホアンに三カ月おくれて、セッサ公爵が他界していたのである。今後は誰をたよればよいのであろう。二つの名が浮んだ。まずアントニオ・デ・トレド、読者はこの名でセルバンテスの二度目の脱走の際の調停者を思い出されるであろう。彼は宮内府主馬頭になっていた。もう一人は、マテオ・バスケスである。彼はフェリーペ二世の影で、王令の実現と政策実施との円滑な運営を担当していた。学者たちはしばしば、コルシカ人の冒険家と元捕虜の間に生まれたこの息子に対してセルバンテスが抱いた友情について論じた。しかし友情と呼ぶのは大架裟であろう。というのは、すでに検証したように、セルバンテスはたしかにセビーリャのイエズス会学院でバスケスの同級生ではなかったし、セルバンテスが彼に献じたとみなされている書簡詩は、偽作の可能性が強いからである。この二人の間に関係があったとすれば、それは彼の姉アンドレアの元恋人オバンドの仲介によるもの以外ではありえない。オバンドは、バスケス自身がエスピノーサ枢機卿の秘書だったころ、同枢機卿の侍従だったからである。

一五七三年にエスピノーサが亡くなると、マテオ・バスケスはフェリーペ二世に仕えることになる。それ以後彼は、王の周囲に繰り広げられていた派閥争いと権力闘争に巻き込まれてゆく。ドン・ホアン・デ・アウストリアと教皇の信任厚いローマ貴族マルコ・アントニオ・コロンナが主導する教皇庁との緊密な協調の支持派に対して、異端審問所とスペインの国益の強硬な擁護派が対立していた。スペイン派の先頭にはマテオ・バスケスとアントニオ・エラーソがいたが、王室秘書官アントニオ・ペレスも、彼自身の損得勘定をにらみながらも、これらの紛争に無縁ではいられなかった。アントニオ・ペレスは、一五七八年一月にかのレパントの勝利者の秘書ホアン・デ・エスコベードの暗殺を企てたが、ここには疑いもなく、異母弟の利己主義的策動に苛立ち、エスコベードのなかにドン・ホアンへ悪影響を及ぼす人間をみていた国王の暗黙の承認が存在したのであろう。バスケスは、アントニオ・ペレスの放埒な暮しぶりを非難して公然と敵対し、翌年、ペレスの陰謀を仲間とともに告発し、同志とともに王へ圧力をかけ、それによってペレスを失寵へと追い込む。

仲介者が誰であったにせよ、セルバンテスは、無駄な奔走に終ったひと冬の後に、自分の立場を訴えるために、宮廷に赴く決意をする。しかし彼が決意したとき、フェリーペ二世とその廷臣たちはもうカスティーリャにはいなかった。王はポルトガルの王位につくために、三月にエル・エスコリアルを出立したのである。フェリーペ二世は、興奮しやすく優柔不断な甥、ポルトガル王セバスティアンが不幸にもモロッコ征服に身を投じて以来、巧みな政略によってその成果を獲得したのである。セバスティアンは、異教徒征服という十字軍の理念に憑かれていて、この狂気の沙汰の企図を思いとどまらせようとした側近たちの言葉に耳をかすのを拒んだ。タンジールに上陸するや否や、一五七八年八月四日、アルカセルキゴールの砂の上で、エリート貴族たちとともに虐殺された。彼の後継者、大叔父の枢機卿ドン・エンリケもまた一五八〇年一月に死んだ。ドン・エンリケは後継者としてフェリーペ二世を指名したが、それは彼の妹ホアナがセバスティアンの母だったからである。「慎重王」の権利は否定し難かったし、王はその権利を行使することができた。しかし彼の即位は、以前からポルトガルに経済的かつ財政的庇護をあたえていた強力な隣人による直接的支配を意味していた。摂政参事会で承認されたフェリーペの立候補を、高位の聖職者、貴族、ブルジョワ商人たちは、皮肉をもってやむなくではあるが、支持した。それに対して、民衆や低位の聖職者は、フェリーペ二世よりは国王の非嫡出子ドン・アントニオの方を望んだ。ドン・アントニオはクラートの小修道院院長であったが、サンタレン〔ポルトガル中部の県都〕において国王であると宣言した。これに対して、フェリーペ二世は軍事介入を決定した。この介入を目的としてフェリーペ二世は軍隊をバダホスとカディスに集結させたが、この集結の噂はハッサン・パシャとバーバリー人をおびえさせたのであった。アルバ公爵の指揮を受けた戦闘は四カ月で終熄し、ドン・アントニオはカレー行きの船に乗って遁走せざるをえなかった。ドン・アントニオの敵の大義名分はポルトガル全土で認められ、国外の広大な領土でも承認された。ただアソーレス諸島〔大西洋のポルトガル領、リスボンの西一五〇〇キロメートル〕だけはなお数カ月間抵抗をつづけた。

フェリーペ二世はポルトガル国会《コルテス》をトマールに召喚し、国会において国家への忠誠を宣誓した。セルバンテスはこのトマールまで国王を追って行ったが、彼が王に懇願したことはそのままは認可されなかった。その間にアントニオ・デ・トレドは亡くなっていたし、マテオ・バスケスは別の心労に捉えられて多忙だった。たえまなく請願者たちに悩まされていた王は、「自治領」ポルトガルの法と慣習を尊重することを誓った。こういう事情から、王は新しい臣下に特恵をあたえることを重視していた。ミゲルには、慰労として、オランでの短期の任務しかあたえられなかった。彼は一五八一年五月から六月にかけてこの任務に従事した。彼は職歴のなかにこの任務を記入しているし、またこの任務は、五月二一日付けの彼の名を記した支払命令書、五〇エスクードの前払いの指示、によって証明されている。この、おそらく危険な任務の目的はどのようなものであったのだろう。北アフリカのポルトガル要塞の忠誠を確保することであったろうか。当時西部地中海への進攻が懸念されていたトルコ艦隊の動静に関する情報収集であったろうか。一五九〇年の回想録のなかで、セルバンテスは、モスタガネムのカイード（行政官）と会談した事実だけ記しているが、会談の内容は明らかにしていない。たしかなのは、マグレブ〔アルジェリア〕との再会が彼にとって強烈な感動であったにちがいない、ということである。かつて虜囚時代に、二度も辿りつこうと試みたオラン市内に踏み入ったときの彼の感情がどのようなものであったかは、容易に想像できる。現地の地方総督であり、かつてセルバンテス同様バーバリー人の捕虜だったドン・マルティン・デ・コルドバに自己紹介するときの感情も同様である。その上、この滞在時のエコーは、「剛毅なスペイン人」のト書に鳴り響いている。この戯曲の背景をなしているのは、一五六三年春のトルコに対するオラン市の英雄的な防衛戦である。

　セルバンテスは五月二三日にカディスを出港して、カルタヘーナ経由の帰路についた。おそらく六月二六日にカルタヘーナに上陸し、そこでかねて約束されていた残額五〇ドゥカードを受け取ったと思われる。その後まもなく、国王が暫時居を構えていたリスボンに赴くが、それはしかるべき筋に任務の報告を行うためである。彼は視察に沸き立つリスボンを見出したが、そのたぐい稀な景観を『ペルシーレス』のなかで喚起している。リスボンの広大な停泊地は、「船舶のマストが形成する動く木々の森」に覆われていた。彼はどうやら冬までリスボンにとどまったらしい。たぶん彼は、『ガラテーア・第四巻』のなかに挿入する「ラルシレオへ献げる歌」(Canción a Larsileo) をここで創作したのであろう。数名の研究者は、ラルシレオはマテオ・バスケスの文学的仮名であったことを強調して、そう推測している。『ガラテーア』のなかでは、バスケスに関連して、「宮廷の情事における長く豊かな経験」が想起されている。セルバンテスもリスボンで恋人に出会ったのであろうか。この仮定にはなんの根拠もないが、ただ、またしても『ペルシーレス』のなかに、彼がリスボンの女性たちに献げる、その「美しさは人を驚かせうっとりさせる」という月並みな賛辞が見出される。アルバロ・デ・バサンに率いられたアソーレス諸島遠征への彼の自称参加については、研究者たちは一五九〇年の手記の曖昧な断章からそれを推定したのだが、その手記のなかでは彼の職歴と弟の職歴とが混りあっている。ロドリーゴだけが参戦の名誉を得ているが、その戦闘はクラートの小修道院院長とその救援に召集されたフランス艦隊の敗北によって結着する。一八五三年九月に艦隊がリスボンへ凱旋したときには、ミゲルはほぼ二年前にカスティーリャへ旅立っていて、自分に権利があると信じていた報酬を受け取ることはなかった。

帰途に彼は、一三年前から中断していた学業を再開するために、サラマンカにとどまったのであろうか。ある人びとはそう主張しているが、それはセルバンテスが「身分のよいおさんどん」の主人公たち、ディエゴ・デ・カリヤーソとホアン・デ・アベンダーニョをトルメス川の岸辺へ導いた点を強調してのことである。この二人の青年は、実際に、一五八一年と一五八四年の学籍簿に在学生として痕跡をとどめている。この一致がいかに強力であるとしても、あの学業再開説を確認するには、この主張はあまりにも根拠が薄弱である。セルバンテスの崇拝者たちは、今日では、彼がゴンゴラ、ケベード、カルデロンたちとはちがって、学位をとらなかったのは確かであると認めている。かれらは、セルバンテスがホラティウスを引用するとき、稀に書き違いをしてももはや驚くことはない。彼はベルガンサとともに認める、「ラテン語を知らない人の前でラテン語を話すのは、自分ではラテン語を知らないくせにラテン語を話す人と同じぐらい間違っている」。彼のライヴァルたちが、『ドン・キホーテ』の序文がユーモアをこめて描いている、あの「ABC順に配列してある」入門書のコレクションの一つからある著作者の名前を拾い出すのを見る態度は、いっそうベルガンサの言葉を思い出させる。われわれが見てきたように、ミゲルは読書への情熱をもっていた。しかし彼はとりわけ現実と接触して生きた。彼の同業者たちの教養ほど書物に依存してはいないとしても、彼の教養はかれらの教養と比肩して劣るところはない。彼の作品全体は、それが提起する諸問題の複雑さによって、もっとも博学な論文に匹敵するのである。

一五八二年二月一七日、セルバンテスはふたたびマドリードにいる。この町から彼は「リスボンにおけるインディアス枢機会議の委員、高名なるアントニオ・デ・エラーソ殿」に宛てて、一通の手紙を送るのだが、その手稿が今から三〇年前にシマンカス古文書館で発見された。これは、われわれの手許にとどいた彼の手書きの稀少な資料の一つである。

「こよなくご高名なる閣下、秘書官バルマセーダ殿が、かたじけなくも閣下が私に対してお持ちくださるご好意にかんがみて、私にご引見をたまわりました。しかしあの方の請願も私の熱意も私の不運にうちかつことができません。私の奔走中に知りえたこの不運とは、私が切望してきた地位は、閣下の意のままに任命されるわけではない、というものです。それゆえ私は、インディアスになんらかの空席の報せをもたらしてくれるかどうかを知るために、彼の地からの通報艇を待たねばなりません。バルマセーダが私に知らせてくださったところでは、この地域でのすべての空席はすでに満たされたとのことです。バルマセーダ殿は、私が適応できるようななんらかの仕事を見出すために、実に真摯に努力してくださったことを私は存じております。私が閣下のご好意によってお願いいたしますことは、あの方が私のためにつくしてくださったご親切に対して私が捧げる感謝の気持ちをお伝えいただきたい、ということです。それによってあの方は私が恩知らずではないとおわかりいただけますでしょうから……」

こうして、エラーソから受けた支援にもかかわらず、ミゲルはインディアスへ派遣されなかったばかりか、バルマセーダの支援にもかかわらず、インディアスの代わりに彼が満足したであろうようなマドリードの閑職も入手できなかった。彼は、トマース・ロダーハのように、宮廷は自分の領域ではない、と確信するにいたった。この二重の拒絶は権力の待合室から長く彼を遠ざけた。おそらく彼はこの断乎とした拒絶を予期していたであろう。しかしそれは彼を無為に落ちこませはしなかった。事実、彼の手紙は、彼の主要な関心がどのような活動に占められていたかを伝えるつぎのような数行で終っている。

「ところで、私は目下『ガラテーア』の仕上げを楽しんでおります。この作品については、以前、創作中であることを閣下に申し上げました。この作品がいささか成長しましたら、彼女は閣下の御手に口づけをしに伺うことでしょう。そして、私が彼女にあたえられなかった改訂と修正を閣下からたまわれば幸甚に存じます。」

だから、移動、請願、奔走をちりばめたこの数カ月間、セルバンテスがたゆまず没頭していたのは『ガラテーア』の執筆だったことがわかる。請願者の仮面の背後にふたたび詩人の顔が浮び上がる。その容貌の輪郭を明らかにする時が来たようである。

ミューズへの復帰

一五八一年末、八、九カ月前に出た家族の家に戻ったミゲルは、たちまちあの数々の苛立ち、彼の旅立ちの原因、と再会した。弟のロドリーゴはポルトガルにとどまり、王への奉公をつづけていた。一八五三年九月にアソーレス戦から戻ると、戦闘中の武勲によって「精鋭兵」に昇進し、さらにまもなく旗手に抜擢された。そのため、あいかわらず借金に悩まされている外科医夫妻の扶養義務は、長男のミゲルの肩にかかっていた。アンドレアは地味な暮しに戻っていた。ミゲルはこの姉への感謝の念を忘れず、ロカデーロの贈与の最後の残額を受け取った。マグダレーナは、いまや二五歳に近づき、ホアン・ペレス・デ・アルセガとの関係がかつて彼女の心に芽生えさせた夢が消えて行くのをみつめていた。一五八〇年一〇月に身罷《みまか》った王妃アナの元書記は、王女たちの館の執事の地位を希望していて、身分の劣る女との結婚を考慮することはほとんどなかったにちがいない。彼が約束を撤回し、彼の犠牲者がマドリード司教総代理へ不服申し立てをするのを余儀なくさせたのは、当然の成り行きである。一五八一年八月一二日、ペレス・デ・アルセガは公証人の前で、原告に慰謝料として三〇〇ドゥカードの一年期限の三分割支払いの約束をした。彼がこの約束を守ったかどうかはわからない。しかし幻想から醒めた若い娘は少しずつ現世から身を退くにいたるであろう。ドニャ・マグダレーナ・ピメンテル・デ・ソトマヨールはやがてマグダレーナ・デ・ヘスス（イエズス）になる。

いかにしてミゲルが家族の救済につとめたか、いかにして彼の身代金貸与の際に契約された借金に彼が努力したか、は誰もが知りたいと思うであろう。彼は、あいかわらず町立学院の校長をつとめていたロペス・デ・オヨスの許に再就職したのであろうか。彼は旧師との再会に感激したであろう。そしておそらく恩師を介して、出版されたばかりの、老いた人文主義者の賛辞が添えられた『信仰提要』を入手したであろう。しかしこれほど長い歳月のあとで、ふたたびオヨスの助手になり、学院の学者を演じることがありえたとしても、それは彼にとって窮余の策でしかありえなかった。その上、ロペス・デ・オヨスは一五八三年の初夏にこの世を去ろうとしていた。そしてこの死が彼の元教え子の人生に及ぼした影響は誰にも確認できない。

おそらく学校長とその「まな弟子」(amado discíplo) の対話のなかでは、レパントやチュニスやバーバリー人だけが話題ではなかったであろう。彼のローマへの出発のあとで出版された、王妃イサベル・デ・バロアの葬儀の報告書のページをめくりつつ、一一年間の距離をへだてて印刷された自作の最初の詩篇を眺めながら、セルバンテスはごく自然な成り行きで、彼のイタリア文学の読書、進行中のさまざまな試作、なかでもその先頭に立つ作品『ガラテーア』について語ったであろう。もちろんオヨスだけが彼の創作計画についての話し相手だったわけではない。彼はふたたび、首都の多くのセナークルと交流し、少しずつ文学的友好の輪を拡げて行く。先輩のなかの「真の旧友」ペドロ・ライネスは、彼がもっとも身近に感じた友人であった。ライネスはミゲル同様、イタリアから帰国し、いまでは公式の検閲官であった。セルバンテスはフランシスコ・デ・フィゲロアをも、ライネスに劣らず、崇拝していた。彼は折にふれてこの人物のアルカラの隠棲所を訪問している。彼はまた同世代の作家たちとも同様に懇ろな交際を保っていた。とりわけ親密だったのは、ガルベス・デ・モンタルボ、ペドロ・デ・パディーリャ、ホアン・ルーフォ、ルイス・デ・バルガス・マンリケ、ガブリエル・ロペス・マルドナード、ルカス・グラシアン・ダンティスコたちである。文学共和国のなかで、かれらはどのような人びとであったろうか。かれらはなににもまして、第一に時代の趣味に追随する抒情詩人であり、一方ではかれらの高名な先達――ガルシラーソ、エレーラ、フライ・ルイス・デ・レオンらの作品から霊感を受けていた。かれらは特にどちらか一方に傾くことなく、あるときはカスティーリャの形式――伝統的な八音節詩句四行詩、五行詩、バラード、すなわちレドンディーリャ（四行詩）、キンティーリャ（五行詩）、ロマンセ――を、またあるときはイタリアから輸入された詩形――ソネット、エレジー、カンツォーネ、などの二つの詩法からひとしく学び、セルバンテスが言うところでは「当時の詩《ポエジー》が苦しんでいた『顕著な悪評』」に反撃していたのである。こうしてかれらはルネサンスが評価したテーマの流行を永続させることに専念していた。すげなくされた恋人の絶望、不在の苦しみ、諧調的で明るい自然の風景から生まれる鎮静、などのテーマである。

ミゲルと彼の同志たちの関係はすぐに強化された。一五八三年以降、これらの詩人たちが公刊する詩集は、しばしばセルバンテスの巻頭のソネットによって飾られている。一五八五年には、かれらのなかの三人が、お返しにかれらの韻文賛辞《オマージュ》を彼に献げている。それらは『ガラテーア』の冒頭に置かれた偶成詩篇《ピエース・ド・シルコンスタンス》に含まれている。ミゲルもかれらの賛辞にただちに応える。彼の牧人小説の第四部に挿入される八行詩《オクタバ》一〇八節の「カリーオペの歌」(Canto de Caliope) は、彼が好意を抱いている作家たちへ献げる熱狂的な賛辞の花環である。こういう互いに交わし合う誉め言葉について思い違いをしないようにしよう。終末に近づく二〇世紀同様に、一六世紀の世紀末は、各自の利益のために、質の高い付き合いをするすべを知っていた。真の問題は別のところにあった。われわれはここで当時の文学的習慣についての証言しか得られないのであろうか。あるいはまた、セルバンテスは同輩から評価されていると本気で思っていたのであろうか。今日の読者には容易に断定することができない。マドリードに戻った時期のセルバンテスの作品のうち入手可能なもの　つまり『ガラテーア』に挿入された詩篇は、たしかに注目すべき才能を示しているが、結局二流詩人の作品にとどまっている。彼はそこでは、ペトラルカやガルシラーソの実直な弟子以上ではない。彼自身、自分の限界をつよく意識していた。

「この私はたえまなく、寝もやらず、
天が私にあたえてくださらなかった詩人の才能を
なんとか高めようと呻吟しているのだ……」

と、彼は『パルナッソ山への旅』のなかのユーモアに富む詩節で打ち明けている。それでも数年後、世評は彼をマドリードが誇りうる二、三人の最良のロマンセ詩人と認めている。しかし彼の詩作の大半はもはやわれわれが眼にすることはできない。それは、今日では失われた手書きのコピーという形で流布したからにせよ、協力者を特定できない共同詩集に匿名で出版されたからにせよ、もはやわれわれには入手不可能になってしまった。

ミゲルは「村と宮廷《ビリャ・イ・コルテ》」（Villa y Corte）の文壇にすぐとけこんだ。彼が受けた熱烈な歓迎は、たしかに『ガラテーア』の制作を進捗させるのに多分のエネルギーをあたえたであろう。そこには身近な模範があって、彼に勇気をあたえた。模範というのは、一五八二年刊行のルイス・ガルベス・デ・モンタルボの『フィーリダの羊飼い』である。これは自伝的な寓話で、イサベル・デ・バロアの侍女の一人ドニャ・マグダレーナ・ヒロンに対する詩人の不幸な情熱を牧歌的な背景を具えて変貌させたものである。

おそらくこの詩人にならって、セルバンテスも偽名と文学的仮装の遊戯、彼の小説の序文のなかで暗示的に言及している遊戯を試みたのであろう。四〇年前に見つかった照応一覧表を信じることができれば、セルバンテス自身がこの物語のなかにラウーソという仮名で紛れ込んでいるらしい。さらに、ダモン、ティルシ、シラールボの名の下に、ペドロ・ライネス、フランシスコ・デ・フィゲロア、ガルベス・デ・モンタルボがかくされている。さらに、ラルシレオとアストラリアーノの仮名でマテオ・バスケス、ドン・ホアン・デ・アウストリアをも登場させてわれわれをモデル小説へと導くのである。人びとは自問した、カスティーリャ人にせよ、ポルトガル人にせよ、これらの羊飼いの背後に、教皇庁との関係の緊密さへの敵と支持派とがひそかに対峙しているのであろうか、と。いずれにしてもセルバンテスの牧歌への偏執は、より広くより深い動機に関わっている。彼の志向は、ルネサンス時代にヨーロッパ全土に流行した牧人文学のジャンルを反映している。今日ではこの流行はわれわれを驚かせる――われわれは大抵の場合それと認識せずに一九世紀を継承しているが、一九世紀は写真を発明し、写真は人生の断片や風俗画を美学的理想の水準にまで高めた。しかし牧歌は、しばしばそれを色褪せさせる常套性にもかかわらず、古代ギリシア＝ラテンから借用した装いの下で、あらゆる時代に共通する憧憬のいくつかを表現している。黄金時代の夢、自然への回帰、魂と身体の不可能な調和の探求、時の速い流れを免れること、老いの苦悩と死の災厄からの避難などがそれである。

一五三〇年以降、カール五世のスペインは、タホ川のほとりを、サンナザーロ〔ヤーコポ、イタリア詩人〕の長篇牧歌『アルカディア』の牧歌的背景の代用としていた。ガルシラーソの韻文詩の音楽のなかで『牧歌』(Eglogas) の「快適ナ場所」(locus amoenus) は、事実、理想化された自然のなかでの愛の苦悩を描く、哀調をおびた抒情詩の背景をなしている。フェリーペ二世の世代はこの教訓を記憶にとどめた。しかし、韻文と交錯する緩慢な散文のリズムは――無垢の世界に隠棲し、エロス以外の神をもたない羊飼いたちの憂愁と涙で織られて――これ以後、自然の調和と心の不調和との対照を成して行く。一六世紀中ごろからモンテマヨールが始めたこの牧歌の特殊な転調は、やがて輝かしい成功をおさめる。一五五九年から一六〇〇年にかけての彼の牧人小説『ディアーナ』は、その続篇、模倣、翻案を別にしても、二六版を重ねた。この成功の理由は容易に理解できる。皇帝カール五世時代の大事業のあとで、変動する社会の危機的な膨張に直面して、金銭の勝利と家父長制的諸価値の下落に象徴される時代の証人となった貴族や宮廷人たちは、新しいタイプの逃避の文学を求めていた。カール五世の同時代人にあれほど親しまれた騎士道小説、その純朴さ、陽気さ、荒唐無稽さは、もはや貴族たちの関心や趣味に応えることができなかった。その一方で、羊飼いたちの苦悩はかれらの心情に正確に適応し、読者の参加へのつつましい呼びかけを点在させ、読者に内観的恋愛の地平を開いたのである。この呼びかけは、牧人小説が、行動の普遍的な原則として、完全な愛の一貫した概念を表明しているだけに、いっそう広く受け入れられた。完全な愛とは、バルダッサーレ・カスティリオーネ〔イタリア人、『廷臣論』〕とレオーネ・エブレオ〔イタリア語で書いたポルトガル人、『恋の対話』〕が広めたネオ・プラトニスム的思想によって涵養された概念であり、その基底は疑いもなく非宗教的世俗性で、気むずかしいモラリストたちの激怒にさらされることになる。しかしその怒りも虚しかった。非難や警告にもかかわらず、若い人びとや女性は、『ディアーナ』に賛同し、しかもその賛美は変ることなくつづいていく。その牧歌的なプロットに関しては、完全な愛ときわめてよく調和していたので、なんのためらいもなく受け入れられた。フライ・ルイス・デ・レオンは適切に語る、「都会では人びとはもっと巧みに語れるかもしれない、しかし感情の洗練は孤独と田園のものである。」

　セルバンテスが模範にしようとする「ベストセラー」はこのようなものである。彼はおそらく若いころ、ロペス・デ・オヨスの指導を受けて詩を書き始めていたときからこの本を読んでいたであろう。しかしそのころにはまだその秘密に侵入することなど考えてはいなかった。そうするためには、年月をかけて読書領域を広げ、彼自身ペトラルカ、サンナザーロ、レオーネ・エブレオなどから学び、すべてが書物的とはいえない経験を重ね、みずから愛の神秘の探究を試みることが必要であった。そのためにスペイン帰国後の彼は、いまなお流行していた『ディアーナ』を、以前とは別の視線で再読したのである。詩を挿入した牧人小説は、彼が実名での印刷——いささか困難ではあったが——を望んだ作品の執筆にもっともふさわしい枠組みだった。それと同時に、モンテマヨール、さらにより身近な友人モンタルボの足跡を辿ることによって、彼は流行に追随することよりも、カスティーリャ語の資産の聡明な識者のために散文の物語が提供する可能性を開発する方を好んだ。家族と再会したあと、首都での最初の滞在時に開始した『ガラテーア』の執筆は、オランでの任務のあとリスボンで継続され、一五八二年の一年間つづき、翌年の夏まで彼に憑きまとう。

おそらくセルバンテスは、彼がその眼識を尊敬していた人びとにすすんで自分の下書きをみせたであろう。たとえば、二月の手紙の宛名人、アントニオ・デ・エラーソ。「永遠のかつ終ることのない称賛にふさわしい」ライネスとフィゲロア。名高い酷評家であるとともに当代の文学作品の老練な読み手であったグラシアン・ダンティスコなどの人びとである。セルバンテスは発行人としては、ブラス・デ・ロブレス書店主を選ぼうとしていたが、この人物は彼と同じアルカラ出身者だった。一八五四年六月一四日、彼はロブレスに原稿の権利をゆずりわたした。それは「われわれのカスティーリャ語で書かれた、『ガラテーア』六部からなる散文と韻文で構成された一冊の本」であった。実際には、この契約は少し前から交渉が開始されていたにちがいない。二分割での支払条件で、ロブレスが同意した一二〇ドゥカードという金額は、ロブレスにとってきわめて有利なものであった。当時のセルバンテスのような新参の詩人にとっては、選り好みをするのはむずかしいことであったろう。

彼にとって必要な支援をあたえてくれる庇護者は、われわれはすでに知っているが、アックアヴィーヴァ枢機卿の友人マルコ・アントニオ・コロンナの息子である。サンタ・ソフィアの名義司教アスカニオ・コロンナは、そのころアルカラに住んでいた。彼は数年後にアラゴン副王となり、彼自身枢機卿になった。アックアヴィーヴァの元侍僕はローマでアントニオと識り合った。おそらく彼は、モンタルボの仲介でコロンナを識ったのであろう。コロンナはかつてモンタルボの文壇デビューを支援している。セルバンテスはコロンナの庇護のおかげで、『ガラテーア』出版に際し、二月にグラシアン・ダンティスコの認可とエラーソの署名付きの刊行允可を得て、一八五四年の夏の間にこの本をアルカラで印刷させた。ミゲルは、秋には、父と死別したばかりのアスカニオへ彼の本の献呈の辞を捧げている。一五八五年三月、八つ折判三七五ページの本がマドリードのロブレス書店で発売された。この本には、『ガラテーア・前篇（六部）』という表題がつけられていた。セルバンテスは「もうこれ以上この作品を自分一人の手許にとっておくことを望まない」と認めている。いまや彼は一人前の作家である。読者の審判を仰ぐ刻が来たのだ。

牧歌的ラプソディ

フェリーペ二世のマドリードにおいて、『ガラテーア』の一人の読者の最初の印象を想像してみよう。彼が初めて見る作家の名は気にとめずに本を開くや否や、彼の目の前に提示される背景、情熱、表現は、明らかに彼にとって馴染み深いものである。

「わが歌の哀しく悲嘆にみちた調べに、
調子の狂ったメロディーに、
苦し気なエコーさながらに、
山や野や川や草原の疲れ果てた歎きが応える……」

かつてモンテマヨールに描かれた、レオンの山麓で比類ないディアーヌとの消え失せた愛を想起するあの不幸なシレーノが、ガラテーアの無情をタホ川の岸辺で四方へ訴え嘆く不運なエリシーオに変身している。セルバンテスが先輩に意図的に献げたこのオマージュは、主題の単純な導入部として書かれているわけではない。このジャンルの諸慣例に対する誠実な敬意を表するすべてを介して、このオマージュは、物語の展開に沿って成長する。慣例とは、たとえば小川のせせらぎに飾られた緑蔭であり、そこでは羊飼いたちが飢えと寒さから守られて暮している。そして、羊飼いたちがその嘆きの歌をさまざまに転調するために伴奏する、いろいろな楽器。二人の恋人が交わし合うみやびやかな挨拶、しかしこの二人は同じ羊飼いの娘を求めて虚しく吐息をつく。かれらが交互に歌うウェルギリウス的に詩節を区切った応答交唱。羊飼いたちが心底から愛する娘たちに捧げる献身的な感情。娘の完全な美しさによって抑制される情熱。かれらを動かす意図の純粋さは、ただ、ガラテーアとその友人たちがあらゆる場面でみせる、慎み深さと気品だけに匹敵する。かれらが自分たちの感情に対して抱く情熱的な関心。それはかれらが、あたかも生きるに価する唯一のアヴァンチュールはかれらをみずからの魂の奥底まで導くアヴァンチュールである、と考えているかのようである。

諸テーマのリストばかりではなく、ロマンセの構成そのものが明らかに、『ディアーナ』の作者が成功し、民衆化した定式の流行を実証している。セルバンテスの牧歌に現れるおよそ五〇人の羊飼いたちが経験する挫折の体験は、その程度において、かれらが男女相互に感じる報いられない感情――魅力、反感、あるいはたんなる無関心――に照応している。こうして読者の眼の前をつぎつぎに小宇宙が通り過ぎて行く。周期的に長い挿入文で中断されるナレーションのゆるやかな流れとともに進行するこれらの小宇宙は、均斉と対照の戯れによって互いに結ばれている。レオン・エブレオから霊感をえた、そしてセルバンテスが彼の序文のなかで正当化するのに腐心している考えの主眼は、ティルシとダモンによってより詳しく語られる。この二人の賢い羊飼いは、恋の絆を断ち切るすべを知り、その結果、作品の総括的な構成において、象徴的な役割をあたえられている。繰り返し加筆される物語の導入、韻文と散文の規則正しい交替は、セルバンテスが先達に負っている技法の明らかな徴候である。それは、教養にみちた世界のなかで牧歌が制作されたとき以来、避けることのできない負債であり、多様な作中人物の科白《せりふ》のなかにその痕跡を見出すことができるレミニサンスの体系である。

しかし文学的財産目録の上にふたたびより注意深い視線を注ごう。メランコリックで繊細なエリシーオは、序章の形で森や岩に向って彼の苦悩を告白するとき、先輩たちに倣っている。しかしもう一人のガラテーアを恋する男エーラストロの出現は、これまでの調和的な嗟嘆の音楽に意想外の音調を導入する。

「エーラストロは、素直な羊の忠実な番人である犬たちをひきつれ、羊たちは犬に助けられて、飢えた肉食獣の歯から守られていた。彼は羊たちと遊び、その一頭ずつに性格と気質に適した名をつけて、その名で羊たちを呼んでいた。一頭は「ライオン」と名付けられ、別の一頭は「鶴《はいたか》」、三頭目は「頑健」、四頭目は「茅潜《かやくぐり》」と名付けられた。羊たちはまるで理解力があるかのように、頭を振り振り彼の方に駆けよりながら、彼の喜びを感じとることのできたかれらの喜びを表現していた。」

番犬たちもまた尾を振りたかったろうが、詩の規則への心遣いが語り手を抑制した。しかし田舎育ちのエーラストロは、彼の「軽快な仔山羊とやさしい仔羊」を脅かす「恐ろしい狂犬病または厄介な疥癬」をすばやく祓いのけるが、ここで彼は牧歌の枠組みからはみ出る危険を冒しているようにみえる。ここでエーラストロは、まだ控え目にではあるが、「犬の対話」や『ドン・キホーテ』に登場するカスティーリャの農民を予告している。

二人の羊飼いのつかの間の出会いを介してわれわれは、アリストテレスが区別した二つの真理の対置が、おそらくきわめて概略的にではあろうが、出現するのを見ることができる。詩の真理と物語の真理の対置である。それはいずれ「才智あふれる郷士」と彼の従士との間でたえまなく繰り返される対話が発展させるであろう、より小規模でより短い対置である。そのことが、これまで牧歌が提供してきた野笛とヴィオラのシンフォニーのなかに、新しい音色を響かせる。しかしいくつかの別の転調も、セルバンテスの音楽にその音楽固有の音色をあたえるのに寄与している。こうして、ガラテーアが多くの恋慕者を斥ける毅然とした一貫性が生まれる。それは、冷淡な美女の常套的な態度とは異なっている。それは、恋の対象でしかないことを頑なに拒む、自立したヒロインの自由への渇仰の首尾一貫した表現なのである。その結果、『ガラテーア』の世界は継承されてきた慣習を乗り越えようとしている。しかし、この世界が閉鎖的になることはない。冒頭からイタリアふうの小話が、人びとの出現と出会いのままに、巧みに展開する物語の筋のなかに挿入される。リサルドとクリサルバ、ティンブリオとシレリオ、ダリントとロサーナたちは、緑蔭のなかに暴力と死をもたらす。そこにおそらくかれらは、フェリーペ二世をめぐって対立する派閥闘争を投影したのであろう。しかしその直接的な典拠を越えて、かれらはセルバンテスのアルカディアに新しい地平を開いている。宮廷とその陰謀、都会とその魔力、海賊による掠奪の危険がひそむ海などである。この悪の混入は、セルバンテスを『模範小説集』や『ペルシーレス』の巧妙で大胆な楽器編成にまで導く軌道を拓くのである。

同時に、自身の論理によって規定されているこの世界は、物語の自然な進行を妨げるようなあらゆる障害を容認したり、その進行を説明する動機を変質させたりすることはないであろう。『ディアーナ』のなかに、そして少しおくれてロペ・デ・ベーガの『アルカディア』のなかに、ときおり出現するニンフ、もしくは、サテュロスはいない。モンテマヨールの主人公たちを袋小路から抜け出させ、語り手を困惑から救い出すために、魔女フェリシアがかれらに飲ませるあの忘却の水のような、なんらかの超自然的なものの介入による大団円もない。ドン・キホーテの蔵書目録作成の際、司祭はこの技法について考えるべきことを語る。

「まず、モンテマヨールの『ディアーナ』から始めましょう。私の意見は、これは焼かないで、賢女フェリシアと魔法の水に関する個所全部と長い韻文詩のほとんどを取り除きましょう。そして散文はまあいいとして、それにこういう種類の本のなかで最初のものだという名誉は残してやりましょう。」

（『ドン・キホーテ』前篇六章）

司祭にこう語らせているのは、年齢と経験からえられる客観性をそなえた六〇歳間近の人間である。その客観性は『ガラテーア』とその作者についての代弁者である司祭が表明する判断を説明する。

「ずっと以前から……このセルバンテスは私の友人の一人で、私はよく知っているが、彼は詩歌の知識よりもこの世の不運の知識に通暁しています。彼の本には絶妙な着想も欠けてはいません。しかしこの本はなにも提案せず、なんの結論も下しません。彼が約束している続篇を待つことにしましょう……」

この醒め切った口調、この半ばぼかされた批判は、一部は小説の未完成に由来する。この物語を読者が手にした時点では、物語はガラテーアがポルトガルに向って出発しなければならない瞬間に中断され、彼女のアヴァンチュールがどうなるのか、読者にはわからない。しかし司祭の言葉は、「犬の対話」のなかでベルガンサが「羊飼いと羊飼い娘について語るあれらすべての書物」を皮肉をこめて想起するときの彼の弁舌に照らされると、まったく別の色調をおびる。ベルガンサはそれらの本が彼の主人の恋人の歓びであることを発見したのであった。ベルガンサがこのように牧人物語を冷笑するのは、彼が番をした羊の群れの主人である羊飼いたちが彼にあたえた牧歌から遠く離れたイメージを彼が記憶しているからである。羊飼いたちは、エリシーオとは反対に、つぎのように歌っていた。

「歌う声だって、別に美妙な、よくとおるすばらしいものじゃない、ひどいだみ声だ、一人で歌っても合唱しても、歌っているようじゃない、まるでわめいたりうなっているとしか思えない。」

ここで示される裏返しの様式化は、古典的な牧歌に固有な理想化と同じ程度に恣意的である。というのは、古典の主人公たちは「ほとんど一日中蚤を探したり、サンダルのつぎはぎをして」過ごしているからである。しかしベルガンサがこんなふうに対象を鋭く暴いて楽しむのは、牧歌の規約の迷蒙をよりよく打破するためなのである。なぜなら、と彼は結論として語る。

「そこで、みんなはおそらく本当の話だと信じていると思うんだが、おかげで僕はわかってきたんだ、つまり、ああいう書物はみんな絵そらごとなんだ、閑人《ひま》たちが暇つぶしに書いたもので、だから少しも本当じゃないのさ。もし本当だったら、ああいう幸福な生活にしろ、あの快適な牧草地、広大な森、神々しい山々、美しい花畑、澄んだ小川や水晶のような泉などにしろ、いかにもつつましいがそれでもはっきりした愛の言葉にしろ、ここでは羊飼いが、あちらでは羊飼い娘が失神するかと思うと、こなたでは一人が牧人笛《サンポーニャ》を吹き、あなたでは別の男が笛《カラミーリヨ》を奏するといったことにしろ、せめてその痕跡ぐらいは僕の羊飼いたちもとどめていそうなものじゃないか。」

そうなのだ、牧歌は歴史が真実であるようには真実でない。歴史は事件を「それが起ったとおりに、真実になにものも加えず、真実からなにものも差し引かず、ありのままに語る。」しかし牧歌は少なくとも別の真実、虚構と寓話の巧緻な真実、「それを読む人びとの理解力と結ばれて、不可能なことを信じさせる」真実をわれわれに提供するのではなかろうか。三〇年後に、ミゲルは自分の『ガラテーア』は、そのあまりに抽象的な作中人物、あまりに頻出する脱線、そして果しない長広舌のせいで、本当にその真実まで到達できたかどうかを疑うに到る。たしかにこの作品は、刊行されるや否やむしろ好意的に迎え入れられた。数々の文学セナークルから評価され、ロペ・デ・ベーガからも称揚されたこの作品は、五年後には第二版が出されるであろう。『ドン・キホーテ』の成功につづいて、一六一一年にはパリでも出版され、フランスの宮廷でもてはやされることになる。そこでは貴顕淑女がこの本を「ほとんどそらで覚えた」と言われている。熱烈な読者の一人、オノレ・デュルフェの小説『アストレ』は、リシュリューとコルネイユの時代に、これらの「絵そらごと」が閑人たちの楽しみでありつづけたことを証明している。しかし、これらの称賛にもかかわらず、セルバンテスは『ガラテーア』の続篇の刊行を決意できなかった。この続篇については、彼自身四回も、そして死の床においてまで予告していたのにである。彼のお気に入りのアルカディアは、『ドン・キホーテ』のなかに挿入するアルカディアである。アルカディアは、諸エピソードの流れのなかに分散され、いわば自己検討によって強化されている。第一のケースは、学生グリソーストモが楽しむために創案するアルカディアである。彼は豊かな農民の息子で、サラマンカでモンテマヨールの本を読み、村へ帰って羊飼いの変装をすることを思いつく。内気な恋人役を演じるために彼は、彼の孤独な自由に魅惑されたマルセーラに夢中になり、希望のない情熱に捉えられて、ついには自殺してしまう。さらに別のアルカディアがあるが、それは洗練された舞台的なセンスをもつサンナザーロとガルシラーソとの幾人かの教養豊かな読者が自分自身の楽しみのために再現したケースである。これは、それがまったくの作りごとであることをよく知っている宮廷人たちの暇つぶしである。そして、ドン・キホーテが放浪の末、以後世界を駆けめぐることを禁じられた屈辱的な敗北を忘れるために、夢想するアルカディアがある。ドン・キホーテはその雄弁の力で、同伴したいという願望をサンチョにかき立てさせたのであった。あまりみごとに語られたので、言葉の途中でかれらの互いの欲望をへだてる無理解の壁が生じたほどであった。今日もなおわれわれを誘い、魅惑しつづける牧歌とはこのようなものである。セルバンテスが『ディアーナ』へ挑戦しなかったなら、このジャンルは注目されなかったであろう。それでもやはり牧歌は、『ガラテーア』を創造の考古学の薄明りのなかへと追いやるのである。

演劇の呼び声

宮廷への地位を請求して失望に終ったあとで、ミゲルは牧歌ののどけさのなかに、挫折した野心のほろ苦い慰めを求めていたのであろうか。伝記作家たちはしばしば夢と現実を対立させる誘惑に駆られる。かれらによれば、無関心もしくは敵意にみちた世界に直面したドン・キホーテの父親は、このようにして自分の主人公に道を示したことになっている。しかしわれわれは、作家がそのもっとも有名な作中人物にいずれあたえることになる顔を、作家自身の顔とみなすのは控えることにしよう。セルバンテスは、牧歌的もしくは騎士的な彼の幻想のままに現実を作り変えはしなかった。作家という職業がまだ生まれていなかった時代に、彼はただ書きつづけることができるような閑職に就こうと試みただけである。従って、ライネス、フィゲロア、ガルベス・デ・モンタルボのような人びとが彼にとって模範の役割を果し、同じ道を進むように彼を励ましたのである。彼が望んだ閑職が得られなかったので、『ガラテーア』の作家は不可能なこと――たとえつつましくても、ペンで生計を立てること――を試みざるをえなかった。しかし彼の処女作の読者がいかに多かったにしても、ロブレスから受け取るドゥカードだけでは、借金なしで生活することはできなかった。それではどのようにすれば読者をふやすことができたろう。彼が少年のころから感じていた情熱、その後スペインに君臨し、しばらくはその覇権を譲らない情熱、すなわち演劇への情熱をみたす試みによってそれは可能になるであろう。
一五年前、セルバンテスの唐突なイタリアへの出発によって彼があとにしたマドリードは、そのころやっと演劇上演を目的とする場所を備えたところだった。ミゲルは、いまでもかつてロペ・デ・ルエダが組織した仮興行を愛していた。すでに述べたように、セルバンテスはその死の一年前に、皮肉というよりは感動をこめた口調で、ルエダの興行についての思い出を語っている。これは引用する価値があるだろう。

「あの高名なスペイン人の時代には、劇団の座長のすべての用具は一つの袋につめこまれていた。その用具というのは、大体において、金色の銅飾りがついた白革の四枚の上着、四つの頬ひげ、四つのかつら、四つの牧人杖であった。戯曲は、二、三人の羊飼いとある羊飼い娘の間で交わされる牧歌形式の対話で構成されていた。芝居を長びかせるために、二、三の幕間劇が挿入されたが、そこでは黒人女中か女衒《ぜげん》、村の愚か者かビスカヤ人たちが登場する（……）そのころは舞台仕掛けも、徒歩もしくは騎乗のモーロ人とキリスト教徒の決闘もなかった。舞台のせり出しを使って大地の中心へ出てくる、もしくは出てこようとする登場人物もいなかった。舞台は四角に置かれた四つのベンチ、その上に並べられた四枚から六枚の板から成っていた（……）まして天から雲とともに降りてくる天使も魂もなかった。すべての舞台装置は古い毛布で作られ、毛布が楽屋と呼ばれるものを作り、その後に音楽家たちが立って、ギターなしで、なにやら古いロマンセを歌っていた……」

読書のレミニサンスを伴ったこの回想は、おそらく博学な再現の厳密な正確さを主張するものではないであろう。しかし、旅籠の中庭、ときには野外にさえ設置される可動舞台で上演されていたレパートリーへの郷愁を感じとることはできる。プラウトゥス、テレンティウス、またはイタリア・ルネサンスから影響を受けた散文の芝居、そこでは、のちにモリエールが『スカパンの悪だくみ』で実現するような、大胆な恋人たち、疑ぐり深い老人、抜け目のない従僕たちが絡みあう。または、ウェルギリウスやテオクリトスの牧歌よりも、クリスマスの牧歌に近い牧歌的寓話であり、クリスマス牧歌は長い間セビーリャやバレンシアの市民のほのかなロマネスク趣味を満足させてきたのである。ふんだんに民俗芸能を取り入れたコミックな幕間劇は、諧謔的かつ対位旋律風に、同じ主題を取り扱った。

これらの生彩に富み、生気にみち、自発的で、つねに人物に適合した言語で書かれた芝居は、役者たちの才能を考慮に入れたものであった。しかしこれらの芝居は、同一の状況、同一の図式、同一の当てになるさわりを反復しているだけなので、その流行はいつまでもつづくことはできなかった。セルバンテスがスペインに帰国したとき、彼は旅興行はもはや観衆の期待に応えていないことを確認した。観客が変っていたのだ。マドリードがセビーリャやバレンシアにとって代わり、商業市民層が宮廷的かつ官僚的貴族と交替してその趣味と価値観を世間に広めていた。同様に、興行の条件も変化していた。おそらく旅役者劇団は、その巡業中に「永遠のジプシーのように、村から村へ、旅籠から安食堂へとさすらう」困難で不安定な暮しを送りつづけていたであろう。しかし劇団数はそれ以後も増加していた。定員も充実し、一五人の役者を抱えるにいたり、そのなかには女性や子供も含まれていた。役者の技量も、イベリア半島を駆けめぐるイタリア人から学んで、洗練されていた。それらの劇団は、とりわけ慈善団体が設置したシステムの重要な歯車の一つになっていた。慈善団体は興行収益のおかげで、各都市で施療院や病院の維持費を出資したり援助したりすることができた。この真の見世物産業はスペインの一六、七世紀の「聖体神秘劇《アウト》」(autos) にはずみをあたえた、この宗教劇は中世の教訓劇《モラリテ》の系統につらなり、イメージ豊かな形式のもとに、反宗教革命によって息を吹きかえした教理教育《カテキスム》を補足するのに貢献した。同時にこの産業は初期の「中庭《コラール》」(corrales) 使用によって世俗的演劇の発展を援助した。これは、演劇スペクタクルの必要性に適応して、家の中庭にしつらえた、永続的な舞台の設置である。

一五七八年から一五八二年にかけて、イタリア人役者の協力をえて、マドリードに二つの常設劇場、コラール・デ・ラ・クルスとコラール・デル・プリンシペが出現した。その数年間に、セビーリャ、バレンシア、グラナダ、トレド、バリャドリード、サラゴッサなどはそれぞれの劇場を開設、もしくは改造した。いたるところに同様の中庭＝平土間が見られた。それは二つの建造物の中間に位置し、側面に階段座席の枠組みを作り、その上には金網を張った窓があって、「天井桟敷《カスエラ》」(cazuela) と呼ばれるスタンドがせり出している。特権階級の観客は側面の席を占め、「天井桟敷」はつつましい身分の女性たちを受け入れる、平土間は「立見《たちみ》客」(mosqueteros) の騒がしい観衆専用になっていた。舞台はといえば、昔の大道芝居とはなんの共通点もない。横七メートル、奥行四メートルの長方形の舞台で、二段作りの正面に支えられている。側面には二つのドアがつけられ、役者の更衣室は後方にあって、窓の役を果す開口部を付けた回廊の上でレールを滑るカーテンがそれを隠している。この舞台はせり出しによって地下へ通じる。つまり全体としては、補足的な四面が複数の場所の同時的上演を可能にしていた。

パフォーマンスが繰り広げられる空間はこのようなものであり、セルバンテスは彼自身の流儀で、その進歩のあとを辿った。彼の戯曲の欄外指示にその効果が見出される。太鼓のひびき、雷のとどろき、舞台への馬の登場、更衣室のカーテンのおかげで素早く設置される「書き割り」、巻き上げ機によって飛来する天からの使者の不意の到来などである。これらの進歩的な技巧について思い違いをしないように気をつけよう。それらはイタリアの舞台の複雑な技術を予示するというよりは、中世の聖史劇を思い出させる。一六世紀末には、劇場は「隠し仕掛けの舞台」が人びとを慣れさせた、背景も装置もない抽象的空間にとどまっていた。芝居の効果はなによりもまずテクストに、そしてそれより一段低い割合で、テクストを実際に演じる役者の語調と所作にもとづいていた。舞台はつぎつぎに、部屋になり、通りになり、田園になった。回廊はバルコニーに、山に、城壁になった。簡素なシステムではあるが、観客はこれに満足したし、ロペ・デ・ベーガと彼の世代のシステムもこのようでありつづけた。半世紀近くの間、人びとは芝居を「聴き」に行き、「見に」行くのではなかった。フェリーペ四世の治世下でようやくカルデロンとその協力者が、イタリアから取り入れた舞台仕掛けを宮廷に採用し、その華麗な演出は王や貴族向けに存続した。しかしセルバンテスがコラールに注目したころ、劇的スペクタクルが依存していた諸習慣は、だまし絵と同じくらい、現実性の幻想を排除していた。

スペイン演劇がまだ進路を模索していたこの年代に、新奇さに貪欲な観衆を手早く楽しませるために先達の手法の回復にとどまった単純なエピゴーネンたち、ルエダの承継者たちの経験主義と絶縁したいという意欲が明らかになってきた。特にしめし合せたわけではないが、サラゴッサにおけるアルヘンソーラ、バレンシアにおけるレイ・デ・アリエダとビルエース、セビーリャにおけるホアン・デ・ラ・クエバなどの劇作家が一斉にこの絶縁の意志を表明したのである。同じ野心がかれらをかき立てていた。すなわち、まったくの消耗芸術の限界を越えて、欠けている尊厳を舞台にあたえることである。この意図の範例はどこに求めればよいのであろう。明らかに、先輩たちによって拓かれてきた道の「外に」でなければならない。かれらは一五世紀末の対話体の作品『ラ・セレスティーナ』に頼ろうとはしない。この作品は、今日では、近代演劇の基盤になったようにみえる、分裂した世界の悲喜劇である。二一幕から成り、緩慢なテンポと長いスピーチをもち、声高に読むように構成されたこの作品は、少なくとも当時は、誰も上演に適しているとは考えなかった。かれらはまた、初期のカスティーリャの劇作家、ホアン・デル・エンシーナ、ヒル・ビセンテからも目をそらした。一六世紀初頭に書かれたかれらの聖体神秘劇《アウト》や牧歌はいまだに礼拝式の主題と聖書的文体の刻印をつけていた。かれらの田園詩ふうな霊感は、かつて社交人や文壇のセナークルの歓びであったが、それ以後決定的に過去のものになってしまった。かれらはトルレス・ナアーロのような独創的な作品を知らなかった。この劇作家の世俗的喜劇は、劇的な動きと演劇の可能性のきわめて鋭い感覚を示しているが、人生のもっとも輝かしい時期をスペインの外、ローマ聖庁の国際的な環境のなかで過ごしていた。

こうして、かれらが参照したのはセネカであった。かれらは一五〇〇年代にイタリア人のドルチェとジラルディ・チンツィオによる翻訳をしばしば再読したが、セネカのドラマは当時全ヨーロッパで模範とされていたのである。セネカに倣って、かれらは古代ギリシア・ローマ悲劇役者の底高靴《コトウルヌス》をはこうと試み、アレゴリー、古代の英雄、レコンキスタの伝説的人物たちを一新し、高踏的な韻文詩を採用して、大袈裟な表現を活用あるいは濫用した。この「スペイン風セネカ」への偏愛によって、アリストテレスの規範がたえず無視され、複雑な筋が場所と時間を混合しつつ突発事が積み重なるレパートリーが説明できる。この意味では、人文主義者たちのこの演劇は、まだ無器用ではあるが「コメディア・ヌエバ」(comedia nueva) の創始者ロペ・デ・ベーガが定式化しようとした直観を表現している。しかしその大きな弱点は、学者のために学者によって作られた点にあった。そのためにふさわしい観衆に欠け、適切な物質的条件に欠け、登場人物たちを造形し、筋を活気づけ、科白《せりふ》を作り出す天才的能力をもつ作家に欠けて挫折することになる。要するに、おびただしい死体や流血の惨事など、暴力と恐怖に満足する作家ではなかったのである。

　セルバンテスは、失敗に帰したこの古典復興をはかる芸術家たちの努力に、共感をもって同調した。彼はアルヘンソーラの悲劇を読んだが、これについてはのちに『ドン・キホーテ』の司祭によって賛辞が述べられるであろう。彼はおそらくクエバの作品も知ったであろうが、この作家は以前セビーリャで自作を演出したことがあり、一五八三年には出版もした。セルバンテスがバレンシアを通過する折に、ビルエースと会ったことはかなり確実であるらしい。「カリーオペの歌」のなかで彼はこの尊敬すべき詩人を称揚し、この詩人が彼と同様レパントで戦ったことを語り、その勇気、才能、学識を讃えている。とはいえ、セルバンテスはコラールの門を開いてくれた、スペクタクルの職業作家たちをおろそかにすることはなかった。二人の仲介者が彼にとって重要であったろう。第一にはアロンソ・ヘティーノ・デ・グスマンであり、この人物はすでに見たように、セルバンテスの文学的デビューを支援し、彼の両親を数回にわたって好意をもって世話したのであった。警官であり、ルエダ劇団の元ダンサーであり、以前には首都の祝宴の名オルガナイザーであったグスマンは、コラール・デ・ラ・クルスを開設する活動に積極的に参加したらしい。第二の人物はトマース・グティエレスで、この人物は数年前からミゲルの家族と付き合いがあり、彼自身役者でもあって、ミゲルの親友である。われわれはのちに彼とセビーリャで再会するであろう。

　このように本職の劇作家たちによって演劇界に紹介されたことは、セルバンテスにとって最良の呪文「開けごま」であった。著作権がまだ確立していなかったこの時代には、役者たちに関するかぎり、作家は一時的な芝居の協力者、きわめてはかない商品の提供者にすぎなかった。劇団の座長――あるいは当時前兆的に言われていたように「芝居の作者《アウトール・デ・コメディアス》」――は、入手した草稿のテクストを意のままに手直ししたり、変更したりすることができた。抗弁することはできなかった。「私の忠告に従ってくだせえ、とサンチョは主人に言う。役者たちとけっして喧嘩しねえでくだせえまし。だってやつらは優遇されている連中なんですから。」自分の労作の値段として適当な金額を受け取った作家は幸運であった。ガスパル・デ・ポーレスなる人物は一五八五年にミゲルの戯曲二篇に対して四〇ドゥカードの支払いに同意した。それは、今では表題しかわからない『コンスタンティノープルの生活』と『錯乱した女』である。セルバンテスがけっして金もうけに向いた作家ではないにしても、悲惨の亡霊を祓いのけるのに有効なずっしりと重い硬貨に無関心ではありえなかった。『ガラテーア』は長期にわたる辛苦の成果であったが、彼がマドリードの舞台をめざして書いた戯曲は、もし観客の気に入ろうとするならば、努力よりも器用さを必要とするものであった。

セルバンテスと演劇の出会いはこのようにして始まった。それは捕虜生活から帰還後すぐ実現したのであろうか。それには疑いの余地がある。われわれが知っているように、『ガラテーア』の作者は、当時別の問題を抱えていた。彼の抱負の実現を念願していた彼は、ただちにポルトガルの宮廷に赴いた。一五八〇年の秋、彼のバレンシア到着寸前に王妃アナが亡くなったため、服喪の徴《しるし》に、マドリードの劇場閉鎖がつづいていた。再開は翌年一二月まで延期された。その代わりに、ミゲルがリスボンに着いて、牧歌的な『ガラテーア』の最後の仕上げにとりかかっていたとき、周囲の事情は、彼が役者たちとともに運を試すのに好都合なものになっていた。彼はこの経験を忘れることはなかった。

一三　失われ、後に見出された、二つの戯曲

「ここに誰も反駁できないような真実がある、そしてここでこそ私は自分の謙虚さを乗り越えなければならない。つまり、当時、私がマドリードの劇場で書いた『アルジェの生活』が上演されていたのである。『ヌマンシア攻囲戦』と『ナヴァリーノの海戦』で、私は思い切って芝居を五日から三日に短縮した。私は人びとに見せた、というよりはむしろ、道徳的な人物たちを登場させて「想像と魂の秘められた思いを描いた最初の作家であったが、これは観客の全般的な喝采を浴びた。この時期に私は二〇ないし三〇の芝居を書いたが、それらすべてが罵声や物を投げつけられるなどの屈辱を受けることもなく演じられた。それらは、口笛も怒号も喧騒もなしに、成功した。」

文体は決まった。総括して言えば、セルバンテスは彼に脚本創作の決意を促した多かれ少なかれ高尚な動機には関心がなかった、彼は、スペイン演劇の進歩に、決定的とは言えなくても、かなり評価されるべき貢献が記録されることだけを望んだのであった。ときには、セルバンテス以前に三幕劇を書き、虚構のなかにアレゴリーを導入した他の作品の存在を指摘して、彼の主張に反駁した人びともいた。しかしかれらはここで問題なのはマドリードでの上演だけであることに気づいたので、反論はおのずから鎮まった。当時は、マドリード、セビーリャ、バレンシアは独立した文化的な小宇宙であった。たとえば『アルジェの生活』のなかの寓意的な登場人物《フィグラス・モラーレス》は、完全にセルバンテスの主張を解明している。それらの登場人物たちは、伝統的アレゴリーのように、個人が戦っていると想定された、対立する諸勢力を

擬人化した障害ではない。舞台に登場した人物の内心の葛藤を表現するために、あの寓意的登場人物たちは筋に関わってくるが、しかしけっしてその人物と対話をしないし、彼に取って代わろうと試みたりもしない。これは独創的技法であって、ミゲルがその発案者であると熱心に主張した所以は十分に理解できる。

たしかに、セルバンテスは借り物で見栄を張る人びとの仲間ではない。反対に、彼の心に深く刻まれた経験のこの回想のなかで人を驚かすものは、彼が認めさせた改革を細述するエネルギーと、自作に寄せられる歓迎を想起する曖昧で逃げ腰な態度とのコントラストである。『錯乱した女』だけが好遇されているようにみえる。というのは、彼が『パルナッソ山への旅』のなかで、この芝居が「すばらしい」と評価されたことをわれわれに伝えているからである。それだけにいっそうこの作品の喪失は残念なことである。首都の観客に対するセルバンテスの成功に関する証言は（コラールがかろうじて始まったばかりで、スペイン演劇がまだ真の国家的存在になっていない時期に）厳密ではないとしても、明晰である。

われわれはこの証言から、セルバンテスの演劇の歴史的重要性を測ることができるであろうか。彼の芝居の出現は、コメディア・ヌエバの誕生に一五年先行している。疑問はこの推移期の戯曲の部分的な欠損と同時に、セルバンテスが語る二〇もしくは三〇の戯曲のほぼ全面的な紛失である。この数字は少しも誇張ではない。それは、ロペ・デ・ベーガがその長く豊かな経歴のなかで書き上げた幾百もの作品を考えればわかることである。それに、セルバンテスは生来の即興的作家の正反対であり、彼の若いライヴァルの能弁に対して、明らかに留保の態度をとっていた。事実われわれは、『パルナッソ山への旅』の補遺のおかげで、それらの脚本のうち一〇の表題だけを知ることができた。そのうち三つは、われわれが引用したテクストのなかに平等に記述されている。しかし『アルジェの生活』と『ヌマンシア攻囲戦』だけがわれわれの手許にとどいた。それも、一八世紀に図書館のごみのなかから発見された、欠落の多い原稿のコピーとしてである。明らかにレパントの海戦から着想を得た『ナヴァリーノの海戦』(La batalla naval) については、われわれはその喪失を悼んで服喪しなければならない。

批評家たちは『アルジェの生活』をしばしば非難した。この作品がつらねる逸話的諸情景には、捕虜の苦痛にみちた思い出があまりに痛切に泌み込んでいるために、たしかにその乱雑な継起が一見読者をとまどわせる。これらの情景が配置されている根本的筋書——二人のキリスト教の奴隷、お互いの主人の口説きの対象にされているシルビアとアウレリオの満たされない愛——には、捕虜生活のなかで、ギリシアの小説《ロマン》やイタリアの小説《ノベラ》から借りたきわめて常套的な状況が挿入されている。この筋書から生じたロマネスクな有為転変と真実主義《ヴェリズモ》的な逸話——奴隷売買、変節と身請け、虐待と拷問——との調和はうまくいっていない。これらの逸話は物語の背景となり、その資料的な興味はしばしば芸術的価値を凌駕している。この作品に必要な約四〇の役柄は、役者の一座が提供しうる可能性を越えていて、これが、初心者の最初の試作であることを示している。

しかし、われわれの所有する唯一のテクストが、無神経な翻案者によって多くの削除を受けた不完全な作品であるだけに、いっそうの寛容さが必要であろう。『アルジェの生活』は、その否定できない構成の欠点にもかかわらず、たんなる事実の羅列的な記述よりも価値がある。人生と文学との間の緊張は、作品の結末にいたるまで浸透し、唐突な調子の変化で弱められることはあっても、この作品はやはり当時の演劇においてきわめて新しいなにかを表現したのである。セルバンテスは彼の世代の作家のなかでただ一人あえて、かけがえのない自伝的経験を、直接的な現在時制で、舞台の上に投影した。時事問題への暗示、身請人たちの上陸の予告、作者の真のアルテル・エゴであるサアベドラという名の捕虜の介入、デウス・エクス・マキナ風なハッサン・パシャの最終場面での登場などが、そのままこの投影の証拠である。同時に、自分の経験の転換において、彼はありのままのドキュメントも人生の断片をも提供しない。その証拠は、諸事件を完全に架空の年代記のなかへ挿入している、筋の必要性に応じる資料の選択にある。ウェルギリウス、ルキアノス、セネカをヘリオドーロス、ボッカッチョ、そしてコマンセロ〔八音節小叙事詩〕と結びつける文学的レミニサンスの混成。暗示、物語、上演を、有効性の根本的要請に応えるために、結合するそれらの提示などである。

人びとが作品の一貫性に疑義をさしはさんでいるとき、つぎの言葉はいささか強すぎるように思われるかもしれない。それでも敢えて言おう、『アルジェの生活』の演劇性は明白である。さらに主題と象徴性との照応を発見しなければならない。その照応は、主人公たちの試練や苦難のままにわれわれの眼前で継起する、明らかに断続的なシークエンスを統合する。アウレリオの仲間の一人の殉死がかれらに喚起した苦悩とフェリーペ二世の艦隊の神助的到着の夢との間で引き裂かれた仲間たちの動揺が、アウレリオのドラマに呼応する。海賊たちによって愛する家族から引き離されたシルビアの悲嘆には、競売の成り行きで散り散りになった家族の断腸の思いがエコーをなしている。観客に提供されるプリズムを通したように屈折した多様な運命の間で、一人と多数、単数と集団との対話が始まる。しかしこの対話は、韻律と詩節の交替によってのように、語彙と文体の変奏で強調され、イタリア風の演劇の諸制限とは両立しがたい。しかしこのイタリア流演劇の唐突な模倣は批評家たちの誤った判断を説明するものである。コラールの複数の空間については、最初から構想に組み込まれていて、これはおそらく舞台装置の現実的資産のおかげで、今日の演劇への適切な移行の道を辿りうるであろう。

戯曲を一つの歴史的な型にはまった作品にする代わりに、このような翻案——ここには危険もあるが——は、筋書を歴史的瞬間の開示へ逆行させることができる。それは、出口のみえない捕虜生活の停止した時間がはまりこんだ歴史的変転を知覚させる。それは捕虜たちの夢と願望が作り変えた変転であり、そのときかれらは、スペイン軍のポルトガル攻撃の準備に、スペイン軍のアルジェ遠征の前兆を見ていた。ユートピア的遠征と、急いで言っておこう。それに関しては、セルバンテスもマドリードに帰還するとすぐにそのような遠征はけっして実現しないことを理解した。イベリア半島統一、イギリスとの緊張のぶりかえし、宗教改革から発生したフランスの内紛などの新しい目標に直面したフェリーペ二世のスペインは、これ以後西欧の大西洋沿岸地域の方に眼をむけることになる。スペインはアフリカへのすべての野心を放棄し、中近東とアンダルシア沿岸の厳しい防備によってバーバリー人と対峙しつつ、国内に集中する。ところで、『アルジェの生活』は身請修道士の活動の重要さをスペインの世論に想起させただけにとどまらない。地中海がその偉大な歴史から離脱しようするまさにそのとき、空想的な呼びかけによってサアベドラはフェリーペ二世に、アルジェ解放のための遠征を懇願し、季節外れの海上作戦の幻想的な重要性を称揚する。そこから、戯曲のなかで焦燥にかられた捕虜たちが思い描く、爛熟しきった果実のように崩壊寸前の町のイメージと、現実の、厳しい政治的・軍事的秩序に従って繁栄する大都会の間の落差が生まれた。この大都会は、私掠船の活躍と、キリスト教国とイスラム教国との永続的貿易に最適の場所として、海賊たちが支配する海上貿易の成長とともに豊かになっていた。前記の戯曲のなかにはこの奇妙な交易についての示唆が十分含まれている。こうして筋書の流れのなかで主人と召使いの間に複雑な関係が生じる。同様に、善と悪を成立させるマニ教的世界の慣習を無視して、予期せぬ事件に遭遇したときに主従の採る曖昧な態度が生じる。そこで、『アルジェの生活』の伝言は、一見したみかけよりも巧妙なものになる。演劇人にとってはその伝言が観客に受けたかどうか、われわれに伝えることが大事である。伝記作家にとって、レパントとアルジェの英雄と郷里へ帰国して幻滅する捕虜との間での最初の重要な断絶を示さないわけにはいかない。

『ヌマンシア攻囲戦』、後世まで生き残ったこの唯一の悲劇は、他の理由によって今日のわれわれにはきわめて曖昧に思われる。その主題はよく知られている。ケルティベリア人〔イベリア北西部住民と先住民との混血種族〕の有名な都市の集団的自殺である。古代ローマのスキピオの軍隊に包囲されて飢餓状態に追い込まれたこの町は、不名誉な降伏を受け入れるよりは自己犠牲の方を選んだ。この歴史的事件は紀元前一三三年に起り、スペイン帝国の編年史家によって記述、称揚されている。セルバンテスはこの事件をたんに再構成したのではない。彼は、伝説に由来する未発表の諸逸話の情報、もしくは愛読した作家たちから得た情報から借用した背景によって、作品を豊かにすることができた。その作家とは、古代についてはウェルギリウスとセネカ、スペインの伝統についてはエルシーリャとロマンセーロ（一行八音節のロマンス作家たち）であり、かれらが筋書の重点を有効にする豊かな娯楽的要素をセルバンテスに提供したのである。スキピオは最初に登場して自分の軍団に雄弁に語りかける。そのあとに、包囲された人びとが吉兆を求めながら捧げる地獄への祈り、防衛兵たちの滅亡を目前にした苦悩、最後に生き残った一人の壮絶な死がつづく。それと同時に、『アルジェの生活』と同じく、各人の特殊な運命が、住民の一致する意志を体現化した都市の運命を、ある意味で反映する。都市が避けられない終末へ突き進むにつれて、戦士、女性、子供たちは、各自それなりに、包囲陣、飢餓、死と対決する。この住民たちは雄大で悲壮なレリーフをなしている。ロベール・マラーストは正当にもそれをヌマンシアの「恐怖の大フレスコ画」と呼んでいる。一定の間隔をおいて、スペインとドゥエロ川の対話、墓の彼方からの使者の声による地獄の神々の答え、「戦争」と「飢餓」の介入、噂の女神ファーマの最後の弁説などは寓意的な副主題を導入する。それは古代劇のコーラスのように、事件の意味と結果とを少しずつ浮き上らせ明らかにしている。

このような展望におかれて、筋は新しい地平を開く。これに匹敵する作品をアルヘンソーラ、ビルエース、クエバに求めても無駄であろう。凶運を祓おうとする防衛兵士の努力は、ヌマンシアがローマ人たちの思惑の裏をかいて犠牲の道を選び、みずからの運命を自発的に甘受する決意を下すときに完成する、洗練された要求と合致している。同時に、寓意的な人物たちのスピーチがあの前代未聞の場面を、それが神話風に永遠化される前に、拡張された時間性《タンポラリテ》のなかに挿入する。戦闘技術を象徴して栄光以外のいかなる指針も望まない神助的英雄スキピオと対決して、ケルティベリアの都市は、最初はローマの至上権に対する頑迷かつ法外な挑戦をするだけのようにみえる。しかしドゥエロ川と噂の女神ファーマの予言に照らされると、この町の抵抗と自殺はある軌道の最初の標柱になる。のちにこの軌道上に、ローマ軍によるスペイン占領、蛮族侵入によるローマ帝国の没落、アルバ公爵の軍隊が犯した教皇庁ローマの略奪、フェリーペ二世王政へのポルトガル併合に際してのスペインの物質的かつ精神的ヘゲモニー、などの大事件がつぎつぎに起っている。この観点から再検討してみると、ヌマンシアの犠牲は、たんにスキピオに勝利の苦い失望をあたえただけではなく、ヌマンシアとローマの継承者ハプスブルク王家がいずれ体験することになるフィナーレの前奏曲をかなでてもいるのである。この絶頂は観客をその意味の瞑想と結果の測定へと誘う。

作者の言葉を信じるならば、『ヌマンシア』がコラールの好遇を受けたことは理解できる。しかし同時に、当時イベリア人の支配を拒否する人びとに鉄の掟を課していたのはスペイン軍隊だったという事実も認めなければならない。アルプハーラスのモリスコ、ハールレム、レイデン、アントワープを死守したフラマン人たちは、ドン・ホアン・デ・アウストリアのなかに、アルバ公爵同様、かれらの背骨をへし折りにやって来た新しいスキピオを見ていた。セルバンテスは、この苦渋にみちた時点の注意深い証人であった。彼が創作した背景のなかで、「噂の女神」はほとんど不協和音的な、奇妙な音調を響かせる。作者の意図的な不協和音なのであろうか。そう確認することはできない。しかし確かなこと、それは今日われわれは、スペイン帝国のあの高揚をもはや感得できず、われわれにとってそれは失効した過去に属しているという事実である。それに反して、都市の集団犠牲は普遍的影響力を維持しつづけている。われわれ自身の歴史的状況に準拠するにせよしないにせよ、あの事件は直接われわれの胸をうつ。

『ヌマンシア』の叙事詩的息吹きに感動したドイツ・ロマン派は、まっ先にこの作品を再発見した。とくにゲーテとショーペンハウアーは、この作品を『ペルシアの人びと』〔アイスキュロス作〕と『テーバイに向う七将』〔アイスキュロス作〕と比較するのをためらわなかった。その一世紀後、スペイン内戦のさなかに、マドリードのラファエル・アルベルティとパリのジャン＝ルイ・バローは、べつにしめしあわせたわけではないが、この作品の上演を敢行した。バローの演出は原文を尊重し、あの不穏な転覆力を抑圧者への抵抗《レジスタンス》の賛美として強調した、ラファエル・アルベルティはさらに一歩を進めた。この悲劇のアルベルティによる「現代化した」翻案では、マドリード攻囲戦に置き換えられ、ローマ攻囲軍は明らかにフランコ軍とイタリア同盟軍とを体現している。われわれは今日もなお、隷従よりは死を選び、みずからの自由の行使によって自己実現をするあの人びとに魅惑される。かれらの独立と正義の夢がわれわれの夢でありつづけるのは、かれらの選択が過去の範例に従うのではなく、みずから模範として高揚し、時の流れのなかで再生する種子として、未来の世紀に自分を提供するからである。この意味で、『ヌマンシア』がわれわれにあたえる死の教訓は、同時に生の教訓でもある。それは、強者に対する弱者のつねに可能な復讐を意味している。

アナ・フランカ

一五八二年初頭のエラーソ宛ての手紙は、庇護者たちのすべての尽力の不首尾を示して、もはや成功の幻想を失ったミゲルの落胆と苦渋に包まれた姿を垣間見せる。しかし少なくとも彼は、魂にくいこんでいるあの書くという情熱だけは抱きつづけている。それが彼の全神経を『ガラテーア』へ傾注させた。二年後、インディアスへの出発を断念し、人びとがひととき希望をちらつかせた閑職についても彼はもうなにも語らない。以後、彼は、それまでの地道な創作から得ていた満足とは異なる満足を体験し始める。彼の芝居はマドリードの舞台で上演され、いまは『ガラテーア』が出版されようとしていた。セルバンテスが参入を選んだ世界で、彼は名声を得つつあったのである。

彼の個人的生活は、どの程度までこの変化の影響を受けていたであろうか。彼の両親は息子の成功に気づいていたであろうか。それともたんなる窮余の策としか思わなかったのであろうか。おそらくかれらには、このレパントとアルジェの危難を生きのびた兵士が、弟のロドリーゴのように、軍務の報酬を受理できたらもっと嬉しかったであろう。マドリードかアルカラで公務員になれていたら、彼は困窮から脱出できるだけではなかった。彼は両親に経済的援助があたえられた上に、債権者と小売商人とのいざこざからかれらを守ることができたであろう。しかしそういう就職の代わりに、彼の得た唯一の富は、つねに射倖契約の不安定な収入であった。彼が生きた世紀の間、作家という権利の行使がありうることを誰も思いつかなかった。ロペ・デ・べーガのような作家でも、栄光の頂点においてさえ、かつ出版者と観客の好意にもかかわらず、けっしてペンだけで生活するにはいたらなかった。美しい性愛を好む文学・芸術の庇護者の秘書として、彼はパトロンのために取り持ち役を甘受せざるをえない。ミゲルはたしかに、彼が順調な時期には、家族へなんらかの援助金をあたえなければならなかったろう。しかしその金額も用途もわからない。一つの事実がほぼ確かと言える。彼は、『ヌマンシア』を演じた役者たちから受け取ったエスクード、およびブラス・デ・ロブレスから支払われた印税のドゥカードをもってしても、ホアン・ヒル師が彼の身代金として前払いしてくれた金額を三位一体修道会に返済できなかった。返金するためには、かつて彼の母がアルジェへの発送許可を得た商品の二〇〇〇ドゥカードの利益の入手の成功が必要であったろう。一五八四年一一月に、彼女はようやくこの借金を清算した。

もう一つの疑問が自然に心に浮ぶ。セルバンテスは、作家や演劇人たちと付き合うために文筆の沈黙を放棄してから、どのような暮しをしていたのであろうか。彼に近づく人びとにどのようなイメージをあたえていたのであろうか。『模範小説集』が仮借なく描いた詩人たちの一人の特徴によって彼の様子を思い描けるであろうか。われわれは、たとえばベルガンサが創作に苦悶する「一見書生風の男」を描写したことを思い出す。

「彼はしきりに手帖に書いては、ときおり手で額をたたく、そうかと思うと空を仰いで爪を嚙む。別のときには、物思いに沈んだ様子をして、足も手も睫毛さえも動かさないことがある。それほど彼の熱中は深かった。あるとき私が彼のすぐそばに近づいて行ったが、彼はまったく目もくれなかった。聞いていると口のなかでなにかぶつぶつ呟いていたが、しばらくしてから、急に大声で叫んだ。——「やったぞ！　これは僕がこれまで書いた一世一代の八行詩《オクターバ》の傑作だ！」そして大いそぎで例の手帖に書きこみながら、いかにも満足そうな様子だった。」

この回想は、『ドン・キホーテ』の作者が、自分をみつめる魔法の鏡の存在を信じさせようとする勇気ある一節にきわめて似通っている。ガラスの学士がわれわれにみせるへぼ詩人についても、同様に言えるであろう。この詩人はいつでも、彼の言葉に耳を藉そうとする人にむりやり、彼の最新のソネットを聞かせようとする。

「おまけにそのへぼ詩人はしゃべりながら唇をまげる、眉を釣り上げる、ポケットをさぐって、幾千枚もの垢じみた、なかば破けた原稿用紙のなかから、もっともそこにはざっと千篇になろうというソネットが書いてあるのだが、これから朗読しようというのをひっぱりだして、さていよいよいやに甘ったるい、妙にあだっぽい声音で朗読するんだ。」

文体の練習だろうか。たぶん。人物推定遊戯をして、かれら、まったく架空の操り人形に名をあたえようとするのも無益であろう。そうだとしても、セルバンテスの活力あるカリカチュアは、彼の同僚たちがしばしば悩んでいるようにみえた、文学と失敗作の共和国の習慣に冷淡ではなかった。彼は仲間たちの仕事と儀式に参加さえした。ただ彼は、同僚たちの熾烈な競争とさもしい野心がかれらを晒す滑稽さを十分意識していて、かれらから超然と離れる方がよいと判断したときには、ためらわずそうしたのである。

数年後にロペ・デ・ベーガがしたように、マドリードの文学サロンにおいてゴシップの話題提供はしなかったが、『ガラテーア』の作者は、自分の恋愛生活についてはそれほど控え目ではなかった。ガルシラーソ、エレーラ、ガルベス・デ・モンタルボたちのように、彼がある近づき難いミューズに詩を献げたかどうか、われわれは知らない。彼はのちに、希望もなしにドゥルシネーアをあがめる仕事をドン・キホーテに託すであろう。われわれはまたセルバンテスに、ロペに悪名をあたえたような波瀾にとむアヴァンチュールがあったかどうかも知らない。ただ公証人による資料の地味な散文から窺われるいくつかの控え目で遅ればせの暗示だけが、彼が三五歳ごろ体験したらしい情事、そしてその愛の結晶、イサベルという名の庶出の娘の誕生をわれわれに垣間見せる。彼の妹マグダレーナは、イサベルが孤児になった一五歳のとき、彼女をひきとった。彼自身、マドリードへの最終的帰還の際に、彼女に自分の名をあたえたのである。

人びとは、『パルナッソ山への旅』の寓話を、そしてプロモントリオを血肉をそなえた存在と信じることはないが、ミゲルは、のちにイサベル・デ・サアベドラとなり、あとでわれわれが再会することになる娘以外のいかなる子供も持たなかったらしい。しかしイサベルの母親は誰であったろうか。アナ・デ・ビリャフランカ、またはアナ・フランカ・デ・ローハスとも呼ばれた女性についてセルバンテスの文献はほとんどなにも語らない。しかし歴史家たちは、回り道をして彼女の痕跡を発見するのに成功した。彼女は毛織物商人ホアン・デ・ビリャフランカの娘で、二〇年前にマドリードで生まれた。まだ若いころに彼女は手伝いとして伯母の家へ入ったが、伯母の夫はマリーン・ムーヒカという警官で、六年後に元国王秘書官アントニオ・ペレスの逃亡事件に巻き込まれた。一五七九年に伯母が亡くなると、アナは彼女の自立を援助することを目的にした一〇〇ドゥカードの遺産を相続する。誰かがすでに彼女の結婚相手をみつけていたのであろうか。事実は、強制されたのか自由意志でかはわからないが、彼女は、一五八〇年八月一一日、一六歳でアロンソ・ロドリゲスという名の、ほとんど無学なアストゥリア人〔スペイン北部〕の商人と結婚した。謎の庇護者のおかげで、この夫婦はほどなく表通りに面した家を買った。かれらはトゥデスコス通りに興行主や役者が通ってくる居酒屋を持つことになる。セルバンテスは、おそらくその店で若い女房と知り合ったのであろう。そのころ彼女はすでに稚いアナという名の娘の母親であった。彼女とミゲルの娘は一一月中旬に生まれているから、かれらの情事は、おそくとも一五八四年初頭あたり（ブラス・デ・ロブレスとの交渉期）に始まったのであろう。一六〇五年六月のエスペレータ事件の際、バリャドリードでイサベルが行う証言のなかで、彼女は自分が二〇歳であると述べている。

この件で共通して認められている解釈は少なくとも以上のようなことである。ところがエレーロ・ガルシアは、この謎の父娘関係のなかに、ミゲルが考案した策略を見ようとしている。それによれば、イサベルの実母はミゲルの妹マグダレーナであり、イサベルの父は後述する某ホアン・デ・ウルビーナである。アナ・フランカはこの件に関しては、共謀者でないとしても脇役であって、子供をひきとることによってマグダレーナの過失を隠蔽するのに協力した。アナの死に際して、こんどはミゲルが介入して、実は姪である少女を娘にした。マグダレーナはその若い娘を手伝いとして雇うことで、実母であることを公表せず、後見人の役を演じて借りを返した。

四〇年前に提示されたこの仮説は、われわれの知っているセルバンテスの姉妹の恋多き人生と調和する。姉アンドレアの娘コンスタンサとイサベルの出生の同一の非合法性の痕跡を彼女らの人生は残している。しかしこれを証明する資料はまったくない。従ってわれわれは、否定されることを恐れずに、ミゲルとアナ・フランカとの道ならぬ恋についての夢想にふけるために、公証人の書いた手紙を信じることができるであろう。ミゲルと女性との関係については、実は、われわれは文献的資料の証言しかもっていない。すなわち一連の感情的挫折感を刻印された家族的環境、マルティナ・デ・メンドーサ（ミゲルの叔母マリアの庶子）、コンスタンサ・デ・オバンド、イサベル・デ・サアベドラは非合法の執拗な匂いに汚染されている。ほとんど偶発的なただ一つの関係が正当であるが、これは数カ月以上つづいたとは思われない関係であり、その当事者両人はその重要性を過大視しなかった。そして一つの結婚があるが、これについてはまもなく語ることになるであろう。これもそれなりの謎をもっている。

残された本質的なことは、『偽りの結婚』（El casamiento engañoso）の報酬目当ての不義から、ドン・キホーテが思い人の貴婦人に捧げる絶対的崇拝にいたるまでの、全域にわたるセルバンテスのエロスの文学的特徴である。この領域では両極端が優位を占めるのが事実である。それはあたかも、マリトルネスのふしだらと身分のあるおさんどんコンスタンサの非のうちどころのない貞節との中間に、より安定のいい態度がありえないのと同じである。たしかに、ロマネスクな形式は、調和のとれた夫婦の平和な歓びよりも、正常の埒から外れたものによりよく適合する。ただ一つの実例を引用すれば、『血筋の力』（La fuerza de la sangre）はこの原則を完全に例証する。この物語は、家族の目前で行われるヒロインの誘拐で開幕し、誘拐者は彼女を凌辱したあとで街路に放りだす。邪悪とは言わなくとも、変質的な行動が、誘惑者の恋の情熱と売春婦という、黄金時代の物語に欠くことのできない構成要素が、それ以上とは言わないまでも、同じくらいセルバンテスの関心をひいていたことを示している。すでに『ガラテーア』は、いささか抽象的な手法で、肉体愛の至上権を描写して、欲望の帝国に譲歩する人びとが陥る無数の混乱について警鐘をならそうとしていた。

「兄が愛しい妹へ、継母が義理の息子へ、さらに悪いことには、父親自身が実の娘へ抱くいまわしい抱擁への渇望……」

われわれのスペイン人ボッカッチョのためにはみごとなプログラムである！　しかし彼はそれを実行しようとしたり、このような不行跡の描写を楽しむには偉大すぎる芸術家だった。しかしこれらの「いまわしい抱擁」の背景の前に、別の傾向が浮び上り、その上にセルバンテスのフィクションが奇妙な照明を投げかける。『ドン・キホーテ』前篇の「無分別な物好き男」〔三三、三四章〕のアンセルモは、無謀にもひき起される破局を予感していながら、友人ロタ―リオを促して彼自身の妻カミーラの貞節を、彼女がついに誘惑に負けるまで執拗に試させる。年老いたカリサーレス、あの嫉妬深いエストレマドゥーラ人は、狂ったように無邪気な若い妻レオノールをあらゆる誘惑から守るために、彼女を金箔張りの牢に閉じ込め、彼女は「喜びも苦しみも感じることなく」、侍女たちといっしょに人形遊びをする。これは、常識外れの結婚の熟しすぎた成果である。「詩人たちがかれらの恋人にあたえる美のあらゆる幻想的な特質」を併せもつ一つの偶像への絶望的な崇拝者、かの憂い顔の騎士の執拗さ。ミゲルのこの奇人好みのなかに、われわれはただ、プラトニックな愛や宮廷風恋愛のトピックの、さまざまな音階への転調だけを見るべきであろうか。ミゲルは彼自身の抑圧を投影したのではなかろうか。彼が『ペルシーレス』のロザムンダに最悪の罰をあたえるときのように、彼はときおりなにやら暗い衝動にかられたのであろうか。ロザムンダ、この「汚れた薔薇」(rosa inmunda) は性の偉大な巫女になろうと望み、その本能を十分に満たすことができずに憔悴して死ぬ。作家の幻想はわれわれ自身の謎を明らかにする。

結婚の魅力

一五八四年九月、アナ・フランカは娘を産もうとしていたが、その実の父親については彼女とミゲルだけが知っている。ミゲルはどのようにしてその報せを受け取ったのであろうか。人は想像する、夫と顔をあわせれば困惑し、彼女の家族に対して慎重な遠慮を守りながらも、抑制せねばならない父性愛のためにときには苛立つ思いであったのか、あるいはまた反対に、運命的な出産日が近づくにつれて、しだいに隠し切れないほどの秘かな歓びに捉えられていたのであろうか、と。いずれにせよ、黄金時代のスペインの誘惑者たちがかれらの庶子に対してしばしば装った無関心をもってこの事実を受け取らなかったのはありうることである。彼が合法化できない関係の行きついた袋小路を意識していたからなのか、あるいは、彼が一種の「三人暮し」の形でその関係を公けにするのを望まなかったからであろう。

その月の中旬ごろ、ミゲルが首都とトレドを毎週連絡している四輪騾馬車を借りて、ふたたびマドリードを去ったときの彼の心境はそのようなものであったにちがいない。今回はどこか遠くの地への出発ではない。彼は、イリェスカという大きな商業都市（二五年後にエル・グレコがここで二枚のすばらしい肖像画を描き、それは今日カリタス修道院の祭壇を飾っている）で短い宿泊をしたあとで、東へ向って斜めに進んだ。さらに一里進んでエスキビアスに着いた。われわれはこの旅の目的を知っている。それは六カ月前に亡くなった彼の友人ペドロ・ライネスが、時間が足りなくてやり残した仕事をミゲルが友人に代わって実現することであった。すなわち、遺作となったライネスの諸作品を出版することである。未亡人ホアナ・ガイタンが原稿の形でそれらをもっていた。この有能な女性は風変りな人柄だった。

彼女の祖先はモリスコであり、彼女はライネスの晩年に年齢差にもかかわらず結婚した。そして彼女は、死ぬまでセルバンテスと緊密な関係を保ちつづけた。エスキビアス出身のホアナは、夫の死後すぐにその地へ立ち帰った。しかし孤独な生活をつづけたわけではない。ブルゴスの商人の若い息子、二二歳になったばかりのディエゴ・デ・オンダーロが彼女を慰めるためにしばしば彼女の許を訪れていた。六月一二日にホアナ・ガイタンはこの青年と再婚した。われわれはこの結婚契約書を所有している。この文書にはディエゴの資産（エスクード金貨）についてはほとんど記載されていないが、彼女の前夫、亡き詩人の財産は詳細に記述されている。この遺産の運用は未亡人の裁量にまかせられた。そこにはまた一二万マラベディス銅貨に価する抒情詩集『詩歌選』(Concionero) と、韻文と散文の詩集があり、その表題は——なんという運命の皮肉であろう——『愛の幻想と幻滅』(Ilusiones y desilusiones del amor) というのである。

セルバンテスは、ブラス・デ・ロブレスとの商談に成功したので、自分の経験からホアナに利益を得させ、いろいろな忠告によって彼女を啓発するのにふさわしい立場にあった。そのうち葡萄の収穫が近づき、彼はエスキビアスに入る。彼はのちに『ペルシーレス』の序文のなかで、エスキビアスについて、「あの高名な葡萄の苗」、「あの高貴な一族」を讃えている。ラ・マンチャの境界に位置し、サグラ平原を縁取る丘の中央にあるエスキビアスは、事実、その葡萄畑を誇りにしていた。家系もかくれもない名門であった。当時の調査に登録された一七五の家族のなかで、五分の一以上の三七家族が郷士《イダルゴ》を自称し、自宅の中央扉口を各自の紋章で飾っていた。

ミゲルが親友の原稿を細心に検討したのは確かである。ホアナ・ガイタンは、九月二二日に公証人の前で弁護士オルティガ・ローサに出版社を探すことを公的に依託した。セルバンテスが副署したこの決定が実効を挙げなかったのは、おそらく、「詩がまったく不人気だった時代に」、遺作抒情詩集の出版に熱意をもたない本屋の無関心のせいであろう。しかしそれはまた、別の物語である。

エスキビアスの高貴な家族たちは、オンダーロ夫妻をどのように迎えたろうか。おそらく早すぎる再婚のまわりにただようスキャンダルの匂いからみて、さらに新婦のあやしげな出自からみて、あまり好意的には受け入れなかったろう。葡萄園の主婦たちの冷やかな態度は、サンチョの妻テレサ・パンサが彼女の村で出会うつんとすました女たちについて描く肖像によって、われわれには容易に思い浮べられる。

「あの方々は思うのさ、高貴な奥方さまだから風だって触れるはずもないし、教会に行くときにゃ、女王様ででもあるかのように尊大で高慢にふるまうんだ。おまけに百姓の女房を眼にすると、まるで汚されたように思いこむのさ。」

しかし、疑わしい状況のなかで再婚したとはいえ、ホアナ・ガイタンはやはり王太子ドン・カルロスの侍従の未亡人であり、彼女の有力な知人との関係によって近所の女性たちを感嘆させずにはおかなかった。

彼女が友情で結ばれた女性たちのなかで、やがて彼女の家のごく近くに住み、やはり最近夫と死別したカタリーナ・デ・パラシオスがミゲルにとってひときわ目立つ存在になった。カタリーナはこの美しいモリスコのような仕草や気質はもってはいなかったが、家庭の不幸の一致が二人の親密さを深めた。これとは別に、ホアナを悩ませていた気掛りが十分以上に寡婦暮しの時間をみたしていた。それは主として、葡萄畑とオリーヴ林からなる遺産の管理であり、それに加えてトレドや近辺の二、三軒の持ち家の維持であった。多額の信財を残して亡くなった夫エルナンド・デ・サラサール・ボスメディアーノの相続財産の——控え目に言っても複雑な——決算の仕事もあった。彼女の未青年の二人の息子、フランシスコとフェルナンドは、エスキビアスの司祭であった伯父ホアン・デ・パラシオスの保護の下に養育されていて、いずれ自分たちも修道会に入ることになっているかれらの未来への不安もあった。加えて彼女の一人娘カタリーナ・デ・サラサールの教育の件があり、この娘は一五六五年一一月に生まれ、まだ二〇歳の春を迎えていなかった。

この喪服に包まれた若い娘は、まもなくミゲルの関心をひき、やがて彼の正妻になる。彼はこのような出会いを予期していたであろうか。彼は自分の敬虔な義務を果す決意をしていて、仕事から気をそらすつもりはなかった。しかしのちに彼は、『模範小説集』のなかで打ち明けている、「人間はどんな重要な仕事であれ、それにつねに集中しているわけにはいかない。苦悩する精神が休息する骨休めの時間というものがある。」従って、カタリーナとの出会いはこの骨休めの時間の一つなのであった。それは路上で、教会で、あるいはエスキビアスのどこかで起ったのであろうか。それは偶然の成果であったろうか、それともホアナ・ガイタンが仲介役を演じたのであろうか。それは誰にもわからない。いずれにせよ、セルバンテスはあまりためらうこともなく一歩を踏み出し、結婚を申し込んだ。彼がエスキビアスに着いてから二カ月後、一五八四年一二月一二日に、サンタ・マリア・デ・ラ・アスンシヨン教会において、ホアン・デ・パラシオス司祭は三人の証人の前での新郎新婦の誓いの言葉を聞いたのである。

われわれは、エスキビアス地区文献収納所に保管されている書類の簡潔さにいささか失望を感じる。当日の主人公たち、とりわけ若い花嫁についてもう少し詳しく述べられていたらどんなにありがたかったろう。彼女はガラテーアのように金髪であったろうか。それとも、大いにありうることだが、ラ・サグラの娘たちのようにくすんだ顔色で黒い髪であったろうか。ミゲルの素早い決心を促した（とわれわれは希望するのだが）彼女の魅力について、われわれはなにも知らない。入手できた情報は、本質的には、彼女の先祖と彼女の年齢に関するものである。さらに、この情報によれば、彼女は読み書きができたし、その血統のなかにいささかユダヤ人の血をもっていたらしい。

われわれがなお明らかにしなければならないのは、セルバンテスにこれほど早くこの若い女性と運命をともにする決意を促した動機である。三七歳をすぎていた彼は、娘の二倍近い年齢であった。ロマネスクな人びとは好んで一目惚れだと言いたがる。たとえかれらが、年譜が禁じるように、カタリーナを牧人小説『ガラテーア』のヒロインのモデルに仕立てることは断念したにしても、である。思い出そう、あの牧人小説は、秘跡による結婚の承諾の三カ月もあとに印刷され、出版されようとしていたのである。シニカルな人びとは、それほど情熱的ではない動機をみつけようとして、ミゲルが打算的結婚を望んだのではないか、と疑う。というのは、彼が彼女の遺産の限界と亡くなった義父の残した大きな借財を発見するのは、結婚したあとだったからである。

この両極端の説の中間に、青春の幻想から醒め、文学的ボヘミアン生活からの脱却を望み、それだけいっそう家庭生活を受け入れようという気分になっている一人の男をみてとる人びともいる。偶然の状況が彼に、それと自覚せずに憧れていた安らぎの港をエスキビアスでみつけたと思いこませた。たしかに、この思いこみを支持する多くの理由がある。マドリードとアナ・フランカからの隔たり、ホアナ・ガイタンの心からの歓迎、死別した友人の思い出、近隣の親切なサラサール一族、九月の金色に輝く日々の甘美さ、オムビダーレスの泉の牧歌的な魅力、エスキビアスを見下す樫の林、カスティーリャの大きな町の葡萄収穫期ののどかな暮し。さらに、美に対して敏感な芸術家の決意のなかに、まだ内気ではあるが、すでに「あらゆる感覚を陶酔させ」、ミゲルに「彼の欲望の幸福な解決」をあたえることのできる一人の娘の魅力が、少なくとも一部は混っていたことを希望しよう。カタリーナについては、なにが彼女を魅惑したか、知りたいものである。レパントの戦士の栄光、アルジェの捕虜としての苦難、マドリードの詩人としての名声であろうか。おそらくより単純に、「あの男の為すことすべてに優雅さがそなわっている」と同僚たちが語りあった男のなめらかな額、生き生きした眼、いまだにブロンドであるひげに惹きつけられたのであろう。少なくとも一つだけ確実なことがある。一二月のある朝の涼気のなかで、彼女が苦楽をわかち合う承諾を彼にあたえたことである。

エスキビアスで生きる

エスキビアスを訪れる人は、いまでもかつてサラサール家のものであった家を見ることができる。それは教会のすぐそばの広くいかめしい館で、大きな中央扉、格子で飾られた窓、木製バルコニーを支える円柱のあるパティオを具え、酒蔵と毎年オリーヴ・オイルとワインを収納する貯蔵庫もある。

一五八五年初頭にセルバンテスが居を構えたのはここであり、ここで家庭の幸福を味わい、また、妻の財産を管理しようとした。彼はそれを新しい家族の祝福を受けて行ったのであろうか。蒼惶《そうこう》としてとは言わないとしても、きわめて地味に祝われた結婚式を指摘し、さらにミゲルが約束の持参金を手にするまでに一八カ月を要したという事実から、人びとはこの問いに疑いを挿《さしはさ》む。これらの主張は説得力に欠けていて、ただちに肯定することはできない。カタリーナが結婚したとき、彼女はまだ亡父の喪に服していたので、彼女の披露宴に望ましい華やかさをあたえることができなかった。ミゲルの方では老齢の両親をかかえていた。エスキビアスへ赴きたいという両親の心情がどれほど強かったとしても、かれらは長旅の疲労にたえられる状態ではなかった。カタリーナの家族の持参金支払いが遅れたのは、セルバンテスに、保証金として供託義務があった数百ドゥカードの支払いが遅れたことから起ったことである。結局、カタリーナ・デ・パラシオスが突然気難しい姑に変身し、教養のある伯父の司祭が姪の夫の天職に無関心であったことを証明するものはなにひとつないのである。

「村と宮廷」(マドリード市)の活気ある生活との断絶はたしかに唐突である。当時マドリードにはさまざまな噂が流れていた。スペインとイギリスの間で緊張がしだいに高まっていた。エリザベス女王が異端の同志、つまりオランダの反抗を支援していたからである。アンダルシアの海岸へのイギリスの海将フランシス・ドレイク艦隊の急襲は人びとの恐怖を煽り、両国間の関係を悪化させた。フェリーペ二世の関心はしだいに大西洋に集中し、彼自身の政策を妨害している敵との決着をつける気になり始めていた。人びとは執拗にある計画について噂し始めていた。それは、三年前アソーレスの勝利者ドン・アルバロ・デ・バサン提督が王に提案し、いまふたたび話題になっている計画、すなわち、イギリス諸島の奥まで大規模な海軍を遠征させて、処女の女王を屈伏させる、というものである。

首都の巷にはもう一つの噂が流れていた。それは二三年にわたる工事の末に、ついに完成したエル・エスコリアルへ、近日中に宮廷を移転させるという噂である。マドリード市民はその出発費用の負担を怖れていた。しかしかれらのなかで「リーダー格」の人びとは、国王の非のうちどころのない品行や彼の厳格な態度を認めて、王をマドリードにひきとめようとはつとめなかった。モラリストたちは、安易な浪費と極端な贅沢の傲慢な勝利を競って告発した。かれらは外国人の旅行者を驚かせるほどの放縦を激しく非難した。一五八五年一二月に禁止令が公布されたが、その禁止事項は雑然としている――冒瀆的言辞、夜ロの喧騒、死の危険がある決闘、トランプ賭博、食糧への投機、娼婦の商売促進の企みなどである。これらの苛酷な措置は一年たらず後までに補足され、拡大されたが、期待したほどの効果はなかったようである。

この喧騒に対して、カスティーリャの冬の厳しさのせいでいっそう強く感じられるエスキビアスの静けさは、ミゲルに惑星が変ったような印象をあたえたにちがいない。若い妻との生活、サラサール一族といっしょに暖炉の片隅で過ごす夜ふかし、ホアナ・ガイタンとの親密な隣人関係などは、オリーヴと葡萄の手入れや、ミゲルが会ったことのない義父の事業を片付けたあとで、彼に残された余暇を充たすのに十分であったろうか。もちろん葡萄地主のイダルゴたちとの語らいはあった。かれらの多くが皇帝と「慎重王」の軍隊に勤務したことがあった。きっとレパントの戦士を共感をもって迎えたであろう。しかしもしあなたがセルバンテスという名で、軽いどもりというだけでここでの交際に必要な弁説の才に欠け、資質の最良の部分をペンに託したいと願っているとき、たとえ有名なワインを手にしていたとしても、ドン・ホアン閣下、「マルケサ」号の甲板での負傷、ラ・ゴレータの放棄やアルジェの苦難を思い出すことに倦むであろう。そのときにはもはやテレサ・パンサをまねて、日常のささやかな事件を論評するしかないであろう。ベルーエカの娘と顔色の悪い画家の結婚、その画家はいまや絵筆を捨ててつるはしを取り、「貴族らしく」畠に出かけて行くという。司祭になることを願い、聖職についたペドロ・ローボの息子の幻滅――ミンゴ・シルバートの娘が妊娠して、ペドロの子だと主張し、提訴を決めた。兵の一隊がこの町を通り、途中で三人の娘をさらっていった話。「今年はオリーヴがみのらなかったし、村中で一滴のワイン・ヴィネガーもみつけられない」ために、週ごとに増大するひそかな不安、たしかにエスキビアスは、やがてドン・キホーテとサンチョが出発するラ・マンチャの小村よりもいささか富裕であったが、やがてセルバンテスはエスキビアスの町の名に言及したがらなくなる。しかしいくらかの例外はあっても、生活はラ・マンチャの暮しとあまり違わない。セルバンテスは、人里離れた小村のゴシップを語るとき、テレサ・パンサの口をかりて楽しみながら、一瞬、エスキビアスの町を思い出したにちがいない。

肝心なことを忘れないようにしよう。エスキビアスの新しい客は、彼の本来の境遇（村と宮廷）と絶縁したわけではなかった。一五八五年二月、結婚の二カ月足らず後に、彼は友人のパディーリャの『精神の庭』のなかにカスティーリャの高名な詩人たちの一人として自分が讃えられているのを見出した。三月五日、彼は、作家《アウトール》兼マネージャーのガスパル・デ・ポーレスとともに、われわれが上述した契約書に署名する。数日後、『ガラテーア』がアルカラ出版社から発行される。結論は明らかである。ミゲルは職業的理由から、エスキビアスとマドリードとを隔てる一二里をしばしば走行した。それに家族内の理由もあった。おそらく彼は新年から、カタリーナを自分の家族に引き合わせるために、彼女を首都に伴ったのであろう。そして春がすぎた六月三日、七五歳余の彼の父の死のためにふたたびマドリードを訪れたであろう。生来の病弱と重なる失意にもかかわらず、元外科医はかなりの長寿を全うすることができた。われわれは六月八日に臨終の床で口述された彼の遺言書をもっているが、それによれば、父は遺言執行人として妻と嫁の母親を指定している。この信頼の証しは、不幸なロドリーゴがほとんどなにも遺贈するものをもっていなかっただけに、いっそう感動的である。少なくとも彼は、昂然と顔を上げて、すべての借金を清算したと断言することができたろう。これらの借金がどれほど彼の生涯にわたって重くのしかかっていたかを知っているわれわれには、この誇り高い声明の価値の大きさを測ることができる。

われわれは八月一日に、ミゲルが再度マドリードに滞在した痕跡を保存している。この滞在中に彼は約束手形の証人として署名を残している。債権者はイネス・オソリオといい、有名な役者ヘロニモ・ベラスケスの妻であり、その娘のエレーナは当時ロペ・デ・ベーガの愛人であった。人びとはこの事実から、ロペとセルバンテスの親交の結論を引き出した。しかしこれは誠意にみちた関係と呼ぶ方がよかったであろう。『ガラテーア』の作者は『カリーオペの歌』に記載された詩人たちのなかで、当時二〇歳になったばかりの若い天才の名を挙げている。彼はロペにはほとんど父親のような賛歌を献げ、その幸先のよいデビューに心からの敬意を表している。二年後ロペは、たがいに中傷的な誹謗文書を交わした末に、エレーナと別れる。この文書のために彼は世評をさわがせたという告発を受けて、バレンシアに追放された。そのころセルバンテスはふたたび放浪生活を始めている。両者の道は一〇年後まで交差することがない。

マドリードへの旅を諦めることなしに、ミゲルは少しずつ移動範囲を拡大して行く。彼はしばしばトレドに現れるが、そこには、上述したように、サラサール家が資産をもっており、彼はのちにトレドをいくつかの小説の舞台にする。「血筋の力」のなかでは、人びとがタホ川の岸辺で味わうことのできる歓びを感動的な数行で描き、トレド市民の陽気な性格を心から讃えている。また少なくとも二度にわたって、より南のグアダルキビール川の岸辺に立つ彼を見出すことができる。一五八五年一二月二日、彼のセビーリャ通行が記録されている。ここで彼は、友人であり元役者であったトマース・グティエレスの宿に泊ったらしい。トマースは演劇界隠退のあと、大聖堂に近いバジョーナ通りに高級ペンションを構えていた。セルバンテスはこの地で、ホアナ・ガイタンの若い夫ディエゴ・デ・オンダーロに代わって、謎めいた取引を行ったらしい。われわれの手許には、彼が署名した債務書があるが、そのなかで彼は、ゴメス・デ・カリオン某が、「彼の要求と懇願により、かつ彼を喜ばせ、彼に役立つために」彼に貸す二〇万マラベディスの全額は六カ月後に返済される、と断言している。ほかに二つの資料があるが、その一つである一枚の為替手形は、彼がかなりの金額を扱っていたことを示している。この件は妻ホアナから夫のオンダーロにあたえられた代行権限が暗示するように、例の歌曲集を印刷するための資金集めだったのであろうか。それとも、アストラナ・マリーンが推測するように、ミゲルは縁切りの代償として、アナ・フランカ・デ・ローハスにいくらかの慰謝料を支払うことに同意したのであろうか。それはわからない。クリスマスに彼はエスキビアスに帰るが、それは彼の結婚によって甥になったゴンサロ・デ・グスマン・サラサールとトレドのサント・トメー神父の姪との結婚式に参列するためであった。この神父は、一年前にエル・グレコに『オルガス伯爵の埋葬』を発注し、彼自身、祭式執行者として絵の中央に描かれている。想像力の旺盛なアストラナ・マリーンは、セルバンテスがこの画家のためにポーズをとったのではないか、グレコは埋葬式に参列している貴族の一人にセルバンテスの顔をあたえたのではないか、と考えた。もしそれが事実だとすれば、われわれは『ドン・キホーテ』の作者の唯一の真の肖像画をグレコに負うことになるであろう!

一五八六年六月、セルバンテスはふたたびセビーリャに現れ、相変らず同じパートナーたちとのビジネスを行っている。彼の取引の成果がどうであろうと、彼がアンダルシア滞在を長びかせたとは思えない。というのは、八月九日に彼はエスキビアスで合法的にカタリーナの持参金を受け取りに行っているからである。彼の方でも約束した一〇〇ドゥカードを彼女に渡している。この機会に作成された財産目録はかなりの資産を明示しているが、それはまたかなりの嫁入道具一式と一致している。全体で四〇〇ドゥカード強と評価される財産の内容は、土地、野菜畑、オリーヴ林、葡萄畑、数羽の雌鶏と一羽の雄鶏である。「私はあまり満足できない。もっと大きな資産を望んでいた」とミゲルは『パルナッソ山への旅』で語っている。いずれにしても、姑のカタリーナ・デ・パラシオスは約束を果した上、さらに誠意をも示した。その日のうちに彼女は婿に家族の財産を管理するすべての権限をあたえたのである。この行為のなかに信頼の証拠を読みとることができる。エルナンド・デ・サラサールの未亡人は、このように振舞うことによって、しだいに夫婦の家を留守にすることが多くなるセルバンテスという男をエスキビアスにひきとめたかったのではないかと、想像されるかもしれない。それが彼女のもくろみであったとすれば、彼女の試みは失敗に終った。どのような状況においてか、はこれから見ることにしよう。

セビーリャの蜃気楼

三年足らずの共同生活のあとで、ミゲルに妻との別居生活を思い立たせた唐突な決意は、われわれには謎である。たしかに、この二八カ月間、彼の高名な一族と高名なワインへの反復する不義理の徴候は十分にあった。しかし彼のエスキビアスとの別離はマドリードへの別離でもあった。それは新しい生活を意味していた。

第一に確認できる事項は、セルバンテスが彼のアルカディアに飽きたことである。彼はオペレッタのグリソーストモのように羊飼いを演じはしなかった。事実、彼の羊飼い娘はマルセーラより優しかったが、マルセーラのように「大金持ち」ではなかった。たしかに彼女はマルセーラのように、「身内の伯父さん、司祭であり、その地方の聖職禄受領者の影響下に」あったのではあるが。彼女の家族は数軒の家屋を所有していた。しかし彼女の母が用益権をもっていたいくつかの小農地を別にして、彼女の相続遺産は多額の借財にすぎず、セルバンテスにはその返済の見込みが立たなかった。エルナンド・デ・サラサールが、彼の父ゴンサロ同様、書類作成にあたって故意に嘘をつかなかったとしても、彼は資産管理において責任能力の完全な欠如を実証したのである。彼は晩年にはひどい困窮に陥って、使用人たちへの給料も支払えなかった。彼の婿セルバンテスが多数の債権者に囲まれて、人びとからこれまで彼に贈られた重要な本を鍵をかけてしまいこむ措置をとったことを、われわれは理解できる。

地方生活の諸事件は、彼の不機嫌を十分にまぎらすことができなかった。雨天や晴天について語り、ワインの値段とオリーヴ油の相場を論じる楽しさを彼は汲みつくしてしまった。たしかに食卓の楽しみはあった。しかしその喜びも、カスティーリャの伝説化した質素の域にとどまっていた。特別の慶事――ゴンサロ・デ・サラサールの婚礼、ミゲルのセビーリャからの帰郷、その数カ月後の近所のワイン商人シモン・エルナンデスの息子の洗礼など――以外には、ふだんはドン・キホーテが慣例とするような食事であった。「羊肉よりは牛肉を余分に使ったポ＝ト＝フー、たいがいの晩は昼の残り肉に玉ねぎをきざみこんだからしあえ、土曜日には塩豚の卵あえ、金曜日にはレンズ豆、日曜日になると小鳩の一皿」。食卓が片付くと、スペインのどこでも行われているように、名門の一族の粗捜《あらさが》しをしたり誉めそやしたりする。その多くはイダルゴであり、サラサール家をはじめとして、先祖に改宗者《コンベルソ》をもつ者も含まれている。サラサール家のこの汚点はキハーダ家との姻戚関係によるものであり、キハーダ家の先祖の一人はたしかにミゲルの好奇心をそそったであろう。それは半世紀も前に死んだ聖職者で、騎士道小説の愛読者として知られていた。今日でもカタリーナの隣家であるこの人物の家を見ることができる。彼の名はアロンソ・キハーダという。われわれはやがてこの名を思い出すであろう。

あれほど長い間やりくり算段に明け暮れてきて、いまや屋根の下に安住し、寝床もあり、働きものの妻にかしずかれている男にとって、不満といっても小さなものだ、と人は言うかもしれない。しかしこういう暮しが本当の幸福であったろうか。カタリーナはたしかに献身的な妻であったと認めなければならない。彼女の夫がふたたび彼女と暮すために帰郷したとき、彼女はそれを証明できるであろう。しかしセルバンテスは、おそらくハネムーンのあとで、彼の不安とデーモンがふたたび湧き上るのを感じたであろう。ラ・マンチャの奥深くで育った娘は、いかにイダルガであり読み書きの教養があっても、この作家の焦燥とデーモンには太刀打ちできなかったであろう。その上彼女は、夫のアナ・フランカとの不倫とその愛の結晶に悩まされていたのではなかろうか。カタリーナが、身近に同様の状況を見聞きしていて、この事実を受け入れた、と考えることもできる。彼女の父方の伯父、例のゴンサロ・デ・サラサール（その不誠実さについては既述したが）には、一人の庶出の男子がいた。彼女の伯父ルイス・デ・サラサールも少し遅れて同じ道を辿った。しかし彼女がイサベル・デ・サアベドラの血統を発見するのはもっと後になって、イサベルが彼女の伯母たちといっしょにバリャドリードの家事手伝いに来たときだ、ということもありうる。

カタリーナは、彼女の放浪好きの夫を抑圧したにちがいない家庭環境の虜囚であり、母になりたいという欲望が満たされず、ほとんど生活を分ちあうことのない男に潜む渇仰に対して、早い時期から自分とは無縁なものを感じていたにちがいない。『血筋の力』のなかでロドルフォが言うように、「精神にとっては一人の女が馬鹿でも愚かでもまたは単純でもないだけで十分である。」おそらくそうである。しかし、レオカディアの誘惑者の口をかりてこう言っているのは本当にセルバンテスであろうか。彼の考えはそうではなかったと保証しよう。しかしカタリーナの方でも、エスキビアスという小世界のなかで自分の地位を維持するにはあまりにも夫に不足しているすべてに対して、対策を講じなければならなかった。幾人かの学者は、『離婚裁判官』(El juez de las divorcios) のなかの気難しいギオマールのなかにセルバンテスの分身《アルテル・エゴ》を見ようとした。彼女はやせこけた兵士である夫に彼女の失望と恨みを投げつける。

「私はその名にふさわしい男と結婚したと思っていました。でも数日後に、自分が役立たずと結婚したことを悟ったのでした(……)なぜなら夫は右も左もわからず、自分の家と家族の維持のたすけになるほんの少しのお金を作る努力もしなければ才覚もないのです。(……)彼は夜中にたえまなくあちこちに寝返りをうちます。私がどうしたのかと聞くと、彼は依頼を受けた友人のためにソネットを創作しているのだと答えるのです。そしていまや彼は詩人になる決意を固めました。まるでそれがこの世で一番悲惨な職業ではないかのように。」

このカリカチュアは幕間劇というジャンルにおける主題の制約と慣習を表わしている。しかしながら、この非のうちどころのない妻の幻滅のなかには、なにかしらわれわれの心をうつものがある。彼女は愚痴を言うために美徳の後にかくれる。たしかに『離婚裁判官』は、後の作品、詩人が決定的にマドリードに帰着したあとの作品である。しかしセルバンテスは、五〇歳を超すのを待たぬうち、彼の幸福のもろい建物に最初のひびわれを発見したのは確かである。

「愛は、とドン・キホーテは語る、人の生き方の選択においてきわめて重要な知性の眼を容易に盲目にしてしまう。そして結婚の選択においては過失をおかしやすい。良い結婚をするには手際のよさと天の特別なお恵みが必要である。長い旅を始めようとする人は、もし彼が賢明ならば、出発する前に楽しくて信頼できる道連れを選ぶだろう。それではなぜ人は、死という終点までの人生の長い道のりの伴侶を、それと同じように慎重に選ばないのだろうか。とりわけそれが寝室や食卓、いたるところで、妻が夫にするような伴侶であるときに。合法的な妻は、一度買ったあとで返品したり、変更したり、譲ったりできる商品ではない。それは生きている限り離れられない事故なのだ。その絆はいったん首に巻きつくと、ゴルディアスの結び目に変り、死の力によって断ち切られない限り、逃れることができない。」

こう叫ぶ人にとって名誉となる、美しく力強い言葉である。しかしこの高貴な原則と日常生活の平凡な現実とをどのようにして両立させられるだろうか。ミゲルの思いついた妥協策――マドリードとエスキビアスへの自己分割――は、いつまでもつづくことはできなかった。仲間の作家たち、本屋、役者たちから永続的に引き離されたセルバンテスは、よりよい関係をもつライヴァルたちに地位を奪われる危険に曝されていた。かれらはいつでもどこでも、必要なときに出現することができたのだから。ロペ・デ・ベーガのような人はすでにこの状況を完全に理解していた。

その上、実際、ミゲルは一つの危機的時期をよぎりつつあった。この時期の彼の確かな制作は全部まとめても三篇の偶成ソネット（sonnets de circonstance）にすぎない。そのなかの一篇は万能の友人マテオ・バスケスの客の一人、アロンソ・デ・バーロスに献げられている。一五八七年に公表されたそれら三篇はおそらくその少し前に作られたものである。それに、彼が『ガラテーア』をついに完成できなかったことは、欠乏に満ちた状況の証拠である――霊感の停滞と言うこともできるこの状況の起源はおそらくこの時期にさかのぼるであろう。首都の常設劇場《コラーレス》については、役者たちが最初の好遇を彼に追認したかどうか考えてみる余地がある。実際、セルバンテスがポーレスとの契約を十分に履行したかどうかわからない。それは彼が発明した方式がもはや観衆に受けなくなっていたのか、そして大衆からもっと歓迎されるより若い一人のライヴァルが脚光を浴びたためかもしれない。いずれにしても、彼はその先陣の将の一人と自認していたこの文学の共和国から二〇年間隠退しようとしていた。「私には専念すべき他の用事があった。そこで私はペンと芝居を放棄した。」晩年にセルバンテスは、こういう暗示的な表現によって、好んで選んだわけではなかった決意を回想している。

彼自身にとっても彼の家族にとっても、正当化できる口実とは言わないにしても、チャンスが残っていた、それは彼の逃走と呼ばれるべきものである。彼のセビーリャでの商取引、大聖堂の風見ラ・ヒラルダ〔塔の上にあり勝利の女神を飾っている〕のすぐそばでのトマース・グティエレスとの再会は、エスキビアスへの隷属から解放された生活のなんらかの予兆を感じさせたにちがいない。この再会は彼に、彼の自立の意欲によりふさわしい仕事をほのかに夢想させ、その夢想はミゲルが女房の家に寄食しているという感情に悩んでいただけにいっそう鮮明なものになったであろう。おそらく彼は、グティエレスから、三年前からアルバロ・デ・バサンが要請していたイギリスへの海軍遠征の決定を知ったらしい。一五八七年二月一八日に執行されたメアリ・ステュアートの処刑によって激怒にかられたフェリーペ二世は、艦隊派遣計画の実行を決意した。四月の初旬に参議官アントニオ・デ・ゲバラが派遣軍総司令官に任じられた。彼はこの大任の準備にとりかかったが、とりわけ小麦と油の調達を重視し、副官のディエゴ・デ・バルディビアに調達司令部をセビーリャに設置するように命じた。バルディビアがその使命を完全に果し、全アンダルシアにおいて必要な物資徴発を執行するためには、大勢の部下が必要であった。この任務を志願した人びとのなかに、ほかならぬセルバンテスがいた。

ミゲルは九月にセビーリャでこの任務を引き受けた。しかしその五ヵ月前、五月初旬から、彼はグアダルキビール川のほとりに来ていた。彼のこの出発の状況についてはいくつかの手掛りがある。四月二五日、トレド市は、町の守護聖女レオカディア聖遺物のフランドル地方からの転入を盛大に祝った。国王みずから臨席してこの祝典に華を添えた。その二、三日前、一行はエスキビアスに宿営した。セルバンテスはこの一行に参加したのであろうか。彼が幾人かの友人たちとこの祭典に参加したことはあらゆる事実が暗示しているし、この祭典のエコーは『ペルシーレス』のなかに響いている。四月二八日、彼はトレドにおいて、公証人アンブロジオ・メクシーアの前で、すべての権限をカタリーナに移譲するという委任状に署名した。彼は、その書類を妻の手に渡すのに、ふたたびエスキビアスに立ち寄ることはせずに、妻の甥であり彼の副証人であるガスパル・デ・グスマンを介して、妻の手許に届けさせたらしい。翌日、カディス湾は、「西欧のもっとも偉大な海賊」キャプテン・ドレイクのめざましい急襲の舞台になる。同じ日に、ミゲルはラ・マンチャへの道を辿っていた。彼は、シュウダ・レアル、アルガマシーリャ、アルモドバル、アルクディアなどを、一日八—九時間の割で駆けまわっていたが、これらの領域はのちにドン・キホーテが不滅のものにするであろう。一〇日後に、彼はふたたびトマース・グティエレスの客になった。この出発はたしかに、カタリーナや、貴重なワイン、高貴な家族への決定的な訣別ではない。それでも一つの逃避のようにみえる。いずれにせよこれは、今後一五年近くつづく放浪の刻印をおびた、彼の人生における新しい段階の開始である。

第四章　アンダルシアの迷路　一五八七―一六〇一

いかなる動物も詩人を軽いと思うだろう。なぜなら詩人は荷物を持っていないから。

『パルナッソ山への旅』I

最初の任務

六月初旬、土用の猛暑がアンダルシアに襲いかかる前にセビーリャに着いたセルバンテスは、おそらく青春時代のはるかな日々を追憶したであろう。彼はとりわけ、先ごろホアナ・ガイタンの用件を果して以来彼が親しんでいた町との再会を楽しんだであろう。彼がただちに大聖堂を中心とする区域をたずねたことは疑いない。そこでは、われわれの知るところでは、彼の友人トマース・グティエレスがバジョーナ通りに、旅行中の貴族たちに高く評価されている豪華なペンションを所有していた。グティエレスは彼の客のなかに、そこいらの宿屋の居心地の悪さを逃れてきた「大公、公爵、伯爵その他の貴族たち」がいるのを誇りにしていた。学者たちがしばしば主張するように、彼はエスキビアスからの逃避者を歓迎したろうか。とにかく彼は、もしセルバンテスが来たとすれば、この詩人が住居をみつけるまで、よろこんで自分のペンションに泊めたにちがいない。彼がセルバンテスをゲバラ参議官の副官ディエゴ・デ・バルディビアに紹介したこともきわめてありそうなことである。そしてバルディビアは彼のために、それなしではミゲルの希望する職につけなかったはずの、保証人になったであろう。

やむをえず無為に過ごした三カ月の後で、一五八七年九月一八日、国王のガレー船の新任補給担当官セルバンテスはグアダルキビールの川岸を離れた。彼は五年間にわたって、彼の全エネルギーを必要とし、彼から時間の大半を奪うことになる巡歴の最初の仕事にとりかかった。彼はまずエシーハへ赴くが、この町は絵のように美しく、繁栄していて、ローマ時代の過去とモーロ人の遺跡で有名だが、とりわけゴチック様式の諸教会や上流貴族たちが建てた初期ルネサンスの銀細工様式の館を誇りにしていた。セビーリャから二〇里あまり離れたところに位置し、コルドバにまで広がる麦畠の中心であるこの町は、食糧徴発官にしてみれば、補償金の約束とひきかえに艦隊用の小麦を調達するために、ぜひ足をとどめるべき最初の宿駅であった。理論的には、徴発担当官は必要な押収を行う全権をあたえられていた。しかし実際には、この仕事の手数料は公認の路銀にしかならなかった。一日あたり一二レアルである。この金額はたしかに少額すぎるが、新米担当官にはそれ以上を要求できなかった。他方、ヴェテラン徴発官はその三倍の金額をあたえられていたのである。結局、この支給金は彼の日常経費をまかなうにとどまり、彼の本来の俸給は、任務終了時に延滞金としてあたえられたのであった。農民の方でも、先取りされた麦の代金が倉庫に収納されるまでは支払われず、大抵の場合、数カ月間待たされることになった。これらすべてが勘定を混乱させ、この世で最高の善意の人セルバンテスはこの紛争のなかで途方にくれてしまうのである。

それでもエシーハに着いたとき、セルバンテスは少なくとも当地の王室代理官《コレヒドール》モスケラ・デ・フィゲロアに歓待されるという歓びを味わった。この人物は優れた詩人で、セルバンテスは彼に対して深い尊敬の念を抱いていて、以前『カリーオペの歌』のなかでこの詩人の才能を讃えたことがある。モスケラはこの町の有力者たちへの貴重な仲介の労をとったにちがいない。しかし不運なことに、モスケラは任期が満了して、まもなくこの町を去ることになった。そこでミゲルは、一〇月初めから、きわめて冷淡な有力者たちと一人で交渉しなければならなくなった。かれらは当時アンダルシアを悩ましていた食糧危機をさらに深刻にした収穫の減退の犠牲者であった。その上、かれらは前回の徴発の支払いをまだ受け取っていなかっただけに、いっそう麦の供出をしぶったのである。一週間実りのない論争の末、農民たちは彼の頭越しに、直接彼の上司バルディビアに請願することを決めた。バルゴディアがかれらの猶予期間要請をあっさりと却下したので、セルバンテスはもはや命令通りに徴発を執行し、数人の聖職禄を受けている司教座聖堂参事会員を含む豊かな大地主《テラテニエンテス》たちの穀物倉でみつけた麦を没収する以外に方法がなかった。この作業は危険であり、その反応はすぐに現れた。セビーリャの司教総代理によってこの徴発担当官の破門が宣告されたのである。

一九世紀において、この事件は、『ドン・キホーテ』の作者のなかに自由思想の先駆者を見出していたすべての人びとの心に強い印象をあたえた――かれらは、彼のアンダルシアにおける災難のなかに、反啓蒙主義との闘争によって強化されたであろう反逆的精神を見出して感動したのである。しかし、事実をその正当な関係に引き戻すことが必要である。一六世紀のスペインにおいては、破門は、周期的に教会と市民勢力とを対立させた紛争のなかで、「教会」が利用できた唯一の武器であった。カール五世とフェリーペ二世が、ともに二度にわたって破門を体験したことを忘れないでおこう。セルバンテスの失意は、その苦衷を憂い顔の騎士のなかば嘲笑的な考察に加味している。それは彼が、夜の闇のなかで超自然的な亡霊と思いこんだ不幸な司祭の足を折ったのに気づいたときのことである。

「そなたもよく心得ていよう、サンチョよ、」と彼は従士に語った。「身どもはさる聖なるものに荒々しく手をかけたからには、破門されるということは覚悟している。さりながら、実を申せば、身どもが触れたのは両手ではなく、この槍なのじゃ。それに司祭さまたちや「教会」のあれこれのものに危害を加えるなどとは思いもしなかった。身どもは忠実なキリスト教徒としてそれらを尊敬し崇めているのだからな。ただし冥界の亡霊や幽霊についてはその反対の気持ちなのじゃ。」

（前篇一九章）

ドン・キホーテの信仰心は否定しがたい。しかし彼の創作者の悪意もやはり否定できない。たとえその悪意が教会の機構に、というよりもむしろその構成員の幾人かの風習と宗教的実践《プラティク》へ向けられたものであるとしても。従って、ドゥルシネーアを訪ねる主人と従士が眠り込んでいるエル・トボーソ村に足を踏み入れて、不意に一つの高い塔に直面したとき、この二人の交わす有名な科白《せりふ》のなかにスペイン的な反聖職者主義がみごとに表現されたのをみても、われわれは驚かないであろう。

「サンチョよ、われわれが突き当ったのは教会堂じゃ」
「わかってまさ。わしらのお墓にぶつからなくって仕合せでさ。……」

（後篇九章）

完全に無心であるには含みの多すぎる対話である。それはエル・トボーソへの途上で、ドン・キホーテとサンチョがエシーハを経る回り道をしたことを考えさせる。

部下の遭遇した苦境を知ったバルディビアは、一一月初旬にみずから現地に赴いた。彼は法的権威をもって妥協をはかり、予定していた麦の一部を取り戻すのに成功した。セルバンテスはそのとき彼に同行して、コルドバの耕地《カンピーニャ》の大きな市場町ラ・ランブラへ行った。ラ・ランブラで彼はきわめて冷淡に迎えられた。実は八年前、ラ・ランブラは不誠実な徴発官によって略奪の憂目を見て、約束の補償金はいまだに支払われていなかったのである。そのため徴発の予告はきわめて不快に受け取られ、上司がその後すぐ新しい任務で旅立ったので、一人残されたミゲルは強硬手段に訴えざるをえなかった。反抗分子を逮捕して投獄刑を宣告したのである。この刑はバルディビアが帰村したとき確認されたうえ加重された。要するに、高圧的な手段の恒例的実行であり、この手段なしでは命令は反古《ほご》と化していたであろう。

一二月には、セルバンテスが新たな押収を執行するために、アンダルシアの真の穀物倉庫である地方を奔走している姿がみられる。カストロ・デル・リオで、彼は強硬な一人の信者を投獄し、二度目の破門を、こんどはコルドバの司教総代理から宣告された。オスーナ公爵のムデハル様式〔イスラム様式〕の城館が支配するエスペーホ地方において。そしてセッサ公爵の所領地カブラにおいて（ここの代官は長い間外科医の兄アンドレス・デ・セルバンテスであった）。カブラでミゲルは、当時二三歳のいとこロドリーゴと出会ったが、この青年はしばらくミゲルの仕事を手伝った。クリスマスが近づくころ、ミゲルは往きに辿った道を逆に折り返してセビーリャにもどった。セビーリャでは失望が彼を待っていた。マドリード市当局が約束した手当てをまだ振り込んでいなかったのである。そのため彼は、誠実かつ忠実な奉仕の報酬としてあたえられるはずの一三〇〇マラベディスを手にすることができなかった。その慰めとして、彼はバルディビアの賛辞を受け取り、ビリャ・イ・コルテ（マドリード市）の最新のニュースを漁《あさ》ることでその落胆をまぎらわせた。彼の母ドニャ・レオノールは、寡婦《やもめ》になったにもかかわらず、やっと貧窮から脱け出したらしい。アナ・フランカもまた一〇月から寡婦になり、その後フランコス通りで一人で居酒屋を経営し、その余暇を二人の娘の養育にささげていた。大衆の関心は、このつつましい二人の女性の運命とは無縁で、ロペ・デ・ベーガの突飛な行動へ向っていた。女優エレーナ・オソリオの愛人は恋人と別れ、若い人妻エレーナとその家族について辛辣な中傷詩篇が出回るにまかせていた。

エレーナの父、劇団の座長ヘロニモ・ベラスケスは、エレーナの新しいパトロン、富裕な実業家ペレーノ・デ・グランベレ同様に噂の的になった。これらの不名誉な道化役は、明らかにクロニカの恰好の話題になった。ある人びとは一時、セルバンテスがかれらについての中傷文を書いたのではないかと疑いさえした。ロペは一五八七年一二月二九日に名誉毀損の咎で逮捕された。大評判になった裁判の終りに、誹謗文書の筆者であるとして有罪判決が下り、八年間首都から追放された。彼は無敵艦隊アルマダの一艘に乗船したいと執拗に要求して、その目的でリスボンに赴いた。彼は実際に遠征に参加したのであろうか。それについてはいまだに検証がつづいている。ただ一つ確かなことは、彼が実際は追放の歳月をバレンシアで過ごし、そこで黄金の世紀の演劇コメディアを創りあげたことである。

ところで無敵艦隊、尊大なイギリス艦隊を殲滅《せんめつ》するはずの、そしてアンダルシアの奥地でミゲルがその出航準備に奔走していた、あの艦隊はどうなったのであろう。王の企図とその実現との間の隔たりは、実は相当に大きかった。厖大な艦隊を構成する戦艦はリスボンに集結したが、出航準備の完了にはほど遠い状態にあった。火器装備、食糧補給、兵士と船員の徴募などはスペイン経済への重荷になっていた。戦争の予算は七〇〇万ドゥカードを超えた。一月一五日に予定されていた艤装は二月一五日まで先延ばしされなければならなかった。いたるところで即興詩が作られていた。輜重《しちょう》総官アントニオ・デ・ゲバラがセビーリャに到着し、ミゲルが任務を遂行した遣り方に満足の意を表明した。しかしその表明には一マラベディの支給も添えられていなかった。その代わり総官は彼に、一月二二日、新しい任務をあたえたが、それはちょうど、フェリーペ二世が混乱を終熄させるために、フエンテス伯爵に出航準備への協調を委任したときであった。この委任は戦争計画の主唱者の自尊心への配慮に欠けていた。国王の決定に深く傷ついたアルバロ・デ・バサンは、王から遠征軍の指揮を命じられはしたが、二月九日に卒中で死んだ。レパントの最後の提督「戦争の雷神」バサンとともに消滅した。セルバンテスはのちに、「棺を覆いて《ポスト・モルテム》」という一篇のソネットを彼に献げることになる。バサンの代わりに王は自分の親戚の一人、毎年アンダルシアのまぐろ漁から得る利益のために「まぐろ公爵」という渾名で呼ばれている大富豪メディナシドニア公爵を司令官に任命した。立派な行政官ではあったが、メディナシドニアは海軍の経験が皆無であった。自分の無能を理由に、彼は命じられた名誉を辞退するようにつとめた。しかしそれは聞き入れられず、フェリーペ二世はあくまでも彼にその大任をおしつけた。無敵艦隊のオデュッセイア、そしてミゲルの冒険譚もまさに始まろうとしていた。

新しい幻滅

セルバンテスはふたたび遍歴を始めた。一五八八年一月から、彼はエシーハとその近郊の間で時間をふり分け、この田園地帯の中心を縦横に駆けめぐった。偉大な歴史の裏で一見つつましい暮しを送りながら、セルバンテスは大量の観察と経験を蓄積し、それらはのちに『模範小説集』や『ドン・キホーテ』のなかで溶解して一体をなすことになるであろう。彼は今回は農民からオリーヴ油を調達していた。彼はしだいに農民の反応への理解を深め、ときにはかれらの下心まで見抜くことができた。百姓たちとの接触によって、農民階層についての貴重な知識を獲得した彼は、のちに騎士とその従士の冒険の大部分においてこの社会を描くことになる。いまわれわれは『ガラテーア』の羊飼いたちやかれらのみやびな作法、その繊細な感情からはるか遠くにいる。セルバンテスは苦い体験の代償として、ドン・キホーテのように、「自分がそうすることが不利であると気付かない限り、約束を守る奴なんていない」ということを確認した。彼は、どこよりもアンダルシアにおいて、より苛酷な緊張と衝突を体験した。それは、アンダルシアの地主貴族がその家臣たちにほとんど封建的な権力を行使していて、家臣はたえず貴族の資産を維持管理することに気を配らなければならなかったからである。こういう状況のなかで、なぜセルバンテスが、へまをしないようにいかに気づかい、妥協し、請求を半減したりしなければならなかったかを、われわれは理解できる。エシーハの豊かな農民たちは、この点で彼に感謝していて、機会がくれば、国庫がかれらに課す税金を収納する仕事をセルバンテスに託した。それは信頼の立派な証拠であるが、同時にそこには、彼をきわめていかがわしい立場に追い込むもくろみも含まれていた。

春先にセビーリャに帰ると、セルバンテスは五月一日に彼の義母が亡くなったことを知らされた。やがて彼は、カタリーナ・デ・パラシオスが彼女の子孫に遺産の独占的な特権——八万マラベディス——を渡すように処置し、他方、彼女の婿には、自分の負債——二〇万マラベディス——の清算と、遺産相続の管理を委ねた。明らかに彼女は婿ミゲルがエスキビアスからあわただしく出発したことを赦していなかったのである。ミゲルはおそらくこの報せをそれほど深い失望をもって受け取りはしなかったろう。より直接的な別の関心を抱えていたからである。彼が当然受け取るべき一〇カ月分の俸給のうち、この日、一カ月分しかあたえられなかったのである。彼が在庫品を徴発した農民に関しては、約束した報償金をかれらに支払うどころではなかったので、彼の負債は一二万マラベディスに達した。唯一の解決策は、調達の再開であり、彼はゲバラから三度目の任務を受けて、六月一二日に出立した。この日、無敵艦隊はやっとリスボンから出港した。三月二〇日に、ついで五月二〇日に延期され、本当の出港が行われたのは六月一〇日であった。一三〇隻の戦艦、三万人の乗員、つまり兵士と水夫たちである。それは威風堂々と北進する艦隊ではあったが、予定していた食糧には不足し、その呼称に価いし、かつ成功を約束するには装備が十分ではなかった。帆をいっぱいに張った艦隊は、その事実を知らずに、不運に向って進んで行った。そしてセルバンテスを待つ運命も、アルマダの運命と比べて、ほぼ同じくらい悲観的なものであった。

夏に入ると、食糧徴発官セルバンテスはふたたびエシーハをその本拠地にした。ただ今回は、収穫された麦を倉庫に入れることだけではなかった。彼はその麦を挽き、それで乾パンを作らねばならなかった。彼が食糧提供者たち、彼が口先だけの約束しかできない百姓たちの冷淡さに直面したのは言うまでもない。はじめての補助金がマドリードからとどいたのは七月末であった。それと同時に、セビーリャの大司教による破門の解除が通達された。彼が遭遇したさまざまな障害からみればささやかな慰めである。彼が農民を説得しようとすればするほど、酷暑のアンダルシア——このスペインのフライパン《サルテン》の真中で、トラブルは倍増した。不幸に輪をかけて、前年徴発された麦は適切に保管されていなかった。象虫がたかって、麦は傷《いた》んで食用にならなかった。これは調達官にとって手ひどい打撃であった。以後、彼にはミゲル・デ・サンタ・マリアという助手が同行することになったが、彼はこの助手の給料が自分と同額であることを知った。彼にとっていささか腹立たしいことであったが、とりわけ助手の当座の生活費を彼が負担するように命じられてからは苦痛の種子となった。われわれの手許には、この時期に彼が支払った費用の明細書がある。この丹念な明細書は、同僚たちの慣行であったごまかしを自分に禁じた一人の男の細心な正直さを実証している。『パルナッソ山への旅』のなかで彼は誇らしげに語る、「これまで一度も、私は欺瞞、不正、嘘の道を歩んだことがなかった。」しかし彼は、数字を操作する点については、根本的な無能さをさらけ出している。彼の勘定書を検討してみると、実際、彼は自分に損になるような足し算ミスをおかしている。国庫とのトラブルの際に、この数理的無能さが確認されることになる。

セルバンテスがもっとも手強い抵抗に遭うのはエシーハにおいてである。大部分がイダルゴである豊かな農民は、予期されることながら、自分たちの権利を活用するように執拗な申し立てをした。かれらの権利を守るために全員から選出された評議員《レヒドール》ルイス・ポルトカレーロは、引き延ばし戦術に出た。強制執行採用をきらったミゲルは、ゲバラの調停を要請したが、ゲバラは農民たちに部分的な満足を表明しただけであった。この最初の成功に勇気づけられたポルトカレーロはその有利をさらに促進することをはかった。八月末にマルチェーナに出かけた調達官の不在を利用して、彼はセルバンテスを公金私消の廉《かど》で告発した。彼への告発王令が発せられたことをゲバラから告げられたセルバンテスは、エシーハに戻り、ただちに反撃に移り、表明された申し立てへの正規の反駁に力を注いだ。一人の参事が、セルバンテスが町から取り立てた小麦と大麦の量の調査にやって来た。セルバンテスはつぎのように答えた。

「私の誠実さと、私が実行し、いまも実行中の任務への忠実さに対する中傷について前述の審査が行われておりますので、私は参議閣下の労をはぶくために、私の陳述に添付したリストを提出いたします。それをご一見いただければ、私の取り立てた麦は千ファネガにも達していないことがおわかりいただけると存じます(中略)市当局にお願いしたいことは、私が住民から調達した小麦と大麦はいかほどであったかを、すべての人びとが言明できるように、公衆広場で公示していただくことでございます。」

論争の結果、二カ月後に、有力者たちはセルバンテスが「最善をつくし勤勉に」行動したことを認めざるをえなくなって、訴訟を取り下げた。

このいまわしい葛藤が激化しているちょうどそのころ、マドリードやセビーリャで、無敵艦隊についてさまざまな噂が流れ始めていた。リスボン出航に際して激しい嵐に襲われるという試練を受けた艦隊は、ラ・コルーニャに寄港せざるをえなかった。そして七月にふたたび北進を開始した。数週間後、スペイン全土が第一報に震撼した。メディナシドニアはネーデルラントの地方総督アレハンドロ・ファルネシオと合流した。ドレイク提督は殺され、イギリス艦隊は潰走した。フェリーペ二世の軍隊はイギリス海岸に上陸した、という噂である。しかし期待が長びくにつれ、これらの輝かしい戦果を確認する報せはなに一つ来なかった。喜びのあとに不安が生じた。人びとは反対の情勢を話し始めた。当時ミゲルが二つの任務の合間に創作したオードは、世論の混乱のエコーを響かせている。必要なあらゆる誇張を駆使して、詩人は噂の女神《ラ・ファーマ》に、かくも待ちわびている勝利を保証してほしいと願う。

「素早く羽ばたいてくれ、おお、敏捷な噂の女神よ、
北の厚い霧を遠ざけよ。
素早く一歩で軽々とかけつけて
暗い報せに眼を昏まされた噂を打ち消してほしい。
そしてお前の光でスペインを流れる流言が
暗くしているこの闇を吹き払え！……」

これらの詩句、出典の正当性さえ疑われている詩句の凡庸さは、セルバンテスが「別の仕事」に専念するためにペンをきっぱりと捨てていた事実を証明するのに十分であろう。それでもこの不安にみちた

呼びかけは当時王国を席巻していた混乱を反映している。

秋にやっと真実が伝えられた。七月下旬にイギリスの見える海域に達したメディナシドニアは、敵の本隊との遭遇戦に成功しなかった。よりすぐれた戦略家である敵は、いくつかの前哨戦のあと退却して、スペイン軍をパ＝ド＝カレーへ向うようにしむけた。幾隻かの火船攻撃にさらされ、スペイン艦隊とファルネシオとの連携を阻止したオランダ海軍に出口をふさがれて、無敵艦隊アルマダは、水深の深い港がないフランドル海岸にながくとどまることができなかった。さりとて引き返しもならぬメディナシドニアはさらに北進し、スコットランドを経、イギリス諸島を迂回して、スペインへ帰る決定をした。悪い季節の最初の襲来に驚き、寒さ、飢餓、疫病で多数の死者を出し、敵に後方から小刻みに攻撃されて、フェリーペ二世が夏の初めに出陣させたあのすばらしい艦隊は、相次ぐ波浪に襲われて兵員の半数を失おうとしていた。この果しない周航の果に、ばらばらになったせいぜい六〇隻の戦艦が、サンタンデールとラ・コルーニャに辿りついた。

国中が喪に服しているとき、セルバンテスは、真の惨事と思われるこの敗戦へ二度目のオードをささげた。かくも壮麗であった出陣、そして人びとが期待していた偉大な成果について。今回彼が呼びかけ、激励しようとするのは彼の祖国に向ってである。

「おお、スペイン、われらの母よ、
そなたの子らがその苦悩にみちた海を
後にして祖国に帰還したことを
不幸とは思わないでほしい、

かれらを薙倒《なぎたお》したのは敵の手ではなく、
抗いがたい突風だったのだから……」

王自身は側近たちの前で、神がスペイン軍を敗北させ給うたことに激怒した。一九世紀の歴史家たちは、むしろ提督の無能を問題視した。今日では、メディナシドニアは、噂されたほど無能ではなかったことが明らかになっている。この戦争は企画通りに行われれば勝利をうることができたのである。ただし、すべてが予定通りに展開したならば、の話である。さまざまな障害や予期せぬ不都合が増え始めてからは、挫折は、採用された諸対策が大規模であったこと自体によって倍加された。たしかに、スペインの攻撃力は破壊されなかったし、フェリーペ二世は、ミゲルのように、運命への挑戦の志気を高めようとする人びとの呼びかけに応えた。翌年から、人びとはまたイギリス上陸について語り、必要な軍隊の集結を試みるであろう。しかしイベリア君主制国家は、その艦隊とともに、もはや「無敵」のイメージを失った。状況が悪化していた。精神的な試練に、戦闘による財政的負債が加わった。金、いやむしろ銀が、セビーリャに流入しつづけていたが、新しいアルマダの再建造は、もはやこの国が提供できないほど厖大な努力を前提としていた。再遠征の計画が提案されてはたえず延期され、ついには煙のように消滅した。一〇年後には平和の時代になるであろう。

しかし差し当たっていまは、王が公表した決定に従って、調達官たちに熱意をもっての再活動が命じられた。セルバンテスは自分の役割に自信をもって、物価をつりあげる陰鬱な冬のさなかに、ふたたびアンダルシア遍歴の途についた。彼の上司たちにとっては、支払勘定書を提出する時期であった。ゲバラは一月にマドリードに召喚され、調達状況を述べるように求められた。長期にわたる調査が始まったが、償還手続きの複雑さと会計資料の欠落によって、この調査は困難をきわめた。全参事代行者が巻き込まれる大審査になったのである。少しあとでミゲルも召喚されることになる。
目下は、彼はあたえられた指示に従って行動していた。一五八九年四月一日から、彼はエシーハとセビーリャの間で大方の時間を過ごしていた。ポルトカレーロとの裁判沙汰はおそらく悪い思い出にすぎなくなっていたろう。彼の名が記載された資料を信じるならば、彼は在住者の資格で、六月にアンダルシアの首都にふたたび現れている。六月二六日、彼は、トマース・グティエレスとミゲル・デ・サンタ・マリアとともに、財政運営に専念しているが、そのことは伝記作者たちに彼のトランプ賭博での予想外の儲《もうけ》を疑わせている。事実、セルバンテスの文章を読むと、賭博への情熱とは言わないとしても、少なくとも彼の賭博の語彙への関心や賭博から生じる隠喩への趣味が明らかになる。彼が『模範小説集』を読者に提供する日に、彼はその小説を「誰でも打ち損ねを怖れずに遊びつづけられるビリヤード・テーブル」にたとえている。そして自分の年齢を告げるときにも、間接的にではあるが、賭博用語を用いている、「私はまもなく五五、あと九ポイントで楽勝さ。」彼が本当に賭場の常連だったかどうかを確認するためには、かのバラタリア島太守にこれについてしめくくってもらうのがよいだろう。お偉方のお邸内の賭場よりも、卑俗な賭場を取り払う方が良策だと進言する書記に対して、サンチョは、「ああ、そのことなら、書記さん、言わなきゃならないことはうんとあることは、わしも承知だよ」と、彼の下心を十分に物語る言葉で答えている。(後篇四九章)
これらのセビーリャでの取引は、突然の出立の序曲であったろうか。いずれにせよ、われわれは七カ月にわたって彼の足跡を完全に見失う。われわれがふたたび彼の姿を見出すのは、一五九〇年二月、カルモナにおいてであり、この地には当時イスラム教を棄てたモロッコのスルタンの甥、有名なドン・フエリーペ・デ・アフリカが住んでいた。セルバンテスのこの長い雲隠れの期間に、彼はまずエスキビアスで、ついでマドリードで家族と連絡をとったにちがいない。彼は妻の赦しを得たのであろうか。少なくとも自分の母の生活の安定についに成功したのであろうか。なんらかのパトロンの許で針仕事をしている姉たちと再会したのであろうか。アナ・フランカとついに再会し、かれらの娘イサベルに会えたのであろうか。謎は未解決のままに残されている。

嫌疑の時期

ただ一つ確かなことがある。ミゲルは年老いた駄馬に乗って走りまわることにうんざりしていた。

「灰色の毛並み、よろめく足どり、
骨もあらわで生気はまるで無く」

彼は、ぬかるむ道の冬、酷暑の夏に耐え、百姓たちの拒絶、有力者たちの中傷、司祭たちの敵意に対決することはもうできなかった。ゲバラと交代した新代官ミゲル・デ・オビエドから、四〇〇〇アローバ（約一万六〇〇〇ガロン）のオリーヴ油を集めるように命じられたが、それはカルモナとその領地が提供できると見込まれていた量で、ミゲルはこの交渉、商談、妥協に精根を使い果した。それでも五月にはその巡歴の終りごろ、給料の一部を入手する慰めを得た。しかしこのような生活は、たとえ自尊心から、ただ一度だけを別にして、愚痴をこぼしはしなかったにしても、彼の重荷になっていた。それでは、うなだれて帰宅し、妻や姉に扶養されて暮さないためには、なにをすればよいのであろう。セルバンテスは一か八か勝負にでる決心をした。一五九〇年五月二一日、インディアス枢機会議長に宛てて、請願書をマドリードへ提出した。

「閣下――ミゲル・デ・セルバンテス・サアベドラは、国王陛下のために長年海陸の戦闘に従軍し、とりわけ戦闘中に多くの負傷者を出した海戦において銃弾で片手を失いました。その翌年はナヴァリーノへ、ついでチュニスからラ・ゴレータへ赴きました。そして陛下が快く受け入れていただけるように、ドン・ホアン閣下とセッサ公爵様の添え状をいただいてこの都へ帰る途中、ガレー船太陽号で敵に捕えられ、同日中に弟も捕虜となって、アルジェへ連行されました。アルジェで身代金を支払うために、両親所有の全資産、未婚の二人の姉妹の持参金などすべての財産が消費されて、私と弟の身請けのために姉たちは貧しくなりました。やっと解放されて、陛下、およびサンタ・クルス侯爵様の第三教団にお仕えするためにポルトガル王国へ参りました。そして現在陛下にお仕えしております。弟はアルフレード様に従ってフランドルへ従軍し、ミゲル・デ・セルバンテスはモスタガン城主殿の書状と通達をあずかり、陛下のご命令に従ってオランへ参りました。その後この詳述によって明らかなように、アントニオ・デ・ゲバラ殿の命を受けてアルマダ艦隊の食糧調達のためにセビーリャへ赴きました。この期間にはいかなる恩恵にもあずかりませんでした。閣下のお力をたのんで、いまつつましく私がお願いすることは、大いなるご慈愛により、現在インディアス地域にある三、四の空職の一つをおあたえいただきたいということです。それは、ヌエバ・グラナダ王国の計理官、グアテマラのソコヌスコ州総督府、カルタヘーナのガレー船管理局、ラ・パス市の代官などの職でございます。閣下のお許しがあれば、セルバンテスはこのうちのどれでもありがたくお受けいたします。と申しますのは、この男は有能であり、かつ見識を具え、閣下のご愛顧にふさわしいからです。彼の願いは、先祖たちがしてきたように、つねに閣下のお役に立つ仕事を果して生涯を完うすることでございます。それによって富と名誉にあずかればかたじけなく存じます……」

ついでに記しておけば、ミゲルはこれ以後、彼の姓に「サアベドラ」を付加している。祖先の誰も名乗らなかったこの第二の姓は、おそらく彼の遠い親戚、ゴンサロ・デ・セルバンテス・サアベドラから借用したのであろう。奇妙な一致だが、上記のゴンサロは、一五六八年に流血にいたった決闘のせいでコルドバから逃亡しなければならなかった人物である。彼はドン・ホアンのガレー船に乗り込み、おそらく彼もまたレパントで戦ったであろう。彼は『カリーオペの歌』に記述されている詩人たちの一人である。セルバンテスは、従って個人的に彼の知り合いだったのである。

彼がゴンサロを自分のモデルにしたにせよ、そうでないにせよ、セルバンテスはこのサアベドラという名に魅惑されたし、それに、『ロマンセーロ』のなかで謎の作中人物となる英雄的な捕虜はこの名をもっている。彼は『アルジェの生活』の奴隷にこの名をあたえて自分の代弁者に仕立て、仲間たちにイスラム教への改宗を思いとどまらせている。彼はまた『剛毅なスペイン人《ガイヤルド・エスパニョル》』の筋を活気づけるあの輝かしいオランの防衛者にこの名をあたえている。彼はまたこの分身《アルテル・エゴ》に、『ドン・キホーテ』に挿入された物語の一つのなかでこの名をあたえている。すなわち、キリスト教徒の模範的な奴隷がハッサン・パシャの威嚇に対して不撓不屈の抵抗を行い、捕虜の隊長ルイス・ペレス・ビエドマの称賛を浴びるのである。この第二の姓は、作家が彼の母レオノール・デ・コルティナスの姓を代用したもので、のちに彼の庶子イサベラは数年間もっぱらこの名を用いて、伝記作者たちを大いに悩ませたものである。最近の研究者ルイ・コンベにいたっては、これをマゾヒスム的行動の徴候と解釈している。戸籍が公認する父方の姓を捨てることはできないので、ミゲルは社会的、象徴的次元でその姓を二倍にしたのかもしれない。これは正式な証明にもとづくというよりは推測、いや直観による魅力的な仮定である。マゾヒスムと診断される現象については、病理的観点からよりも、その「付随的な」効果との関連によってわれわれの関心をひく。一五年後、『ドン・キホーテ』の作者が成功を、ついで栄光を獲得するのは、このセルバンテス・サアベドラの名によってだからである。これは、それまで体験してきたあらゆる挫折＝行動の奇妙な昇華であり、このようにして子孫に残されたのである。

恩恵の年一五九〇年にもどろう。はじめてセルバンテスは閑職につこうと試みる。それは、彼が捕虜生活から帰還して以来夢見つづけてきたことであり、『ガラテーア』の時期に、人が彼にちらつかせて誘惑したものである。もしそれを獲得していたならば、彼は帰国のことを考えずに、カタリーナを同伴するかどうかはわからないが、出発していたであろう。彼は文学の世界から消え去っていたであろうか。おそらくそうはならなかったであろう。しかし、コロンビアかグアテマラの空の下でドン・キホーテとサンチョが生まれるとは考えにくい。少なくともかれらの姿は別様で、かれらの名声が得られることはなかったろう。

慎重王のつつましい臣下は、自分の請願の成功を本気で信じていたろうか。彼がこれまで蒙ってきたひどい扱いの上に、その肉体的欠陥、年齢、いささかいかがわしい出目に加えて、綿密に調査された財政状態における閑職への熱望は、もし目的の達成を真に望んでいたとすれば、必要な資格を欠いていた。彼が請願にかけた希望がどのようなものであったにせよ、彼はグアダルキビール川のほとりで、出帆しようとしている船をみつめながら、何度も自問したにちがいない。自分がその主人公カリサーレスを送り込もうとしている南米諸国《ラス・インディアス》で自分を待っているのはどのような運命であろうか、と。『嫉妬ぶかいエストレマドゥーラ男』は、その地域について語っている。

「スペインのあらゆる失意者の避難所であり、破産者のかけこむ教会堂であり、凶状持ちの安全な通行証であり、その道の玄人からいかさま師と呼ばれた賭博狂たちが人目を避ける安全な席であり、淫らな女たちの誘惑の罠であり、多くの人びとの共通の誘惑であり、そして少数の者にとってうってつけの救済所である。」

新世界の知的な二つの主都、メキシコとリマから遠く離れた、どこかの人目につかない地方で細々と暮すことを余儀なくされて、彼は熱帯地方で無名のままに消え去る危険があった。『グスマン・デ・アルファラーチェの生涯』の著者マテオ・アレマンが消えて行ったと同じように。彼にとって幸運にも――もしくは不運にも――この運命が彼を襲うことはなかった。六月六日に、審議会書記ヌーニェス・モルケーチョ博士は調査書欄外に簡潔な注を加えた。《busque por acá en que se le haga merced.》これは、「報酬を受けられる仕事をご自身で探されよ」という意味である。はっきり言えば、「他に適当な職を求めよ」ということである。

海の彼方の職がだめになったので、セルバンテスは失望を抱きつつ、二年前から彼に約束されていた金額を入手するために努力する。もちろん、国庫は拒絶した。何人かの調達官は正直でなかった。それればかりか、不法な公金着服をはかった。それら不逞の輩と同一視されていたセルバンテスは、やむなく彼が期待していた延滞金の半額、五万五〇〇〇マラベディスを提案した。彼の抗議は無効に終った。というよりむしろ、この抗議はマドリード市にセルバンテスを、彼の請求理由を陳述させるために、召喚する口実をあたえた。ゲバラの財政管理がしだいに疑惑の対象となり、職務から解任されたばかりのこの時期においては、不安な召喚であった。セルバンテスは、最初は、その召喚を拒絶した。彼の言い分は一文なしであること（muy sin dinero）であり、実際にごく最近、衣裳簞笥の修理のために一〇ドゥカードを借りなければならなかったのである。彼の所持金では旅費にもならなかったので、彼は一二月に、ゲバラの書記ホアン・セロンに彼の代わりに出頭してくれるようにたのんだ。そののち彼は、再度、請願を行い、また、彼への延滞金の清算を要求した。一五九一年三月一二日、彼はついに勝訴した。財務官出納代理ホアン・デ・タマーヨが一一万マラベディスを彼に支給した。彼の請求額のほぼ全額である。ゲバラがおそらくそれと気付かずに、かばっていた宮廷の派閥に法の雷がまさに落ちようとしていた瞬間において、これは大きな譲歩であった。ゲバラの副官ベニート・デ・メーノは、詐欺師として告発され、逮捕された。新総務長官ペドロ・デ・イスンサがこの歎かわしい事件の処理のためにセビーリャに到着した。ミゲルはこの長官の来訪に歓迎の挨拶をしに行かなければならなかったが、それよりも、自分が窮地から脱出するために、それはぜひ必要なことであったろう。

イスンサによって職務に再任された――ただし日給は一二レアルから一〇レアルに減額された――セルバンテスは、彼特有の純真さから、マドリードの役人たちの難癖にけりをつけられたと信じたが、まもなくその幻想から醒めることになる。一五九一年五月、彼は小麦とオリーヴ油の徴発のために、グラナダの北のハエンに向って出発した。ウベダとバエサ（サン・ホアン・デ・ラ・クルスはこの地で息をひきとろうとしていた）まで行動半径を広げながら、彼はその夏をハエンで過ごした。秋のはじめには、小麦と大麦を求めてエステーパにいた。一二月には、カマーチャの女たちと呼ばれる、魔女の母娘のせいで名高いモンティーリャに足をとめた。この魔女たちはかつて宗教裁判所で釈明を求められたことがあった。彼女たちはさまざまな能力のなかでも、とりわけ容易に人間を馬に変えると言われていたし、傷ついた処女膜を回復したり、一二月さなかの庭に新鮮な薔薇を咲かせた。この母娘は、ベルガンサがモンティーリャで、彼女たちの同業でありライヴァルでもあるカニサーレスと過ごした、あの記憶すべき夜のために、「犬の対話」のなかにも現れる。

数日後、特権を濫用した徴発のせいで、ミゲルの助手ニコラス・ベニートは、マラガに近いテーバ市の王立穀物倉庫の執事、サルバドール・デ・トーロと紛争を起した。トーロは、ベニートが犯した越権行為を直接イスンサに訴え、賠償金として六〇万マラベディスを要求した。セルバンテスは、努力の甲斐もなく、助手の暴走に責任があるとみなされた。イスンサは素早くこの件に介入し、一五九二年の国王宛て書簡のなかで、彼の調達官セルバンテスの誠実を弁護して、ミゲルの負債の一時停止に成功したらしい。

春の再来とともに彼がふたたび巡歴する姿がみられるが、今回はアンドゥハルとハエンの間をめぐっている。その折に、カベサ聖母大聖堂への巡礼に参列しているが、その祝典はのちに『ペルシーレス』のなかで描かれている。セビーリャに帰った彼は、またしても一文なしになっている。その上病気でもあって、友人のグティエレスに宿を借りねばならなかった。夏のはじめに、サルバドール・デ・トーロはマドリードへ赴き、イスンサに対抗して、敵の資産から賠償金を獲得することを目的として、所定の手続きを踏んだ提訴を行った。セルバンテスは直接この事件に巻き込まれ、その年の残りの月日を自己防衛の準備に費した。不幸が重なった。突然軍法会議が彼に彼が国庫から借りていた二万七〇〇〇マラベディスをただちに返済するように命令した。一時この難局から彼を救ったのは、保証人をたのまれたエシーハの有力者たちであった。皮肉なことに、それは彼がバレンシアの商人ホアン・フォルチュニに関する事件の示談保証人をつとめていたときのことである。

九月の初旬に、セルバンテスは新しい巡歴を始めている。一九日彼はカストロ・デル・リオにいる。エシーハ代官フランシスコ・モスコソが小麦の違法売却の廉で発令した逮捕状がリオの彼の許に届いた。実は、この代官はこのような訴訟を起す資格をもっていなかった。しかし情勢はセルバンテスにとってきわめて不利であった。四月に停職になったゲバラは、一時的に拘留されていた。彼は審査委員会が結論を出す前の九月二七日にマドリードで亡くなった。さらに悪いことに、ゲバラの副官ベニート・デ・メーノの裁判が始まろうとしていた。一二月にメーノは四人の共犯者とともにプエルト・デ・サンタ・マリアにおいて絞首刑に処せられた。セルバンテスは、これらの犯罪者が犯した詐欺にはまったく無関係であったにもかかわらず、やはり困難な立場に追いこまれた。彼はただちにカストロ・デル・リオにおいて投獄され、イスンサの再度の介入によってようやく釈放された。エシーハへ再出発した彼がそこで一〇月に、オリーヴ油を調達する姿が見出されるが、それも束の間のことで、セビーリャ裁判所によって新たな会計上の不法行為が彼の責任とみなされてしまう。今回は一二万八〇〇〇マラベディスの問題である。それは一年分の給料に当たる額であり、おおよそ、モスコソが不当に小麦を売却した廉で彼を起訴したその小麦の金額に相当する。テーバ事件について釈明するために首都に召喚されたセルバンテスは、イスンサと合流するために、マドリードへ向った。セルバンテスはみごとな弁説をふるって、助手のニコラス・ベニートが王立倉庫に損害をあたえた不法行為について、その全責任を自分が引き受けると主張した。彼はそうすることで、詐欺罪でトーロに訴えられている上司イスンサの汚名をすすごうとしたのである。しかしイスンサはこの中傷に深く傷ついて、半年後に死ぬことになる。しかし彼の敵トーロは、この件が却下されたにもかかわらず、より有利な判決をえて死後の復讐を果そうと執拗に試みた。

セビーリャでとがめられた不法行為、テーバ、エシーハ、カストロ・デル・リオの事件などは、当然、当局の関心をセルバンテスに集中させた。しかしセルバンテスが請願書を提出した軍事委員会は、彼を支持してモスコソの主張を却下した。一二月半ばにアンダルシアに戻ったセルバンテスは、六カ月間を無為に過ごした。一五九三年七月に、彼は、イスンサの仕事を引き継いだミゲル・デ・オビエドから新しい任務を受け取った。彼は、厳冬がひき起した食糧危機への対策を講じるために、夏の間ずっとセビーリャ周辺で大いに努力した。秋、一〇月一九日に、ミゲルの母ドニャ・レオノールが、やっと貧乏神と縁が切れかかったいまになって、七三歳で急逝した。彼女の葬儀や相続の資料は、比較的裕福さをうかがわせているので、その起源について研究者たちは知りたがっている。それは、実は、アンドレアとサンティ・アムブロジオという名の謎のフィレンツェ人との結婚に由来するものらしい。この謎の人物は、おそらくマドリードに定住する多くのイタリア人同様に、商人で、彼が結婚した日付けはわからないが、一六〇五年より前に死んでいる。ミゲルは、自分をバーバリーの牢獄から救い出すためにあらゆる手段をつくした母の死を痛切に悼んだにちがいない。おそらく彼は『血筋の力』のなかで、ドニャ・エステファニーアの姿を描きながら、母の面影を見ていたのであろう。ドニャ・エステファニーアは「女性であるとともに貴族であり、彼女にとっては、同情も慈悲心も男における残酷さと同じくらい自然であった。」

カブラの代官であった叔父アンドレスの死にわずかに先立つドニャ・レオノールの死は、セルバンテスのアンダルシア遍歴における転機と一致する。セルバンテスはふたたびセビーリャへ行ったが、調達官の生活はそこで終った。この新しい冬の間彼の仕事はなにになるのであろう。それは誰も知らない。

わかっているのは、一五九四年四月に、ミゲル・デ・オビエドは国王の指令に従って、ゲバラが従事し、そのあとをイスンサが引き継いだ広大なこの事業を終結させたことである。調達委員会はその役目を終えた。それとともに、ミゲルの生活を窮迫させた、複雑でしばしば異議申し立てに直面したシステムも消滅した。彼は六月にやっと未払金を支給された。彼は一マラベディも貯えられなかったが、要求されていた負債を清算することはできた。彼はふたたびマドリードへ行くが、今回は妻のカタリーナが同伴した。彼は徴発吏の職務と絶縁しに来たつもりだったかもしれない。事実は、まもなくアンダルシアを再訪し、そこで新しい試練に直面することになる。彼はこれらの試練のおかげで、その試練の償いのように、近代バビロンのあらゆるコントラストを学び、このバビロンは彼を養子にした。

グアダルキビール川のほとりで

職務上の遍歴の期間中、セビーリャはセルバンテスにとって唯一の母港であった。二つの任務の合間に彼が活力回復、権利の正当化によって、自分の能力と誠実さを疑う人びとに対抗する準備を試みたのは、この港においてである。彼のアンダルシアの首府滞在の総量は、おそらく街道往来ともめごとつづきの六年間の半分を占めている。彼の数度の投獄、仕事ぶり、要するに彼が一つの歯車になっていた機構についてのわれわれの知識が、すべての命令が発せられるセビーリャへ彼が周期的に戻らねばならなかった事情を明らかにする。セビーリャは、王令に従って、スペイン南部全域をとらえるためにゲバラが投げた網の中心点なのである。しかしカスティーリャ王国の官僚政治の増大する要求がセルバンテスの仕事上の義務に重圧を加えていたとしても、その義務は、それだけで、長期にわたりたえまなく彼をグアダルキビールの岸辺に呼び戻し、その都度彼を数カ月その地にひき止めた。この都市は彼を魅了し、彼がエスキビアスに帰郷して所用を片付けることを阻止できるほどその魅力は強力であった。

「セビーリャを見ずしてマラビーリャ（驚異）を見たと言うなかれ」（Quien no ha visto Sevilla, no ha visto maravilla）とスペインの格言は言う。無敵艦隊は挫折したが、スペインがいまだにその勢力の頂点にあったこの時期においてほど、この格言が真実であったことはない。この町を訪ねる旅人たちは、まだ征服後間もないころでさえ南米との交易に目を見張ったが、南米統治はその後さらにめざましい発展をとげた。商船やガレー船がポトシー鉱山の銀を、川岸の砂地（Arenal）の上に、新世界が旧ヨーロッパと交換した商品や産物を山積みに荷揚げした。ロペ・デ・ベーガは『セビーリャの砂岸《アレナル》』のなかで、グアダルキビール川とその両岸を埋めつくすマストの林立を喚起し、この地を支配する活気があふれる風景を簡潔に描いている。

「スペイン全土、イタリアとフランスは
このアレナルの上で生きている。
なぜならここは、交易と利益の
世界的大市場なのだから。」

この「世界的大市場」は俊敏な観察者たちを悩ませはじめていた。かれらは国王の伝説的な収益の背後に、世界中から集まる商品のすさまじい流入が暗示しているスペインが、もはや競合できないほど外国商品に依存しているのを見抜いていたのである。しかし大多数の人びとの眼には、この永続的な市場は都市の繁栄のしるしであり、この町は半世紀足らずのうちに人口が倍加して、当時、居住者は一万五〇〇〇人に達していた。

この驚異的な向上のおかげで、セビーリャの表情は大きく変貌した。たしかに回教徒支配の名残りは依然として都市の風景にその刻印をとどめていた。旧回教寺院《モスク》の尖塔《ミナレット》でいまは大聖堂の鐘楼になった風見《ヒラルダ》から、そのぎざぎざ模様の威容を川岸から望むことのできる黄金の塔にいたるまでの多様な刻印である。しかしパティオ付きの館の単一な白壁を征服したのは、もはやゴチック教会堂だけではなかった。贅美な銀細工模様の館が強権的な封建貴族の豪華さを表明しているが、他方、ルネサンス様式の堂々とした建築物は都市の「西インド諸島貿易の唯一の倉庫」としての本質的な機能を反映していた。カール五世治下に建てられた税関と造幣局はまもなく壮麗な商品取引所《ロンハ》（Lonja）に凌駕された。ロンハは商人を聖堂から追放するために、もしくは、商人を司祭たちのお気に入りの仕事場である大聖堂の周辺から遠ざけるために、司祭たちの請求によって建てられたものであった。

フランコス通りにあふれる市場（Alcaicería）の銀細工店や贅沢な商品がひき起した驚歎についての証言には不足しない。初めに恍惚となったのは、疑いもなく、通りがかった観光者たちであった。このあふれ出る富を前にして、昔からの、もしくはよそから来て定着したセビーリャ人は、むしろ無関心を装っていた。商人や船主たち――しばしばジェノヴァ人、ポルトガル人、フランドル人――は計算された無関心を装っているが、かれらは「犬の対話」のシピオンの言うところによれば、「つつましく暮している」ことを強調しているのであって、かれらの野心と富は、「かれらの子供たちの代に炸裂し、かれらは貴公子さながらに贅沢に暮すことになる。」投機家たちは傲慢な無関心を示しながら、実は多かれ少なかれ合法的に、「投機的な商取引」によってたなぼた式に巨万の富を築いたり、突然の破産に陥ったりした。マテオ・アレマンは言う、「ここでは、日常生活のなかで、銀が別の場所での銅と同じ割合で流通していた。そして人びとはそれを素直に、とくに意識することもなく消費していた。」この文から家々の栄華、贅沢な衣裳、宗教的祝祭の壮麗さ、世俗的な享楽が窺える。アレマンは、白人や黒人の多数の奴隷の存在についても語っているが、その光景は外国人たちを驚かせ、かれら一人に言わせている、「セビーリャの住人はチェスの駒に似ている。」

セルバンテスも、何人かの有名なセビーリャ貴族を見かける機会があったにちがいない。彼もまた、シピオンがユーモラスに描いた商人たちの行状を観察した。恵まれた出自と地位によってすべての門戸が開かれていた上司のゲバラやイスンサを介してにせよ、バジョーナ通りで第一級のペンションを営む友人トマース・グティエレスの援助によってにせよ、セルバンテスは有名人の家へ出入りできたろうか。彼の出自と境遇からみてそれは疑わしい。彼は多くの三文作家のように、自分の運命と有力者の運命を結びつけようとか、庇護を口実にしてかれらにへつらおうなどとはけっしてしなかった。彼が有名人にそそぐ目差しは鋭敏ではあったがほんの束の間にすぎない。反対に彼は、公衆広場に群れる雑多な人びとのなかから人物たちを描き出す。『嫉妬深いエストレマドゥーラ男』のなかで彼が描く（カリサーレスが家の番人に雇った）ギターに熱中して、家屋侵入を企んだ浮浪者にだまされる、あの黒人門衛のすばらしい肖像画がこのことを証明している。

上流階級からみれば多くの点で縁に立つ男にすぎないわれわれの調達官は、無為の時間を同業者たちとの交流に使っていたのであろうか。言葉の真の意味では「セビーリャ派」というものは存在しなかったとしても、レパントの海戦につづく一〇年間に、このスペインのアテネには、この都市の名声に大きく貢献した人文主義者と詩人のグループが存在していた。ミゲルの不幸は、彼がアンダルシアに着いたとき、ヘルベス伯爵の文芸サロンは、かつて「崇高な」エレーラの指導のもとで市の他の人びとに影響をあたえていたが、すでに八年前に門を閉ざしていたことである。ホアン・デ・マル・ラーラはもう亡くなっていた。セルバンテスが深く敬慕していたエレーラはすでに隠退して、いまはその命も尽きようとしていた。ホアン・デ・ラ・クエバも、他の多くの人びと同様にマドリードへ立ち去っていた。ミゲルが徴発の任務を果していたエシーハでわれわれがみかけたモスケラ・デ・フィゲロアは、代官の仕事のため多忙でしばしば不在であった。おそらくこの人物が、セビーリャに立ち寄ったとき、セルバンテスをセビーリャの軍人で尊敬すべきバルタサル・デル・アルカーサルに紹介したのであろう。二、三の地方アカデミアへ彼を紹介したのはおそらくこのアルカーサルで、ミゲルはのちにそこで自作詩数篇を朗読することになる。そしておそらくまたアルカーサルが、彼を有名な彫刻家マルティネス・モンタニェスに紹介するのだが、その前に彼をディアス書店およびクレメンテ・イダルゴ書店へ案内したらしい。しかしセルバンテスは遍歴の不規則な生活のために、この文人社会と親密に交流することができなかった。彼が「カリオーペの歌」のなかで讃えたにもかかわらず、フランシスコ・パチェーコは、セビーリャの有名人を招いた席で、セルバンテスには一言も言及しなかった。

彼の文学作品、この時期の作品と推定されるものについては、全部を集めても一握りの詩篇にすぎない。まず遠征の時期の無敵艦隊アルマダへの二篇のオードが挙げられるが、これは一九世紀末に発見された。このオードの誇張した文体はいくぶんエレーラの詩を想起させる。しかしこの作品には『ヌマンシア』を貫いている愛国的息吹きがかよっている。つづいて一五九三年に匿名で出版された『嫉妬の館』(La morada de los celos) という題のバラードがある。これは寓意的作品で、ミゲルはのちにこの表題を印刷所に渡す戯曲の一つにあたえる。主題はかつて『ガラテーア』のなかで響いた音調であり、

「嫉妬深いエストレマドゥーラ男」のなかでまったく別な音調で編曲し直されている。マドリードとエステビアスでの七年間の成果としては物足りないと言えるかもしれない。しかし忘れないでほしいが、状況がかなり変ってしまっていたのである。この時期にセルバンテスが、任務遂行の合間に、晩年の一〇年間に出版される偉大なテクストのいくつかを書き始めていたことは十分にありうる。アルジェの思い出が深く浸透した「捕虜の話」は一五九〇年ごろ、『ドン・キホーテ、前篇』に挿入される逸話にするために加筆する前の形で、書かれていたとみなされている。また数人の研究者は、この時期の執筆作品として模範小説中の二篇、「リンコネータとコルタディーリョ」と「嫉妬深いエストレマドゥーラ男」を挙げているが、この二作品はわれわれのもとに未発表の初稿としてとどき、決定稿は作者の死の三年前に刊行された。

二〇世紀冒頭の学者たちは、そのアイドルの「レアリスム」を無条件で賛美するあまり、それを彼の成熟の証拠としたがるが、『ペルシーレス』の幻想性の晩熟的性格や、牧歌についてミゲル自身が表明している恒常的な愛着を正当に評価していない。かれらの結論は、偉大な時期のセルバンテスは、その傑作を創作するにあたって、ありのままの人生を描かずにはいられなかった、というものである。それゆえにかれらは頑なに、グアダルキビールの岸辺で筋が展開する寓話の日付けをセビーリャ時代に帰するのである。今日、われわれは、このように機械的に個人の経験と文学的創造を結びつけることをあまり好まない。そうでなければ、セビーリャ、モンティーリャ、バリャドリードへとつぎつぎにわれわれを連れ去る「犬の対話」の制作を一〇年間に広げなければならなくなる。この主題についてはわれわれが利用できる少ない事実に固定する方がよい。つまり、ミゲルは、その辛い任務の実践で疲弊しきったとき、文学に専念できた昔の時間へのノスタルジーにかられたのである。

たしかに彼には書くことへの情熱が魂の奥深くまで浸透していたので、永遠にペンを捨てることなどできなかった。たとえ仮定的にインディアスの職についたとしても同じであったろう。計算書や公正証書の雑多な堆積のなかからも、ささやかながら意味深い徴候がおのずと現れてきて、彼の文学への嗜好を実証している。われわれはすでに、この文学的な嗜好を見てきたが、のちに彼自身が語っている、「私はたとえ路上に捨てられた紙の切れ端でも読むのが大好きだ。」一五九〇年七月、遍歴の合間の休息を利用して、彼は最近物故した蔵書家の蒐集の競売へ参加した。彼は五〇〇ドゥカードで、「フランス語で書かれた金箔張りの四冊の袖珍本」と、豪華に綴じられた『サント・ドミンゴの生涯』を入手した。彼の関心を惹いたこの四冊本はなにを扱っていたのであろうか。それは、当時スペインで流布していたベレフォレストとボアイストゥアウが共同で翻案したバンデッロ〔一六世紀イタリアの作家。のちフランス宮廷で過ごし『物語集』を出す〕作『悲劇的物語集』(Historias trágicas) であったかもしれない。彼がフランス語を知っていたにせよ、いなかったにせよ、ただその商品的価値だけにひかれて求めたのではないことは確かである。宗教裁判所の創設者サント・ドミンゴに対する彼の崇拝には、おそらく「至福の女衒《ぜげん》」(Rufián dichoso) の起源に関わっているであろう。これはのちに彼が書く教訓的な芝居であり、その主人公のセビーリャ人は手のつけられない無頼漢だが、ある日悔悛して、ついにはドミニコ修道会管区長として生涯を終える。

実際、セルバンテスは、演劇と絶縁したわけではなかった。二年後の一五九二年九月五日に彼は、マグダレーナ地区の住居を引き払って友人グティエレスのペンションに戻るために、ある奇妙な契約書に署名している。三〇〇ドゥカードの礼金で「可及的迅速に」六篇の脚本をロドリーゴ・オソリオのために書く、という主旨の契約である。オソリオは彼の世代のもっとも傑出した役者であり、その上、劇団の座長でもあった。彼は約束を果したろうか。すべての状況からみてそうではないらしい。この契約は反古にすぎず、いまもなお己れの才能の自信を捨てきれない元劇作家が、実現の目途もなしに試みた賭だとさえけなされている。この試みについてミゲルは誰の意見も求めなかった。エシーハやテーバで生じたもめ事の最中に、どうして彼に戯曲が書けたのか、よくわからない。おそらく彼は、のちに、死の前日に発行される「けっして上演されることのない」八篇の戯曲のうち、二、三篇の作品の概要を素描したのにすぎなかったろう。

一つだけ確実なことがある。彼が折あるごとに有名な役者オソリオを訪ねたとしても、『ヌマンシア』の作者はその後舞台から遠ざかっていたことである。ロペとそのエピゴーネンとは反対に、彼は、前述した歯車仕掛けから成る芝居制作のシステムには参加しなかったのである。その間にこのシステムは真のショー・ビジネス産業を生み出した。オソリオへの紹介者は、今回もまた、欠くべからざる友人グティエレスであったにちがいない。バジョーナ通りのこのペンションの主人もまた、その出発点であった環境から遠ざかっていた。神学者とモラリストたちが世俗的舞台に不安を抱き、常設劇場《コラール》の閉鎖令獲得に奔走していた時代に、グティエレスは自分の過去の画期的な戯曲とは両立しがたい、社会的名誉のある地位に憧れていた。一五九三年、事実彼は「聖体礼拝会」(Confradia del Santissimo Sacramento)の信心会の会員申請を行っている。これは、セビーリャ社会の繊細な花を胸に抱く敬虔な修道会で、聖週間の行列のときには幅をきかせていた。彼の申請は最初は却下された。役者でペンション経営者、この二つは大きな欠陥であった。その上、この修道志願者にはユダヤの血をひいているという疑惑があった。この申請は、一五カ月にわたる粘り強い交渉の末に、とりわけ頑強に反対する修道士たちの破門をひき起した交渉の末に、ようやく受理された。この波瀾に富む展開は、グティエレスが提出した証言のなかでセルバンテスの証言がもっとも重要な位置を占めていたとすれば、いささかわれわれの興味をひくことである。セルバンテスは、おおいに役者稼業を弁護し、一〇年来の友人をとめどなく賛美した。彼は、かなり奇妙なことに、自分はコルドバに生まれ、検邪聖省と親密だった家族たちの息子であり、孫であると主張している。志願者の友人の思いを達成させるための二重の嘘だが、ミゲル自身の出自調査書と矛盾した文書を添加したことになる。

ミゲルは異端審問所との彼の推定される関係を有利にすることを望んでいたのであろうか。いずれにせよ、彼は、遍歴のおり教会と紛糾したことがあったので、それに対して一種の復讐を果そうとしていたと思われる。一五九五年の春に、彼はポーランドの伝道者サン・ハシント列聖式を祝うために、サラゴッサのドミニコ修道士たちが組織した詩のコンテストに参加した。文学的なコンテストは、当時のスペインで一般的に行われていて、優れた詩人たちもためらわずに参加していた。しかしサラゴッサでは事情が異なり、少数の凡庸な詩人だけが呼びかけに応じた。従って、セルバンテスは容易に栄冠を手にしたのである。そのコンテストでは志願者たちが霊感を得やすいように四行詩から成るグローサ(glosa)〔主題韻文を各連の後に分散配置する形式〕が選ばれていた。賞品として銀の小匙《さじ》三本が、例によって遅れてあたえられ、彼の娘の相続遺産のなかに見出されることになる。桂冠詩人は自分でそれを受け取りにアラゴンへ赴くことができなかった。そのとき、五月初旬に、彼は義兄たちの一人の叙階式のためにトレドへ行っていたからである。一週間後、ふたたび不運が彼を襲った。所持金をあずけていた金融業者が破産したのである。この厄介な事件は、彼の失意の鎖の輪が一つ加わっただけではすまない。彼がその後体験する最大の試練——投獄のプレリュードなのである。

迷惑な破産

なぜセルバンテスがひどい境遇に陥ったかを知るためには、二年前に溯らねばならない。一五九四年八月、彼が新しい職を求めて三カ月前からマドリードで窮迫していたころ、イスンサとオビエドの前財務官で、のちに聴訴院司法官になったアグスティン・デ・セティーナから思いがけない提案を受けた。それは、セルバンテスがグラナダへ行き、その地域の延滞税金二五〇万マラベディスを徴収してくる、という仕事であった。セルバンテスは徴税額から天引した日当五〇〇マラベディスが支給されるというこの任務に飛びついた。しかし彼はまず保証人を立てねばならなかった。彼がセティーナに示したのは、フランシスコ・スアレス・ガスコである。この人物は妻の殺害を企んだという嫌疑をかけられている相場師で、その「放埒な行為」は重大な疑惑を人びとにあたえていた。ミゲルはかなり苦労した末に、ガスコを保証人として認めてもらった。しかしガスコの保証金四〇〇〇ドゥカードを補うために、彼は自分とカタリーナの資産を担保にしなければならなかった。

九月初旬に、彼はマドリードを去り、ふたたびアンダルシアへの道を歩んでいた。ときおり彼の姿は、『離婚裁判官』の兵士が皮肉をこめて描写する収税吏の面影を連想させる。たとえばつぎのような表情である。

「みじめで、才気はあるが落ちつきのない人びとで、片手に官杖をもち、やせ細りおずおずとした貸し騾馬にまたがって、一人の馬丁も連れずに——というのは、これらの騾馬は伴侶のない旅人だけにしか貸されないからであった。振り分け荷物を尻にかけているが、一方には襟とシャツ、もう一方にはチーズ半分、パン一箇、革製のワイン壜が入っていた。町着――それを旅装に転じたために――の上にはゲートルと拍車しか帯びていなかった。手数料はポケットに野心は胸に入れ、トレドの橋を出た。強情な騾馬のやる気のなさにもかかわらず、いたって元気よく、そして数日後には塩漬けのハムとか数オーヌのオランダ布、要するに、彼が働く地方の村でみつけた安い掘出物を家へ送るのである。この不幸な男は、それによってできる限り家族の生計を助けようとするのである。」

この回想は観察の鋭い感覚を示している。しかしまず、そしてとりわけ、筋立ての大きな部分を含む勇気の一面を表わしている。セティーナがセルバンテスに託した使命は、この文中の哀れな彼のアルテル・エゴが果している使命よりはるかに重要なものであった。カタリーナに関しては、幕間狂言中のギオマールのように、彼女はこの新しい任務を祝福しているとは思われない。塩漬けハムとオランダ布から多少の慰めを得たとしても。エスキビアスの由緒正しき家族の貴族的な子孫である彼女が、元調達官の夫が収税吏として働くのを評価したとは考えにくい。

ミゲルは彼女の不満を気にかけなかった。彼は、トレド、ハエン、ウベダを経由して、グラナダ王国に着き、ほどなくグアディスに辿りついた。ほぼ二カ月を要する予定であったから、彼の遍歴は冬までかかるはずだった。彼の作品に鮮やかに書き込まれている山や谷を越えての旅であったが、それはわれわれには間接的なエコーしか伝えない。セルバンテスは、目にしたものを書き写すのに熱中するような、ロマンティックな旅人ではなかった。アルハンブラ宮殿やヘネラリーフェ離宮で彼が感じたはずの感動はなに一つ書きとめられず、モーロ人による八世紀にわたる占拠の刻印を受け、アルプハーラスの反抗の思い出がなまなましく残っているこの国を通過する旅の印象はなに一つ記されていない。その代わりに、これほど異質でありながら、なお公的なスペインの文明によく似ているこの文明に対する彼の関心を窺わせるシルエットを、われわれはしばしば捉えることができる。ベルガンサをひろいあげ、一カ月以上保護するグラナダ近郊のモリスコの庭師。アラーマ出身の魔法使いの女セノティア、彼女については『ペルシーレス』のなかで、セノティアが憎しみにかられて追跡する人びとと遭遇したとき、彼女がしかける呪詛について述べられている。アンダルシアの道を群れなしてさまようボヘミアンやジプシーたち、つまりあらゆる形での同化を頑なに拒んで当局や民衆を苛立たせていた放浪者たち、などである。

この敵意についてはベルガンサが代弁している。「かれらの多くの悪意、術策、狡猾さ」を告発しながら、彼はこれら永遠の流浪の民が自分たちの悪事を隠すために考案する奸計の数々を暴露する。

「あの連中は自分たちがなにもせずにぶらぶらしているのをごまかすために、いろんな金物類をこしらえて、それで盗みに便利な道具を作るんだ。だから見給え、あいつらはしょっちゅう町から町を、釘抜や大錐やかなづちなどを売り歩いているだろう。それから女どもは五徳だの十能だのをさ。女どもはみんな産婆だ、この点ではわれわれの女たちはとてもかなわない。あいつらときたら、費用もかけず、道具も使わず、やすやすと赤ん坊をとりあげて、生まれたばかりの赤子を平気で冷たい水で洗うんだ（……）なにか物乞いをするときには、頭をぺこぺこさげるよりもなにか知恵をはたらかせて、ふざけた冗談でうまくせしめる方が多い。誰もあいつらを信用してくれないってことをいいことにして怠け者で押し通しているんだ。得々として怠け者で押し通しているんだ。もしぼくの記憶が正しければだけれど、これまでぼくはずい分教会に入ったけれど、ジプシーの女が聖体拝受のために祭壇の下に跪いているところにはついぞぶつかったためしがない……」

賢明な犬であるとしても、いずれは犬の語った言葉だが、最後の描写はかなり辛辣である。ここではその背後に作家の複雑な感情を透視できる皮肉な非難口調に微妙なニュアンスが感じられる。この「邪魔な連中」、巧みにタブーをもてあそび、折あらば、逃走中の犯罪者から上流社会の遊蕩児にいたるまで、あらゆる種類のはみ出し者を迎え入れることのできるこの放浪の民がどれほど彼を魅了しているかを、読者はしだいに発見してゆく。若い紳士を誘惑するあのヒロイン「ジプシー娘」(La gitanilla)、知らぬ間に擬＝ジプシーになっているプレシオーサの驚くべき冒険は、こういう背景のなかに置いて見なければならない。愛する娘の魅力と美徳に眩惑されたあの紳士もまた自然に密着した生活の強力な魅力と自由、の抗いがたい呼び声に誘い込まれたのであった。

セルバンテスは仕事の第一段階では重大な困難に直面したとは思われない。グアディスでも、彼が元聖堂参事会員の一人ホアン・ブランコ・デ・パスの名を聞いたバーサにおいてさえも。アルジェでの彼の敵であり、破門され司法当局から追跡されているこの男は、ちょうど免職されたばかりであった。彼が思いがけない紛糾に巻き込まれたのはモトリルにおいてである。彼がそこで徴収すべき金は、彼の交渉相手たちが作成した領収書が明示するところでは、すでに国庫に納入されていた。この事件を知った国王は、ただちに詐欺的操作を見抜き、ミゲルに正しい金額が支払われているかどうかを確認することを厳命した。その間われわれの収税官はロンダ、ベレス・マラガへ出向いていたが、ベレス・マラガでは、正確に計測された適正な資料が不足したために、二度も妥協しなければならなかった。四カ月の不在ののちセビーリャに戻ったミゲルは、商人シモン・フレイレに徴収残金――一三〇〇万六〇〇〇マラベディス——と、彼自身の所持金を併せて、預託した。つぎに彼は任務の報告をするためにマドリードへ行った。五月には彼はトレドにいて、フレイレ宛てに二度手紙を出したが、一言の返事も返ってこなかった。そのあとで彼は、フレイレが破産して、六万ドゥカードを拐帯したまま行方をくらませたことを知った。セルバンテスは委託金回収を試みるために大急ぎでセビーリャにかけ戻った。残念ながらフレイレの債権者たちは彼の資産を凍結していた。数カ月に及ぶ請願と苦悩の結果、セルバンテスは国庫用の金額を獲得した。その代わりに、彼が軽率に信用した男の破産に呑み込まれた彼自身の報酬は断念しなければならなかった。『ドン・キホーテ』の聖堂参事会員は、友人のセルバンテスを回想して、きわめて正確に、「不幸の認識に投げこまれた」と語るはずである。

不幸はけっして単独では来ないので、ミゲルの家族は、マドリードでと同様にエスキビアスにおいても、うす暗闇に追い込まれていた。アンドレアの庶子コンスタンサ・デ・オバンドは家族の不幸な恋愛の伝統から免れられなかった。母や叔母マグダレーナにならって、彼女はある貴族、ペドロ・デ・ラヌーサと関係をもった。この男はアラゴンの司法長官ホアン・デ・ラヌーサの弟である。ホアンは四年前、フェリーペ二世の元秘書官アントニオ・ペレスのフランスへの逃亡援助の廉で、サラゴッサにおいて有罪を宣告された。マドリード居住を命じられた若いペドロ・デ・ラヌーサはマドリードで五歳年長のコンスタンサと知り合ったのである。その前後のいきさつはわからない。二人の関係は四年間首尾よくつづいたが、それも、兄との共謀についての無実を主張していたこの色男がついに名誉を回復する日までのことであった。それでも彼は恋人と手を切るために、慰謝料一四〇〇ドゥカードを七年間の一二分割で支払う約束をした。一五九五年六月五日、公正証書によって認められたこの慰謝料は実際に支払われたろうか。その証拠はなにもない。こうして四〇年の間隔をおいて、アンドレア・デ・セルバンテスは、娘を介して、彼女自身の失意をふたたび体験したのである。

一月前に、ホアン・デ・パラシオス神父は、財産を姪と若い甥たちに遺贈して、エスキビアスで他界した。予期できることだが、カタリーナはやっと生きてゆけるだけのものしか受け取っていない。二つの葡萄畑、数本のオリーヴの木、二枚のフランス製タピスリー、シーツ一組、小さい樽一箇。おそらく彼女は、夫ミゲルの長いエスキビアス不在のつぐないをしなければならなかったのであろう。この処罰は、若い妻がそれ以後保護者もなく、二人の兄弟の善意に頼らなければならなかっただけに、いっそう苛酷なものになった。ミゲルは、マドリードの用事を利用して、短い滞在期間中に彼女に会ったらしい。事実、五月一八日、義兄フランシスコ・デ・サラサール・パラシオスの叙階式の際に、彼のトレド滞在が証明されている。彼はカタリーナが必要としていた資金を彼女に渡したろうか。彼の債権者たちとの不和、王室官僚とのいざこざはむしろその反対を推測させる。フレイレとの災難のあとで、いつものようにに彼を待っていてくれた友人のグティエレスに会いたいために、ふたたび急遽セビーリャへ向うセルバンテスの姿を想像する方がより自然である。少なくともそれが、フレイレ事件と国庫との紛糾の間の二〇カ月間の彼の関心事についてわかっている資料が暗示することである。それは、彼の活動についてまったく、またはほとんどわからない二〇カ月であり、その果てに不幸な収税吏は、彼を待ちかまえている災厄に気ずかぬうちに、罠に落ち込んでしまう。

一旦フレイレ訴訟で会計審査を受けたセルバンテスは、本来彼の任務の収支決算表を提出するためにもう一度マドリードに出頭すべきであったろう。なぜそれを怠ったのだろうか。彼は必要な手続きはすべて終了したと考え、自分の報告書が自分の公正さを十分に証明すると信じたのであろうか。いずれにしても彼の上司たちは、彼の主張を上の空で聞き流し、ベレス・マラガの代理人たちに対して彼が承諾した八万マラベディスの免税金を彼に請求しようとしていた。おそらく国庫は、セルバンテスの報告の痕跡もみつけられなかったのであろう。とにかくマドリードの彼の上司スアレス・ガスコは、ミゲルをただちに上司たちの前に出頭させせよ、と命じられた。スアレス・ガスコは、ミゲルが脱走した場合、自分に支払い命令が下るのを怖れて、二〇日間の出廷猶予を願い出た。一五九七年九月六日、セビーリャ裁判所の裁判官ガスパル・デ・バリェホ判事は、以下の命令をセルバンテスに告知した。それは、セルバンテスの保証人たちには、どれほどの金額にせよ、セルバンテスの負債清算を援助する義務がある。それができないときは、セルバンテスは自費でマドリードに赴き、新しい通達が来るまで入牢しなければならない、というものであった。そのときバリェホは、不手際からか悪意からか、信じがたいほどの職権濫用を犯した。国庫がセルバンテスに要求していた実際の収支残高、八万マラベディスを彼に課すかわりに、バリェホは、かつてセルバンテスがセティーナの徴収命に従ってすでに大部分を国庫へ納入していた二五〇万マラベディスを要求したのである。たとえ彼に、上司スアレス・ガスコが自由に使える資金があったとしても、このような高額を保証できる人などいなかった。判事としては、セルバンテスを逮捕する他なかった。しかしバリェホは、自分に下された指示を無視して、被告ミゲルをマドリードに送る代わりに、現場での投獄を決定した。おそらく判事は、被告が賄賂を贈ったなら別な扱いをしたのであろう。あるいは、「身分のよいおさんどん」のなかの宿屋の主人が言うように、もし彼に資金があるなら、「その筋の役人どもに、上から下まで袖の下の油をさすってことが肝心だ、なにしろ油でもささなかった日には、あいつらは牛車より騒々しく不平を言い立てる」のだからである。それに気づかなかったために、ミゲルは、アルジェでの牢獄暮しの二〇年後に、またもやセビーリャで入牢することになった。この決定的な体験の意味と正確な影響を測定しなければならない。

セビーリャの牢獄

セルバンテスが、心ならずも王立獄舎の敷居をまたいだとき、当時のクロニカを信じるならば、彼はアンダルシアの首府の重要な場所の一つ、そのもっとも注目すべき建造物の一つのなかへ踏み込んだのであった。そのクロニカによれば、

「シエルペ通りの入口から、他のあらゆる建物から屹立して、この町のもっともなじみの薄い人びとにさえすぐにそれと見分けられる王立獄舎がみえた。それは、昼の間中たえまなく表門を出入りし夜にはそこに避難する無数の人の流れによってばかりではなく、国王の紋章とセビーリャ市の紋章によってこの門を飾っている碑文によってそれと知られた。」

このような人びとの流入は、一六世紀末にこの牢獄がどのようであったかを示している。それは、たえず二〇〇〇人近い留置者を収容する真の妖怪である。この数字は、マドリードも含めて、イベリア半島の他のすべての牢獄の総計が示す収容能力を越えている。

この重要性は驚くに価しない。セビーリャは、当時スペインでもっとも人口の多い都市から遠くに位置してはいたが、同時にあらゆる冒険家が出遭う場所であり、「あらゆる物が溢れ、通りに銀がまきちらされるこの桃源郷」は、人びとをグスマン・アルファラーチェのように、この町へひきつけていたのである。悪徳裁判官によって取り締まられているこの町に、王国の四方八方から産業騎士たちが殺到し

た。地方当局の保護を確保している専売人たちは、一年中食料品の価格への投機をつづけた。グスマンはこれについて語っている、「売りに来るものはなんでも買われる、なぜならあらゆるものに買い手がいるのだから。」こういう情勢は臆病者をふるえ上らせる一方で、この途方もない祝宴から貪欲に分け前をせしめようとする大胆な者たちを憧れさせた。たとえそれがパン屑のかき集めであり、「レアルとエスクードの重みでポケットの底が抜ける」災厄の最初の徴で消滅する投機であるにしても。

セルバンテスがこの集団に参加しなかったことはたしかである。彼のアンダルシア巡歴、複雑な勘定書、債権者とのもめごとなどからわれわれが理解できることだけで、彼に関するあらゆる疑惑を払拭するのに十分である。それでも、彼の無一文の生活のなかでの運勢の転変によって、彼がこのいかがわしい社会へ出入りする機会は多かった。彼のトマース・グティエレスとの友情、スアレス・ガスコとの関係、謎めいた財政取引、トランプや賭事への情熱などが、枠外の社会全体が彼に及ぼした魅惑を示している。彼はどのようにして、試練に鍛えられた魂もとろかす、狡猾な魅力をもつ町の、妖しい誘惑に抵抗できたのであろうか。サンタ・テレサはつぎのように告白している。

「私には、それがこの土地の風土の効果なのかどうかわかりませんが、ここでは悪魔が人間を誘惑するより強い力をもっていて、それはおそらく神様がおあたえくださったものらしい、と話されるのを聞いたことがあります。私自身も悪魔たちの攻撃にさらされて、ここにおいてほど気が臆し、気弱になったことはありません。私はもう自分を見失っていました。」

セルバンテスが自分を見失ったにせよそうでないにせよ、彼が多くの人びとと同じように、「貧民の庇護地、追放者の避難所」であるこのアンダルシアのバビロンの魅力にまどわされたのは事実である。実際セビーリャはたんに野心家や卑賤なピカロの集合地にとどまらなかった。この町は同時に、ラシャ工場の低迷、手工業の凋落、農業生活の低収入、機械技術と生産活動に対して貴族も平民もこもごもにスペイン全体に軽視された、などの事実から、実直な辛労を捨てたすべての人びとにとって興味の焦点でもあった。セビーリャはさらにまた、とりわけ犯罪の都であり、そこではピカロ種族のあらゆる見本が、それぞれ独自の階層、規約、隠語をもって真の反社会を形成するために集まって来た。身体障害者、盲目の乞食たち、かっぱらいや窃盗をうまく隠すために荷役人夫や皿洗いと称している浮浪者たち、博打《ばくち》場でだまし易いかもから金を巻き上げる達者なぺてん師、掏摸《すり》、ケープやオーバーを盗む名人とされている闘牛士《カペアドーレス》。さまざまなレベルで働く売春婦からピンはねする女衒。恐喝者やプロの殺人犯、競争相手が邪魔者を秘かに消したい人の仕事請負人などである。

われわれは『模範小説集』の作者のおかげで、セビーリャのいかがわしい連中のきわめて多彩な情景描写を知ることができる。セルバンテスはわれわれのためにその連中のタイプ、風俗、所業を再現してくれる。リアリスティックな画面だ、としばしば人びとは語った。その考えは、実体と外観のコントラストを巧みに操作して現実をコピーする代わりに、現実を変貌させる喚起的技法について根本的な誤解をおかしている。黄金の世紀のある歴史家が正しく指摘したように、セルバンテスがわれわれに示すピカロの世界は、閉鎖的で規範や儀式に拘束された世界とは正反対のものである。それは当時ヨーロッパ全体で栄えていた下層社会についての書物が描いている世界であり、一五九六年にリヨンで刊行された『泥棒と乞食とジプシーたちの高貴な暮し』というフランスの本がその一例である。それは閉鎖性とは反対に、空気が流通する開かれた世界である。人びとはそこで自由の驚くばかりの香気をたえず呼吸することができる。

この復興したピカロ的世界は、セルバンテスが女衒やごろつきを鮮やかに描いた舞台背景にまで沁み込んでいる、真の体験に根ざしていなければ信じられないかもしれない。その場所は、たとえば町の城壁の外のウェルタ・デル・アルマイリョ（Huerta del Almaillo＝アルマイリョ農園）であり、川辺のコンパス・デル・アレナル（Compás del Arenal）、城壁の下の不気味な屠殺場、大聖堂の傍らに在って、普通の司法官は近づけない楡の法廷とオレンジの木の法廷。この体験に基礎をおいて、ベルガンサ以上にみごとに、裁判所《アウディエンシア》の司法官たちの妥協や浮浪者と警官の馴れ合いを指摘できる人はいない。たとえば、ベルガンサが彼の物語にあたえる結末——盗まれた馬から引き下ろされる悪徳警官——だけでもそれを通俗な警察の報告と区別するのに十分以上である。泥棒の親方モニポーディオのいかがわしい学園《アカデミア》については、リンコネーテとコルタディーリョがセビーリャ滞在中にその効用と慣習を発見しているが、この学園はたしかに卑俗な犯罪組合ではなく、むしろ輝く光輪に飾られた、同業者の友誼の奇妙な劇場である。この学園を支配する地位は、同じころルイス・サパタがわれわれに語る悪人連盟にあたえられた地位と奇妙に似ている。サパタはわれわれに、「商業組合におけると同様に、その『小修道院長と商事裁判官』をもっていた、と伝えている。リンコンとコルタードの眼を介してわれわれが見ることができる途方もない光景は、アンダルシアの犯罪のきわめて正確な知識の上に成り立っている。この光景を表現する例外的な質は、たちまち読者の共感をえて、ピカロを神話にまで高めたのである。もしミゲルが拘留によってこの知識を完全なものにするという特権をもたなかったならば、この知識は不完全なものにとどまっただろう。拘留の正確な期間はわからないが、数カ月にわたったらしいこの拘留について、セルバンテスはほとんどなにも語っていない。かつて人びとが彼の禁錮の唯一の証言とみなした『セビーリャの牢獄の幕間劇』は明らかに別人の作品である。それでもわれわれは、彼の同時代人の一人、クリストーバル・デ・チャベス検事の詳細な証言のおかげで、彼の拘留生活がどのようなものであったか、いくばくかの見当をつけることができる。職業柄、牢獄を熟知していたチャベスは、牢獄の三つの門をつぎつぎに開いてみせる。この三つの門は、金の門、銅の門、銀の門と呼ばれ、この名称は、鎖をかけられずに門を通過しようとする者は誰でも金、銅、銀の支払いを請求された事情に由来する。検事に従って部屋や廊下を通って行くと、やがて牢獄界の中心点、刑務所付司祭の言葉を信じるとすれば、この囲いのなかを昼夜支配する臭気、混乱、喧騒のせいで、「この世の真の地獄絵」と化した中心点に辿りつく。検事に導かれて、その中心点で法の権力を獲得したならず者たちが確立した慣習が発見される。新入りの勇気をためすために、古株の囚人がイニシエイション、高価な衣裳、上等な食事、そして金を払って女たちを入手できる特権者にあたえられる優遇、グループの頭領たちが対立して発生する、ときには致命的にもなる喧嘩、共犯者を明さず拷問に耐えたつわものを讃える歓呼の声、処刑場まで死刑囚につきそってゆく哀悼の連禱と囚人たちの葬列などである。

頽廃、悪徳、暴力に支配されたこの雑多な世界のなかで、負債による囚人は特殊なグループを形成していた。かれらの運命の苛酷さはややましだったとしても、かれらの日常生活は楽ではなかった。貧しさのために判事の好意や看守の優遇を得られなかったからである。一文無しと認定されたセルバンテスは、共同寝室と毎日の食事を改善する資金がない人びとのための貧しい食事をあたえられていた。不公正な判事のせいで投獄されたセルバンテスは、最初のうち、ふたたびハッサン・パシャの監獄で体験した苦痛を生きなければならなかった。しかし彼に課された負担がいかに重かったとしても、条件はもうあのときと同じではなかった。今回の課題は、身代金を払って自由をかちうることではなく、正しい裁きがなされるのを求めることであった。彼はこの目的のために必要な支援者を見出したろうか。おそらくアグスティン・デ・セティーナがマドリードから、彼を擁護するために、有力者たちに働きかけたと思われる。しかし彼はトマース・グティエレスに支援をたのむことはできなかったらしい。この親友は、おそらくたえまなく飢餓を訴える貧乏人の援助に疲れ果てて、セルバンテスの人生から跡形もなく消え去ったのであろう。わかっているのは、グティエレスが一六〇四年に他界したことだけである。『ペルシーレス』の主人公の一人は悲しげに語っている、「金持ちと貧乏人の間には永続的な友情などありえないのだ、なぜなら貧しさと豊かさとはあまりにも不均衡だから……」

逆境にあってなお自己に誠実な元調達官は、絶望に流されはしなかった。投獄されるとただちに彼は、自分を犠牲者にした例の恣意的な訴訟を告発するために、フェリーペ二世に手紙を書いた。彼の請願の原文は失われたが、われわれは一二月一日付けの国王の返事を保存している。それによると王は、三〇日以内に受刑者がマドリードに行けるように、彼を釈放することをバリェホに命じている。国王は明言している、受刑者が国庫の前に出頭しない場合でも、彼の保証人たちが彼の実際の負債を少しでも清算しさえすれば、彼は釈放されるであろう、彼のこれ以上の拘留を正当化するいかなる理由もないからである、と。この返事は暗黙裡にセルバンテスの無実を認めている。しかし彼の入牢と国王の裁決との間には長い二カ月が流れていた。バリェホは王令に服さないわけにはゆかなかった。彼がそれを決意したのはいつであったろうか。今日では失われた文書にもとづいて、アストラナ・マリーンは、それは一五九八年の春であると主張している。その文書によれば、セルバンテスは三月に、いまだに牢内で国庫からの新しい召喚状を受け取ったらしい。今回は、一五九一—九二年の彼の任務について、とりわけニコラス・ベニート事件について釈明することが命じられていた。アストラナとともにわれわれも、判事はセルバンテスにかなり高額の保釈金——王の召喚状がそれを正当化している——の支払いを命じ、それが払えなかったため、彼は四月まで牢内にとどまった、と結論することができる。われわれが入手した証言によれば、彼は実際四月前にセビーリャの町に現れたことがなかった。乏しい手掛りではあるが、これらの証言で、バリェホがすぐ敗北を認め、バリェホが三カ月間の延引工作に成功したことを証明するのに十分であろう。他方、バリェホがすぐ敗北を認め、ミゲルは一月に釈放されたが、この件については後世になにも伝えなかった、という場合もありうる。いずれにせよ確かなことが一つある。それは彼が、当局が彼に期待していた弁明のためにマドリードへ行かなかったことである。財務官僚たちは、あまり確信もなしに、二回ほど出頭命令を出したあとで、断念してしまった。ベレス・マラガの幻想的な勘定書の問題は、今後二年間、問題にされないことになる。

文学への郷愁

幾人かの伝記作家たちがセルバンテスの拘留を不当に長期化したことは、あまりとがめるべきではないであろう。かれらが長期化を主張した熱意は、『ドン・キホーテ』序文の小節から生じたもので、このフレーズのせいで大量のインクが消費され、いまだに決着がつかない論争が沸騰したのである。ミゲルは夜更けの辛苦の成果を読者に伝える際に、まず彼の夢の打ち明け話から始める。自分の著作は、「想像しうるかぎり、最高に美しい、高雅な、巧緻なものであれかし」という願いである。しかし彼はすぐ苦々しげに付け加える。

「私は自然の掟、あらゆるものは己に似たものしか生まないという掟には逆らうことができなかった。それゆえ、この不毛な、一向に教養のない私の才知は、あたかもあらゆる不便がはばをきかせ、あらゆる不吉な物音の住み家である牢獄のなかで生まれたもののような、干からびて、痩せ細り、発育不良で幻想的な、しかも種々雑多な、いまだかつて誰一人思いついたことのない思考にみちた息子にもたとうべき物語以外に、何を生むことができたろう。」

冷静なセルバンテス研究者たちは言う、これはこのジャンルの慣習に従った無価値性の表明であって、われわれがその言葉をうのみにするのを抑止するユーモアに裏打ちされている。他方、熱狂的な研究者たちはこの警告に耳を藉そうとしない。かれらはひたすら、不便で、騒がしく、不吉な獄舎を注視する。作者自身の告白を信じれば、牢獄でこそあの不滅の傑作は構想されたにちがいない。かれらは断言する、まさに現実の牢獄であり、セルバンテスがここで比喩にとむ表現で回顧するような霊感もしくは精神的な隠喩ではない、と。

いずれにせよ、『ドン・キホーテ』が生まれた暗鬱な場所をどこに位置づければいいのであろうか。ロマンティックな人びとはその場所をアルガマシーリャ・デ・アルバとみなしたが、その主張には、カスティーリャのこの村が有名な騎士の真の出身地であるという伝説以外に根拠はない。のちに国立図書館長になる作家アルツェンブッシュは、印刷機械一式をアルガマシーリャに運び込み、監獄の敷藁の上で『ドン・キホーテ』を書き上げて印刷し、その本に自分の名前を書き込むことまでしてのけた。今世紀初頭のより慎重な碩学たちは、カストロ・デル・リオの方を選んだが、ここは一五九二年にわれわれの調達官が、一人の部下の不手際のせいで、一時的に拘留された場所である。この仮説は巧妙である。もしわれわれが、ドン・キホーテの蔵書のすべてがこの日付け以前のものであることを考え合せるならば、当時セルバンテスが、おそらく以前に書きためていた一、二の小話を挿入する前に、彼の小説の最初の数章を執筆したという結論をそこから引き出したいという誘惑にかられるかもしれない。しかしそう結論するためには、彼の拘留期間が短すぎること、とりわけ、彼の農家や司祭たちとのたえまないもめごとが、彼にほとんど執筆する余暇をあたえなかったことを忘れなければならない。するともうセビーリャの牢獄しか残っていない。セビーリャの牢獄は、チャベスが描いたと同じように、セルバンテスが序文で示唆する雰囲気そのものがあった。ミゲルが、ふたたび書きたいという意欲に捉えられたまさにそのとき、無為を強制されて、彼は一冊の本の基本的な着想を整然と構築することができたにちがいない。そして八年後に、おそまきながら、この本が彼に声望をもたらすことになった。

最初の着想、とわれわれは言った。それによってわれわれが意味するのは、アマディスの冒険によって頭がおかしくなり、遍歴の騎士の復活を信じ、世界を駆けめぐり、風車と一戦をまじえるために出立するラ・マンチャの郷士の狂気の計画である。あまりに内容豊かな計画であるために、セルバンテスがこの着想を何時間も何日もかかってはぐくんだとしか思われない。しかし幾人かの人びとは、その立論上、彼の釈放を数カ月おくらせて、彼がただちにペンを取り、才智あふれる郷士《イダルゴ》を書き始めた、と主張する。しかしよく言われたように、彼が「身体は痩せ、顔はひからびた」一人の牢仲間の姿をモデルにして人物像を描いた、という主張を正当化する根拠はない。彼が記憶を鮮明にするために、彼の小説がわれわれにそのパロディを示している多くの書物を甥に命じてもってこさせた、と立証するものもまったくない。また、彼の拘留期間中に彼が単純な物語《ノベラ》を書いて、はるか後になってそれがおなじみの長篇になった、という説にもなんの証拠もない。この最初の素描についてはわれわれは懐疑的である。さらにそこから正確な特性を引き出すためになされた努力に対しても同様である。その特性は、ドン・キホーテがサンチョと運命を分け合う前の、最初の出立の五章と照応するのであろうか。むしろ彼の蔵書の点検にまで、さらにはビスカヤ人の戦士との一騎打ちにまで拡大すべきではなかろうか。第一段階でセルバンテスが短い物語の粗筋を作成しただけだと仮定しても、彼がそれに加えた改訂があまりにも巧妙だったために、われわれの手許に届いた全作品のなかからその原形を見出すのは不可能である。最初の数章から、小説全体の構想を支える数々のテーマが出現するのが見られる。主人公の狂気、彼の遍歴の準備、旅籠での騎士叙任式、従士を求めての帰郷、従士を伴っての新しい冒険への出立、これらは明らかに、大規模な叙事詩の第一段階である。『ドン・キホーテ』は鉄格子のなかで生まれた？ そうかもしれない。ドン・キホーテはセビーリャの牢獄で産み落とされた？ それはわれわれが断言しかねる推測である。

これに対して、われわれにも妥当と思われるのは、一旦解放されたミゲルがただちに執筆を始めた、という説である。長びいた無為——われわれはその後の彼の明確な仕事を知らない——、彼がマドリードへ行くのを嫌ったことは、彼を大聖堂のラ・ヒラルダのそばにひきとめ、あるいは少なくとも、サン・イシドロ界隈の宿に閉じこめるのに十分な理由である。輝かしかった世紀の最後の二年間、彼の一挙手一投足のうちわれわれの知っている僅かな事実は、ふたたび彼の窮乏生活を垣間見せる。一五九八年九月、彼は黒ラシャ一一ヤードを分割払いで買わなければならなかった。二カ月後、乾パン販売のいかがわしい事件に巻き込まれている。おそらくこの苦境からは、翌年初頭、六〇ドゥカードの借金が彼に返済されたときに、脱出したらしい。

ボヘミアン生活への復帰とも言えるであろう。同時に、文学への復帰でもある。ただしわれわれは、彼の作家としての仕事の軌跡を、確信をもって辿ることはできない。『ドン・キホーテ』の構成を犀利に分析した批評家たちは、そこかしこに推敲の跡を突き止めた。かれらはいくつかの小さな矛盾を発見さえした。たとえば、シエラ・モレーナで主人公が贖罪の苦業を果すとき、サンチョの驢馬は一瞬登場するが、つぎの瞬間には盗まれてしまった、とされている。これはおそらく、セビーリャで開始され、ついで数カ月間中断されたのち、他の場所で再開された執筆の証拠である。いずれにせよ、これは小説の構造が暗示することである。あらかじめ決定している原型から作られる直線的な物語ではなく、さまざまな語り手のポリフォニーによって少しずつ形成されて行く発展的な世界である。そして主人と従僕の放浪の行路のなかで思いがけないエピソードによって豊かさを増して行く。少なくともそれらの挿話の一つ、「捕虜の物語」(El capitán cautivo) は、既述したように、ミゲルがゲバラのために行った最初の食糧調達と十中八九同時代の話である。もう一つの「無分別な物好き男」(El curioso impertinente) はおそらく数年後に書かれたものであろう。小説の本体のなかへのこれらの挿入は、後に決定されたとしても、これらの挿話は一六〇五年以後にようやく開花する大作の一部、長期にわたって練り上げられた一部であることに変りはない。

より先へ進もうとする人は、日付け確定の標識が欠けているために、またしても不確かな年代上の空隙を発見することになる。ある人びとはセルバンテスが当時『ペルシーレス』の最初の数章を書いていたと推測する。セルバンテスはこの計画を晩年にふたたび取り上げ、この作品は彼の死後に発表された。同様に、「リンコネータとコルタディーリョ」を書いたあとで、「二人の若い娘」と「コルネリアおばさん」を完成した、と主張する人びともいる。この二作はイタリア趣味に近い。この仮説は理論的に説得力に欠けていてきわめて根拠が薄弱である。表象の次元が同じなので、長い間、ビザンチン風の物語をモデルにして構成された「寛大な愛人」(El amante liberal)はこの時期に『ガラテーア』の挿入物語の輪郭に沿って、構想されたとみなされてきた。今日では、その起源はむしろそれより二〇年後と考えられている。

一六世紀の黄昏のなかで、セルバンテスの氷山の露出した部分は、最後に短い詩二篇に要約される。それは作家の死後に公表されたものであるが、その直接的な成功は口伝えによる、もしくは、原稿による普及を確実なものにした。最初の詩の正統性については、またしても疑義を申し立てる者がいた。その詩は当時の事件についてのソネットであり、知識人の会合で朗読されたとき、聴衆を魅惑したにちがいない。エフィンガム伯爵トーマス・ハワードとエリザベス女王の寵臣、エセックス伯爵との共同指揮のもとで、一五九六年七月に英艦隊がカディスを占拠し、三週間にわたって罰せられることなく略奪を行った。アンダルシア防衛の任を負う無敵艦隊の英雄メディナシドニアはセビーリャの城壁の下をのんきに行進している兵士たちを急遽糾合して軍隊を組織したが、敵に向ってただちに出動することは慎重に控えた。

「七月にわれわれはまた新しい聖週間を迎えた、
兵士たちが「教団《コンパニー》」と呼んでいた
信徒団体で町は混雑し、
その卑俗さを人びとは恐れたが、イギリス人を恐れてはいなかった……
大地は轟き空は暗くなった、
それは荒廃の予兆であった。

伯爵は立ち去り、恐怖は消えた、
メディナ公爵は勝ち誇ってカディスに入場した。」

すぐに気付くように、このソネットには辛辣な皮肉が滲み出ている。セルバンテスは逆境という学校で幻想を失ってしまったらしい。しかし彼は新しい調子《トーン》、やがて巨匠とみなされる記録の調子を見出していた。

もう一つの詩もソネットで、これはミゲルが『パルナッソ山への旅』のなかで自作の最良の詩とみなすものである。この詩は二人の慢心した威嚇者を示し、われわれはかれらの驚嘆の証人になる。

「なんたることだ！ この偉大さ、驚くべき壮麗、
これを描けるならドブロン金貨一枚でも投じよう。
一体誰がこの豪華で大胆な建造物《モニュマン》の
すばらしい魅力から逃れられるだろう。

生きているイエス・キリスト様によって！ そのすべての断片が
百万以上の値打ちがある。何と残念なことだ、
これが一世紀持続できないとは、おお、偉大なるセビーリャよ、
この新しいローマは勇気と富によって勝ち誇る。

誓ってもいい、死者の魂が、
その永遠の安らぎの住処、天空を去り、今日この眺望を楽しみに訪れることを。

一人の虚勢家がこれを聞いて答えた、
『兵隊さん、あなたの言うことは本当だ。
そうじゃないと言う奴はみな、犬のような嘘つきさ。』

ただちに彼は帽子を目深にかぶり、
剣を手にとり、自信なげに見まわし、
立ち去った、それがすべてだ。」

最初は文体の情熱にひきずられた、先入観のない読者は、やがて自問する。「この驚異とはなんだろう、そして死者の魂とは誰のことだろう。」そして大山鳴動して鼠一匹さながらの調子の崩壊はなにを意味するのか、と。この謎をただちに解明しよう。それは一五九八年一一月二四日にセビーリャで他界した有名な人物を讃えて作られた柩台の飾りなのである。そして国王自身に対する控訴院と宗教裁判所の間の空しい優位争いの終りに人びとが赴いた弔意の表明でもあった。その二カ月前の九月一三日、フエリーペ二世の魂は神のもとに帰っていたのである。

ある治世の終りの証人

慎重王の死はあまり人びとを驚かさなかった。民衆はすでに王の死期の徴候が増してゆくのをみつめていた。少なくとも三年前から王が感じていた苦痛がしだいに悪化していた。赤痢、痛風、マラリアが彼を障害者用の椅子に釘づけにしていて、そこから立ち去るのは、ただ苦痛を和らげる床につくためだけであった。七〇歳の王はすでに歯が抜け落ちて、熱にうかされた老人にすぎず、その肉体的、精神的能力は明らかに弱まって、何時間も不健康な麻痺状態に陥っていた。宮廷が最終の成り行きに備えるのを見ながらも、彼は父カール五世の例に従うのを拒み、生きているかぎり権力の行使を放棄しなかった。病気のためにせいぜい統治システムを変更したぐらいではあったが、マテオ・バスケスは一五九一年に他界して、もはや閣議で王を補佐することができなかった。一種の閣議、ラ・フンタ（la Funta＝評議会）が秘書官の権限を引き継ぎ、謁見は王の甥アルベルト大公に託されたが、彼はのちに正式の王位継承者、未来のフェリーペ三世になる。それでも王は、渡されるすべての文書に署名し、国事を仔細に検討しつづけた。たとえば、いまだにロンバルディアに居住する千人ほどのユダヤ人の運命、あるいは、火事で焼失したトレドの中心地の再建などの問題。しかし王が自分を昔と同様に、正統派の擁護者とみなしていたとしても、いまや彼の第一の関心はスペインと諸隣国とを対立させている諸紛争を終熄させることであった。少なくともこの点では王はラス・コルテス（las Cortes＝スペイン、ポルトガルの身分制議会）の不平を反映して、臣下たちが希望する方向をめざしていた。

四〇年にわたる戦闘はスペインを疲弊させた。トルコ帝国が脅威であることをやめたとしても、ネーデルラント、イギリス、フランスはみな執拗な敵国であり、ときにはそれらを撃破して勝利をえたこともあったが、相手を壊滅させることは不可能であった。無敵艦隊の失敗はイギリス諸島侵略計画の終焉を告げた。オランダのプロテスタント制圧の希望は幻想にすぎなかった。宗教戦争で長い間分裂していたフランスは紛争に終止符をうった。アンリ四世のカトリックへの回心によって、フェリーペ二世のユグノーに対する神聖同盟の維持はもはや問題ではなくなった。アンリ四世――緑の紳士 Vert Galant――は軽視できない恐ろしいパートナーであった。四方の国々との戦争を継続することは、軍事行動の毎年の続行が必要とする一二〇〇万ドゥカードが底なしの穴に吸いこまれるのをむなしくみつめることに他ならなかった。この世紀末において、王国の財政はもはやどのような努力によっても支えきれなかった。南米が王国の財源の四分の一を供給しているとしても、主要な資源は税金に依存していた、――とりわけスペイン軍隊のために徴収された名高いミリョーネス（millones＝一五九〇年以降四種類の食品に課された消費税）――税金の重さは二〇年間に倍増し、主要な納税地カスティーリャはもはやそれに耐えられなかった。収穫の少ない土地と厳冬の連続によって不利な情況に陥った農業は、長い間カスティーリャの主要な財源であったが、この情勢に対して増大する不適応に苦しんでいた。領地の活用に無関心な貴族の手への土地所有権の集中、牧畜業者の同業組合《ラ・メスタ》（la Mesta）にあたえられた不当な特権、納税分担金の累積と農民を苦しめる課税などは、農村の過疎化をまねき、田園《カンポ》の衰退を促進して、豊かな農民の精力的なエリートを夢見ていた「自称助言者」たち（arbitristas）を絶望させた。

経済を掌握できる上流階級《ジェントリー》の不在のせいで、フェリーペ王政は、ブルジョワジーの名に価する階級を必要としていた。しかし歴史はそれとは別の決定をした。方向転換することができずに、家族作業所の複合企業、カスティーリャの織物産業はもはや外国企業との競争に対抗できなかった。セビーリャに荷揚げされる金塊《インゴット》を見るたびに、人びとは真の富とは、中南米から金銀を運ぶガリオン船が陸に下ろす富に他ならないと信じただけに、国内産業の努力を怠るようになった。外国から安く買えるものを作ったり生産したりする必要はなかった。この有害な打算は、世界的市場を設立したばかりのこの国を、隣国たちの意のままにさせた。もっとも明敏な人びとは言う、「インディアスをもつスペインは、外国のインディアスである。」ただ商人と銀行家だけが、ベルガンサがその暮しぶりを思い出す人びとのように、自分たちの資本を守ることができた。金の流通に地位を占めたかれらは、金銭貿易のために商品による真の商業を放棄した。かれらが子供たちにあたえた教育、子供たちを平民階級から脱出させたいという執念は、かれらの最初の身分からできるだけ早く脱出したいというかれらの関心を十分に示している。改宗したにせよしないにせよ、ユダヤ人が利益追求の精神を象徴し、財政もしくは商売と結びつくすべての活動に疑惑を抱くスペインにおいては、どうしてブルジョワジーが本来の使命に背かずにいられるであろうか。この不毛な精神状態から脱出できずに、公職や聖職禄を独占する貴族を模範として、ブルジョワジーもまた工芸を見捨てて、より安定した職業をめざした。収入を土地に投資し、息子たちを聖堂参事会員か司法官にしようとしたのである。ドン・キホーテの偉大な演説の一つである「武器《アルマス》」と「文学《レトラス》」についての対話のなかで、才智あふれる郷士の時代錯誤の徴に、優位を占めるのは「文学」の方である。

エリートたちのこの義務放棄は、千もの徴候が確認する沈滞の証しである。国土全域にあふれる流浪者たち、マドリードとセビーリャの路上にひしめく売春婦と乞食たちは、産業空洞化による無為の勝利を示している――商売《ネゴシオ》に対立する無為《オシオ》。この無為を、すべてのモラリストは競って非難し、やがてピカロ小説も独自の遣り方で告発する。しかし当時スペインが苦しんでいたもう一つの深い疾患の徴候がある。惨憺たる収穫の循環による慢性的な飢餓、セビーリャの投機に刺戟されて、記録的数値に達した物価の高騰、ジェノヴァの銀行家と契約した高利の借金、一五九六年のはなばなしい破産に終る借金によって、長期間包み隠されてきた予算の恒常的な赤字。中南米貿易が敵の海賊船の攻撃や外国の密輸入につれて増加する貿易収支の不均衡、かつては上昇していた人口統計が失速し、その後、一五九九―一六〇一年のペスト大流行による恐るべき人的損失――五〇万人の死者――に苛酷に打ちのめされて、衰退する前の一時的な停滞。

人びとがしばしばそうしたように、これらの事実からスペイン帝国は当時衰運に向ったと結論すべきであろうか。それを確定的とみなすのはいささか早計にすぎる。ロクロワの戦い(一六四三)の後、スペインの衰微が復旧不能に陥るのは四〇年後のことである。一五九八年にはまだ多くの選択肢があった。ヨーロッパとインディアスにおける財産によって強力なイベリア王国は、依然として世界の最強国であった。敵国がその覇権に異議をとなえたとしても、まだその覇権をスペインから奪取できる情勢ではなかった。そのためフェリーペ二世とスペイン世論は正当にも名誉ある平和を望み、その精神にもとづいて、一五九八年五月二日、慎重王はアンリ四世とヴェルヴァン和約に署名した。一見、カトー＝カンブレジ和約(一五五九)において決定されたように、以前ト同ジ状態(statu quo ante)に戻ったようにみえる。しかし、スペインはまもなくフランスが侮りがたい隣人であることを発見する。とはいえいまは、差し当たり、この和約は、フランドルにおける外交的解決策の賛同者たちに希望をあたえた。同年五月六日に、フェリーペ二世はお気に入りの娘イサベルのために、フランドル諸国の統治を放棄する。王は彼女の夫として甥のアルベルト大公を選んだ。カトリックのネーデルラントにあたえられたこの自治権は、プロテスタントの反乱との休戦を予測させた。残ったのは、なお和約に敵意を示すイギリスである。

しかし三年後のエリザベス女王の死が折衝の開始を容易にすることになる。
その間に、スペイン王は、自身の過失の赦しを神に願い、息子に最後の勧告をあたえ、自身の葬儀について指示したのち、天国へ昇天した。彼の誹謗者――「黒い伝説」の扇動者――がなんと言おうと、王の死とともに、偉大な治世は終った。それは、地球的規模で支配した最初の君主の治世であった。しかしこの治世は一つの危機、権力の危機と自信喪失の危機をもって終了した。この危機から教訓を引き出すことが残されていた。『ドン・キホーテ』の作者もこの危機の重大さから逃れられなかった。慎重王の死は、既述したように、彼にソネットを書かせたばかりではない。彼はさらに一つの奇妙な追悼詩を書いたが、その詩の荘重さは絶対的である。このジャンルの約束に従って、詩人は輝かしい故人の前に深々と頭をたれる。

「どこから始めればいいのでしょう
あなたの栄光の称号を高めるために、
あなたを宗教の父と
そして信仰の擁護者と
呼んだあとで。」

しかしこの明らかな尊敬はやがて皮肉な色をおびる。

「おそらくあなたを呼ぶべきだったのでしょう、

新しく平和を愛する軍神《マルス》と、
あらゆる平穏のなかであなたは敵を撃破したのですから、
ほとんどあなたが望む度に。」

行政官的な王の戦闘的な裏面に対する婉曲な暗示であり、数行先では財政破綻の偽らない回想がこだまする。

「国の金庫は空っぽです、
人の言うには、あなたが集め
そこに入れて鍵をかけたそうですが、
空の金庫は教えてくれます、
きっとあなたが宝物を天国にかくしてしまったのだろうと。」

セルバンテスは、崇拝と憎悪をかき立てた王に対してやさしくはないが、王が使命にふさわしい能力を欠いていたとは言わない。フェリーペ二世のドラマは、彼が行動の基準にした原則と、最後に辿りついた成果との分裂から生じた。長期の戦闘をつづけるには不安定すぎる情勢のなかで、フェリーペの政策のように野心的かつ非妥協的な政策は挫折を運命づけられていた。ミゲルは王の非妥協性をとがめたであろうか。それよりもむしろ、レパントを回想しながら、王が大西洋と北の海のために地中海を見棄てたことを恨んだのではなかろうか。それは誰にもわからない。しかし彼は王の行動を審判し、それを手きびしく遂行した。

さらば、アンダルシア

一五九五年二月一〇日、セルバンテスはセビーリャで、ホアン・デ・セルバンテスなる人物、おそらく遠戚の人に、かつて八〇ドゥカードを貸したことを認め、その返済金の領収書に署名している。その後この人物の名は散発的にしか聞くことはない。幾人かの説によれば、夏が近づくころ、セルバンテスは町を襲ったペストを逃れ、一〇月にはマドリードで、新しい君主フェリーペ三世の荘厳な首都入場に列席した。それでも彼の姿は、一六〇〇年三月から五月にかけて、まだグアダルキビール河畔に見出される。アグスティン・デ・セティーナの証人として法廷に召喚されたのである。彼はこのとき、サン・ニコラスの教区民だと名乗っているが、それは彼がまだセビーリャに居住しつづけていたことを示している。たとえ彼が、アンダルシアとカスティーリャ間を多少なりとも定期的に往復していたにしてもである。

彼は家族との絆を強化したのであろうか。二年前に起った事件から判断すると、少なくとも彼の姉妹とは完全に理解しあえたらしい。この事件の反響は彼の晩年に生じることになる。一五九八年五月一二日に、アナ・フランカ・デ・ローハスが亡くなって亡夫の墓に葬られた。それはフェリーペ二世の死の四カ月前のことである。アナの死が彼女の近親者にとって不意打ちであったかどうかはわからない。いずれにせよアナは二人の娘、アナとイサベルの保護をマドリードの代訴人に託したが、この人物は翌年、一五九九年八月九日に二人の孤児の財産管理人になった。その二日後、八月一一日に妹娘イサベルはマグダレーナ・デ・セルバンテスに雇われた。契約書に従えば、マグダレーナは二年間イサベルに食と住とを保証し、裁縫と家事の切り盛りを教え、労働の代償として二〇ドゥカードを給与すると約束している。これは啓発的な詳報である。公正証書がこの少女が故アロンソ・ロドリゲスの娘であると示していても、彼女をイサベル・デ・サアベドラと呼び、その一方で、われわれの古い知人、学士ホアン・デ・セルバンテスが同じ文書のなかで彼女の祖父として記載されている。ミゲルはこうして間接的に父性を認知したのだが、この事実はおそらくしばらく前から秘密ではなくなっていたらしい。従って、娘がマグダレーナ家に住み込んだのは姪としてであり、彼女は同時にドニャ・アンドレアの娘コンスタンサと親交を結んだのである。コンスタンサがペドロ・デ・ラヌーサへの失恋の痛手で慰めを必要としているまさにそのときに訪れた最良の話し相手だった。

　この期間に、セルバンテスは王国全体と同じように、新王の最初の決定を待っていたように感じられる。ところで、そのとき迷いに囚われているスペインは、マテオ・アレマンという人物に一流の解説者を見出した。アレマンは、同時代人のミゲル同様に外科医の息子で、ミゲル同様に借金で投獄される前には収税吏であった。この根っからのセビーリャ人、まぎれもない改宗者《コンベルソ》は、一五九九年三月にマドリードで『グスマン・アルファラーチェ、第一部』を出版した。この作品はただちに成功をおさめ、――六年間で二三版に達した――一六〇四年の第二部の好評がその成功を確認している。

　ところでグスマンとは何者であろう。作家の分身でないとすれば、少なくとも彼の代弁者である。破産した銀行家の息子である彼の遍歴の跡を辿ってみよう。彼は生地セビーリャからまずマドリードへ行き、ついでジェノヴァ、ローマへ行く。それから道を折り返して、各宿駅を経てグアダルキビールの岸辺に辿りつく。そこで彼は逮捕され、ガレー船の奴隷になる。要するに、彼は際立ってピカロぶりをひけらかす冒険家である。アレマンの仏訳者シャプランは、彼を的確に「浮浪者《グー》」と呼ぶ。創作者が有名な先駆者『ラサリーリョ・デ・トルメス』に献げたこのはみ出し者が、どうして一挙に近代的人間の姿そのものとして世に認められたのであろうか。『グスマン』の読者たちはどうして彼のなかに自分を認めるにいたったのであろうか。一人称で語られる物語の罠にはまっていくにつれてそうなったにちがいない。実際、ピカロがわれわれに示すのは、たんに不当に稼ぎ、不当に消費する金銭の雰囲気のなかで体験された転落物語だけではない。それは、長い倫理的瞑想によって中断される自伝の形をとっていて、たとえ適合する状況がいかにささやかであろうとも、われわれが誘惑に負けることがいかに少なかろうとも、十分にわれわれ自身のものでもありうる一つの運命なのである。

はじめて「現実の」生活を大規模な画面として描いたこの範例的小説は、事実の記録であると言われてきた。ピカロはたしかにわれわれの隣人、兄弟である。われわれは街角のいたるところで彼に出会う。これは『ディアーナ』の羊飼いにも『アマディス』の騎士にも見られなかったことである。しかしピカロの言説には注意しなければならない。トポスとノルマの拘束に従う修辞学的装置によって、くすねとられた現実はまやかしの世界になる。ある時代の鏡というよりは、マテオ・アレマンは、一つの社会を、その明示された価値と彼が暴くみせかけとともに、スペクトル分析をわれわれに見せる。二人のグスマン——まるでやましさを感じない主人公と悔い改めた話者——の分裂が過失と贖罪の弁証法の中心に書き込まれる。

今日、われわれは作家の目標はなんだったか、と自問する。グスマンのような「失敗したブルジョワ」の運命を介して、アレマンは古典的ヨーロッパが金銭、銀行、商売に対して行ったもっとも激越な糾弾を発言したかったのであろうか。彼はむしろ寓話の形をかりて、ピカロの逸脱的行動とその失敗に真の責任をもつ支配的な社会の精神傾向を検討しようとしたのではなかったろうか。罪と恩寵についての通りいっぺんの論争の背後に、近代的なたとえ話が浮び上ってくる、すなわち、金利生活者の無為を脱した新しい商人階層のたとえ話である。換言すれば、ガレー船から解放された主人公の最終的改宗は、カスティーリャのエリートたちの自分流の投資と貯蓄への改宗を象徴していると言える。このことは、この本が示す地平の広大さを示している、そのなかでは存在と外観のゲームが通奏低音であり、その上に主人公のつぎからつぎへの変身、そして大波瀾が生じるのである。しかし、読者が取り上げる解釈がどのようなものであれ、この本を読んでいるうちに一つの事実が明らかになる。それはピカロにのしかかる圧倒的な不名誉の重荷であり、彼がイマハノキワニ恩寵《イン・エクストレミス》に照らされるまでそれがつづくのである。悔悛したグスマンが、その可能性を実証できた自由意志の行使をたえまなく要求しても無駄である。その自由は、罪人グスマンを仮借なく窃盗から詐欺へと導き、汚辱のどん底に触れる生涯の終りまで実現しないのである。

ところで、セルバンテスがまさに異議申し立てを試みるのはこの苛酷な仕組みに対してであり、それは文学の目的と同時に、文学が「人間の条件」についてわれわれにあたえるイメージを活用するという複雑な理由にもとづいている。イタリア・ルネサンスによって再発見され、それに三年先立って、スペインにおいてロペス・ピンシアーノ博士がその豊かな注釈を刊行したアリストテレスの『詩学』にかんがみて、『ドン・キホーテ』の作者は、ピカロ方式の有効性をはっきりと確認した。そしてセルバンテスの思索は、彼がアレマンの方式の恣意性とみなすものを否認する方向へ導いた。才智あふれる郷士が道中で出会い、彼にとっては不幸なことだが、鎖から解放するのを手伝った徒刑囚の一人、ヒネス・デ・パサモンテを介しての彼の言葉には、悪意が無いとはいえない。ガレー船漕刑囚のグスマン同様に、漕刑囚ヒネスは、聞いてくれる誰にでも、自分は生涯の物語を書いた、と断言した。

「その本はそんなに面白いのか」とドン・キホーテが聞いた。

「面白いどころの話じゃありません」とヒネスが答えた。「『ラサリーリョ・デ・トルメス』をはじめ、ああいった種類の話で、これまで書かれたものにしろ、これから書かれるものにしろ、まったく顔色なしというところです。つまり旦那に申し上げられることは、ここには本当のことが書かれている、おまけにその本当のことが、どんな絵空事も比べものにならないくらい気のきいた面白いことばかりだということです」

「で、その本はなんという表題かな」とドン・キホーテがたずねた。

「『ヒネス・デ・パサモンテの生涯』」と本の主人公が答えた。

「ところで、その本は完結したのかな」とドン・キホーテがたずねた。

「完結しているわけがありませんや」と相手が答えた。「なにしろ、こちとらの生涯がまだ終っていないのだから。書いてあるところは、わしの生まれたときから、ちょうどこの前漕役にやられたところまでというわけです」

「してみると、前にもあそこへ行ったのだな」とドン・キホーテがたずねた。

「つまり神さまと王さまにお仕えしようと、この前は四年間おりました（……）それにまた漕役に行くことも、それほどつらいとは思いません。なぜかといえば、あそこへ行けばわしの書物を仕上げる暇があるに違いありませんからね。まだ書きたいことが山ほど残っているんです……」

（前篇二二章）

ヒネス・デ・パサモンテという名は、セルバンテスもおそらく個人的に知っていた冒険家へロニモ・デ・パサモンテから姓を借用したことは、この際あまり問題ではない。この冒険家も彼のかなり脚色された伝記小説を残している。ここで重要なのは、ヒネスがわれわれに向けて発するメッセージである。他人の前で自分の存在を主張し、自分は真実であると同じくらい面白い物語の作者であり主人公である、と宣言することによって、ヒネスは彼なりのやり方で、『グスマン』がその上に安座している二重の詭計《きけい》を告発する。マテオ・アレマンによって書かれた自称自伝は、作者は卑しい乞食でも、その悔悛した分身でもないことを前提としている。従って、この自伝は真実にも本当らしさにも属さない。このピカロが自分自身に向けていると思われる回顧的な視線については、結局、自己欺瞞的、つまり一時的な視線にすぎない。ただ死だけが完了した生に意味をあたえることができる。従ってセルバンテスは、『グスマン』の閉ざされた構成に、彼のいくつかの小説《ノベラ》の開かれた構成を対立させることを好んだらしい。後者では、乞食はピカロ的冒険をゲームとして受容し、かれらが現状から脱出できるかどうかはわれわれにはわからない。リンコネーテとコルタディーリョのように、あるものはセビーリャの犯罪的風俗の手ほどきを受け、ある日われわれの視界から消え去る。「身分のよいおさんどん」の二人の友人、カリヤーソとアベンダーニョのような他の人びとは、時がくれば、紳士としての身分を取り戻すが、それは、「有名なグスマン・アルファラーチェについて講演できるほど」詐欺師の手管に通暁したあとのことだ、とかれらは言う。自分の存在と生活をわれわれの目前で（作家と協力して）創り出す作中人物たちは、こうして最高の自由を主張する。それはやがて、アロンソ・キハーノが自分をドン・キホーテと命名するとき、意志の行為が最高度に表現する自由である。

あらゆる体系《システム》の因習を脱したピカロ文学のこの明晰な再建は、ある種の偏見から生まれたのではなく、

「虚偽の寓話」と散文によるフィクションの身分とについての熟考から生まれたのである。ミゲルは拘禁中に始めたこの考察をさらにつづけ、別の土地で、彼の大作の実質に少しずつ取り込んで行った。彼がセビーリャを本当に立ち去ったのはいつのことであろう。ある人びとの考えでは、一六〇〇年の夏、その一年前に恐ろしい黒ペストがスペインで猖獗をきわめたのだが、グスマンの言葉をかりれば、「カスティーリャからおりてきたペスト」がアンダルシアで勢力を回復したときであるという。他の人びとの考えでは、彼はグアダルキビール河畔での滞在を数カ月延ばし、それからトレド、そしてエスキビアスへと北上したという。いずれにせよこの出発は、いまや五〇代に達したセルバンテスの人生における新しい転回点であった。遍歴と試練の一〇年は終ったが、この一〇年は、一見、彼に失意しかもたらさなかったようにみえる。実際には、これはかけがえのない経験の一〇年であり、この歳月の間に、すこしずつ彼は己れの武器を鍛え上げ、その武器が彼の名を不滅なものにしたのである。

第五章　才智あふれる郷士　一六〇一―一六〇六

「名は思い出したくないが、ラ・マンチャのさる村に……」

『ドン・キホーテ』前篇第一章

新しい治世、新しい時代

フェリーペ二世の死後一年以上たって、スペインが世界の覇権を誇った栄光にみちた世紀が終了する。わずか一五カ月であるが、それだけでスペインが王位継承者になにを期待していたかを明らかにするのに十分である。フェリーペ三世は、彼に先立つ王たちに比べてかなり影の薄い存在であった。彼は父王から信仰心を受け継ぎ、敬虔王フェリーペの称号をあたえられたが、権力行使の嫌悪において父王とは異なっていた。半世紀近くの間、慎重王は休みなしに国事に献身した。彼の認可を求めるすべての文書を熱心に検討し、平常一日八、九時間を仕事机で過ごし、その上、謁見や大臣との会談に時間をさいた。新しい王は即位するとただちに、このような習慣は行われないことをみなに知らせた。二〇歳になったばかりのこの若い王にとって、統治するとはまず第一に自分の姿を人びとにみせることであり、従って、故先王がよりよく仕事に専念するために好んで隠棲したうすぐらい修道院を避けることを意味した。一五九九年四月に公的な服喪が明けてまもなく行われたフェリーペ三世とマルガリータ・デ・アウストリアとの婚礼は、両陛下の栄誉を讃えて、王国全土に組織された豪勢な祝祭の機会であった。それ以後すべては、忠実な臣下が君主に捧げる敬愛を表明するのにふさわしい娯楽と祝宴の口実になった。

フェリーペ三世がいとこと結婚したのは、亡父の最後の意志を実現するためにすぎなかった。彼の妹イサベル・クララ・エウヘニアには、ネーデルラントの統治が委譲されたが、彼女は、同じ日にアルベルト大公と婚約した。時代の趨勢として、この二つの結婚が祝われたのは、エル・エスコリアルでもマドリードでもなく、バレンシアにおいてであり、バレンシアは山《シエラ》から吹きおろす風に鞭打たれるカスティーリャの丘よりも早春のより快適な土地であった。ロペ・デ・ベーガは、サリアー侯爵の秘書官として臨席したこの祝典の詳細な描写を残した。サリアー侯爵はのちにレーモス伯爵となり、セルバンテスの庇護者になる。ロペは新婚夫婦のために細心に構成された娯楽を好意的に回想してはいるが、その代わり、他の証人たちの報告についてはロを閉ざしている。彼は謝肉火曜日《マルディ・グラ》の行列に、兎、うずら、牝鶏で飾られた騾馬にまたがるカーニバルの騎士の姿で参加した。彼はまた、学者たちがしばしば彼の作品とみなしている、君主たちの前でよく上演されたらしい戯曲についても、なにも語らない。その戯曲の表題は『アルジェの虜囚たち』といい、ミゲルが捕虜生活から帰還して書いた『アルジェの生活』から多分に影響を受けている。ロペが古典劇に対抗して確立したコメディア・ヌエバの規範に準じたこの改作は、セルバンテスが知らないうちに作成されたにちがいない。それに気付いたとき、彼は大いに憤慨したことであろう。そしておそらく、彼が当代の趣味に拒否的であったにもかかわらず、大衆は彼に賛同しているらしいと結論したであろう。彼は文体を変えようとしていたのであろうか。『ドン・キホーテ』前篇において、司祭と聖堂参事会員との交わす対話から判断すると、彼は流行のコメディアをかなり低く評価していたらしい。この論争についてはいずれ再検討してみよう。

バレンシアは気候の温暖さに加えて、二つの利点をもっていた。そこは新婚旅行の必然的な終着地だった。マルガリータとアルベルトはイタリアから海路、最短航路をとってやってきた。この町はまた、セルバンテスがそう遠くない前、アルジェからの帰りに上陸したデニアに一番近い都市であり、ここで幸福な新婚夫婦たちはやがてこの地の有力者、デニア侯爵フランシスコ・ゴメス・デ・サントバル・イ・

ローハスによって、豪華な歓迎を受けた。侯爵がバレンシアでの祝典よりさらにめざましい祝祭を催したとき、侯爵は、たんに若い王が相談役に迎えた、そして侯爵ならあふれんばかりの贈り物をもらった大公の感謝を公衆にみせることだけを意図していたのではなかった。彼はなによりもまず世界の前に寵臣の特権を主張し、王の意志によって最高の責任ある地位に昇進することをめざしていたのである。フェリーペ二世は、いつもの明敏さをもって、愛想のよい態度のなかに限りない虚栄心を隠している著名な家系の貴族たちが、内気で無感動な王太子に影響を及ぼすことを憂慮していた。「ああ、ドン・クリストーバルよ、予はかれらが彼を意のままにするのではないかと案じている！」と老王はある日、彼の忠実な顧問官クリストーバル・デ・モウラに叫んだという。そのとき王は王位継承者を待ち受けている多くの厄介な仕事を思い浮べていた。実際、慎重王が息をひきとると、たちまち例の侯爵は、自分が真の主人であることを実証しようと全力を尽した。彼は亡君の身近な協力者であったモウラとバスケス・デ・アルセを宮廷から遠ざけた。そしてかれらの義弟ミランダをカスティーリャ国務会議の議長に据えた。数カ月後、侯爵は彼の叔父サンドバル・イ・ローハスをトレド大司教に任命した。この大司教のために一言すれば、彼はやがてセルバンテスにとって見識ある庇護者になった。フェリーペ三世は彼の宰相がなすがままにまかせた。いまやレルマ公爵になったサンドバル・イ・ローハスは、一九年間にわたってスペインの運命を支配し、同時に寵臣の時代を開始した。

一見したところ、レルマのシステムは、カスティーリャが中世末期に経験した腹心《プリバード》(privado)と寵臣《バリード》(valido)の治世に単純な回帰を果したようにみえる。かつてこの制度に終止符をうったのはイサベル・ラ・カトリカであった。しかし最初のハプスブルク家出身の二人の支配者の個人的統治は、治世を先史時代の闇に追い込んでしまった。実際、カール五世が設置し、彼の後継者が完成した行政機構が高度の複雑さに達したために、フェリーペ二世のように、己れの義務を確信している王でさえも、もはやその機構の歯車を制御することはできなかった。父王のエネルギーも能力もない新しい君主は、治政を自分以外の人びとにまかせる他なかった。この国にとって不幸なことに、レルマはその使命に対処できる人物ではなかった。彼はしばしば憂鬱の発作におそわれ、本来怠惰な気質であって、狩猟やパーティで時間をつぶすために、数日間公的な問題を完全に放置することがしばしば起った。官僚機構改革の試みを彼の功績と認めることもできよう。彼は、フェリーペ二世がその治世の末期に臨席した評議会に似た、小規模の委員会をつくり、王室会議の重荷を軽減しようとしたからである。王室会議は検討しなければならない多数の問題を抱えながら、旧弊な運営によって身動きがとれなくなっていた。この委員会はまた、公爵とその協力者に上流貴族の攻撃と対決する力をあたえた。上流貴族たちは、一世紀以上前にかれらが失った国家機構の中枢における権力の回復を狙っていたのである。しかしレルマが有効に行動するためには、有能な協力者が必要だった。ところが、彼の主要な助言者、ペドロ・フランケーサとロドリーゴ・カルデロンは、利権漁り家であり、やがて公金私消で有罪になる。フランケーサは財政を担当したが、一六〇七年以後に不正行為が暴露された。彼は逮捕され、拷問を受け、これまでに着服した金額の返還を命じられた。カルデロンは二〇年以上権力の座を守るのに成功した。が、やがて彼の保護者の失脚の犠牲になって転落し、フェリーペ四世の即位に際して処刑台で果てた。

強調しておきたいのは、公爵は下臣たちの策謀をかばったばかりではないということである。王の寵愛によってえた地位をあつかましく利用して、彼は三年足らずの間に巨方の富を蓄積した。フェリーペ三世からカスティーリャの騎士団長《コメンダドール》に任命され、多くの封土と実質的に豊かな聖職禄をあたえられた。さらに毎年、艦隊の金のかなりの部分を私有化する許可をあたえられ、その額は一六〇二年には二〇万ドゥカードに上った。以前にはつつましい収入に甘んじていた一人の男のこのめざましい富裕化は、スペインが経済不況のさなかにあり、緊急に対策を必要としていた時期にあって、当然世人を憤慨させた。しかしレルマとその顧問たちは首尾一貫した財政政策を立てることができなかった。カスティーリャに課される税金を軽減することに汲々としていたかれらは、たちまち他の地方の断固たる反対に遭った。初期にカタルーニャとバレンシアから徴収した金が特権者たちの年俸として消費されただけに、いっそう新しい税制に対する敵意は強かった。インディアスの銀鉱脈の涸渇によって資源の一部を失った国王は、種々の弥縫策を立てることしかできなかった。公職や職務の計画的な売却、ポルトガルのユダヤ人の拠金要請、銅貨鋳造認可の政令——要するに、破産に追いつめられた政府が行う多数の政策である。

この弥縫策に満ちた雰囲気のなかで、先の治世からの断絶を象徴的に示す決定が行われる。宮廷のバリャドリード移転である。一六〇一年一月一日、最初の行列がピスエルガ川の岸辺に向ってマドリードを去ったとき、一年近く前から流布していた間近な出発の噂が事実になった。公的な理由は、フェリーペ三世のデリケートな健康状態であった。マドリードの厳しい冬に脅かされていた彼の健康はバリャドリードの空気によりよく順応するであろうし、それに、そこでは生活費が安上りになる、と言う人びともいた。レルマは国王を彼の祖母マリア・デ・アウストリア皇太后の影響力から引き離したかったのである。皇太后は二〇年前からマドリードの改革されたカルメル修道会に隠棲していたが、寵臣レルマに対しては深い反感を抱いていた。公爵は自分の利益全体を考慮して、この移転から確実にかなりの利益を引き出せると考えていた。彼の権力の代償として四〇〇〇万ドゥカードが新しい首都の当局から支払われた。彼ほど幸運でなく、宮殿の影で生きていた人びと、宮廷もしくは司法省の役人にせよ、商売の事務員にせよ、新しい都市へ移転して住居を探すことは、新しく流入する群衆を考えれば、運試しのようなものであった。この集団移住は数週間にわたってマドリードの組織を空白化し、その活力を損なった。アンドレアとマグダレーナ・デ・セルバンテスもこの大移動に巻き込まれた。ミゲルは、少しおくれて彼女たちに合流した。しかし移住の決意をしたとき、彼は自分の作家としての経歴が新しい方向に向うのに気づいていた。

カスティーリャへの回帰？

セルバンテスがセビーリャに決定的に別れを告げた一六〇〇年の夏から、一六〇四年の夏まで、つまり彼のバリャドリード滞在が当然認められるはずの時期に、われわれが彼についてほとんどなにも知らない四年間が流れる。わずかな手掛りとして、いまだにつづく漂泊生活、ただし、しばしばエスキビアスやその近辺での滞在でその漂泊が中断される生活が窺われるだけである。

この一七世紀の黎明期に、四方の国々との戦闘に疲れ、平和に憧れるスペインは、フェリーペ二世とフランス国王の和約にならって、スペインが長年つづけてきたイギリスやネーデルラントとの紛争を終結した。まさにそのとき、一つの事件が起って、ミゲルを突然喪の悲しみにひたし、彼にこの平和の希求は敬虔な願望に他ならないことを思い知らせた。一六〇〇年七月二日に、ロドリーゴ・デ・セルバンテスが、アルベルト大公の軍隊がモーリス・ド・ナソーに大敗したデューヌの戦いで、戦死したのである。こうして外科医の末息子を、レパント、イタリア、アソーレス、フランドルへと転戦させた戦歴は終った。それはたしかに英雄的な死であった。しかし戦いのなかで倒れた戦士は、一八年間も従軍しながら一度も昇進することがなかった。なぜロドリーゴが軍隊で昇進できなかったか、なぜ彼の相続者が半世紀以上も経ってから、しかもただ一部しか、彼の俸給の延滞金を受け取れなかったか、われわれにはわからない。しかしこの渡した金は、かつての幻想から醒めた時代の流儀にふさわしい。

セルバンテスはどこでこの戦死を知ったのであろうか。おそらくトレド、同年八月一九日に彼の義弟フェルナンド・デ・サラサール・パラシオスが一九歳で、ホアン・デ・サラサール修道士の名においてフランシスコ修道会の衣裳を身につけたトレドであったろう。この青年は彼の資産を姉と兄フランシスコに贈与し、ミゲルを贈与執行人に指名した。従って、ミゲルがその責任を果すために、儀式に参列したと推測できる。

彼をふたたびエスキビアスで見出すには、サラサール家の友人の娘の洗礼式が行われた一六〇二年一月二七日まで待たねばならない。彼はそこで、かつて彼を歓待してくれた女友達ホアナ・ガイタンが代母をつとめるのに協力して、代父の役を引き受けた。彼はわざわざこの洗礼式のためにエスキビアスへ来たのであろうか。二二日前の一月一五日、彼の妻はわずかな土地を一万二〇〇マラベディスで隣人かつ親戚のガブリエル・キハーダ・デ・サラサールに売却した。この売却の正確な理由はわからないが、彼女は夫の不在中に夫の委任状によってこの売却を実行したのである。

フェルナンドの修道会入信とエスキビアスでの洗礼式を隔てる一五カ月の間に彼になにが起ったのか、われわれは知りたいと思う。おそらく彼は、一六〇一年一二月にトレドで催された家族会議、ミゲルの義理の兄弟のなかの兄フランシスコ・デ・パラシオスの新しい叙階式に出席したのであろう。その間、彼はふたたび債権者たちともめたらしい。事実、一六〇一年九月一四日、国庫の会計官たちがベレス・マラガの八万マラベディスを彼に請求し、——無益に——彼への非難を繰り返していた。役人たちは七年前からミゲルをその債務者とみなしていたのである。一六〇三年一月二四日、かれらは新しい催告状を提示しようとしていた。今回の文書は、セルバンテスがセビーリャの牢獄から出してもらうために、ベルナベ・デ・ペドローソ閣下に宛てた往年の手紙にまで言及していた。研究者たちがしばしば行ったように、この事実から元収税吏の再度の拘留を結論すべきであろうか。報告されている事実には日付けがなく、一五九七年の刑務所のエピソードと見る方がより真実に近いらしい。国庫はその後、かつての収税吏の釈明を入手しようとして、調査を倍増したらしい。

結局のところ、ホアン・デ・サラサール修道士の贈与執行人が再投獄されたとは考えにくい。その上、そのころ、彼は『ドン・キホーテ』の執筆に大半の時間を費していたのである。前篇二五章に描かれる騎士が姪に宛てた手紙は、もしセルバンテスが彼の執筆習慣に忠実であるとすれば、作家がそれを書いた当日以外ではありえない。しかし何年のものであろうか。明らかに一六〇二年である。ここには、挿話の形でルシンダの不幸な恋を語る二八章から三〇章にかけて、そのころ出版された騎士道物語『ポリシスネ・デ・ボエシア』、つまり同年秋にバリャドリードで出版された小説の疑う余地のないレミニサンスが含まれている。執筆活動のこの二つの些細な証拠は、再度の監獄暮しを含むアンダルシア遍歴よりも、むしろマドリード、トレド、エスキビアスなどでの落ち着いた生活を暗示している。セルバンテスがセビーリャでイガレスの領主ドン・フェルナンド・デ・トレドと結んだ親交という観点からみて、アストラナ・マリーンは、セルバンテスがトレドに戻ったとき、この若い貴族ドン・フェルナンドに仕えて、その収支勘定を整理し、財産管理を手伝うことを依頼したのではなかったろうか、と推測している。この仮説を立証する事実はなにひとつない上に、元収税吏がふたたび数字計算に沈潜したいなどとはみじんも望まなかったことは確かである。彼の義弟の贈与のおかげで、彼はしばらく放浪をやめ、いささかの休息をすることができた。彼がその時間を彼の傑作に捧げたことは、その状況から十分に信じられることである。

彼の姉妹はいつマドリードを去ったのであろうか。一六〇三年二月八日には、アンドレアはまだマドリードにいる。その日、彼女は縫物の報酬として七八八レアルを受け取っている。受領証はミゲルの筆跡で署名されているので、当時ミゲルが姉の近くにいたことを証明する資料の一つになっている。アンドレアの出発はおそらく春になってからであろう。彼女の裁縫は上流階層の間で人気があり、彼女は得意先を失うことができなかった。従って、彼女は生活のために、客とともに出発しなければならなかった。妹マグダレーナと娘コンスタンサ、さらに姪のイサベルを連れて、他のマドリードの住人たちのように、彼女は二年前に国王と宮廷に従って去った人びとの仲間に加わろうとしていた。セルバンテスは彼女たちとの同行を考えたろうか。彼は原稿に最終的推敲を行うために、エスキビアス滞在を延期する方を選んだらしい。彼の姪コンスタンサの証言によれば、実際、彼が姉たちに合流したのは一六〇四年の初夏のことであった。このころ彼は発行人フランシスコ・デ・ロブレスを見出した。ロブレスはかつて、ミゲルの捕虜生活からの帰国後五年目に、『ガラテーア』を発行したブラス・デ・ロブレスの息子で、出版業の後継者である。この重要な発行人は、マドリードのプエルタ・デ・グアダラハラ書店を守り、経営する一方で、三年前から新しい首都に定住していた。どのような状況で二人は出会ったのか、われわれにはわからない。確かなことは、ミゲルが自分の本の出版に必要な国王の刊行允可を七月に獲得して、翌八月から原稿を印刷者に渡す手筈をととのえていたことである。そのころ彼は、バリャドリードへの移住を決心したらしい。数週間後にカタリーナは、弟たちと債権者たちのために、母方の遺産相続の手続きをすませてから、彼女自身もエスキビアスを去った。「憂い顔の騎士」のおかげで、あれほど長期間別居していた夫婦が、おそまきながら同居を再開したのである。この生活は作家の死までつづくことになる。

バリャドリードにて

王政をマドリードの外へ移すに際して、レルマは、前述したように、さまざまの動機に従ったのだが、そのすべての動機が公開されうるものとは言えなかった。しかしバリャドリードは、その利点としていくつかの魅力をもっていた。たとえば、前世紀に再植林によって改良された肥沃な土地、交通の密集した組織網の中核という戦略地点、宮廷が移転する前ですら六万を超えていた人口密度、そしてカスティーリャの他の都市とは反対に、労働者階級が優勢であること、などである。カトリック両王の時代以後、司教管轄区行政局が定着し、カール五世の治世中、間歇的な首都であったこの町は、輝かしい未来を期待するのにふさわしかった。一五六一年の大火が木造の家屋を全焼し尽して荒廃させたこの都市は、近代都市計画の模範に従って再建された。より潤滑な交通網を完成して、この都市の相貌は一新した。五〇〇の正門と二〇〇〇の窓にかこまれた中央広場《プラサ・マヨール》には、スペイン全土で比肩するものがなかった。銀細工品通り《プラテリーア》は豊かな商店に縁どられ、四台の四輪馬車が並行して走るだけの幅をもち、この町の繁栄のシンボルそのものであった。宮殿や教会は、その数と豪華さにおいてマドリードを凌駕していた。ピスエルガ川岸に沿う緑蔭豊かな散歩道は、酷暑の夏に水涸れするプラド川やレティロ川に劣らない魅力をもっていた。

国王の到着と行政機構の設置とともに、宮廷人、役人、その家族と侍僕の流入は、この都市を城壁の外まで溢れさせようとしていた。レルマはこの首都をマドリードの汚点である「不法建築家屋」casas a malicia から守るために、新築の家はすべて三階建てとし、正面《ファサード》を青と金で塗装するように命じた。当時のクロニスタはその効果について惜しみない賛辞をおくっている。かれらが言及するのを省略したことを言えば、この要請が住宅の供給をきわめて高価なものにしたので、特権階級だけが穏当な住居を希望できた、という事実である。知遇や高所得のない人びとは、美しい地域に近づくことが禁じられ、不動産開発業者たちが、なんのやましさもなしに、城壁外に大量生産した急造建築で我慢するしかなかったのである。

セルバンテスが家族とともに住んだのは、左官がまだ作業中のこの間に合せ住宅の一つであった。三階建てのアパートで、家主はホアン・デ・ラス・ナバスといい、新しい住人たちに共同住宅《アパート》を貸していた。ラストロ・デ・ロス・カルネロス——市営の屠殺場——の近くに位置し、エスゲーバ川岸から二〇歩ほどのところであった。そして「犬の対話」の筋が始まりかつ終る「回生病院」(hospital de la Resurrección) に隣接していた。その地区は、幾人かの人が主張するようなスラム街であったろうか。スラム街という言葉はおそらく行き過ぎであろう。それでも病院や屠殺場に近く、肉屋が出入りする地上一階の居酒屋、川にかかった木橋の岸辺を汚しているごみの山などは、作家のつつましい資産にふさわしい、かなり粗末な住居を暗示している。驚くべきことに、このにわか造りの家は、セルバンテスを中心として親類や友人の移民団を収容することになった。かれらは新しい首都の空気を吸い、その新しい発展から利益をうるために、マドリード、トレド、エスキビアスからやって来た。居酒屋の上の二階には、ミゲル、カタリーナ、アンドレア、コンスタンサ、マグダレーナ、イサベルが住み、数カ月後には女中のマリア・デ・カバリョスが加わった。同じ階に、有名なクロニスタ、ルイス・デ・ガリバイの未亡人でミゲルのいとこのルイサ・デ・モントーヤが一人の娘と二人の息子を伴って住みに来た。最上階にはホアナ・ガイタンが住んだが、このアパートの正面の家には、ミゲルの女友達のマリアナ・ラミレスがその母と二人の息子と暮していた。ホアナもまたエスキビアスを去り、彼女の夫、姉、姪も彼女のあとを追って来た。やがてはゴシップ好きのイサベル・デ・アラヤ婆さんがこの家の屋根裏部屋を占拠することになる。どの部屋も手狭な一三室に計二〇人の住人、これはバリャドリードでの暮しがかなり窮屈なものであったことを示している。

セルバンテスは、どのようにしてこの雑居状態に耐えたのであろうか。「ガラスの学士」の文章から窺われているいささか皮肉な諦念をもってである。新旧二つの首都を対比しながら、トマース・ロダーハは両者を同等に評価しようとする。しかし、と彼はすぐに付け加える、両者は平等な恩恵にあずかっているわけではない。マドリードには「空と太陽」、バリャドリードには「中二階《エントレスエロス》（窮屈な場所）」。この小説は、そのとき、作家が中央広場の高級住宅を、もしくはより散文的にラストロ・デ・ロス・カルネロスの粗末な家屋を考えていたかどうかを語らない。セルバンテスが自分の家に我慢できたのは、週から週へと、『ドン・キホーテ』が影のなかから姿を現わす日が近づいていたからであり、また、仕事に完全に没頭していた彼は自分が強いられている居心地の悪さを気にかけなかったからである。原稿が印刷にまわった六カ月の間、彼の日常生活がどのようなものであったかはわからない。おそらく彼は、イタリアやスペインの実業家たちと交際していたのであろう。かれらはまもなく、ガスパル・デ・エスペレータの死に際して姿を現わすことになる。その代わり、彼が国庫会計官たちとふたたびかかわったとは思われない。おそらくかれらは、財政局の書記官の一人が最近犯した三万ドゥカードの詐欺事件により関心があったのであろう。セルバンテスは宮廷の控えの間通いをしていたろうか。五七歳になった彼は、もう請願者を演じる男ではない。かつてインディアス枢機会が彼に下した断固たる反対以後、アンダルシアでの食糧徴発官の任務が彼にあたえた失望以来、王への奉仕は彼にとってもはやなんの魅力もなかった。年齢の重荷、一一年後に彼をあの世へ連れ去る病気の最初の徴候が現れたが、少なくとも一時的に、サラサール家からの贈与が彼に保証したささやかな安楽によって、彼はより座業的な、作家仕事によりふさわしい暮しをつづけることができた。

彼がこの地で、バリャドリードを王国の知的な首都に形づくった数人の人びとと親交をもったのは、きわめてありうることである。ある人びとは同時代人だった。たとえば生粋のバリャドリード人アロンソ・ロペス・ピンシアーノ博士である。博士は一五九六年にアリストテレスに啓発されて重要な詩学論を公刊した。この本の思想は『ドン・キホーテ』の作者の美学的考察に生き生きとした刺戟をあたえたようにみえる。また同様に、友人のなかでも付き合いの長いルカス・グラシアン・ダンティスコ、ルイス・デ・ゴンゴラのように、まだ若い他の人びとが、かれらの詩句によって有望な名声を獲得していた。かれらがこの町に住んでいることは、町の栄光に貢献した。他の人びとは文学的デビューをしているところであった。たとえば、フランシスコ・デ・ケベード、彼はまだ大学生であったが、すでにゴンゴラと論争し、一方ではフランドルの高名な人文主義者フストゥス＝リプシウスが彼を文通相手の一人に加えている。かれらのおかげでバリャドリードは、王国の議論の余地のない文化的首都を称することができ、大衆の眼は町の祝祭の輝かしさと娯楽の多様性に眩惑された。詩人劇作家と役者たちがたしかにこのコンサートのなかでかれらのパートを演奏している。ロペ・デ・ベーガがその形式を完成したコメディア・ヌエバは、異常なまでの熱狂を、貴族と庶民が分かち合う情熱をひき起した。この「コメディア・ヌエバ」についてては急いで付言しなければならないが、これはその発案者の頭脳から十分に鍛えあげられて出てきたものではなかった。それは一七世紀を超えて流行する集団的創造であって、最後まで大衆文化を生産しつづけた。そこでは最良の戯曲が最悪の作品と避けがたく接し合っている。しかし主題の多様性を介して、コメディア・ヌエバは演劇になりうるすべてのものから演劇を生み出したのである。

この変化《メタモルフォーシス》が実現するためには、観客がかれらの要求を、少なくともかれらの期待を表明できるレベルに達している必要があった。この観客は、長い間さまざまな市町村に分散していて、ミゲルがアンダルシアを駆けめぐっていた歳月の間に、そして地方の信徒団体の推進力を受けて、常設劇場の組織網が全王国を覆ったころ、スペイン全土の規模で合一する。フェリーペ二世の治世が終ったとき、この観客は演劇の敵、慎重王の死につづく服喪期間を利用して常設劇場《コラール》閉鎖の延引をはかった敵に対抗して、自分たちの芝居を維持できたほど強力であった。数カ月後に、大衆の圧力を受けて、閉鎖政令は取り消された。その代わりに反対者たちは報復手段として、権力を行使して、スペクタクル産業の統制をはかり、とりわけ役者に関する法律を強化した。一六〇三年四月二六日に君主による法令は、四旬節《カレーム》〔四〇日間の悔俊の期間〕にはコメディアの上演を禁止する、さらに修道院からコメディアを追放しなければならないと宣言した。村から村へと渡り歩く旅芸人はまだ寛大に扱われていた。八つの「特別劇団」(Compañías de título — そのメンバーは毎年契約によって補充された)は、王室から特権をあたえられ、かれらだけが大都会で上演することを許された。かれらのマネージャー——全能の作家たち《アウトーレス》——は、従って、政令の恩恵で利益を得ていた。その代わり、かれらには地方自治体との緊密な協力が課された。この協力のおかげで、コメディアは例外的な普及を確保することになった。

座長であると同時に舞台監督、脚本家、演出家をかねる万能作家たちは、こうして真の独占権を行使した。ロペ・デ・ベーガがあれほど素早く認められたのは、常設劇場の観客や他のアウトーレスのおかげであった。彼が占めた優位は、巧妙な技巧の結果であるばかりでなく、彼は国民の趣味の完全な代弁者であった。それはこの才気のフェニックスの驚異的な多産の一つの例証であり、とりわけ一つの社会がその内的矛盾について抱いている感情を舞台にのせて、あらゆる調子を駆使してその感情を表現する能力を証明している。当時もっとも有名なこの作家は、戦争の痛手から回復しつつあり、空想的な冒険の誘惑にいつでも身を委ねる気になっていたスペインに、自分の姿を観照する鏡を差し出すことができた。

ロペは、セルバンテスが食糧徴発と公的な遍歴で身体をすりへらしていたころ、学習を完了した。彼は、新しい芸術の発明を試みていたギリェン・デ・カストロを取り巻くバレンシアの劇作家たちと交流して、研鑽をつんだ。ロペはかれらが模範としたものを研究し、かれらの枝に実をつけた。フェリーペ三世が大衆の要求に応じて劇場の再開を決定したとき、ロペは作劇の能力を十分に身につけていた。彼の優位は以後絶対的なものになった。しかしその名声を妬む者もでてきた。ミゲルはそのなかに入っていたろうか。やがてミゲルが、ロペを「自然の怪物」であり、「演劇王国を席巻し、あらゆる役者を支配掌握した」と讃える日が来る。しかし現時点では、この二人の関係は明らかに冷えている。『アンヘリカの美貌』(La hermosura de Angélica) と同時にその年一巻の本として出版されたこの有名なフェニックスの『詩歌』(das Rimas) を飾る前置きのソネットを信じるとすれば、一六〇二年にはまだ関係は平穏であった。詩人の名(ベガ＝肥沃な平原)にかけて、セルバンテスは歌う、「穏やかでいつも緑の平野《ベーガ》」(apacible y siempre verde Vega) と。

アポロンはその地に恵みを拒まず、

ヘリコン山〔ミューズの山〕の水でその地をうるおす。

この二行の詩句には、たしかに、ベーガと「ヴィーナスがふやし育てる神聖な多産」への皮肉がこめられている。なぜなら『アンヘリカの美貌』のなかで、ロペは恋人ミカエラ・デ・ルハンの魅力を露骨なまでに称賛しているからであり、ロペはミカエラのために正妻を捨て、ミカエラはたてつづけに彼の子三人を産んだからである。

その後どうなったのであろう。ある人びとは、一六〇三年ごろ、マドリードかセビーリャである事件が起ったと考えている。セルバンテスはロペに対する諷刺詩を書き、ロペを傷つけたのではないか、とかれらは言う。他の人びとは、ロペのスペイン演劇の独裁によって影がうすくなったセルバンテスが、ロペの「芸術の法則」への違反を公然と非難したのではないか、と推測する。いずれにせよやがて『ドン・キホーテ』の司祭が語る、「この王国のもっとも多産な天才」、しかしそのコメディアは、「彼が役者の要求（……）に応じたい欲求のために、そのいくつかの作品のように（……）すべてがすべて望ましい完璧の域にまで達しているわけではないのです」という言葉は甘酢っぱい批評である。司祭の最初の暗示はさらに辛辣である。「流行のコメディア」に対するどの作品という限定なしの酷評、「ナンセンスの鏡」、「愚かさの見本」、「猥褻の表象」などである。（前篇四八章より）

ロペがこの論争を最初に始めたのかどうかは確かではない。しかし、一六〇四年八月四日付けの彼の直筆の一通の手紙が彼の苛立ちを証明している。そのなかで彼は、中傷への嫌悪を主張し、「忌わしい悪口はセルバンテスの戯曲に対しての方が、私の作品に対してよりふさわしいと、私には思われる」と記している。彼はまた、「来年は芽を出しそうな未熟な詩人たち」について言及したあとで、つぎのようなあからさまな嫌味で文を結んでいる。「セルバンテスほど悪い奴はいないし、『ドン・キホーテ』をほめるような馬鹿はいない。」これは、発売前に少数の識者しか識らない本への酷評である。いやこれは、セルバンテスが友人の作家たちや宮廷の才人たちに献呈する代わりに、のちに彼が仮名を用いて自分が書いたと認める数篇の序詩に対する辛辣な諷刺にすぎない。目下は、ミゲルはまだミューズの未熟な弟子にすぎず、ロペに対して敵意を抱くへぼ詩人にすぎないのに、ロペはその彼に仕返しをしようとしたのである。

もし手紙の日付けが正確であるとすれば、――アストラナ・マリーンはそれを疑問視している――少なくとも確実と思われるのは、一六〇四年夏にロペはラ・マンチャの騎士の噂を聞き、その冒険譚が現れる五カ月前に、セルバンテスをあてこすっていることである。冒険譚の存在を知っていたのは、ロペばかりではない。一六〇二年から一六〇四年にかけて、ロペス・デ・ウベダが書いた『あばずれ女フスティーナ』(La Picara Fustina) のなかのヒロインはつぎの人物たちより有名だと語られる、

「ドン・キホーテやラサリーリョ、
アルファラーチェやセレスティーナ」

さらに、ホアン・ペレスという名のスペインのモリスコ、スペインから追放されてからはイブラヒム・タビリーと名乗る人物は、三〇年後に、自分が証人であると主張する一つの事件を報告している。一六〇四年の八月末に、アルカラ書店の客の一人で、騎士道小説の熱心な読者が、その熱烈な賛美で人びとを楽しませていた。そこにいた一人の学生が、そこでこの男をからかうために叫んだ、「おや、新

しいドン・キホーテの到来ですよ！」この逸話は本気で信じるにはいささか文学的作意を感じさせる。それでも、さまざまな証言と比較してみると、大衆の『ドン・キホーテ』を待ちこがれている心情が明らかになる。一六〇五年の年初、一月初旬にこの期待は満たされる、『ドン・キホーテ』がついに印刷所を出たのである。傑作の誕生である。

『ドン・キホーテ』の誕生

セビーリャの不快な獄舎のなかで、ミゲルが小説の最初の着想をえた日から七年が過ぎた。グアダルキビール川の岸辺からピスエルガ川の岸辺まで、彼は創作に専念するために、どれほどの時間を雑役からかすめとったのであろう。作中人物を確立するために、新しいジャンルの叙事詩を正しい位置に置くために、どれほどの枚数を書き直したのであろう。彼がその背後に身を隠し、彼の主人公のさまざまな冒険を書きとめたとみなされる虚構の作家たちを描くとき、セルバンテスは意図的に饒舌になるが、彼自身の作家としての仕事についてては、はるかに慎重である。彼がわれわれに残す彼自身のイメージは、仕事をやり遂げた文学的職人の姿であるが、彼が序文を書くとき、そのイメージは突然不鮮明になる。

「紙を前に置き、ペンを耳にはさみ、机にひじをついて頬に手をあてて、なにを書いたものかと思案しながら……」

この自画像は完全な実像ではないかもしれない。しかしミゲルが、その不安定な暮しのなかで、予想できない突然の変転のために、難問がふえて行く一方の旅の途上で、しばしば前途への不安におそわれたことは十分推測される。彼の一つの場所から他の場所へと移動する滞在、債権者たちとのいざこざ、義理の家族からの相続の問題などが、いくども彼の仕事を中断させ、そのつど物語の糸を結び直さなければならなかった。彼がはっきり語っているように、彼の着想を自由に支配するために必要なすべてのことが、彼には容赦なく拒絶されていた。

「静謐、落ち着いた境地、田園ののどけさ、晴朗な雰囲気、泉のせせらぎ、精神のやすらぎ、これらすべてのものが（……）いかに不妊のミューズをも多産に変え、この世を驚異と歓喜でみたす数々の分娩を世にもたらすのに貢献したことであろう。」

傑作に辿りつく道程はどのようなものであったろう。精細な注釈者たちは、ただ内的分析の力にたよって、その解明につとめた。かれらは、作品の成立過程の重要な諸段階に照応する幾つかの層を解明できたと信じている。たしかに、前に多少述べた小さな矛盾の詳細な検討は、逡巡、誤った出発、移り気などで区切られる、迂曲する進行を推測させる。しかしセルバンテスは、全体の再検討によって、わずかな細部をのぞき、凹凸を滑らかにし、作品の各部分を調整することに成功した。この再検討はおそらく、一六〇四年の夏の間、フランシスコ・デ・ロブレスが多分安価に——せいぜい一五〇〇レアルで原稿を入手したときのことであろう。同じころ、小説家と出版者が出版に必要な認可を得るために行っていた手続きが幸運な解決を迎えた。九月二六日に允可があたえられた。その間に、マドリードの印刷者ホアン・デ・ラ・クエスタは本の制作を開始していた。一二月には最終ページが印刷された。一方、誤植を発見するための公的な責任者ムルシア・デ・ラ・リャーナ学士は、誤植だらけのテクストを平然と送り返してきた。同月、販売許可《ターサ》に署名が行われ、仮綴本の代価が二九〇・五マラベディスと決定された。この本は八三枚の八つ折判《イン・オクターボ》から成る六六四ページで、この安価な用紙の版で少なくとも五〇〇冊は出版するという条件からみて、この定価は妥当なものであった。

数週間前に、ミゲルはこの苦心の成果を二七歳の貴族アロンソ・ディエゴ・ロペス・デ・スーニガ・イ・ソトマヨール＝ベーハル公爵に献呈した。この青年は宮廷の辣腕家ではあったが、文学の寛大な庇護者ではなかったらしい。セルバンテスはやがてこの公爵を見限って、レーモス伯爵に乗り換えるが、ドン・キホーテに、スペインには一冊の本を献げられるような上流貴族がほとんどいない、と言わせている。

「あの方がたがそれに価しないと申すのではないが、それらの作家たちの労苦と慇懃さにふさわしい謝意の表明を強いられないために、献辞の受け取りは望まれないのだ。」

それにしても、彼の公爵への献辞が他人の献辞、二五年前に詩人エレーラによるアヤモンテ侯爵への献辞の剽窃であることを彼は明らかにしていない。ベーハル公の名はのちにふたたび天才作家の名を連想させることになる。一六一四年初頭に、ゴンゴラが彼の不滅の名作『孤愁』を献げるのはこの公爵だからである。

実際、セルバンテスはパトロンや庇護者に距離を置くほど自信をもっていた。そのことは、多少の意地悪さとユーモアの傑作である彼の序文から見てとれる。彼が小心な同業者たち、他の作家から借りた迎合的なソネットで始め、大作家たちから文章を自分の散文に挿入する仲間たちをからかうとすれば、それは彼自身の大胆さを際立たせるためなのである。

「しかし私は、一見父親にみえても、じつはドン・キホーテの継父なのだから、一般の風潮に従うつもりもなければ、他の連中のやるように、愛する読者よ、私は両眼にほとんど涙さえうかべて、私のこの息子のなかに、あなたのお気づきになる数々の欠点を、許したり見逃したりしていただこうなどとお願いする所存は毛頭ない。」

だから彼は、諷刺詩《エピグラム》も格言も付けようとしない。誰が自分の本を縁どるソネットの花飾りをつくろうとするのか。アマディス・デ・ガウラ、ベリアニス・デ・グレシア、狂えるオルランド——換言すれば、つぎつぎに変装をかえる仮面の陰にかくれている作家自身である。誰が彼に引用と諺を提供しようとするのか。誰もいない。なぜなら、彼が登場させる「聡明で陽気な人物」、彼が自分の苦境を打ち明けるふりをする友人が彼に断言するのだから。

「なにしろ君のこの著作は、騎士道に関する書物が、世間や俗人たちの間にもっている権威と勢力を薙ぎ倒す以外に目的はないのだから、なにもほっつきまわって哲学者たちから箴言を（……）恵んでもらう必要は全然ない。そんなことよりも、明快で、実直で、その都度適切な言葉を用いて、君の文章がいかにも平明になり、一句一句が調べ高く、君の物語が楽しくなるようにつとめたまえ（……）それと同時に、君の物語を読むと、沈鬱な男もつい笑い出し、快活な男はいっそう愉快になる、愚者も退屈せず、才子も思いつきの妙に目をみはれば、生真面目な男の顰蹙《ひんしゅく》も買わず、賢者もまた称賛を惜しまないというふうにつとめたまえ。」

彼の分身がこのみごとなプログラムを彼に示したとき、ミゲルは彼の主人公の一連の武勲を成就したのである。そしてそれは、ドン・キホーテの最初の二度の出立に照応する。セルバンテスの言葉によれば、彼が望んだのは、「騎士道に関する書物の不安定な建築を根底から覆す」ことであった。しかしこの告白をどう受けとめればよいのであろうか。われわれは、他の目的はなかった、と迷わずに信じていいのであろうか。この目的については、一〇年後、死の床にあるドン・キホーテを介して、彼は、「騎士道に関する書物の欺瞞とばかばかしさを人びとの憎悪に引き渡す」意図を再度主張している。人びとはしばしばこの宣言をどこまで信用できるか、論じ合った。疑いもなく、セルバンテスが告知する偶像破壊的情熱の固執には、いくらかのパラドクスがある。西暦一六〇五年に、アマディス小説群や、パルメリン小説群は、まだ人びとに読まれている本であった。しかしそれらはもはやまったく流行してはいなかった。その普及度についてわかっていること、ルネサンス人がその人気について語ることによれば、騎士道物語の流行は、カール五世治世時代に頂点に達し、その後一六世紀後半にゆっくりと凋落していく。ときにはおずおずとそれらの読書の楽しみを打ち明ける人びとは、明らかに過去の時代の証人である。サン・イグナシオ・デ・ロヨラ、若いころのサンタ・テレサ・デ・アビラ、皇帝その人も忘れてはならないが、かれらは騎士道小説の熱烈な愛読者だった。

一六世紀の半ばを過ぎると、退潮の最初の徴候が現れ、それは無敵艦隊の敗北後に際立ってくる。コンキスタドーレスが大西洋の彼方、かれらが征服した領土に、かれらのお気に入りの主人公が訪れて行く空想の国の名――カリフォルニアとかパタゴニア――をあたえた時代はすでに過ぎ去ってしまった。いまはむしろ愉快なお話、作り話のいかんともしがたい愛読者たちの愚行を報告するコントの時代であった。父親が帰宅してみると、家族がアマディースが死んだと言って涙にくれているという話。読書に熱中するあまり、危険に陥った作中のヒロインを助けようと、やにわに剣をひきぬいて、隣人たちをおびえさせるサラマンカの学生の話。これらの代表的な逸話が証明するように、騎士道小説の凋落は、すでにカール五世の時代にその卑俗さとばかばかしさを非難していたモラリストたちの告発ばかりによるものではない。市民的または宗教的権威の敵意によっても説明できない。凋落はなによりも趣味の変化に照応するのである。騎士たちの剛勇と一寸法師、巨人、魔法使いたちがかれらに申し込む挑戦、山や森を越えて行くかれらの騎行、貴婦人に捧げる貞潔な愛、かつて識者の賛辞を集めたこれらすべてが、趣味の先頭に立つ人びとに好まれなくなったのである。

貴族読者層の愛想づかし（と人びとは言った）があり、貴族たちは、以後愛読者であることを否認する。成熟したかれらは、ロシアの批評家ミハイル・バフチンの言葉をかりれば、全世界を「突然」、偶然、奇跡、予想外の範疇に帰するこれらの物語に、もはや我慢できない。しかしわれわれは、なおこの態度の変化の理由を解明しなければならない。結局、今日でもなおわれわれは、自由な冒険の魔力を陽気に賛美するこれらの純心な幻想に抗いがたい魅力を見出すのである。慎重王の臣下たちがしだいにこういう小説を回避し始めたのは、世紀末に官僚や実業家たちが、これらの本はかれらが理想とする世界を表現していない、ときめつけたからである。おそらくより巧妙で、都会化され、定住的なエリートの風俗により適合した、そのために価値の新しい秩序によりよく順応する形式がかれらをひきつけた。田園小説の成功がそれを証明している。田園小説は、内省を促す牧歌的な枠のなかに置き換られた、読者自身の姿を映し出す。ベルガンサの嘲笑にもかかわらず、『ドン・キホーテ』のなかに反響している牧歌小説の成功は、フェリーペ三世の治世を通じて維持された。

若いころ、セルバンテスはおそらくアマディースを繰り返し愛読したろう。司祭と理髪師は、才智あふれる郷士の精神を狂わせたそれらの作品を検討して、「この種の書物のなかで最良の書物」として焚書からこれを除外している。しかしかれらは、アマディスの子孫たちのきわめて有名な書物群を焼き捨てる。かれらは、これらの書物のなかに悪魔の手を見出した少し前の時代の検閲官と同じ意見であろうか。たしかにそうではない。アリストテレスの明敏な読者である司祭は、良い小麦を毒麦から取り出し、ついでに、彼の同業者である聖堂参事会員とともに、いかなる状況において「偽りの作り話」が「それを読む人びとの分別と結びつく」かを明らかにするために、それらの作り話を『詩学』にもとづいて判断したのである。この問題は、一見、衒学者だけの関心をひき、騎士とはなんの関係もないようにみえる。しかしミゲルの天才的なペンは、この論争を彼の主人公の企図の核心に据えることによって、小説の理論と実践とを結合させたのであった。

最初の近代小説

「甲冑を身にまとい、馬に打ち跨り、冒険を求めて世界中を遍歴し、かねがね読み覚えたあらゆることを、遍歴の騎士の習いとしてみずから実際に行う」ことを決意して、ドン・キホーテは実際に危険な問題を提起する。それは、レオ・シュピッツアにつづいて、マルト・ロベールが注目すべきエッセイのなかで公式化した問題、文学にとって絶え間ない難問でありつづける問題である。「現実のなかで書物はどのような位置を占めるのか。書物の存在はいかなる点で人生にとって重要か。書物は絶対的に、それともまったく相対的に真実なのか、もしそうであるならば、書物はその真実をどのようにして証明するのか。」模範的な読者、才智あふれる郷士は、文学と人生の間の曖昧さを自分を犠牲にしてでも発見する覚悟で、この真実を試そうとする。

小説の冒頭でわれわれの眼前に現れる哀れな郷士についてわれわれは、彼に不滅性が約束されていると思わせるものはなにもない、と言うことができる。彼はどこで生まれたのか。「ラ・マンチャのさる村」で、そして語り手はその村の名を「思い出したくない」。彼が生きていたのはいつか。「さほど前のことでもない」。彼は何者だったのか。

「槍かけに槍、古びた楯、痩せ馬に、猟犬をそろえた一人の郷士《イダルゴ》（……）なんでも通称をキハーダもしくはキサーダと呼んだという者もいるが、この点に関しては、それについて書いている著者のあいだで多少の異論がある。もっとも信憑性に足る推測によるとケハーナと呼んだともいう。」

この平凡な、身元も不確かな人物が、突如として変身する。先祖のさびついた甲冑を磨き、彼の駄馬を軍馬の位に高め、かつて何人ももったことのない荘重な名をみずからに与えることによって、彼は新しい存在になる。それは今後彼の由緒正しい特性となり、もはや何人も彼に対して異議を申し立てることはできない。同時に、彼が前身の抜けがらを脱し、前歴を消去しようといかに熱望しても、彼を日常生活と結びつける絆を断ち切ることはできない。望むと望まないとにかかわらず、彼は自分の世紀に属している。これは不正《トウエルトウス》であり、ドン・キホーテが己れに課した使命、破邪顕正の対象、当代の不正にほかならない。しかし彼の誤りは、過去の武器を用いようとしたことである。
こうして、セルバンテスが序文で公式化したプログラムが明らかになる。本来の意味で解釈すれば、それは小説の始めから終りまで一貫するパロディによる手法を予告している。その手法はまた、ドン・キホーテがアマディスにならって甲冑をまとうときから魔術師たちが彼を捕えて家へ連れ戻すときまで、ある程度その力学をコントロールする。彼が主人公である滑稽な叙事詩は、それが言及し、そこから霊感をえようとするモデルたちとたえず変化する関係をもっている。彼が対決する巨人は風車にすぎない。彼が戦ってかちえるマンブリーノの兜は床屋の赤銅の金盥《かなだらい》である。彼が襲いかかる亡霊は白衣を着た穏やかな悔悛者である。現実はたえず騎士の幻想が偽りであることを明らかにする。ドン・キホーテはかたくなに自分の幻想に固執する。腕はもたないが翼をもっている風車に用心するように、とサンチョが懇願すると、騎士は軽蔑的にその懇願を拒絶する。

「おぬしはこうした冒険沙汰には不案内と見えるな。よいか、あれは巨人じゃ。もし恐ろしければ、ここから離れて、私がかれらを相手にこれから始める烈しい、類い稀な戦いのあいだ、お祈りでも唱えているがよい。」

この返事もなかなかユーモラスである。しかしわれわれの郷士が敵を描写するとき、彼はひたすら論理に、没理性の論理に従う。彼の狂乱は精神異常ではない、あまりにも精妙な精神の偏執である。変調を来した想像力の、「才智あふれる」犠牲者である。世界を判読するために、自分が読んだ小説のなかに見出した規定外にどのような規定も望まない頑固者である。

しかし彼の敗北がいかに痛切な――もしくはいかに滑稽な――ものであろうとも、それはけっして彼の冒険の意味を汲みつくすものではない。ドン・キホーテの真理は、風車の翼によって塵埃のなかにはねとばされ、脱臼した操り人形の真理ではない。それはまたパロディの様式をとっていても、彼が熱烈な擁護者を自認する信じがたい話の真理と混同されるべきものではない。字義通りの真実らしさに固執する司教座聖堂参事会員の辛辣な批評への返答において、ドン・キホーテはなかなか才智豊かに湖上の騎士の冒険を褒め讃えている。ドン・キホーテは、彼が心中できたえ上げたアイデンティティを烈しく希求しつつ、世界の遍歴を決意した、根本的な行為に要約される。「私は自分が何者かを知っている」と、彼は最初の冒険から帰宅したときに断言する。それは近所の百姓が半死半生の騎士を村へ連れ帰ったときのことである。あくまでもドン・キホーテでありつづけることにかたくなに固執することによって、彼は再出発に際して彼に課された制限を奇跡的に乗り越えた。グスマン・デ・アルファラーチェが最終的改宗までに、自分の恥ずべき出自の犠牲者でありつづけ、そこから自分を解放できない無力さについてわれわれを納得させようとするのに対して、ドン・キホーテは万難を排して自由人としての企図を維持しつづける。彼のドラマは、彼が根ざしている散文的な世界と彼が倦むことなくめざしている理想の世界の中間に立っていることである。

遍歴の騎士生活を再開することは、事実望むと望まざるとにかかわらず、もはや書物の世界ではない世界に帰ることである。セルバンテスの「レアリスム」はここから来る。ラ・マンチャの単調な平原、われわれの郷士が百姓や騾馬曳きや商人たちとすれちがう街道、彼が一夜を過ごす旅籠などは、たんに絵画的な舞台背景の要素であるばかりではない。それらは、彼がそこから自分を引き離すことのできない現在の親しい合図であり、彼の高揚の頂点で仮借なく彼を大地に引き戻す合図なのである。つねに勢いを更新し、それによって自主性を維持するために、ドン・キホーテは、現在を彼の思考体系のなかに取り入れることによって、現在を適切な比率にまで縮小させる以外の手段をもたなかった。こうして彼は自分の敗北を、彼を破滅させようとする魔法使いの行動として説明する。彼の書棚を消失させたのはかれらである――実際は働き者の左官の努力によって塗りこめられたのだが――そしてかれらは、巨人たちを打ち破る喜びを彼から奪うために、巨人を風車に変えてしまった。幻想の領域にとどまりながら、このようにして彼は自分に、明らかな満足感をもって、現実を拒否する解釈の手段をあたえる。この手段によって彼は、彼がたえず言及する伝説の世界の廃墟の上に、少しずつ彼がその主人公である曖昧な世界を構築するのである。

　意に反して相対的なものを絶対化せざるをえなくなったドン・キホーテは、途上に出現するすべての人びとによって、彼の奇行のせいで精神病院に入院させられるとか隔離されたりしたら、彼が失ったであろう現在を獲得する。さまざまな遭遇のたびに彼が交わす味わい深い会話、われわれに事物の堅固さを触知させるそれらの言葉こそ、彼から流出する幻想の源泉そのものである。このことがドン・キホーテの二度目の出立から彼の旅に加わる従士の出現の決定的な重要性を明らかにする。ドン・キホーテとサンチョ、気質が対立するこの引き離し難い一対は、さながら四旬節《レント》と謝肉祭《カーニヴァル》〔レント直前の祭〕の中世の図像であり、そして二人の対話は、誰かが言ったように、現実と理想、散文と詩の対決である。この対決を強調するのは控えておこう。才智あふれる郷士は、必要とあれば、彼の幻想をそこなう危険のあるすべてのものに対して周到に用心することができる。厚紙で作った鉄兜の面頬の堅牢さを試そうとして、彼は剣の一太刀で一週間の労作を破壊する。教訓は十分である。彼はただちに損傷の修復にとりかかるが、「しごく申し分のない面頬つきの兜を傷つけないために、もう一度試すことはやめた。彼の従士については、外見からは、「脳みその乏しい男」のようにみえるとしても、じつはその反対である。この素朴な男は、彼の慎重さをもってしても主人の挫折をつねに共有する運命から免れられないとしても、じつはなかなかの策士である。彼も主人と同様に、彼なりの夢の見方を知っている男である。一つの島の約束に誘惑されて、彼は最後までその太守になる希望をもちつづける。

主人と従士からなるこの絵画的な二人連れは、従って、二つの象徴の結合ではない。それは、血肉をそなえた二人の男の友愛にみちた結びつきである。それぞれが固有の言葉をもち、われわれがかれらはなにを体現しているのかと考えるよりも先に、かれらの本質をわれわれに示してみせる。物語に沿って展開する聡明なもしくは愉快な二人の対話（それは冒険に直面してかれらが示す反応や感情との対位法による強調的効果をもつが）のなかで、かれらのみせかけの対立はしだいに微妙なハーモニーに変化していく。心ならずもかれらが相互に伝染し始める瞬間さえある。ドゥルシネーアのもとへ行かせた従士が戻ってくると、サンチョがドン・キホーテの思い姫に近づいたとき、「世にも妙なる匂い、香料のような香りを嗅がなかったか」という質問を浴びせかけるドン・キホーテに向って、サンチョはたじろぎもせず答える。

「私が言えることといや（……）ちょっとばかり男臭い匂いを少し嗅いだってことで、それはきっと姫様が畑仕事で大粒の汗をかいたからでしょう。」

良識のある返事ではないか。いや、でたらめな話だ。サンチョは、なにを言い張ろうと、ドゥルシネーアに、彼がこのように描写する百姓娘の姿においても、一度も会ったことがない。主人の苛立ちを鎮めるために、彼は作り話を捏造しなければならなかった。そのため、やむなく幻影を創案したのである。それに対して、騎士の否認――「そちは頭が風邪におかされていたのだ、さもなくばそちは自分自身の匂いを嗅いだのじゃ」――は逆説的に、明晰な閃きである。

かれらの二つの見解の間に境界線を引きたがるひとにとって、ドン・キホーテとサンチョは、このように、物語の流れのなかでグロテスクと崇高、現実と幻想の間でわれわれを動揺させる。さらに、物語のリズムをつくるこの振り子運動は、たんに人間と事物についてのそれぞれの知覚において、二人の主人公を結びつけるばかりではない。その運動は、この不滅のペアが途上で出会うすべての人びとをも巻き込んでしまう。これらの人びともかれらなりの真理をもっている。羊飼い娘マルセーラは、田園の自由な生活に魅せられて、結婚には反抗的である。不運なカルデーニオは、失恋のためにシエラ・モレーナの人里を遠く離れた奥地に辿りつき、彼の狂気は騎士の狂気と世にも奇妙な対話を交わす。麗人ドロテーアは、誘惑者に捨てられて涙にかきくれる恋人から、たちまち、才智あふれる郷士を煙に巻くために、ミコミコーナ王女に変装する悪賢い女に変身する。捕虜の大尉とモーロ人の麗人ソライダとのロマネスクな恋は、レパントとアルジェでの精緻な記憶を背景として描かれる。これらの作中人物たちが、それぞれの逸話的物語で小説の筋を豊かにするために相次いで挿入されるにつれて、たんなる観客になってしまったドン・キホーテとサンチョは舞台の袖に消えてゆくようにみえる。しかしこれらの作中人物たちが報告した事件は、そのつど騎士と従士の物語に影響をあたえる。諸事件の流れは、しばしば予想外の道をとって、二人をたちまち舞台の前面へ引き戻す。こうして、中心的筋書が、『無分別な物好き男』(その原稿を司祭は旅籠で発見した)の読書によって中断されるようにみえるとき、ドン・キホーテがワインの革袋に戦いを挑んで大騒ぎをひき起し、ちょうどよい時に彼が依然としてこの出色な叙事詩の主人公であることをわれわれに思い出させる。彼は前篇の終りまで主人公でありつづける。なぜなら前篇は彼の帰郷で完了するからである。しかしそれは魔法使い（じつは司祭と床屋なのだが）によって檻《おり》に入れられての帰還であって、彼は手をひかれて村へ帰るのである。

読者がこの多層的な世界に慣れるにつれて、重なり合う筋立て、物語のなかの物語、際限なく互いに映し合う鏡をより多く発見する。この「入れ子構造（劇中劇）」の効果はたしかにその多くを、自分の不運を語る悲恋の人びとに負っている。幸運な状況が最後にかれらを、かつてドン・キホーテがいたずら好きの宿主から騎士に叙された旅籠に集める。小説の本筋に挿入されるそれらの真実とされる小話は、その挿入される方法において変化に富んでいる。しかしこの入れ子構造の効果も、その背後に作家が隠れる技量の成果であり、作家はその偽＝語り手に自分の声を貸し、自分の力を託している。これらの分身のなかでもっとも魅力があるのは、おそらくシーデ・ハメーテ・ベネンヘーリである。彼は、純粋な慣習によっていくつかの騎士道に関する書物の著作者を自認したアラブ人のクロニスタたちを明らかに模倣している。彼は、ただ慣習に従って、いくつかの騎士道物語の父親の役を引き受けて、セルバンテスが執筆中の作品を判断するために自分と距離を置く代役作家であると同時に、気難しい歴史家で、読者に彼の主人公たちをその全体像において把握するための努力を知らせ、そうすることによって、読者を文学的創造行為そのもののなかへひきこもうとする。

よく言われるように、『ドン・キホーテ』は最初の近代小説である。なぜならこの作品のなかには、ミシェル・フーコーが書いたように、類似と記号が「それらの旧来の合意を絶ち切ってしまった」からである。「類似は裏切り、幻覚と妄想へ転じる。」しかしこの近代性は、この物語がはじめて人間の内面における想像力の次元を設立したことにもよっている。主人公に起ることを外側から語る代わりに、主人公に言葉と、思いのままに言葉を駆使する自由とをあたえ、そうすることによって、各作中人物が、事件を体験するにつれて自己発見をするような運動に作り変えたのである。このコペルニクス的革新は、セルバンテス以前には誰も達成できなかった。ぐちっぽい内省のなかに凝り固まった羊飼いたちを描いたモンテマヨールも、独り言でひきつっているピカロの作者マテオ・アレマンも。ミゲルが序文のなかで、「一般の風潮に従うつもりはない」と断言したとき、彼はこの革新の広大さに気づいていたであろうか。彼も彼の読者たちも、おそらくその正確な影響力を理解してはいなかったであろう。しかしこの本のめざましい成功、急速に、かつ、たえまなく拡大する普及は、彼が世間の期待に応えることができたこと、彼の直観が彼を欺かなかっことを彼に知らせたのであった。

いち早い成功

小説後篇の冒頭に、ドン・キホーテは、誰かが彼の武勲の物語を書いたことを知ったときの彼の驚嘆ぶりを書いている。彼の新しい冒険に加わることになる作中人物、得業士サンソン・カラスコは断固とした、そしていささか皮肉な口調で反論する。

「それはもう本当どころか、(……) その物語はすでに今日では一万二〇〇〇冊以上印刷されたと信じています。もし、そうでないとおっしゃるなら、その本が印刷されたポルトガル、バルセローナ、バレンシアでたずねてごらんなさい。それにアントワープでも現在印刷中だという噂さえあるんです。だからわたしにはあれを翻訳しないような国も言葉もあるはずがないと思えます。」

会計係に期待するような正確な情報をサンソンに求めるのはやめておこう。彼は、クエスタによるマドリード版を言い落とした事実に加えて、一六一七年まで出版されなかったカタルーニャ版を数えている。そして彼はアントワープを挙げているが、そこにはおそらくブリュッセルも加えるべきであったろう。「一万二〇〇〇冊」に関しては、その見積りは完全な幻想である。得業士は架空の存在であり、彼の証言は執筆上の技巧であって、それによって小説はこの小説の中核に嵌め込まれるのである。しかし一つの事実は確かである。サンソンがその誇張的言辞を弄していたころに、『ドン・キホーテ』は本当に、イベリア半島を席巻していたのである。そしてサンソンの最後の予言が皮肉を感じさせるのが事実だとしても、後世はそれを真実にする仕事を引き受けることになる。

この成功の到来は、いくつかの指標が一致して証明するように、急速であった。作品の刊行から二カ月後の一六〇五年三月から、フランシスコ・デ・ロブレスとホアン・デ・ラ・クエスタは、マドリード第二版制作にとりかかり、それは夏をまたずに出版された。その数週間前、二月初旬に、セルバンテスは、最初はカスティーリャに限ってあたえられていた刊行允可を、ポルトガルと旧アラゴン王国にまで広げる新しい允可を得た。四月にはロブレスがセルバンテスから、半島全域にわたるこの書物の独占的な印刷と販売の許可をあたえられた。これは必要不可欠な用心であった。というのは、二つの海賊版がリスボンで出版されたばかりであり、数カ月後にはバレンシアで地下出版が行われたからである。この非合法な競争は、喜ばしくみえるかもしれない。しかしそれはやはり作家と出版社の利益をそこねたのである。一六〇五年四月一二日付けのセルバンテスの署名入りの文書は、ロブレスがこれらの不正な同業者たちに対して準備しつつある告訴について述べている。もしロブレスが読者の熱狂を確信し、ただちに、ミゲルにあたえられた出版許可よりもっとゆるやかな許可を得られるように交渉していたならば、彼は版権侵害者たちをこのように追及しなくてもすんだであろう。

『ドン・キホーテ』が販売のあらゆる記録を更新するには三カ月で十分であった。さらに、この本の評判が海を越えるのも早かった。二月に、初版《プリンセプス》の最初のひと山がセビーリャで登記され、ペルーに発送された。四月には、二度目の積荷が大西洋を渡った。ロブレスがクエスタの再版を七月に販売した理由がこれで明らかになる。その後、才智あふれる郷士の名はすべての人に知られ、彼の痩軀は、忠実な従士の丸々とした姿と結びついて、有名になった。もちろん多くの人びとは、彼の武勲をただ噂だけで知ったのである。当時はきわめて少数の人だけが読むことができ、書物を直接理解できたからである。しかし、文盲の人びとにも、ドン・キホーテとサンチョに親しむ別の方法があった。行列、バレエ、仮面音楽劇《マスカラーダス》などが、はやりの事件を主題として用いる祭りや娯楽に際して、人びとに二人の姿をみせたのである。たとえば、一六〇五年六月一〇日、バリャドリードにおける祝祭（その理由は後で述べる）の期間中、かれらはパレードを行った。そして二年後の同じような状況の下で、ただし今回は遠く隔たったペルーにおいてだが、かれらは再登場した。その間かれらの名声は飛躍的に高まっていた。

これらの証言を介して、これほどめざましい成功の主な理由が推測できる。それは滑稽な物語、コミックな小説であり、フェリーペ三世の同時代人はこの作品に敬意を表した。なぜならこの小説はかれらを大いに笑わせたので、かれらはただちにこの作者に賛同したからである。この本質的な意義はしばしば忘れられた。ロマン派の批評は、とりわけ、この傑作に理想と現実の対立の象徴的表現という変貌を押しつけ、この解釈はいまだにわれわれに後遺症を残している。このような解釈は、のちに検討するように、正当で筋が通っている。しかし一七世紀はこの解釈をまったく予測していなかった。セルバンテスは、人びとの記憶によれば、この話を読むことによって、憂鬱な人を笑いにさそい、陽気な人をいそう楽しくさせることを望んだ。『ドン・キホーテ』の序文に書かれたこの挑戦を、彼はのちに、その目標を達成したと正当に信じて、『パルナッソ山への旅』のなかで回想している。さらに、彼の驥尾《きび》に伏して、騎士をいくつかの文学的幻想の主人公にしたすべての作家たち――ギリエン・デ・カストロ、ケベード、カルデロン――は、われわれに滑稽な、いや、グロテスクな主人公を提供する。古典的スペイン語が意味するような「憂い顔」(triste figura) の主人公である。同様に、それらの主人公がサンチョの冗談と完全に調和する自分の奇行を強調して、あらゆる見世物に登場する。国王が笑いころげている学生を見て、お付きの者に語ったと伝えられている、「あの学生は気がふれているか、それとも『ドン・キホーテ』を読んでいるのであろう。」この逸話の信憑性はうすいとしても、その時代全体の気分を要約していると言える。

もしわれわれがこの本のこの面を軽視するとすれば、それは喜劇性にかつて人びとが認めていた医療的かつ審美的な価値を、もはや認めていないからである。子供たちが、そして子供たちだけが、主人と従士の冒険を笑うことができる。あたかもわれわれがめいめいの心のなかの子供を否定しなければならないかのように。それはまた、必要な鍵を使うことができないために、われわれはパロディに基盤を置くユーモアのすべての奥義を理解できないからでもある。しばしばこの作品の暗黙的照合である数々の騎士道物語は、たしかにわれわれにはなじみがうすくなっている。そして、狂気は――ミシェル・フーコーが鋭く指摘したように――その後われわれにとって不安の源泉になっている。われわれの先祖たちが好んでしたように狂人をからかうことは、無作法な、いや、慎みのないことである。そしてセルバンテスが誰からも理解されない人間として描く主人公の孤独を悲劇的に感じる。一言で言えば、われわれの『ドン・キホーテ』観と、古典的ヨーロッパの理解とを距てる距離は、疑いもなく、風俗と感受性の深い変化を反映している。

さらに、われわれがその趣味を失ってしまったこの笑いの質を理解することも必要である。もしセルバンテスが、後篇の偽作者アベリャネーダが描いた二人の道化と似た道化のペアしか創造できなかったとすれば、彼の大作の成功は線香花火のようにはかないものであったろう。彼の主人公たちの快挙が最初からあの特殊な暗示力をもっていたのは、公言された目標を越えて、かれらの冒険が隠喩的な価値を帯びていたからである。騎士道物語を試練にかけることによって、ドン・キホーテは、彼にふさわしい桁外れな言葉で、近代の特徴的な一現象を明らかにした。すなわち、文学が想像力の扉を開くすべての人びとに対する文学の伝染力である。そして文学は、詩や演劇、その他のジャンルのような間接的な手段も自由に使用でき、また読書以外の普及の方法ももっている。小説のすべての作中人物は、多様な程度でこの伝染を受けている。ある人びとは楽しげに、われわれがその扮装を指摘した司祭や床屋のように。また他の人びとは悲劇的に、牧歌小説への趣味が自殺に導いたグリソーストモのように。

それと同時に、『ドン・キホーテ』は、しばしば言われるように、当時のさまざまな文学様式が収斂するたんなる交流点ではない。それは、ルネサンスの人びとによって愛されたあらゆる種類のフィクションの総合でもあった。各作中人物の運命は、文学への独自な関係を体現している。加えて、この作品は、「嘘」話の有効性を読者の目前に展開する人生の核心に置くことによって、「嘘」話を再生させる。騎士が彼の遣り方でアマディスの武勇を復活させたように、グリソーストモがその死によって牧歌小説に新しい活力をあたえたように、カルデーニオは彼にとりついた絶望を表現しながら詩選集《カンシオネロス》の恋愛詩を再発見した。一方、ヒネス・デ・パサモンテは、彼の行動の真の物語を約束しながら、それと予期せずにピカレスク小説の曖昧さを暴露してしまった。さまざまな観点からのゲームや多様な物語の入れ子方式によって、たえず対立させられるこれらの部分的真実は、最後にはそれらを合一するより高次の真実のなかで消滅する。サンチョさえもがこのコンサートに自分の声を加えようとする。彼の機知、当意即妙の受け答え、格言、冗談などは、セルバンテスの幻想のなかでその興趣の一部を荷なう豊かな鉱脈へ連なる支脈なのである。それは、生気にあふれ、口承によって広汎に流布した民俗芸能《フォークロア》、なれあいの因子であることを自覚した民俗芸能である。思い出しておこう、世間知らずや狡猾な百姓など矛盾する人物たち（サンチョは両方とも同じぐらい成功したと認めている）が鍛え上げられるのもこの民俗芸能のるつぼのなかなのである。セルバンテスの芸術は、彼固有の創造のなかへそれらの要素を溶かしこみ、それらの滓を沈澱させて、澄んだワインを掬いとったのであった。

きわめて多声的な作品である『ドン・キホーテ』は、こうして、それまで実験されたどの形式も十分に満足させられなかった期待を十二分に満たした。しかしたとえ詩的世界がただちに読者の好意を得たとしても、その現実世界との関係は、黄金の世紀のスペインがその時代と結んだ関係と同じように、不確実なものであった。悪を正すために中世の甲冑をまとった孤独なドン・キホーテのオデュッセイアは、一七世紀の黎明期にはすぐれて象徴的な冒険であった。それは、これまで知っていた現実とはまったく異なる現実に直面した社会、この現実の諸矛盾を課せられて夢の世界に避難所を求めた社会の選択を要約するものであった。一六〇〇年に、正確に言えば、セルバンテスがその傑作を刊行する五年前に、アマチュア政治理論家（arbitrista）マルティン・デ・セリョリーゴはこの社会に奇妙に明晰な診断を下している。「かれらはわれわれの王国を、自然な秩序の外で生きている、魔法にかけられた民衆の共和国に転換しようと望んでいるようにみえる。」この危機に捉えられたスペイン——ピエール・ヴィラールが正しく考察したように、権力と良心の危機——、その錯覚がスペインを「自然な秩序」の外へ引き出したのである。そしてこのスペインはいまやあの主人公、かたくなに彼の時代の問題を時代錯誤的に解決しようとする、魔法にかけられた主人公の諸特徴に体現されている。滑稽な主人公ではあるが、その奇行は一つの模範の価値をもっている。それはあたかもフェリーペ三世の下臣たちが、潜在意識的に国王のなかに自分たちの姿を認めながら、国王から距離をとることができたような具合である。

平和なスペイン

一六〇五年の夏、『ドン・キホーテ』が大評判を博していたころ、レルマ公爵の運命の星も最高の輝きを放っていた。王の寵愛を確実にした彼は、バリャドリード市の長老たちの感謝を期待することができた。かれらの祝福を受けて、彼は都市を美化するという口実のもとに、有利な不動産事業を開始した。彼の隆盛は、言うまでもなく、人びとに羨望された。しかし、彼がその権力を行使する遣り方が批判的な観察者の気にいらなかったとしても、彼の権力に挑戦できるものはいなかった。五年前に、これらの批判家の一人は、君主の力に希望を托して、「どれほど低いところまで落ちるとしても」共和国の回復は保証されている、と予言した。しかし今日では、寵臣が真の主人さながらに彼の役割を実行しているときに、この予言は奇妙にひびく。しかし誰がこの予言を覚えていよう。この国を停滞から引き出すことができなかったにしても、レルマは少なくとも、主が、スペインのために、イギリスとの交渉の成功を収めた結末を恵み賜ったことと、フェリーペ三世が待望していた王冠を賜った、という、二つの方法で示した、摂理に支えられている、と誇ることができた。

一六〇五年四月八日、マルガリータ妃は王子を出産した。王子が聖金曜日に生まれたために、民衆は王子を、魔法使いと予言者から贈られた幸運をもっている、と信じた。これらの魔力は王の尊厳にあまりふさわしくなかったために、より政治的配慮から、未来のフェリーペ四世には、このような徴《しるし》のもとに生誕された王子は、疑いもなく偉大な王になられるであろう、という例外的な運命の予言が下された。宮廷も町も、この祥事をそれにふさわしく祝賀したこと、さらに、二カ月足らず後に、幼い王子の洗礼が新たな慶祝の機会になったことは、容易に理解できる。今日では、費用のかかるこれらの豪華な祝典は、驚くべきこと、眉をひそめたくなること、でさえある。しかし忘れないでおこう、王子の洗礼、その結婚、即位、葬儀は、同時に、社会全体に関わる事件であった。社会制度の継続性は、帝王その人と、また、彼の後継者たちへの生命の伝達と連携している、と考えられていたからである。セルバンテスの中篇小説《ヌーヴェル》のなかで、ジプシーの少女プレシオーサは王妃の産後感謝祭の翌日に王妃にバラードを捧げ、タンバリンの伴奏でそれを歌っている。

「主があなたをお守りくださいますように、白い鳩よ！
あなたはわれわれに贈ってくださった、
双頭の鷲のひなを、
それはあなたの空から
あの掠奪者の悪鳥を追い払うため
そしてあなたの翼を広げて

脅えている美徳を守るため
……

あなたがわれわれにくださったこの真珠、
類いなく、特異なオーストリアの真珠、
それはなんと多くの陰謀を打ち砕き、
悪巧みを打ち砕き、
希望を鼓吹してくれるのでしょう……」

残念ながら、未来はこれらの予言を裏切った。フェリーペ四世の治世の下での、ロクロワの敗戦とピレネー条約〔フランスへの領土割譲〕がスペインの覇権の終焉を意味したからである。

これらの祝典に列席した有力諸外国の代表者のなかで、英国大使ハワード卿が最高位を占めていた。彼の来訪は、単純な儀礼ではなく、ある正確な目的をもっていた。一年前にロンドンで新英国王ジェイムズ一世と締結した平和条約を批准することである。一六〇一年にアイルランド海岸への上陸作戦が失敗に終ったことは、レルマに以後外交官たちが折衝に当たることを納得させた。エリザベス女王の後継者は処女王よりは柔軟で、しかも同じように和平をめざしていた。カスティーリャの元帥ホアン・フェルナンデス・デ・ベラスコがスペインからロンドンへ急派され、それほどの苦労もせずにイギリスとの妥協点をみつけることができた。一六〇四年八月二八日、二つの強国は一六年間つづいた紛争を終熄させた。従って、ハワード卿の使命は多分に外交辞令的な性格のものであった。彼の来訪は、大袈裟な身振りで、王位継承者の洗礼と、両国が望んだ平和の復活を祝う口実になった。

その際、人びとの関心を刺戟したのは、ジェイムズ一世が選んだ大使が、エセックス伯爵とともに、九年前にカディスを占領し略奪して罰せられることのなかった提督であったことである。セルバンテスの皮肉な詩句を読者は覚えていられるであろうが、彼はこの二つの事件を関係づけずにいられなかった。他の人びとは、長い間ゴンゴラの作とみなされていたあのソネットの匿名の作者がセルバンテスであると聞いて、率直に驚きを表わした。

「王妃が出産され、ルーテルの信徒が来訪した、
六百人の異端者と同数の異端思想をひきつれて。
われわれは二週間に百万の金を使った、
かれらに贈物をおくり、宿とワインでもてなすために。

われわれは閲兵式を行った、愚かな過失だ、
そして同様に欺瞞であった祝祭を捧げた。
天使のごとき教皇の特使とそのスパイたちを讃えて、
かれらはカルヴァンの霊《マネス》によって和平を結ぶことを誓った（……）

われわれはいまや貧しく、ルーテルは豊かになって去った。
かれらはドン・キホーテとサンチョとその驢馬に、
これらの功績を書き記すように命じた。」

この辛辣な詩句は、戦闘行為の無益さを経験によって学んだセルバンテスが、おそらく彼自身は共有していない憤慨を、痛烈さをこめて表現したものであろう。この詩はまた、六カ月足らずのうちに才智あふれる郷士とその忠実な従士がかちえた人気をも裏づけている。おそらく最後の暗示は「わが主キリストの聖体の大祝日《コルプス・クリスティ》」の翌日、プラサ・マヨールで催された闘牛の観客向けに、幕間劇として提供された、バーレスク幕間劇を示唆しているのであろう。クロニスタ、ピニェイルー・ダ・ヴェイガによれば、

「ドン・キホーテはただ一人舞台前面に現れた。大きな帽子をかぶり、フランネルの袖つき肩マントをはおり、毛足の長いビロードの半ズボンをはき、雀の嘴《くちばし》形の拍車で、上等のブーツ、連銭葦毛《れんせんあしげ》の哀れな駄馬の脇腹をけったが、繋駕装備と御者の鞍のためにその脇腹は傷だらけだった。それから彼の従士サンチョ・パンサが現れた。ドン・キホーテはその重厚さを強調するためにめがねをかけ、ひげは反りかえらせていた……」

さらに、このソネットがイメージ豊かな画面をわれわれにあたえるこの重大な事件の修史官は、多分にセルバンテスその人ということもありうる。一五年後のある資料によれば、彼は実際にこの機会にバリャドリードで催された祭典の詳細な報告を命じられていたらしい。この状況報告の原文が失われたのはまことに残念である。

学者たちはとりわけこの報告書を介して、ハワード卿の随行団の正確な編成を知ろうとした。カスティーリャの元帥が、一六〇四年八月にロンドンへ派遣されたとき、元帥の個室に配属された高官のなかには、ウィリアム・シェイクスピアが含まれていた。『ハムレット』の作者は、アストラナ・マリーンが

推測するように、その翌年、バリャドリードへ赴く英国大使に随行したのであろうか。幾人かの人びとがしたように、その折の文学の二大巨匠のトップ会談を想像するのはなんと魅惑的なことであろう！しかし夢想はやめよう。唯一つ確かなことがある。ハワードとその同国人は、六月末、テームズ川の岸に帰還したとき、ドン・キホーテの武勇伝について噂をひろめている。一六〇七年に、この小説が最初に翻訳され出版される以前にすでに、劇作家ジョージ・ウィルキンズは、グローブ劇場で上演された芝居のなかで、作中人物の一人に言わせている。「おい君、私のためにその松明《たいまつ》をしっかりかざせ。私はいまや武装して、風車と戦いに出かけるのだからな。」

六月一〇日の闘牛は英雄的＝喜劇的な出来事で人びとに印象をあたえたといわれる。騎乗した貴族の一人が大胆にも闘牛場のなかにとびこんで、特別に闘志盛んな牡牛によって馬から振り落とされた。この落馬は致命的な結果をひき起すこともありえたろう。しかし犠牲者はうまく逃れて打撲傷ですんだ。ゴンゴラはこの貴族に魅力ある諷刺詩を捧げた。

「あの名馬を讃えよう
そして手綱さばきもつたない
ドン・ガスパル・デ・エスペレータの
恥ずかしいでんぐり返りを歎こう。
ああ、もし私が詩人なら、
彼についてあれこれと語るために

どれほど紙を浪費するだろう!
……少なくともこう言うだろう
あの愚か者が振り落とされたのは
われわれの視線が彼の上に落ちるためだったのだ、と。

私はこうも言うだろう、あの貴族は
その風体と容貌から見て、
闘牛場の経験はほとんどなく
彼の馬丁にいたっては皆無だと言えよう、と。」

誰でもこの事件についてミゲルの証言があれば、と思うであろう。たんにたわいない好奇心を満足させるためだけにではない。『孤愁』の詩人がその大失敗をわれわれに知らせた当の人物は、数日後、悲劇的状況のなかで死ぬ。一六〇五年六月二七日、バリャドリード市が英国大使の訪問からどうにか立ち直りかけていたころ、ガスパル・デ・エスペレータは、セルバンテスが家族と住むために選んだ場所の真向いの、屠殺場のそばで負傷して死んだ。この一見偶発的な照合がやがて作家の生活を深くかき乱すことになる。この事件が彼にあたえる試練は、おそらく短期間のものだが、それでも彼が経験したもっとも苦しい試練の一つでもある。

エスペレータ事件

ドン・ガスパル・エスペレータとは何者であろう。人の言うところでは、道を踏みはずした良家の青年である。先祖はナバラ出身（一五六七年、パンプローナ生まれ）で、最初はアラゴンで王のために軍務についた。フェリーペ二世の崩御に際して、サンティアゴの騎士になり、ついでフランドルへ派遣され、パリでいかがわしい策謀に巻き込まれて投獄され、あやうく処刑台に送られそうになった。カスティーリャ元帥によってこの難局から救われ、ふたたび軍務について、一六〇四年の末にスペインへ帰国する前に、オステンドで勇敢に戦った。彼がカスティーリャの国務会議へ提出した年金と助成金を得るための請願はそれほどの成功は収めなかった。この件についての資料は、危険を求める冒険家とたえず金欠状態にある放蕩児の二面を垣間見させる。審議官の一人は、「彼の暮しぶりから判断すると、あまり褒められる人間ではない」と断言している。ゴンゴラがなぜ、パンプローナに妻子を残してバリャドリードで陽気に遊んでいた、この評判の悪い人物を笑いの種にしたかは、容易に理解できる。王の歩兵部隊大尉ファルセス侯爵の陽気な仲間であるエスペレータは、メルチョル・ガルバンという名の王室書記官の正式な（ただし文盲の）妻イネス・デ・エルナンデスの世間周知のそして悪名高い愛人であった。

『ドン・キホーテ』の作者の人生に思いがけなく割り込んでくる人物は、このような人間であった。六月二七日の夕方、一一時ごろ、表通りから助けを求める叫び声が夜の静けさを破った。叫び声を聞いて外へ出たミゲルと同じ階の隣人ルイサ・デ・ガリバイの二人の息子は、かれらの家の戸口に血まみれの男をみつけた。二人は彼を母のアパートへ——手伝いにきたセルバンテスといっしょに——運び込んだ。

負傷者はとりあえずマグダレーナの手当てを受けた。外科医が病床に呼ばれて、ただちに二つの深い傷を確認した。一つは右腿《もも》、他の一つは下腹部。外科医といっしょに来た聴罪師が告解を聞いた。

屠殺場の淋しい近辺でなにが起ったのであろう。それを解明することが、少しあとに二人の巡査を連れて現れた市長《アルカルデ》ビリャローエルの仕事であった。入念に尋問された犠牲者、つまりエスペレータは、きわめて簡潔に事件の陳述をした。夕食を共にしたファルセス侯爵と別れたあとで、黒服の見知らぬ男に声をかけられた。ついで決闘が始まり、敵は彼に二太刀をあびせたのち、闇に消えた。この説明があまりにも簡略すぎたので、審問が追加されることになった。エスペレータは、ファルセスと別れたあと、従僕たちを帰らせた事実には口を閉ざしていた。また彼はそのときかかえていた楯についてもなにも言わなかった。ビリャローエルは奇妙な方法で尋問をつづけた。負傷者の従僕フランシスコ・デ・カンポーレドンドは、メルチョル・ガルバンの名を挙げた（ガルバンの住居はすぐ近くであった）。市長は（職務上、書記官とたえず接触しているために）不倫の妻と嫉妬深い夫を注意深く調査の圏外に置いた。この除外はきわめてうさんくさくみえたので、裁判官は、誰も見ていない瞬間を利用して、エスペレータがポケットに四つ折りにしてもっていたメモ用紙を取り上げて、隠そうとした。悪いことに、ホアナ・ガイタンの下宿人の一人、イサベル・デ・イスラリャーナが加害者を見た、と言い、その男を見分けることができる、と主張した。しかし彼女の証言は採択されなかった。

調査中の裁判官の関心は、アパートの住人たちだけに向けられた。ホアナ・ガイタン（その二番目の夫ディエゴ・デ・オンダーロは少し前に他界していた）は、幾度となく、パストラーナ、マケーダ両公爵の来訪を受けていたが、この二人の貴族は裁判所といざこざを起したことがあった。少し前からホアナのアパートに住み始めた女友達マリアナ・ラミレスもまた、ディエゴ・デ・ミランダなる男、ドン・

キホーテが途上で出会う「緑色外套の騎士」と同名異人、との内縁関係の廉で告発されていた。これらすべては近所の噂話の種子になり、とりわけ屋根裏部屋の固陋な信人家イサベル・デ・アラヤは、階下の住人が犯している不純交際に憤慨していた。ミゲルとその家族も彼女の誹謗から逃れられなかった。ミゲルは家族の生計を立てるために、数人の事業家と交流していたが、ちょうどそのころ、ジェノヴァの大資本家がイベリア半島で優勢を占めていた。ミゲルの重要なパートナーのなかには、ジェノヴァ、アントワープ、マドリード、バリャドリードに設立されたイタリアの金融業の全組織網と結びついているアグスティン・ラッジオなる人物、そしてカスティーリャとガリシアの海上税関出納長官でシモン・メンデスという名のポルトガル商人がいたが、メンデスは公債を集めるために、セルバンテスをトレドへ派遣するつもりだったらしい。こうしてセルバンテスのアンダルシア時代におそらく彼が出入りしていた世界が再浮上してきて、姉アンドレアが「沢山の文章を書き、実業界とも関わっている人」とビリャローエルに語ったミゲルのいままであまり知られなかったもう一つの顔が明らかになった。アンドレアはつづけて、「その才能のために頼り甲斐のある良い友人たちをもっている男」であると言っている。これらの簡潔な言葉で、ミゲルの人柄と仕事から流出する神秘を彼女ほどみごとに表現できた人はいない。

　不幸なことに、アグスティン・ラッジオは負債のために裁判所といざこざを起している最中であり、シモン・メンデスも同様の理由で、その少しあとに、マドリードで投獄されることになる。一方、セルバンテスは、ピニェイルー・ダ・ヴェイガがほのめかしているのを信じるとすれば、賭博場へ通いつづけていた。これは屋根裏のお喋り女の噂話に火をそそぐのに十分すぎることだった。彼女の陳述によれば、セルバンテス家の人びとは夜昼かまわずいかがわしい人びとを歓待し、イサベル・デ・サアベドラはシモン・メンデスとこれみよがしに交際している、らしい。

こうしてセルバンテスは、彼とは関わりのない事件に巻き込まれてしまった。重要な証言、つまり被害者の証言がセルバンテスの無罪を証明できたはずであった。残念なことに、ガスパル・デ・エスペレータは最初の陳述を終えることなく、六月二九日の明け方に息絶えてしまった。死ぬ前の彼の唯一の意志表示は、マグダレーナの看護への感謝に絹のドレスを彼女に贈る、というものであった。だがそれは、悪意ある人びとの眼に彼女の名誉を傷つける事実としかうつらなかった。翌日ビリャローエルは、セルバンテスを、他の一〇人、アンドレア、イサベル、コンスタンサ、ホアナ・ガイタン、マリアナ・ラミレス、ディエゴ・デ・ミランダなどとともに投獄した。奇妙なことに、マグダレーナはこの不運を免れた。カタリーナは、弟らの一人とともに家族の問題を処理するためにエスキビアスへ赴いていて、当時、バリャドリードにはいなかった。運命の皮肉である。ミゲルは、昔、彼の祖父と父とが監禁されたのと同じ獄舎に入れられた。ミゲルはふたたび不運に捉えられた。彼がこの事件から受けた痛手は、のちに『ペルシーレス』の一挿話に反映されることになる。その挿話のなかでは、アウリステラとペリアンドロが不当にも犯してもいない殺人の罪で告発されて、裁判官に虚しく無実を訴えようとつとめている。「これらの横暴な書記たちは、巡礼者の粗末な毛織服の下に金羊毛を嗅ぎつけるやいなや、いつでも、骨までその毛を刈りこみたがるのだ。」ビリャローエルもそのように金銭欲の強い男であったろうか。いずれにしても確かなことは、彼が、自分のイニシャティヴによってにせよ、上司の権力を借りてにせよ、故意に追及を困難にして、真犯人を逮捕しないために、自分の権限を全面的に発動したことである。

しかし、犯された不正はあまりにも明白だったので、嫌疑者たちを長い間拘禁することはできなかった。エスペレータの女家主の証言をはじめとして、ビリャローエルが新たに採択した証言は、かれらを釈放するのに十分であった。セルバンテスとその家族としても、イサベル・デ・アラヤに反証を挙げて、彼女の告発には内容がないことを実証するのは困難ではなかったろう。かれら独自の供述はこの事件書類のなかに記録されている。これらの供述はまず、アンドレア・デ・セルバンテスがまだマドリードにいたころに結婚し、その後死別した、謎にみちたサンティ・アムブロジオの存在を告げている。さらに当代最高の作家の娘イサベル・デ・サアベドラが文盲だったことも伝えている。四八時間後に条件付きで解放された嫌疑者たちは、自宅謹慎を命じられた。七月五日にかれらはこの外出禁止令を解くように願い出た。それに加えて、ミゲルはエスペレータ事件の抹消を要求する。この事件は、「それを覆っている血のために腐りつつある」からである。七月一八日、かれらの要求は認められ、事件は終結した。しかし、ビリャローエルは、この決定に二つの迷惑な処分を付け加えた。第一に、ディエゴ・デ・ミランダはこの町を立ち退くこと。第二に、シモン・メンデスは屠殺場前の家に足を踏み入れてはならないこと。メルチョル・ガルバンは、彼にかけられた嫌疑にもかかわらず、ただの一度も事情聴取をされなかった。侮辱された夫、しかも王室書記官である彼は、その名誉を保ち、裁判所などに関わらない権利をもっていたのである。セルバンテスに関しては、彼の小説の成功が彼を舞台の前面に立たせていただけに、いっそう深く名声を傷つけられた。いかがわしい山師、賭博場の常連、非行娘の色事の共犯者とみなされて、公衆の悪意にさらされていると感じた彼は、もはやバリャドリードの舗道を歩く意欲を完全に喪失してしまった。このとき、ミゲルにとって好都合な状況が生じた。レルマの気まぐれがフェリーペ三世の束の間の首都にもたらした豪華な歳月を終らせようとしていたのである。

新しい出発

セルバンテスはピスエルガ河岸での滞在を秋まで延長したらしい。彼は夏の間なにをしていたのであろう。人びとの想像するところでは、屠殺場の前の家のなかでいつも通りの仕事に専念し、サン・ロレンソに告解をし、人びとが最新のニュースを交換し合う集会所《コリーリョ》の噂 話《メンティデーロ》にひそかに耳を傾けていたのではなかろうか。また、彼がなお十分な気力をもち、未来の『模範小説集』の幾篇かの執筆を再開していた、と信じるのを好む人びともいる。「偽りの結婚」はバリャドリードを背景にしている。「犬の対話」は、すでに述べたように、回生病院で開始されかつ完結する。この相互に嵌《はま》り込む二つの物語は、夏の暑い盛りに創作されたのであろうか。セルバンテスが彼の物語の一つの筋立てを、二年間住んでいた家のすぐそばに設定したことは、彼が言及する場所を現実からそのまま採ったことを意味するわけではない。視線が放心してかすめただけのものが、回想の眼に、迫力ある浮彫りを浮き上らせることがある。おそらくバリャドリードは、彼にとって日々の散文的な装置にすぎなかった。彼がこの町を去るときにとった距離のせいで、文学的的変貌を遂げたのであろう。

　彼の時間のかなりの部分を浪費させたのは、彼の小説から利益を上げようとしていた詐欺師たちを追い払うことであった。一六〇五年七月二五日の記録は、当時新しい海賊版の準備をしていたバレンシアの出版者ホアン・フェレールに対してロブレス自身、クエスタが印刷した再版を刊行したばかりであり、この再版は六月にマドリードで店頭に出たのだが、どうやらロブレスは、同業者フェレールと交渉して、互いの利益を適切に勘案した上で、結局は妥協したらしい。少なくともこの二つの版、正統な版と海賊版との著しい類似はそう信じさせる。おそらく、ガラスの学士の幻滅した言葉に、ある種の出版者たちが作家たちをだまして遣り方を指摘しているように、われわれはこの類似に一つの暗示――作家を犠牲にして行われる妥協への暗示――を見るべきであろう。

「作家が、一五〇〇部の出版だと信じていると、出版者たちはこっそり三〇〇〇部も刷る。作家が自分の本が売られていると思っていると、あにはからんや売っているのは他人の本なのだ。」

ミゲルは、彼の創作で金儲けをしている人びとから受けて当然の待遇をえられなかったが、その代償として、少なくとも彼の主人公たちが獲得した名声から多少の慰めを引き出すことができた。ピニェイルー・ダ・ヴェイガはその名声について一つの意味深い手掛りを残している。ピニェイルーが、滑稽な求婚者（自分の情熱を示すために、午後の散歩を楽しむ三人の美女が木蔭で涼んでいるとき彼女たちの足許にひれふす）を描こうとしたとき、おのずと心に浮んだイメージは、「丈高く疲労困憊した緑衣のドン・キホーテ」であった。この光景にすべての通行人は笑いころげたが、これはエスペレータ事件のほんの数日前の出来事らしい。ピニェイルーがこれを伝える遣り方は、才智あふれる郷士がすでに伝説化した人物になっていたこと、このようにして文学と現実の境界が消滅していたことを示している。

小説の主人公がこのような特権を得たということは、文人たちのあいだに羨望をひき起した。もっとも嫉妬したのはロペ・デ・ベーガであったらしく、われわれはベーガの辛辣な言葉を思い出すことができる。おそらくベーガは自分を諷刺する詩を書いたのはセルバンテスだと信じていたのであろう。それは「脚韻欠落」(cabo roto) と言われるソネットで、ベーガがもっとも自信をもっている諸作品を痛烈にこきおろしていた。ロペ自身が書いたにせよ、弟子の誰かに書かせたにせよ、ただちにこの詩への反駁が発表された。同形式のソネットで、前代未聞の攻撃性と露骨さで書かれている。

「この私はラ、リ、レについてなにも知らない、
またセルバンテスよ、君がコであるかキュであるかも知らない。
私が言うのはこれだけた、ロペはアポロンであり、そして君は
荷駄を曳く駑馬《どば》で、棒立ちの豚だ。

かつて天は望まれた、君がもう書けなくなるように
コルフで君が片手を失うことを。
牛である君は叫んだが、モーと鳴いただけだった。
そうさ、君はつらい腰痛《キホターダ》に苦しむがいい！

ロペに名誉を、君にはヘルニアと不幸を！
ロペは太陽で、彼が怒ると君に雨が降りそそぐだろう。
君の空虚でくだらないドン・キホーテは、

いまや世界の隅から隅までかけめぐり、
スパイスといんちきサフランを売り歩いているが、

いずれ山積みの堆肥の上で朽ち果てるだろう。」

この詩は、すぐ理解できるように、ミゲルの作品を攻撃するにとどまらず、彼の個人的名誉をも傷つけている。彼のいかがわしい出自（豚はユダヤ教徒にとって不潔な動物である）、レパントでの負傷、彼の肉体的疾患など、なに一つ容赦しない。

九年後、『パルナッソ山への旅』への補遺のなかで、ミゲルはこの手痛い事件を間接的に回想している。

「私がバリャドリードにいたころ、私宛ての一通の手紙が一レアルの郵税不足で家に届いた。姪がそれを受け取り、不足分を支払った。彼女はそんな支払いなどすべきではなかった！　しかし彼女は過失の口実として、私がしばしば三つのこと、慈善、名医、兄弟からにせよ敵からにせよ届いた手紙の郵税に金を使うのは良いことだと話すのを聞いたと弁明した。なぜなら兄弟の手紙は良いしらせをあたえるし、敵の手紙はかれらがなにを考えているかについて手掛りをつかませてくれるから。敵は私に手紙をよこした。そのなかにはひどいソネットがあった。才気も、生彩も、優雅さもなしに、『ドン・キホーテ』への罵倒が書かれていた。しかし私が残念だったのは一レアルだった。そこで私は決心した、今後はけっして郵税不足の手紙は受け取らないと……」

この文章はある威厳をおびている。しかしわれわれは被害者の直接的な反応がどのようであったかを知らない。彼が攻撃の対象であっただけに、反応は痛烈であったろう。セルバンテスはときおり辛辣であり、裏に毒を含んだほのめかしを操るすべにたけている。別の機会に彼はそれを実証するであろう。

いまは別の問題がこのつまらない論争から彼の関心をそらしていた。秋のはじめに、執拗な噂が広がり始め、少しずつ重大性を増して行った。宮廷がマドリード帰還の準備をしているというのであった。事実、レルマとマドリード市の有力者たちはすでに交渉を始めていた。一六〇六年一月二四日、公的な布告が発表された。二カ月後には最初の移転群がバリャドリードを去って行った。四月末には首都移転は完了する予定であった。五年という期間の果てのこの急転回はすべての人びとを驚かせた。それを正当化するために当局は、冬の間中ピスエルガ河岸に立ちこめる霧が王の健康に有害である、と主張した。王家一族が苦しんでいる膿痂疹《のうかしん》はこの有毒な霧のせいである。先年この都市を襲い、ふたたび脅威となっている麻疹《はしか》、疱瘡《ほうそう》、ペストの蔓延をひき起したのもこの霧である、と。人びとはまた、マドリード市は自分たちに有利なこの決定のために大金を支払ったのだろう、とささやきあった。今後一〇年にわたり、二五万ドゥカードが毎年王に献呈され、さらにこの市が受け取る地代、家賃の総額の六分の一がそれに添加されることになっていた。マドリードは宮廷の移転費用を負担する約束をした。レルマがこの契約から彼らの分け前を入手したことは大いにありうることである。しかしいずれにせよ、フェリーペ三世に首都帰還を決意させたのは賢明なことであった。大西洋貿易の発展とイベリア半島の中央におけるポルトガルの影響力が増大するにつれて、この国の中心点は南下していたのである。生産の衰退による織物の不足（産業的にも手工業的にも）や、地方資本の限界によって不利になったバリャドリードは、人びとが期待した原動力的役割を果すにはあまりに北に位置していた。さらに、歴史的小事件として、老いた皇太后マリアが三年前に他界していたので、寵臣の意図はもはや妨害される怖れがなくなったことも付け加えておこう。

セルバンテスが秋に、宮廷の出発予告の二カ月前に、バリャドリードを去ったことは、伝記作家たちによって伝統的に援用された一つの手掛りに由っているらしい。それは、マグダレーナとアンドレアが弟ロドリーゴへの未払い給料を受け取るために提出した請求書にミゲルの署名が欠けているという事実である。彼は商用でサラマンカへ行っていたのであろうか（サラマンカは「ガラスの学士」の筋書の背景である）。むしろ彼は妻が待っているエスキビアスへ行き、そこで一六〇六年の大半を過ごしたように思われる。いずれにしても、彼の姉妹も、彼女らの裁縫の客たちの後を追ってマドリードに戻るための旅仕度を急いでいたらしい。一八カ月後に、カタリーナとミゲルはマドリードで彼女らと再会する。そしてマドリードが、セルバンテスの死が終止符をうつ、彼の最後の滞在地になるであろう。

第六章　作家という職業　一六〇七—一六一四

「私は一般の風潮に従うつもりはない……」

『ドン・キホーテ』前篇序文

イサベルの情事

セルバンテスは六〇歳代を迎えた。彼が放浪を終える時がきた。彼がカタリーナとともに辿りついたマドリードは、彼に特権のなかで復旧した都市の陽気な顔をみせた。宮廷の復帰に歓喜するこの町は、先例のない活況を呈していた。すでに人口は一〇万に達し、これを凌駕しているのはセビーリャだけであった。ペシミストだけがこの繁栄は王とその側近たちの存在に緊密に結びついていることに驚いた。この繁栄は王がふたたびこの町を去ることがあれば、もはや生き残ることはできないであろう。全スペインがたえず繰り返した言葉は《Solo Madrid es corte》(マドリードだけが宮廷だ)である。この格言は二重の意味をもつ。第一に、マドリードは唯一の可能な首都である。第二には、マドリードは首都以上のなにものでもない、ということである。マドリードの住人はこの両義性の表現のうちの好ましい意味だけを取り入れた。いつでもコインの裏側は妬み深い人びとのものである。

フェリーペ三世とレルマの関心の目的は、このスペインのバビロンを新たに美化することであった。しかし都市の風景が改善の明らかな兆しをみせるのは、ミゲルの死後のことである。建設者である貴族の鷹揚さにもかかわらず、宮殿、病院、修道院などは控え目な規模にとどまっていた。アルカーサル(王宮)の修復工事は王の帰還の前に開始されたが、真に面目を一新するのには一五年を要した。外国人たちを迎える光景は、依然として舗装が粗末で、悪臭がただよう網目状に入り組んだ小路であり、その両側には煉瓦と荒壁土の家並みがつづいていた。ただいくつかの主要道路——マヨール通り、アトーチャ通り、トレド通り——だけがヨーロッパの大きな首都の道路と肩を並べることができた。町の心臓が本当に脈うち、豪奢な商店が集中し、娼婦や乞食がたえず行き交い、やじ馬や暇人が最新のニュースを交換するために出会うのは、これらの大通りにおいてであった。王宮の敷石の道、サン・フェリーペ階段、役者たちのメンティデーロ（交歓所）などは、すべて「嘘の温床」であり、そこで、真実にせよ偽りにせよ、さまざまな情報が流れ、世論が形成され、名声が成立したり失墜したりした。

セルバンテスはマドリードに到着したとき、どこを住居にしたのであろうか。それはわからない。しばらくの間、彼が昔学んだ町立学院（Estudio de la Villa）のそばのアルバ公爵通りの家を選んだのではなかろうか。確かな資料によって、彼がアトーチャ界隈に住んだのが実証されるのは、一六〇八年二月以降のことである。より正確に言えば、アントン・マルティン病院の裏、「ドン・ホアン・デ・ブルボンの館」である。一年後に、彼は同じ界隈のパストラーナ公爵の館の裏手のマグダレーナ通りに転居したが、ここは、ロブレス書店とクエスタ印刷所に至近な場所で、彼の気に入りの観察所であった。彼はこのつつましい家でともかくも満足したが、結局、二年後にはこの家を去った。

バリャドリードにおいてと同様に、ミゲルとその妻は、大家族の他の人びとと、四人の女たちと同棲した。しかし、作家の娘イサベル・デ・サアベドラは、家族の保護のなかにとどまったいとこのコンスタンサとは対照的に、早々にこの巣から飛び立って行った。一六〇六年一二月ごろ、彼女はディエゴ・サンス・デル・アギーラという男と結婚したが、この人物は、アンドレア・デ・セルバンテスの亡夫サンティ・アムブロジオと同じぐらい、われわれにとっては謎の存在である。翌年の春、イサベルは娘を出産し、イサベル・サンス・デル・アギーラ・イ・セルバンテスと名付けた。一年後、一六〇八年六月に、彼女は夫と死別した。この悲しい経験は、もしホアン・デ・ウルビーナという保護者の精神的かつ経済的な支援がなければ、イサベルにとって耐えがたいものであったろう。このウルビーナという人物について、われわれはアナ・フランカとのアヴァンチュールの際に述べたが、これ以後セルバンテスの事業と緊密に関わることになる。ウルビーナはサヴォア公爵の秘書官であり、セルバンテスはバリャドリードでこの五〇歳代の親切な男と知り合ったが、この人物はその実業的才能のおかげで人のうらやむ地位を得ていた。その富と地位は彼を、無遠慮な野心家の理想的な援助者にしていた。妻と数人の子をもつウルビーナは、宮廷の帰還以後、一人でマドリードで暮していた。一六〇六年の夏のはじめに、彼の妻と一人の娘はイタリアへ出発した。そしてイサベルは彼女たちの代役をつとめたのである。幾人かの人びとは、ウルビーナがイサベルの実の父親であるという説に固執しているが、そうならば彼女の娘らしい孝心によって、さもなければ、実は彼の公然の愛人として彼と関わったのであろう。

イサベルが亡夫とどのようにして結ばれたかは不明だが、この愛の結晶は幼いイサベルであった。いずれにしてもディエゴ・サンスの余命は短く、かろうじて幼児にサンスという自分の名をあたえることができた。彼の愛する妻は、ウルビーナが生前ロス・ハルディネス通りの自宅の近くのラ・モンテーラ通りの家に、イサベラとその娘を住まわせたので、六月二四日以後、寡婦の悲しみにけなげに耐えていた彼女も、以後は幾分か力強く生きることができた。興味あるディテールは、その家が彼の奉公人フランシスコ・モラールの名儀で借りられていることである。

イサベルはあまり長く連れ合いなしではいなかった。一六〇八年九月八日に、彼女はルイス・デ・モリーナと結婚した。この青年はミゲルとの交際によってこの好運に恵まれたらしい。彼の義父同様に、モリーナはアルジェで捕虜になり、一五九八年に帰国した。セルバンテスのように、彼もジェノヴァの銀行家の有力な家族ストラッタ家の代理人として、財政と商売の世界にかかわった。そしてセルバンテスと同様に、四〇歳近くなって結婚し、収入よりは借金の方が多い暮しをしていたが、それでも王室書記官という閑職に恵まれて、そのおかげで貧困を脱することができた。この二人の男は、セルバンテスがイサベルとウルビーナにモリーナを紹介することができたほど十分に知り合っていたのであろうか。この件についての資料は、われわれにそのような結論を下すことを許さない。しかしすべての状況から、結婚式の一〇日前に署名された結婚契約書が、事前にはげしい折衝が行われたことを推察させる。イサベルは持参金として、彼女の父が公式に支払った一万ドゥカードを提供した。もちろん、セルバンテスにはそのような大金を支払う余裕はなかった。六カ月前の一六〇七年一一月二三日に、彼はロブレスに四五〇レアルの前払いを請求しなければならなかったのである。真の贈与者は彼の娘の愛人ウルビーナにほかならず、それにセルバンテスの資産は、モリーナの請求によって、持参金の支払いが完了するまで抵当に入れられていた。それと交換に、書記官は一カ月以内にイサベルと結婚することを約束した。もしこれにそむけば、彼はイサベルに賠償金一万ドゥカードを支払う義務があった。イサベル自身も同じ契約書に署名をした。ラ・モンテーラ通りの家は幼いイサベル・サンスが所有権をもち、その母と義父はその家の用益権をもっていた。幼児の死亡の際は、ミゲルがその家の相続者になるはずであったが、実際には内密の約款によって、所有権は正当な所有者ウルビーナに返却されることになっていた。

このような条件付きで契約された結婚生活の前途はあまり明るい兆しを示してはいなかった。それでもこの結婚生活は二三年間つづいた。イサベルは彼女にあたえられた配偶者をあまり愛さなかったようだし、夫の方も用心深く、持参金の半額が支払われるまでは正式の婚姻を了承しなかった。セルバンテスの娘が、母親アナ・フランカの相続財産を取り戻すのに助勢をたのんだのは夫ではなく、叔母のマグダレーナであった。しかし彼女は、夫との共有資産を守るために、夫婦で協力することを望んだ。実際モリーナは、まもなく金銭問題でウルビーナと衝突するが、この件では両者ともに非を分け合っているようにみえる。たしかに、宝石、衣裳、家具など、保護者からイサベルへの贈り物はモリーナの貪欲をかき立てると同時に彼の自尊心を傷つけもした。一六三一年一二月二五日付けのモリーナの遺言書のなかで、彼は謙虚に自分が妻の持参金の大半を「使い果し、浪費した」ことを認め、妻を自分の唯一の相続人に指名している。しかしイサベルは彼女の死に到るまで、彼の行為を許そうとしなかった。彼女は夫に彼女の家庭の資産分与を認めず、二〇〇ドゥカードというわずかな施しをしただけであった。それは「私が連れ合いにあたえることを主が望みたもうた」施しであった。

これらの事件におけるセルバンテスの態度は奇異に思われる。しかしそれには、第一に彼の体面を保ちたいという気持ちから、第二に難局から抜け出ることへの焦りから、という二つの説明が可能である。イサベルが一旦再婚したあとは、以後イサベルの名誉を守り、あるいは、それがうまくいかないときには彼女の不行跡の結果を受けとめるのは、夫の義務であり、もはや父親の義務ではない。セルバンテスは娘のために別な運命を夢見ていたのであろうか。彼は家族の女性たちの放縦な行動に馴れていたので、一人娘の不運もあまり彼を驚かさなかったのであろう。従ってわれわれは、例の結婚契約書の共同署名者であるセルバンテスの妻が、夫に援助と支持をあたえた理由を理解できる。実際、カタリーナは、まだ家族の保護の下にとどまっていたコンスタンサが新たな悲運に見舞われたときであったので、ウルビーナの被保護者イサベルと縁を切りたがっていた。一六〇八年一二月一八日の公正証書は、コンスタンサがフランシスコ・レアルなる人物に対して起した訴訟を記している。告訴の性質は特定できないが容易に推測される。彼女の母や叔母のように、コンスタンサは賠償金として一一〇〇レアルというつつましい額を要求している。彼女の傷ついた名誉に対してはささやかな請求だが、それでもカタリーナの名誉を保つのには十分な額である。カタリーナは時が来れば、彼女を遺言書のなかに加えるであろう。それに対して、イサベルはその遺言書から外されているのが人目をひく。一方、最高の侮辱として、その遺言書には相続者の名のなかにモリーナが加えられている。

「おお、反抗的な娘たちよ、
ふさわしい時より前に快楽を
摘みとろうとして
歳月に先駆けて走るお前たち、
主がそなたらを滅ぼし、天がそなたらを呪われますように！」

セルバンテスは喜劇的な老賢者の口をかりてこう呪いの声をあげる。しかし彼自身が女たちに向けてこの呪いを発したとは思われない。彼は子供たちについてなんの幻想ももたず、諦念で自己武装し、もはや平穏に暮すこと以外になんの野心ももたなかった。それでもいまだに彼に文句をつけに来る人びと、たとえば、いまだに彼の後をつけまわしている昔の出資者たちから解放される必要があった。一六〇六年一一月六日、国庫主計官たちは攻撃を再開した。かれらは未払いの負債六〇ドゥカードを要求し、一〇日以内にかれらの前へ出頭せよ、と命じた。ミゲルは婿に仲介をたのんだろうか。われわれは、二週間後にセルバンテスが彼の迫害者たちへ宛てたはずの返書を失ってしまった。しかし今回は、彼の弁明は十分に説得力を認められたらしい。今後は二度とベレス・マラガの経済問題が提起されることはないであろう。

王室との契係を調整したあとで、セルバンテスは神との関係も調整したいと考えた。歳月の重圧、増大する持病の負担、八年後には彼を死へ誘うことになる病気の発作、それらすべてはまだ衰弱の徴候にすぎないが、彼はその結末を自覚していた。やがて『模範小説集』の序文のなかで、彼は、「私の年齢は、私が来世を軽んじることを許してくれない」と書いている。カタリーナとアンドレアは彼に進むべき道を示した。一六〇九年六月八日、一年間の修練期間ののち、二人は彼女たちに数カ月先行したマグダレーナにならって、サン・フランシスコ第三会に入会した。この正式の契約の意味は世俗世界への、そのみせかけの暮しへの訣別である。しかしこのころアンドレアは奇妙なことに、どうやら実在の人物ではないらしい軍人貴族アルバロ・メンダーニョ将軍の未亡人と名乗っていた。

完全な世俗性放棄にまではいかなかったが、ミゲルも自分の魂の救済に無関心ではなかった。二カ月前、四月一七日に、彼は「聖体秘跡の奴隷修道会」(Congregacion de los Esclavos del Santísimo Sacramento) に入会した。これは最近設立された宗教団体で、すすんで文士たちから仲間をつのっていた。多くの作家がセルバンテスにつづいて入会した。歴史は、かれら会員が、この修道会への帰属が入信者に命じる厳しい規則、修道士の肩衣を着て、きめられた期日に断食を守り、絶対的に禁欲し、毎日、祭式に列席し、心霊修行、病院訪問、生活と品行の簡素化などに純粋に従うことができたかどうかまでは伝えていない。しかしセルバンテスはこの規則を文字通りに遵守したとされている。しかしロペ——もちろん、彼より二〇歳若い——は、それほど恒常的かつ熱心にこの規則を実行しなかったことは実証できる。

セルバンテスの晩年になっての宗教的情熱は、当然、研究者たちを困惑させた。この情熱は、どのようにして『ドン・キホーテ』の長大なテクストのなかで一貫して、教会の事柄に対する皮肉な辛辣さ、ぶしつけなほのめかしと両立できるのであろう。福音書に精通していたセルバンテスは、婉曲な表現を好んで操ったが、それは、あるときは聖職者を不敬に愚弄するためであり、あるときは彼の同時代人の間で流行していたある種の迷信的な実践に疑問を投げかけるためであった。祭式の形式的な遵守、煉獄にある霊魂への欲得ずくの信心、あるゆる種類のタルチュフ的なわけのわからないお祈り。これらは、彼がまるで遊戯を楽しむように、おだやかに、しかしユーモアも忘れずに取り扱う主題である。一方、この時代の人びとがしたように、ファブリオ〔滑稽で皮肉な韻文笑話〕のような反教権主義と同列に論じることは、正統的な刻印をもつ反骨的才気を誤解するものである。いかにこれを矛盾と主張する人びとがいるとしても、この批判精神がエラスムスの読書経験に由来するものかどうかは確かではない。われわれの見解では、宗教問題における彼の時代の全般的音調に対するセルバンテスの不協和音は、特殊な思潮の影響を表わすものではなく、むしろ、開かれた精神、偏見の敵、それにもかかわらず教義や礼拝への尊敬を失わない精神の選択を示している。言葉の広い意味で、彼は一人の人文主義者であり、その教養は埃っぽい書棚とは縁遠く、人生と逆境の学校で養成されたものである。

もしそうとすれば、これほど誇示される宗教的熱狂をどう解釈すればいいのであろうか。この情熱がとる思いがけない形式をどう理解すればいいのであろうか。正統派的教義の擁護者に対する必要な用心であろうか。年老いて教会で過ごす時間の多くなった三人の女性への譲歩であろうか。それとも人生の黄昏にカトリック教会の深い意味を再発見し、信仰と作品とをより緊密に結びつけようと思う一人の男の、熟慮した上での決意であろうか。研究者たちはしばしば、トレント公会議の趨勢に従い、かつ、やがて『模範小説集』の作者が序文のなかで彼の意図の純粋さを強調する、この敬虔に言及してきた。かれらはまた、『ドン・キホーテ』の一節、騎士が「アヴェ・マリアを百万遍」朗唱するためにシャツの裾で作ったコザリオを準備する一節の、彼が慎重に行った削除のなかにその敬虔の影響を検出した。それもおそらく一つの説明、われわれがその起源を知らない一つの修正についてのさまざまな解釈のなかの一つの解釈であろう。セルバンテスを動機づけた理由をわれわれは把握できない。彼自身の行為にもとづいて彼を判断しているわれわれにとって、「世にも稀な発明家」が彼の使命をけっして否認しなかったのだから、少なくとも彼の理由はたしかに凡庸なものでも取るに足らないものでもなかったことを認めようではないか。

死の影

ミゲルは彼の信念に忠実でありつづけた。彼はモリスコの国外追放に際してそれを実証しようとした。アルプハーラスの暴動が挫折したあとで、フェリーペ二世によって布告された、アンダルシア共同体《コミユニテイ》の解散は中途半端なものにとどまった。この暴動の温床は、カスティーリャ、アラゴン、バレンシア、ムルシア、その他のコミュニティに存続しつづけ、それぞれに自分たちの言語、習慣、伝統につよく執着していた。カスティーリャでは、小商人や職人として、モリスコたちはしばしば少数派の核をなしていた。逆にアラゴンでは、かれらは一般に羊飼いであり、バレンシアではウェルタス（灌漑農業地）を経営していたが、かれらの地位はきわめて不安定であった。労働力を必要としていた地方貴族に保護されてはいたが、人口の三分の一以上を占めるいくつかの地域では、かれらは先祖伝来のキリスト教徒の敵意の的になっていた。かれらは繁殖力が旺盛で、権力によって命じられるあらゆる同化に抵抗し、バーバリーの海賊の共犯者と非難されていただけにいっそうかれらは、偏狭な信者たちの恰好の標的になった。これらの信者たちにとって、スペインは、非同化的でありつづけるすべての人びとを追放することによって、純粋な自己閉鎖を成就しない限り、真の姿になりえなかったのである。

最初に偏狭な信者たちによって提案され、やがて全般的になった追放というもくろみは、実行されるまでに長い期間を要した。モリスコたちが公的にはキリスト教徒であることを意識していたフェリーペ二世の煮えきらない態度、自分の農民《フェリャ》が離散するのを嫌ったバレンシアの領主たちの抵抗、かれらの追放がひき起す技術的な困難などがもっとも偏執的な人びとさえも弱気にしていた。慎重王が他界すると、強硬派が攻撃を再開した。バレンシアの大司教リベラが主導し、王妃の支持をもえて、かれらは新王とその寵臣へ執拗に自分たちの主張を繰り返した。レルマは最初にためらっていたが、ついに第一歩を踏み出す決意を固めた。国からの支援を確信した領主たちは、おりしもネーデルラントとの和解によって、戦闘的使命から解放された艦隊を使って、モリスコたちをアフリカへ強制移住させることにした。一六〇九年四月九日、ネーデルラント連邦共和国との一二年の休戦が決定された日に、フェリーペ三世は運命的な法令に署名した。モリスコ人口のほぼ全員――女子供も含めて二五万―三〇万人――は半島を立ち去るように命じられた。この作業を完了するのに五年を要した。

バレンシア王国のほかにも、「過半数」のスペイン、古いキリスト教徒のスペインは、もちろんこの方策に賛同し、この件について熟知していたリシュリュー枢機卿は、のちに「先行する全世紀の歴史が記録した、もっとも大胆かつもっとも野蛮な計画である」と言っている。セルバンテスだけは、ほとんどただ一人、この喝采の大合唱のなかで、不賛同の声をあげた。彼の時代の読者たちが、いかに言外の意味を捉えるのが苦手であったとしても、セルバンテスの考えを理解せずにはいられなかったはずである。「犬の対話」のなかで、ベルガンサが主張する、反＝モリスコへの痛烈な非難は、それだけでイロニーの傑作である。活動的で繁殖性をもつ少数派に対する伝来のキリスト教徒たちの不満を要約するようにみせながら、彼の非難は、純粋な宗教論議を基盤とする公的な弁説よりもはるかに複雑に、この事態への見解を示している。きわめて貴重なディテールを挙げるとすれば、ベルガンサが難詰するこの「モリスコ野郎」はベルガンサを寛大に迎え入れるアンダルシアの庭師の性格に体現されている……、そしてわれわれは、『ドン・キホーテ』後篇のもっとも感動的なリコーテのエピソードを介して、このモリスコ・コミュニティの傷に指で触れることができる。愛国者サンチョの同郷人リコーテは、思いがけなく追放の途上でサンチョに出会うのだが、リコーテは二つの文化にひき裂かれながら、それでもかれらの王に忠実でありつづける数千人の無実の人びとのケースを象徴している。いささか奇妙な雄弁をもってリコーテは、陛下が採択された精力的な決定は神聖な霊感から来たものだと言う。しかし、同宗者たちと共に命じられた追放の効果を語るとき、彼の口調はわれわれを欺くことができない。彼はこの追放を「われわれに課しうるもっとも残酷な刑罰である」と考えているのである。

「おれたちはどこへ行ってもスペイン恋しさに泣いているんだよ。なんといってもスペインで生まれたんだから、スペインはおれたちの生まれ故郷なんだ。どこへ行っても、おれたちをいたわるような扱いは受けたことがない。バーバリーやその他アフリカのあちこちでおれたちは受け入れられ、迎え入れられ、慰められると思っていたもんだが、あそこぐらいおれたちを虐待し、いじめたところはなかったよ。」(……)だからいまになって祖国愛ってものがいいもんだということがわかったし、経験もしたんだ……」

(後篇五四章)

この絶望の叫びは、追放を正当化するために援用された原則の空しさに対する、もっとも注意深い論証的な抗弁よりも多くを語っている。モリスコたちは集団的な有罪判決に、もしくはかれらのなかの幾人かにきせられた犯罪に関して、けっして責任はなかった。かれらに無差別に課された運命を正当化するものはなにもない。それはたんに深刻な政治的過失であるばかりではない。追放は罪であった。しかし不明瞭な言葉によってにせよ、それを指摘するためには、『ドン・キホーテ』の作者の勇気をもつことが必要であった。

同年秋、一六〇九年一〇月九日に、アンドレア・デ・セルバンテスはわれわれの知らない熱病にかかって急逝した。遺書がないことが示すように、まことに唐突な死であった。ミゲルの長姉のために静かな葬儀が行われた。それはつつましい彼女の暮しぶりに、そしてサン・フランシスコ第三会の信者にふさわしかった。彼女の教区サン・セバスティアンの埋葬登記簿に、彼女の身分は「六五歳のフィレンツェ人サンティ・アムブロジオの未亡人」と記述されている。彼女が修道女になったとき唐突に出現したアルバロ・メンダーニョ将軍は、どうやら本来の虚無に帰ったらしい。

六カ月後、新しい死が作家の生活に影をおとした。孫娘、幼児のイサベル・サンスの死である。この死はウルビーナと幼児の両親の間にひき起された紛争から生じた、さもしい訴訟のきっかけになった。幼児の死が告げられると、サヴォア公爵の元＝書記官は重要な結果を伴う決意を固めた。彼はイサベル・デ・モリーナに約束した持参金の残金支払いの免除を主張した。より悪いことに、一六一〇年三月二七日、ウルビーナは、若い夫婦が住み、——原則的に——イサベルが生涯暮していいことになっていたレッド・デ・サン・ルイス通りの家の所有権回復を請求した。セルバンテスはこの事件の示談に協力した。前年に署名された契約の条件によれば、形式上《プロ・フォルマ》セルバンテスがこの家の正当な所有者であると認められていたが、彼は自分の名目だけの権利をウルビーナのために放棄し、ただし一つの条件、すなわちこの家から得られる収入は慈善事業に寄付する、という条件をつけた。しかしセルバンテスは、彼の娘の強固に否定的な反応をまったく甘くみすぎていた。欺されたと思い込んだイサベルは、この示談を無効にするために、父親に対して法的手段を取り始めた。ミゲルとイサベルの絶縁はそれ以後決定的になった。ウルビーナは、予測していなかった紛糾に巻き込まれて妥協策を探した。とりあえずモリーナを彼の事業に参加させたがこれは新たな不和の種になった。つづいて、持参金清算の期限が満期になると、イサベル夫婦への代償という名目で二万二〇〇〇レアルを支払った。しかしこの一時的な解決は、不幸な作家を憔悴させたさまざまな変遷のあとでやっと実現されるのである。

このとげとげしく、苦渋にみちた環境のなかで、セルバンテスは妻の傍らに慰めを見出したらしい。それは『離婚裁判官』のなかの兵士が彼の妻ドニャ・ギオマールから得られたよりもさらに大きな慰めであった。しかしわれわれにとって、カタリーナの人柄はまだ多くの謎を秘めている。長い歳月を通じてわれわれが彼女について知りうるわずかなことは、彼女がすでに第三修道会の修道女であったことと、一六一〇年六月二七日に修道誓願を立てたことだけである。その一一日前に、彼女は遺言状の公正証書を作成している。そのなかで彼女ははっきりと、自分たち夫婦の「大いなる愛」と「幸福な同居生活」を記している。これはこの種の書類の慣例的な、たんなる決り文句であったかもしれない――もし彼女が、人びとが期待したように、彼女の財産の大部分をミゲルに残す配慮をせずに、それを彼女の弟のフランシスコに遺贈したのでなかったならば。これらの財産は、かつてサラサール家が負っていた借金の担保であったから、セルバンテスは権利を侵害されたと不平を言うことはできなかった。逆に、カタリーナが他界したとき、相続を実行する仕事は、セルバンテスにではなく、彼の義弟に託された。カタリーナは、夫婦のベッド、寝具、家具のほか、二つの狭い土地をミゲルに遺贈した。おそらく彼女は弟たちにいくらかの疾しさを感じながらこの遺贈をしたのであろう。彼女がエスキビアス教会の中央、「大祭壇の階段に沿って」父の傍らに埋葬されたいと願ったのは、このことから説明できるであろう。しかし未亡人になったとき、彼女は考えを変えて、夫の傍らで永眠することを求めた。

アンドレアの妹は、マグダレーナ・ヘススという名になっていたが、まもなく姉のあとを追うように亡くなった。一六一〇年一〇月一一日、こんどは彼女が遺言状を書いた。葬儀はできるだけ簡素に、「私の相続者たちにふさわしい程度に地味に」してほしい、と彼女は希望した。事実、相続人たちは、想像できる財産について幻想を抱いていなかった。財産のリストは遺言状に補足的につけられていた。フェルナンド・デ・ロデーニャが二五年前に誘惑したマグダレーナに贈った三〇〇ドゥカード、そして、国に請求してもはかばかしい支払いが得られなかったロドリーゴの未払い給料からやっと入手した彼女の取り分である。ミゲルは今回はコンスタンサのために自分の取り分を放棄した。マグダレーナは遺言書の価値をよく理解していた。彼女ははっきりと記している、「私はいかなる相続者も認めない。私は財産をもっていないし、いかなる価値あるものももっていないのだから」。彼女は数カ月前から病気だったらしく、一六一一年一月二八日に亡くなり、一年前に最終的に修道誓言をした修道会の習慣に従って、フランシスコ会の衣裳をつけ、顔にヴェールをかけずに、埋葬された。彼女の希望にも資産にもふさわしい埋葬式であり、費用は一二レアルで、修道士たちが負担した。故人を偲んで、彼女の誘惑者の息子（余暇に詩作をしている人物であったが）は『模範小説集』の冒頭に置かれたソネットを書いた。彼は父親と同じ名前だったので、フェルナンド・デ・ロデーニャという名は永遠のものになった。

ミゲルは、妹の葬儀から判断すると、ふたたび困窮していたらしい。ちょうどそのころ、ホアン・ウルビーナもイサベルの攻撃を受けていて、ミゲルを援助することができなかった。彼は妻の家族が自分を援けてくれるかもしれないと考えたろうか。少なくともそう考えると、一六一一年春の彼のエスキビアスへの旅立ち、そして年末まで延期されたらしい滞在が理解できる。しかしフランシスコ・デ・パラシオスは負債を抱えた遺産の管理に追われて余裕がなく、セルバンテスをあまり歓待できる状態ではなかった。カタリーナは、一六一二年一月にミゲルがマドリードに帰ってくると、弟のために新たな送金をしなければならなかった。おそらくこれは、この時期に弟が使った、もしくは用立てた金額を返済するためであったろう。

　首都への帰還は新しい転居を伴った。二年近く前から、ミゲルはマグダレーナ通りではなく、近くのレオン通り三番地に住んでいた。この家で彼の姉が息をひきとったのである。一六一二年初頭の数カ月に、いまは老夫婦とコンスタンサだけになったセルバンテス一家は、サン・セバスティアン墓地の背後に位置するごく近くの家へ移った。ラス・ウェルタス通り一八番地で、「以前モロッコ大公が住んでいた館の正面」である。この大公はかの有名なドン・フェリーペ・デ・アフリカで、われわれは彼のカトリシスムについての会話をすでに述べた。元食糧徴発官は、おそらくアンダルシア遍歴の途上のカルモーナで彼をみかけたのであろう。『パルナッソ山への旅』のなかに記述されているこの「粗末な藁ぶき家」、この「古ぼけた陰気な住家」の唯一のとりえは、当時「ミューズの区域」と呼ばれていた主要な常設劇場《コラール》から二歩離れたところに位置していることであった。今日その家と庭が文学周遊の名所になっているロペのように、その地域に、ケベードとベレス・デ・ゲバラなど、多くの作家が住んでいた。ロペが住居として選んだ通りが、今日ではセルバンテス通りと呼ばれているのは運命の皮肉である。

　『ドン・キホーテ』の作者は、短い往復は別として、その後ほとんどマドリードの外に出ようとはしなかった。一六一三年七月二日、彼はこれを最後に生まれ故郷を訪れた。このアルカラへの旅は、彼の霊的変遷にとって一つの新しい標識になる。妻と姉妹にならって、今度は彼が第三修道会の修道士になった。この儀式がエナレス川の岸辺で行われたことは、おそらく彼が一歳年長の姉ルイサの前で誓願することを望んだためであろう。この姉は、その後間もなく、彼女が半世紀近く前に入門した修道院の院長に選ばれた。ミゲルは俗世間から身をひき、文学と訣別しようとしていたのであろうか。いや、それとはまったく反対に、一二日後、七月一四日に、彼はレーモス伯爵に『模範小説集』を献呈している。多くの死別、窮之生活の苦い体験を重ねながら、このマドリードでの七年間は、逆説的に彼の作家としての経歴のなかでもっとも豊かな時期であった。

文学の共和国

セルバンテスがマドリードの宮廷に追いついたのは、まさに彼の名声がピレネー山脈を越えた時であった。一六〇七年五月にロブレスから正式に許可をえたブリュッセルの書店ロジェ・ヴェルピウスが『ドン・キホーテ』の新版を出版した。この版はきわめて正確に作られていて、トーマス・シェルトンが同年に、「四〇日で」完成したと豪語した、しかし実際には一六一二年になって刊行された刺戟的な英国版の基礎になった。一六〇八年七月には、マドリードの第三版がホアン・デ・ラ・クエスタによって印刷された。同じころパリで、ニコラ・ボドワンが小説の一挿話「無分別な物好き男」を仏訳して出版した。翌年、同じくフランス人ジャン・リシェが『ドン・キホーテ抄訳』を公刊した。この抄訳では、グリソーストモの葬儀と、武器と文学についての有名な弁説が重要な位置を占めている。同時に、セザール・ウーダンが『ガラテーア』の翻訳に取りかかり、のちにこれを「フランスのご婦人方」に献げた。ミゲルは当時この世界的熱狂を知らなかったらしい。他方、彼が、一六一〇年サン・イグナチウスの列福式に際して、サラマンカで催された祭典とその祭の間中、「ドン・キホーテの勝利」のパレードが市中の通りを練り歩いたことを聞いたのは確かである。彼はまた、自分の本の新版がミラノで刊行されたことも知った。

この新しい名声の栄光につつまれて、老いつつあるセルバンテスは、いまいちど文学の世界に自分の場所をもつことを志した。ロブレス書店の熱心な常連客として――ロブレスは書店と同時に賭博場も開設していたことが確認されている――セルバンテスは集会所《メンティドーレス》を訪れただけではない。彼はスペインの知的首都に戻った町の文学サロンにも出入りした。われわれは彼の宗教的情熱を一瞬も疑いはしないが、彼の聖体礼拝修道会《サンティシモ・サクラメント》入門は、当然いるべき場所での自分の存在を知らせることを望んだ職業的作家の行動でもあった。サンドバル枢機卿とレルマ公爵との二重の庇護を基盤にしたこの修道会は、作家たちが主のご加護を受けるとともに、ミューズに仕えるアカデミアでもあった。従って、ロペ・デ・ベーガが――まもなく総会の期間中司祭役としての活動に自己限定したとしても――この修道会の創立に積極的に参加した理由が理解できる。ビセンテ・エスピネル、ケベード、サラス・バルバディーリョ、ベレス・デ・ゲバラたちもみな入門の許可を求めた。一六〇九年、我が主キリストの聖体《コルプス・クリスティ》の大祝日に、セルバンテスは全能の神を讃えた詩篇の花飾りを献じて異彩を放ったらしい。この詩篇は失われてしまったが、彼はこれで一等賞を得たといわれる。一六一二年に彼がふたたび会へ協力したことが確認されている。この年、ディエゴ・デ・アエード修道士の名で『アルジェの地誌と通史』がやっと刊行された。この本のなかではアルカラの郷士の英雄的行動が称揚されている。彼はこうして、四〇年前の捕虜の世界に引き戻された。折しも彼は、六年間の沈黙のあとで、三度目に読者の審判と対決する準備をしていた。この時期には、信徒団体の規約によって制定されていた厳格な規律が和らぎ始めていた。三年後の一六一五年二月に、この修道会《コングレガシヨン》を庇護していた三位一体修道会《サンクテイシマエ・トリニタテス》はより厳格な慣習に戻ることを要求した。この要求は、その後「聖霊ミニミ（小さな兄弟）修道会」に移転する多数の会員によって否決された。ただ六名だけがこの否決に異議を申し立てた。セルバンテスがそのなかにいた可能性は大きい。本来の規律への忠誠心から、また、かつて彼をアルジェの地獄から救ってくれた修道会への共感からである。

文学的競争へ参加したことによって、おそらく彼は自分のもっとも有名な文学上の庇護者、ドン・ペドロ・フェルナンデス・デ・カストロ・イ・アンドラード、七代目のレーモス伯爵と知り合うことができたのであろう。洗練された精神であり、文芸の啓蒙された庇護者であるこの大貴族は、当代最高の作家たちから感謝されるにふさわしい態度をとった。とりわけ、ロペ、ゴンゴラ、ケベード、その他が彼の恩恵に浴した。レルマ公爵の甥であり、かつその娘と結婚した伯爵は、もっとも高い地位を約束されていた。青年期を終えた彼は、ただちにインディアス枢機会の議長になった。一六一〇年の春、三四歳で彼はナポリ副王に任命された。文学サロンを開きたいと思った彼は、秘書のルペルシオ・レオナルド・デ・アルヘンソーラに、イタリアまで伯爵に随行する作家たちを指名するように命じた。ゴンゴラはこの旅行を熱望した。セルバンテスも、青春の地に再会するために、また、イサベルのさまざまな言いがかりから逃れるために、そしてまたその日暮しの労苦から逃げ出すために、この旅行への参加を志望した。アルヘンソーラは以前からの友人であった。セルバンテスはかつて『ガラテーア』のなかで彼に生き生きとした賛辞を献じたのではなかったか。『ドン・キホーテ』の司祭の口をかりてそれを繰り返したではないか。傑出した人文主義者、尊敬すべき詩人ではあったが、副王の秘書官は残念ながら凡庸な人間で、自分より才能の豊かな人びとによって凌がれるのを怖れた。彼は弟のバルトロメーの助けをかりて、自分の影を薄くする心配のないへぼ作家たちを集めることにした。後世はかれらの名を忘れた。それより少し前にゴンゴラは、仏王アンリ四世の崩御に際して、スペインの弔意を伝えるためにパリに派遣されたフェリーア公爵によって、同じような失望を味わわされた。彼はこの二重の拒絶に憤慨して、才気と不満とが競り合っているソネットを書いた。

「伯爵閣下はナポリへ発たれた。
わが公爵閣下はフランスへ赴かれた。
お殿様方、良いご旅行を!
今日私はエスカルゴ一皿を平らげに出かけるとするか。」

セルバンテスもまたこの冷遇に侮辱を感じた。しかも、新副王がナポリめざして乗船しようとしていたとき、彼はどうやらレーモス伯の謁見をうる希望を抱いてバルセローナに赴いただけに、おそらくゴンゴラよりもいっそう痛烈に憤慨したであろう。謁見の試みは失敗した。しかし彼は自分の庇護者を非難する代わりに、アルヘンソーラ兄弟に辛辣な言葉をとっておく。事実彼は、『パルナッソ山への旅』のなかで語る、明らかに近視の二人は、そのひどい近視のせいで、私を見失ってしまったのだ、と。

「かれらは私に多くの約束をした、私は大きな希望を抱いた。
おそらくかれらの新しい仕事の重さが

かれらが私に語ったすべてのことを忘れさせてしまったのであろう。」

彼の年齢、病弱、マグダレーナの困窮生活など、すべてが彼にとって深刻なハンディキャップになったのは事実である。彼は金めっきの流謫に耐えられたろうか。同僚たちとうまく折り合えたであろうか。この堅信の秘蹟を受けた六〇代の男が、突然祖国と家族から離れ、宮廷詩人の使命を果すために、本来の計画を懸案にする姿は、あまり鮮明に想像することができない。よく考えてみれば、彼にとって――そしてわれわれにとっても――彼はナポリに行けなくてよかった。彼のレーモス伯爵との関係は、この事件には関わりなく、それによっていささかも損なわれることはなかった。それはかえって強化され、深化されたのである。

ナポリ宮廷の話が駄目になったので、ミゲルは当時マドリードで栄えていたいくつかのアカデミアで間に合わせることにした。たとえば「非社交的《サルバーヘ》アカデミア」とも呼ばれていたアカデミア・デル・パルナッソ。このサロンは一六一二年から、アトーチャ通りにあるドン・フランシスコ・デ・シルバ・イ・メンドーサの館で開かれていた。この賢明な人びとの文学サロンは、同時に、メンバーたちの対決の場でもあった。激しいライヴァル意識によって分裂した小さな世界だが、めいめいがその討論を楽しみ、あとでそれを詩に書いた。フェリーペ三世のスペインは詩が大好きであった。大貴族から学生まで、職人から聖堂参事会員まで、みんなが韻文詩作りを試みた。「なぜなら詩は手のなかにではなく心に宿り、仕立屋も陸軍元帥同様に詩人でありうるのだから。」これらのディレッタントのなかで、生活に余裕のある暇人だけがこれらのセナークルで時を過ごすことができた。かれらはそこでプロ作家と知り合い、自分たちの労作に専門家の批評を求め、あるいは成果はさまざまだが即妙な即興詩を作成した。セルバンテスはこれらの作詩コンクールに参加した。一六一二年三月のある日、ロペは自作を朗読するために、セルバンテスの眼鏡を借りた。「眼鏡が安物だったので私の眼にさながらできそこないのフライド・エッグのようだった」とロペは述べている。セルバンテスは、ここに集まる人びとのなかで最高の作家がかならずしも栄冠をうるとは限らないことを発見した。彼は若い同僚たちに助言する、「二等賞を取るようにつとめたまえ、なぜなら一等賞はつねに候補者の後楯と肩書によってあたえられるのだから。」この思慮深い忠告はあまり守られなかったらしい。ロペ・デ・ベーガは彼の庇護者セッサ公爵宛ての手紙に書いている。

「人びとは専らアカデミアの噂でもちきりです。そこではあらゆる貴族と多くの詩人が競い合っています。「アカデミア・デル・パルナッソ」ではグラナダ出身のソートという名の学士と有名なルイス・ベレスが詩の対決をしました。事件は丸楯をふりかざし、表へ出ろ、というまで加熱しました（……）いまだかつて軍神《マルス》が詩神《ミューズ》にこれほどの悪意を示したことはありませんでした。」

セルバンテスもこれらの滑稽な対決を面白がっていたのだが、その間にも彼の名はヨーロッパ中に広まって行った。まずイタリア、そして一六一一年に『ドン・キホーテ』のブリュッセル版第二版を出したネーデルラント、つぎにはドイツが「才智あふれる郷士」を歓迎した。一六一三年ハイデルベルクで、プファルツ選挙侯のための仮面舞踏劇のなかに、この郷士の存在が確認された。しかしその成功がめざましかったのはイギリスにおいてであった。まずウィルキンズが、つづいてミドルトン、ベン・ジョンソン、そしてフィリップ・マッシンジャーが彼の名声の反響を伝えた。一六一一年には劇作家ジョン・

フレッチャーが、「無分別な物好き男」の物語に着想をえて、『伊達男』(The Coxcomb) を書いた。ついでナサニエル・フィールドがこの作品を自己流に脚色して、彼の『ご婦人方へのお赦し』(Pardon for the ladies) のなかに取り入れた。同年、フランシス・ボーモントはフレッチャーとの共作『熱いすりこぎ団の騎士』(The Knight of the Burning Pestle) というファルスを書いた。この騎士の実体は、巨人群を縦横無尽になぎ倒すことを夢想する若い食料品屋である。二人の共作者は、読者はおそらくこの騎士がドン・キホーテの一族であると気づくであろう、と断言している。かれらはこれほどあつかましく、この主人公の長子権を主張することによって、心ならずも、主人公の家系と、かれら自身のセルバンテスへの債務とを告白している。翌年、トーマス・シェルトンは、四年間引き出しの中に眠っていた翻訳『才智あふれる郷士ドン・キホーテ・デ・ラ・マンチャのいとも楽しい物語』を出版した。この本は当然ベストセラーになった。その一年後に、フレッチャー——例の劇作家——が、カルデーニオの狂気から着想をえた戯曲を、シェイクスピアと共同で作った。この作品は一六五三年にはまだ上演されていたのだが、残念なことにその後失われてしまった。

フランスではどうであったろう。この国も後れはとらなかった。幸運な年、一六一一年に、おそらくはスペイン語の教育を目的として、カスティーリャ語の『ガラテーア』の新版がパリで刊行された。同時に、セルバンテスの散文の大いなる賛美者、セザール・ウーダンがシェルトンの挑戦に応じて、『ドン・キホーテ』の仏訳に取りかかった。この大仕事の完成には四年を要した。それは、セルバンテスが、これまでに書きためていた小品集を公刊するのにかけたのとほぼ同じ年月であり、この作品集『模範小説集』は彼の名声をさらに高めることになる。

ある原稿の物語

『模範小説集』の来歴はいささか長いものである。われわれはそれについて部分的にしか知らないが、その起源はおそらくフェリーペ二世統治の晩年にまでさかのぼるであろう。それは少なくとも、この資料の重要な作品、ポーラスの手稿《マニュスクリ》の検討から推測できることである。

ミゲルが『ドン・キホーテ』前篇の推敲に取りかかっていたのとほぼ同じころ、セビーリャ大聖堂の聖職者フランシスコ・ポーラス・デ・ラ・カーマラはもっぱら彼の上司、ニーニョ・デ・ゲバラ枢機卿にその余暇の楽しみを供する仕事に追われていた。彼はこれまでに、自分が、また彼の秘書が筆写した、物語や逸話を全部集めていた。そのなかに、おそらく作者不詳のまま彼が入手した匿名の、しかしその題名がわれわれになじみ深い二篇の物語があった。『リンコネーテとコルタディーリョ』と『嫉妬ぶかいエストレマドゥーラ男』である。この雑録は一八世紀末に再発見されたのだが、これは一八二三年の暴動の最中にグアダルキビール川に投棄されるに到る四〇年間に、幾多の有為転変を経てきたにちがいない。その所有者であった自由思想の蔵書家は、フェルディナンド七世の腹心に操られた暴徒の激怒の的にされたが、蔵書家は貴重な手稿の喪失を諦めきれなかった。しかし、少なくとも雑録のいくつかの筆写に成功し、その上、その二つの物語のテクストを一六一三年にセルバンテスが出版した版と対比するだけの時間があった。きわめて残念なことだがわれわれにはどのような状況下でポーラスが雑録を蒐集したのか、筆写にとどめたのか、修正または変更を加えたのか、わからない。今日誰もが推測するように、彼は数節を書き直し、変更したかもしれない。いずれにせよ、ヴァリアントの検討によって、

「嫉妬ぶかいエストレマドゥーラ男」への加筆の有無が明らかにされるであろう。初稿では、老いたカリサーレスの無邪気な妻は、誘惑者の術中に陥ってしまう。しかし決定稿では、彼女は誘惑者にあくまでも抵抗をつづけ、さすがの伊達男もくたびれはてて、一見恋人とみえるがじつは罪のないこの二人はたがいの腕のなかで眠りこむ。抱き合って眠っている二人をみつけた老人が受けた衝撃は並たいていのものではなかった。しかし読者がこの出来事からえるように期待されている教訓は、まったく別なものである。

ポーラスの行った筆写は、この二つの物語の最初のテクストを、また、とりわけ『ドン・キホーテ』前篇に挿入されている「リンコネーテ」の初稿の存在を証明する。最近一人の学者が、この二作品は、じつは匿名作家の創作であり、セルバンテスは既述したような修正を加えたのちに、実作者を名乗ったのではないか、という推論を発表した。この学者は『ドン・キホーテ』のなかで暗示されている世論「観測気球」によってその推論をえたらしいが、それは、誰も「リンコネーテ」の作者を名乗ってセルバンテスと争うものがいないと確認されたからである。従ってセルバンテスは一六一三年にこのすりかえを行ったのであろう。『模範小説集』序文のなかで、彼が「模倣したり剽窃したり」したことがなく、これらの小説は彼自身の作品であると主張する際の断乎たる口調はここに由来する、とこの学者は言う。

この仮説がいかに巧妙であるとしても、それは結局、一六一四年に自分自身アベリャネーダの偽作の犠牲者となり、贋作『ドン・キホーテ』出版に苦汁をなめた一人の作家に対して、奇妙な偽善の疑いをかけることになる。要するに、二つのテクストの相違点は、第二のペン、剽窃者のペンが初稿とすりかえようとしたことを証明するのに十分ではない。その上、われわれはポーラスのオリジナル原稿も、決定稿も、もっていないのである。従って、もしミゲルが、この二作品の唯一の作家であるならば、彼はポーラスもそのメンバーの一人であったサークルにあたたかく迎えられたであろう。このサークルがセビーリャにあったことは確かであり、二作品の執筆はたしかにセルバンテスのアンダルシア滞在期間中のものである。それは彼が出獄してからカスティーリャへ最終的帰還をするまでの、大聖堂の風見《ヒラルダ》の影で過ごしたあの暗い、しかし実り豊かな歳月であった。しかし一六一三年の他の一〇篇の小説についてはどうであろうか。日付けの正確な根拠がないので、それらの年代的順序は矛盾だらけの仮説を生じさせた。ヒロインがカディスの略奪の生存者である「イギリスに咲くスペインの花」は、長い間もっとも古い創作の一つとみなされてきた。「寛大な愛人」についてと同様に、今日ではもっと後期の、いずれにせよセルバンテスがマドリードへ帰った後の作品と考えられている。「ジプシー娘」、「ガラスの学士」、「身分のよいおさんどん」、「偽りの結婚」、「犬の対話」など一群の作品は、一七世紀初頭の一〇年ごろの有名な諸事件と関連がある。すなわち、マテオ・アレマンの『グスマン・デ・アルファラーチェの生涯』の前代未聞の成功、宮廷のマンサナーレス河畔への帰還、未来のフェリーペ四世の誕生、モリスコに対する民衆の増大する敵意などである。しかしこれらの暗示のいくつかは、おそらく執筆時より後の、最終的改訂と同時期のものと思われる。「血筋の力」、「二人の娘」、「コルネリアおばさん」については、その執筆時期を決定するなんの手掛りもない。

　この問題のデータをさらに複雑にするのは、ポーラスの雑録には第三の匿名小説が含まれていたからである。それは「にせの伯母さん」(La tia fingida) であり、その作者についての議論は大量のインクを消費させた。ある人びとはこの作品の露骨さから、ミゲルが慎重に一六一三年の刊行本からこの小説を除外した、と推測した。今日では、セルバンテスがその作者であるとみなすのは控えられている。この「伯母さん」は札つきの淫売屋の女将で、彼女の「姪」の処女性を三度も修復して彼女の売り値を上げ、商売の繁栄をはかるのである。この卑猥な詳細はセルバンテスの作風には属さないものである。セルバンテスはきわどい暗示や冗談を嫌いはしない。いささか露骨な状況を前にしても、それが芸術的に正当化される限り、たじろぐことはない。しかしケベードとは反対に、けっして猥褻な言動を楽しむことはなかった。

一六一二年の春、彼が最終校訂を行ったのは事実らしい。彼がエスキビアスのウェルタス通りにあるわびしい住居に帰った年のことである。事実、『模範小説集』の編集開始の公的認可書は、一六一二年七月九日付けである。三位一体修道会の修道士バウティスタ・カパタスの許可をえて、この本はそれまで聖体信心会の集会所であった修道院で執筆された。のちに『パルナッソ山への旅』のなかで、ミゲルはこの詩人＝修道士の黄ばんだ顔を回顧している。

「跣足カルメル会修道士で貧しいながら、衣裳はなかなかのもの、
その名声によってあたえられた装飾品を身につけていた。」

その同じ日に、グティエレス・デ・セティーナ博士が確認したこの好意的な見解は、同宗の最高検閲官ディエゴ・デ・オルティゴーサ修道士によって八月八日に確証された。ミゲルはこのようにして、聖なる教会への全面的帰依を表明したかったのであろうか。彼はこの好機を利して、贖罪者たちと自分を結んでいた絆を回復しようとしたのであろうか。われわれの知りえたかぎり、彼の霊的な道程は、この問いへの肯定的な答えを促すように思われる。それでも彼は、幕間劇「嫉妬ぶかい老人」（El viejo celoso）の舞台に登場する取り持ち女をオルティゴーサと名付けるのをためらわなかった。セルバンテ

スにおいては、創造性がその権利を失うことはないのである。

彼が海賊出版者たちから身を守るための著作権を獲得するまでには三カ月を必要とした。かれらは一年前に、あつかましくも『ドン・キホーテ』の成功によって大いに儲けていたのである。一年余を要した新しい手続きのおかげで、この版権はカスティーリャのかなた、アラゴン王国の地まで拡がった。一六一三年七月三一日、『模範小説集』は最後の認可を受けた。このときの署名は若い修道士、アロンソ・ヘロニモ・デ・サラス・バルバディーリョであった。この認可はじつに雄弁な賛辞であった。サラスはミゲルの熱烈な崇拝者であって、喜んでつぎのように強調した。「この作家は、スペイン国内でも国外でも、その創意と言葉の豊かさにおいて出色な輝かしい機智によって、彼にふさわしい正当な名声を享受した。」検閲官は文芸批評家に、しかもセルバンテスに対してきわめて好意的な批評家に化したのである。

残る問題は、原稿を買いとる出版者を見つけることであった。今回もまたそれはロブレスになるだろう。一六一三年九月九日に署名された売却の日付けは、セルバンテスがまず他の多くの出版者たちと交渉を行い、失望の果てにロブレスに声をかけたことを推測させる。ミゲルは名声に比べて、提示された金額に不満を感じたのであろうか。『ペルシーレス』の主人公の一人が苦々しげに語っている、「マドリードには版権を無料で入手しようとしないような出版者はいない。ただでないとしても、かれらは少なくともその本の著者の評判を貶《おと》めるような安値で入手しようとする。」しかし作家が作中人物たちに言わせ、そして批評家がしばしば安易に作家に押しつけるすべての言葉をうのみにするのは控えておこう。ロブレスが承諾した一六〇〇レアルという金額は、当時としては法外な少額ではなかった。しかしその代金は、前払いという形ではるか以前に支払われた。従って、おそらく数カ月前にあたえた暗黙の同意を確認するだけという遣り方で契約書が作成されたのであろう。

春の終りから、ホアン・デ・ラ・クエスタが『模範小説集』の原稿を手中にしていた事情はこうして説明される。彼は八月の初めに印刷を完了する。その数日前、一六一三年七月一四日に、セルバンテスはかつてイタリアへの随行を希望した大公にその本を献呈した。習慣上、献呈者の献辞は、寛大な庇護者への賛辞であるとともに、その庇護のもとで献呈する作品を受領してくださるように、という懇願でもなければならなかった。ミゲルは、すでにわれわれが見てきたように、自分の独立性を確言することを好んでいた。彼はブリリアントな言辞でそれをふたたび声明しようとする。

「そこでこの二種類の無関係な事柄を避けるために、閣下の古風で豪華なお館の壮観と偉厳について、そしてまた閣下の天賦のかつ会得された無数の美徳について述べることを控えさせていただきます（……）私は閣下の保護のもとにある拙著に対する閣下のご加護をお願いはいたしません、と申しますのも、もしこの本の出来が悪ければ、シリアの女神アスタルテのヒポグリフの翼の下に、ヘラクレスの棍棒のかげに、ゾイロスの徒〔古代ギリシアのソフィスト〕、キニク学派、アレティーノ〔一六世紀イタリアの奇才〕の徒、フランチェスコ・ベルニ〔一六世紀イタリア詩人〕一派などの酷評家たちは、容赦なく攻撃の矢をとぎすますことをやめないでしょうから。私はただ、閣下のお手許にささやかな一本をお届けさせていただきたいのです。それは一二の物語であり、私の心の仕事場で作られたものでなかったならば、傑作に隣りする位置を望みもすることができたろうと思われる作品です。ご照覧ください。これはそのような作品です。私ははるかなイタリアにおいでの閣下のお手許にこれらの物語をお送りすることができて、この地にとどまりながら心満たされております。と申しますのも、私がささやかながら私のまことのご主人であり恩人である閣下にお仕えする望みを披瀝することができたからなのです。」

この一文は、誰でも読みとることができるように、敬意と感謝の証言である。しかしこれはとりわけ己れの価値を知り、結局は読者の評価のみを重視する一人の作家の正当な自信を示している。

われわれはなぜ彼がこれらの前置きの最良の部分を読者のためにとっておいたかを理解できる。この前置きは、八年も前に彼が『ドン・キホーテ』のために書いた序文の水準に達している。その気品は、これを真の詞華集中の一篇にしている。しかしそのユーモアは、ときおり、おかしな誤解をひき起すことがある。われわれはすでに前置きふうに語ったが、洗練された詩人であるとともに優れた画家でもあった有名なハウレギは、もし誰かが懇望すれば、喜んで作家の肖像画を描いたことであろう。今世紀初頭の無名な画家ホセ・アルビオルは、ある日、例の絵を示しながら、ハウレギ作と伝えられるこの絵をセルバンテスの肖像画と実証しようとした。それは記念すべき発見、ただしいちじるしく信憑性に欠ける発見であった。申し分なくひびわれしたそのカンバスの二つの矛盾点がその疑惑を証明する。第一に、モデルの名の表示がドン・ミゲル・デ・セルバンテスとなっていることである。セルバンテスは実際の身分イダルゴを越えた僭称を注意深く避け、けっして「ドン」と名乗ったことはなかった。第二に、この傑作の一六〇〇年という日付けが問題である。それを信じるとすれば、ハウレギは、まさに早熟な天才であり、注文作を一七歳で完成したことになる。この絵は、すぐれたセルバンテス研究者たちを驚かせた。そして、アルビオルがこの絵を寄贈したレアル・アカデミア・エスパニョーラは、偽作を認めることになるのを嫌って、ただの一度も鑑定を許可しなかった。

われわれがもっている真正な唯一の肖像画は、作家が『模範小説集』の序文のなかでハウレギの絵の代わりに挿入し、作者が敬愛する読者に提供しようと望んだ文字による肖像画である。

「ここにご覧になる、面長の、栗色の髪をした、額の滑らかでない、両眼の生き生きした、なかなか恰好はいいが、やや曲った鼻、銀色の頬髭、もっともこれは金髪だったころからまだ二〇年とはたっていない、それに長い口髭、小さい口、粒が小さいわけでもなく、さればといって大きすぎてもいない歯（というのも六本しか残っていないからである）……からだは大きくもなく小さくもない中背、血色はなかなかいいが、浅黒いというより白いほう、幾分猫背で、足の運びはあまり軽いほうではない。これがつまり『ガラテーア』と『ドン・キホーテ・デ・ラ・マンチャ』の著者である（……）普通世間ではミゲル・デ・セルバンテス・サアベドラと呼んでいる。」

これがミゲルが後世に伝えようとした姿である。レパントの海戦で戦ったという彼の誇り、そして昂然として捕虜の苦難に耐えたという自負がいかに強いとしても、今後、彼の作品は何人かへの奉仕の域を越えて行く。ここでわれわれに語っているのは、読者に対して、自己紹介の様式をたえず変化させながら、読者を証人、聴き役、仲介者、共犯者にする、一人の作家である。彼は変幻自在に自己紹介をする。いまや彼は自分を受け入れた大衆に彼の新しい傑作を献げるのである。

スペインのボッカッチョ

「私みずから自認していることは——事実それにちがいないのだが——それは私がカスティーリャ語で小説

を書いた最初の男だということである。たしかにカスティーリャ語で書かれたたくさんの小説が印刷されてそこいうこ乜鑑していることは事実だが、あれはすべて外国語から翻訳されたものばかりである。が、ここにある小説は私自身のもので、けっして模倣したり剽窃したりしたものではない。私の小説は私の頭が孕み、私のペンが分娩し、印刷屋の腕のなかでしだいに大きく育って行くのである……」

セルバンテスがこのように、自分が第一人者であるという主張に固執するのは疑わしくみえるかもしれない。しかしこの点については疑う余地がない。スペインは彼以前から短い物語《クエント》や教訓談《アポローグ》を産み出してはいたが、それは、中世がルネサンスまで伝承した基準に適合した、形式のきびしい遵守の枠内でのことであった。それらは、影絵芝居、想像上の観客の前でマリオネットの糸を操り、最後に物語の教訓でしめくくる、一人の万能の語り手によって図式化された連続事件以外のなにものでもなかった。ミゲルがおそらくアルジェからの帰国の際に訪ねたらしいバレンシアの出版者、ホアン・デ・ティモネーダは、地方色溢れるこれらのフィクションのパターンを定着させた。彼はそれらを、特徴的に、パトラーニャス(ほら話)と名付け、それによって、それらがあらかじめ納得し、もっともナイーヴな因襲をも受け入れる用意のある読者に語りかけたことを、理解させる。

スペインの文学が、今日われわれがその語にあたえている意味での小説《ノベラ》を風土に根づかせるには一六世紀末まで待たなければならない。短い物語の枠内に溢れる素描されたさまざまの事件の代わりに、小説《ノベラ》は一つの危機を描き、その結果は、その危機に直面した人びとの感情と選択を通じて明らかにされる。一五五九年に傑作『アベンセラーへと美しきハリーファの物語』(作者不詳)がレコンキスタ末期を背景として、モーロ人の美女と彼女の恋人である騎士との感動的な牧人小説が小説への移行に先鞭をつけた。フェリーペ二世統治の末期、マテオ・アレマンは彼の『グスマン・デ・アルファラーチェ』に収められた四つの物語で松明をかざした。しかし、実際には、それは小説の初期の歴史に挿入された物語にすぎず、日付けからみて、セルバンテスはすでに彼の才能の最初の開花を終えていたのである。

それでは、セルバンテスがこの新しい領域に足を踏み入れた最初の人物であったろうか。いや、たしかにそうではない。彼より先にボッカッチョとそのエピゴーネンがすでにノヴェッラ (novella) を完成していた。そこでは物語は中核の周囲に集中し、作中人物とその運命のなかのユニークなものを際立たせている。スペインはノヴェッラという用語をイタリアから輸入しこれまで知られていなかった文学ジャンルを大歓迎するのに、『ドン・キホーテ』の著者を待ってはいなかった。『デカメロン』は一五世紀末にカスティーリャ語に翻訳されて、たちまち五版を重ねた。そしてこの『デカメロン』はイサベル・ラ・カトリカ女王の蔵書のなかで傑出した地位を占めたらしい。『デカメロン』を一五五九年の禁書目録に加えた異端審問官の警戒が、この作品の輝かしい経歴に終止符をうった。しかしこれらの「ノヴェッラ集成」(novellieri) の流行はこの警鐘に影響されなかった。ミゲルはイタリア滞在中、ボッカッチョの原作を読んだ。ローマ教皇庁の異端審問が削除版の再版を正当化したのである。彼はまた、ボッカッチョの模倣者たちと親しく交わったが、かれらの洗練された物語は、スペインの市民権を獲得していた。カスティーリャ語で書かれたマッテオ・バンデッロの『悲劇的かつ模範的物語集』は一五八九年にサラマンカで出版された。セルバンテスはセビーリャ滞在中にその仏訳本を買ったらしい。ジラルディ・チンツィオの『百物語』は一五九〇年にトレドで出版され、スペイン全土にあまねく普及した。しかしミゲルがその序文で強調しているように、これらのノベラはすべて海外からの輸入品であり、翻訳されたというより、翻案されたものの方が多かった、従って、セルバンテスはあらゆる点で先駆者の仕事をなしとげたのである。

事実、セルバンテスはイタリア人たちの挑戦に応じた。しかし彼は距離を置いてそうしたのである。ティルソ・デ・モリーナが「われらがスペインのボッカッチョ」と呼んだセルバンテスは、おそらくノヴェッリエリという手本から多くを学んだであろう。彼は、イタリア人たちが流行させたこのジャンルの形式的特徴を借用さえしたのである。しかし彼は盲従的な剽窃は一切しなかった。ときおり指摘される類似は、模倣という言葉を許さない漠然とした照応にとどまっている。サラス・バルバディーリョは『模範小説集』の独創性、セルバンテス自身の言葉によれば、比肩する者なき独創性を称揚しながら、その事実を指摘した最初の人である。

しかしわれわれは、その独創性の特徴が実際にはどこに見出せるかを考察しなければならない。筋書しか見ないとすれば、セルバンテスの小説《ノベラ》はしばしば因襲的なモチーフ、その起源がはるかな古代まで遡るような、月並みな状況を踏襲するにとどまっている。たとえば、長い間反対されてきた恋人たちは最後に解決策をみつけて幸福に結ばれる。「ジプシー娘」、「寛大な愛人」、「身分のよいおさんどん」、「イギリスに咲くスペインの花」などは、この古典的なテーマの四つのヴァリエーションである。あるいはまた、向う見ずな誘惑者が衝動的な欲望にかられて犯した過失を償うために行われる結婚。「血筋の力」、「二人の娘」、「コルネリアおばさん」はこの図式の例証である。あるいはまた、「偽りの結婚」や「嫉妬ぶかいエストレマドゥーラ男」にみられるように、事件が、自然の掟に違背する人びとの罪深い企図を、ときには悲劇的に挫折させる。誘拐、決闘、認知などがしばしば作中人物たちの人生の里程標になる。しかし、これらの物語の魅力は、物語の素材よりも、その手法にある。物語がわれわれにあたえるものは、断片的な経験のたんなる総量ではない。それは、主人公たちが、探求の過程でさまざまな経験を生き、感じる様態であり、その探求はかれらを自分自身の発見へと導き、一方、かれらの追求へわれわれを抗いがたい力で誘い込む、この自己発見は一つの報酬を伴うことがある。それは、あらかじめ保証されているのではなくて、長い苦行の末に達成される共有の幸福という報酬である。逆に、その自己発見は、衝撃にもなり、その衝撃によって罪深い人物が自分への制裁を内面化し、すすんで過失の代償を支払うこともある。

ノベラの天才にふさわしい、そして「なにを」を「どのように」に従属させる、このアクセントの転換から、創作中のプロットの配列を越えて、セルバンテスの物語の構成が生じる。あらかじめ作られたモデルに還元できない彼の手法の柔軟さはこのようにして説明できる。あらゆる手法の開拓を求めて、『ドン・キホーテ』の作者は、そのつど目的に適う手法を採択し、必要とあればためらうことなく旧来の道から離脱したのである。こうして、セビーリャの暗黒街におけるリンコネーテとコルタディーリョのオデュッセイアは、一種のフェルマータで完了する。賢明な決意——この悪所を大急ぎで立ち去るという——である。しかし、作者はそのすぐあとで、いささかの皮肉をこめて語るのだが、その決意が実行されるのは数カ月先のことになる。同様に、ガラスの学士のイタリア遍歴は、一連の予期しない反響を予告するようにみえる。しかし実はそれは幕開きにすぎない。学士トマース・ロダーハは、狂気に襲われた瞬間に、やっと自分自身になる。たえず自分の体がガラスのように粉々に砕けることを怖れて、それ以後彼はパラドクスとアフォリスムのなかへ逃避する。犬のベルガンサ、ある夜言葉を話す能力をあたえられたこの四つの足のピカロの自伝は、相棒シピオンと交わす対話の緯糸のなかに織り込まれる。この対話は、「偽りの結婚」の主人公カムプサーノ大尉が、彼の友人ペラールタの教育のために転写したものである。その結果、この作品は二重の入れ子構造を生じ、創作の因襲に対する真の挑戦になっている。

この挑戦は誰の目にも明らかであったろう。セルバンテスはさらに、通常、現実と虚構の間の関係を支配している規範に対しても挑戦する。批評家たちはしばしば『模範小説集』のレアリスムに陶酔した。レアリスムはこの小説集の主要な要因である、と断言する人びとさえいた。しかしわれわれがすでに指摘したように、語り手と作中人物が世界という舞台図を見る方法を誤解しないことが重要である。かれらは人間と事物のスペクタクルを記録しているのではない。かれらが細部の具象化を試みるのは、物語の展開のなかでユニークな経験を、普遍的な地位まで高めて再構成し、われわれもその体験を共有できるようにするためである。環境がどのようなものであるとしても、既成の美的特質への無関心はここに由来する。それとは逆に、意味深い細部の重視もまたここに由来している。リンコネーテとコルタディーリョがのんびりと散歩をしに行くグアダルキビールの岸辺を描くとき、語り手はただ川岸の群集の往来だけを記述するのである。

「そのときは商船隊の積荷をしていたので、川のなかに六艘のガレー船が舫《もや》っていたが、これを見るとさすがに二人は溜息をついて、いつの日にか犯した罪で、こういう徒刑船で一生を過ごすようなはめになるのではないかと、そら恐ろしい気がした。」

この恐怖には根拠があるとも、ないとも言える。この環境に意味をあたえるのは、主人公の観点である。その観点が、人物たちの対話に描写とナレーションを合体させつつ、両者を変貌させる。その観点が突然の幻覚を演出に変える。われわれの目の前にいる存在がその本質を、具体化することなしに表わすには、ときには一つの身振りだけで十分である。このようにして「偽りの結婚」の冒頭で回生病院の戸口に、あの飢えかかった兵士が姿を現わす。

「彼が剣を杖がわりについている様子といい、足に力のない、顔のいやに黄色っぽいところといい、せいぜい一時間かそこらの間に身内に滲《し》みこんだ水気という水気を、別にひどく暑い時節というわけでもないのに、二〇日間もぶっつづけにすっかり汗にして絞り出したことを物語っていた。彼はいかにも病みあがりの人間らしくよろけたり躓いたりしながら歩いて行った。」

これだけで、不幸の烙印を押された梅毒患者に注意を向けさせるのに十分であり、そのあと少しずつわれわれは彼の生活状況や運命を発見して行く。

最終的に分析すれば、セルバンテスのレアリスムは、各人物を状況のなかで、つまり自分自身と、他人と、かつ社会全体との関りのなかで捉える技法である。その結果、状況に応じて、かれらがそのなかで変化し、真の姿を現わす世界は、「血筋の力」の筋書の背景であるトレドの場末でもありうるし、「嫉妬ぶかいエストレマドゥーラ男」の妻レオノーラの牢獄と化したセビーリャの住居でもありうる。その世界はまた「寛大な愛人」の主人公が、海賊に捕われた恋人を船で追跡する広い海でもありうる。そしてまた、それは「だまし絵」のなかの世界でもありうる。一見平凡なわれわれの日常生活の背景が、ガラスの学士の狂気によって、また、雄弁な犬のスピーチによって、屈折した光に照らされる。病院のベッドで高熱の患者が記録したシピオンとベルガンサの驚くべき対話は信じがたいことであろうか。それが、学士ペラルダが二匹の犬がしゃべるのを聞き、その目で見たと主張する友人のカムプサーノに対する反論である。しかし犬たちの対話をペラルタに読み聞かせるだけで、犬たちが本当に話したかどうかについてそれ以上議論することなしに、その「独創性と巧緻さ」で彼を——彼とともにわれわれをも——感歎させるのに十分である。対話は本当に行われたのだろうか。それは問題ではない。対話は完全に「首尾一貫」している、それだけがわれわれがそれを信じるために必要なすべてである。

『パルナッソ山への旅』のなかで、セルバンテスは彼の野心を三行の詩句で述べている。

「私は自分のノベラのなかで
奇行をも分別あるものにするために
カスティーリャ語を使用できる道を拓いた。」

真実が信憑性のある規範から逸脱するこの逆説的なフィクションこそ、アリストテレスでさえ反対しなかったであろう大胆さの実例である、アリストテレスの注釈者たちの熱心な読者であったセルバンテスは、かれらの注釈を超越して『詩学』の精神を再発見した。それゆえに、セルバンテスが残した一二篇の小説《ノベラ》は「模範」と呼ばれるに価する。事実、これらのノベラは、小説創作の道を体系的に探求する、一二の模範的物語である。きわめて曖昧なこの模範的という形容詞の特殊な意味は、現代の精神に適している。しかし一七世紀はセルバンテスの「模範」という語をどのように理解していたのであろうか。ミゲルはこの表題について独自の観念をもっていたらしい。彼がこの件について語ったわずかな言葉だけではすべての霧をはらうには足りない。しかしこれまであまりしばしば犯されてきた誤謬からわれわれを守ることができる。

模範小説の数篇について

「私はこれらの小説に『模範』(ejemplares) という名称をつけた。これは注意深く見てさえいただければ、なんらかためになる模範を引き出せないような小説はただの一つもないからである。しかしこの問題で時間を費すことが許されるならば、全部ひっくるめてもよし、一篇一篇からでもよし、そこから引き出すことのできる甘美な、しかも立派な果実をお目にかけるに相違ない。」

この前書きには困惑させるようななにかがある。作家は親愛な読者に向って話しかけているのであろうか。むしろ彼は、決定的瞬間には姿をくらますつもりで、彼が案内役をかってでた検閲官を武装解除しようとしたのではなかろうか。人びとはさまざまな遣り方で彼のこの声明を読んだ。ある者たちは英雄的な偽善の表現と受け取った。他の人びとにとっては遅すぎる後悔の証拠であった。しかしそれは事実の重要でない一面だけを見ることである。われわれはさらに先を見なければならない。

セルバンテスはこのテーマを発展させた最初の人ではない。中世は「嘘」話を正当化するために、それらを「手本」(exempla) として提供することを好んだ。それらは、人間存在のあるエピソードに注目されることによって、「嘘」話は読者が自分を矯正する手助けとして作られた鏡になった。文学の説得力に対して極端に注意深くなった反宗教改革の精神的風土のなかで、虚構の物語の模範的性格は真理の標識になって行った。作品のメッセージが規範への明らかな考慮をまったく無視している『デカメロン』の好色な物語とは反対に、「嘘」物語は、読者が「趣味がよくしかも道徳的に有益な果実」をえられる人生訓であるような一連の例《カソス》を読者に供給することを要求するものであった。たとえば、ジラルディ・チンツィオはこの教化約目約に順応して、彼のノベラに明らかな意図、つまり、故意に教化的な目的をこめているが、それはたしかに「嘘」話のスペイン全土への普及を促進した。同じ考え方に立って、スアレス・デ・フィゲロアは、やや遅れて、ノベラを「人びとがその模倣をするようにしむける、あるいは、そのみせしめを避けるようにさせる、きわめて巧妙な作品」と定義して、ノベラの「模範＝みせしめ」(imitación o escarmiento) という二つの輪郭を描いた。

ミゲルはかれらに共鳴したろうか。むしろ、彼はかれらの関心事に敏感になっていた、と考えたい。ポーラスが保存していた文章に加えられた訂正は品位への抑えがたい衝動を証明している。一六一三年の序文のなかでは、その衝動はときには真の強迫観念の外観を呈している。

「ここで思い切って申しあげることがある。それはこれらの小説を読んだために読者になにかしら邪な考えなり望みなりをひき起したというようなことが、もしもどうかした拍子に私の耳に達したとしたら、私はこれを世間に公にするよりも、潔くそんなものを書いた私の手を切断する覚悟だということである。」

彼が出版認可を要請した四人の検閲官は、彼が原稿を印刷者に手渡すことに決めた後のことでもあり、彼の懸念を和らげようとしていたと思われる。それとも、かれらは訂正と一部削除を示唆したのであろうか。この問いに答えられる人がいるとすれば、それこそ真の賢者である。二様の形でわれわれの手許にあるテクストの綿密な研究から、セルバンテスが若干のぶしつけな表現を和らげるか、少数の猥褻な暗示を削除したとしても、一般に彼は、本来の意図を疑わせるようなディテールを訂正するにとどまっていることが明らかである。この事実に関しては、「リンコネーテとコルタディーリョ」の結末から判断していただきたい。このエピローグはセビーリャの頽廃的な風俗の真相を知らせるもので、リンコンは「おたがいにこんな腐敗した、悪に充ちた、落着きのない、気ままな、しかも自堕落な生活に、いつまでもぐずついていてはならないと、相棒にも忠告しよう」と思い定める。この決意はたしかに彼の名誉になるものである。ただ彼には実行力が欠けている。なぜなら語り手はそのあとにすぐつぎのように言うからである。

「しかし、結局、年の若さと人生経験の乏しさにひきずられて、ついそれから何カ月かこんな生活をしてしまったが、その間に起った数々の出来事は、どうしてももっと長く書かなければ述べつくすわけにいかない。従って筆者は、彼の日常生活や数々の数奇な運命……については機会を改めて物語ることにしよう。」

明らかな終末である。しかし同時に、偏狭な順応主義の尺度では測りきれないイロニックな道徳的メッセージである。

われわれは、「嫉妬ぶかいエストレマドゥーラ男」の「手直し」(rifacimento)を慎重さ、もしくは上品ぶりのせいにする前に、この点を再度考察してみなければならない。ポーラス版では、ヒロインはロアイサの誘惑に負けてしまう。決定版ではつぎのように語られる。

「いよいよというどたん場になって、この狡猾な誘惑者のいまわしい力に抵抗し、遺憾なく真面目さを発揮したレオノーラの真価はさすがに見上げたものであった。なぜなら男のよこしまな膂力もついに彼女を征服することができなかったからである。しかも男はいたずらに焦るばかりで、なんら得るところなく疲れはてしまい、女は最後まで勝利者であった、しかもそう争ったまままいつしか二人とも眠ってしまったのである。」

この貞潔な眠りは、われわれがこの誘惑者について疑っていたことを裏付けたのではないとすれば、われわれを面くらわせたかもしれない、こののらくら男は虚勢を張って女のもとにしのびこむことを決意したが、みかけだおしの誘惑者にすぎなかった。「怠惰で、めかし屋の口ばかり達者な連中」の完全な代表者であった。この男は、実際、この計画を立てる資格のない不能者《インポテント》であり、彼の行為のせいで、レオノーラの好意をうるに価しなかった。従って姦通はまがいものにすぎなかった。姦通は、カリサーレスが金の籠に閉じこめておいた純真な娘を汚すことのできない模擬戦であった。外見上の犠牲者である老人は、最初の版と同じように、悲しみのあまり死んでしまう。しかしそのとき彼は自分の過失を認める。臨終の床にある夫が、涙にくれる妻にあたえる、赦しの価値はそこから来る。彼は失神したために妻に「事件の真相を物語る」ことができなかったのである。寡婦となったレオノーラは修道院で余生を送ることを選ぶ。

セルバンテスの模範性はこのように、物語に先行して存在するものではない。それは物語と不可分であり、物語から教訓を引き出すのは読者、ただ読者だけの仕事である。物語の暗示力は、物語が虚構であると同時に真実であることに由来し、そのために物語は驚かせたり説得したりすることができる。この曖昧な物語について、語り手はその鍵を渡すことを望みもしないし、できもしない。語り手が考案する結末は、報償であれ、逆に懲罰であれ、協同する運命から期待される審判でも、デウス・エクス・マキーナの裁決でもない。それは、主人公が最初から最後までやりとげた、一面に障害が散在する、象徴的な旅路の終点であり、彼の星に誘い込まれて長い放浪をつづけた迷路の出口である。寛大な愛人リカルドにとって、レオニーサの心を獲得することは、トルコ人から逃れるのを手伝って彼女に感謝されることを意味するのではない。それは、彼女が愛する男を選ぶ自由をあたえるだけの、十分な寛大さを彼がもっていたことをも意味している。アンドレス・カバジェーロもしくはトマース・デ・アベンダーニョにとっては、ジプシー娘か身分のよいおさんどんと結婚することは、カスティーリャのシンデレラとともに魅力的な王子様を演じることではない。それは第一に、一人の女性を彼女の欲望や望みを尊重しながら、彼女をありのままに愛することを学び、宿屋で従僕として暮すか、もしくは、ジプシーの生活を分ち合う覚悟をきめることである。つぎのように問う人がいるかもしれない、それは小説の魅力によって美化され、様式化されたジプシーの生活ではないのか、と。われわれは言う、それは、当時の文学のなかでジプシーたちが喚び起した否定的なステレオタイプよりも、より首尾一貫し、より説得力のある、社会から疎外された人びとの世界の変貌なのだ、と。だから、二人のヒロイン、プレシオーサとコンスタンサが貴族の高貴な花から生まれた、と確認されるのが重要なのではない。最後ニ《イン・エクストレミス》彼女たちに真の階級を知らせる摂理による確認は、たんに文学的因襲なのではない。それは社会にとって、自然の掟を受け入れ、そうすることで二つの心の結びつきへ賛同の刻印を押す手段なのである。

　幾人かの研究者の見解によれば、『模範小説集』はわれわれに、現実とはこのようなものであって、これ以外ではありえないことを示している。これらの小説のなかで、現実は、妥協と虚偽、偶然と必然の分け前をそなえたその実情を表わしている、という。しかし、物ごとを秩序立てるのには、偶然だけでは不十分であり、物ごとを秩序立てるのをはばむには必然性だけでも不十分なのである。われわれは、善と悪とがときおりその仮面を交換する、いたるところに伏兵が潜んでいる道の上で選択をする。言い換えれば、われわれは、その秘密の調和を発見しようと努力している、世界の不調和と戦いながら、われわれの自由意志を行使する。そのためには、われわれに道を示すために呼び出されたとはとうてい思えないような人びとの例を観察することも、ときには必要である。リンコネーテのような一見愚直な人間たちの驚愕の視線は、外見を貫いて真実を見透す。ガラスの学士タイプの狂人は、世界をさかしまに見るので、逆に世界を正しく置き直すことができる。ベルガンサのような犬は、人間世界と一線を画すことによって、人間の運命を共有することができる。つまり、作者が序文のなかで暗示し、物語のなかに埋めこんだ「隠された神秘」とはこのようなものである。

印刷が出来上ると、セルバンテスの『小説集』はたちまち成功を博した。一〇カ月のうちに四版を重ねるが、そのなかにはパンプローナで公刊された海賊版と、リスボンで出版された偽作とが含まれている。最後には二三版にいたるという数が一七世紀における熱狂を証明している。この中短篇小説集は多くの競作者を刺戟し、スペインがその後注目すべき堅実さをもって育成したこのジャンルに高貴さという特許をあたえた。ティルソ・デ・モリーナが「スペインのボッカッチョ」のもっとも傑出した弟子になった。カスティリョ・ソロールサノ、サラス・バルバディーリョ、リニャン・イ・ベルドゥーゴ、マリア・デ・サヤスたちがその後につづく。ロペ・デ・ベーガさえも、彼の『マルシア・レオナルダのための小説集』で挑戦を試みながら、事のついでに、「ここではミゲル・デ・セルバンテスは、才気にも文体にも欠けてはいない」と、あの小説集にあまり熱のこもらない賛辞で挨拶を送っている。『ドン・キホーテ』が大好きなイギリス人は、この小説集にも同様の歓迎を示した。全訳が完成する前にすら、イギリス人は自由に翻案して、「ジプシー娘」、「身分のよいおさんどん」、「二人の娘」、「コルネリアおばさん」、「血筋の力」、「寛大な愛人」、「偽りの結婚」などを舞台化している。フランスもまたこれらの作品に心から賛美を捧げた。一六一五年からロセ（Rosset）とドーディギエ（d'Audiguier）が翻訳を開始し、一七世紀の間に八度も版を重ねた。『模範小説集』のオリジナル版は、スペイン語に自信のある人びとの愛読書になった。ジャン・ロトルー（Rotrou）〔一七世紀バロック劇の第一人者〕とコルネイユの後継者たちにとっては、ロマネスクな芝居のシチュエーションの全レパートリーを提供することになる。ルイ一四世の「大世紀《グラン・シエクル》」の散文作家たち——ユルフェ、ヴォアチュール、スカロン、ソレル、スグレ——にとって、これらの作品は、かれらが失敗することなく模倣できる手本になった。趣味のよい人びとのこの称賛は、セルバンテスの『模範小説集』を『ドン・キホーテ』よりも公然と愛好できる原因になった。『ドン・キホーテ』が優位を回復したのは、一八世紀になってからのことであって、それ以後その優位はゆらぐことがなかった。

『パルナッソ山への旅』

「『ガラテーア』と『ドン・キホーテ・デ・ラ・マンチャ』の作者」、セルバンテスが自分の肖像画に書いた文がこのようであった、という伝説についてはすでに述べた。彼はさらに正確を期してつぎの言葉を付け加えた、「そしてまた、ペルージアのチェーザレ・カポラーリの作品を模倣して『パルナッソ山への旅』を書いた作家その人。」この最後の記述は今日のわれわれを驚かせるが、これは後世が闇のなかに追放したものの、ミゲルがカポラーリの天才の後期の作品に寄せていた高い評価を示している。

このチェーザレ・カポラーリとは何者であろうか。イタリアのペルージア州出身の二流作家である。

セルバンテス同様に、彼はアックワヴィーヴァ家に仕えたのち、一六世紀末になって姿を消した。カポラーリの『パルナッソ山中の旅』(Viaggio in Parnaso)は『ガラテーア』と同じ時代の作品で、つつましい成功をおさめ、二度出版された。ある人びとは、『ドン・キホーテ』の著者はカポラーリの作品を模倣したと称している。より正確に言えば、彼はカポラーリの詩篇の根本的着想を借用したのである。その手本と同じように、彼は滑稽なオデュッセイアを物語る。彼のパルナッソ山への登攀、ミューズたちのコーラスに囲まれたアポロンの面前への出頭などがそれである。セルバンテスの冒険はより深い独創性を示している。カポラーリは騾馬にまたがっていた。セルバンテスは、「彼の祖国を去って、自己を超克する」ために、自分の運命にまたがる方を好んだ。彼はマドリードとその芝居小屋《コラーレス》、談話サロン《メンティデーロス》に別れをつげたのち、鞍袋のなかに八切れのチーズと大型丸パン一つを入れカルタヘーナへ向う。カルタヘーナで彼は詩節と詩句で作られたガレー船に乗り込む。この小船はメルクリウスに導かれ、二万のへぼ詩人の軍隊に脅かされているパルナッソ山を救いに行く。小船はまもなく作家たちの大隊と合流するが、作家たちの氏名リストは暗示的な言及で水増しされているので、現代の読者をいささかとまどわせる。彼は沖へ進み、イタリアの海岸に沿って航海しながらギリシアへ辿りつく。

　メルクリウスの一行が到着すると、アポロンが挨拶し、一行は大歓迎を受ける。この大歓迎のなかで、ミゲル一人が忘れられ、彼は神への奉仕を思い出させようと躍起になったあげく、やっと神が彼に形ばかりの関心を示す。そのとき、敵の襲撃があって、一時的な混乱が起る。しかし進攻軍は結局、諷刺詩、ソネットの連続発射で追い帰される。夢の神モルフェウスの催眠的リキュールをふりかけられたセルバンテスは眠りこみ、目覚めてみるとそこはナポリで、副王、彼の庇護者レーモス伯爵の指揮下で大祝祭が行われている。伯爵はついに彼の奉仕を受け入れようとしていたのであろうか。いや、残念ながらこのナポリでの幕間は夢にすぎず、ミゲルはマドリードに帰ってくる。深く失望した彼はつぎのように結論する。

「わたしは老朽化した陰気な家へ辿りつき、
疲れ果ててベッドに身を投げた、
あれほど長い旅は疲労の泉なのだから。」

『模範小説集』のなかの暗示から判断すると、その序文は一六一三年夏の日付けであるが、この詩篇は当時すぐにも印刷へまわせる状態にあった。しかし出版されたのは一六一四年の一一月である。通例の出版認可を正式にあたえられて、この詩は国務会議の汚職を犯した行政官の息子、ロドリーゴ・デ・タピアという一五歳の少年に献呈された。その間セルバンテスは彼の『旅』に補遺を追加した。このエピローグのなかで彼は、セルバンテスのもっとも熱心な崇拝者の一人、パンクラシオ・デ・ロンセスバーリェスと出会ったことを報告している。パンクラシオは想像上の人物で、パルナッソ山がこれ以上へぼ詩人たちから攻撃されないように、へぼ詩人たちに対する一連のユーモラスな命令を携えて、アポロンから派遣されてやって来たのである。

八篇に分けられた一一音節の詩句三〇〇〇行。作者が言及し、挨拶し、称賛する一五〇人の作家仲間たち。この反＝叙事詩にはたしかに死滅した部分がある。われわれはもはや一七世紀の教養に関する言及を理解できないし、神話的諷刺の魅力を実感することもできない。ミゲルが旅の途上で出会った一連の詩人たちには、しばしば容易に解釈できない暗示が加えられている。この詩人の行列は、ある批評家が指摘したように、学校の練習問題を思い出させる。それは事実、セルバンテスがかつて友人とライヴァルたちを数えあげた『カリーオペの歌』の改訂版である。しかし表面的な分析より先へ進まなければならない。対峙する両陣営の間を行き来する恥知らずなへぼ詩人たち。かれらの犯す裏切りと戦線離脱、アポロンが月桂冠を授けた九人の詩人の名を告げるのを拒否したことなどをつぶさに検討することによって、ひとはしだいに出来合いの賛辞に隠された、不当な名声と蔓延する偽善についての幻滅した観念を発見することができる。正当に称揚されるのは、真の創造者たちだけである。たとえば、ミゲルとの約束を守らなかったにもかかわらずアルヘンソーラ兄弟や、陽気なミューズの寵愛に恵まれたケベードはふさわしい賛辞を受ける。そして、誰にもまして、ゴンゴラの長詩『ポリフェモとガラテーアの神話』はバロックの理想をはじめて実現した野心的な傑作と絶賛されている。

ミゲルが彼自信の作品についてわれわれになにを語り、彼の思想と文学的な趣味についてなにを垣間見せてくれるかは、ほとんど捉えがたい。しかしわずかに捉えられた事実は長い間不当にも文学入門書とみなされてきた。今日では、学生たちはその真に興味深い内容をよりよく理解している。ここには個人的経歴の断片がちりばめられている。この神話的な旅は、一種の復讐のように思われる。レーモス伯爵の家臣にとりたてられなかったが、それでも伯爵について行く道である。それはまた根源への巡礼でもある。マドリードの現在の生活という枠から、そしてまた、彼がなじみ深い場所を思い出すビリャイ・コルテの枠から離脱して、語り手は彼の昔の遍歴が谺《こだま》する道程を、先導しつつわれわれに辿らせる。ナルボンヌ湾からジェノヴァ湾まで、テベレ川の河口からメッシーナ海峡まで、コルフ島の岸辺からナポリ湾まで、われわれは彼の想像力と感受性に影響をあたえたさまざまな場所をみつめることになる。記憶によって作り変えられたこの空間のなかで、当時の主人公がしだいに浮び上ってくる。パンクラシオがアポロンからミゲルに手渡すようにと託された手紙の宛名は「ミゲル・デ・セルバンテス・サアベドラ、ウェルタス通り在住」である。彼自身の遍歴の歌い手であるとともに、神との、人間たちとの対話者である彼が、しだいにわれわれの眼の前に姿を現わしてくる。出会いのたびごとに彼の肖像画に新しいタッチが加えられるが、このタッチはそれぞれに独自の価値をもっている。いくつかのタッチは彼の老衰を暗示している。

「この私は道化役、年老いたへぼ詩人。」

他のタッチは語り手が皮肉な冷静さで認める教養の欠如を思い出させる。またその一方で、彼の美徳、功績、名声を喚起する。

「おお、詩人たちのなかのアダムよ！　おおセルバンテスよ！
……
きみの作品はロシナンテの尻に跨って、
世界のすみずみまで旅をした……」

別のタッチは、逆境のなかにあっての彼の忍耐と諦観を明らかにする。こうして彼がアポロンの前に出頭すると、

「そなたのケープを折りたたみ、その上に坐るがよい。
………
そこで私はアポロンに答えた——主よ、私めはケープなどもっていないことを
どうやらお気づきにならなかったようですね。」

この影と光の戯れのすべては、昔の功労、過去の困難、現在の幻滅、未来の計画を背景にして行われる。不運に追い回されながらも「稀代の創意」の才能を自覚しつつ、ミゲルは彼の前方に広がる未知の未来へ身を投じるために、幸と不幸とのこの明晰な確認を越えている。自分に下された過去の評価の総量としてではなく、それらの評価の多様な矛盾を押しわけ通りぬけてえられた自分の英雄的なイメージを構成しながら、経験と空想が合流するところで、彼は自分の人格を確立する。

セルバンテスは、このドン・キホーテが発揮したのと同じ情熱をもって、このユニークなアイデンティティ、既成の「本質《エッセンス》」に還元できないアイデンティティの探求を企てる。しかし自分の運命の神秘に直面した彼は、自分がその探求を最後まで遂行しえたかどうかをわれわれに語ることはない。ヒネス・デ・パサモンテが言うように、彼の人生はまだ完了していないのである。未来の諸世紀の審判を予見するのは彼の仕事ではない。ただ、ある詩節の曲り角で彼は、自分の白髪が推測させることを確認している。

「これほど強く明瞭な声で歌うと、
誰もが思うだろう、私は白鳥で、死に瀕しているのだ、と」

彼はここに彼の詩的遺言を残したことを知っていた。これは、己れの夢に欺かれることを恐れるあまり、ほほ笑むことで夢から身を守っている一人の男の告別の歌である。

芝居の幻想

セルバンテスが若いころから抱いていた演劇への情熱は、フェリーペ三世が常設劇場の再開を許可して、新しい発展の環境を整えて以来、スペイン全土を捉えた。マドリード宮廷への帰還の後、この情熱は、それまでに知られなかった激しさでマドリード市を熱狂させた。

ミゲルはアンダルシア滞在中も役者たちとの関係を絶たずにいた。しかし彼のオソリオとの契約書は無効な紙片に化していた。彼のセビーリャでの入獄、『ドン・キホーテ』刊行直前のバリャドリードへの旅立ち、エスペレータ事件の後のマンサナーレス河畔での生活の再開、これらの事件が彼を舞台から遠ざけて、流行している芝居の検閲官というやり甲斐のない仕事に閉じこめていた。ふたたびマドリードの住人になると、彼は娯楽を渇望して、毎日、たえず更新されなければならないレパートリーを追って、拍手したり、口笛を吹きに、劇場にかけつける暇人たちの世界を発見した。演出は単純なものであった。その代わり、歳月の流れのなかで充実して行ったのは上演プログラムであった。三〇〇〇行の詩句と三幕によって、コメディアはもちろん主要な魅力であった。しかし、幕間劇、バレエ、仮面音楽劇などが幻想の形式を多様化することによって、休憩時間を満たした。以前と同様に劇作家たちは劇の主宰者ではあったが、プロデューサーという存在は、演出家、劇作家たちがへつらわなければならない、避けがたい仲介者であった。しかし作家は騒々しい観客の要求に応えなければならなかった。恐るべき立《モ》ち見《ス》席《ケ》の《テ》客《ー》た《ロ》ち《ス》の好評はなまやさしくえられるものではなかった。

ロペ・デ・ベーガは一群の弟子たちに支援されて、いまだにこれらの本職《プロ》のなかの人気者であった。彼の驚歎すべき創作力の豊かさ、その驚異的な独創性は彼を演劇の愛好者たちの偶像にしていた。しかしベーガ゠フェニクスは、もはや同じ男ではなくなっていた。常設劇場への関心は維持しながらも、日々に変る劇場の要求に応じるのではなく、自分の要求を貫徹するようになったのである。彼は自分の戯曲の出版を自分で監督して、剽窃者の詐欺や役者による権利侵害に脅かされていた彼の財産を守った。同じ時期に、彼はマドリードのアカデミアに『当世コメディア新作法』(Arte nuevo de hacer comedias)の初稿を渡した。それは一六〇五年から一六〇八年の間に書かれたものらしく、おりに触れて書かれた韻文の書簡集で、『ドン・キホーテ』の司祭と同じように、彼が進んで妥協し規則に違反するのを非難する学者たちを味方につけようとするものであった。巧妙な戦略家であったロペは、諸権威からの引用を後ろ楯にして、規則の知識を披露することから始める。ついで彼は自分の過失を認めるふりをする。彼は、自分に生活の糧をあたえる俗衆のためにあえて無教養な言葉遣いを選んだ、と言う。しかしこの策略もロペにとってはその芸術的大胆さを正当化する安易な手段にすぎない。理論的考察と実用的勧告を交互に展開しながら、ロペは自分が導入した作劇法の刷新を表明し、擁護する。悲劇と喜劇の混合、時間と場所の多様性、性格《キャラクター》に対する筋《アクション》の優位、伝統的キャラクター間での斬新な配役、多様な音調をもつ韻律と詩節を採用しての多声音楽的《ポリフォニク》作詩法などである。彼は自分の方式を強調する。たちまち危機をもたらす筋。多彩な解決の可能性、それらは知的な観客をはらはらさせるとともに、従僕゠道化師の無作法さによって楽しませもする。彼はまた、自分の方式の偶発的な性格を指摘する。新しいコメディアの詩法は、変更不能な諸規範の目録ではない、それは時代の趣味への適応であり、事実の試練によってたえず調整される実践的な経験の成果である、と。

おそらくセルバンテスは、この詩的書簡集がはじめて公開される前には、まだマドリードに帰っていなかったであろう。しかし彼が一六〇九年に公刊された版を余暇に再読する前に、その原稿のコピー一通を入手したのは確かである。セルバンテスは彼のライヴァルの意見にはけっして同意していなかった。当時世間が一様にロペにあたえていた至上権を、セルバンテスも優雅に公認した。しかし彼はけっしてロペに追随しなかった。衒学者たちの唱導にもかかわらずスペイン演劇がかつて尊重したことのない、自称古典的伝統の遵守によってではない。それはむしろ完全に美学的立場を離れた複雑な理由によってである。ロペと役者たちが結んだ特権的関係、あまりに浪費された彼の才能がもたらした過剰（ゴンゴラはロペを「たくましいが銜《はみ》なしで走る馬」と批判した）、しばしば厖大な注文に応じるためにまったく消費的な演劇――売るための「商品」を生産した模倣者たちとの妥協への反感からである。セルバンテスは、流行している演劇が乱用する紋切型の表現を手厳しく指弾した。たとえば、いつでも主人の傍らにいる道化師の無作法さは、こういう芝居の中核をなしているが、この道化師の存在はミゲルには場違いで目ざわりに感じられた。あるいはすべてをハッピー・エンドでしめくくる数々の結婚の恣意性を、彼はしばしば非難した。他方、彼は時間と場所の多様性に順応することを学んだ。「至福の女衒」（El rufian dichoso）のなかで、セルバンテスは実例によって一つの教訓を示している。彼はコメディアが好奇心の疾しさを鎮めることを実証した。

「時間はすべてを変え、芸術を完成させる
すでに発明されたものに追加するのはむずかしいことではない。

昔　私は善良であったし
今も、君がよく観《み》るなら、悪くはない、
セネカ、テレンティウス、プラウトゥス、その他の高名な作家たち
――そしてギリシア人がすばらしい作品で私に残してくれた
あれらの深遠な規範を私はもはや失ったとしても。
私はあの名作のうちの幾つかは捨てたが、幾つかはまだもっている。
流行は芸術の奴隷ではないが、かつてのような芸術をほしがっているからだ。」

「すでに発明されたものへ追加する」――それはたしかに改革者の宣言ではない。それはミゲルが選んだ立場の確認である。『ヌマンシア』の作家は、アリストテレスの名のもとに、つねに規則を楯にとる教条主義であるよりも、自分の初期の戯曲が成功した往時をなつかしむ人、過ぎ去った時代の生き残りであるようにみえる。彼が流行に若干の譲歩を認めたとしても、彼は自分の信念をいささかも否認することはなかった。彼の散文が、彼が失ってしまったと思い込んでいた人びとの支持を彼に再発見させたとき、彼は自分の領域で若い同業者に挑戦することは考えないとしても、少なくともそこで彼にふさわしい地位を占めることを夢想したであろう。『八篇のコメディア』の序文のなかで希望と幻滅を語る彼の言葉に耳を傾けよう。

「数年前から、私はふたたび余暇を見出し、私の名声が衰えていないと感じて、また芝居を書き始めた。しかし小鳥はもう巣立ってしまったのに気づいた、というのは、私が戯曲を書き上げたことを知っていても、

私にそれを注文するプロデューサーをみつけられなかったからである。そこで私は戯曲をトランクの底にしまいこみ、人にあずけ、それらに永遠の沈黙を課した。」

セルバンテスは、彼が当てにし、そして彼の期待を裏切った作家たち《アウトーレス》の名を知らせることはしない。しかしおそらくガスパル・デ・ポーレスであろう。ポーレスはかつて「錯乱した女」(La Confusa)を上演したことがあり、セルバンテスはポーレスの妻カタリーナ・エルナンデスを主役にした「アルジェの牢獄」の上演を期待していたらしい。しかしポーレスは一六〇九年にその演劇経歴に終止符をうっている。またニコラス・デ・ロス・リオスもその一人かもしれない、リオスはポーレスよりも好意的であったが、一六一〇年に若死にしていて、のちにセルバンテスは『ペドロ・デ・ウルデマーラス』のなかで故人をしのんでいる。もしセルバンテスが、他の成功した作家たちがやすやすと入手していた金貨で、彼も自分の財政を再建できると思ったとすれば、その希望は雲散霧消してしまった。この不運に輪をかけて、一六一一年一〇月三日のフェリーペ三世の妃マルガリータ・デ・アウストリアの死を起因として、一六一三年の夏まで常設劇場の閉鎖が命じられた。ミゲルの演劇界との別離は完全なものになった。

この状況のなかでなにをすればよかったろう。作家たちが協力を拒絶した以上、彼は今後作家なしですまさねばならなかった。一六一四年七月二二日、『パルナッソ山への旅』の補遺のなかで、彼はパンクラシオ・デ・ロンセスバーリェスに彼の新しい企画、彼の戯曲を印刷させることを打ち明けている。

「読者は、戯曲が上演されるときには、あまりにも急速に経過するか、削除されるか、誤解されるかしたものを見るのです。私は読者がゆっくりと見ることができることを望むのです。コメディアには、歌曲のように、それぞれの季節と機会があるのです。」

これは二重に啓示的な告白である。セルバンテスはマドリード市民の心を高鳴らせた、そして彼自身があれほど長い間とりつかれていた、あの演劇への熱狂をすでに失っていたのである。その後の彼は、つつましい住居の静寂のなかで、読者のより秘めやかな歓びを味わう孤独な人になった。とはいっても、彼の雪辱の意欲はまだ衰えていなかった。おそらく彼のコメディアは、もし彼が忠実な読者大衆に提供したならば、通例の道筋を外れたところで予想外の成功をおさめたであろう。それは先の見通しのきかないプロデューサーたちを驚愕させる好機であったろう。このように通例の手続きを逆転させることは試みる価値のある賭であった。しかしまず出版者をみつけなければならない。このような冒険には乗り気ではなかったロブレスにことわられて、セルバンテスは同業者のひとりに話をもちかけた。しかし彼が受け取った返事は、彼の新しいパートナーの気乗りのなさを示していた。

「そのときある出版者が、もし免許をもっているプロデューサーが彼に、私の散文からは成功を期待できるが、私の詩からはなにも期待できないと告げなかったならば、彼は作品を喜んで買ったであろう、と私に言いました。実を言うと、その言葉を聞いて私は深く悲しみました……私は自分の芝居と幾篇かの幕間劇を再検討してみました。そしてそれらのすべてがそれほど出来が悪くないこと、このプロデューサーの陰気な精神を離れて、他のよりおおらかで理解力のある人びとから新しい光を浴びるだけの価値があると考えました。待ちきれなくなって、私は前述の出版者に原稿を売り、彼はそれを印刷し、ここにおみせするような本ができました。彼は適切な代価を私に支払いました。私は役者諸兄とあれこれ論じあうわずらわしさをさけて、おとなしく私の代金を受け取りました。」

この出版者の名はホアン・デ・ビリャローエルである。一六一五年七月に、ビリャローエルは刊行允可を受けにいくが、允可が下りないうちはミゲルは原稿を印刷者に発送できないのである。七月半ば、印刷が出来上るとすぐに作品は発売された。『いまだ上演されざるコメディア八篇と幕間劇八篇』(Ocho comedias y ocho entremeses nunca representados)である。今回もまたこの本はレーモス伯爵に献げられた。セルバンテスはその序文のなかで「偉大なロペ・デ・ベーガ」へ敬意を表しているが、献辞に彼へ宛てた辛辣な皮肉を挿入している。すなわち役者たちへのきびしいあてつけのなかで、「思慮深い人びととして、役者たちは大作と大作家だけに、たとえときにはかれらが間違っていても、大作家だけに関心を示すのである。」彼は幕間劇「油断のない番人」(La guarda cuidadoso)のなかでこの皮肉を繰り返している。ひとりの靴屋はいくつかの詩句を読みながら、「みごとな、もしくはそうみえるすべてのものは、私には、ロペの作品と思われる」とうっとりとして語るのである。

一年前、『ドン・キホーテ』の作者は、『パルナッソ山への旅』への補遺に六篇のコメディアと六篇の幕間劇を添えることを要求し、その間近な出版を予告した。彼は、トランクの底からこの機会に未発表作品をとりだすことはしないが、自分の作品のコレクションを完成するようにつとめた。

数人の批評家たちは、セルバンテスが『ヌマンシア』の時期の若干の戯曲を取り上げて、手直ししたと信じている。「愛の森」、「偉大なトルコの貴婦人」、「錯乱した女」など、そのころ失われたと思われていた作品であったらしい。それらは「嫉妬する人びとの館」、「偉大なトルコ皇妃」、「愛の迷路」と改題され、大かれ少なかれ、かなり改訂されてわれわれの手許に残された。われわれは、セルバンテスがセビーリャもしくはバリャドリードに滞在したころ、彼が一六一五年に出版する決意をしたこれらの戯曲の一、書きをすでに書きあげていた、と少なくとも仮定することができる。たとえば、「アルジェの牢獄」の筋書は、『ドン・キホーテ』前篇に挿入された「捕虜の話」と明らかな照応を示している。他の作品は、出版直前に書かれたものである。おそらく「愉快なコメディア」や「ペドロ・デ・ウルデマーラス」も八篇の幕間劇の大半と同様に、出版直前に書かれたと思われる。

学者たちは、作家自身がこれらの難問を解明してくれることを望んだであろう。しかし彼は自分の戯曲の冒頭に置いたみごとな序文のなかで、彼が言いたかったことしかわれわれに伝えない。この証言はきわめて主観的ではあるが、それにもかかわらず、ヨーロッパの三大古典劇の一つの興隆についてのセルバンテスの見解によって、また、彼がそのたんなる先駆者にすぎない事実を甘受した公正な態度によって、かけがえのないものである。

生成する一つの演劇？

常設劇場から隔離され、マドリードの観客から忘却されて、セルバンテスの演劇は長い間無理解と無関心の闇のなかにあった。『ドン・キホーテ』と『模範小説集』の陰にあって、彼の演劇は今世紀初頭の研究者たちの餌食になり、かれらのメスに切り刻まれた。かれらは尊敬すべき碩学でありながら、イタリアの舞台の勝利から帰納された審美的観念にとらわれた人びとであった。従って、かれらが親しんできた基準に適合しない作品を理解するよりは、判定を下すことに熱心であった。ただ幕間劇だけはかれらの審判を免れた。しかしそれらの笑劇に下された評価は誤解の成果であった。

二つの幕のコメディアの合間の幕間劇（entremés という呼称はそこに由来する）は、気取りのない余興であり、観客をくつろがせることを目的にしていた。こうして幕間劇は、日常生活に材をとった人間によくある滑稽な行為や失敗を観客にみせたのである。若いミゲルがそのレパートリーを称賛したロペ・デ・ルエダがこのジャンルの開拓者であった。彼の幕間狂言（pasos）が幕間劇の直接の元祖であり、伝統によって定着したさまざまな人間の典型を体現して、あらゆる種類のコミックな行動を当意即妙に繰り広げたのである。不実な妻の欺瞞、あまりに信じやすい老人の災難、機略に富む学生の抜け目のなさ、素朴なしかしときにはしたたかな百姓の失敗、虚勢を張る兵士の大言壮語などがその典型である。セルバンテスは当てになることがわかっているこれらのシチュエーションを取り上げて、それをたしかな筆致で枠内に収めた。背景はマドリード、――グアダラハラの門、トレド通り――であり、「離婚裁判官」、「油断のない番人」、「偽りのビスカヤ人」などの事件はそこで起る。また、「ダガンソの判事たち」や「驚異の人形劇」は、きわめて様式化された田園生活を枠にしている。

　これらの作品が、風俗画、過去の世界の版画とみなされるのも十分に理解できることである。しかし、演劇においてさえも、『ドン・キホーテ』の作者ははかない事象のたんなる観察者ではなかった。彼の幕間劇の素材は、主として、一種の永続的な民俗芸能《フォークロア》であって、その活力は今日にいたるまで、われわれが格言や歌やジョークにおいて感じとることができるものである。「離婚裁判官」の気むずかしい女房たちは、フランスのファブリオの『不幸な結婚をした女たち』と緊密につながっている。食うや食わずの兵士と裕福な聖具室係の二人から同時に口説かれる「油断のない番人」の女中は、アルプスのむこう、シエナの謝肉祭の笑劇ブルシェッロ（bruscello）〔万難を排して乙女の心を得るという筋〕のヒロインたちのためらいを、彼女なりに置き換えている。オルティゴーサが「嫉妬ぶかい老人」の家へつれこむ誘惑者の忍び込みは、すでにアリストパネスやイソップが同じ形式で使っている。「驚異の人形劇」のペテン師たちが思い浮べさせる目に見えない芝居は、のちにアンデルセンが『皇帝の新しい衣裳』を書く着想をえた多形態の寓話に由来している。

セルバンテスはこのフォークロアに当時の事件や風習への暗示を加えて若がえらせただけではない。彼は、危機にあるスペインの欲望や幻想をつけ加えることによってフォークロアの実質を刷新したのである。第一に「驚異の人形劇」の農民たちに奇跡を見たいと切望させるマンチャ（汚点）、すなわちユダヤの血もしくは私生児についての固定観念である。ユダヤ人や私生児は奇跡を見ることができない、とみなされていたのである。セルバンテスはまた、身振りと言葉遣いによって、彼の幕間劇に力と生気をあたえた。ときには一連の行為や人物たちだけで常套的な説明を代用するのに十分であった。たとえば「離婚裁判官」における原告たちの相次ぐ登場、または、「驚異の人形劇」を構成するさまざまな空想的エピソードがそれである。しかしより多くの場合、舞台上で演じられる詐欺や策略が本来の筋に展開の豊かさと思いがけない状況とをあたえた。「サラマンカの洞窟」のいつでも座をしらけさせる学生の介入が、あまりにも人を信じやすい夫をたぶらかして不義を犯していた妻を、窮地から救い出す。「嫉妬ぶかい老人」の鉄面皮なヒロイン、ロレンサは、個室にかたく閉じこめられているが、年老いた夫に、彼女を愛撫するときの恋人の魅力をあてつけがましく詳細に話して聞かせる。たしかにステレオタイプ化された状況だが、人生を再現するのに適した表現豊かな科目《せりふ》によって、その状況の新鮮さを再発見できるのである。

幕間劇は風俗小劇にすぎないが、それでも、短かくていささか恩着せがましい賛辞や簡潔な言及を受ける権利はあったろう。しかしセルバンテスは、モラリストとして偏見やごまかしを描きはしないし告発もしない。彼は自由に展開する芝居を発明し、彼が観客の前で操作するマリオネットは、時がくれば人形たちはあたえられていた人間の仮面を脱いで、かれらが象徴すると思われていたものが外見にすぎないことを明らかにする。このようにして、「嫉妬ぶかい老人」のなかで、不貞な妻が実際に舞台裏で犯した姦通を彼女自身が語ることができる。「サラマンカの洞窟」の床屋と聖具室係は、学生によっておだやかな悪魔に変身させられて、コキュの夫の疑惑をはらす。「驚異の人形劇」は、われわれの眼の前にわれわれ自身のイメージを据え、空想上の人形劇とそれをみつめる人間という二重の像をつくりだすことによって、われわれの錯覚に気づかせる。

メジャーな作家のマイナーな作品である幕間劇は、その固有な方法で、ドン・キホーテがラ・マンチャの路上に放棄していった焦眉の問題を公式化している。現実と虚構の間で交わされる議論が当座しのぎの舞台の上で生命をあたえられる――その議論を含むコミックなジャンルから、一瞬も、抵抗を挑発することなしに。他方、ビリャローエルが保存したより野心的な八篇のコメディアは、たえずロペの傑作と比較される苦痛に耐えなければならなかった。しかしわれわれには、それら八篇のコメディアもそれなりに評価される必要がある、と思われる。そのうちの数篇はイスラムについての独創的見解を表現している。通例のトルコ主題の作品とは異なり、生きた経験がロマネスクな筋立ての下に透視される。捕虜生活から着想をえた「アルジェの牢獄」、トルコ人によるオラン攻囲戦を再現する「剛毅なスペイン人」(El gaillardo español)、キリスト教徒の捕虜女性の足もとにひざまずくアムラートを描く「偉大なトルコ皇妃」などは、それらの国粋主義的情熱にもかかわらず、キリスト教徒と異教徒との関係の注意深く隠された陰画である。

しかし他の作品は、自由な幻想の世界へわれわれを誘う。「嫉妬する人びとの館」と「愛の迷路」は素材をアリオストの寓話から借用している。「愉快なコメディア」はマドリードの中心に奇妙な通俗喜劇を設定し、その取り違え騒動は近親相姦らしきものから生じる。「ペドロ・デ・ウルデマーラス」は、意気旺盛な主人公のあとについていくわれわれを田園のフォークロアが浸透した世界に導く。「至福の女衒」は、物語を発展させながらセビーリャの放蕩者の真の回心を描く。恩寵にうたれたクリストーバル・デ・ルーゴは、スラム街といかがわしい仲間から逃れて、メキシコの修道院の神聖な香気のなかで死ぬ。多様なモチーフを結び合わせて、多様な照応で織りなされたセルバンテスのコメディアは、文学と人生の合流点で、詩と物語を同じるつぼのなかで溶かすのである。

これらの作品を構想した人が、自分の技術を完全にマスターできなかったことはたしかである。それは困難な仕事であった。流行に従うことなしに、どのようにして舞台にのせられた芝居の筋を書き変えることができるのか。作品の意味全体を発展させながら、語の完全な意味において、どのようにしてそれらを「再＝上演」représenter できるであろうか。舞台との接触を失い、実り多い対話を交わすことのできたはずだった観客から切り離されたセルバンテスは、試験されることのない、実験的な芸術を鍛えていた。こうして彼がつぎつぎに試みた一連の手法が生じ、象徴的な照応のネットワークによって全体的にまとめられたエピソード的シークエンスがしばしば筋を犠牲にして増殖する。そこから、コメディア・ヌエバの成功に影響された、しかしロペが押しつけるパターンとは異なる、実験と妥協の動揺が生じる。「愉快なコメディア」のなかでは、従僕と女中が主人たちを舞台裏へ追いやり、酔っぱらった馬丁が聴き役を演じようとして失敗する。この作品は、ステレオタイプと因襲によって、流行のコメディアへの問題提起として読めるだろう。それでもやはりこの作品は、遠回しながら、「アルテ・ヌエボ」への遅まきの譲歩を示している。

ロペが彼の手法で大成功をおさめているさなかに、常設劇場はこの、体験された事件の複雑さを単純で効果的な図式へ還元しようとしない、成功のおぼつかない芝居を歓迎することがどうして可能であったろうか。しかし、曖昧さと疑惑に貫かれた一つの世界を言葉の魔法によって創り出すことのできる、この別な言語の探究のなかには新しいなにかが存在する。「アルジェの牢獄」、「愛の迷路」、「愉快なコメディア」のなかで、劇のなかに劇を挿入することによって、たえず存在と外見との変動する関係を深める鏡のトリックを創るのはこの探究である。「ペドロ・デ・ウルデマーラス」は、この魅力的なテーマのもっとも巧緻なヴァリエーションである。ペドロは芝居の大詰めで役者になり、空想の舞台に行くために、現実の舞台から立ち去る。こうして現実の芝居は空想の見世物《スペクタクル》が始まろうとするその瞬間に終るのである。

この探究は、一作ごとに、登場人物たちが自分の存在の意味を自問する運動を表現している。ロペの主人公たちは、対立する意志に動かされて、既成の因襲に反抗する。しかしかれらがめざすのは、永遠に固定している世界の秩序のなかで、かれらを支えているもろもろの価値を再発見することでしかない。こうして、かれらはあらかじめあたえられた「自然」、かれらが漠然とそれとの合一を憧れ、進んで追随する「自然」と同一化する。セルバンテスの人物たちもまた自己探求に出かける。しかしかれらは、自己を発見することによってしだいにかれらだけのアイデンティティを構成していくのである。

クリストーバル・デ・ルーゴ、例の至福の女衒は、賽の目に自分の運命を賭ける(サルトルの諷刺劇『悪魔と神』のゲッツが彼なりのやり方でするように)。ルーゴは、もし賭に負けたら追いはぎになる、と誓う。予期に反して勝利をえた彼は、聖人になる決心を固め、こうして彼の賭の結末は転回する。彼は神の意図に協力したにしても――いかさまをするゲッツとは逆に――自分一人の責任によって選びとった美徳によって、自己の人生設計を実現したのである。この最高の自由、それはまたペドロ・デ・ウルデマーラスのものでもある。彼は一種のティル・オイレンシュピーゲル〔一四世紀末伝承されたドイツの道化師で悪漢〕であり、フォークロアからその変装とトリックを借りている。彼は変幻自在な役者に変身することによって自己の前身から脱却するだけではない。彼自身の言葉によれば、「キマイラ」と名のり、それ以後は空想的な次元でしか自己表現をせず、彼を固着させて不自由にするあらゆる身分を回避する。この急変のおかげで、彼は、そこに自己のもっとも深い真実を発見しながら、形成中の存在としての自己を確立する。

セルバンテスの芝居は同時代人には理解されなかったが、それでもわれわれの今日のレパートリーに組み入れられるであろうか。独裁政権の閉鎖的クラブの舞台が消滅した今日、そして異なる舞台装置がイタリア風の舞台にとって代わった今日、かつ近代的技術が演出家に無限の可能性を提供する今日、この冒険はもはや考えられない。この冒険を試みた少数の人びともいる。ガルシア・ロルカは、スペイン内戦の前夜、ある巡業劇団のリーダーとして、これらの幕間劇を「村々の陽光と澄んだ空気」のなかで上演した。ジャン゠ルイ・バローによる『ヌマンシア』の銘記すべきフランス語翻案は、パリの観客にセルバンテスの芝居の真髄を知らせたはずである。ジャック・プレヴェールはその『驚異の絵画』において、人民戦線の理想に「驚異の人形劇」の危険な大胆さを結合させた。より身近なところでは、フランシスコ・ニエバが「アルジェの牢獄」による華麗なモンタージュ映画の作家になった。同様に、「偉大なトルコ皇妃」のみごとな演出によって、アドルフォ・マルシャックは、マドリードの演劇界で大成功をおさめた。これらの試みは、われわれとって、模範の価値をもっている。われわれが望むのは、これらの試みが他の経験によって引き継がれ、生まれ出ようとしているこの演劇がついに生命をうることである。

第七章　一つの生から別の生へ　一六一四―一六一六

「この世からつぎの世への跳躍は厳しい」
『パルナッソ山への旅』V

主人公たちの帰宅

七月のある夕方、ドン・キホーテは、サンチョと連れ立って家を去った。そして隣人の司祭と床屋の奇計のおかげで自宅へ連れ戻された。しかし悪がしこい魔法使いのとりこだったと確信している彼は正気にかえることができなかった。彼の帰村の話はたんに偏執にとりつかれた彼の姿をわれわれにみせるばかりではない。彼は新たな展開を予測させる。姪と家政婦は、語り手によれば、

「彼女らはいくらかでも良くなったらすぐにも、自分らの主人なり叔父なりを失うことになりはしないかとおそれて途方にくれた。事実、それは彼女たちの想像したとおりになった」。

（前篇第五〇章）

セルバンテスは、従って、彼の小説の続篇を約束するようにみえる。しかし前篇が得るはずの歓迎がまだ不確かだったので、彼は用心深く疑いの余地を残し、いつものように彼の代弁者シーデ・ハメーテの慎重さに任せている。

「しかしこの物語の作者は、ドン・キホーテが、三度目の出撃で演じたことを、物好きと熱心さとからさぐっ

たのであるが、少なくともあやまりのない文書としてその消息を見出すことはできなかった。ただ、言伝えがラ・マンチャの記憶だけにとどめていることだが、ドン・キホーテは、三度目に家を出たときサラゴッサへおもむいて、その町でおこなわれた有名な試合の数々に加わり、そこでも勇気と分別にふさわしい冒険の数々をおこなったということである。」

これは第二部が、いつか日の目をみるとすれば、そのヴェールの隅をちらと上げる文章である。今回は、才智あふれるイダルゴの数々の冒険はその死によって完結されるであろうと明言されている。しかし計画が行き詰まった場合、それはまた——あらかじめ——古文書の沈黙の背後にかくれることによって、計画を放棄する可能性を正当化してもいる。作家がこの「真の物語」の根拠とした証言がないので、われわれはこの物語がどのように終るのか、いつかは知りうるという希望を捨てなければならない。こうしてセルバンテスは、架空の語り手の仕組みを巧妙に操って、自由な行動の場を残しておく。

われわれにとって幸運なことに、彼はふたたびペンをとり、作品を完結する決意を固めた。一六〇五年の読者たちが第一の功労者である。ラ・マンチャの騎士の武勲に熱狂したかれらは、騎士の舞台への再登場を要求した。しかしかれらの希望がかなえられたとすれば、それはおそらくかれらがロブレスその人のなかに雄弁な弁護者を発見したからである。マドリードの出版者にとって、前篇の成功はめざましい業績であった。彼はこの快挙の再度の決行に大いに関心を示した。しかしこれを実現するためには、まず作家を説得しなければならなかった。ロブレスはミゲルのマドリード帰還ののち、ミゲルに友情をこめて圧力をかけたにちがいない。この傑作のブリュッセルでの新版の刊行、クエスタの努力によるマドリードでの再版準備はたしかに重みのある論拠である。セルバンテスはそれらに無関心だったのではない。しかし彼は決心するまでに、どれほどの時間を要したのであろうか。すべては、後篇の冒頭でサンソン・カラスコの、前篇の人気と「すでに今日印刷された」一万二〇〇〇を超える出版数への暗示に記された日付けに依存している。それが一六一一年とすれば——これがもっとも真実らしい仮定だが——彼は四、五年逡巡していたことになる。一六一一年は彼のエスキビアスでの最後の滞在期である。この日付けによって、正当なもしくは非合法な七つの出版が初版の読者を拡大したことになる。外国では翻訳者たちが仕事に励んでいた。イギリスではトーマス・シェルトンが翻訳を完成して印刷者を探していた。フランスではボドワンとリシェが道を拓き、セザール・ウーダンがそれにつづいた。

ミゲルが仕事を終えるのには四年を要した。七二章のための四年である。前篇の五二章に費したほぼ六年近くにわたる時間に比べれば、より速いテンポである。みごとな出来栄えであった。国庫の収税吏から解放されはしたが、彼はこの時期全体にわたって、多くの家庭問題をかかえていた。さらに『模範小説集』も忘れてはならない。彼は一六一二年まで、彼の時間の大半をこの作品にあてていた。あるいは余暇に、創作中の他の作品——詩、ノベラ、物語《ロマン》、芝居、幕間劇——を執筆していた。一六一三年秋の『小説集』の出版は、彼を重荷から解放し、彼にふたたび自由な時間をあたえた。しかし才智あふれる郷士を再開する前に、彼は序文のなかで、おそらく待ちかねて苛立っている大衆を安心させなければならなかった。彼は述べている、自分は『パルナッソ山への旅』を書き上げた、そして、「たとえ命が絶えようとも」彼の崇拝者たちに『ペルシーレスの苦難』を提供する希望を捨てていない。「しかしその前にまず」、かれらは「しかもすぐに、ドン・キホーテとサンチョ・パンサの武勲の続篇を」見ることができるであろう。

この「すぐに」を文字通りにとるのはやめておこう。女房のテレサ宛てのバラタリアの太守サンチョの書簡は、この宣言より一年後、すなわち一六一四年七月二〇日付けである。この手紙は後篇の三六章に現れる。つまりこの本の半ばにあたる。セルバンテスは執筆をつづけながら、おそらく彼が労力を分散し、出版者からみてマイナーな作品と思われたにちがいない仕事にいつまでもかかわっていることに苛立ち始めていたロブレスに、言質を提供しようとしたらしい。賢明な商人であるロブレスは、事実、大衆がなにを好んでいるかを知っていた。一六一二年にトーマス・シェルトンはついに『ドン・キホーテ』の翻訳を公刊した。一六一三年にはすべてカスティーリャ語で書かれたこの傑作の一〇版がヨーロッパ中に普及した。一六一四年、セザール・ウーダンが最初の仏訳版を出版した。新世界でも旧世界でも、バレエ、パレード、仮面音楽劇などが騎士の栄光と従士の人気の劇作化に成功した。いまこそ一六〇五年の勝利を繰り返す後篇出版の絶好の時であった。

セルバンテスはいまや確信した。彼は一六一四年六月二二日、サンチョの手紙を書く二日前に、『パルナッソ山への旅』への補遺にとりかかった。詩篇は印刷者に送る準備ができた。『ドン・キホーテ』はいまや即刻の対象になった。作家は大急ぎで仕事をすすめた。二カ月を少しこえる夏の間に二三章以上を書き上げた。そのとき突然、予期しない事件が生じた。九月の末に、タラゴーナで、フェリーペ・ロベルトという出版社から『ラ・マンチャの才智あふれる郷士第二巻』が刊行されたのである。それは、彼の三度目の出撃と冒険の第五部から成っていた。九年前、ミゲルは続篇を暗示していた。一年前、出版は間近い、と予告した。これは、いわば、一人の新来者によって文字通り出しぬかれたのである。筆者はトルデシーリャスの市民で、本の表紙に記された名は、学士アロンソ・フェルナンデス・デ・アベリャネーダである。

仮面の詐欺師

新しい数章を熟慮中のセルバンテスは、自宅に一人の友人を迎えた。友人は深刻な表情で印刷されたばかりの一冊の本をさしだした。有名な例の眼鏡をかけて、われわれの作家は、ドン・キホーテがするであろうように、「一言も発せずに本をめくり」始めた。この逸話については、伝記作者たちが大いに想像力を逞ましくしたのではないかと思われる。実際われわれは、ミゲルがどのようにしてこの偽の続篇を知ったかも、彼の最初の反応がどのようであったかも知らない。彼は本当に驚いたのであろうか。著作権について現代とは異なる観念が支配していた時代であり、加えて、文学と芸術の世界で独創的な模倣についてきわめて寛大な概念が優勢であった時代において、高名な詩人、もしくはきわめて単純に、成功した作品の幸運な著者は、ほとんど模倣者の出現を確信していた。一六世紀のイタリアではアリオストの『狂えるオルランド』もこうしてボイアルドの『恋するオルランド』という挑戦を受けた。ルネサンス期のスペインでは、フェルナンド・デ・ローハスの朗読劇『ラ・セレスティーナ』の流行は、文学史家が「ジャンル・セレスティネスク」と呼ぶ、原作に多少なりとも忠実な大量の追随作品を発生させた。フェリーペ二世治下では、『ラサリーリョ・デ・トルメス』は多くの直系的子孫の一族を生み、一方、ガスパル・ヒル・ポーロは『恋するディアーナ』によって、モンテマヨールの『ディアーナ』の続篇を書いたが、これは原作の魅力に遠く及ばない。さらに下って、一六〇二年にはマテオ・ルハーン・デ・サヤベードラなる人物が『グスマン・デ・アルファラーチェ第二部』を出版したが、当時アレマンはまだ彼の作品の完成に専念しているところであった。このように、模倣は通例のことであった。

『ドン・キホーテ』がこの同じ運命からどうして逃れられたろうか。一六〇五年の序文のなかでセルバンテスは、自分は主人公の父親ではなく、継父だと断言している。彼は物語の流れのなかで、真実とされる物語の架空の語り手の背後にかくれている。彼は新しい冒険を予告するが、その語り手が誰なのかをわれわれに教えてくれない。騎士の三度目の出撃？　これについてより詳しく知る希望を失わないように（彼は実際に断言している）しよう。しかし彼自身は深くかかわるよりも、アリオストとともに『狂えるオルランド』の最終句を自分の目的に適応させて答える方を好んだ。

「オソラク別ノ人ガモット美シイ詩デ歌ウダロウ」
Forse altri canterà con miglior plectro.

このようにして終結すること——それはユーモアの部分でもあるが——、それは未知の人への招待と同じであり、その人は大急ぎでその招待を受けるであろう。

未知のひとと言うよりは仮面のひとと言った方がいい。四世紀以上前から、人びとは謎のアベリャネーダなる人物について検討したが無駄であった。この人物を特定するために、今日まで費やされた努力はすべて水泡に帰した。この偽名のかげにかくれた人物を、研究者たちはさまざまな種類と身分のおよそ一〇人ほどのなかにつぎつぎに発見したと思った。まず文士たちで、たとえば、マテオ・アレマン、バルトロメー・デ・アルヘンソーラ、そしてもちろんロペ・デ・ベーガ（事実、彼は序文を書いたらしい）。大貴族、ロペの友人であり庇護者であるセッサ公爵。ドミニコ会員のホアン・ブランコ・デ・パス、この人物からミゲルはアルジェで中傷を受けたことがある。別なドミニコ会員ルイス・デ・アリアーガ神父、彼は王の個人的聴罪師であった。幾人かは絶望して、偽作『ドン・キホーテ』の作者は正真正銘アベリャネーダという名ではないか、と考えさえしたが、それは迷路の出口を示すことにはならなかった。セルバンテスは主人公の口をかりて、偽作者の言語がアラゴン方言らしいことに注目して、検討の手掛りを暗示した。彼によれば、アベリャネーダは「ときどき冠詞を省く」からである。しかしこの指摘の意味も検討しなければならない。冠詞省略はある地方特有の表現というよりも、むしろその文体が含む誤謬と不手際を表わしている。現代の批評家が発見した、作者の書き癖《ティク》の方がより意味深く思われる。それは、教会ラテン語の引用で、修道院の生活の誇張した賛辞、ロザリオ信仰への反復される暗示である。聖職者や神学者というよりは、それらはどうやらヘロニモ・デ・パサモンテ、読者は覚えていられるであろうが、セルバンテスに漕刑囚ヒネスの着想をあたえた兵士＝作家を示しているようである。アラゴン出身のパサモンテは、ロペのためにペンをとり、二大作家の間の確執をさらに複雑にすることに貢献したのではなかろうか。ついでに注意してみよう、ヒネス・デ・パサモンテは正統な後篇で再出現するが、今度は人形芝居のペドロ親方となってであり、騎士は彼の小さな人形たちを粉々にくだいてしまうはずである。この仮説は興味深い。しかし、あくまでも仮説にすぎず、真に立証しうる論拠を欠いている。われわれがより詳細に知るまで、アベリャネーダはわれわれにとって謎のままである。

もし誰に対しても恥ずかしくない動機によって採用されたとすれば、この仮名は無害な欺瞞になったかもしれない。文学の共和国において広く使用されている欺瞞の一つへの通例のスパイス、そしてこの本の冒頭にわれわれが再発見するあらゆる手掛り。その本が備えている認可と印刷許可とは偽造だが、それは二人の署名者にはその出版を正当化する資格がないという単純な理由による。一人の印刷者フェリーペ・ロベルトは一年前から店を閉めていて、彼の供述は偽りである。同時に、発行所の所在も偽りである。なぜならアベリャネーダはほぼバルセローナで彼の本を印刷させたと思われるからである。あらゆる点からみて、ミゲルは、あまり深い追及はせずに、この予想外の弟子の間接的な賛辞を楽しんだのではないだろうか。その作品は、一種の学生風の悪ふざけで、明らかに最初から「ラ・マンチャのドン・キホーテの郷里、高貴なるアルガマシーリャ市の有力者および郷士諸兄へ」宛てた献辞をそなえている。

しかし序文には、一連の中傷と侮辱からなるスキャンダラスな部分がある。われわれはアベリャネーダが——多分ロペの介入によって——彼の先行者から離れようとしたことを認めることができる。彼がその序文を、セルバンテスがわれわれに残した序文と比較しようとしたことも認めよう。彼は、『ドン・キホーテ』の序文より「高慢でも、攻撃的でもなく」、同時に、『模範小説集』の序文より「つつましい」ものにしようとした。この種の文にありがちな辛辣さによって、この序文は「稀代の発明家」の自慢話にけちをつけ、より謙虚であることを示そうとしたのかもしれない。しかし許しがたいのは、偽作者が不公平な立場を利用して、「セルバンテスその人に対する《アド・ホミネム》」一連の集中攻撃を加えたことである。彼は犠牲者の負傷を公然と嘲笑する、「彼は自ら片腕が不具であると告白している」。その上、あつかましくもセルバンテスの老齢をとがめだて、さらに、「両手よりも達者な舌」で勇気を示すよりも中傷する能力に富むことをあざけったばかりではなく、つぎのように付言さえする。

「それに、ミゲル・デ・セルバンテスはいまやサン・セルバンテス城〔中世にトレドの峡路に築かれた城砦〕よりも老いて、その老齢のせいで、あらゆること、また、あらゆるひとが彼を苛立たせるために、彼はひどく奇矯な人間になっている。そのために彼には自分の著書を飾る仰々しいソネットを依頼する友人もなく、彼自身が語るように、ラス・インディアスのホアン司祭、もしくはトラピソンダの皇帝をソネットの作者と偽らなければならなかった。なぜならスペインにはセルバンテスに名を挙げられて怒らないような貴族も市民もおそらく誰ひとりいないであろうから……」

われわれはここで、ロペがすでに一六〇四年の手紙のなかで語っていたことを思い出す。一方、ミゲルは彼の読者たちとの友情をふたたび深めていた。贋作の序文筆者の辛辣な結論はそこからくる。

「彼は『ガラテーア』と散文コメディアで満足するがいい、なぜならそこに彼のノベラの大半があり、それ以上なにもしないことによって、われわれを疲れさせるのをやめられるのだから。」

アベリャネーダはこれらの侮辱的宣言の筆者としての責任を自認するだけで満足しない。彼は物語のなかで、主人公に、カタリーナ・デ・サラサールについての名誉毀損的な言辞を弄させ、騎士は彼女を「改宗した女《コンベルサ》」として、かつ夫への貞節が疑わしい女として扱っている。セルバンテスはコキュだったのであろうか。バリャドリードの匿名のソネット作者はすでにそのことを露骨に表現していた。彼はミゲルの姓について悪ふざけを口にして、鹿《セール》やセルバンテス家の人びとの額に生えた角をからかう格言に悪意ある注釈を加えている。黄金の世紀には「セルバンテス」という語は裏切られた夫を意味していた。われわれの主人公は生涯に幾度となくこの種の冗談に耐えなければならなかったであろう。アラゴン人の作者は彼に対してどのような個人的不満を抱いてこのようにはなはだしくセルバンテスを侮辱したのであろうか。おそらく彼（パサモンテ）は彼と同名のヒネスを、信仰も法律もないガレー船漕刑囚のたぐいとして表現されたことで、彼を恨んでいたかもしれない。あるはまた、彼がパサモンテであろうとなかろうと、たんにセルバンテスの天才を妬んでいたのかもしれない。一つのエピソードのなかで、ドン・キホーテとサンチョを再騎乗させることはおそらくどのような作家にもできたろう。しかしかれらに生命をふきこみ、新しい冒険の始めから終りまでかれらを生かしておくのはまったく別のことである。ところで傑作である原作と偽の続篇との間には、比較しうる可能性はまったくない。深淵が両者を隔てているとまでは言わないとしても、両者は二つの異なる世界なのである。アベリャネーダの創作したプロットは、それ自体ではあまり面白いものではない。ドン・キホーテとサンチョは、あらかじめ予告されたように、サラゴッサへ出発する。そしてサラゴッサに到着すると騎馬槍試合に参加して、たえず滑稽と恥辱につつまれる。都会人の心をもつかれらは、町から町へと遍歴し、アルカラで、ついでマドリードで足をとめるが、かれらの道程のいずこでも、グロテスクで胸の悪くなるような事件が生じる。かれらは道中で、バールバラという女性と道連れになる。これはもと娼婦で、その不潔さに匹敵できるのは彼女の愚鈍さだけである。かれらの遍歴はトレドで終了し、ドン・キホーテはその地の精神病院で生涯を終える。

道化を伴う操り人形。物語のなかで、騎士と従士はたえず以上のような姿で描かれる。このようにグロテスクな人物像は、二人の主人公が直面するさまざまな状況において、かれらが反応する方法に由来する。かれらは状況を理解できず、自分たちが行動している世界のなかで疎外され、機械的な規則性をもって倦むことなく同じ紋切型の行動、同じ突飛さ、同じ茶番劇を繰り返すのである。かれらの度を越えた行為のスペクタクルは、こうして無関心の指標になる。もしくは作者が作中人物に対して抱く反感になる。それはまるでアベリャネーダが騎士道作品に対して抱く反感で作中人物をつつみこもうとしているようにみえる。かれらの冒険のすべてが失敗に終り、その失敗のせいでかれらに最悪の侮辱が加えられ、かれらを仮借ない失墜にひきずりこむ。従ってわれわれはけっして、ドン・キホーテとサンチョが目の前で活動しているという感情をもつことができない。セルバンテスの主人公たちは、一つの目的を体現し、さまざまな幻滅にもかかわらず執拗にそれを追求する。それに反して、アベリャネーダの人物たちは生きていない。かれらはあてどなく流浪するマリオネットにすぎず、事件のままに少しずつ解体していく。かれらのみせかけの交流は、沈黙の対話、二人の冗長な一人語りの永遠の往復運動にすぎない。

この平凡な本の唯一の価値は、完全な引き立て役であることである。傑作の真価の啓示役であり、傑作が生んだ贋作を一瞥するだけで、われわれは傑作の偉大さを知ることができる。このやり甲斐のない役割を果すために、贋作『ドン・キホーテ』は海賊版を使用するだけでは十分ではなかった。この作品はどのようにかしてベストセラーになって、後世まで生き残らなければならなかった。この本の露のようにはかない命を救い、素早い忘却から救い出すことができたのは、ただ一人、セルバンテスであり、彼はその仕事をみごとにやってのけた。

挑戦への応酬

一〇年前に、似たような災難の犠牲になったマテオ・アレマンはみごとに復讐した。彼の剽窃者、ホアン・マルティというバレンシア人も、偽名の蔭にかくれて、マテオ・ルハーン・サヤベードラと名乗った。アレマンは当時マルティを彼の主人公の新しい冒険に巻き込むことを考えていた。彼はマルティをサヤベードラという名の乞食にして（急いで言っておくが、これはグスマンに同伴するための口実である）、グスマンの道連れにする。彼はローマでわれわれのピカロと友情で結ばれたのち、彼の荷物を盗んで逃げ去る。彼はボローニャでグスマンと再会し、グスマンの共犯者、彼の「影」になる。最後に彼はグスマンとともに、バルセローナへ向けて出航する。サヤベードラは気が狂って、自分をグスマン・デ・アルファラーチェと思いこみ、その錯乱のなかで海中へ身を投げて自殺する。象徴的な物語のこの残酷な結末は、ロマン・ピカレスクの父に加えられた卑劣な行為が彼の心にひき起した憤りを十分に示している。

セルバンテスは別の方法をとる。しかしその対応の激しさは同じようである。マテオ・アレマンはもっぱら偽作者に関心を集中し、憤怒をもって追跡し、不名誉な運命で彼の生を終らせた。セルバンテスは逆に、敵の言葉への侮蔑で応酬しようとする。後篇巻頭の序文の一つのなかで報復を果しているのであり、その序文の出来栄えはみごとで、アベリャネーダはその序文の導入役を果している。セルバンテスは、読者がどれほど彼の応酬を待ちかねているか知っている。この応酬が読者の希望を裏切るとすれば残念なことである。

「いやはは！　やんごとない、あるいは庶民の読者よ、そなたはこの序文のなかに、第二の『ドン・キホーテ』、つまり、トルデシーリャスで孕《はら》まれて、タラゴーナで出産したと伝えられるあの物語の作者に対する報復、罵詈《ばり》、攻撃が見られるものと信じて、さぞかしいまごろは、焦燥し待望しておいでのことであろう。ところが、私は、いかんせんその満足をさしあげられないことになっている。屈辱を受ければ、いかに謙虚な人びとの心にも怒りが目覚めるものとはいいながら、私の心にはこの法則の例外が起ることになっているからである。読者は、私があの作者を驢馬《ろば》とも、馬鹿とも、身のほど知らずとも罵るものと願っていたにちがいない。しかし私にはそんなことはついぞ心に浮んだことすらない。おのれの罪に責められよ、おのれのパンはみずから食え、どうとも勝手にさせておけ、である。」

ミゲルはアベリャネーダの名の後ろにかくれている人をまったく知らなかったのであろうか。彼はこの未知の人物のことをほとんど気にかけていないようにみえる。その人物に向って彼はただ一つ、個人的な中傷についてだけ、はっきりと非難している。

「ただ私が気にしないわけにはいかなかったことは、私のうえに時が過ぎていかないかのように、時の流れをせきとめることが、私の力の及ぶことだったとでもいうように、もしくは私の片腕の不具がどこかの居酒屋で起ったことで、過去と現在の諸世紀が目撃した、かつは未来の諸世紀も目撃できるかもしれない、いとも崇高な機会に生じたものなのに、私をやれ年寄りだ、やれ片輪だと咎《とが》め立てていることだ。なるほど私の負傷は見る者の眼には光かがやくものではないかもしれないが、少なくともどこで受けた負傷なのかを知っている人びとの評価では、尊敬されるべきものなのである。兵士は逃亡して無事であるより、戦場で死んだ方がはるかに立派に見えるものだ。」

この回答はある種の気品をもっている。しかしそこには過ぎ去った時代の生き残りの憂愁も感じとられる。フェリーペ三世のスペインにおいては、人びとは忘れっぽくなっている。アベリャネーダとその同類が、「レパントなんて聞いたことがあるかい」と嘲笑するとき、かれらの無礼を咎める人がどれだけいたろうか。

偽作者とけりをつける唯一の方法は、嘲笑者たちの皮肉な目の前でその男を忘却に追いこむことである。寓話のなかの、最初に出会った犬の腹を空気でふくらませる狂人さながらに、通行人たちを自分の武勇の証人に仕立てて、アベリャネーダは、本を書くことは子供の遊びだと思いこんだ。しかしここで彼は自分が仕掛けた罠にはまってしまう。無条件の結論、それは彼がすすんで精神病院に入り、人びとが彼を忘れてしまうことである。

罪《コルプス・デリクティ》アルモノ、偽作第二部が残っている。ミゲルが最強の矢をとっておくのは、それを的に放つためである。しかも彼はそれを天才的芸術家として、その偽作を彼自身のフィクションのなかに間接的に組み込むことによって、実行する。最初にドン・キホーテは旅の途上で、アベリャネーダの小説の二人の読者に出会う。かれらは読み終えた小説のばかばかしさに失望して、その本をドン・キホーテの審判にゆだねる。ドン・キホーテはよろこんで読みだすが、「著者が責めを負うべき二、三の欠点」、とりわけ彼の従士の妻テレサがマリア・グティエレスと名付けられていることを発見する。これは一見無意味にみえるが、自称歴史家を不正確さの「現行犯」として捉えるために選ばれた例なのである。さらにこれは、戸籍上のこの誤謬によって狼狽したサンチョの驚愕をひき起すことをねらっていた。二人の読者がサンチョにつぎのように答えるのを聞いても驚くには当たらない。

「彼はあなたを大食いの愚か者として描き、結局あなたのご主人の物語の第一部におけるあなた、サンチョとはまったくの別人で、ちっとも楽しくなんかないのです——それに対して、主がその男を赦したまわんことを、とサンチョは答えた、彼はこの私めを片隅に放っておいてくれた方がよかったでしょうに。」

（後篇七二章）

彼自身のカリカチュアを眼の前にしたサンチョは、激しく自分の真の本性を要求し、そうすることによって彼の現実性を回復させる。ドン・キホーテも彼の偽の分身から一線を画そうと躍起になっている。彼は偽作の新版が現れるたびにこれを偽作として公然と侮辱するばかりか、偽ドン・キホーテがサラゴッサにおもむいた以上、彼自身は絶対にサラゴッサに足を踏み入れようとしない。

「こうして私は世間に向って、この当代の物語作者の嘘を明らかにいたしましょう。そしてみなさんは、私が偽作者の語るドン・キホーテではないことを納得されることでしょう。」

自分の自主性を十分に回復した才知あふれる郷士は、きわめて風変りな出遭いをする。偽作者が作った作中人物の一人との出遭いである。アベリャネーダのキホーテは、裁判妨害のかどでサラゴッサで投獄されたが、ドン・アルバロ・タルフェというモリスコ貴族の介入によって解放された。そこでセルバンテスは、自分の物語のなかにこの偽キホーテを取りこむことにする。憂い顔の騎士の友人と真顔で語るドン・アルバロに、真のドン・キホーテは礼儀正しく声をかける。もちろんタルフェは彼が真のドン・キホーテであることを知らない。タルフェはほかにどのような態度をとることができたろう。彼の前に立っている人物は、彼が鞭打ち執行者の手から救い出したあの影武者となんの共通点ももっていないのだから。同じ誤解の犠牲者であるサンチョは、憤慨のあまり我を忘れて、自分の名をかたったペテン師を責めたてる。

「いとも高貴にわたらせられる旦那さまがおっしゃるそのサンチョは、きっとどっかのとんでもねえ悪党で、面白味のねえ、おまけに泥棒にちがいねえでがす。なぜってほんもののサンチョはこのわしだからで、わしからは、雨でも降るように、滑稽なことはいくらでも出てきやす。（……）ほんもののドン・キホーテ・デ・ラ・マンチョさまは（……）ここにおいでのこの方で、わしの主人でがすよ。これとちがうドン・キホーテにしろ、サンチョにしろ、そんなものはいい加減な与太話か、夢んなかの出来事みたいなもんでさ。」

（後篇七二章）

これはドン・アルバロを十分に説得して余りある言葉であった。

「あんたがほんのわずかな言葉で、私がもう一人のサンチョ・パンサがしゃべるのを聞いた、ずいぶんたくさんの言葉を全部寄せ集めたよりも、ずっと面白いことを言いなすったからですよ。」魔法使いに操られていたことを確信したモリスコの紳士は、眼をさまさせてくれたサンチョに感謝する。彼はすすんで公証人の前で証言することを了承しさえする。

アベリャネーダの小説を思い浮べながら、セルバンテスはそれにとどめをさすことを忘れない。彼は当然ながら偽作の真実らしさの欠如を強調する。この出来損ないの物語が、偽作であることを証明するのを、彼は自分の作中人物たちにまかせる。語り手とその主人公たちの一斉砲火を浴びて、偽のドン・キホーテは、批評と創作を一挙に結びつけるこの反撃から、二度と立ち直ることはできない。ミゲルは自分がルールを決めたゲームをマスターして、なんなく勝利者の立場を守る。

アルバロ・タルフェとの出遭いは、ドン・キホーテとサンチョの「真の」冒険の終末のほんの少し前に位置している。一六一五年一月、セルバンテスは創作を完成する。彼がこの小説の最後の一五章を書き上げるのにほぼ六カ月が必要であった。あとはその出版に先立つ手続きが残っただけであった。しかしそれも二カ月で修了する。ロブレスはスペイン王国全土にわたって二〇年間有効な特許を授けられ、マルケス・トルレスとバルディビエソがそれぞれに署名した、規則通りの正当な形式をもつ二通の認可書をあたえられて、原稿をホアン・デ・クエスタに委託することをいそいだ。一〇月末に、ミゲルは例のあつかましい学士に対する自分の心情の一片を含む序文を書いた。同月末日に、彼は崇拝する庇護者へ自作を献げる。「閣下のキリスト教的美徳とあまねく知れわたった寛容さが、あらゆる不運の打撃に崩れかかる私をしっかりと立たせてくださいました。」今回もまた、レーモス伯爵は彼の名声を支持した。もう一人の保護者、レルマ公爵の叔父、サンドバル・イ・ローハス枢機卿も作家の企図を激励した。セルバンテスはおそらく彼に、聖体礼拝会信徒団体の総会で作品を献呈したのであろう。セルバンテスは献呈の辞のなかで枢機卿とレーモス伯爵の名を挙げながら、「この二人の貴人は、私が追従や賛辞でお願いしたわけでもないのに、ひたすらご自身のやさしい思いやりから」彼を支援してくださったと言っている。われわれはかれらの寛容さの恩恵を受けたすべての作家たちに、同じような「対誦賛美歌《アンティフォーナ》」を見出すことができる。従ってミゲルが晩年に、彼に寄せられた遅まきの恩恵を誇る男として、偽善なしに自分を誇示しているのも肯けることである。

数週間後、一一月末、マドリードの市民たちは待望の本を手にした。『前篇の著者ミゲル・デ・セルバンテス・サアベドラ、による、才智あふれる騎士ドン・キホーテ・デ・ラ・マンチャの後篇』である。自分の所有権を要求するのに熱心な表題ではあるが——誰がそれを咎めることができよう——ミゲルは読者たちに、「前篇と同じ名工によって裁断され、同じ布地で織られた……後篇』と告げ、才智あふれる郷士《イダルゴ》は騎士《カバリエロ》となり、この昇進が正式に公認されたことを認めて、彼の新しい冒険の物語の銘として書き記している。この冒険譚は、作者によれば、その結末まで拡大された、しかも充実し幅も広がった物語である。一五年前に構想され、そこから傑作が生まれた最初の意図に忠実な作品、しかし最初の意図を凌駕し横溢したことを証拠立てる物語であり、大胆に挑戦する物語である。

『ドン・キホーテ』の続篇と結末

一六一五年の読者たちの苛立ちがどれほど激しかったとしても、かれらの期待は十分に満たされた。正式な後篇はたんに前篇の質を確認しただけではない、後篇は、後世が確認することになる直接的な成功を保証して、この小説を完成の頂点にまで高めた。

セルバンテス自身が予告したように、今回は三度目のそして最後の旅立ちになる。もちろんサンチョが同行して、この二人連れをかれらの村からはるか遠くへ連れて行く出撃である。かれらはサラゴッサへ向けて出発するが、途中で思い直して、結局、バルセローナに到りつく、そしてそのあとでふたたび帰宅の道を辿る。この遠征は三つの重要な期間に分れる。第一期には、最初のいくつかの冒険から成り、なかでもエル・トボーソへの到着とドゥルシネーアの魅力、森の騎士とのたわいない対決、モンテシーノスの洞窟への下降、ペドロ親方の人形芝居などがある。第二期は、公爵夫妻の館での滞在、ついで、客を犠牲にして公爵たちが楽しむために、二人連れは細心に用意された一連の冒険に乗り出す。この冒険には、ドゥルシネーアの魅力喪失、クラビレーニョへの騎行、サンチョのバラタリア島統治が含まれる。贋作続篇の発見と符合してのバルセローナ見物、そこで銀月の騎士によるドン・キホーテの敗北がある。敵の要請に従って、向後一年間武具を身につけぬことを約束して、ドン・キホーテは悲しげに村への帰路につき、そこで正気を取り戻したのちに死亡する。

前篇の遠征に比べて、この三度目の旅立ちは新しい地平で展開する。前篇を思い出してほしい。シエラ・モレーナに到着した主従はただちにマリトルネスの宿に足をとめ、偽の魔法使いの最後の介入までこの宿を立ち去らなかった。このときから、かれらはかれらの探検の場を広げる。カマーチョの婚礼の田園風景、エブロ川の壮麗な岸辺、公爵の館を囲む私有森、サンチョが太守を務める村。地中海をみはるかすバルセローナの都会的背景は、さらにフィクションの空間を拡大する。同時に、出会うたびに出現する人びとは、単純なエキストラであれ、しばしば登場する一人前の役者であれ、われわれにあらゆる領域の年齢と身分の人びとを呈示する。百姓と羊飼い、旅芸人、非合法のモリスコたち、街道に出没する盗賊、田舎紳士、カタルーニャの貴族、家族に囲まれて暮す大貴族、あらゆる人間喜劇が、あたかも小説の筋書きを日常的現実のなかにより確実に根を張らせ、実際の体験という印象をより強調するためのように、われわれの前でパレードを展開する。モリスコ問題の生き生きとした体現者リコーテの後に、ドン・キホーテが記憶に残る会見をしたカタルーニャの正真正銘の強盗ローケ・ギナールがつづき、このようにして冒険と現実の交差を確実にする。

この世界で行方不明になるどころか、ドン・キホーテもサンチョも、逆に、この世界をまわす回転軸そのものになる。かれらはプロットを生気づけるまさにその遣り方によって、かれらの存在を一挙に前面に押しだす。事件によって迷わされたり、幻想のままに放浪する代わりに、かれらは明確な目標——サラゴッサとその騎馬槍試合——をかかげて、それに固執し、自分の道から外れないように心を配り、予想していた中途滞在が思いのほか長びくようなことがあってもあわてたりしない。かれらの公爵邸滞在はおそらくかれらの旅を中断し、一時的にせよ、二人を強制的に別れさせることもある。しかし館のあるじの意志によって、かれらは舞台の前面を占めつづける。そして、ドン・キホーテがアラゴン人の騎馬槍試合を断念し、道程を瀬戸際《イン・エクストレミス》デ変更したのが本当だとすれば、彼はこのことによって彼の自由な意志決定を確認したのである。

その結果、作品は著者が一〇年前に構想したのとは別な構造になった。前篇では主要な筋がしばしば物語を複雑にする二義的な筋に譲歩した。そのようなとき、二人の主役は付随的事件の証人になった。二人はときには挿入された物語のたんなる聞き役になりさえした。セルバンテスは、一種の回顧的検討のなかで、彼が非難されたらしいこの手法を熱心に弁護している。しかし彼は、ときには、読者の集中力を散逸させる危険のあるこの野心的構造を断念することがある。このたびは、と彼は言う、私は「いかなる物語の挿入も混入したくない、だが実際の状況から発生したいくつかのエピソードに限って例外とする。しかもそれは控え目に、それを描写するのに必要な最少限の言葉を用いて行う。」こうして彼は、逸話的物語六篇の挿入を正当化するが、それらは、われわれの二人の主人公の直接的、そしてときには決定的な参加のために、中心的な筋と有機的に結びつく。公爵夫人の老女ドニャ・ロドリゲスは未亡人と孤児の擁護者であるドン・キホーテに訴えて、彼女の娘の恋人が約束を守り、若い娘と結婚するようにはからってほしいとたのむ。機会を捉えては仮面舞踏会《マスカラード》のレパートリーをふやしたがる公爵の計略によって、ドン・キホーテが悪い誘惑者と思いこんだ男に騎馬試合を申しこむ。しかしその男は大あわてで逃亡したので彼の真の敵はいなくなり、スペクタクルの必要上かりだされた藁人形が彼の前に据えられる。そこからつぎつぎと誤解や取り違いが生じる。同様の事情から生じた別な例、ディエゴ・デ・リヤーマの娘は「世間を見たいため」に、夜に男装して家をぬけでる。イタリアふうのノベラの主題になりそうなこのロマネスクな事件はバラタリアを舞台としている。太守サンチョの介入によって、この事件は急展開する。彼の家来が娘を捕え、サンチョは真情あふれる説教をあたえてから、彼女を父親のもとに送り返す。

ドン・キホーテのプランは、彼と従士が辿る道程を決定するばかりではない。それは同時に物語の発展と構成を裁量する。このような設計は、明らかに、突然あわただしく世界見物を思い立った田舎貴族の好奇心を単純に表わすものではない。サラゴッサの騎馬槍試合に参加することは、言葉の完全な意味で、才智あふれる騎士が自身の存在を誇示することである。彼の武勇譚によってしか彼を知らない人びとに生身の姿を示すことである。彼は旅立ちの前にすでにこの物語についての情報をあたえられる。無学なサンチョが最初にそのことを知らされ、急いで主人に告げに行く。

「昨夜バルトロメー・カラスコの息子で、サラマンカへ勉強に行って得業士になって帰って来たものが、わしが挨拶に行ったら、お前さまの伝記が、『才智あふれる郷士ドン・キホーテ・デ・ラ・マンチャ』という表題で、ちゃんと本になったいると教えてくれました。それに、わしのこともサンチョ・パンサと本当の名を使って出てくるし、ドゥルシネーア・デル・トボーソ姫のことも、お前さまとわしが二人きりでやりとりしたいろんなことといっしょに出ているってことで、わしはそいつを書いた作者が、どうやってそんなことまで知ったものかと、まったくおったまげて、十字を切りましたわい。」

（後篇二章）

ドン・キホーテも興奮はしたが、彼の従士が仰天した力《トウール》・《ド》・技《フォルス》に驚きはしなかった。彼はどんな魔法使いでもそれぐらいのことはできると思っていたからである。彼の不安は別のところにあった。「もしそういう物語が事実あるとすれば、それは遍歴の騎士を扱っているのだから、必然的に、高潔かつ崇高で、たぐいなく豪壮であり、しかも真実なものでなければならない。」しかしその物語は、これらの条件のすべてを満たしているのであろうか。換言すれば、叙事詩の規範にかなっているのであろうか。叙事詩はそれが歌う武勲の主人公を変貌させなければ詩的な真実をそなえているとは言えないのである。

サンチョが、自分の行動が主人の業績と重なり合っていると聞いて大喜びで語るところによれば、どうもそうではないらしい。そしてそのことはほかならぬサンソン・カラスコによってもたらされる説明によって明らかになる。得業士がわれわれに語る事実から判断すると、騎士が夢想していた理想的な叙事詩は、広く世の人びとをたのしませるためにさるモーロ人によって書かれ、アラビア語からカスティーリャ語に翻訳されたものである。従って、物語の特殊な真実性にもとづく年代記である。もっとも些細な点にいたるまで真実な年代記である。

「なにひとつとして賢者のインク壺に残っているものはありません。いっさいがっさい書きしるし、書きとめてあります、好漢サンチョが毛布のなかでぴょんぴょんはね上った一件までもな。」

才智あふれる郷士がこうむった数々の棍棒の打撃についてさえもきわめて正確に語られている。そのときこの微妙な問題についての驚くべき争論が始まる。ドン・キホーテは、『詩学』の概念に背いた咎で、シーデ・ハメーテを非難する。彼があくまで正確に描いためった打ちは黙殺することもできたであろう。

「と申すのも、べつに物語の真実を変えもしないが改めもしないような事件を、しかもそれが物語の主人公の名誉をきずつけることになる場合に、それとわざわざ書く必要はいささかもないのだ。アエネーアースはウェルギリウスが描いているごとく情ぶかい男ではなかったし、オデュッセウスもホメーロスが書いているほどの賢者でなかったことは確かなことだ。」

それに対してサンソンは議論をやすやすと逆転させる。というのも、シーデ・ハメーテが詩人の作品をではなく、歴史家の記述を望んだからである。そしてサンソンはいささかの皮肉をこめて、自分の意見の支柱として、アリストテレスを引用する。

「詩人として筆をとるのと歴史家として記述するのとは、おのずから別のことですから。詩人なら、事実をありのままではなく、こうもあったろうというふうに、述べたり歌ったりしてもかまわないのです。ところが歴史家となると、こうもあったろうじゃなくて、こうだったと、真実になに一つ加えたりはぶいたりしないで書かなくちゃいけないわけです。」

このようにして、前篇の最初の発明から偽作続篇の指揮にいたるまで、批判と創作が中断することなく対話が続くのだが、この対話こそ小説の実質そのものの糧になっている。

事実、ここで演じられているのは、ドン・キホーテの文学的趣味でも、擬＝語り手の美学的選択でもない。それは、郷士が得業士に対して行う反駁をはるかに越えている。それは騎士が後に残しておきたいと望んでいる彼自身のイメージを他の人びとが正しく認めるように、という要請である。それはまた騎士が夢想するプロフィールと彼に押しつけられたプロフィールとの間で揺れながら、彼が頑固に固執し主張する、独立への執拗な要求でもある。それに彼は、アベリャネーダの続篇をきびしく告発し、彼の分身から、彼の名をかたったあの詐欺師から一線を画す熱意にかられて、シーデ・ハメーテの物語を読むことを差し控える。彼はこの要望から新たな情熱を引き出す。しかし同時に、彼は歴史的特性と詩的特性との間で自分が分裂しているのに気づく。あるときは一方を修正し、つぎに他方を強調し、このようにして彼は、マルト・ロベールがみごとな一節のなかで名付けたように、生きている存在と紙上の存在の間の永遠の放浪を最後までつづけることになる。

新しいオデュッセイア

セルバンテスがロブレスの要望に応えるのがおくれたのは、彼の主人公たちを蘇生させることは彼にとって二重の危険を意味したからである。すなわちもしドン・キホーテとサンチョが以前のままであったなら、かれらは必然的に硬直化するであろう。もし変化すれば、かれらはその一貫性を冒されてしまうであろう。この二者択一を克服するために、かれらの創造者は大胆な賭をうち、そして成功した。すなわち、読者が抱いていたかれらのイメージとかれらを同時に対決させたのである。主人と従士は、トーマス・マンが的確に観察したように、かれら自身に対する世間の評判通りに生きるのである。文学においてこのような手法はこれ以前に使用されたことがない。二人の主人公は、かれらの真実性への疑念を広めるような書物や伝説から注意深く一線を画して、かれらの行為が適応するようなシチュエーションにそって自分を更新する。ただし、かれらの本質を保持することが、依然としてかれらの唯一の野心でありつづける。

こうして今後のかれらのオデュッセイアが受容する輪郭が描かれる。前篇では、幾人かの人びとが指摘したように、ドン・キホーテは「彼自身の叙事詩の万能の下僕（メートル・ジャック）であった。」彼は自分のアイデンティティを鍛えあげながら、同じ推進力をもって、彼自身の世界をも創り出していった。彼の狂気の成果として、旅籠は城に、風車は巨人になった。いま彼はふたたび街道に戻ったが、もはや事物を変化させることはしない。彼の武勲と彼の意欲にそった世界を創りだすのは、状況、もしくはきわめて単純に、人びとである。ときには冒険がおのずから発生する。そのときには、自分の星を信じて、主人公は決然として運命に立ち向う。こうして彼は檻のなかのライオンにいどむのだが、猛獣の方が彼に背を向けてしまう。同様に、彼はモンテシーノスの洞窟の底へ降りていき、彼の言うところによれば、そこで世にもふしぎなさまざまな事件に出会う。

しかし、しばしば冒険は、その人物の介入が後になるまでわからないが、ある個人の意志から生じる。ドゥルシネーアにかけられた魔法は明らかにサンチョの発明であり、サンチョが命じられた使者としてのつとめを果さなかったことを主人にかくすための作為であって、サンチョは最初に出会った百姓女をドン・キホーテの思い人として主人に紹介する。当然このような女性がかの姫君とは思えないと断言するドン・キホーテに対して、サンチョはあつかましくも、主人はまたもや魔法使いにもてあそばれているのだ、と主張する。ドン・ガイフェロスと麗しのメリセンドラの恋物語が人形劇の舞台の囲いに閉じこめられているのをみるやいなや、喜劇的幻想の犠牲者ドン・キホーテは舞台に突撃し、ペドロ親方とその人形たちに大損害を与えてしまう。公爵の宮殿における滞在を区切るさまざまな事件は、召使いや家臣たちが、おのおのに割り当てられた役割を演じて協力した大がかりなまやかしの成果である。クラビレーニョは木製の馬で、一対の主人公は目かくしをされてそれに乗り、自分たちは天空を天翔けているのだと思いこむ。夢幻的な背景のなかに突如再出現するドゥルシネーアは女装した小姓に他ならない。サンチョが太守になるバラタリア島の住人は、臨時雇いであり、彼らは最後の暴動にいたるまで、あたえられた指示通りに行動したのである。また、ドン・キホーテが同じ遍歴の騎士と戦う二つの一騎打ち(最初は森の騎士で、ドン・キホーテが勝つ。二度目は銀月の騎士で、ドン・キホーテが敗北する)は、二つとも欺瞞である。どちらも相手はサンソン・カラスコであり、サンソンは状況にあわせて遍歴の騎士に変身していたのである。

このだまし絵の世界のなかでは、かつて主人公の幻想と、彼をとりまく現実との間にあったような落差はもはや生じない。いまやドン・キホーテは「みせかけ《アパランス》」の世界で、つまり彼自身の内面の世界を歪曲しながら、それを反映するあやふやな世界のなかで行動する。あるときはその世界は、サンチョやペドロ親方、公爵、サンソンなど、おりおりのデミウルゴスによって造りだされたものに他ならない。またあるときは、それが主題をなすような物語を介してわれわれが再体験する一つの夢のように組み立てられた世界である。結果的に生じる鏡の遊戯は無限に倍加し、存在《エートル》と外観《パレートル》との境界線を確固とした手で引くことは誰にもできない。テレサ・パンサでさえ、そのたくましい良識にもかかわらず、一人の小姓が公爵夫人のネックレスと太守サンチョの手紙を彼女に届けに現れると、結局屈伏してしまう。この場面の証人の一人は全体的な感情を完全に要約している。得業士は確信をもって、「これは、なんでもかんでも魔法によってなされていると考える、私たちの同郷のドン・キホーテの例のたわごとの一つだと思いますよ」と言う。そして彼は、「あなたが幻みたいなお使者か、それとも骨と肉をそなえたお人かを確かめるために」小姓に手をふれたり、なでてみさせてくれとたのむのである。

もちろん、共犯である読者はこの狼狽ぶりに微笑するであろう。彼はこの事件のからくりを知っているのだから。しかし彼は、ドゥルシネーア事件が展開するにつれて、確信がゆらぐのを感じる。魔法使いメルリンによる諸条件の許で約束された魔法からの解法は第三級のフィクションに期待されるような結末である。実はメルリンは公爵に仕える端役の一人である。ドゥルシネーアはけっして妖術の犠牲になったことはない。そしてまたドン・キホーテもサンチョも生涯魔法使いに出会うことはないのである。それでは読者は語り手に救いを求めるであろうか。すると読者は困ったことになる。騎士がモンテシーノスの洞窟で目撃したと主張する「すばらしいさまざまな出来事」については、シーデ・ハメーテは主人公の証言だけに依存するほかはないのだから、たとえドン・キホーテが嘘をつくことはありえないと判断するにしても、疑わしい冒険にすぎない、と読者は信じたくなるであろう。ところでドン・キホーテ自身でさえ、彼が洞窟に降りていったとき彼に起った出来事は、自分が夢のなかで見ていたのではなかったか、と自問する。シーデ・ハメーテについて言えば、彼自身が架空の語り手であり、つねに疑わしい彼の主導権は、われわれの心にたえず疑念を惹き起させる。真実の冒険だって？　とシーデ・ハメーテは問いかける。本当らしい冒険だって？　と読者は考える。それにしても作中人物の精神的道程において本質的な段階であるエピソードによっては、解答があたえられない多くの問題がある。

このオデュッセイア、幻覚がたえず詭計と結びつくこのこのオデュッセイアのなかでは、逆説的に、ドン・キホーテのアイデンティティを奪ったすべての亡霊たちに対する「真の」ドン・キホーテのための復讐が意図されている。そしてまた、嘘に対する真実のこの復讐は、ボルヘスが指摘するように、「われわれもまた」架空の存在ではないか、と自問させる眩惑からわれわれを守ることが意図されている。それにしてもこのことは、平面と視界の倍増に貢献する。なぜなら、この真実は多くの書物の真実だからであり、かつ、主人公が彼自身に先行する名声に従って実行する戦いは、執筆されつつある小説の核心に、過去に完了した小説を据えるからである。あくまでも生を主張するドン・キホーテは、結局最後まで虚構の存在にとどまる。彼を魅惑的にする要素の大半はこの両義性による。それは彼の会話のなかにおいてさえ示されるのである。彼は、ドゥルシネーアは空想の人物か、実在の人間か、とたずねる公爵夫人に、「こういうことの詮索はさきのさきまでつきつめてゆくべきことではござりませぬ」(後篇三二章)と慎重に答える。しかし、「彼がドゥルシネーアを頭のなかで作りだしたり産んだりしたのか」を知ろうとすることは、彼の意見によれば、無意味な質問である。

「拙者があの方を頭のなかで作りだしたり産んだりはいたし申さん。もっとも拙者が、もちろんあの方がそうであるにちがいないように、全世界にあの方を有名ならしめる、あらゆる特性を一身に兼ね具えた一人の貴婦人と考えていることは、事実でござる。」

公爵夫人がこの追究をこれ以上進めるのを断念するのには、これで十分である。ドゥルシネーアの本質は、彼女の存在から独立している。彼女はその完全さのなかに存在する。

ドン・キホーテの慎重さにはいささかの狡さがこめられていて、騎士が進んでだまされているようにみえる、明らかな安易さをときとして疑わせるほどである。クラビレーニョの尻に跨っての騎行という驚くべき物語を語るサンチョに、騎士は彼の明晰さを十分に示す一言を耳うちする。

「サンチョよ、おぬしが天上で見たと申すことを人に信じてもらいたいなら、拙者はおぬしに、拙者がモンテシーノスの洞窟で目撃したことで、拙者の申すことをおぬしに信じてもらいたいものじゃ。ところで、このうえ、おぬしにはなにも申すまいて。」

ここから批評家たちは、ドン・キホーテはいささか「サンチョ化した」と結論したが、他方では、バラタリア島の太守になったと信じこんでいるサンチョも、彼なりに「ドン・キホーテ化」している。たしかに、すでに前篇においても前兆が認められたように、主人と従僕との相互的感染が確認できる。しかし、権力の経験はサンチョの蒙を啓く。彼は下臣たちとの別れにあたって、「彼の言葉ばかりではなく、これほどきっぱりとした、そして思慮の深い彼の決心に、いまさらながら感心している」人びとをあとにして立ち去るのである。一方、ドン・キホーテは、遍歴の騎士道復活に成功したと確信し、まわりの人びとがこぞってその信念の維持に協力するだけにいっそうその思いは堅固なものになる。彼を笑いの種にするためにそうする者もいれば、彼がこれまでの数々の冒険譚のおかげで、いまや有名人になったためにそうする者もいる。彼が威風堂々と入国して、名誉ある歓待をうけるバルセローナ滞在は、彼の経歴の頂点を示し、同時に、彼の狂気は極限に達する。この状況のなかで、彼の銀月の騎士に対する敗北は、他の敗北と同次元のたんなる笑い話ではない。それは、古代ローマのカピトーリーヌス丘にそびえるタルペイア断崖〔ここから罪人が突き落とされた〕からの致命的な墜落にほかならない。武装を解除させられて、帰路を辿る才智あふるる郷士は、ついに彼の迷妄からの覚醒にいたる道を歩む。臨終の床で、彼はアロンソ・キハーノにたちかえる。彼は己れの途方もない野心と誇りを放棄する。しかし彼の後悔がどれほど深いとしても、彼が自分はもはやドン・キホーテではない、と宣言するとしても無駄である。彼はみずからのアイデンティティを否認することはできない。アロンソ・キハーノは騎士道の書物を弾劾したあとで息をひきとる。しかし公証人が作成する死亡証明書のなかでは、キハーノは通常ドン・キホーテと呼ばれていたと記述されるし、実際に、彼が永遠の世界に旅立つのはこの名においてなのである。

死と変貌

ドン・キホーテは別様の死に方をなしえたであろうか。これはトーマス・マンが提起した問題である。彼がまだ狂気のさなかにあるときに急激な死が彼を打ち倒したとすれば、彼の運命は不条理なものに化したであろう。しかし狂気の彼に平和な老年をあたえるとすれば、彼にふさわしからぬ終焉を課すことになったであろう。アロンソ・キハーノが正気に還ったのは、生から死へ移行するためなのである。しかしそれは彼の誤りを贖うためでも、アベリャネーダなる人物に彼を再度出立させないためでもない。この結末は、ドン・キホーテがその企図を完成したと信じたその瞬間に、彼が否認されるという意図の論理的な帰結なのである。才智あふれる郷士は、そのオデュッセイアの間中、自己を超越するという決断に熱中している。彼の性格の真実と秘密は、ともに、彼の使命と運命との間のこの亀裂のなかに、かつ読者が作中人物の秘密を見抜く方法に従って、主人公が新しい意味を創り出すその能力のなかに存在する。セルバンテスの同時代人は、かれらが作品の前篇を受け入れたのと同様な歓迎を、その後篇に対してもあたえた。かれらはこの擬＝叙事詩のパロディックな風味を敏感に知覚し、この狂人の冒険を楽しんだからである。ドン・キホーテの遺言状の感動的な主題について、ケベードは茶番めいた詩を書き、ロペ・デ・ベーガは彼の芝居の辛辣な科目のなかで、こんな空想まで夢みている。

「もし女ドン・キホーテがいたとすれば世界中を大笑いさせられるだろう」

これが、古典的ヨーロッパの憂い顔の騎士に対する唯一の解釈であった。サン＝タマン〔一七世紀フランスのバロック詩人〕は、『放蕩者の部屋』のなかで、ドン・キホーテの「もっともグロテスクな冒険」を回想し、われわれに「惨憺たる状態」に陥っている彼の姿を示している、ドン・キホーテは「穀粒のように、狂気に満ちた広い溝のなかで粉砕される。」

「彼は泥まみれの大きな溝のなかで、
穀粒のように碾《ひ》きつぶされる。」

その少し後に、シャルル・ソレル〔一七世紀フランスの作家〕は『とっぴな牧人』で同じような性格を創って、ドン・キホーテ的狂気を牧人小説ふうに書き換えている。イギリスの王政復古時代にサミュエル・バトラーは清教徒への諷刺詩『ヒューディブラス』を創作するが、その主人公は太鼓腹の騎士で、サンチョと同じぐらい滑稽な従士をともなっている。これは長老派問題の滑稽なチャンピオンである。当時は笑劇が優勢だった時代、カーニヴァル的お祭り気分が残っていた時代であった。たとえ近代国家の設立が新しい価値観を芽生えさせていたとしても――われわれが知りたいのは、趣味と風習の変化のなかで、幾人かの「幸運な少数者《ハッピー・フュー》」は別な見解をもっていなかったかどうか、である。たとえば、一六六〇年に、モリエールは、惜しいことにいまは失われた『ドン・キホーテ、もしくはメルリンの魔法』(ベジャール夫人による改訂劇)のなかで、拙劣にではあるがサンチョの役を演じた。ラ・フォンテーヌは、セルバンテスは自分を夢中にさせる、と告白している。サン・テヴルモンは、「たえまなく『ドン・キホーテ』を読み、読み終るとすぐにまた始めから読みかえした」と伝えられている。これらの控え目すぎる暗示は、われわれの好奇心をみたすには足りなくて、じれったい思いにかられる。

一八世紀には、変化の兆しが現れ、時代とともに明確になって、あらゆる傑作は作者から独立する、という原則が立てられる。騎士の数々の災難が依然として読者の哄笑をかき立てている一方で、スペインの凋落はこれらの不幸な冒険に新しい意味をあたえる。過ぎ去った時代の英雄的な理想を一徹に守りつづけ、途上で出会うあらゆる人びとの無理解と衝突し、ただ死の床においてしかその幻想を手放さないこの狂人は、啓蒙時代の人びとにとって彼の祖国の衰退の予兆であった。しかしドイツ・ロマン派が決定的な飛躍を行う。この作品は、人間の二重性の傑出した表現であり、ドラマと叙事詩の総合《ジュンテーゼ》、存在と非在の出会いの象徴であり、ドン・キホーテの冒険は、一つの神話的オデュッセイアになり、その主役は近代の英雄とみなされた。傑作のこの変貌はしばしば誤解をまぬがれなかった。たしかに、それは作者の企図した目的を軽視している。また、最初の読者たちがあれほど重視した諸価値を付随的なものとみなしている。そしてまた、多くの現象のなかでもとりわけ、一九世紀において最も重視された個性の称揚と結びついてもいる。しかし読者が、ドン・キホーテを別様に解釈したとすれば、また彼が、前には予想もしなかったプロフィールを現わしたとすれば、それはたんに読者が彼をそのように見たかったからではない。それは、世界に対する彼の関係が、彼をそのような照明の下に示したからである。一つの例を挙げよう。ドン・キホーテは法を犯して鎖につながれた漕刑囚を解放する。すると囚人たちは、彼の命令に従って鎖を背負ったままドゥルシネーアの御前にまかりでるどころか、彼を石つぶてで倒してしまう。しかし客観的にみると、ドン・キホーテはやはり正義の行為を行ったのである。なぜなら彼は、不当な徴罰の犠牲者、犯した犯罪に不釣合いな重刑を課された者たちを解放したのだからである。研究者たちが採択した視点によれば、このエピソードは二つの異なる流儀で解読されうる。その二つの読み方は互いに否定しあうことなく、補完しあっている。

一言付言しておこう。これらの読み方は、パロディからは距離をとっているとしても、ロマン派の人びとはセルバンテスにおける喜劇的口調に気づいてはいたのである。しかし読者が汲みつくしえないほど豊かな作品においては、かれらはビュルレスクやユーモアよりも、むしろ三番目の喜劇性を好んだ。すなわち、主人と従士が自分たちの冒険に注ぐ明晰な視線がわれわれの心にひき起す共鳴的な哄笑である。たとえば、徹夜と不安の夜の終りに、この二人連れは、かれらを脅かした騒音は水車用導水路に六個の布をさらす槌がかわるがわる打ちおろす音だったことを発見する。

「ドン・キホーテは（……）サンチョの顔を見た。するとそれは両方の頬をふくらませて、いまにも噴きださんばかりの様子で、口に笑いをたたえていた。それを見るとさすがに憂鬱な彼も笑いださずにはいられなかった。するとサンチョも主人が笑いだしたのを見たものだから、たちまち堰《せき》を切ったように笑いだしたが、笑う拍子にお腹が裂けたりしてはたいへんと、両手で脇腹を押さえねばならないありさまであった。」

（前篇二〇章）

こうすることによって、かれらはこの傑作が内包する反対なものの緊張を明示したのである。それは、叡知と狂気に引き裂かれた主人公、一七世紀が理解していた意味で、二重に、つまり妄想につかれていると同時に鋭敏な「才智あふれる」郷士が象徴する緊張である。

時間と空間から脱出するその企図において偉大であり、心ならずも引き込まれる挫折において滑稽なドン・キホーテは、歴史を頑なに否定することによって、おそらくこれらの矛盾を表現するのに貢献しているのであろう。彼の計画は、直接的な意味で廃棄されることからほど遠く、われわれの心のなかに眠っているひそかな憧憬を表現し、本来の企図がもつ価値から独立している。従って、『ドン・キホーテ』は、研究者たちがつぎつぎにこれにあたえた意味で限りなくあふれている。ツルゲーネフにとってこの騎士は、個人を超えた永遠の真理への信仰を体現していた。ウナムーノにとっては、彼は不滅の渇望と一体をなすものであった。今日われわれの心をより強くうつのは、騎士の企図が伝えるメッセージよりも、そのメッセージを要約する行動である。偶発的な理想というよりも、主人公が世間との対決に固執するにつれて、世間は逃れるかもしくは逆らうが、こうして生じる現実とみせかけの間に——悲劇的または喜劇的な——乖離を深める二重の運動である。ディケンズからメルヴィルまで、フロベールからドストエフスキーまで、カフカからジョイスとガルシア・マルケスまで、近代小説は、倦むことなく、この叙事詩的寓話へとたちかえった。セルバンテスは、それと自覚することなしに、かれらのために道を切り拓いたのであって、そのことは、セルバンテスを奇妙にわれわれに身近なものにする。さらに、あらゆるフィクションは嘘をその真実性の基盤とするが、おそらく彼は小説の幻想をよりよく守るために、その嘘をあばくことによって、幻想の核心にわれわれを導いた最初の人であるという事実が存在する。

『ペルシーレス』への前奏曲《プレリュード》

一六一五年一二月、『ドン・キホーテ、後篇』が出版された。セルバンテスは数日後に最後のクリスマスを迎えようとしていた。庇護者、書店、検閲官などとの相次ぐ交渉で一年が過ぎた。われわれにとっては書くことの苦労と同義語である人生の一二カ月であった。ミゲルがペンから掠めとった時間はどのくらいであったろう。彼は依然として談話《メンティデーロス》サロンの常連であったろうか。文芸サロンに通っていたろうか。われわれにはむしろ、信仰心を深め、教団のミサに参列し、身分にふさわしい義務を果そうとしていたように思われる。おそらく衰えていく健康が彼に課したであろう敬虔な仕事、それを彼は力の許すかぎり達成しようと思ったのであろう。

彼の周囲では、近親者の輪がしだいにせばまっていた。マグダレーナが姉のアンドレアを追って他界してからすでに四年が過ぎていた。コンスタンサは、バーニョ通りに家庭をもとうとしていたが、それによって親族との縁を切るつもりはなかった。反対にイサベルは、彼女の父と完全に絶縁した。彼女はこれまで以上に激しく、昔の愛人ウルビーナと反目していた。思い出してみよう。ウルビーナはモリーナ夫妻との示談成立という条件で、イサベルに二〇〇〇ドウカードを支払う約束をした。彼は交渉をひきのばして、イサベルを気落ちさせようと思っていたのであろうか。それならば彼はイザベルをみくびりすぎていた。彼女は公証人である夫の協力をえて、ためらうことなく彼を告訴し、一六一四年一月から八月まで、つまり彼が負債を清算するまで、彼を入牢させたのである。元サヴォア公爵の元秘書官は、立場上優遇措置を受ける。一般の牢獄に入れられる代わりに、彼は警察長官の住宅に家賃を払って滞在した。それでも債務を清算するまで、その家から出られなかった。

われわれの推定するところでは、セルバンテスはこの逮捕に驚いたらしい。たとえ前もってこのことを報されていたとしても、彼はこの事件の流れを変えられる立場ではなかった。事件の性質上、彼は彼の庇護者のうちの誰かの調停を求めることができなかった。また、係争中の金額を彼が支払うことは論外であった。彼の資産ではできない話だった。『ドン・キホーテ』後篇の検閲官の一人、学士マルケス・トゥレスのおかげでわれわれは、この件の詳細を伝える逸話を知りえた。トゥレスが認可文書そのもののなかに逸話を挿入したことを、われわれはこの人物に感謝しなければならない。

「一六一五年二月二五日、私はトレド大司教、枢機卿ドン・ベルナルド・デ・サンドバル・イ・ローハス猊下とともにフランス大使を訪問したが、当時、同大使はスペインとフランスの王子、王女の結婚に関する問題を相談するためにわが国に滞在されていたのである。大使に随行した多数のフランスの貴族は豊かな教養を具えかつ文学を愛する人として優雅な態度で私に接し、また枢機卿猊下の司祭たちはどのような作品が目下随一の世評を博しているのかに興味を抱いていた。私がたまたま現在審査中の作品について語り、ミゲル・デ・セルバンテスの名を口にすると、かれらはこの人物について情熱的に語りはじめ、フランスとその近隣諸国で人びとがいかにこの作家の作品を高く評価しているかを誇らしげに語った。かれらのなかには『ガラテーア』の第一部をほとんど全部暗記している人もいたし、『模範小説集』の名も挙げられた。かれらの称賛があまりに大きかったので、私がかれらを作者の許に案内することを申し出たところ、かれらは非常に喜んで、これ以上の望みはなにもない、と断言するほどであった。かれらはミゲルの年齢、職業、才能、資産などについて詳しく私に質問した。私は、彼が老人、元兵士、郷士で、貧しいことを告げざるをえなかった。

これに対してかれらの一人はつぎのような重大な問いを発した。『なんということだ。このような人物に対してスペインの国車は波を援助し、裕福にしてあげないのですか』。これらの貴族のうちの他の一人は才気あふれる警句を吐いた、「彼にペンをとらせるのが貧困ならば、彼がつねに困窮していたのは幸いでしたね。貧しかったために、彼は彼の作品で世界全体を豊かにするのですから！」

マルケス・トルレスは大使の名は記述していないが、大使は三年前にマドリードに来訪したマイエンヌ公爵ではなく、ルイ一三世とアナ・デ・アウストリアの結婚の交渉をするためにスペインへ派遣されたノエル・ブリュラール・ドゥ・シルリーである。トルレスはまた、フランスの貴族たちが熱望したセルバンテスとの会見が実現したかどうかも明らかにしていない。現代のフランス人は、同胞が国民の名誉になる行為を行ったならば、その人に感謝するであろう。しかし、名声がセルバンテスを経済的不安から解放しなかったことは確かである。彼自身、レーモス伯爵への献辞のなかで、彼の窮乏を訴えている。彼はシナの皇帝が彼を学院の院長に採用し、学院では家臣たちに『ドン・キホーテ』をテクストとしてカスティーリャ語を学ばせたい、と打診してきたことを彼の庇護者に語っている。そこでセルバンテスは皇帝の使者に訊いた、「いかほどの旅費をいただけるのでしょうか。」答えは「皆無です」であった。

「『それではあなた』と私は申しました、『あなたはお国のシナへ、一日に一〇レグワなり、二〇レグワなり、派遣されてここへ来られたときの行程で、お帰りなさるがよい。というのは、私はそんな長い旅路にのぼるほど元気な体ではないからです。それに健康がすぐれないばかりか、私はひどくお金に窮しているのです。

その上、私には皇帝のなかの皇帝、君主のなかの君主としてナポリご在勤のすばらしいレーモス伯爵がおわして、この方は、学院だの院長だのという大げさな肩書なしに、私を扶養し、庇護し、私がこうしていただきたいと願うよりもはるかに恩恵をあたえてくださるからなのです。」

これは、感謝とへつらいに自尊心のまじった曖昧な証言だが、それでもたしかに実際の窮乏を暗示している。

おそらくミゲルは、自分の経済状態をいくらかでも改善しようとしていたのであろう。同年の秋、彼はロブレスに『ドン・キホーテ』の原稿を売っている。そのころ彼は最後の引っ越しをする。妻カタリーナと女中のマリア・デ・ウヘーナとともに、ラス・ウエルタス通りを去り、フランコス通りとレオン通りの交差点に位置するごく近くの家への転居である。最近建て直された家で、前の住居より立派な外観をもっていた。セルバンテスはその一階に住み、家主の王室書記官ガブリエル・マルティネスは三階に住んでいた。このアパートの窓のうちの三つは役者たちの談話サロンと同じ平面にあった。セルバンテスはこの位置によって、彼の芝居を通ぶってあげつらい、彼に脚本を印刷屋に渡すようにと強要する役者たちの本性をつぶさに観察することができた。

この件での彼の失望が大きかったとしても、ミゲルは新規まきなおしをはかった。別なプランが彼の心を捉えていた。というより、はるか以前に思いつき、長い間中断していて、いま彼に残るエネルギーをかき立てているプラン、すなわち『ペルシーレスとシヒスムンダの苦難』である。この『北の物語』と作者が呼ぶ作品は、『ドン・キホーテ』の司教座聖堂参事会員が思い描いていたプログラムに照応するものだ、とよく言われる。参事会員は、一〇年前に、非難されている騎士道物語の擁護者を自称していた。

「ああいう物語についてずい分ひどい悪口を言ったけれども、ああいうもののなかにもいいことが一つあると思う、と彼は言った。それはよい頭脳に、それをあらわに示してみせる機会をあたえるということだ。というのも、騎士道物語は、なにはばかるところもなく筆を走らせられる、広大な場所を提供しているからだ（……）実際、こういう書物の自由奔放な領域では、作者は叙事詩人、抒情詩人、悲劇作家、喜劇作家として、さらに、あらゆる情調のきわめて甘美で楽しい詩学と雄弁の才能をふるう余地をあたえるのだが、事実、叙事詩は韻文ばかりではなく、散文でも書くことができるからだ、と参事会員は論じた。」

（前篇四七章）

この立派な聖職者はこう言明したばかりではなく、同業の司祭に、自分もこの規則に従って、百ページの物語を書いたことがある、と打ち明けている。彼がそれを無学な人にも学職者にもみせたところ、すべての人びとが「称賛」したという。われわれは、セルバンテスが参事会員の口をかりて語るのを聞くような気がする。彼はほんとうにペルシーレスに、というより、最近ダニエル・アイゼンバーグが指摘したように、『ベルナルド』という表題の別な小説に言及しているのだろうか。この作品を、彼は死ぬ少し前に、舞台にのせたと告白しているのではあるが。いずれにしてもほぼ確かなことが一つある。『ペルシーレス』の最初の数章は、『才智あふれる郷士』の最初の冒険と同時期に書かれたということである。それらの部分は、セビーリャの牢獄からバリャドリードへの定住にいたる謎の歳月にまで遡るらしい。それらの章は、実際、ギリシアとラテンの作家たちのレミニサンスを示している。そういう古典的作品は、当時出版された翻訳によって新たな人気を博していた。『ドン・キホーテ』の作者はどのようにしてそれらの作品から彼の物語の糸をたぐり出すにいたったのであろう。実のところ、セルバンテスは、ヨーロッパ中で自分の本が読まれることに幸福を感じていたとしても、おそらくその名声を一人の狂人の滑稽な冒険に負っていることに、内心いささか困惑を感じていたのであろう。彼のライヴァルたちは、彼が高尚なジャンル、なかでももっとも格調高いジャンルから逸脱してしまったこと、彼が韻文詩の研鑽を積むことをやめていることを見逃しはしなかった。彼の賛美者たちでさえ——彼は、たとえば、マルケス・トルレスが会ったフランスの貴族たちのような人びとの好意を重視していた——そう口にしないとしても、『憂い顔の騎士』よりも『ガラテーア』と『小説集』の方を好んだのではなかったろうか。彼はこれらの趣味のよい人びとに、自分もそういう力をもっていることを実証したかったらしい。聖堂参事会員の告白によれば、自分はもうロマンセ創作を放棄したと言うのだが、セルバンテス自身は晩年になってふたたび昔の計画に着手した。読者の期待をつなぎとめるためでもあるかのように、彼はその計画をたえず読者に繰り返した。一六一三年、『模範小説集』の序文のなかで彼は読者の好奇心を起させようとしている。「そのあとで、まだ私に寿命があるなら、あなたに『ペルシーレスの苦難』を献じましょう」と、別れにあたって彼は読者に断言するのである。一年後、『パルナッソ山への旅』のなかで、彼はより明確に語っている。

「私は、月並みな表現をかりるなら、いままさに、
偉大な『ペルシーレス』を印刷屋に手渡そうとしている、
この作品のおかげで、私は名声と創作を増加できるだろう。」

一年後、彼はやつぎばやに戯曲と『ドン・キホーテ、後篇』とを出版する。それは彼の本を約束する二つの機会であったが。近づきつつある死の予感にかき立てられた情熱をもって、彼はさらに創造の場を広め、同時にあらゆるジャンルへ手を広げる。

この執着には二つの理由がある。早すぎる死への恐怖。そしてミゲルに、自信がなかったこと。一六一五年一〇月三一日、『ドン・キホーテ』の献辞のなかで、彼がレーモス伯爵に、なぜつぎのように話しかけたか、理解できるであろう。

「あと四カ月で書き終えるつもりの本『ペルシーレスとシヒスムンダの苦難』を閣下に差し上げることにして、これで私もおいとまいたします。この書物は、もちろん気晴らしの読みものとしての話ですが、わが国の言葉で書かれたもっとも悪い本になるか、それとももっともすぐれた本になるはずでございます。いや『もっとも悪い本』と申したことを、実は後悔していると白状いたしましょう。そう申しますのも、私の友人たちの意見では、かならずや、達しうる極限までのすぐれたものになるというのですから。」

最初の点については、セルバンテスは約束を守ろうとしていた。ただし、仕上げるまで四カ月ではなく八カ月かかっている。それは彼に残された最後の時間であった。彼は息をひきとる四日前にこの小説を献呈した。カタリーナからこの原稿を託されたビリャロ－エルが一六一七年一月にこれを出版することになる。

すでに四カ月以上も前に、セルバンテスはドン・キホーテとともにこの世から旅立っていた。後世はこのイメージを定着させたかったであろう。しかしセルバンテスは運命の手をかりて別な行き方をとった。彼はあたかも自分が拓いてきた道をふたたび閉ざそうと望んでいるかのように、一種の文学的遺言として、今日もはやわれわれの趣味には適合しない一つの理想の表現を後世に残すことを選んだのである。

実のところ最近まで、『ペルシーレス』は誤解の対象だった。人びとはこれらの北方での冒険のなかに、セルバンテスが死の前夜に身を委ねた一種のロマンティックな夢想を見た。かつての彼は騎士道物語の真実らしさの欠如を非難した。それなのにいまや彼は、老齢への推移につれて、幻想的な人物たちが織りなす、信じがたいエピソードに満ちた北の世界のなかにわれわれを引き込むのである。それはあたかも、昔日の己れの信念を否認しようとしているかのようにみえる。しかしこれほど誤った解釈はないのであって、反対に、『ドン・キホーテ』の作者は己れの美学に忠実に、すばらしい「真実らしさ」への挑戦に応じようとしていたのである。騎士道小説は、塔のように大きい巨人を一撃で斬り殺す、もしくは百万の兵からなる軍勢を一挙にけちらす遍歴の騎士を好んで描こうとする。『ペルシーレス』は、これらの許しがたい異常さにかわって、制御された幻想を置き換えることをめざしている。そこでは『詩学』の規範にのっとって、異常な事件が最初から終りまでつづく。このためにはどのような努力が必要であったろうか。

「この書物は、もしあまりの大胆さで逆児で出てくるようなことがなかったとしたら、臆面もなくヘリオドーロスと競争しようという作品である。」『模範小説集』の序文のなかで、ミゲルは彼がきわめて自由に追随する手本を示している。それはルネサンスの人文主義者たちが発見し翻訳した主要な作品のなかでもとくに三世紀のギリシア小説である。ヘリオドーロスの『テアゲネースとカリクレイアの物語』、アキレウス・タティオスの『レウキッペーとクレイトポーンの物語』は、ルネサンス以前にはほとんど一部の碩学たちにしか知られていなかった。しかし一六、一七世紀のヨーロッパにおいては、それらはかなりの流行になることができた。実際、古代以来、のちに冒険小説に発展するものの図式を描いたのは、これらの作品なのである。後代の作品が古いジャンルから借用したのはつぎのような諸要素の総量においてではない。すなわち主人公たちの不首尾に終始する恋愛、障害や不運な不意打ちが相次ぐ逃亡生活、広域にわたるとともに多様な地理的背景などである。その総計ではなくて、それらがわれわれに提示するその配列が問題なのである。作中人物の人生に乱入して、たえずかれらの冒険の流れを変更させるが、かれらの生存にも感情にもけっして影響をあたえない、偶発事件の連鎖である。

ある意味で、騎士道物語はギリシア小説の不忠実な後継者、不純な後裔である。従って、われわれはなぜ司教座聖堂参事会員が、ギリシア小説の素朴な要素と過激さは削除しながら、その鋳型の保存に執着したのかを、よく理解できるのである。

「作家は哀れな悲劇的な出来事を描くかと思うと、今度は心楽しい、思いも及ばぬ出来事も述べることができる。そこでは、純潔で、才気のある、つつましい絶世の美人を、ここではキリスト教を深く信じ、勇敢で、丁重な騎士を、あちらでは無法な、威張り返った蛮人を、こちらでは礼儀にあつい、勇敢で、人に慕われる王子を描くこともでき、臣下たちの誠実さと忠誠、主君たちの権勢と慈愛をうつすこともできる。作者は、あるいは占星術師、あるいはすぐれた宇宙学者、あるいは音楽家、あるいは国家の政治問題の識者としての才幹を示すこともできようし、もし作者がその気になるなら、おそらく魔術を心得ていることを示す機会もやってこようというものだ……」

そしてこの参事会員はつぎのように結論を下す。

「そうして、これが落ちついた文体と、機知に富んだ創意で、できうるかぎり真に迫るように書いてあるなら、色とりどりの美しい糸で織られた綾絹をなすことは疑いないが、これが書きあげられたあかつきには、すばらしい完成と美を誇示して、あらゆる書き物に要求される最高の目的、つまりわたしがすでに述べたように、教えると同時に楽しませるということが達せられるにちがいない。」

セルバンテスがその代弁者に語らせるプログラム、彼自身すでにグアダルキビール川の岸辺で作成していたあのプログラムを、彼は渾身の努力によって十全に実現するつもりであった。そして実際に、『ペルシーレス』の輪郭は、あの尊敬すべき聖職者が描いてみせた略図と逐一符合する。それでもやはりその略図のめざす目標は公言された理想に適合したものである、すなわち、すでにホラティウスが推奨したように、利益と楽しさを結びつけることである。こうしてペルシーレスとシヒスムンダの漂泊の輪郭が明らかになる。ヘリオドーロスにおけるように、難船、拿捕《だほ》、投獄、別離、そして物語の展開を区切るさまざまな認知。しかし『エチオピア物語』の恋人たちの絶望的な逃避行は、極北の氷界からローマをめざす巡礼の旅に変身している。この行脚《あんぎゃ》は、シヒスムンダがペルシーレスと結婚する前に遂行する決意をした、ある神秘的な祈願に従ったものである。彼女は旅の終りまでアウリステーラという名で旅をつづけるが、その間、ペルシーレスは、彼女の兄と称して、ペリアンドロという人物に扮している。徹底した純潔の誓いに拘束されて、誓いはかえって心の平和を乱すものになり、若い二人はかれらを苦難から救うはずのあらゆる行動を放棄してしまう。ついにはかれらは行く手に現れる障害や、残酷な野蛮人、強欲な海賊や好色な求婚者との遭遇などをもたらす数々の障害との関係のなかにしか存在しなくなる。

奇跡譚である『ペルシーレスとシヒスムンダの苦難』は、想像力にアリストテレスが、異常ではあるが可能である、と呼んだものへの二つの道を拓く。第一には、旅によって、北欧の島々を洗う広大な海上に、時代の宇宙地理学にもとづいて、異彩な世界の多様なイメージが表現する異郷感である。そこでは船が流氷の餌食になり、猟師はスキーで雪原を縦横に走り、狼憑《つ》きから牝狼の表情を借りた魔法使いたちが猖獗を極めている。第二の道は、幸運と不意打ち、嫉妬と復讐、偽善あるいは欲望から生じる劇的な偶発的事件であり、ペリアンドロとアウリステーラはあるときはその犠牲者になり、あるときはその証人になる。これらの偶発事件は、主人公たちが野蛮な諸国の遍歴に区切りをつけて、キリスト教圏に辿りついたのち、ポルトガル、スペイン、フランスを経てイタリアに到着したときに倍加する。これらの事件は、人間の悪意は真の信仰の光が輝いている場所においても同じように存在することを伝えている。しかしこれらの事件は同時に、幸福な結末に到達するまでに恋人たちが対決しなければならない試練でもある。かれらの道程にちりばめられたこれらの試練は、一種の神秘な探究とこの遍歴とを同一化することによって、一見かれらの遍歴に超越的な意味をあたえるようにみえる。それは「絶対」の探求であり、要スルニ《イン・フィーネ》、かれらの間近い結婚がかれらの救済と融合する至福の結合の象徴であることを意味している。

もし聖堂参事会員が浄化的物語を夢想していたとすれば、『ペルシーレス』は、トレント公会議的スペインの趣味に適応させた、当世風《アッジョルナート》ギリシア小説を読者に提供することによって、彼の期待を越えてしまったといえる。これはその目標、全体的構成、筋の運びにおいてバロックとも呼べるような小説である。この小説に含まれる、かつ、この形式への人びとの関心を復活させた、美しさの価値は認めなければならない。その魅力はなによりも冒頭の数々の冒険の背後にある極北の風景と恋人たちの遍歴が終結する陽光にみちた風景との対照である。また、北欧の魔術にも、地中海沿岸で起る意外な出来事にも適合する、異常で不気味な人物たちの膨張である。中核をなす物語とその流れを複雑にする挿話的物語との絡み合いである。たえまないフラッシュバックによって、中心的物語の抑制された奇蹟に「野生的な」奇蹟を混ぜ合わせる、さまざまな語り手の交代である。これらの語り手たちは、自分たちが醸成《じようせい》する数々のフィクションに、それらの奇跡を楽しみながら随所に嵌め込むことによって、真実と虚構との境界線を消去するために獲得された、不協和音を奏でるのである。

われわれの作家はけっしてその野心を極端にまで推進はしないし、彼の文章のなかで散文によるフィクションの実践と理論をけっして極端に結合しようともしない。アバリェ＝アルセの適切な定義を繰り返すとすれば、『ペルシーレス』は小説であると同時に小説の観念であり、それが生まれた時代における小説のジャンルに関する、あらゆる可能な見解の総計である。事実、当時の読者はこれをそのように理解したらしい。刊行された年に五版を重ね、ただちにヨーロッパ中に翻訳されたこの作品は、とりわけフランスにおいて冒険小説の愛好者たちの関心をあつめた。この関心は一七世紀の中期までつづいた。

今日のわれわれには、この成功を理解することは困難である。二人の主人公の周囲に配置される人びと、信仰と哲学の矛盾する真実によって支えられた人びとは、われわれにはむしろ対立的緊張に分裂しているようにみえる。モーリス・モーロによれば、彼が判断するこの小説の近代性とはこういうものである。しかしそれだけでは、セルバンテスが望んでいたように、卓越性の極致に到達するための「矛盾する珍奇さの錯綜《ダイダロス》」を読者の想像力に開示するのには十分ではない。われわれがいかに文学的な実験を好んでいるとしても、いろいろな意味で魅力的なこの本は、われわれを不満のままにとりのこす。たしかにいくつかのエピソードはわれわれの関心をとらえるが、それらはしばしば、中心的プロットと稀薄な関係しかもっていない。たとえば二人のサラマンカの学生の失敗談がその一例である。かれらは純朴な村民の同情をひくために、ガレー船から逃れてきたキリスト教徒になりすましているが、まもなく本当の捕虜だった村長が二人の詐欺師の仮面をあばいてしまう。これらの見せ場はセルバンテスの最良の局面である。それらは作家が息をひきとるまで、自分の手法を完全に把握し、自らのペンの主人であったことを示す。しかしそれは、われわれが遍歴する、人気のない数々の大広間からなる壮麗な大建築から切り離された断片である。好奇心から『ペルシーレス』を始めから終りまで読み通したすべての読者のなかで、はたして何人が自分の楽しみとしてこれを一気に再読したと言えるであろう。

この場合、われわれが失望もしくはフラストレーションと呼ぶものには、一つの付随的な理由があるように思われる。つまり、作者はこの作品を完成できなかったのである。一五年間、セルバンテスはそこかしこで他の著作もしくは仕事に時間をとられて、この本にはほとんどその残りの時間しかあたえられなかった。晩年になってようやく彼はこの作品だけに集中できたのだが、しかし死の予感に追い立てられて、熱に浮かされた状態で、あわただしくペンを走らせたのである。『ペルシーレス』は、注意深く読めばその徴しを見出しうるような、支離滅裂な文脈の名残りをとどめている。それは、ミゲルが原稿を再検討する前に死に襲われたために、不可避なことであった。

しかしわれわれの不満のもっとも深い起源は、おそらく、『ペルシーレス』がわれわれの小説の概念と真向から対立していることに関連している。たしかに読者はそこに、セルバンテスの他のフィクションがわれわれになじませた物語風の手法、文章の技巧を再発見する。しかしそこにわれわれにとって本質的な要素と思われるものが欠けている。つまり主人公が、自分が巻き込まれた諸事件を、彼の存在の一貫した特徴、想像的な生の材料のなかにとりこむために同化吸収する方法が欠けているのである。主人公が遭遇する障害、彼が感じる矛盾が少しずつ彼を変化させる、いやそれにとどまらず、遍歴の終点で彼を変貌させる。バルセローナのドン・キホーテは、かつてなかったほどドン・キホーテその人である。彼はもはや冒頭における存在とはまったくの別人である。『ペルシーレスとシヒスムンダ』においては、このようなことはまったくない。二人の主人公はその冒険の道標をなす突発事件の証人としても役者としても、変化しない存在である。「野蛮島」の地下牢から「永遠の都市」の輝かしい滞在に至るまで、かれらの経験する試練は、かれらの同一性、確定性、不変性をいっそう強化させこそすれ、かれらを変身させることはない。変ることのないかれらは未完成のままにとどまり、かれらの運命は最後の審判においても、決定的にわれわれとは無縁なままである。『ペルシーレス』の星座空間のなかで、われわれは二つの抽象観念の雄大な流れを声もなく観照するのである。

永遠性の敷居に立って

一六一六年四月、ペルシーレスとシヒスムンダはかれらの遍歴の終点に辿りつく――セルバンテスも同様である。彼が最後の小説の主人公たちを導いた聖都は、神の慈悲が、ある日彼のために扉を開くであろう、天上の『都市』を予示している。彼はこの期日がしばらく延期されることを希望したろうか。序文や献辞が示すように、六カ月前、彼はまだ多くの計画を抱いていた。一つの戯曲『公然たる詐欺』(El engaño a los ojos)、この表題は彼の得意な技巧の一つを思い出させる。一つの小説『有名なベルナルド』(El famoso Bernardo)、これはおそらく「国土回復《レコンキスタ》」の神秘的な英雄の武勲からインスピレーションを受けたものであろう。一つの中篇小説集『庭園での平日』(Las semanas del jardín)。そして約束しつづけてきた『ガラテーア』の不可欠な第二部。これらは語るべきことを山ほど抱え、すべてを語りきらずに去ることを拒もうとする一人の男が死の間際にめざした挑戦の形式である。この文学的制作のすべてはどうなったのであろうか。二世紀にわたって、人びとは、その痕跡を見出すという熱狂的な希望をもって、古文書館を空しく探しまわった。戦いに疲れ果てて、人びとは、作家が熱に浮かされた最後の数カ月に、彼がもはや果すことのできない約束をし、その原稿も、せいぜい粗描にすぎなかったろう、という結論を下した。ところがいま、アメリカのセルバンテス研究家ダニエル・アイゼンバーグが、研究者たちがこれまで知らなかった一つの原稿を入手した。最初の検討にもとづく判断では、それは『庭園での平日』の自筆原稿の断章らしかった。少なくともそれが、アイゼンバーグが最近出版した研究書において、セビーリャのビブリオテカ・コロンビーナの奥に保存されていた「セラニオとシレニアの対話』(Diálogo de Selanio y Cilenia) の注意深い検討の結果、公表した見解である。この『対話』は一〇〇年以上前からセルバンテスの作品とみなされていたが、アイゼンバーグもまた新しい見解によってその主張を擁護した。しかしこの説と、新しいさまざまの議論は、あらゆるセルバンテス研究者を全然説得できなかったのである。

セルバンテスには、書き始めた諸作品を印刷屋に渡して、われわれの疑念を払拭するのに十分な時間がなかったらしい。『ペルシーレス』は六カ月間彼の最後の力を奪い取った。いま彼は死期が迫っているのを知る。彼はまた、「一つの生からもう一つの生への跳躍は楽ではない」ことも知る。「死はどんな風体で訪れるにせよ、恐ろしい。」マドリードの冬が早春のほのかなぬくもりと入れ代わるころ、彼は大いなる旅立ちへの準備を始める。三月二六日付けのサンドバル枢機卿宛ての彼の自筆の手紙を、一時、学者たちは、この庇護者への彼の告別の挨拶と解釈した。今日ではこの手紙は偽作であることが証明されている。また、彼が聖体礼拝修道会から離脱したことが確認されている。レルマ公爵につづく上流貴族階級の大量の入会がこの修道会を社交界と化したために、彼はそこではもはや安らぎを感じられなかったのである。彼は、姉妹やカタリーナにならって、フランシスコ第三修道会の方を好み、ほぼ三年前からこの会に修練士として入門していた。一六一六年四月二日、復活祭の前日、彼は正式に修道の誓願を立てた。その儀式は修道会の文書に記入されている。それによると、儀式は作家の自宅で行われた。これは彼の衰弱を示す証拠である。

そのような状態にあって、いったい彼はどのようにしてその二日後にエスキビアスとマドリードを隔てる約一八マイルの道を辿ることができたのであろう。その一週間後、いかして彼はふたたび馬に跨って帰宅する力をもちえたのであろう。『ペルシーレス』の序文で想起されているこの旅は、むしろ文学的幻想の結果であろうと思われる。これはセルバンテスが、その帰途で彼の崇拝者と出会ったという話を本当らしくみせるために適用した口実であろう。この出会いが生じたとみられる正確な状況を丹念に考察してみれば、真実とは思われない出会いである。それでもこの出会いは本質的な点で真実のひびきをもっている。真実らしいというのは、ある人物、「グレー一色の衣裳の」学生の熱狂であり、彼は自分が話しかけた相手の正体を知るやいなや、驢馬からとびおりて、作家の手を握りしめながらつぎのように叫ぶからである。

「そう言えば確かにあなただ、あなたです。隻腕の勇者、高名かくれない大人物、哄笑を誘う大作家、詩神の寵児とうたわれるお方は！」

これも真実だが、『ドン・キホーテ』の作者は丁寧にそれを否定するものの、それでも認められた誇りをかくすことができずに、結局、その成功がいまは伝説にまでなっている、文章によって獲得されたその身許を明らかにする。もう一つの真実は、ミゲルの病気について交わされた会話で、話し相手はつぎのように断言してかすかな希望を打ち砕いてしまう。

「水腫症ですね。かりに海が真水でおいしくて、そいつを飲み干しても治る病気ではありません。セニョール・セルバンテス、どうぞ水を飲むのをへらしてください、痩せるのを忘れないでください、そうすればほかの薬は無用になるでしょう。」

最後の真実は、「セニョール・セルバンテス」の返答であり、それはこの処方の効果について幻想をもたない彼の姿を示している。

「みなさんそうおっしゃってくださいますが、と私は答えた。しかし私は、飲むためにだけ生まれてきたので、飲みたいだけ飲むのをやめられません。」

これには現実の体験からでた言葉のひびきがある。つぎの言葉はふたたび孤独になったミゲルが最後に約束を告げて別れる読者がこの空想の物語を「理解する」のに役立つであろう。

「おそらくいつの日か、切れた糸を結び直して、私のペンがこれまで言えなかったこと、それでも言わねばならないことを言うときが来るでしょう。」

臨終のまぎわまで作品に終止符をうつことを拒絶する作家の驚くべき告別である。

とはいえ、一六一六年四月二〇日にこれらの文を書いているとき、彼はすでに死を自覚していた。さきほどの学生が診断した水腫、数年来彼が苦しんでいた、病気の徴候と彼自身が認めているあのいやしがたい渇きを、学者たちは肝硬変でないとすれば、糖尿病であろうと考えている。この二つの疾患は、当時では不治の病いであり、それに対して医者はなすすべを知らなかった。二日前の四月一八日の月曜日、第三修道会の修道院付司祭、フランシスコ・ロペス学士が彼に臨終の秘蹟を授けに来た。翌日、セルバンテスは短時間、病いをおしてレーモス伯に献げる『ペルシーレス』のあのみごとな献辞を書いた。

「すでに片足鐙《あぶみ》にかかる

こんな文句で始まって、ずいぶん流行《はや》った唄がありますが、ほぼこのまま起筆の言葉にかえさせていただきます。あたかも本状のために作られたかのような、うらめしくもなるセリフではございます。

すでに片足鐙《あぶみ》にかかる
末期《まつご》の苦しい息のしたより
閣下に一筆したため候う。

きのう終油の秘蹟をすませ、きょう本状の筆をとります。余命は短く、苦しみは尽きず、望みはうすくなるばかりでありますが、ただただ生きたいの一心で生きており、なんとしても御足《おみあし》にくちづけのかなう日まではもちこたえたいと願っております。それというのも、御帰還の御雄姿を拝せばその嬉しさで命もながらえるのではという、もしやがあるからですが、さりながら、もはや定まった命であるならば、この存念なりともお聞き届けあり、願わくは、彼岸にまかりてなお閣下の僕《しもべ》たらんとする者のあることを、心の片隅にでも留め置き下さい……」

(萩内勝之訳)

「ただただ生きたいの一心で生きて」いる。その唯一の念願は、と死に瀕した作家は明言する、高名な庇護者に自分がかつて約束した作品を献呈することであり、とりわけ「閣下のおほめにあずかった

『ガラテーア』を完成させること」である。ここでほど『ドン・キホーテ』の作者における作家と人間が完全に一体化したことはかつてない。しかし実際には、と彼は憂愁をおびて付言する、「万に一つ、天のおゆるしをえて延命がかないますれば、それは幸運というより奇跡と申すべきでありましょう。」奇蹟は起こらなかった。四月二十日水曜日、セルバンテスは『ペルシーレス』の序文を一気に口述した。「私の命は瀬戸際にあります」、と彼は読者に断言し、私の脈動については、

「このからだに温い血が流れるのはよくつづいたとしても、こんどの日曜日まででしょう。それが止ると私の息の根も止ります……諧謔洒脱よ、さらば、粋な文句よ、さらば。陽気な友人たちよ、さらば。ひと足お先に、いずれ彼岸での再会を楽しみに。」

これが、われわれが彼から受け取る最後の言葉である。四月二二日金曜日、ウィリアム・シェイクスピアにおくれること一週間余、ミゲル・デ・セルバンテスは息をひきとる。翌日、彼の死は彼の教区サン・セバスティアンの戸籍簿に記載されているが、埋葬の日付けのみを書きとめるという当時の習慣に従って、死亡の日付けは二三日土曜日になっている。彼は土曜日に第三修道会の規則にのっとって、顔には覆いをかけず、フランシスコ修道士の衣服をまとって、同会修道院に埋葬された。歳月の流れに従って、彼の近親者もつぎつぎに彼のあとを追う。姪のコンスタンサは一六二二年に亡くなり、妻のカタリーナはその四年後に亡くなった。娘のイサベルは一六五二年まで生き残るがその後子供はできなかった。

今日ではもうセルバンテスの子孫はいない。彼の遺書は失われた。彼の遺骨は、それを保存していた

修道院が改築された一七世紀末に散佚した。残されたのは「稀代の発明家《ラーロ・インベントール》」の諸作品だけであり、なかでも『ドン・キホーテ』は伝説と化した。その後各世代は、この大作家の研究に貢献して、それぞれにこれこそセルバンテスの真の像と信じたものを提示してきた。一九世紀には、内心不穏な思想を抱いていた人文主義者、近代リベラリスムの先祖と仰ぐものもあれば、その反動で、ハプスブルク家のスペインの賛美者とみなすものもいた。両派ともに同一の英雄崇拝から、あのレパントの戦士を善意によって、あらゆる知識の内蔵者、もしくは美徳の模範に変換しようとした。

この素朴な崇拝に苛立ったウナムーノは『ドン・キホーテとサンチョの生涯』において、この両派のどちらの立場もとらない。彼はこの不滅の一対を賛美して、作者は、自分では予測できなかったかれらの運命によって、この主人公たちに凌駕されている、と言う。この熱慮を経たパラドクスを、われわれはそのままに受け取って、記憶にとどめておくべきであろう。第一次大戦の直後に、アメリコ・カストロが公表した諸研究以来、われわれは思想家とは言わないとしても、言葉のあらゆる意味で、一人の作家を発見した。すなわち近代小説の父である。しかし、もしこの作家がわれわれにとって、もはや無意識の天才ではないとしても、ウナムーノの考察がわれわれに思い出させるように、今日、彼の作品がもつ意味は、もはやそれが本来意図した目的に帰着させることはできない。われわれがその技巧を詮索し、より正確に画定しようと努力する一人の芸術家の背後に、晩年のある日もはやペンを擱くことはないと決意した、肉体と意欲をもつ一人の人間が、われわれが彼を閉じこめようとする図式から執拗に逃れ去るのである。窺いしれない彼の神秘がわれわれを惹きつけるのだが、それはその神秘のなかに、文章を介してしかわれわれに示されない、そしてわれわれ読者がたえず出会う経験の鍵が潜んでいる。シーデ・ハメーテはこのように事情を判断したのであったし、ハメーテ自身もまた、最後の言葉を自分のペンで書くことを望んだのであった。「ドン・キホーテは私一人のために生まれ、私も彼のために生まれた。彼にとっては行動であったものが、私にとっては書くことであった。彼と私は一身同体なのである。」

付録

黄金世紀におけるスペイン貨幣制度に関する覚え書

一四九七年、メディナ・デル・カンポ政令によって制定されたこの制度は、一六世紀を通じて、かつ一七世紀の一期間、安定していた。この制度はさまざまな商取引を目的として、金貨（ドゥカード）、銀貨（レアル）、銅貨（ブランカ）を決定した。これらの貨幣は、計算単位マラベディで算定された。

一ドゥカード　　三七五マラベディス
一レアル　　三四マラベディス
一ブランカ　　半マラベディ

フェリーペ二世の時代には、標準貨幣は、金貨エスクード（四〇〇マラベディス）であった。古い貨幣である金貨ドゥカードとダブル・ドゥカード（ドブロン）もまだ通用していた。

王冠《コローナ》を刻印した貨幣がしばしば多用された。ドブロンはまたピストーラとも呼ばれた。エスクードもしくはコローナは、一五三七年にカール五世によって制定され、三五〇マラベディスと決定された。同時に、一ドゥカードは三七五マラベディスとされた。

「これらの貨幣がこの本のなかに含まれる時代における精確な価値を単一にするのは不可能である。貨幣の価値ばかりでなく、呼称さえも時期と地方によって変化するからであるが、一六、一七世紀には紙幣は珍しく、その購買力は本来の価値に比べてはるかに大きかった。それでも、比較のために、一九八九年の二二＝カラット金貨の一グラムの値段（約一〇ドル）を用いて、われわれはつぎのように貨幣価値を算定できる。

エスクード金貨	三四ドル
レアル銀貨	一ドル
ドゥカード金貨	三六・五ドル
ドブロン金貨	七三ドル

（マラベディ　〇・〇八五ドル）

右の表を用いれば、セルバンテスの身代金五〇〇エスクードは一万七〇〇〇ドル金貨に相当する。兵《へい》站《たん》将校として政府のために、自費で旅費を支払いながら働いていた彼の年俸は、およそ一万ドルである。セルバンテスは、一冊六六四ページにつき二〇ドルかかった『ドン・キホーテ』前篇について約一五〇〇ドルを受け取った。」（以上英訳本より）

年譜

一五四七年　九月二九日（？）　ミゲル・デ・セルバンテス、アルカラ・デ・エナレスに生まれる。仏王フランソワ一世と英王ヘンリ八世崩御。独プロテスタント諸侯に対するミュールベルク戦の勝利。
一五五一年　異端審問所の第一回禁書目録。最初の純血・身分規定法
一五五三年　父ロドリーゴ・デ・セルバンテス、バリャドリードへ出立。
一五五四年　ロドリーゴ、コルドバで父に合流。ラブレーの死。
　　　　　　カール五世の王子フェリーペ、メアリ・テューダと結婚。
　　　　　　『ラサリーリョ・デ・トルメス』。
一五五六年　ミゲルの祖父ホアン・デ・セルバンテスの死。
　　　　　　カール五世退位。フェリーペ二世の即位。
一五五七年　ミゲルの父方の祖母レオノール・デ・トーレブランカの死。
　　　　　　フェリーペ二世の最初の国家破産。
一五五八年　カール五世の崩御、メアリ・テューダの死。エリザベス英女王の即位。
一五五九年　カトー＝カンブレジの和約。仏王アンリ二世崩御。フェリーペ二世、エリザベート・ド・ヴァロア（スペイン王妃としては、イサベル・デ・バロア）と結婚。

モンテマヨール作『ラ・ディアーナ』。
一五六一年　マドリード、王都となる。
ゴンゴラ、生まれる。
一五六三年　エル・エスコリアル宮着工。
トレント公会議閉会。
一五六四年　ロペ・デ・ベーガ生まれる。
ロドリーゴ・デ・セルバンテス、セビーリャへ転居。
トルコ軍オラン攻撃に失敗。
シェイクスピア生まれる。
一五六五年　ルイサ・デ・セルバンテス、アルカラ修道院に入る。
トルコ軍マルタ島攻撃に失敗。ネーデルラントの叛乱。
ロペ・デ・ルエダの死。
一五六六年　ロドリーゴ・デ・セルバンテス、マドリードに定住。
一五六七年　ミゲルの最初の詩篇。
一五六八年　ホアン・ロペス・デ・オヨスの生徒。文学的デビュー。
ドン・カルロスの幽閉と死亡。
イサベル・デ・バロア妃の崩御。
グラナダのモリスコの決起
一五六九年　シグーラ事件。ミゲル、ローマへ。

エルシーリャ作『アラウカーナ』。

一五七〇年　コーマでアックワヴィーヴァ枢機卿に仕える。

一五七一年　トルコ軍、キプロス島占領。

レパントでの負傷。メッシーナで療養。

一五七二年　神聖同盟結成。レパントの海戦。

「精鋭兵」の称号授与。ドン・ホアン・デ・アウストリアのナヴァリーノ戦に参加。シチリア島で冬期宿営。

一五七三年　教皇ピオ五世の死。コルフ、モドンで戦闘。

ドン・ホアン・デ・アウストリアの新遠征に参加。

ヴェネツィアのトルコとの分離和約。ドン・ホアンのチュニス占拠。

一五七四年　マテオ・バスケス、フェリーペ二世の秘書官。

サルディニアで冬期宿営（？）ついで、ナポリ、シチリアにて。

一五七五年　ウルジュ・アリー、チュニス奪回。

ナポリ滞在。帰途、カタルーニャ沖でバーバリー人に捕えられる。アルジェで投獄。

フェリーペ二世の二度目の破産。

一五七六年　最初の脱走の試み。

スペイン軍によるアントワープ略奪。ドン・ホアン、ネーデルラントを統治。

一五七七年　ミゲルの弟ロドリーゴ、アルジェから解放。二度目の脱走。ハッサン・パシャ、アルジェ王になる。

一五七八年　エル・グレコ、トレド定住。

三度目の脱走。

ホアン・デ・エスコベード暗殺。

ドン・ホアン・デ・アウストリアの死。

ポルトガル王セバスティアン、アルカセルキビールで戦死。


一五七九年　四度目の脱走。

アントニオ・ペレス失寵。

マドリードの最初の諸劇場開設。

一五八〇年　第三修道会の身代金支払いにより解放。バレンシア経由でマドリードへ帰還。
フェリーペ二世ポルトガル王即位。

一五八一年　オランへ派遣される。リスボン滞在。
サンタ・テレサ・デ・アビラの死。

一五八二年　マドリード在住。エラーソへの手紙。『アルジェの生活』(?)
エレーラ作『ポエジー』。ガルベス・デ・モンタルボ作『フィーリダの羊飼い』。

一五八三年　『ヌマンシア』(?)
ホアン・デ・ラ・クエバ作『喜劇と悲劇』。

一五八四年　アナ・フランカ・デ・ローハスとの情事。イサベル・デ・サアベドラ誕生。

エスキビアスにてカタリーナ・デ・サラサールと結婚。

フェリーペ二世、エル・エスコリアルに入居。

一五八五年　『ガラテーア・第一部』。ガスパル・デ・ポーレスと契約。

　　　　　　ミゲルの父ロドリーゴの死。

一五八六年　サン・ホアン・デ・ラ・クルス作『霊の賛歌』。ロンサールの死。

一五八七年　セビーリャでの数回の滞在。

　　　　　　セビーリャへの出発。エシーハでの食糧徴発任務。

　　　　　　無敵艦隊アルマダの艤装。

一五八八年　ロペ・デ・ベーガ、マドリードから追放。

　　　　　　新しい任務。ミゲルの義母カタリーナ・デ・パラシオスの死。

　　　　　　無敵艦隊の敗北。

一五八九年　エル・グレコ作『オルガス伯の埋葬』。

　　　　　　新たな任務。エスキビアスとマドリード（？）での滞在。

　　　　　　サンタ・テレサの『著作集』。

一五九〇年　インディアス枢機会議への請願。

　　　　　　「捕虜の話」の執筆（？）

　　　　　　アラゴンの反乱。

一五九一年　グラナダ地域での収税任務。

　　　　　　アントニオ・ペレス逃亡。マテオ・バスケスの死。

一五九二年　エシーハとテーバでの紛争。カストロ・デル・リオで入牢。ロドリーゴ・オソリオと契約。

　　　　　　モンテーニュの死。

一五九三年　セビーリャ周辺での任務。ミゲルの母ドニャ・レオノールの死。『嫉妬ぶかい人びとの館』（ロマンセ）。

一五九四年　アンダルシアの任務終了。

一五九五年　収税吏となる。グラナダ王国を遍歴。

アンリ四世即位。

一五九六年　ハワードとエセックスによるカディス略奪。

ロペス・ピンシアーノ作『古代詩的哲学』

一五九七年　セビーリャで入獄。

フェリーペ二世、三度目の破産
一五九八年　セビーリャ在住。「フェリーペ二世の墓前に献げるソネット」。アナ・フランカの死。マグダレーナ・デ・セルバンテス、イサベル・デ・サアベドラをひきとる。

フランスとヴェルヴァン和約。

イサベルとアルベルト、ネーデルラント摂政になる。フェリーペ二世崩御。フェリーペ三世即位。レルマ公爵の政権。

スルバラン生まれる。ロペ・デ・ベーガ作『アルカディア』。

劇場閉鎖。

一五九九年　セビーリャ在住。カスティーリャ滞在（？）

スペイン全土にペスト蔓延。

マテオ・アレマン作『グスマン・デ・アルファラーチェ、第一部』刊行。ベラスケス誕生。

一六〇〇年　セビーリャから出立（?）トレド滞在。ミゲルの弟ロドリーゴ、デューヌ戦で戦死。劇場再開。カルデロン誕生。
一六〇一年　宮廷のバリャドリード移転。
一六〇二年　エスキビアス在住。財務局との紛争。『ドン・キホーテ』を執筆。ロペ・デ・ベーガ作『アンヘリカの美貌』。
一六〇三年　英女王エリザベス崩御。
一六〇四年　バリャドリード在住。ロペ・デ・ベーガとの確執。イギリスとロンドン条約。マテオ・アレマン、『グスマン・デ・アルファラーチェ、第二部』刊行。ロペ・デ・ベーガの『コメディアス』第一部。
一六〇五年　『ドン・キホーテ、前篇』。エスペレータ事件。フェリーペ四世誕生。ハワード卿の使節団。ロペス・デ・ウベダ作『あばずれ女フスティーナ』。
一六〇六年　イサベル・デ・サアベドラ、ディエゴ・サンスと結婚。エスキビアス在住（?）宮廷のマドリード帰還。コルネイユ生まれる。
一六〇七年　マドリード在住。イサベル・サンス誕生。
一六〇八年　ディエゴ・サンスの死。イサベル・デ・サアベドラ、ルイス・デ・モリーナと再婚。ウルビーナ事件始まる。
一六〇九年　マグダレーナ、カタリーナ、アンドレア・デ・セルバンテス、フランシスコ第三会修道院の修練女になる。ミゲルは聖体礼拝奴隷信心会に入る。アンドレアとイサベル・サンスの死。
一六一〇年　ネーデルラント連邦共和国と一二年間の休戦。モリスコ追放の開始。ロペ・デ・ベーガ『当世コメディア新作法』。ウルビーナ事件の新展開。レーモス伯、ナポリ副王を拝命。ミゲル、随行の希望を断念する。アンリ四世暗殺。
一六一一年　マグダレーナの死。エスキビアス滞在。『ドン・キホーテ』ヨーロッパ中に流布。マルガリータ・デ・アウストリア崩御。マドリード劇場の一時閉鎖。
一六一二年　ミゲル、首都の文芸サロンへ通う。アエード作『アルジェの地誌と通史』刊行。
一六一三年　アルカラ在住。第三会修道院修練士。『模範小説集』ゴンゴラ作『孤愁』初版。
一六一四年　『パルナッソ山への旅』。アベリャネーダ事件。アベリャネーダ、『ドン・キホーテ、続篇』。グレコの死。
一六一五年　『戯曲八篇と幕間劇八篇』。『ドン・キホーテ、第二部』。
一六一六年　ルイ一三世とフェリーペ三世の娘アナ・デ・アウストリアの結婚。フランシスコ第三会修道士の決定的修道誓願。

レーモス伯宛ての『ペルシーレス』の献辞。四月二三日、マドリードにて死亡。
シェイクスピアの死。
一六一七年　遺作『ペルシーレス』の出版。

訳者あとがき

はじめに、本書の著者ジャン・カナヴァジオ Jean Canavaggio 教授の経歴と業績を、同教授が私に書き送ってくださった簡潔な文書に従って紹介させていただく。


一九三六年に生まれる。

エコール・ノルマル・シュペリュール卒業。

カサ・デ・ベラスケス（Casa de Velazquez）会員。王立スペイン・アカデミア、王立賢王アルフォンソ一〇世アカデミア、アメリカ・スペイン学会の通信会員。

ソルボンヌ大学助手、カン（Caen）大学教授を経て、一九九一年より、パリ大学ナンテール第一〇校教授。一九九六年より、ベラスケス会館館長を兼務。

専門分野はスペイン古典文学、特に黄金世紀の演劇とセルバンテスの研究である。

カナヴァジオ教授には、多数の著書・共著に加え、七〇以上の論文がある。代表的著作としては、ゴンクール賞（伝記文学部門）を受賞し、独、英、西、伊の各国語に訳された本書『セルバンテス』*Cervantès*（Paris, Mazarine, 1986, rééd. Fayard, 1997）をはじめ、『劇作家セルバンテス——生成する一つの演劇』*Cervantès dramaturge : un théâtre à naître*（Paris, Presses Universitaires de France, 1977）がある。また、カナヴァジオ教授の監修による『スペイン文学史』*Histoire de la Littérature espagnole*（Paris, Fayard, 1993-94, 2vol.）も刊行されている。さらに現在、カナヴァジオ教授を中心に Claude Allaigre, Michel Moner, Jean Mark Pelorson が協力して、『セルバンテス作品集』*Oeuvres de Cervantès*（la Bibliothèque de la Pléiade）の新訳版が準備中である。

セルバンテスの『ドン・キホーテ』が後世に与えた作用はおそらく際限のないものであろうが、いまただちに思い浮ぶ二人の作家を挙げるとすれば、一人はスターンであり、その『紳士トリストラム・シャンディの生活と意見』のなかでは頻繁に『ドン・キホーテ』が引合いに出されている。いま一人は「キリスト教文学に現れた美しい人物のなかでもっとも完成されたものはドン・キホーテだ」と言ったドストエフスキーである。彼はまた、『ドン・キホーテ』は「いまのところ人間の思想の最後のそして最高の言葉である」と称揚している（ドン・キホーテ的キリストを描こうとした『白痴』は、悲惨な様相を呈するほかはなかったとしても）。

本書について言えば、これはフランス語で書かれたもっとも精細浩瀚なセルバンテス伝であり、膨大な資料を駆使して、セルバンテスの時代のヨーロッパ規模での政治的社会的背景、文壇と友人、家族関係、度重なる牢獄生活と生涯解消できなかった窮乏生活などを、あくまでも実証性を基準に記述している。訳者は、過剰なまでの情報に圧倒されながらこの労作を読了したとき、「この世で最高の善意の人」であった天才のプロフィールがくっきりと浮び上るのを感じて深い感動にうたれた。

この翻訳は、訳者が所有していた本書の初版（一九八六）に基づき、英訳、西訳を参照して行ったものである。訳者は一九九九年にはじめて著者と文通し、第二版（一九九二）の存在を知り、ただちに発注したが、同書の到着がおくれる間、著者から改訂箇所をご教示いただき、本文中に追補した。

なお、固有名詞の日本語表記には多くの誤りがあろうかと思われるので、ご叱声いただければ幸いである。

本書を翻訳するきっかけは、スペイン学会会長増田義郎氏のご慫慂によるものである。同氏、およびご懇切な教示をいただいたカナヴァジオ教授、本訳書の出版を快く引き受けてくださった法政大学出版局前編集長の稲義人氏、校正その他全般にわたって細心な御配慮をいただいた同編集部秋田公士氏に深く謝意を表する。

二〇〇〇年　五月

円子　千代

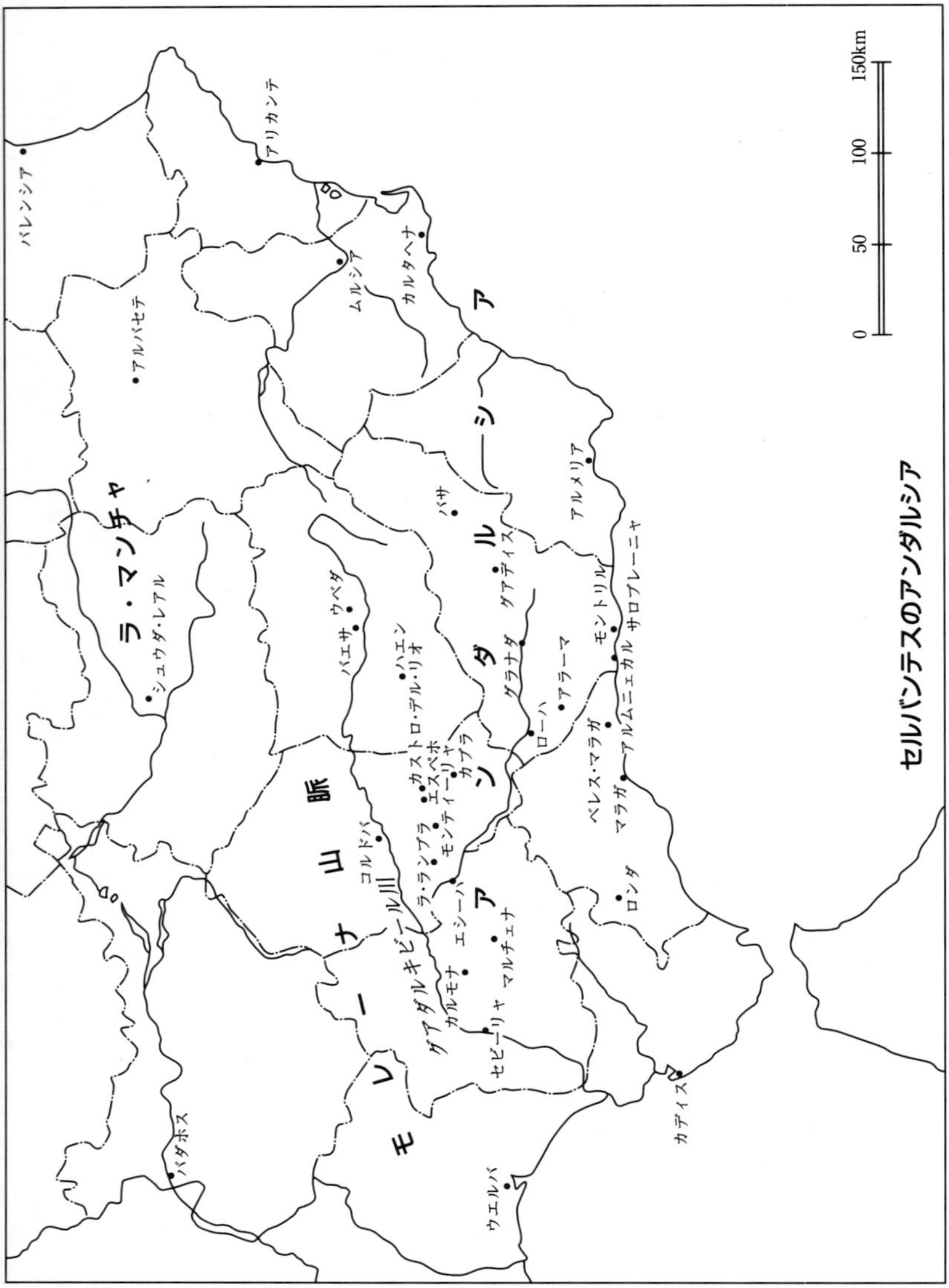
セルバンテスのアンダルシア
0
50
100
150km
ラ・マンチャ
アンダルシア
モレーナ山脈
グアダルキビール川
バレンシア
アリカンテ
アルバセテ
ムルシア
カルタヘナ
シュウダ・レアル
ウベダ
バエサ
ハエン
バサ
グアディス
アルメリア
グラナダ
アラーマ
ローハ
モントリル
サロブレーニャ
アルムニェカル
ベレス・マラガ
マラガ
ロンダ
カストロ・デル・リオ
エスペホ
カブラ
モンティーリャ
ラ・ランブラ
コルドバ
エシーハ
マルチェナ
カルモナ
セビーリャ
カディス
ウエルバ
バダホス

地　図　㉝

ラ・コルーニャ
アストゥリアス
サンタンデール
フランス
サント・マリ・ド・ラ・メール
ガリシア
パンプローナ
ロセリョン
レオン
ブルゴス
エブロ川
カダケス
大西洋
レオン
カスティーリャ・ラ・ビエハ
カタルーニャ
バリャドード
ヌマンシア
サラゴッサ
シマンカス
アラゴン
バルセローナ
ドゥエロ川
カスティーリャ
セゴビア
タラゴーナ
サラマンカ
グアダラハラ
ポルトガル
アビラ
アルカラ・デ・エナレス
バレアレス諸島
ミノルカ
エル・エスコリアル
アルガンダ
マドリード
イリェスカス
エスキビアス
クエンカ
マジョルカ
トマル
トレド
エストレマドゥーラ
タホ川
カスティーリャ・ラ・ヌエバ
ラ・マンチャ
バレンシア
サンタレム
アルガマシーリャ
イビサ
リスボン
シュウダ・レアル
デニア
バダホス
アリカンテ
グアダルキビール川
ムルシア
コルドバ
ウベダ
アンダルシア
カストロ・デル・リオ
バエサ
カルタヘナ
エシーハ
セビーリャ
カブラ
地中海
グラナダ
アルプハーラス
マラガ
ロンダ
カディス
0 50 100 150km

16世紀末のスペイン

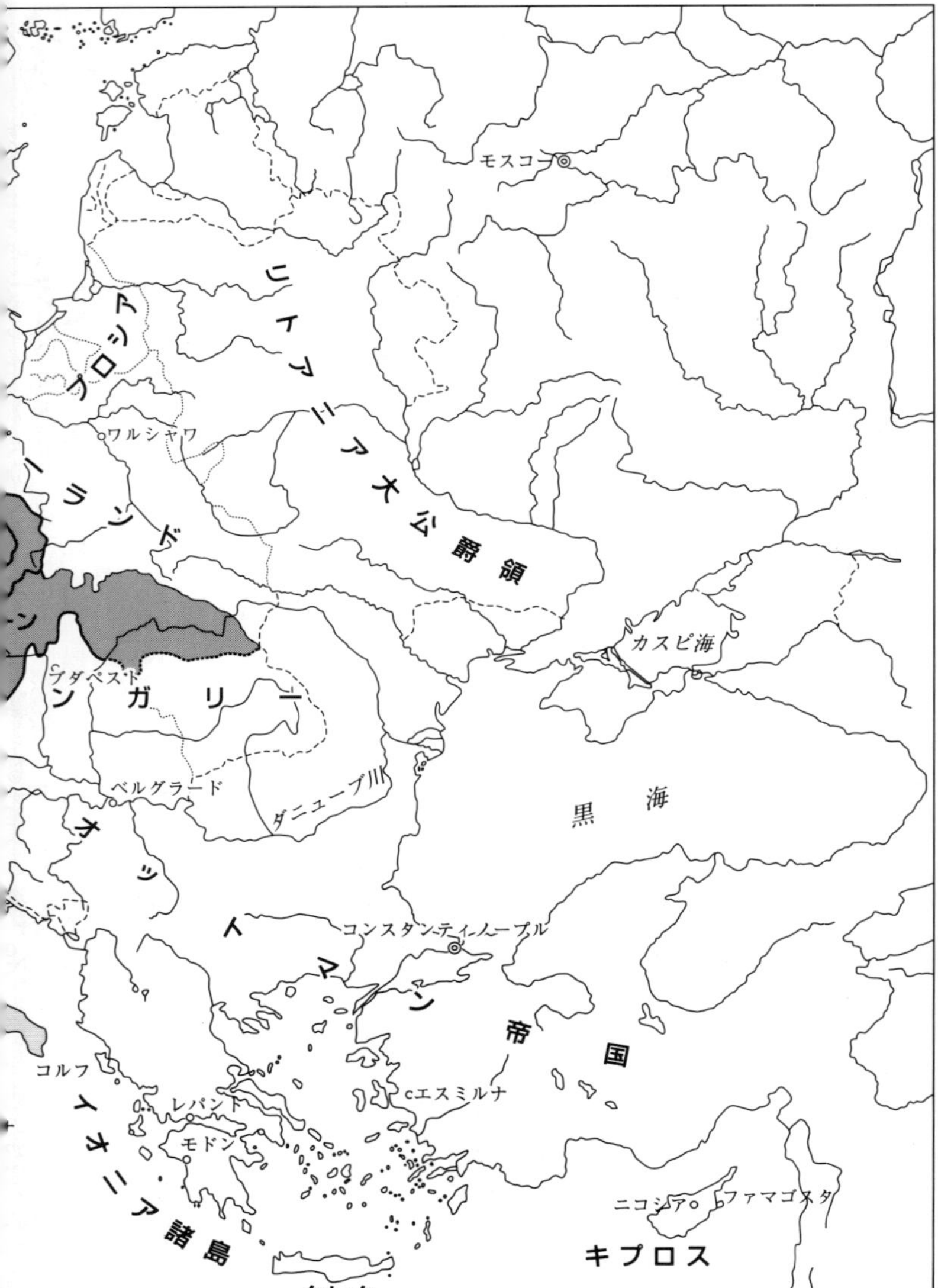

モスコー
リトアニア大公爵領
プロシア
ワルシャワ
ーランド
カスピ海
ブダペスト
ンガリー
ベルグラード
ダニューブ川
黒海
オットマン帝国
コンスタンティノープル
エスミルナ
コルフ
レパント
モドン
イオニア諸島
ニコシア
ファマゴスタ
キプロス
クレタ
地中海

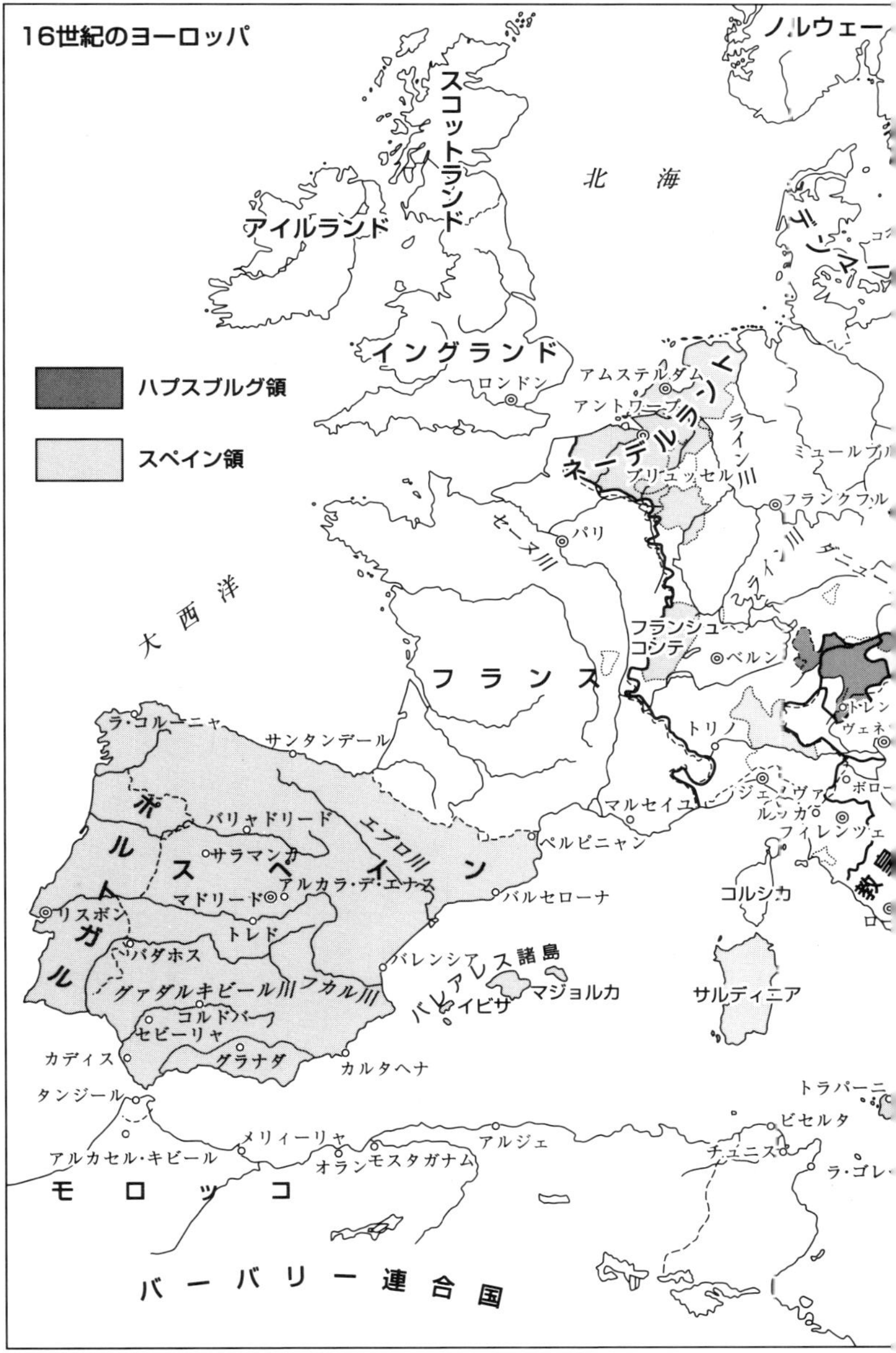
16世紀のヨーロッパ
ハプスブルグ領
スペイン領
ノルウェー
スコットランド
北　海
アイルランド
イングランド
ロンドン
アムステルダム
アントワープ
ネーデルランド
ブリュッセル
ライン川
ミュールブル
フランクフル
セーヌ川
パリ
大　西　洋
フランシュコンテ
ベルン
フランス
トリノ
ラ・コルーニャ
サンタンデール
ポルトガル
バリャドリード
サラマンカ
エブロ川
スペイン
アルカラ・デ・エナス
マドリード
ペルピニャン
マルセイユ
ジェノヴァ
ルッカ
フィレンツェ
リスボン
トレド
バルセローナ
コルシカ
バダホス
バレンシア
バレアレス諸島
マジョルカ
イビサ
グァダルキビール川
フカル川
サルディニア
コルドバ
セビーリャ
グラナダ
カディス
カルタヘナ
タンジール
トラパーニ
ビゼルタ
メリィーリャ
アルジェ
チュニス
アルカセル・キビール
オラン
モスタガナム
ラ・ゴレ
モ　ロ　ッ　コ
バ　ー　バ　リ　ー　連　合　国

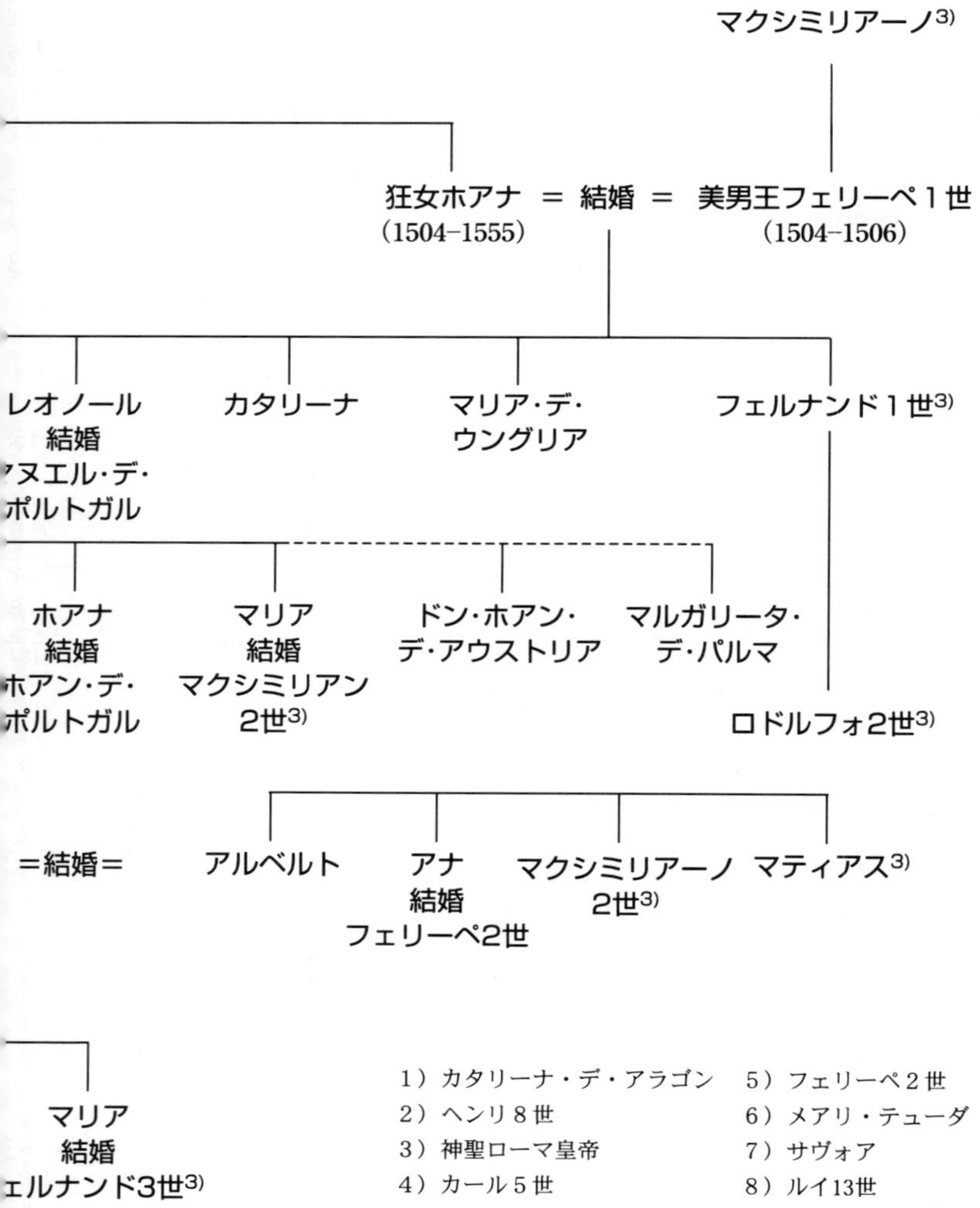

マクシミリアーノ[3)]
狂女ホアナ ＝ 結婚 ＝ 美男王フェリーペ１世
(1504–1555)
(1504–1506)
レオノール
結婚
ヌエル・デ・
ポルトガル
カタリーナ
マリア・デ・
ウングリア
フェルナンド１世[3)]
ホアナ
結婚
ホアン・デ・
ポルトガル
マリア
結婚
マクシミリアン
2世[3)]
ドン・ホアン・
デ・アウストリア
マルガリータ・
デ・パルマ
ロドルフォ2世[3)]
＝結婚＝
アルベルト
アナ
結婚
フェリーペ2世
マクシミリアーノ
2世[3)]
マティアス[3)]
マリア
結婚
ェルナンド3世[3)]
1）カタリーナ・デ・アラゴン
2）ヘンリ８世
3）神聖ローマ皇帝
4）カール５世
5）フェリーペ２世
6）メアリ・テューダ
7）サヴォア
8）ルイ13世

系　図　㉙

ハプスブルグ家

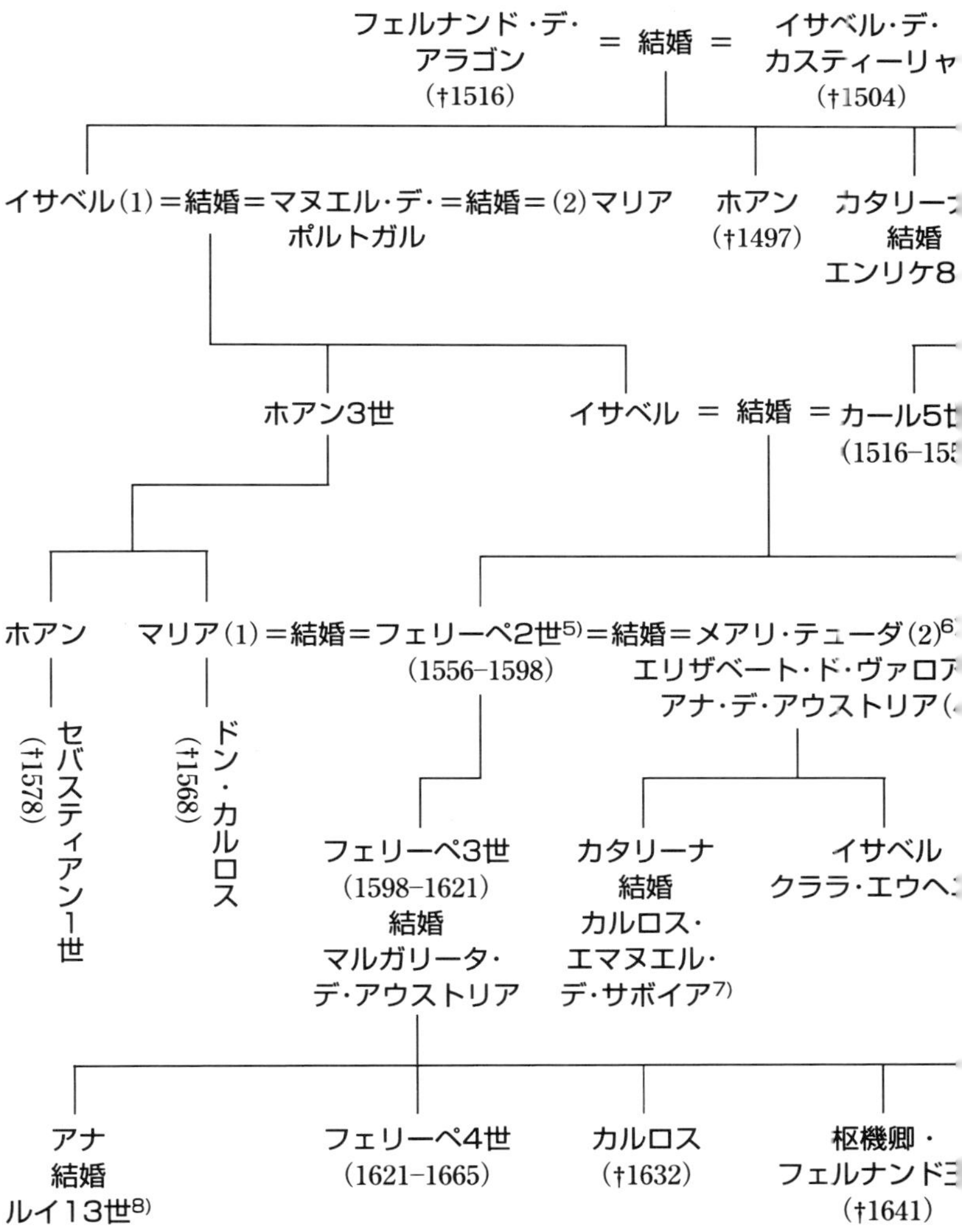
フェルナンド・デ・アラゴン (†1516)
＝結婚＝
イサベル・デ・カスティーリャ (†1504)
イサベル(1)＝結婚＝マヌエル・デ・ポルトガル＝結婚＝(2)マリア
ホアン (†1497)
カタリーナ 結婚 エンリケ8
ホアン3世
イサベル ＝ 結婚 ＝ カール5世
(1516–155
ホアン
マリア(1)＝結婚＝フェリーペ2世5)＝結婚＝メアリ・テューダ(2)6
(1556–1598)
エリザベート・ド・ヴァロア
アナ・デ・アウストリア(4
セバスティアン1世 (†1578)
ドン・カルロス (†1568)
フェリーペ3世 (1598–1621) 結婚 マルガリータ・デ・アウストリア
カタリーナ 結婚 カルロス・エマヌエル・デ・サボイア7)
イサベル クララ・エウヘ
アナ 結婚 ルイ13世8)
フェリーペ4世 (1621–1665)
カルロス (†1632)
枢機卿・フェルナンド (†1641)

セルバンテス家

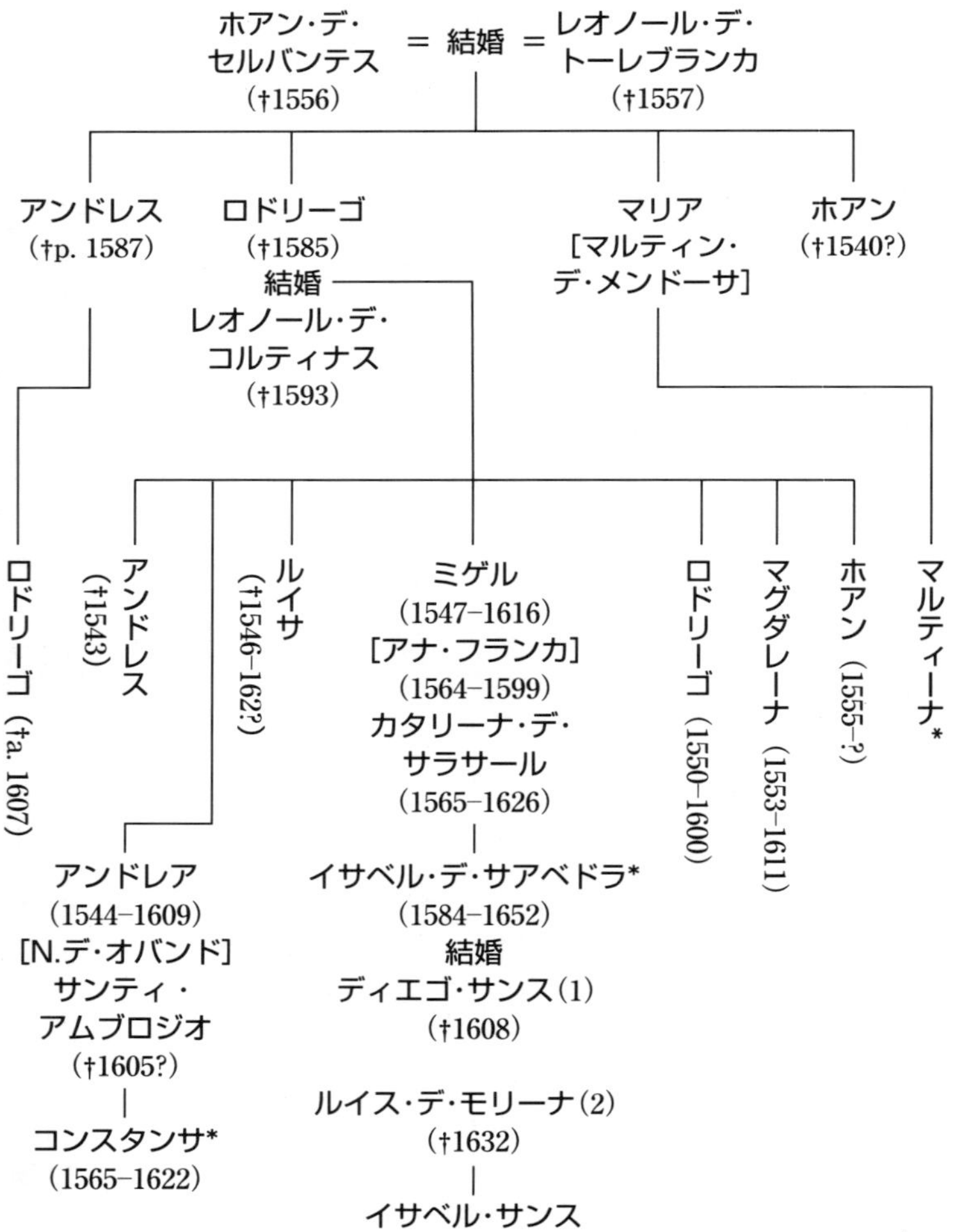

ホアン・デ・セルバンテス（†1556）
＝ 結婚 ＝
レオノール・デ・トーレブランカ（†1557）
アンドレス（†p. 1587）
ロドリーゴ（†1585）
結婚
レオノール・デ・コルティナス（†1593）
マリア
[マルティン・デ・メンドーサ]
ホアン（†1540?）
ロドリーゴ（†a. 1607）
アンドレス（†1543）
ルイサ（†1546–162?）
ミゲル（1547–1616）
[アナ・フランカ]（1564–1599）
カタリーナ・デ・サラサール（1565–1626）
ロドリーゴ（1550–1600）
マグダレーナ（1553–1611）
ホアン（1555–?）
マルティーナ*
アンドレア（1544–1609）
[N.デ・オバンド]
サンティ・アムブロジオ（†1605?）
コンスタンサ*（1565–1622）
イサベル・デ・サアベドラ*（1584–1652）
結婚
ディエゴ・サンス（1）（†1608）
ルイス・デ・モリーナ（2）（†1632）
イサベル・サンス（1607–1609）

[ ] 愛人　*庶子

系図 ㉗

サラサール家

フランシスコ・デ・サラサール（†1584）
結婚
カタリーナ・デ・パラシオス（†1588）

―― ホアン・デ・パラシオス（†1595）

- カタリーナ・デ・サラサール（1565–1626）
  結婚
  ミゲル・デ・セルバンテス（1547–1616）
- フランシスコ・デ・サラサール・パラシオス（1577–1652）
- フェルナンド・デ・サラサール・パラシオス（1581–?）

日本語の翻訳作品について（訳者が引用したもの）
会田由訳：『ドン・キホーテ』前篇・後篇（「筑摩世界文学大系」15，1972年）
会田由訳：『セルバンテス模範小説集』（「世界文学集・古典篇」スペイン小説篇，河出書房，1953年）
荻内勝之訳：『ペルシーレスとシヒスムンダの苦難』上下（「世界幻想文学大系」16，国書刊行会，1980年）。

参考文献については，拙訳：ポール・アザール『ドン・キホーテ頌』（叢書・ウニベルシタス・241，法政大学出版局，1988）末尾にそえた文献を参照していただきたい。これは上智大学スペイン文学教授ハイメ・フェルナンデス師のご教示をいただいたものである。カナヴァジオ教授が挙げている研究書のうち，邦訳のあるものについては＊印をつけた。

政治的，軍事的問題について：
I. A. A. Thompson, *War and Government in Habsburg Spain. 1560-1640,* Londres, 1976.
G. Parker, *Felipe II,* Madrid, 1984.
F. Tomás y Valiente, *Los validos en la monarquía española del Siglo XVII,* Madrid, 1963.

経済的，社会的および文化的局面について：
A. Molinié-Bertrand, *Au siècle d'Or. L'Espagne et ses hommes.* (*La Population du Royaume de Castille au XVIe siècle*), Paris, 1985.
B. Bennassar, *Valladolid et ses campagnes au XVIe siècle,* Paris, 1967.
Ruth Pike, *Aristocrats and Traders. Sevillan Society in the Sixteenth Century,* Ithaca et Londres, 1972.
N. Salomon, *La Campagne de Nouvelle-Castille à la fin du XVIe siècle,* Paris, 1964.
A. Domínguez Ortiz y B. Vincent, *Historia de los Moriscos. Vida y tragedia de una minoría,* Madrid, 1978.
H. Kamen, *Histoire de l'Inquisition espagnole,* Paris, 1966.
黄金世紀の文学については，今なお厖大な研究がつづいている。入門の形で以下の本を参照されたい。
J. Canavaggio 監修，*Histoire de la littérature espagnole,* Paris, Fayard, 1993-94, 2vol. (tome I : Moyen Age, XVe, XVIe siècle).
Ch. V. Aubrun, *La Comédie espagnole* 1600-1680, Paris, 1966.
J, Canavaggio, *Théâtre espagnol du XVe siècle* (Introduction générale), Bibliothèque de la Pléiade, Paris, 1983.
Mia I. Gerhardt, *La Pastorale. Essai d'analyse littéraire,* Assen, 1950.
M. Molho, *Romans picaresques espagnoles* (Introduction générale), Bibliothèque de la Pléiade, Paris, 1968.
A. Cioranescu, *Le Masque et le visage. Du baroque espagnol au classicisme français,* Genève, 1983.

われわれの引用の主要なものは《*Don Quichotte*》と《*les Nouvelles exemplaires*》による。われわれは，Louis Viardot の "Don Quichotte" 仏訳と，Jean Cassou 改訂，Rosset et d'Audiguier 訳の "*Les Nouvelles*" 仏訳版を使用した。他の引用については，ほとんど，われわれが原文を仏訳した。R. Marrast, J. M. Pelorson, P. Guénoun 氏らからの借用もあり，この三人のスペイン研究者に敬意を表する。

T. D. Stegmann, *Cervantes' Musterroman《Persiles》, Epentheorie und Romanpraxis um 1600,* Hambourg, 1971.

信憑性の乏しいいくつかの研究がある。そのうちのいくつかは，断片，断章から作成されている。たとえば，19世紀に発見したと称する有名な〈*Epître à Mateo Vazquez*〉は，一部を〈*La Vie à Alger*〉から借用している。他は匿名の作品で，セルバンテスが実際に書いたという証明が必要である。〈*La Tante Supposée*〉(nouvelle)，〈*Comédie de Notre dame de Guadalupe.* その他さまざまな詩篇，幕間笑劇（*Les Bavards, Les Curieux, Les*《*Romances*》*, La Prison de Seville, l'Hôpital des Corrompus*）。これらのテクストは，l'édition Aguilar des〈*Obras completas*〉（A Valbuena Prat, Madrid, 1954）。

作家の肖像画は本文中で述べたように，どれも信用できない。Jauregui による肖像は，明らかに，*Nouvelles exemplaires* の序文に書き込まれた自画像に基づいている。これはおそらく20世紀初頭に José Albiol という名の偽作者によって作製されたものであろう。marquis de Casa Torres のコレクションの中で見出された肖像画は，Jauregui の作品だが，Cervantès の像ではなく，Don Diego Mesía de Ovando, comte d'Uceda の肖像である。Lafuente Ferrari,〈*La novela ejemplar, de los retratos de Cervantes*〉Madrid, 1948, 参照。

Alonso Fernández de Avellaneda :《*Don Quijote*》は M. de Riquer により，充実した序文をつけ，《Clásicos Castellanos》から出版された（Madrid, 1972, 3vol.）。最良の全体的研究書として，S. Gilman :《*Cervantes y Avellaneda, estudio de una imitación*》(Mexico, 1951）がある。

セルバンテスが生きた時代についての研究

主要文献は F. Braudel, *La Méditerranée et le monde méditerranéen à l'époque de Philippe II,* Paris, 1966, 2vol.
Michel Lesure, *Lepante. La crise de l'Empire ottoman,* Paris, 1972.

Siècle d'Or のスペインについて

Joseph Pérez, *Histoire de l'Espagne,* Paris, Fayard, 1996（Deuxième partie :《L'Espagne impériale》).
M. Defourneaux, *La Vie quotidienne en Espagne au Siècle d'Or,* Paris, 1964.
B. Bennassar, *Un Siècle d'Or espagnol,* Paris, 1982.
J. Pérez, *L'Espagne du XVIe siècle,* Paris, 1973.
P. Chaunu, *L'Espagne de Charles Quint,* Paris, 1973, 2vol.
P. Vilar *et al.,* L'Espagne au temps de Philippe II, Paris, 1965.

P. Vilar, 《Le temps du *Quichotte*》, *Europe,* XXXIV, 1956, pp. 3-16.
Maurice Bardon, *《Don Quichotte》 en France au XVIIe et au XVIIe siècle,* Paris, 1931.
J. J. A. Bertrand, *Cervantès et le romantisme allemand,* Paris, 1914.
A. J. Close, *The Romantic Approach to 《Don Quixote》,* Oxford, 1978.
René Girard, *Mensonge romantique et vérité romanesque,* Paris, 1961.
* Marthe Robert, *L'Ancien et le Nouveau. De 《Don Quichotte》 à Franz Kafka,* Paris, 1963.
A. Welsh, *Reflections on the Hero as Quixote,* Princeton, 1981.

『ガラテーア』について：
J. B. Avalle-Arce, *La novela pastoril española,* Madrid, 1974.
F. López Estrada, *La 《Galatea》 de Cervantes. Estudio crítico,* La Laguna, 1948.

『模範小説集』について：
A. G. de Amezúa, *Cervantes creador de la novela corta española,* Madrid, 1956-58, 2vol.
J. Casalduero, *Sentido y forma de las 《Novelas ejemplares》,* Madrid, 1962.
R. El Saffar, *Novel to Romance. A Study of Cervantes 《Novelas ejemplares》,* Baltimore, 1974.
G. Hainsworth, *Les 《Novelas exemplares》 de Cervantès en France au XVIIe siècle,* Paris, 1933.
M. Molho, 《Remarques préliminaires》 à Cervantès, *El Casamiento engañoso y Coloquio de los Perros. Le Mariage trompeur et Le Colloque des Chiens,* Paris, 1970.

劇作品について：
J. Canavaggio, *Cervantès dramaturge : un théâtre à naître,* Paris, 1977.
J. Casalduero, *Sentido y forma del tearo de Cervantes,* Madrid, 1967.
A. Cotarelo y Valledor, *El teatro de Cervantes,* Madrid, 1915.
R. Marrast, *Miguel de Cervantès dramaturge,* Paris, 1957.

『ペルシーレス』について：
J. Casalduero, *Sentido y forma de 《Los trabajos de Persiles y Sigismunda》,* Buenos Aires, 1947.
A. K. Forcione, *Cervantes, Aristotle and the 《Persiles》,* Princeton, 1970.
Cervantes' Christian Romance. A Study of 《Persiles y Sigismunda》, Princeton, 1972.

Revue de Littérature comparée, VIII, 1928, pp. 318-338.
America Castro, *Cervantès,* Paris, 1931.
M, Bataillon, *Erasme et l'Espagne,* Paris, 1937（この作品の中ではセルバンテスのキリスト教信仰が総対的検討の対象になっている）。

多角的に検討されたセルバンテス論
J. B. Avalle-Arce, *Nuevos deslindes cervantinos,* Barcelone, 1975.
F. Alaya, *Cervantes y Quevedo,* Barcelone, 1974.
F. Márquez Villanueva, *Fuentes literarias cervantinas,* Madrid, 1973.
M. Molho, *Cervantes : raíces folklóricas,* Madrid, 1976.
E. C. Riley, *Teoría de la Novela en Cervantes,* Madrid, 1966.
M. Moner, *Cervantès conteur. Écrits et paroles,* Madrid, 1989.
J. B. Avalle-Arce と E. C. Riley は，高名な専門家の協力をえて，セルバンテス研究書の一覧表を《*Suma cervantina*》（Londres, 1973）の形で作成した。Louis Combet は，《*Cervantès ou les incertitudes du désir*（Lyon, 1980）のなかで，〈approche psycho-structurale〉de l'oeuvre cervantine を提案した。
以下個々の作品についての研究を挙げる。

『ドン・キホーテ』について：
J. Casalduero, *Sentido y forma del* 《*Quijote*》, Madrid, 1966.
Maxime Chevalier, *L'Arioste en Espagne*（*1530-1650*）. *Recherches sur l'influence du* 《*Roland furieux*》, Bordeaux, 1966.
Ruth El Saffar, *Distance and Control in* 《*Don Quixote*》. *A Study in Narrative Technique,* Chapel Hill, 1975.
Mia I. Gerhardt, 《*Don Quijote*》. *La vie et les livres,* Amsterrdam, 1955.
George Haley（ed.）, *El* 《*Quijote*》 *de Cervantes,* Madrid, 1984.
* P. Hazard, 《*Don Quichotte*》 *de Cervantès : étude et analyse,* Paris, 1931.
J. A. Maravall, *Utopía y contrautopía en el* 《*Quijote*》, Saint Jacques de Compostelle, 1976.
F. Márquez Villanueva, *Personajes y temas del* 《*Quijote*》, Madrid, 1975.
R. Menéndez Pidal, *De Cervantes y Lope de Vega,* Madrid, 1940.
* J. Ortega y Gasset, *Medidaciones del* 《*Quijote*》, Madrid, 1957.
H. Percas de Ponseti, *Cervantes y su concepto del arte, Estudio crítico de algunos aspectos y episodios del* 《*Quijote*》, Madrid, 1975, 2vol.
R. L. Predmore, *El mundo del* 《*Quijote*》, Madrid, 1958.
M. de Riquer, *Aproximación al* 《*Quijote*》, Barcelone, 1970.
A. Rosenblat, *La lengua del* 《*Quijote*》, Madrid, 1971.
Knud Togeby, *La Composition du roman* 《*Don Quichotte*》, Copenhague, 1957.

Don Quijote de le Mancha（L. A. Murillo, Madrid, 1978, 3vol.）, las *Novelas ejemplares*（Avalle-Arce, Madrid, 1983, 3vol.）, los *Entremeses*（E. Aseneio, Madrid, 1970）, las *Poesías completas,* incluido el *Viaje del Parnaso*（V. Gaos, Madrid, 1974-81, 2vol.）, el *Persiles*（Avalle-Arce, Madrid, 1969）。しかし，スペインには語の十全の意味での，Don Quijote の édition *critique* がない。それだけに，Real Academia Espanõla の庇護の下に，Francisco Rico が出版準備中の édition が重要である。

作品のフランス語訳について――現在，Jean Canavaggio, Claude Allaigre, Michel Moner, Jean-Marc Pelorson が作成中の《Oeuvres de Cervantès》（Bibliothèque de la Pléiade 新訳改訂版）が刊行されるまで，フランス人読者は，Jean Cassou 改訂の Pléiade 初版（Paris, 1934）―― *Don Quichotte*（d'Oudin, Rosset 訳，1614-18）, les *nouvelles exemplaires*（Rosset, d'Audiguier 訳，1615）を利用できる。上記訳者による *Don Quichotte,* Jean Canavaggio の序文つきの再出版がある（collection Gallimard-Folio, Paris, 1988（n°1900-1901）。*Don Quichotte* のもう一つの入手が容易な翻訳は Louis Viardot によるもので，その再版は collection Garnier-Flammarion（Paris, 1969, 2vol.）。なお近刊予定の Aline Schulman 訳もある。

その他の作品の仏訳について―― Maurice Bardon による *La Galathée*（韻文抄訳，Paris, 1935）。Robert Marrast 訳《*Théâtre espagnol du XVI*^e^ *siècle*（Bibliothèque de la Pléiade, Paris, 1864），この中に，comédies と intermèdes 選集が含まれている。*Le Voyage au Parnasse*（J. M. Guardia 訳，Paris, 1864）。le Persiles（d'Audiguier 訳（1618），Maurice Molho による序論，改訂，加筆を加え，*Les Traveaux de Persiles et Sigismonde, Histoire septentrionale*（Paris, 1994）。

以上の作品の読書案内として次の二冊を推薦したい。

Jean-Marc Pelorson, *Cervantès,* Paris, 1970.

Pierre Guénoun, *Cervantès par lui-même,* Paris, 1971.

上記 2 冊の小本は，ともに示唆に富み，Américo Castro に多くを負っている。Castro は若干の問題点を指摘されているとしても，近代セルバンテスの研究を刷新した。彼の *El Pensamiento de Cervantès*（Madrid, 1925, rééd, augmentée, Barcelone, 1972）は，公的スペインの平均的見解とは異なって，セルバンテスをエラスムスの系統につながるユマニストとして描いている。後に，A. Castro は，この視点を否定し，彼の概念を根本的に修正した。*Cervantes y los casticismos españoles*（Barcelone, 1966）と *Hacia Cervantes*（Madrid, 1967）では別の仮説を展開している。すなわち Cervantes *converso* はスペイン多数派に愚弄された価値の回復要求を作品を介して行った，という立場である。A. Castro のエラスムスの影響を受けたセルバンテス像を理解するためには以下の本をすすめたい。

M. Bataillon,《Cervantès penseur, d'après le livre d'Américo Castro》,

参考文献

何千もの書物と論説がセルバンテス，その生涯，その作品に献げられてきた。その質の高さは当然さまざまである。José Simón Díaz の *Bibliographía de la Literatura Hispánica*（マドリード，8巻，1970，4442ページ）のなかには，およそ3700の表題が挙げられている。これは一つの選択にすぎず，その上15年以上前の成果である。

われわれにあたえられた限られたスペースのなかで，選択を行い案内役をつとめるのはきわめて困難なことである。従って，以下に記す所見と示唆とは，専門家というよりは，あの《誠実な》人（セルバンテス）の姿を明らかにするためのいくつかの標識である。

セルバンテスの生涯についてわれわれが知っていることは，18世紀の最初の3分の1ごろからたえずつづけられた探究の成果である。第一に，『ドン・キホーテ』の作者の最初の伝記作家たち（Mayáns, Pellicer, Navarrete）；ついで，C. Pérez Pastor と F. Rodríguez Marín を含む碩学たちの世代。かれらの努力によって発見された資料は，公的な古文書館（Simancas, Sevilla, Madrid）において，また同様に，教区と公証人証書の古文書館から発見された。われわれに欠けているのは *Corpus cervantinum*，つまり，これらの資料に注釈をほどこした系統的な提示である。かつて James Fitzmaurice-Kelly がその概略の作成を試みた（*Miguel de Cervantes Saavedra. A memoir,* Oxford, 1913；数年後，補遺を付してスペイン語訳，Oxford, 1917）。この研究はいまなお有益であるが，更新される必要がある。セルバンテスが捕虜生活から帰国したときに行ったいくつかの証言は，P. Torres Lanzas によって，今世紀初頭に転写されたが，最近それが再版された（*Informacíon de Miguel de Cervantes de lo que ha servido a S. M.* ... Madrid, 1981）。

同様に欠けているのは，その名称に価する批判的書誌である。セルバンテスの人生紹介の大半は小説化された物語である。Luis Astrana Marín の厖大な研究，“*Vida ejemplar y heroica de Miguel de Cervantes Saavedra,* Madrid, 1948-58, 7vol.” は，その方法と観点において，多くの問題がある。しかしこの研究はときには新しいデータも含めて，大量の情報を収録していて，そのために不可欠な参考文献となっている。

作品――セルバンテスの作品全集のなかでもっとも信頼できるもの――少なくとも現在までのところ――は，R. Schevill, A. Bonilla, San Martín 編（Madrid, 1914-31, 19vol.）である。《Clásicos castellanos》は *La Galatea*（Avalle-Arce, Madrid, 1968, 2vol.）を再出版した。《Clásicos Castalia》も

III　セルバンテスの作品

ア　行

カ　行

サ　行

タ　行

ナ　行

サ　行

タ　行

ナ　行

II 地　名

ヤ　行

ラ　行

マ　行

タ　行

サ 行

カ　行

Ⅰ　人名，セルバンテス以外の作品，事項

ア　行

索　　引

《叢書・ウニベルシタス　689》
セルバンテス

2000年10月20日　初版第１刷発行

ジャン・カナヴァジオ
円子千代 訳
発行所　財団法人　法政大学出版局
〒102-0073 東京都千代田区九段北3-2-7
電話03(5214)5540／振替00160-6-95814
製版，印刷　三和印刷／鈴木製本所

Printed in Japan

ISBN4-588-00689-4

著　者

ジャン・カナヴァジオ（Jean Canavaggio）

1936年に生まれる．エコール・ノルマル・シュペリュール卒業．カサ・デ・ベラスケス会員．ソルボンヌ大学助手，カン大学教授を経て，1991年より，パリ大学ナンテール第10校教授．1996年より，ベラスケス会館館長を兼務．ゴンクール賞（伝記文学部門）を受賞した本書（1986）をはじめ，『劇作家セルバンテス——生成する一つの演劇』（1977）など，著書・共著・論文多数がある．

訳　者

円子千代（まるこ ちよ）

東京大学文学部卒業．元・共立女子大学教授．共著に，『フランス文学史ノート』，訳書に，アザール『ドン・キホーテ頌』，ディークマン編『クルティウス＝ジッド往復書簡』，共訳に，ロベール『古きものと新しきもの』，ギタール『フランス革命下の一市民の日記』，モロワ『鏡の前のフェンシング』，その他がある．

叢書・ウニベルシタス

				(頁)
1	芸術はなぜ心要か	E.フィッシャー／河野徹訳	品切	302
2	空と夢〈運動の想像力にかんする試論〉	G.バシュラール／宇佐見英治訳		442
3	グロテスクなもの	W.カイザー／竹内豊治訳		312
4	塹壕の思想	T.E.ヒューム／長谷川鉱平訳		316
5	言葉の秘密	E.ユンガー／菅谷規矩雄訳		176
6	論理哲学論考	L.ヴィトゲンシュタイン／藤本, 坂井訳		350
7	アナキズムの哲学	H.リード／大沢正道訳		318
8	ソクラテスの死	R.グアルディーニ／山村直資訳		366
9	詩学の根本概念	E.シュタイガー／高橋英夫訳		334
10	科学の科学〈科学技術時代の社会〉	M.ゴールドスミス, A.マカイ編／是永純弘訳		346
11	科学の射程	C.F.ヴァイツゼカー／野田, 金子訳		274
12	ガリレオをめぐって	オルテガ・イ・ガセット／マタイス, 佐々木訳		290
13	幻影と現実〈詩の源泉の研究〉	C.コードウェル／長谷川鉱平訳		410
14	聖と俗〈宗教的なるものの本質について〉	M.エリアーデ／風間敏夫訳		286
15	美と弁証法	G.ルカッチ／良知, 池田, 小箕訳		372
16	モラルと犯罪	K.クラウス／小松太郎訳		218
17	ハーバート・リード自伝	北條文緒訳		468
18	マルクスとヘーゲル	J.イッポリット／宇津木, 田口訳	品切	258
19	プリズム〈文化批判と社会〉	Th.W.アドルノ／竹内, 山村, 板倉訳		246
20	メランコリア	R.カスナー／塚越敏訳		388
21	キリスト教の苦悶	M.de ウナムーノ／神吉, 佐々木訳		202
22	アインシュタイン ゾンマーフェルト往復書簡	A.ヘルマン編／小林, 坂口訳	品切	194
23 24	群衆と権力（上・下）	E.カネッティ／岩田行一訳		440 356
25	問いと反問〈芸術論集〉	W.ヴォリンガー／土肥美夫訳		272
26	感覚の分析	E.マッハ／須藤, 廣松訳		386
27 28	批判的モデル集（I・II）	Th.W.アドルノ／大久保健治訳	〈品切〉 〈品切〉	I 232 II 272
29	欲望の現象学	R.ジラール／古田幸男訳		370
30	芸術の内面への旅	E.ヘラー／河原, 杉浦, 渡辺訳	品切	284
31	言語起源論	ヘルダー／大阪大学ドイツ近代文学研究会訳		270
32	宗教の自然史	D.ヒューム／福鎌, 斎藤訳		144
33	プロメテウス〈ギリシア人の解した人間存在〉	K.ケレーニイ／辻村誠三訳	品切	268
34	人格とアナーキー	E.ムーニエ／山崎, 佐藤訳		292
35	哲学の根本問題	E.ブロッホ／竹内豊治訳		194
36	自然と美学〈形体・美・芸術〉	R.カイヨワ／山口三夫訳		112
37 38	歴史論（I・II）	G.マン／加藤, 宮野訳	I・品切 II・品切	274 202
39	マルクスの自然概念	A.シュミット／元浜清海訳		316
40	書物の本〈西欧の書物と文化の歴史. 書物の美学〉	H.プレッサー／轡田収訳		448
41 42	現代への序説（上・下）	H.ルフェーヴル／宗, 古田監訳		220 296
43	約束の地を見つめて	E.フォール／古田幸男訳		320
44	スペクタクルと社会	J.デュビニョー／渡辺淳訳	品切	188
45	芸術と神話	E.グラッシ／榎本久彦訳		266
46	古きものと新しきもの	M.ロベール／城山, 島, 円子訳		318
47	国家の起源	R.H.ローウィ／古賀英三郎訳		204
48	人間と死	E.モラン／古田幸男訳		448
49	プルーストとシーニュ（増補版）	G.ドゥルーズ／宇波彰訳		252
50	文明の滴定〈科学技術と中国の社会〉	J.ニーダム／橋本敬造訳	品切	452
51	プスタの民	I.ジュラ／加藤二郎訳		382

				(頁)
52 53	社会学的思考の流れ（I・II）	R.アロン／北川, 平野, 他訳		350 392
54	ベルクソンの哲学	G.ドゥルーズ／宇波彰訳		142
55	第三帝国の言語LTI〈ある言語学者のノート〉	V.クレムペラー／羽田, 藤平, 赤井, 中村訳	品切	442
56	古代の芸術と祭祀	J.E.ハリスン／星野徹訳		222
57	ブルジョワ精神の起源	B.グレトゥイゼン／野沢協訳		394
58	カントと物自体	E.アディッケス／赤松常弘訳		300
59	哲学的素描	S.K.ランガー／塚本, 星野訳		250
60	レーモン・ルーセル	M.フーコー／豊崎光一訳		268
61	宗教とエロス	W.シューバルト／石川, 平田, 山本訳	品切	398
62	ドイツ悲劇の根源	W.ベンヤミン／川村, 三城訳		316
63	鍛えられた心〈強制収容所における心理と行動〉	B.ベテルハイム／丸山修吉訳		340
64	失われた範列〈人間の自然性〉	E.モラン／古田幸男訳		308
65	キリスト教の起源	K.カウツキー／栗原佑訳		534
66	ブーバーとの対話	W.クラフト／板倉敏之訳		206
67	プロデメの変貌〈フランスのコミューン〉	E.モラン／宇波彰訳		450
68	モンテスキューとルソー	E.デュルケーム／小関, 川喜多訳	品切	312
69	芸術と文明	K.クラーク／河野徹訳		680
70	自然宗教に関する対話	D.ヒューム／福鎌, 斎藤訳		196
71 72	キリスト教の中の無神論（上・下）	E.ブロッホ／竹内, 高尾訳		234 304
73	ルカーチとハイデガー	L.ゴルドマン／川俣晃自訳		308
74	断　想　1942—1948	E.カネッティ／岩田行一訳		286
75 76	文明化の過程（上・下）	N.エリアス／吉田, 中村, 波田, 他訳		466 504
77	ロマンスとリアリズム	C.コードウェル／玉井, 深井, 山本訳		238
78	歴史と構造	A.シュミット／花崎皋平訳		192
79 80	エクリチュールと差異（上・下）	J.デリダ／若桑, 野村, 阪上, 三好, 他訳		378 296
81	時間と空間	E.マッハ／野家啓一編訳		258
82	マルクス主義と人格の理論	L.セーヴ／大津真作訳		708
83	ジャン=ジャック・ルソー	B.グレトゥイゼン／小池健男訳		394
84	ヨーロッパ精神の危機	P.アザール／野沢協訳		772
85	カフカ〈マイナー文学のために〉	G.ドゥルーズ, F.ガタリ／宇波, 岩田訳		210
86	群衆の心理	H.ブロッホ／入野田, 小崎, 小岸訳	品切	580
87	ミニマ・モラリア	Th.W.アドルノ／三光長治訳		430
88 89	夢と人間社会（上・下）	R.カイヨワ, 他／三好郁郎, 他訳		374 340
90	自由の構造	C.ベイ／横越英一訳		744
91	1848年〈二月革命の精神史〉	J.カスー／野沢協, 他訳		326
92	自然の統一	C.F.ヴァイツゼカー／斎藤, 河井訳	品切	560
93	現代戯曲の理論	P.ションディ／市村, 丸山訳	品切	250
94	百科全書の起源	F.ヴェントゥーリ／大津真作訳	品切	324
95	推測と反駁〈科学的知識の発展〉	K.R.ポパー／藤本, 石垣, 森訳		816
96	中世の共産主義	K.カウツキー／栗原佑訳		400
97	批評の解剖	N.フライ／海老根, 中村, 出淵, 山内訳		580
98	あるユダヤ人の肖像	A.メンミ／菊地, 白井訳		396
99	分類の未開形態	E.デュルケーム／小関藤一郎訳	品切	232
100	永遠に女性的なるもの	H.ド・リュバック／山崎庸一郎訳		360
101	ギリシア神話の本質	G.S.カーク／吉田, 辻村, 松田訳	品切	390
102	精神分析における象徴界	G.ロゾラート／佐々木孝次訳		508
103	物の体系〈記号の消費〉	J.ボードリヤール／宇波彰訳		280

叢書・ウニベルシタス

				(頁)
104	言語芸術作品〔第2版〕	W.カイザー／柴田斎訳	品切	688
105	同時代人の肖像	F.ブライ／池内紀訳		212
106	レオナルド・ダ・ヴィンチ〔第2版〕	K.クラーク／丸山, 大河内訳		344
107	宮廷社会	N.エリアス／波田, 中埜, 吉田訳		480
108	生産の鏡	J.ボードリヤール／宇波, 今村訳		184
109	祭祀からロマンスへ	J.L.ウェストン／丸小哲雄訳		290
110	マルクスの欲求理論	A.ヘラー／良知, 小箕訳		198
111	大革命前夜のフランス	A.ソブール／山崎耕一訳	品切	422
112	知覚の現象学	メルロ=ポンティ／中島盛夫訳		904
113	旅路の果てに〈アルペイオスの流れ〉	R.カイヨワ／金井裕訳		222
114	孤独の迷宮〈メキシコの文化と歴史〉	O.パス／高山, 熊谷訳		320
115	暴力と聖なるもの	R.ジラール／古田幸男訳		618
116	歴史をどう書くか	P.ヴェーヌ／大津真作訳		604
117	記号の経済学批判	J.ボードリヤール／今村, 宇波, 桜井訳	品切	304
118	フランス紀行〈1787, 1788&1789〉	A.ヤング／宮崎洋訳		432
119	供　犠	M.モース, H.ユベール／小関藤一郎訳		296
120	差異の目録〈歴史を変えるフーコー〉	P.ヴェーヌ／大津真作訳	品切	198
121	宗教とは何か	G.メンシング／田中, 下宮訳		442
122	ドストエフスキー	R.ジラール／鈴木晶訳		200
123	さまざまな場所〈死の影の都市をめぐる〉	J.アメリー／池内紀訳		210
124	生　成〈概念をこえる試み〉	M.セール／及川馥訳		272
125	アルバン・ベルク	Th.W.アドルノ／平野嘉彦訳		320
126	映画　あるいは想像上の人間	E.モラン／渡辺淳訳		320
127	人間論〈時間・責任・価値〉	R.インガルデン／武井, 赤松訳		294
128	カント〈その生涯と思想〉	A.グリガ／西牟田, 浜田訳		464
129	同一性の寓話〈詩的神話学の研究〉	N.フライ／駒沢大学フライ研究会訳		496
130	空間の心理学	A.モル, E.ロメル／渡辺淳訳		326
131	飼いならされた人間と野性的人間	S.モスコヴィッシ／古田幸男訳		336
132	方　法　1. 自然の自然	E.モラン／大津真作訳	品切	658
133	石器時代の経済学	M.サーリンズ／山内昶訳		464
134	世の初めから隠されていること	R.ジラール／小池健男訳		760
135	群衆の時代	S.モスコヴィッシ／古田幸男訳	品切	664
136	シミュラークルとシミュレーション	J.ボードリヤール／竹原あき子訳		234
137	恐怖の権力〈アブジェクシオン〉試論	J.クリステヴァ／枝川昌雄訳		420
138	ボードレールとフロイト	L.ベルサーニ／山縣直子訳		240
139	悪しき造物主	E.M.シオラン／金井裕訳		228
140	終末論と弁証法〈マルクスの社会・政治思想〉	S.アヴィネリ／中村恒矩訳	品切	392
141	経済人類学の現在	F.プイヨン編／山内昶訳		236
142	視覚の瞬間	K.クラーク／北條文緒訳		304
143	罪と罰の彼岸	J.アメリー／池内紀訳		210
144	時間・空間・物質	B.K.ライドレー／中島龍三訳	品切	226
145	離脱の試み〈日常生活への抵抗〉	S.コーエン, N.ティラー／石黒毅訳		321
146	人間怪物論〈人間脱走の哲学の素描〉	U.ホルストマン／加藤二郎訳		206
147	カントの批判哲学	G.ドゥルーズ／中島盛夫訳		160
148	自然と社会のエコロジー	S.モスコヴィッシ／久米, 原訳		440
149	壮大への渇仰	L.クローネンバーガー／岸, 倉田訳		368
150	奇蹟論・迷信論・自殺論	D.ヒューム／福鎌, 斎藤訳		200
151	クルティウスージッド往復書簡	ディークマン編／円子千代訳		376
152	離脱の寓話	M.セール／及川馥訳		178

				(頁)
153	エクスタシーの人類学	I.M.ルイス／平沼孝之訳		352
154	ヘンリー・ムア	J.ラッセル／福田真一訳		340
155	誘惑の戦略	J.ボードリヤール／宇波彰訳		260
156	ユダヤ神秘主義	G.ショーレム／山下,石丸,他訳		644
157	蜂の寓話〈私悪すなわち公益〉	B.マンデヴィル／泉谷治訳		412
158	アーリア神話	L.ポリアコフ／アーリア主義研究会訳		544
159	ロベスピエールの影	P.ガスカール／佐藤和生訳		440
160	元型の空間	E.ゾラ／丸小哲雄訳		336
161	神秘主義の探究〈方法論的考察〉	E.スタール／宮元啓一,他訳		362
162	放浪のユダヤ人〈ロート・エッセイ集〉	J.ロート／平田,吉田訳		344
163	ルフー，あるいは取壊し	J.アメリー／神崎巌訳		250
164	大世界劇場〈宮廷祝宴の時代〉	R.アレヴィン,K.ゼルツレ／円子修平訳	品切	200
165	情念の政治経済学	A.ハーシュマン／佐々木,旦訳		192
166	メモワール〈1940-44〉	レミ／築島謙三訳		520
167	ギリシア人は神話を信じたか	P.ヴェーヌ／大津真作訳	品切	340
168	ミメーシスの文学と人類学	R.ジラール／浅野敏夫訳		410
169	カバラとその象徴的表現	G.ショーレム／岡部,小岸訳		340
170	身代りの山羊	R.ジラール／織田,富永訳	品切	384
171	人間〈その本性および世界における位置〉	A.ゲーレン／平野具男訳	品切	608
172	コミュニケーション〈ヘルメスI〉	M.セール／豊田,青木訳		358
173	道　化〈つまずきの現象学〉	G.v.バルレーヴェン／片岡啓治訳	品切	260
174	いま,ここで〈アウシュヴィッツとヒロシマ以後の哲学的考察〉	G.ピヒト／斎藤,浅野,大野,河井訳		600
175 176 177	真理と方法〔全三冊〕	H.-G.ガダマー／轡田,麻生,三島,他訳		I・350 II・ III・
178	時間と他者	E.レヴィナス／原田佳彦訳		140
179	構成の詩学	B.ウスペンスキイ／川崎,大石訳	品切	282
180	サン=シモン主義の歴史	S.シャルレティ／沢崎,小杉訳		528
181	歴史と文芸批評	G.デルフォ,A.ロッシュ／川中子弘訳		472
182	ミケランジェロ	H.ヒバード／中山,小野訳	品切	578
183	観念と物質〈思考・経済・社会〉	M.ゴドリエ／山内昶訳		340
184	四つ裂きの刑	E.M.シオラン／金井裕訳		234
185	キッチュの心理学	A.モル／万沢正美訳		344
186	領野の漂流	J.ヴィヤール／山下俊一訳		226
187	イデオロギーと想像力	G.C.カバト／小箕俊介訳		300
188	国家の起源と伝承〈古代インド社会史論〉	R.=ターパル／山崎,成澤訳		322
189	ベルナール師匠の秘密	P.ガスカール／佐藤和生訳		374
190	神の存在論的証明	D.ヘンリッヒ／本間,須田,座小田,他訳		456
191	アンチ・エコノミクス	J.アタリ,M.ギヨーム／斎藤,安孫子訳		322
192	クローチェ政治哲学論集	B.クローチェ／上村忠男編訳		188
193	フィヒテの根源的洞察	D.ヘンリッヒ／座小田,小松訳		184
194	哲学の起源	オルテガ・イ・ガセット／佐々木孝訳	品切	224
195	ニュートン力学の形成	ベー・エム・ゲッセン／秋間実,他訳		312
196	遊びの遊び	J.デュビニョー／渡辺淳訳	品切	160
197	技術時代の魂の危機	A.ゲーレン／平野具男訳	品切	222
198	儀礼としての相互行為	E.ゴッフマン／広瀬,安江訳	品切	376
199	他者の記号学〈アメリカ大陸の征服〉	T.トドロフ／及川,大谷,菊地訳		370
200	カント政治哲学の講義	H.アーレント著,R.ベイナー編／浜田監訳		302
201	人類学と文化記号論	M.サーリンズ／山内昶訳		354
202	ロンドン散策	F.トリスタン／小杉,浜本訳		484

				(頁)
203	秩序と無秩序	J.-P.デュピュイ／古田幸男訳		324
204	象徴の理論	T.トドロフ／及川馥,他訳		536
205	資本とその分身	M.ギヨーム／斉藤日出治訳		240
206	干　渉〈ヘルメスII〉	M.セール／豊田彰訳		276
207	自らに手をくだし〈自死について〉	J.アメリー／大河内了義訳		222
208	フランス人とイギリス人	R.フェイバー／北條,大島訳	品切	304
209	カーニバル〈その歴史的・文化的考察〉	J.カロ・バロッハ／佐々木孝訳	品切	622
210	フッサール現象学	A.F.アグィーレ／川島,工藤,林訳		232
211	文明の試練	J.M.カディヒィ／塚本,秋山,寺西,島訳		538
212	内なる光景	J.ポミエ／角山,池部訳		526
213	人間の原型と現代の文化	A.ゲーレン／池井望訳		422
214	ギリシアの光と神々	K.ケレーニイ／円子修平訳		178
215	初めに愛があった〈精神分析と信仰〉	J.クリステヴァ／枝川昌雄訳		146
216	バロックとロココ	W.v.ニーベルシュッツ／竹内章訳		164
217	誰がモーセを殺したか	S.A.ハンデルマン／山形和美訳		514
218	メランコリーと社会	W.レペニース／岩田,小竹訳		380
219	意味の論理学	G.ドゥルーズ／岡田,宇波訳		460
220	新しい文化のために	P.ニザン／木内孝訳		352
221	現代心理論集	P.ブールジェ／平岡,伊藤訳		362
222	パラジット〈寄食者の論理〉	M.セール／及川,米山訳		466
223	虐殺された鳩〈暴力と国家〉	H.ラボリ／川中子弘訳		240
224	具象空間の認識論〈反・解釈学〉	F.ダゴニェ／金森修訳		300
225	正常と病理	G.カンギレム／滝沢武久訳		320
226	フランス革命論	J.G.フィヒテ／桝田啓三郎訳		396
227	クロード・レヴィ=ストロース	O.パス／鼓,木村訳		160
228	バロックの生活	P.ラーンシュタイン／波田節夫訳		520
229	うわさ〈もっとも古いメディア〉増補版	J.-N.カプフェレ／古田幸男訳		394
230	後期資本制社会システム	C.オッフェ／寿福真美編訳		358
231	ガリレオ研究	A.コイレ／菅谷暁訳	品切	482
232	アメリカ	J.ボードリヤール／田中正人訳		220
233	意識ある科学	E.モラン／村上光彦訳		400
234	分子革命〈欲望社会のミクロ分析〉	F.ガタリ／杉村昌昭訳		340
235	火，そして霧の中の信号—ゾラ	M.セール／寺田光徳訳		568
236	煉獄の誕生	J.ル・ゴッフ／渡辺,内田訳		698
237	サハラの夏	E.フロマンタン／川端康夫訳		336
238	パリの悪魔	P.ガスカール／佐藤和夫訳		256
239 240	自然の人間的歴史（上・下）	S.モスコヴィッシ／大津真作訳		上・494 下・390
241	ドン・キホーテ頌	P.アザール／円子千代訳	品切	348
242	ユートピアへの勇気	G.ピヒト／河井徳治訳		202
243	現代社会とストレス〔原書改訂版〕	H.セリエ／杉,田多井,藤井,竹宮訳		482
244	知識人の終焉	J.-F.リオタール／原田佳彦,他訳		140
245	オマージュの試み	E.M.シオラン／金井裕訳		154
246	科学の時代における理性	H.-G.ガダマー／本間,座小田訳		158
247	イタリア人の太古の知恵	G.ヴィーコ／上村忠男訳		190
248	ヨーロッパを考える	E.モラン／林　勝一訳		238
249	労働の現象学	J.-L.プチ／今村,松島訳		388
250	ポール・ニザン	Y.イシャグプール／川俣晃自訳		356
251	政治的判断力	R.ベイナー／浜田義文監訳		310
252	知覚の本性〈初期論文集〉	メルロ=ポンティ／加賀野井秀一訳		158

叢書・ウニベルシタス

No.	書名	著者／訳者		(頁)
253	言語の牢獄	F.ジェームソン／川口喬一訳		292
254	失望と参画の現象学	A.O.ハーシュマン／佐々木,杉田訳		204
255	はかない幸福―ルソー	T.トドロフ／及川馥訳		162
256	大学制度の社会史	H.W.プラール／山本尤訳		408
257 258	ドイツ文学の社会史 (上・下)	J.ベルク,他／山本,三島,保坂,鈴木訳		上・766 下・648
259	アランとルソー 〈教育哲学試論〉	A.カルネック／安斎,並木訳		304
260	都市・階級・権力	M.カステル／石川淳志監訳		296
261	古代ギリシア人	M.I.フィンレー／山形和美訳	品切	296
262	象徴表現と解釈	T.トドロフ／小林,及川訳		244
263	声の回復 〈回想の試み〉	L.マラン／梶野吉郎訳		246
264	反射概念の形成	G.カンギレム／金森修訳		304
265	芸術の手相	G.ピコン／末永照和訳		294
266	エチュード 〈初期認識論集〉	G.バシュラール／及川馥訳		166
267	邪な人々の昔の道	R.ジラール／小池健男訳		270
268	〈誠実〉と〈ほんもの〉	L.トリリング／野島秀勝訳		264
269	文の抗争	J.-F.リオタール／陸井四郎,他訳		410
270	フランス革命と芸術	J.スタロバンスキー／井上尭裕訳		286
271	野生人とコンピューター	J.-M.ドムナック／古田幸男訳		228
272	人間と自然界	K.トマス／山内昶,他訳		618
273	資本論をどう読むか	J.ビデ／今村仁司,他訳		450
274	中世の旅	N.オーラー／藤代幸一訳		488
275	変化の言語 〈治療コミュニケーションの原理〉	P.ワツラウィック／築島謙三訳		212
276	精神の売春としての政治	T.クンナス／木戸,佐々木訳		258
277	スウィフト政治・宗教論集	J.スウィフト／中野,海保訳		490
278	現実とその分身	C.ロセ／金井裕訳		168
279	中世の高利貸	J.ル・ゴッフ／渡辺香根夫訳		170
280	カルデロンの芸術	M.コメレル／岡部仁訳		270
281	他者の言語 〈デリダの日本講演〉	J.デリダ／高橋允昭編訳		406
282	ショーペンハウアー	R.ザフランスキー／山本尤訳		646
283	フロイトと人間の魂	B.ベテルハイム／藤瀬恭子訳		174
284	熱　狂 〈カントの歴史批判〉	J.-F.リオタール／中島盛夫訳		210
285	カール・カウツキー 1854-1938	G.P.スティーンソン／時永,河野訳		496
286	形而上学と神の思想	W.パネンベルク／座小田,諸岡訳		186
287	ドイツ零年	E.モラン／古田幸男訳		364
288	物の地獄 〈ルネ・ジラールと経済の論理〉	デュムシェル，デュピュイ／織田,富永訳		320
289	ヴィーコ自叙伝	G.ヴィーコ／福鎌忠恕訳	品切	448
290	写真論 〈その社会的効用〉	P.ブルデュー／山縣熙,山縣直子訳		438
291	戦争と平和	S.ボク／大沢正道訳		224
292	意味と意味の発展	R.A.ウォルドロン／築島謙三訳		294
293	生態平和とアナーキー	U.リンゼ／内田,杉村訳		270
294	小説の精神	M.クンデラ／金井,浅野訳		208
295	フィヒテ-シェリング往復書簡	W.シュルツ解説／座小田,後藤訳		220
296	出来事と危機の社会学	E.モラン／浜名,福井訳		622
297	宮廷風恋愛の技術	A.カペルラヌス／野島秀勝訳		334
298	野蛮 〈科学主義の独裁と文化の危機〉	M.アンリ／山形,望月訳		292
299	宿命の戦略	J.ボードリヤール／竹原あき子訳		260
300	ヨーロッパの日記	G.R.ホッケ／石丸,柴田,信岡訳		1330
301	記号と夢想 〈演劇と祝祭についての考察〉	A.シモン／岩瀬孝監修．佐藤,伊藤,他訳		388
302	手と精神	J.ブラン／中村文郎訳		284

				(頁)
303	平等原理と社会主義	L.シュタイン／石川, 石塚, 柴田訳		676
304	死にゆく者の孤独	N.エリアス／中居実訳		150
305	知識人の黄昏	W.シヴェルブシュ／初見基訳		240
306	トマス・ペイン〈社会思想家の生涯〉	A.J.エイヤー／大熊昭信訳		378
307	われらのヨーロッパ	F.ヘール／杉浦健之訳		614
308	機械状無意識〈スキゾ-分析〉	F.ガタリ／高岡幸一訳		426
309	聖なる真理の破壊	H.ブルーム／山形和美訳		400
310	諸科学の機能と人間の意義	E.パーチ／上村忠男監訳		552
311	翻　訳〈ヘルメスIII〉	M.セール／豊田, 輪田訳		404
312	分　布〈ヘルメスIV〉	M.セール／豊田彰訳		440
313	外国人	J.クリステヴァ／池田和子訳		284
314	マルクス	M.アンリ／杉山, 水野訳	品切	612
315	過去からの警告	E.シャルガフ／山本, 内藤訳		308
316	面・表面・界面〈一般表層論〉	F.ダゴニェ／金森, 今野訳		338
317	アメリカのサムライ	F.G.ノートヘルファー／飛鳥井雅道訳		512
318	社会主義か野蛮か	C.カストリアディス／江口幹訳		490
319	遍　歴〈法, 形式, 出来事〉	J.-F.リオタール／小野康男訳		200
320	世界としての夢	D.ウスラー／谷　徹訳		566
321	スピノザと表現の問題	G.ドゥルーズ／工藤, 小柴, 小谷訳		460
322	裸体とはじらいの文化史	H.P.デュル／藤代, 三谷訳		572
323	五　感〈混合体の哲学〉	M.セール／米山親能訳		582
324	惑星軌道論	G.W.F.ヘーゲル／村上恭一訳		250
325	ナチズムと私の生活〈仙台からの告発〉	K.レーヴィット／秋間実訳		334
326	ベンヤミン-ショーレム往復書簡	G.ショーレム編／山本尤訳		440
327	イマヌエル・カント	O.ヘッフェ／薮木栄夫訳		374
328	北西航路〈ヘルメスV〉	M.セール／青木研二訳		260
329	聖杯と剣	R.アイスラー／野島秀勝訳		486
330	ユダヤ人国家	Th.ヘルツル／佐藤康彦訳		206
331	十七世紀イギリスの宗教と政治	C.ヒル／小野功生訳		586
332	方　法　2. 生命の生命	E.モラン／大津真作訳		838
333	ヴォルテール	A.J.エイヤー／中川, 吉岡訳		268
334	哲学の自食症候群	J.ブーヴレス／大平具彦訳		266
335	人間学批判	レペニース, ノルテ／小竹澄栄訳		214
336	自伝のかたち	W.C.スペンジマン／船倉正憲訳		384
337	ポストモダニズムの政治学	L.ハッチオン／川口喬一訳		332
338	アインシュタインと科学革命	L.S.フォイヤー／村上, 成定, 大谷訳		474
339	ニーチェ	G.ピヒト／青木隆嘉訳		562
340	科学史・科学哲学研究	G.カンギレム／金森修監訳		674
341	貨幣の暴力	アグリエッタ, オルレアン／井上, 斉藤訳		506
342	象徴としての円	M.ルルカー／竹内章訳		186
343	ベルリンからエルサレムへ	G.ショーレム／岡部仁訳		226
344	批評の批評	T.トドロフ／及川, 小林訳		298
345	ソシュール講義録注解	F.de　ソシュール／前田英樹・訳注		204
346	歴史とデカダンス	P.ショーニュー／大谷尚文訳		552
347	続・いま, ここで	G.ピヒト／斎藤, 大野, 福島, 浅野訳		580
348	バフチン以後	D.ロッジ／伊藤誓訳		410
349	再生の女神セドナ	H.P.デュル／原研二訳		622
350	宗教と魔術の衰退	K.トマス／荒木正純訳		1412
351	神の思想と人間の自由	W.パネンベルク／座小田, 諸岡訳		186

				(頁)
352	倫理・政治的ディスクール	O.ヘッフェ／青木隆嘉訳		312
353	モーツァルト	N.エリアス／青木隆嘉訳		198
354	参加と距離化	N.エリアス／波田, 道籏訳		276
355	二十世紀からの脱出	E.モラン／秋枝茂夫訳		384
356	無限の二重化	W.メニングハウス／伊藤秀一訳		350
357	フッサール現象学の直観理論	E.レヴィナス／佐藤, 桑野訳		506
358	始まりの現象	E.W.サイード／山形, 小林訳		684
359	サテュリコン	H.P.デュル／原研二訳		258
360	芸術と疎外	H.リード／増渕正史訳	品切	262
361	科学的理性批判	K.ヒュプナー／神野, 中才, 熊谷訳		476
362	科学と懐疑論	J.ワトキンス／中才敏郎訳		354
363	生きものの迷路	A.モール, E.ロメル／古田幸男訳		240
364	意味と力	G.バランディエ／小関藤一郎訳		406
365	十八世紀の文人科学者たち	W.レペニース／小川さくえ訳		182
366	結晶と煙のあいだ	H.アトラン／阪上脩訳		376
367	生への闘争〈闘争本能・性・意識〉	W.J.オング／高柳, 橋爪訳		326
368	レンブラントとイタリア・ルネサンス	K.クラーク／尾崎, 芳野訳		334
369	権力の批判	A.ホネット／河上倫逸監訳		476
370	失われた美学〈マルクスとアヴァンギャルド〉	M.A.ローズ／長田, 池田, 長野, 長田訳		332
371	ディオニュソス	M.ドゥティエンヌ／及川, 吉岡訳		164
372	メディアの理論	F.イングリス／伊藤, 磯山訳		380
373	生き残ること	B.ベテルハイム／高尾利数訳		646
374	バイオエシックス	F.ダゴニェ／金森, 松浦訳		316
375 376	エディプスの謎（上・下）	N.ビショッフ／藤代, 井本, 他訳		上・450 下・464
377	重大な疑問〈懐疑的省察録〉	E.シャルガフ／山形, 小野, 他訳		404
378	中世の食生活〈断食と宴〉	B.A.ヘニッシュ／藤原保明訳	品切	538
379	ポストモダン・シーン	A.クローカー, D.クック／大熊昭信訳		534
380	夢の時〈野生と文明の境界〉	H.P.デュル／岡部, 原, 須永, 荻野訳		674
381	理性よ，さらば	P.ファイヤアーベント／植木哲也訳	品切	454
382	極限に面して	T.トドロフ／宇京頼三訳		376
383	自然の社会化	K.エーダー／寿福真美監訳		474
384	ある反時代的考察	K.レーヴィット／中村啓, 永沼更始郎訳		526
385	図書館炎上	W.シヴェルブシュ／福本義憲訳		274
386	騎士の時代	F.v.ラウマー／柳井尚子訳		506
387	モンテスキュー〈その生涯と思想〉	J.スタロバンスキー／古賀英三郎, 高橋誠訳		312
388	理解の鋳型〈東西の思想経験〉	J.ニーダム／井上英明訳		510
389	風景画家レンブラント	E.ラルセン／大谷, 尾崎訳		208
390	精神分析の系譜	M.アンリ／山形頼洋, 他訳		546
391	金《かね》と魔術	H.C.ビンスヴァンガー／清水健次訳		218
392	自然誌の終焉	W.レペニース／山村直資訳		346
393	批判的解釈学	J.B.トンプソン／山本, 小川訳		376
394	人間にはいくつの真理が必要か	R.ザフランスキー／山本, 藤井訳		232
395	現代芸術の出発	Y.イシャグプール／川俣晃自訳		170
396	青春　ジュール・ヴェルヌ論	M.セール／豊田彰訳		398
397	偉大な世紀のモラル	P.ベニシュー／朝倉, 羽賀訳		428
398	諸国民の時に	E.レヴィナス／合田正人訳		348
399 400	バベルの後に（上・下）	G.スタイナー／亀山健吉訳		上・482 下・
401	チュービンゲン哲学入門	E.ブロッホ／花田監修・菅谷, 今井, 三国訳		422

				(頁)
451	エコロジーの新秩序	L.フェリ／加藤宏幸訳		274
452	想念が社会を創る	C.カストリアディス／江口幹訳		392
453	ウィトゲンシュタイン評伝	B.マクギネス／藤本, 今井, 宇都宮, 髙橋訳		612
454	読みの快楽	R.オールター／山形, 中田, 田中訳		346
455	理性・真理・歴史〈内在的実在論の展開〉	H.パトナム／野本和幸, 他訳		360
456	自然の諸時期	ビュフォン／菅谷暁訳		440
457	クロポトキン伝	ピルーモヴァ／左近毅訳		384
458	征服の修辞学	P.ヒューム／岩尾, 正木, 本橋訳		492
459	初期ギリシア科学	G.E.R.ロイド／山野, 山口訳		246
460	政治と精神分析	G.ドゥルーズ, F.ガタリ／杉村昌昭訳		124
461	自然契約	M.セール／及川, 米山訳		230
462	細分化された世界〈迷宮の岐路III〉	C.カストリアディス／宇京頼三訳		332
463	ユートピア的なもの	L.マラン／梶野吉郎訳		420
464	恋愛礼讃	M.ヴァレンシー／沓掛, 川端訳		496
465	転換期〈ドイツ人とドイツ〉	H.マイヤー／宇京早苗訳		466
466	テクストのぶどう畑で	I.イリイチ／岡部佳世訳		258
467	フロイトを読む	P.ゲイ／坂口, 大島訳		304
468	神々を作る機械	S.モスコヴィッシ／古田幸男訳		750
469	ロマン主義と表現主義	A.K.ウィードマン／大森淳史訳		378
470	宗教論	N.ルーマン／土方昭, 土方透訳		138
471	人格の成層論	E.ロータッカー／北村監訳・大久保, 他訳		278
472	神　罰	C.v.リンネ／小川さくえ訳		432
473	エデンの園の言語	M.オランデール／浜崎設夫訳		338
474	フランスの自伝〈自伝文学の主題と構造〉	P.ルジュンヌ／小倉孝誠訳		342
475	ハイデガーとヘブライの遺産	M.ザラデル／合田正人訳		390
476	真の存在	G.スタイナー／工藤政司訳		266
477	言語芸術・言語記号・言語の時間	R.ヤコブソン／浅川順子訳		388
478	エクリール	C.ルフォール／宇京頼三訳		420
479	シェイクスピアにおける交渉	S.J.グリーンブラット／酒井正志訳		334
480	世界・テキスト・批評家	E.W.サイード／山形和美訳		584
481	絵画を見るディドロ	J.スタロバンスキー／小西嘉幸訳		148
482	ギボン〈歴史を創る〉	R.ポーター／中野, 海保, 松原訳		272
483	欺瞞の書	E.M.シオラン／金井裕訳		252
484	マルティン・ハイデガー	H.エーベリング／青木隆嘉訳		252
485	カフカとカバラ	K.E.グレーツィンガー／清水健次訳		390
486	近代哲学の精神	H.ハイムゼート／座小田豊, 他訳		448
487	ベアトリーチェの身体	R.P.ハリスン／船倉正憲訳		304
488	技術〈クリティカル・セオリー〉	A.フィーンバーグ／藤本正文訳		510
489	認識論のメタクリティーク	Th.W.アドルノ／古賀, 細見訳		370
490	地獄の歴史	A.K.ターナー／野崎嘉信訳		456
491	昔話と伝説〈物語文学の二つの基本形式〉	M.リューティ／高木昌史, 万里子訳	品切	362
492	スポーツと文明化〈興奮の探究〉	N.エリアス, E.ダニング／大平章訳		490
493 494	地獄のマキアヴェッリ（I・II）	S.de.グラツィア／田中治男訳		I・352 II・306
495	古代ローマの恋愛詩	P.ヴェーヌ／鎌田博夫訳		352
496	証人〈言葉と科学についての省察〉	E.シャルガフ／山本, 内藤訳		252
497	自由とはなにか	P.ショーニュ／西川, 小田桐訳		472
498	現代世界を読む	M.マフェゾリ／菊地昌実訳		186
499	時間を読む	M.ピカール／寺田光徳訳		266
500	大いなる体系	N.フライ／伊藤誓訳		478

			（頁）
501	音楽のはじめ	C.シュトゥンプ／結城錦一訳	208
502	反ニーチェ	L.フェリー他／遠藤文彦訳	348
503	マルクスの哲学	E.バリバール／杉山吉弘訳	222
504	サルトル，最後の哲学者	A.ルノー／水野浩二訳	296
505	新不平等起源論	A.テスタール／山内昶訳	298
506	敗者の祈禱書	シオラン／金井裕訳	184
507	エリアス・カネッティ	Y.イシャグプール／川俣晃自訳	318
508	第三帝国下の科学	J.オルフ＝ナータン／宇京頼三訳	424
509	正も否も縦横に	H.アトラン／寺田光徳訳	644
510	ユダヤ人とドイツ	E.トラヴェルソ／宇京頼三訳	322
511	政治的風景	M.ヴァルンケ／福本義憲訳	202
512	聖句の彼方	E.レヴィナス／合田正人訳	350
513	古代憧憬と機械信仰	H.ブレーデカンプ／藤代，津山訳	230
514	旅のはじめに	D.トリリング／野島秀勝訳	602
515	ドゥルーズの哲学	M.ハート／田代，井上，浅野，暮沢訳	294
516	民族主義・植民地主義と文学	T.イーグルトン他／増渕，安藤，大友訳	198
517	個人について	P.ヴェーヌ他／大谷尚文訳	194
518	大衆の装飾	S.クラカウアー／船戸，野村訳	350
519 520	シベリアと流刑制度（I・II）	G.ケナン／左近毅訳	I・632 II・642
521	中国とキリスト教	J.ジェルネ／鎌田博夫訳	396
522	実存の発見	E.レヴィナス／佐藤真理人，他訳	480
523	哲学的認識のために	G.-G.グランジェ／植木哲也訳	342
524	ゲーテ時代の生活と日常	P.ラーンシュタイン／上西川原章訳	832
525	ノッツ nOts	M.C.テイラー／浅野敏夫訳	480
526	法の現象学	A.コジェーヴ／今村，堅田訳	768
527	始まりの喪失	B.シュトラウス／青木隆嘉訳	196
528	重　合	ベーネ，ドゥルーズ／江口修訳	170
529	イングランド18世紀の社会	R.ポーター／目羅公和訳	630
530	他者のような自己自身	P.リクール／久米博訳	558
531	鷲と蛇〈シンボルとしての動物〉	M.ルルカー／林捷訳	270
532	マルクス主義と人類学	M.ブロック／山内昶，山内彰訳	256
533	両性具有	M.セール／及川馥訳	218
534	ハイデガー〈ドイツの生んだ巨匠とその時代〉	R.ザフランスキー／山本尤訳	696
535	啓蒙思想の背任	J.-C.ギユボー／菊地，白井訳	218
536	解明　M.セールの世界	M.セール／梶野，竹中訳	334
537	語りは罠	L.マラン／鎌田博夫訳	176
538	歴史のエクリチュール	M.セルトー／佐藤和生訳	542
539	大学とは何か	J.ペリカン／田口孝夫訳	374
540	ローマ　定礎の書	M.セール／高尾謙史訳	472
541	啓示とは何か〈あらゆる啓示批判の試み〉	J.G.フィヒテ／北岡武司訳	252
542	力の場〈思想史と文化批判のあいだ〉	M.ジェイ／今井道夫，他訳	382
543	イメージの哲学	F.ダゴニェ／水野浩二訳	410
544	精神と記号	F.ガタリ／杉村昌昭訳	180
545	時間について	N.エリアス／井本，青木訳	238
546	ルクレティウスのテキストにおける物理学の誕生	M.セール／豊田彰訳	320
547	異端カタリ派の哲学	R.ネッリ／柴田和雄訳	290
548	ドイツ人論	N.エリアス／青木隆嘉訳	576
549	俳　優	J.デュヴィニョー／渡辺淳訳	346

			(頁)
550	ハイデガーと実践哲学	O.ペゲラー他,編／竹市,下村監訳	584
551	彫　像	M.セール／米山親能訳	366
552	人間的なるものの庭	C.F.v.ヴァイツゼカー／山辺建訳	
553	思考の図像学	A.フレッチャー／伊藤誓訳	472
554	反動のレトリック	A.O.ハーシュマン／岩崎稔訳	250
555	暴力と差異	A.J.マッケナ／夏目博明訳	354
556	ルイス・キャロル	J.ガッテニョ／鈴木晶訳	462
557	タオスのロレンゾー〈D.H.ロレンス回想〉	M.D.ルーハン／野島秀勝訳	490
558	エル・シッド〈中世スペインの英雄〉	R.フレッチャー／林邦夫訳	414
559	ロゴスとことば	S.プリケット／小野功生訳	486
560 561	盗まれた稲妻〈呪術の社会学〉(上・下)	D.L.オキーフ／谷林眞理子,他訳	上・490 下・656
562	リビドー経済	J.-F.リオタール／杉山,吉谷訳	458
563	ポスト・モダニティの社会学	S.ラッシュ／田中義久監訳	462
564	狂暴なる霊長類	J.A.リヴィングストン／大平章訳	310
565	世紀末社会主義	M.ジェイ／今村,大谷訳	334
566	両性平等論	F.P.de ラ・バール／佐藤和夫,他訳	330
567	暴虐と忘却	R.ボイヤーズ／田部井孝次・世志子訳	524
568	異端の思想	G.アンダース／青木隆嘉訳	518
569	秘密と公開	S.ボク／大沢正道訳	470
570 571	大航海時代の東南アジア(I・II)	A.リード／平野, 田中訳	I・430 II・
572	批判理論の系譜学	N.ボルツ／山本,大貫訳	332
573	メルヘンへの誘い	M.リューティ／高木昌史訳	200
574	性と暴力の文化史	H.P.デュル／藤代,津山訳	768
575	歴史の不測	E.レヴィナス／合田,谷口訳	316
576	理論の意味作用	T.イーグルトン／山形和美訳	196
577	小集団の時代〈大衆社会における個人主義の衰退〉	M.マフェゾリ／古田幸男訳	334
578 579	愛の文化史(上・下)	S.カーン／青木,斎藤訳	上・334 下・384
580	文化の擁護〈1935年パリ国際作家大会〉	ジッド他／相磯,五十嵐,石黒,高橋編訳	752
581	生きられる哲学〈生活世界の現象学と批判理論の思考形式〉	F.フェルマン／堀栄造訳	282
582	十七世紀イギリスの急進主義と文学	C.ヒル／小野, 圓月訳	444
583	このようなことが起こり始めたら…	R.ジラール／小池,住谷訳	226
584	記号学の基礎理論	J.ディーリー／大熊昭信訳	286
585	真理と美	S.チャンドラセカール／豊田彰訳	328
586	シオラン対談集	E.M.シオラン／金井裕訳	336
587	時間と社会理論	B.アダム／伊藤,磯山訳	338
588	懐疑的省察ABC〈続・重大な疑問〉	E.シャルガフ／山本,伊藤訳	244
589	第三の知恵	M.セール／及川馥訳	250
590 591	絵画における真理(上・下)	J.デリダ／高橋,阿部訳	上・322 下・390
592	ウィトゲンシュタインと宗教	N.マルカム／黒崎宏訳	256
593	シオラン〈あるいは最後の人間〉	S.ジョドー／金井裕訳	212
594	フランスの悲劇	T.トドロフ／大谷尚文訳	304
595	人間の生の遺産	E.シャルガフ／清水健次,他訳	392
596	聖なる快楽〈性,神話,身体の政治〉	R.アイスラー／浅野敏夫訳	876
597	原子と爆弾とエスキモーキス	C.G.セグレー／野島秀勝訳	408
598	海からの花嫁〈ギリシア神話研究の手引き〉	J.シャーウッドスミス／吉田,佐藤訳	234
599	神に代わる人間	L.フェリー／菊地,白井訳	220
600	パンと競技場〈ギリシア・ローマ時代の政治と都市の社会学的歴史〉	P.ヴェーヌ／鎌田博夫訳	1032

			（頁）
601	ギリシア文学概説	J.ド・ロミイ／細井, 秋山訳	486
602	パロールの奪取	M.セルトー／佐藤和生訳	200
603	68年の思想	L.フェリー他／小野潮訳	348
604	ロマン主義のレトリック	P.ド・マン／山形, 岩坪訳	470
605	探偵小説あるいはモデルニテ	J.デュボア／鈴木智之訳	380
606 607 608	近代の正統性〔全三冊〕	H.ブルーメンベルク／斎藤, 忽那 佐藤, 村井訳	I・328 II・ III・
609	危険社会〈新しい近代への道〉	U.ベック／東, 伊藤訳	502
610	エコロジーの道	E.ゴールドスミス／大熊昭信訳	654
611	人間の領域〈迷宮の岐路II〉	C.カストリアディス／米山親能訳	626
612	戸外で朝食を	H.P.デュル／藤代幸一訳	190
613	世界なき人間	G.アンダース／青木隆嘉訳	366
614	唯物論シェイクスピア	F.ジェイムソン／川口喬一訳	402
615	核時代のヘーゲル哲学	H.クロンバッハ／植木哲也訳	380
616	詩におけるルネ・シャール	P.ヴェーヌ／西永良成訳	832
617	近世の形而上学	H.ハイムゼート／北岡武司訳	506
618	フロベールのエジプト	G.フロベール／斎藤昌三訳	344
619	シンボル・技術・言語	E.カッシーラー／篠木, 高野訳	352
620	十七世紀イギリスの民衆と思想	C.ヒル／小野, 圓月, 箭川訳	520
621	ドイツ政治哲学史	H.リュッベ／今井道夫訳	312
622	最終解決〈民族移動とヨーロッパのユダヤ人殺害〉	G.アリー／山本, 三島訳	470
623	中世の人間	J.ル・ゴフ他／鎌田博夫訳	478
624	食べられる言葉	L.マラン／梶野吉郎訳	284
625	ヘーゲル伝〈哲学の英雄時代〉	H.アルトハウス／山本尤訳	690
626	E.モラン自伝	E.モラン／菊地, 高砂訳	368
627	見えないものを見る	M.アンリ／青木研二訳	248
628	マーラー〈音楽観相学〉	Th.W.アドルノ／龍村あや子訳	286
629	共同生活	T.トドロフ／大谷尚文訳	236
630	エロイーズとアベラール	M.F.B.ブロッチェリ／白崎容子訳	
631	意味を見失った時代〈迷宮の岐路IV〉	C.カストリアディス／江口幹訳	338
632	火と文明化	J.ハウツブロム／大平章訳	356
633	ダーウィン, マルクス, ヴァーグナー	J.バーザン／野島秀勝訳	526
634	地位と羞恥	S.ネッケル／岡原正幸訳	434
635	無垢の誘惑	P.ブリュックネール／小倉, 下澤訳	350
636	ラカンの思想	M.ボルク=ヤコブセン／池田清訳	500
637	羨望の炎〈シェイクスピアと欲望の劇場〉	R.ジラール／小林, 田口訳	698
638	暁のフクロウ〈続・精神の現象学〉	A.カトロッフェロ／寿福真美訳	354
639	アーレント＝マッカーシー往復書簡	C.ブライトマン編／佐藤佐智子訳	710
640	崇高とは何か	M.ドゥギー他／梅木達郎訳	416
641	世界という実験〈問い, 取り出しの諸カテゴリー, 実践〉	E.ブロッホ／小田智敏訳	400
642	悪　あるいは自由のドラマ	R.ザフランスキー／山本尤訳	322
643	世俗の聖典〈ロマンスの構造〉	N.フライ／中村, 真野訳	252
644	歴史と記憶	J.ル・ゴフ／立川孝一訳	400
645	自我の記号論	N.ワイリー／船倉正憲訳	468
646	ニュー・ミメーシス〈シェイクスピアと現実描写〉	A.D.ナトール／山形, 山下訳	430
647	歴史家の歩み〈アリエス　1943-1983〉	Ph.アリエス／成瀬, 伊藤訳	428
648	啓蒙の民主制理論〈カントとのつながりで〉	I.マウス／浜田, 牧野監訳	400
649	仮象小史〈古代からコンピューター時代まで〉	N.ボルツ／山本尤訳	200

			(頁)
650	知の全体史	C.V.ドーレン／石塚浩司訳	766
651	法の力	J.デリダ／堅田研一訳	220
652 653	男たちの妄想（I・II）	K.テーヴェライト／田村和彦訳	I・816 II
654	十七世紀イギリスの文書と革命	C.ヒル／小野, 圓月, 箭川訳	592
655	パウル・ツェラーンの場所	H.ベッティガー／鈴木美紀訳	176
656	絵画を破壊する	L.マラン／尾形, 梶野訳	272
657	グーテンベルク銀河系の終焉	N.ボルツ／識名, 足立訳	330
658	批評の地勢図	J.ヒリス・ミラー／森田孟訳	550
659	政治的なものの変貌	M.マフェゾリ／古田幸男訳	290
660	神話の真理	K.ヒュプナー／神野, 中才, 他訳	736
661	廃墟のなかの大学	B.リーディングズ／青木, 斎藤訳	354
662	後期ギリシア科学	G.E.R.ロイド／山野, 山口, 金山訳	320
663	ベンヤミンの現在	N.ボルツ, W.レイイェン／岡部仁訳	180
664	異教入門〈中心なき周辺を求めて〉	J.-F.リオタール／山縣, 小野, 他訳	242
665	ル・ゴフ自伝〈歴史家の生活〉	J.ル・ゴフ／鎌田博夫訳	290
666	方　法　3. 認識の認識	E.モラン／大津真作訳	398
667	遊びとしての読書	M.ピカール／及川, 内藤訳	478
668	身体の哲学と現象学	M.アンリ／中敬夫訳	404
669	ホモ・エステティクス	L.フェリー／小野康男, 他訳	
670	イスラームにおける女性とジェンダー	L.アハメド／林正雄, 他訳	422
671	ロマン派の手紙	K.H.ボーラー／高木葉子訳	382
672	精霊と芸術	M.マール／津山拓也訳	474
673	言葉への情熱	G.スタイナー／伊藤誓訳	612
674	贈与の謎	M.ゴドリエ／山内昶訳	362
675	諸個人の社会	N.エリアス／宇京早苗訳	
676	労働社会の終焉	D.メーダ／若森章孝, 他訳	394
677	概念・時間・言説	A.コジェーヴ／三宅, 根田, 安川訳	
678	史的唯物論の再構成	U.ハーバーマス／清水多吉訳	
679	カオスとシミュレーション	N.ボルツ／山本尤訳	218
680	実質的現象学	M.アンリ／中, 野村, 吉永訳	268
681	生殖と世代継承	R.フォックス／平野秀秋訳	408
682	反抗する文学	M.エドマンドソン／浅野敏夫訳	406
683	哲学を讃えて	M.セール／米山親能, 他訳	312
684	人間・文化・社会	H.シャピロ編／塚本利明, 他訳	
685	遍歴時代〈精神の自伝〉	J.アメリー／富重純子訳	206
686	ノーを言う難しさ〈宗教哲学的エッセイ〉	K.ハインリッヒ／小林敏明訳	200
687	シンボルのメッセージ	M.ルルカー／林捷, 林田鶴子訳	
688	神は狂信的か？	J.ダニエル／菊地昌実訳	
689	セルバンテス	J.カナヴァジオ／円子千代訳	
690	マイスター・エックハルト	B.ヴェルテ／下津留直訳	
691	ドイツ物理学のディレンマ	J.L.ハイルブロン／村岡晋一訳	